Patrick Ness

CHAOS
WALKING

Es gibt immer eine Wahl

PATRICK NESS

CHAOS WALKING

ES GIBT IMMER EINE WAHL
BUCH 2

Aus dem Amerikanischen
von Petra Koob-Pawis

Bei diesem Buch wurden die durch das verwendete Material und die
Produktion entstandenen CO_2-Emissionen ausgeglichen, indem
der cbj Verlag ein Projekt zur Aufforstung in Brasilien unterstützt.
Weitere Informationen zu dem Projekt unter:
www.ClimatePartner.com/14044-1912-1002

Penguin Random House Verlagsgruppe
FSC® N001967

1. Auflage 2022
Erstmals als cbt Taschenbuch Mai 2022
© 2009 Patrick Ness
Die Originalausgabe erschien 2009 unter dem Titel
»Chaos Walking 2 – The Ask and the Answer« bei Walker Books Ltd, London
© 2022 der deutschsprachigen Ausgabe cbj Kinder- und Jugendbuchverlag
in der Penguin Random House Verlagsgruppe GmbH,
Neumarkter Str. 28, 81673 München
Alle deutschsprachigen Rechte vorbehalten
Ursprünglich erschienen unter dem Titel
»New World 2 – Das dunkle Paradies« bei Ravensburger Verlag
Übersetzung: Petra Koob-Pawis
Umschlaggestaltung: Geviert GbR, Grafik und Typografie
unter Verwendung des Bildes und der Gestaltung von: © Walker Books Ltd.
Reproduktion mit Genehmigung von Walker Books Ltd, London
MP · Herstellung: UK
Satz: Buch-Werkstatt GmbH, Bad Aibling
Druck: CPI books GmbH, Leck
ISBN 978-3-570-31304-6
Printed in Germany

www.cbj-verlag.de

FÜR PATRICK GALE

Wer mit Ungeheuern kämpft, mag zusehen,
dass er nicht dabei zum Ungeheuer wird.
Und wenn du lange in einen Abgrund blickst,
blickt der Abgrund auch in dich hinein.

Friedrich Nietzsche,
»Jenseits von Gut und Böse«

Was bisher geschah

IN DER KOLONIE »New World« lässt ein Name die Menschen vor Furcht erzittern: Prentisstown. Denn Prentisstown ist keine gewöhnliche Stadt. In Prentisstown kann ein Mann die Gedanken des andern hören. In Prentisstown ist es niemals still. Nichts bleibt im Verborgenen. Für Bürgermeister Prentiss und seinen fanatischen Prediger Aaron ist es daher ein Leichtes, die Bewohner zu überwachen. Ohne zu murren, gehen sie in Aarons Kirche und geloben dem Bürgermeister absoluten Gehorsam, willig tun sie die schwere Farmarbeit. Doch jeden Tag werden sie daran erinnert, dass etwas nicht stimmt: In Prentisstown lebt keine einzige Frau. Alle weiblichen Bewohner sind, so heißt es, vor Jahren durch ein Fieber umgekommen, so auch die Mutter des dreizehnjährigen Todd.

Seit er denken kann, lebt der Junge als Vollwaise auf der Farm seiner beiden Ziehväter Ben und Cillian. Doch eines Tages gerät seine Welt aus den Fugen: Im Sumpf vor der Stadt findet Todd ein Wesen, dessen Gedanken er nicht hören kann. Ein Wesen, das es laut Bürgermeister Prentiss auf diesem Planeten überhaupt nicht geben dürfte: ein Mädchen. Sein Name ist Viola. Es gehört zur Vorhut einer neuen Siedlergeneration, die im Anflug auf New World ist – und das Terrorregime von Bürgermeister Prentiss erschüttern könnte. Dies umso mehr, als Todd die schreckliche Wahrheit über den Tod der Frauen ahnt: In Wahrheit starben sie nicht an einer Seuche, sondern sie wurden ermordet. Denn auf New World sind nur die Gedanken der Männer für alle zu hören, nicht aber die der Frauen. Der Diktator begann deshalb ihre Macht derart zu fürchten, dass er alle Frauen in seiner Stadt töten ließ. Ein Verbrechen, das die Bürger von Prentisstown zu Ausgestoßenen auf dem Planeten gemacht hat. Mit dem Wissen um diese Zusammenhänge ist Todd für Prentiss eine tödliche Gefahr. Noch bevor dieser jedoch zuschlagen und Todd verhaften kann, flieht der Junge mit Viola in die Sümpfe. Todds einzige Überlebensmittel sind ein altes Jagdmesser, das ihm Ben zum Abschied geschenkt hat, und eine Landkarte aus dem Tagebuch seiner verstorbenen Mutter. Diese Karte weist den Fliehenden den Weg nach Haven, der letzten Zuflucht, wo Frieden und Überfluss herrschen. Doch Prentiss hat bereits seinen brutalen Sohn Davy und den Prediger Aaron auf die Fährte von Todd und Viola gehetzt. Wie ein Bluthund kreuzt Aaron immer wieder den Weg der beiden, bis ihm Viola schließlich in einem Akt verzweifelter Gegenwehr Bens Messer in den Rücken stößt. Doch wenig später wird sie von Davy angeschossen und dabei lebensgefährlich verletzt. Unter Aufbietung seiner letzten Kräfte gelingt es Todd, die verwundete Viola auf dem Rücken nach Haven zu tragen. Doch die erhoffte Zuflucht erweist sich als Todesfalle: Vor den Toren Havens erwartet Bürgermeister Prentiss Todd und Viola mit einer ganzen Armee. Er lässt Viola an einen unbekannten Ort bringen, Todd landet im Verlies. Wird es ihm jemals gelingen, dem Bürgermeister zu entfliehen und Viola lebend wiederzusehen? Wann

werden Violas Leute in ihren Raumschiffen auf New World eintreffen? Auf wessen Seite werden sie sich stellen? So verzweifelt
die Lage Todd auch scheint: Dies ist noch lange nicht das Ende.
Der Kampf um New World hat gerade erst begonnen …

Das Ende

»DEIN LÄRM VERRÄT DICH, TODD HEWITT.«

Eine Stimme.

In der Dunkelheit.

Ich blinzle und schlage die Augen auf. Alles ist schemenhaft und verschwommen. Alles scheint sich um mich zu drehen, und mein Blut ist viel zu heiß, und mein Gehirn ist wie Brei, und ich kann keinen klaren Gedanken fassen, und es ist finster.

Ich blinzle.

Warte.

Nein, *warte.*

Gerade eben waren wir noch auf dem großen Platz.

Gerade eben noch hielt ich sie im Arm.

Sie ist in meinen Armen *gestorben.*

»Wo ist sie?« Ich spucke in die Dunkelheit, schmecke Blut, meine Stimme krächzt, mein Lärm schwillt an zu einem Wirbelsturm, der aus dem Nichts heraufzieht, er ist laut und rot und wild. »WO IST SIE?«

»Ich stelle hier die Fragen, Todd.«

Diese Stimme.

Seine Stimme.

Irgendwo in der Dunkelheit.

Irgendwo hinter meinem Rücken, wo ich ihn nicht sehen kann.

Bürgermeister Prentiss.

Ich blinzle wieder und allmählich verwandelt sich das trübe Bild in einen riesigen Raum. Nur durch ein einziges Fenster fällt Licht herein, das Fenster ist groß, kreisrund und weit weg, das Glas nicht weiß, sondern bunt, es zeigt die Umrisse von New World mit den zwei Monden, die tief stehende Sonne lässt ihre Strahlen nur auf mich fallen, auf niemanden sonst.

»Was habt Ihr mit ihr gemacht?«, frage ich, schreie ich.

Ich blinzle, weil mir Blut in die Augen rinnt. Ich will es wegwischen, aber meine Hände sind auf dem Rücken gefesselt. Ich zerre an den Fesseln, denn jetzt kriege ich es mit der Angst zu tun, mein Atem geht schneller, und ich schreie wieder: »WO IST SIE?«

Eine Faust schießt aus dem Nichts und trifft mich in die Magengrube.

Ich krümme mich vor Schmerz, und da merke ich erst, dass ich an einen Holzstuhl gefesselt bin. Meine Beine sind an die Stuhlbeine gebunden, mein Hemd muss ich irgendwo auf dem staubigen Weg über den Berghang verloren haben, und als ich mich trotz meines leeren Magens übergeben muss, sehe ich, dass unter mir ein Teppich liegt, in dem New World und die beiden Monde als Muster eingewebt sind, ein Muster, das sich endlos wiederholt.

Mir fällt wieder ein, dass wir auf dem Platz waren, auf dem Platz, zu dem ich geflohen war. Ich trug sie, sagte ihr, sie müsse am Leben bleiben, bis wir in Sicherheit sind, in Haven, und ich sie retten kann.

Aber es gibt keine Sicherheit, nicht das kleinste bisschen, in

Haven gibt es nur Prentiss und seine Männer, sie haben sie mir weggenommen, sie aus meinen Armen gerissen.

»Fällt dir etwas auf? Er fragt gar nicht: *Wo bin ich?*«, sagt die Stimme des Bürgermeisters von irgendwoher im Raum. »Seine ersten Worte sind: *Wo ist sie?*, und sein Lärm sagt dasselbe. Bemerkenswert.«

In meinem Kopf dröhnt es wie in meinem Magen, meine Erinnerung kehrt langsam zurück. Ich entsinne mich, dass ich gegen sie gekämpft habe, ich habe gegen sie gekämpft, als sie sie mir wegnahmen, bis ein Gewehrkolben mich an der Schläfe traf und alles um mich herum dunkel wurde.

Ich schlucke den Kloß in meiner Kehle hinunter, schlucke das Entsetzen und die Angst hinunter ...

Denn das ist das Ende, oder etwa nicht?

Alles ist aus.

Ich bin in der Gewalt des Bürgermeisters.

Sie ist in der Gewalt des Bürgermeisters.

»Wenn Ihr ihr etwas antut ...«, sage ich drohend. Ich spüre den Faustschlag im Magen. Mr Collins steht vor mir, halb im Schatten. Mr Collins, der Getreide und Blumenkohl anbaut und auch die Pferde des Bürgermeisters versorgt, eben dieser Mr Collins steht jetzt vor mir, eine Pistole steckt in seinem Halfter, über der Schulter hängt ein Gewehr, und er hebt die Faust, um wieder auf mich einzuprügeln.

»Ihr Zustand schien mir schon beklagenswert genug zu sein, Todd«, sagt der Bürgermeister und hält Mr Collins zurück. »Das arme Ding.«

Obwohl ich gefesselt bin, balle ich die Fäuste. Mein Lärm kommt mir bröselig und ramponiert vor, aber wenn ich an Davy Prentiss denke, wie er sein Gewehr auf uns richtet, wenn ich daran denke, wie sie in meinen Armen zusammensackt, wie sie blutet und nach Luft ringt, dann braust er auf.

Mein Lärm verfärbt sich dunkelrot, als ich mich daran erinnere, wie meine Faust in Davy Prentiss' Gesicht landet, wie er vom Pferd stürzt, sein Fuß sich im Steigbügel verheddert und er weggeschleift wird wie ein Stück Abfall.

»Nun«, sagt der Bürgermeister, »das beantwortet die Frage, wo mein Sohn abgeblieben ist.«

Wenn ich es nicht besser wüsste, würde ich sagen, der Gedanke amüsiert ihn beinahe.

Aber ich kann es nur aus dem Klang seiner Stimme schließen, einer Stimme, die schneidender und gewandter klingt, als sie früher in Prentisstown jemals geklungen hat, denn das Nichts, das ich bei meiner Ankunft in Haven an ihm wahrnahm, ist immer noch da – ein riesiges Nichts, das den Raum erfüllt und sich mit einem anderen großen Nichts vermischt, das von Mr Collins stammt.

Sie haben keinen Lärm. Beide Männer haben keinen Lärm. Der einzige Lärm hier ist mein Lärm, das Blöken eines verletzten Kalbes.

Ich hebe den Kopf, suche den Bürgermeister, doch ich kann mich nur ein klein wenig zur Seite drehen, das ist alles, die Schmerzen sind zu groß, und ich weiß nur, ich sitze in einem gebündelten Strahl aus staubigem, farbigem Licht inmitten eines Raums, der so groß ist, dass ich seine Wände kaum erkennen kann.

Aber dann sehe ich doch einen kleinen Tisch in der Dunkelheit, er steht so weit weg von mir, dass ich gerade noch erkennen kann, was darauf liegt.

Ich sehe Metall blitzen, funkelnde, unheilvolle Dinge, von denen ich gar nicht wissen will, wozu sie dienen.

»Für ihn bin ich immer noch der Bürgermeister«, höre ich seine Stimme, die schon wieder heiter und amüsiert klingt.

»Von nun an heißt das ›Präsident Prentiss‹, Junge«, knurrt Mr Collins. »Du tätest gut daran, dir das zu merken.«

»Was habt Ihr mit ihr gemacht?« Bei dem Versuch, mich nach rechts oder links zu drehen, stöhne ich auf, weil der Rücken mir so wehtut. »Wenn Ihr sie anrührt, dann …«

»Du kommst am Morgen in meine Stadt«, unterbricht mich der Bürgermeister, »mit leeren Händen, nicht einmal ein Hemd hast du am Leib, trägst ein Mädchen auf den Armen, das einen Unfall hatte …«

Mein Lärm kocht hoch. »Es war kein *Unfall!*«

»… das einen wirklich schlimmen Unfall hatte«, fährt der Bürgermeister fort, und in seiner Stimme schwingt ein erstes Anzeichen von Ungeduld, wie in dem Moment, als wir uns auf dem Platz gegenüberstanden. »So schlimm, dass es zwischen Leben und Tod schwebt. Und hier sitzt der Junge, den zu finden uns so viel Zeit und Mühe gekostet hat, der Junge, der uns so viele Unannehmlichkeiten bereitet hat, der sich uns aus freien Stücken gestellt hat, der uns zugesichert hat, alles zu tun, was wir wollen, wenn wir nur das Leben des Mädchens retten, und obwohl wir genau das versuchen …«

»Geht es ihr gut? Ist sie in Sicherheit?«

Der Bürgermeister verstummt. Mr Collins tritt einen Schritt vor und schlägt mir mit dem Handrücken ins Gesicht. Der pulsierende Schmerz wandert mit quälender Langsamkeit über meine Wange und ich sitze nur da und ringe verzweifelt nach Luft.

Dann tritt der Bürgermeister in den Lichtkegel, direkt vor mich hin.

Seine Kleidung ist noch immer tadellos, frisch und sauber, als steckte kein Mensch darin, sondern ein wandelnder, sprechender Eisblock. Sogar auf der Kleidung von Mr Collins sind Schweiß- und Schmutzflecken, und er riecht entsprechend, aber nicht der Bürgermeister, nein, der nicht.

In Gegenwart des Bürgermeisters fühlt man sich wie ein Haufen Unrat, der beiseitegeräumt werden muss.

Er bückt sich, damit er mir in die Augen sehen kann.

Und dann fragt er mich leichthin, wie aus reiner Neugierde: »Wie heißt sie, Todd?«

Ich blinzle überrascht. »Was?«

»Wie heißt sie?«, fragt er noch einmal.

Er muss doch wissen, wie sie heißt. Ganz bestimmt kann er ihren Namen in meinem Lärm lesen.

»Ihr wisst, wie sie heißt.«

»Ich möchte aber, dass du es mir sagst.«

Ich schaue von ihm zu Mr Collins, der mit verschränkten Armen dasteht, ich brauche sein Schweigen gar nicht, ich kann in seinem Gesicht lesen, dass er nichts lieber täte, als mich in Grund und Boden zu prügeln.

»Versuchen wir's noch mal, Todd«, sagt der Bürgermeister ungerührt. »Du würdest mir eine große Freude machen, wenn du meine Frage beantworten würdest. Wie heißt es, dieses Mädchen aus einer anderen Welt?«

»Wenn Ihr schon wisst, dass sie aus einer anderen Welt kommt, dann kennt Ihr bestimmt auch ihren Namen.«

Jetzt lächelt der Bürgermeister, er lächelt tatsächlich.

Und ich fürchte mich mehr als je zuvor.

»So funktioniert das nicht, Todd. Die Spielregeln sind so: Ich stelle die Frage und du antwortest. Also: Wie heißt sie?«

»Wo ist sie?«

»Wie heißt sie?«

»Sagt mir, wo sie ist, und ich sage Euch, wie sie heißt.«

Er seufzt, so als hätte ich ihn enttäuscht. Dann nickt er Mr Collins zu, der vortritt und mir einen Schlag in den Magen versetzt.

»Das ist ein ganz einfacher Handel, Todd«, sagt der Bürgermeister, während ich auf den Teppich speie. »Du musst mir nur sagen, was ich wissen will, und schon ist alles vorbei. Du hast die Wahl. Glaub mir, ich möchte dir nicht noch mehr wehtun.«

Ich keuche, krümme mich, bekomme vor lauter Schmerzen im Magen kaum noch Luft. Mein Gewicht zerrt an den Fesseln meiner Handgelenke und ich spüre das Blut in meinem Gesicht, klebrig und halb angetrocknet, mit verschleierten Augen kauere ich in meinem Gefängnis aus Licht, mitten in diesem Raum, der keinen Ausgang hat.

Diesem Raum, in dem ich sterben werde.

Diesem Raum, in dem sie nicht ist.

Und etwas in mir trifft einen Entschluss.

Wenn dies das Ende ist, dann ist die Entscheidung klar.

Die Entscheidung, nichts zu sagen.

»Ihr wisst, wie sie heißt«, sage ich. »Tötet mich, wenn Ihr wollt, denn Ihr wisst ihren Namen ohnehin.«

Der Bürgermeister sieht mich nur an.

Es ist die längste Minute meines Lebens, er schaut mich an, liest in meinem Lärm, sieht, dass ich meine, was ich sage.

Und dann geht er zu dem kleinen Holztisch.

Ich will sehen, was er da macht, aber er kehrt mir den Rücken zu. Ich höre, wie er mit den Sachen hantiert, die auf dem Tisch liegen, höre das Kratzen von Metall auf Holz.

»*Bitte, rettet sie*«, äfft er meine Worte nach. »*Ich werde alles tun, was Ihr verlangt.*«

»Ich habe keine Angst vor Euch«, sage ich, obwohl mein Lärm etwas anderes hinausschreit, sobald ich an die Sachen denke, die auf dem Tisch liegen könnten. »Ich habe keine Angst zu sterben.« Aber ich frage mich, ob das wirklich stimmt.

Er dreht sich wieder um, verbirgt aber die Hände hinter dem Rücken, sodass ich nicht sehen kann, was er vom Tisch genommen hat. »Weil du ein Mann bist, Todd? Weil ein Mann keine Angst hat zu sterben?«

»Ja«, antworte ich. »Weil ich ein Mann bin.«

Der Bürgermeister runzelt die Stirn. »Wenn ich nicht irre, sind es noch vierzehn Tage bis zu deinem Geburtstag.«

»Das ist nur eine Zahl.« Ich atme schwer, mein Magen hüpft beim Reden auf und ab. »Das sagt rein *gar nichts*. Wenn ich in der alten Welt leben würde, dann wäre ich …«

»Aber du bist nicht in der alten Welt, *Junge*«, fällt Mr Collins mir ins Wort.

»Ich glaube, er meint etwas anderes«, sagt der Bürgermeister, ohne mich auch nur eine Sekunde aus den Augen zu lassen. »Nicht wahr, Todd?«

Ich blicke von einem zum anderen. »Ich habe getötet«, sage ich. »Ich habe getötet.«

»Ja, ich glaube dir, dass du getötet hast«, erwidert der Bürgermeister. »Ich sehe, wie sehr du dich deswegen schämst. Aber die Frage ist doch, *wen*. Wen hast du getötet?«

Er tritt wieder in den Schatten, heraus aus dem Lichtkegel, und er verbirgt, was immer er vom Tisch aufgehoben hat, noch immer hinter seinem Rücken, während er sich nun hinter mich stellt. »Oder sollte ich lieber fragen, *was*?«

»Ich habe Aaron getötet«, sage ich und versuche vergeblich, ihm mit meinen Blicken zu folgen.

»Ach, das hast du?« Es ist so entsetzlich, dass ich seinen Gedankenlärm nicht hören kann. Das ist etwas ganz anderes als die Stille, die von einem Mädchen ausgeht. Die Stille eines Mädchens ist immer lebendig, sie atmet, sie hat eine Gestalt inmitten des fremden Lärms, der sie umdröhnt.

(Ich denke an sie, ich denke an ihre Stille, daran, wie weh mir diese Stille tat.)

(Ich denke nicht an ihren Namen.)

Was immer der Bürgermeister auch getan haben mag, egal wie er es geschafft hat, dass er und Mr Collins keinen Lärm mehr haben, von ihm geht etwas Totes aus, formlos, tonlos und starr. Bürgermeister Prentiss ist undurchdringlich wie ein Stein, wie eine Wand, wie eine auf ewig uneinnehmbare Festung. Ich schätze, er kann in meinem Lärm lesen, aber wie soll man das wissen bei einem Mann, der sich selbst zu Stein hat werden lassen?

Ich zeige ihm, was er sehen will. Ich rücke ein Bild von der Kirche unter dem Wasserfall in meinem Lärm ganz weit nach vorn. Ich lasse ihn den Kampf mit Aaron sehen, so wie er sich wirklich zugetragen hat, das Ringen, das Blut, ich denke daran, wie ich gegen ihn gekämpft und ihn zu Boden geschlagen habe, wie ich mein Messer nahm.

Ich zeige ihm, wie ich Aaron in den Rücken gestochen habe.

»Ich erkenne darin Wahrheit«, sagt der Bürgermeister. »Aber ist es auch die ganze Wahrheit?«

»Die reine Wahrheit«, antworte ich und lasse meinen Lärm so sehr anschwellen, dass er nichts anderes mehr darin hören kann. »Die reine Wahrheit.«

Er klingt noch immer belustigt, als er sagt: »Ich glaube, du lügst mich an, Todd.«

»Das tue ich nicht!«, schreie ich ihn an. »Ich habe getan, was Aaron wollte! Ich habe ihn ermordet! Ich bin zum Mann geworden nach den Gesetzen, die Ihr geschaffen habt, und wenn Ihr es befehlt, schließe ich mich Eurer Armee an. Ich werde tun, was Ihr von mir verlangt, aber sagt mir, was Ihr mit ihr gemacht habt!«

Er scheint Mr Collins von hinten ein Zeichen gegeben zu haben, denn der tritt auf mich zu, holt weit mit der Faust aus und ...

(Ich kann nicht anders.)

Ich zucke erschrocken zurück und reiße dabei den Stuhl ein Stück zur Seite.

(Halt die Klappe.)

Aber es kommt kein Schlag.

»Gut«, sagt der Bürgermeister, und aus seiner Stimme spricht Zufriedenheit. »Gut.« Er beginnt wieder, im Dunkeln auf und ab zu gehen. »Ich möchte dir ein paar Dinge erklären, Todd«, fährt er fort. »Du befindest dich in unserem Hauptstützpunkt, früher war es die Kathedrale von Haven, seit gestern ist hier der Palast des Präsidenten. Ich habe dich hierher zu mir nach Hause gebracht, weil ich hoffte, dir helfen zu können. Du hast dich in einen aussichtslosen Kampf gegen mich verrannt und musst jetzt endlich deinen Irrtum einsehen.«

Seine Stimme wandert hinter Mr Collins.

Seine Stimme ...

Einen Moment lang glaube ich, er formt seine Worte gar nicht mit den Lippen.

Er spricht direkt in meinem Kopf.

Aber sofort ist dieses Gefühl wieder verschwunden.

»Meine Soldaten werden morgen Nachmittag hier eintreffen«, sagt er, immer noch auf und ab gehend. »Du, Todd Hewitt, wirst mir zuerst sagen, was ich von dir wissen will, und dann wirst du dein Wort halten und mir bei der Erschaffung einer neuen Gesellschaft helfen.«

Er tritt wieder in den Lichtkegel, bleibt direkt vor mir stehen, die Hände noch immer auf dem Rücken, hält noch immer verborgen, was er vom Tisch heruntergenommen hat.

»Aber zuerst, Todd«, fährt er fort, »zuerst möchte ich dich davon überzeugen, dass ich nicht dein Feind bin.«

Ich bin so überrascht, dass ich meine Angst einen Moment lang vergesse.

Nicht mein Feind?

»Nein, Todd«, sagt er, »ich bin nicht dein Feind.«

»Ihr seid ein Mörder«, sage ich, ohne nachzudenken.

»Ich bin ein General der Armee«, sagt er. »Nicht mehr und nicht weniger.«

Ich blicke ihn mit weit aufgerissenen Augen an. »Ihr habt Menschen getötet auf Eurem Marsch hierher. Ihr habt die Bewohner von Farbranch getötet.«

»Im Krieg ereignen sich oft bedauerliche Dinge, aber der Krieg ist jetzt vorüber.«

»Ich habe gesehen, wie Ihr sie erschossen habt«, sage ich, und ich hasse es, dass die Worte eines Mannes ohne Lärm so kraftvoll klingen, so unverrückbar wie ein Fels.

»Mich hast du gesehen, Todd, mich?«

In meinem Mund ist ein bitterer Geschmack, ich muss ihn hinunterschlucken. »Nein, aber Ihr wart es, der den Krieg angefangen hat!«

»Der Krieg war nötig«, erwidert er. »Um einen kranken, sterbenden Planeten zu retten.«

Mein Atem geht schneller, mein Verstand ist benebelt, mein

Kopf schwerer als sonst. Auch mein Lärm wird dunkelrot. »Ihr habt Cillian ermordet.«

»In der Tat sehr bedauerlich«, antwortet er. »Aus ihm wäre ein guter Soldat geworden.«

»Ihr habt meine Mutter auf dem Gewissen«, sage ich mit belegter Stimme (halt die Klappe), und mein Lärm ist voller Wut und Trauer, meine Augen füllen sich mit Tränen (halt die Klappe, halt die Klappe, halt die Klappe). »Ihr habt alle Frauen in Prentisstown getötet.«

»Glaubst du alles, was man dir erzählt, Todd?«

Plötzlich herrscht Stille, wirkliche Stille, denn sogar mein Lärm sucht eine Antwort auf diese Frage.

»Ich will keine Frauen töten«, fügt er hinzu. »Ich habe das nie gewollt.«

»Ja, aber Ihr habt –«

»Wir haben jetzt keine Zeit für eine Geschichtsstunde.«

»Ihr seid ein *Lügner*!«

»Und du meinst, du wüsstest alles, nicht wahr?«, sagt er mit eisiger Stimme. Er tritt zurück, und Mr Collins schlägt mir derart hart gegen den Kopf, dass ich beinahe umkippe und auf den Boden falle.

»IHR SEID EIN LÜGNER UND EIN MÖRDER!«, schreie ich. Von dem Schlag klingen mir die Ohren.

Mr Collins verpasst mir noch einen Hieb wie mit einem Holzscheit, diesmal auf die andere Seite des Kopfes.

»Ich bin nicht dein Feind, Todd«, wiederholt der Bürgermeister. »Bitte zwing mich nicht, dir solche Dinge anzutun.«

Mein Kopf schmerzt so sehr, dass ich nicht darauf antworte. Ich kann nicht antworten. Ich kann nicht sagen, was er von mir hören will. Und ich kann auch sonst nichts sagen, ohne dass ich windelweich geprügelt werde.

Das ist das Ende. Das muss das Ende sein. Sie werden mich nicht am Leben lassen. Sie werden *sie* nicht am Leben lassen.

Das also ist das Ende.

»Ich hoffe, das ist es«, sagt der Bürgermeister, und seine Stimme klingt jetzt so, als sagte er die Wahrheit. »Ich hoffe, du erzählst mir das, was ich wissen will, und wir können mit all dem hier aufhören.«

Und dann sagt er …

Dann sagt er …

Er sagt: »Bitte.«

Ich blicke auf, blinzle gegen die Schwellung an, die sich allmählich um meine Augen herum bildet.

Seine Miene ist besorgt, sein Blick beinahe *flehend.*

Was zum Teufel soll das? Was, verdammt noch mal, hat das zu bedeuten?

Und ich höre wieder dieses SUMMEN in meinem Kopf.

Es ist nicht wie der normale Lärm eines anderen Mannes.

Es sagt BITTE mit einer Stimme wie der meinen.

Es sagt BITTE, als würde ich selbst dieses Wort sprechen.

Es bedrängt mich …

… tief in meinem Inneren.

Es ist, als wollte ich es selbst …

BITTE.

»Was du zu wissen glaubst, Todd«, sagt der Bürgermeister, und seine Stimme summt noch immer in meinem Kopf, »ist falsch.«

Und dann erinnere ich mich.

Ich erinnere mich an Ben.

Ich erinnere mich, wie Ben dasselbe zu mir gesagt hat.

Ben, den ich für immer verloren habe.

Mein Lärm wird schriller bei diesem Gedanken. Er übertönt die Stimme.

Die Miene des Bürgermeisters ist plötzlich nicht mehr bittend.

»Gut«, sagt er und runzelt ein wenig die Stirn. »Aber denk daran, du hast es so gewollt.« Er richtet sich kerzengerade auf. »Wie heißt sie?«

»Ihr wisst, wie sie heißt.«

Mr Collins schlägt mich und mein Kopf wird zur Seite geschleudert.

»Wie heißt sie?«

»Das wisst Ihr doch.«

WUMM, noch ein Schlag, diesmal auf die andere Seite.

»Wie heißt sie?«

»Nein.«

WUMM.

»Sag mir, wie sie heißt.«

»Nein!«

WUMM!

»Wie heißt sie, Todd?«

»VERKRÜMELT EUCH!«

Nur, dass ich nicht »verkrümelt« sage. Mr Collins versetzt mir einen solchen Schlag, dass mein Kopf nach hinten fliegt und ich seitlich mitsamt dem Stuhl zu Boden stürze. Ich falle auf den Teppich, ich kann mich mit meinen gefesselten Händen nicht abstützen, ich sehe lauter kleine New Worlds und sonst gar nichts mehr.

Ich atme in den Teppich.

Die Stiefelspitzen des Bürgermeisters kommen meinem Gesicht immer näher.

»Ich bin nicht dein Feind, Todd Hewitt«, wiederholt er. »Sag mir nur, wie sie heißt, und das alles hat ein Ende.«

Ich hole tief Luft und muss husten.

Ich hole nochmals Luft und sage, was ich sagen muss.

»Ihr seid ein Mörder.«

Wieder herrscht Stille.

»So sei es denn«, sagt der Bürgermeister.

Seine Füße entfernen sich, und ich merke, wie Mr Collins meinen Stuhl vom Boden aufhebt und mich dazu, mein Körper ächzt unter seinem eigenen Gewicht. Dann setzt Mr Collins mich wieder in den Kegel aus farbigem Licht. Meine Lider sind jetzt so angeschwollen, dass ich ihn kaum erkennen kann, obwohl er direkt vor mir steht.

Ich höre, wie sich der Bürgermeister wieder an dem kleinen Tisch zu schaffen macht. Ich höre, wie er verschiedene Dinge auf der Tischplatte hin und her schiebt. Ich höre das kratzende Geräusch von Metall.

Dann höre ich, wie er neben mich tritt.

Und nachdem ich so oft so kurz davor gestanden habe, hier ist es nun wirklich und unwiderruflich: mein Ende.

Es tut mir leid, denke ich. *Es tut mir so leid.*

Der Bürgermeister legt mir die Hand auf die Schulter, und ich zucke zurück, aber er lässt seine Hand liegen, drückt mich auf den Stuhl hinunter. Ich kann nicht sehen, was er in der anderen hält, er presst es gegen mich, an mein Gesicht, es ist etwas Hartes, Metallisches, etwas, was entsetzlich schmerzt, mir Qualen zufügen und mein Leben beenden will, und da ist ein Loch in mir, in das ich hineinkriechen muss, weg von allem, ein tiefes schwarzes Loch, und ich weiß, das ist das Ende, das endgültige Ende, ich werde niemals von hier fliehen können, er wird mich umbringen, wird *sie* umbringen, und es gibt keinen Ausweg, kein Leben, keine Hoffnung, kein gar nichts.

Es tut mir leid.

Der Bürgermeister legt mir eine Kompresse aufs Gesicht.

Mir stockt der Atem, so kühl fühlt sie sich an, und ich zucke vor seiner Berührung zurück, doch er drückt die Kompresse sanft auf die Beule an meiner Stirn und auf die Wunden in meinem Gesicht und an meinem Kinn, er ist mir so nahe, dass ich ihn riechen kann, seine Sauberkeit, seine Seife, die nach Holz duftet, seinen Atem, der aus seiner Nase über meine Wangen streicht, seine Finger, die meine Wunden fast zärtlich berühren, die Schwellungen an meinen Augen, die Risse in meinen Lippen, und ich spüre, wie der Verband fast augenblicklich seine Wirkung tut, fühle, wie die Schwellung schnell abnimmt, spüre, wie die Schmerzmittel sich in meinen Adern ausbreiten, und einen Augenblick lang denke ich, wie *gut* die Wundverbände sind, die man hier in Haven benutzt, welch große Ähnlichkeit sie mit *ihren* Verbänden haben, und meine Schmerzen lassen so schnell, so unerwartet nach, dass ich einen Kloß im Hals spüre, den ich hinunterschlucken muss.

»Ich bin nicht der Mann, für den du mich hältst, Todd«, sagt der Bürgermeister leise, er haucht mir diese Worte beinahe ins Ohr, während er eine weitere Kompresse auf meinen Nacken legt. »Ich habe nicht getan, was du mir vorwirfst. Ich habe meinen Sohn gebeten, dich zurückzubringen. Ich habe ihn nicht aufgefordert zu schießen. Ich habe Aaron nicht befohlen, dich zu töten.«

»Du bist ein Lügner«, sage ich, aber meine Stimme ist leise und ich zittere, so sehr strengt es mich an, nicht zu schluchzen (halt die Klappe).

Der Bürgermeister verbindet auch die Verletzungen an meiner Brust und an meinem Bauch, er ist so behutsam, dass ich es fast nicht aushalte, so behutsam, dass man fast glauben möchte, er wolle mir auf keinen Fall wehtun.

»Das will *ich* auch nicht, Todd«, sagt er. »Die Zeit wird kommen, in der du einsiehst, dass es wahr ist.«

Er stellt sich hinter mich und legt einen Verband um meine wunden Handgelenke, nimmt meine Hände in die seinen und massiert sie mit dem Daumen, bis das Gefühl wieder in sie zurückkehrt.

»Der Tag wird kommen«, sagt er, »an dem du mir vertrauen wirst. An dem du mich vielleicht sogar *mögen* wirst. An dem du an mich wie an einen Vater denkst, Todd.«

Es ist, als würde mein Lärm hinwegschmelzen wie unter Drogen, zusammen mit den Schmerzen, die nun langsam verschwinden, und ich mit ihnen. Es ist, als würde er mich schließlich doch noch töten, aber durch Fürsorge, nicht durch Strafe.

Ich kann das Weinen nicht mehr aus meiner Kehle, meinen Augen, meiner Stimme fernhalten.

»Bitte«, sage ich. »Bitte.«

Aber ich weiß nicht, worum ich bitte.

»Der Krieg ist vorbei, Todd«, sagt der Bürgermeister wieder. »Wir werden eine neue Welt schaffen. Dann wird dieser Planet seinem Namen endlich und wahrhaftig gerecht werden. Glaub mir, wenn ich dir sage: Sobald du das erst einmal einsiehst, wirst du ein Teil dieser neuen Welt sein wollen.«

Ich atme in die Dunkelheit.

»Du könntest ein Anführer werden, Todd. Du hast bewiesen, dass du etwas ganz Besonderes bist.«

Ich atme weiter, will mich darauf konzentrieren, aber ich spüre, wie ich mir selbst entgleite.

»Woher weiß ich es?«, frage ich schließlich. Meine Stimme ist nur noch ein Krächzen, ein Lallen, etwas völlig Unwirkliches. »Wie kann ich wissen, dass sie überhaupt noch lebt?«

»Das kannst du nicht«, antwortet der Bürgermeister. »Du musst auf mein Wort vertrauen.«

Und er wartet wieder.

»Wenn ich es tue«, frage ich. »Wenn ich tue, was Ihr von mir verlangt, werdet Ihr sie dann retten?«

»Wir werden alles tun, was nötig ist«, gibt er zur Antwort.

Jetzt, da die Schmerzen verschwunden sind, scheint es mir beinahe, als hätte ich keinen Körper, als wäre ich nur ein Geist, der auf einem Stuhl sitzt, blind und unvergänglich.

Als wäre ich schon längst tot.

Denn woher soll man wissen, dass man noch lebt, wenn nichts mehr wehtut?

»Wir haben die Wahl, was aus uns wird, Todd«, sagt der Bürgermeister. »Nicht mehr und nicht weniger. Und ich wünsche mir, dass du mir endlich sagen kannst, was ich von dir hören will. Ich wünsche mir das wirklich sehr.«

Unter meinem Verband ist nichts als Dunkelheit.

Ich bin allein, allein im schwarzen Nichts.

Allein mit seiner Stimme.

Ich weiß nicht, was ich machen soll.

Ich weiß gar nichts.

(Was soll ich nur tun?)

Aber wenn auch nur der Hauch einer Chance besteht, nur eine klitzekleine *Chance* …

»Ist es wirklich ein so großes Opfer für dich, Todd?«, fragt der Bürgermeister und hört zu, wie ich überlege. »Hier, am Ende der Vergangenheit? Am Beginn der Zukunft?«

Nein. Nein, ich kann es nicht. Er ist ein Lügner und ein Mörder, egal, was er sagt.

»Ich warte, Todd.«

Vielleicht ist sie ja noch am Leben, er könnte dafür sorgen, dass sie am Leben bleibt.

»Dir bleibt nicht mehr viel Zeit, Todd.«

Ich hebe den Kopf, die Bewegung lockert den Verband ein wenig. Ich blinzle ins Licht, blinzle dem Bürgermeister ins Gesicht.

Es ist ausdruckslos wie immer.

Es ist wie eine kahle, tote Wand.

Ich könnte ebenso gut in einen Abgrund sprechen.

Ich könnte ebenso gut in einem Abgrund sein.

Ich schaue weg. Ich schaue nach unten.

»Viola«, sage ich, zum Teppich gewandt. »Sie heißt Viola.«

Der Bürgermeister atmet tief aus, erfreut und erleichtert. »Gut, Todd«, sagt er. »Ich danke dir.«

Dann wendet er sich an Mr Collins.

»Binde ihn los.«

TEIL I

Todd im Turm

1

Der alte Bürgermeister

[TODD]

MR COLLINS STÖSST MICH einen schmalen, fensterlosen Treppenaufgang hinauf. Endlose Stufen mit engen, gewundenen Absätzen. Gerade als meine Beine nicht mehr mitmachen wollen, kommen wir zu einer Tür. Er öffnet sie und versetzt mir einen groben Stoß. Ich stolpere in den Raum und falle auf den Holzfußboden. Meine Arme sind so steif, dass ich den Sturz nicht abfangen kann, stöhnend rolle ich auf die Seite.

Und blicke in einen dreißig Meter tiefen Abgrund.

Mr Collins lacht, als ich auf allen vieren wegkrieche. Ich finde mich auf einem nur fünf Bretter breiten Sims wieder, der sich um die Wände eines quadratischen Raums zieht. In der Mitte ist eine riesige Öffnung, durch die ein paar Seile hinabbaumeln. Mein Blick folgt den Seilen nach oben, sie laufen durch einen weiten Schacht zum größten Geläut, das ich jemals gesehen habe. Zwei Glocken hängen an einem hölzernen Glockenstuhl, es sind riesige Dinger, groß wie ein Zimmer, man könnte glatt darin wohnen.

In die Turmmauer sind Schalllöcher eingelassen, damit man das Geläut weithin hören kann. Ich zucke zusammen, als Mr Collins die Tür zuschlägt und sie mit einem dumpfen *Tschack!* ins Schloss fällt, ein Geräusch, das keinen Gedanken an Flucht mehr aufkommen lässt.

Ich rapple mich auf und lehne mich an die Wand, bis ich wieder zu Atem gekommen bin.

Ich schließe die Augen.

Ich bin Todd Hewitt, denke ich. *Ich bin der Sohn von Cillian Boyd und Ben Moore. Ich habe in vierzehn Tagen Geburtstag, aber ich bin schon ein Mann.*

Ich bin Todd Hewitt und ich bin ein Mann.

(Ein Mann, der gerade dem Bürgermeister gesagt hat, wie sie heißt.)

»Es tut mir leid«, flüstere ich. »Es tut mir so leid.«

Nach einer Weile öffne ich die Augen wieder und schaue mich um. Etwa in Augenhöhe sind kleine, rechteckige Öffnungen, drei an jeder Wand, durch die das staubige Dämmerlicht hereinfällt.

Ich gehe zur nächsten Öffnung. Wie nicht anders erwartet bin ich im Glockenturm der Kathedrale, hoch oben, und blicke auf die Vorderseite des Gebäudes. Unten liegt der Platz, an dem ich die Stadt zum ersten Mal betreten habe. Das war erst heute Morgen, aber es kommt mir vor, als sei inzwischen ein Menschenleben vergangen. Der Abend dämmert, das bedeutet, ich war eine ganze Weile weggetreten, ehe mich der Bürgermeister aufweckte – Zeit genug, um alles Mögliche mit ihr zu machen, Zeit genug, um …

(Halt die Klappe, halt endlich die Klappe.)

Ich lasse meinen Blick über den Platz schweifen. Er ist immer noch menschenleer, es ist immer noch so still wie in einer Geister-stadt, es ist eine Stadt ohne Lärm, eine Stadt, die darauf wartet, dass eine Armee kommt und sie erobert.

Eine Stadt, die nicht einmal versucht zu kämpfen.

Bürgermeister Prentiss ist einfach aufgetaucht und sie haben ihm die Stadt übergeben. *Manchmal hat das Gerücht, dass eine Armee anrückt, genau die gleiche Wirkung wie die Armee selbst,* hat er zu mir gesagt. Und hat er damit nicht recht gehabt?

Tagelang sind wir gelaufen, so schnell wir konnten, und haben keinen Gedanken darauf verschwendet, was uns in Haven er-wartet; wir haben es nicht laut gesagt, aber wir haben gehofft, wir wären hier sicher, wir haben gehofft, das Paradies zu finden.

Glaub mir, dort gibt es Hoffnung, hat Ben gesagt.

Aber er hat sich getäuscht. Haven gibt es nicht mehr.

Es gibt nur noch New Prentisstown.

Ich schaue über den Platz nach Westen, über die Baumwipfel, die sich bis in die entlegeneren, stillen Häuser und Straßen er-strecken, bis zum Wasserfall, der sich nicht weit entfernt vom Rand des Abhangs ins Tal stürzt, bis zur Serpentinenstraße, die sich bergan windet, der Straße, auf der ich mit Davy Prentiss junior kämpfte, die Straße, auf der Viola …

Rasch wende ich mich ab und mustere stattdessen den Raum.

Allmählich gewöhnen sich meine Augen an das Dämmerlicht. Er scheint leer zu sein, ich bemerke nur Balken und einen unan-genehmen Geruch. Die Glockenseile baumeln etwa zwei Meter neben mir in die Tiefe. Ich versuche zu erspähen, wo sie an den Glocken befestigt sind und wie man sie zum Läuten bringt. Dann blicke ich durch die Öffnung nach unten, aber in der Dunkelheit lässt sich nichts erkennen. Wahrscheinlich ist dort nur ein har-ter Boden.

Zwei Meter sind nicht viel. Man könnte leicht so weit springen, sich am Seil festhalten und nach unten klettern.

Aber dann …

»Ein genialer Einfall, wirklich«, höre ich eine Stimme aus der gegenüberliegenden Ecke.

Ich zucke zurück, dann strecke ich die Fäuste vor, mein Lärm ist stachelig wie ein Igel. Ein Mann steht auf, anscheinend hatte er die ganze Zeit da gesessen.

Noch ein Mann ohne Lärm.

»Wenn du versuchst das Seil hinabzuklettern, das hier so verführerisch hängt«, fährt er fort, »wird jedermann in der Stadt wissen, dass du abhauen willst.«

»Wer bist du?« Ich frage ihn mit einem flauen Gefühl im Magen, aber mit geballten Fäusten.

»Ja«, sagt er. »Ich hätte gewettet, dass du nicht aus Haven bist.« Er tritt aus der Ecke hervor und ein Lichtstrahl fällt auf sein Gesicht. Ich sehe ein blau angeschwollenes Auge und eine aufgeschlagene Lippe, die frisch verschorft ist. Offenbar hat man für ihn keinen Verband übrig gehabt. »Ist schon komisch, dass man so schnell vergisst, wie laut es ist«, sagt er mehr zu sich selbst.

Er ist ein kleiner Mann, kleiner als ich und auch dicker, älter als Ben, wenn auch nicht viel. Aber er ist schwach, sogar seine Gesichtszüge scheinen weich. Wenn es sein muss, könnte ich ihn überwältigen.

»Ja«, sagt er, »ich vermute, das könntest du.«

»Wer bist du?«, frage ich wieder.

»Wer ich bin?«, wiederholt der Mann leise meine Frage, dann fährt er lauter fort: »Ich bin Con Ledger, mein Junge. Der Bürgermeister von Haven.« Er lächelt unbeholfen. »Aber nicht der Bürgermeister von New Prentisstown.« Er schüttelt den Kopf.

»Wir haben sogar den Flüchtlingen das Medikament gegeben, als immer mehr von ihnen kamen.«

Und dann bemerke ich, dass sein Lächeln in Wirklichkeit gar kein Lächeln ist, sein Gesicht ist schmerzverzerrt.

»Guter Gott, Junge«, sagt er, »was für einen Lärm du da machst!«

»Ich bin kein Junge mehr«, entgegne ich und halte meine Fäuste hoch.

»Ich verstehe überhaupt nicht, was für eine Rolle das spielen soll.«

Mir liegen zehn Millionen Dinge auf der Zunge, die ich ihm sagen will, aber meine Neugier behält die Oberhand. »Also gibt es doch ein Mittel gegen den Lärm?«

»Aber ja«, sagt er und verzieht sein Gesicht, als hätte er auf etwas Verdorbenes gebissen. »Eine heimische Pflanze mit einem neurochemischen Wirkstoff, angereichert mit ein paar anderen Zutaten, die wir künstlich herstellen konnten, und das war's auch schon. Von da an kehrte Ruhe in New World ein.«

»Nicht in *ganz* New World.«

»Nun ja«, sagt er und blickt durch die rechteckige Öffnung hinaus, die Hände auf dem Rücken verschränkt. »Das Medikament ist schwierig herzustellen, musst du wissen. In einem langwierigen, zeitraubenden Verfahren. Vollständig beherrschen wir diese Methode erst seit letztem Jahr, und das, nachdem wir zwanzig Jahre herumexperimentiert haben. Wir haben genügend davon für uns selbst hergestellt, und gerade als wir es anderen zugänglich machen konnten, da ...« Er bricht ab und blickt angestrengt auf die Stadt.

»... da habt ihr euch kampflos ergeben«, vollende ich den Satz und mein Lärm wird zu einem leisen roten Grollen. »Wie Feiglinge.«

41

Jetzt ist das schmerzverzerrte Lächeln aus seinem Gesicht verschwunden, es ist wie weggewischt. »Weshalb sollte ich auf die Meinung eines Jungen etwas geben?«

»Ich *bin* kein Junge mehr«, wiederhole ich. Meine Fäuste, sind sie noch geballt? Ja, sie sind noch geballt.

»Natürlich bist du noch ein Junge«, sagt er, »denn ein Mann wüsste, welche Entscheidungen er treffen muss, wenn es ums nackte Überleben geht.«

Ich kneife die Augen zusammen. »Was das nackte Überleben angeht, kannst du mir sicher nichts Neues beibringen.«

Er blinzelt, blickt hinein in meinem Lärm, der ihn wie grelle Blitze blendet, sieht, dass ich die Wahrheit sage, und da wird er versöhnlicher. »Verzeih mir«, sagt er. »Ich bin nicht mehr ich selbst.« Er reibt sich mit der Hand übers Gesicht, fährt über die schmerzende Wunde an seinem Auge. »Gestern noch war ich der freigebige Bürgermeister einer wunderschönen Stadt.« Er scheint über einen Witz zu lachen, den nur er versteht. »Aber das war gestern.«

»Wie viele Bewohner hat Haven?«, frage ich, denn so leicht soll er mir nicht davonkommen.

Er schaut mich an. »Junge …«

»Mein Name ist Todd Hewitt«, unterbreche ich ihn. »Du kannst auch Mr Hewitt zu mir sagen.«

»Er hat uns einen neuen Anfang versprochen.«

»Sogar ich weiß, dass er ein Lügner ist. *Wie viele Bewohner?*«

Er seufzt. »Mit den Flüchtlingen sind es dreitausenddreihundert.«

»Das sind dreimal so viele, wie in der Armee sind«, sage ich. »Ihr hättet kämpfen können.«

»Frauen und Kinder«, sagt er. »Bauern.«

»In den anderen Städten haben Frauen und Kinder gekämpft. Dabei sind viele Frauen und Kinder *gestorben*.«

Er tritt einen Schritt vor und sagt hitzig: »Ja, und jetzt werden die Frauen und Kinder dieser Stadt eben *nicht* sterben. Denn ich habe Frieden für sie ausgehandelt!«

»Einen Frieden, der dir ein blaues Auge beschert hat«, erwidere ich. »Einen Frieden, in dem du dir eine aufgeplatzte Lippe eingehandelt hast.«

Er betrachtet mich einen Augenblick lang, dann schnaubt er traurig. »Das sind Worte eines Weisen aus dem Mund eines Toren.«

Er dreht sich um und blickt wieder hinaus.

Ich höre ein leises SUMMEN.

Mein Lärm ist ein einziges Fragezeichen, aber bevor ich den Mund aufmachen kann, sagt der Bürgermeister, der *ehemalige* Bürgermeister: »Ja, ich bin es, den du hörst.«

»Du?«, frage ich. »Und was ist mit dem Medikament?«

»Würdest du einem besiegten Feind das Medikament geben, das er am meisten braucht?«

Ich fahre mir mit der Zunge über die Oberlippe. »Er kommt wieder, der Lärm?«

»Oh ja. Wenn man nicht täglich seine Dosis nimmt, kommt er mit tödlicher Sicherheit zurück.« Er geht in seine Ecke und setzt sich langsam hin. »Du wirst feststellen, dass es hier keine Toiletten gibt«, sagt er. »Ich entschuldige mich im Voraus für die Unannehmlichkeiten.«

Ich betrachte ihn, wie er so dasitzt, mein Lärm dröhnt noch immer zornesrot und schleudert Fragen.

»Das warst doch du, wenn ich mich nicht irre?«, fragt er. »Heute Morgen. Für dich wurde die ganze Stadt geräumt. Zu deiner Begrüßung kam der neue Präsident höchstpersönlich angeritten.«

Ich gebe ihm keine Antwort, umso lauter antwortet mein Lärm.

»Wer bist du, Todd Hewitt?«, fragt Bürgermeister Ledger. »Was ist so besonders an dir?«

Das, denke ich, *ist eine wirklich gute Frage.*

Die Nacht bricht schnell herein. Im Nu ist alles schwarz. Bürgermeister Ledger wird immer schweigsamer, zugleich aber unruhiger, bis er es schließlich nicht mehr aushält und beginnt, auf und ab zu laufen. Ein SUMMEN geht von ihm aus, das lauter und lauter wird. Wenn wir jetzt miteinander reden wollten, müssten wir nun fast schreien.

Ich stehe an der Turmmauer und sehe zu, wie die Sterne langsam am Himmel erscheinen.

Ich denke, und zugleich versuche ich, nicht zu denken, denn wenn ich denke, dreht sich mir der Magen um und mir wird übel, oder die Kehle schnürt sich mir zusammen und mir wird übel, oder mir schießen die Tränen in die Augen und mir wird übel.

Denn irgendwo da draußen ist sie.

(Bitte sei irgendwo dort draußen.)

(*Bitte* sag, dass es dir gut geht.)

(*Bitte.*)

»Musst du denn immer so einen verdammten *Lärm* machen?«, schnauzt Bürgermeister Ledger. Ich drehe mich zu ihm um, will ihm etwas Unfreundliches antworten, aber dann seufzt er. »Tut mir leid.« Er hebt entschuldigend die Hände. »Ich bin sonst ganz anders.« Er fängt wieder an mit seinen fahrigen Bewegungen. »Es ist schwierig, wenn sie einem das Medikament von heute auf morgen wegnehmen.«

Mein Blick schweift über die Dächer von New Prentisstown. In den Häusern gehen allmählich die Lichter an. Den ganzen Tag lang habe ich so gut wie niemanden draußen gesehen, alle bleiben in den Häusern, wahrscheinlich auf Befehl des Bürgermeisters.

»Heißt das, all den anderen Menschen da unten ergeht es ebenso?«, frage ich.

»Bestimmt hat jeder noch einen kleinen Vorrat zu Hause«, antwortet Bürgermeister Ledger. »Ich nehme an, man hätte ihnen das Mittel mit Gewalt entreißen müssen.«

»Ich schätze, das wird kein Problem sein, wenn die Armee erst einmal hier ist«, sage ich.

Die Monde sind aufgegangen, schleichen über den Himmel, als hätten sie alle Zeit der Welt. Ihr Licht ist stark genug, um ganz Prentisstown zu erhellen, und ich sehe den Fluss, der sich seinen Weg durch die Stadt bahnt, aber nördlich der Stadt gibt es fast nur noch Felder, die verlassen im Mondlicht liegen, dahinter ein steil aufragender Felsen, der das Tal im Norden begrenzt. Im Osten schlängeln sich der Fluss und die Hauptstraße um kleine Hügel, bis sich die Stadt in der Ferne allmählich zwischen ihnen verliert. Ich sehe noch eine andere Straße, sie ist schlecht gepflastert und führt vom großen Platz aus nach Süden, vorbei an großen Gebäuden und kleinen Häuschen durch einen Wald und dann einen Berg mit eingekerbtem Gipfel hinauf.

Das ist alles, was es um New Prentisstown herum zu sehen gibt.

Dreitausenddreihundert Menschen leben hier, sie alle haben sich in ihren Häusern versteckt, und in der Stadt herrscht eine Ruhe, als wären diese Leute schon tot.

Kein Einziger hat auch nur einen Finger gerührt, um die Stadt und ihre Bewohner vor dem zu retten, was nun kommt. Die Menschen dachten: Wenn wir uns nur unterwürfig genug zeigen, wenn wir nur schwach genug sind, dann wird das Ungeheuer uns schon nicht verschlingen. Das ist der Ort, in den Viola und ich so lange all unsere Hoffnungen gesetzt haben.

Unten auf dem Platz bewegt sich etwas, ein Schatten huscht vorbei, aber es ist nur ein Hund. **Heim, heim, heim.** Ich höre, wie er denkt: **Heim, heim, heim.**

Hunde haben andere Sorgen als Menschen.

Hunde können immer glücklich sein.

Ich atme eine Weile tief durch, um die Beklemmung in meiner Brust zu vertreiben und die Tränen zu unterdrücken.

Und ich brauche eine Weile, bis ich nicht mehr an meinen eigenen Hund denken muss.

Als ich wieder nach draußen schauen kann, sehe ich etwas, was ganz und gar nicht wie ein Hund aussieht.

Er hat seinen Hut tief in die Stirn geschoben und reitet gemächlich über den Hauptplatz. Der Hufschlag hallt auf den Pflastersteinen wider, ich kann das Getrappel hören, obwohl das **SUMMEN** von Bürgermeister Ledger inzwischen so zur Plage geworden ist, dass ich nicht weiß, wie ich jemals Schlaf finden soll. Aber da draußen höre ich ihn.

Den Lärm.

Mitten in der Stille einer Stadt, die darauf wartet, was da kommt, höre ich den Lärm des Mannes.

Und er hört meinen.

Todd Hewitt?, denkt er.

Und ich kann sogar sein Grinsen hören.

Hab was gefunden, Todd, sagt er quer über den Platz bis zum Turm hinauf, wo er im Mondlicht nach mir sucht. **Hab was gefunden, was dir gehört.**

Ich sage nichts. Ich denke nichts.

Ich beobachte ihn nur, wie er hinter sich greift und etwas in die Luft hält.

Sogar aus dieser Entfernung, sogar im Mondlicht weiß ich, was es ist.

Das Buch meiner Mutter.

Davy Prentiss hat das Buch meiner Mutter.

2

Im Gleichschritt, Marsch

[TODD]

FRÜH AM NÄCHSTEN MORGEN wird geräuschvoll und eilig ein Podium mit einem Mikrofon direkt am Fuß des Glockenturms errichtet und im Verlauf des Vormittags versammeln sich die Männer von New Prentisstown davor.

»Warum machen die das?«, frage ich und blicke auf die Menge hinunter.

»Was glaubst du wohl?«, fragt Bürgermeister Ledger zurück, der in seiner dunklen Ecke sitzt und sich die Schläfen reibt, während sein Lärm unaufhörlich SUMMT, schrill an meinen Nerven sägt. »Natürlich um den neuen Führer gebührend zu begrüßen.«

Die Männer sind schweigsam, ihre Gesichter blass und finster, aber wie soll man wissen, was sie denken, wenn man ihren Lärm nicht hören kann? Sie sind sauberer als die Männer in der Stadt, aus der ich komme, ihre Haare sind kürzer, ihre Bärte rasiert, und sie sind besser gekleidet. Ziemlich viele von ihnen sind wohlgenährt und weich wie Bürgermeister Ledger.

Es muss ein angenehmer Ort gewesen sein, dieses Haven, ein Ort, an dem die Männer nicht jeden Tag ums nackte Überleben kämpfen mussten.

Vielleicht zu angenehm und genau das ist ihr Problem.

Bürgermeister Ledger brummt und schnaubt hinter mir, aber er schweigt.

Die Leute von Bürgermeister Prentiss haben sich zu Pferd an den wichtigsten Stellen des Platzes postiert, mit schussbereiten Gewehren, damit keiner einen falschen Schritt tut. Ich sehe Mr Tate und Mr Morgan und Mr O'Hare, Männer, mit denen ich groß geworden bin, Männer, die ich jeden Tag auf ihren Farmen arbeiten sah, Männer, die ganz normale Männer waren, bis mit einem Mal etwas anderes aus ihnen geworden ist.

Von Davy Prentiss ist nichts zu sehen und bei dem Gedanken an ihn rumort mein Lärm.

Er muss wieder vom Hügel heruntergekommen sein, keine Ahnung, wohin sein Pferd ihn geschleift hat, und dann hat er meinen Rucksack gefunden. Ein Bündel mit zerfetzter Kleidung war alles, was sich noch darin befand. Und das Buch.

Das Buch meiner Mutter.

Die Worte, die meine Mutter mir mit auf den Weg gegeben hat.

Sie hat das Buch in der Zeit geschrieben, als ich geboren wurde. Das war kurz vor ihrem Tod.

Kurz bevor sie ermordet wurde.

Mein wunderwunderhübscher Junge, mein prächtiger Sohn. Du, der etwas Gutes aus seinem Leben machen kann.

Worte, die Viola vorgelesen hat, weil ich selbst nicht ...

Und jetzt hat dieser *verdammte* Davy Prentiss ...

»Könntest du bitte«, stößt Bürgermeister Ledger zwischen den Zähnen hervor, »könntest du wenigstens versuchen ...« Er schaut mich entschuldigend an. »Es tut mir leid«, sagt er zum millionsten Mal, seit Mr Collins uns aufgeweckt und das Frühstück gebracht hat.

Ehe ich etwas sagen kann, zieht etwas so stark an meinem Herzen, dass mir vor Erstaunen der Atem stockt.

Ich schaue hinaus.

Die Frauen von New Prentisstown kommen.

Sie kommen von weiter her als die Männer, in Gruppen gehen sie durch die Seitenstraßen und halten sich fern von der Männerschar, denn die berittene Patrouille des Bürgermeisters lässt sie gar nicht erst in deren Nähe.

Mir kommt ihre Stille anders vor als die Stille der Männer. Sie ist wie ein Verlust, wie eine hohe Mauer aus Kummer, die sich gegen den Lärm der Welt stemmt. Ich muss mir wieder die Augen wischen, aber ich drücke mich noch näher an die Öffnung, versuche sie alle zu sehen, versuche jede Einzelne von ihnen zu sehen.

Ich will herausfinden, ob sie auch da ist.

Aber sie ist es nicht.

Die Frauen sehen aus wie die Männer, sie tragen Hosen und Hemden von unterschiedlicher Art, aber die meisten von ihnen wirken sauber und zufrieden und wohlgenährt. Ihre Frisuren sind ganz verschieden, sie tragen die Haare zurückgekämmt oder hochgesteckt, manche lang, manche kurz, aber nicht annähernd so viele von ihnen sind blond, wie sie es in den Gedanken der Männer waren in der Stadt, aus der ich komme.

Und mir fällt auf, dass viele mit verschränkten Armen dastehen, voller Abwehr und Zweifel.

In ihren Gesichtern spiegelt sich mehr Zorn als in den Gesichtern der Männer.

»Gab es auch jemanden, der anderer Meinung war?«, frage ich Bürgermeister Ledger, während ich unablässig die Frauen betrachte. »Jemanden, der sich nicht ergeben wollte?«

»Wir leben hier in einer Demokratie, Todd«, antwortet er. »Weißt du, was eine Demokratie ist?«

»Keine Ahnung«, antworte ich und schaue und suche und finde *sie* nicht.

»Das bedeutet, dass man die Meinung der Minderheit zwar anhört«, sagt er, »aber dass die Mehrheit herrscht.«

»Alle diese Menschen wollten sich ergeben?«, frage ich ungläubig.

»Der Präsident hat dem gewählten Rat der Stadt ein Angebot gemacht«, sagt er und fährt sich über die aufgeplatzte Lippe. »Darin hat er zugesagt, dass die Stadt keinen Schaden nehmen wird, wenn wir seinem Angebot zustimmen.«

»Und ihr habt ihm geglaubt?«

Er funkelt mich an. »Entweder hast du es vergessen oder nie gewusst, aber auf diesem Planeten hat es schon einmal einen Krieg gegeben, etwa zu der Zeit, als du auf die Welt gekommen bist. Und wenn man irgendwie verhindern kann, dass sich so etwas wiederholt ...«

»Das heißt, ihr seid bereit, euch einem Mörder auszuliefern?«

Er seufzt wieder. »Die Mehrheit des Rats, dem ich vorstand, war der Ansicht, dass man auf diese Weise viele Menschenleben retten kann.« Er lehnt den Kopf gegen die Steinmauer. »Es gibt nicht nur Schwarz und Weiß, Todd. Genau genommen ist nichts nur schwarz oder nur weiß.«

»Aber was, wenn ...«

Tschack! Der Riegel der Tür gleitet zurück und Mr Collins kommt herein, die Pistole im Anschlag.

Er starrt Bürgermeister Ledger an und sagt: »Steh auf!«

Ich blicke von einem zum anderen. »Was geht hier vor?«

Bürgermeister Ledger kommt aus seiner dunklen Ecke. »Es scheint, als bekäme ich jetzt meine Rechnung präsentiert«, sagt er und versucht gelassen zu klingen, aber ich höre, wie sein Lärm SUMMT, vor Angst aufheult. »Haven war eine wunderschöne Stadt«, sagt er zu mir. »Und ich war damals ein besserer Mensch. Bitte, vergiss das nicht.«

»Wovon sprichst du?«, frage ich.

Mr Collins packt ihn grob am Arm und schubst ihn zur Tür hinaus.

»Hey!«, schreie ich und laufe hinter den beiden her. »Wohin bringst du ihn?«

Mr Collins hebt die Faust, um mich zu schlagen …

Und ich ducke mich weg.

(Halt die Klappe.)

Er lacht und schließt die Tür hinter sich.

Tschack!

Ich bleibe allein im Turm zurück.

Und als das SUMMEN des Bürgermeisters sich auf der Treppe verliert, da höre ich es.

Rechts, links, rechts, noch ziemlich weit weg.

Ich gehe zur Maueröffnung.

Das ist sie.

Die Besatzungsarmee marschiert in Haven ein.

Wie ein schwarzer Fluss strömt sie die Serpentinenstraße herab, schmutzig wie die Flutwelle eines Dammbruchs. Die Soldaten marschieren in Vierer- oder Fünferreihen, und als die Ersten zwischen den Bäumen am Fuß des Berges auftauchen, haben die Letzten gerade den Gipfel erreicht. Die Menge folgt ihnen mit

Blicken, die Männer wenden sich vom Podium ab, die Frauen beobachten sie von den Seitenstraßen aus.

Das Rechts-links-rechts-links wird lauter, hallt in den Straßen wider. Wie eine Uhr, die unablässig tickt.

Alle warten. Ich warte auch. Und dann, dort hinten zwischen den Bäumen, an einer Straßenbiegung ...

Da kommt sie.

Die Armee.

Mr Hammar ist an ihrer Spitze.

Mr Hammar, der in meiner alten Stadt im Tankstellenhaus wohnte, Mr Hammar, der widerliche, brutale Sachen dachte, die kein Junge jemals hören sollte, Mr Hammar, der die Menschen in Farbranch ohne mit der Wimper zu zucken von hinten erschoss, als sie fliehen wollten.

Mr Hammar führt die Armee an.

Ich höre ihn Gleichschritt-Kommandos brüllen. »Und rechts und links und rechts«, schreit er im Takt der Füße.

Im Gleichschritt, marsch!,

tritt den Feind in den Arsch.

Sie marschieren auf den Platz und schwenken seitwärts ein, bahnen sich einen Weg zwischen den Männern und Frauen hindurch wie eine Naturgewalt. Mr Hammar ist so nahe, dass ich sein Grinsen sehen kann, ein Grinsen, das ich nur allzu gut kenne, ein Grinsen, das zuschlägt, prügelt, unterwirft.

Und je näher er kommt, desto deutlicher wird es.

Es ist ein Grinsen ohne jeden Lärm.

Irgendjemand, einer der berittenen Männer vielleicht, muss der Armee das Medikament gebracht haben. Nicht das geringste Geräusch kommt von den Soldaten, nur Schritte und Gesang sind zu hören.

Im Gleichschritt, marsch!, tritt den Feind in den Arsch.

Sie marschieren nun um den Platz herum bis zum Podium. Mr Hammar macht schließlich halt und lässt die Männer hinter dem Podium Aufstellung nehmen, mit dem Rücken zu mir, sie blicken in die Menge, die sich ihnen zugewandt hat und sie beobachtet.

Ich kenne die Soldaten, wie sie sich da einer nach dem anderen in Reih und Glied aufstellen. Mr Wallace. Mr Smith junior. Mr Phelps, der Ladenbesitzer. Männer aus Prentisstown und noch viele, viele andere.

Die Armee ist gewachsen, während sie marschierte.

Ich erkenne Ivan, den Mann, den ich in der Scheune in Farbranch getroffen habe und der mir im Vertrauen erzählt hat, dass es Männer gebe, die mit der Armee sympathisierten. Er steht jetzt an der Spitze einer Abteilung, und die Bewaffneten sind in Habachtstellung, ihre entsicherten Gewehre sind der Beweis, dass er mit seiner Vermutung recht gehabt hat.

Der letzte Soldat marschiert auf den Platz mit dem letzten Marschgesang auf den Lippen.

Tritt den Feind in den ARSCH!

Und dann herrscht nur noch Stille, die wie ein Wind durch New Prentisstown fegt.

Bis die Türen der Kathedrale geöffnet werden.

Und Bürgermeister Prentiss ins Freie tritt, um seine neue Stadt zu begrüßen.

Nachdem er Mr Hammar salutiert hat und die Stufen zum Podest hinaufgestiegen ist, spricht er ins Mikrofon.

»Jetzt, in diesem Moment, habt ihr Angst.«

Die Männer der Stadt blicken zu ihm hoch, schweigend, weder Lärm noch SUMMEN ist zu hören.

Die Frauen verharren dort, wo sie sind, auch sie schweigen.

Die Armee steht in Habachtstellung, gefasst auf alles, was da kommen mag.

Und ich, ich halte den Atem an.

»Ihr glaubt, besiegt zu sein«, fährt er fort, »Ihr glaubt, eure Lage sei hoffnungslos. Ihr glaubt, ich sei gekommen, um euer Schicksal zu besiegeln.«

Er wendet mir den Rücken zu, aber aus den Lautsprechern, die an jeder Ecke versteckt angebracht sind, tönt seine Stimme über den Platz, in der ganzen Stadt kann man sie hören, vielleicht sogar im ganzen Tal.

Aber wer sonst sollte ihn noch hören? Wen gibt es noch in New World, der sich nicht hier eingefunden hat, es sei denn, er ist bereits unter der Erde?

Bürgermeister Prentiss spricht zur ganzen Welt.

»Und ihr habt recht«, sagt er. Ich bin mir ganz sicher, dass ich ihn dabei grinsen höre. »Ihr seid besiegt. Ihr seid geschlagen. Und ich werde euch euer Schicksal verkünden.«

Er lässt seine Worte einige Augenblicke lang wirken. Mein Lärm rumort wieder, und ich sehe, wie einige Männer zur Turmspitze hochschauen. Ich versuche meinen Lärm ruhig zu halten, aber was zum Teufel sind das eigentlich für Leute? Diese sauberen, behäbigen, satten Menschen, die sich einfach so ergeben haben?

»Nicht ich bin es, der euch besiegt hat«, spricht der Bürgermeister weiter. »Nicht ich bin es, der euch in die Sklaverei geführt hat.«

Er macht eine Pause und lässt seinen Blick über die Menge schweifen. Er ist ganz in Weiß gekleidet: weißer Hut, weiße Stiefel. Das Podium ist mit weißen Tüchern verhangen. All das Weiß und die Nachmittagssonne blenden seine Zuhörer.

»Eure Trägheit hat euch zu Sklaven gemacht«, sagt der

Bürgermeister. »Eure Selbstzufriedenheit hat euch besiegt. Ihr seid dem Untergang geweiht«, hier wird seine Stimme plötzlich schrill, er schreit das Wort »Untergang« so laut heraus, dass die Hälfte seiner Zuhörer zusammenzuckt, »weil ihr nur die besten Absichten habt!«

Er redet sich weiter in Rage, schnaubt ins Mikrofon.

»Ihr habt zugelassen, dass ihr verweichlicht. Ihr seid angesichts der Herausforderungen dieser Welt so *schwach* geworden, dass ihr innerhalb einer einzigen Generation zu einem Volk geworden seid, das sich sogar auf ein GERÜCHT hin ergibt!«

Mit dem Mikrofon in der Hand läuft er auf dem Podium hin und her. Jedes angsterfüllte Augenpaar in der Menge folgt ihm, die Blicke sämtlicher Soldaten sind auf ihn gerichtet, alle sehen zu, wie er hin und her, hin und her läuft.

Auch ich sehe ihm dabei zu.

»Ihr lasst es geschehen, dass eine Armee in eure Stadt spaziert, und statt die Eindringlinge zu zwingen, die Stadt erst einmal zu *erobern*, gebt ihr sie *aus freien Stücken* auf.«

Er geht noch immer auf und ab, er schreit noch immer.

»Also habe ich sie *genommen*. Ich habe *euch genommen*. Ich habe eure Freiheit genommen. Ich habe eure Stadt genommen. Ich habe eure Zukunft genommen.«

Er lacht, als könnte er sein eigenes Glück nicht fassen. »Ich habe einen Krieg erwartet«, spricht er weiter.

Einige senken die Köpfe, weichen den Blicken der anderen aus.

Ich frage mich, ob sie sich jetzt schämen.

Ich hoffe es.

»Aber anstelle eines Krieges habt ihr mir Verhandlungen angeboten. Verhandlungen, die mit diesen Worten begannen: *Bitte, tut uns nichts*, und die endeten mit: *Bitte, nehmt alles, was Ihr wollt.*«

Er bleibt mitten auf dem Podium stehen.

»Ich habe einen KRIEG erwartet!«, schreit er und ballt die Fäuste.

Alle zucken zusammen.

Wenn eine Menschenmenge zusammenzucken kann, dann diese.

Mehr als tausend Männer zucken zusammen, weil ein Einziger seine Fäuste gegen sie ballt.

Ich sehe nicht, was die Frauen machen.

»Und weil ihr mir keinen Krieg geliefert habt«, sagt der Bürgermeister fast heiter, »müsst ihr nun die Folgen tragen.«

Ich höre, wie sich die Türen der Kathedrale erneut öffnen. Mr Collins schiebt Bürgermeister Ledger vor sich her durch die Reihen der Soldaten. Die Hände des Gefangenen sind auf den Rücken gefesselt.

Bürgermeister Prentiss steht mit verschränkten Armen da und sieht zu, wie die beiden näher kommen. Ein Raunen geht durch die Reihen der Männer, ein noch viel lauteres Murren kommt von den Frauen, und die Reiter schwenken ihre Gewehre, um die Leute einzuschüchtern. Bürgermeister Prentiss dreht sich nicht einmal um, es ist unter seiner Würde, das Gemurmel auch nur zur Kenntnis zu nehmen. Er sieht nur schweigend zu, wie Mr Collins Bürgermeister Ledger die Podiumstreppen hinaufstößt.

Auf der obersten Stufe bleibt Bürgermeister Ledger stehen und blickt über die versammelte Menge. Die Männer schauen gebannt zurück, einige von ihnen blinzeln, weil sein SUMMEN so schrill ist, ein SUMMEN, aus dem ich ein paar Worte heraushöre, Worte der Angst, Bilder der Angst, Bilder, die zeigen, wie Mr Collins ihm das Auge blau schlägt und seine Lippen aufspringen. Bilder, die zeigen, wie er selbst der kampflosen Übergabe der Stadt zustimmt und dann in den Turm gesperrt wird.

»Knie nieder«, befiehlt Bürgermeister Prentiss, und obwohl er es leise sagt, obwohl er diese Worte nicht ins Mikrofon spricht, höre ich sie glockenhell in meinem Kopf. Und da auch die Leute auf dem Platz erschrocken den Atem anhalten, frage ich mich, ob sie es nicht ebenso gehört haben.

Ehe er überhaupt begreift, was er da tut, kniet Bürgermeister Ledger schon auf dem Podium. Er scheint selbst überrascht, sich dort wiederzufinden.

Die ganze Stadt sieht ihm dabei zu.

Bürgermeister Prentiss wartet einen Augenblick.

Dann tritt er zu ihm.

Mit einem Messer in der Hand.

Es ist ein riesiges, tödliches Ding, das in der Sonne blitzt und blinkt.

Er hält es hoch über seinen Kopf.

Er dreht sich langsam nach allen Seiten, damit auch jeder sehen kann, was gleich passieren wird.

Damit auch jeder das Messer sehen kann.

Mein Magen krampft sich zusammen und einen Augenblick lang denke ich …

Aber es ist nicht meines.

Nein, das ist es nicht.

Und dann schreit jemand »Mörder!« quer über den Platz.

Eine einzelne Stimme, die das Schweigen bricht.

Sie kam aus der Reihe der Frauen.

Mein Herz macht einen Satz.

Natürlich kann sie es gar nicht gewesen sein …

Aber wenigstens traut sich eine. Wenigstens eine *Einzige* traut sich.

Bürgermeister Prentiss tritt gelassen ans Mikrofon. »Euer siegreicher Feind spricht zu euch«, sagt er beinahe höflich und tut so, als hätte die Ruferin es nur noch nicht ganz verstanden. »Als zwangsläufige Folge eurer Niederlage werden die Anführer hingerichtet.«

Er dreht sich zu Bürgermeister Ledger, der noch immer auf dem Podium kniet und sich bemüht, möglichst ruhig zu wirken. Dabei kann jeder hören, wie sehr er an seinem Leben hängt, wie kindisch er bettelt, wie laut sein Lärm, den keine Arznei mehr unterdrückt, über den ganzen Platz hallt.

»Und jetzt werdet ihr erfahren«, sagt Bürgermeister Prentiss, »was für ein Mensch euer neuer Präsident in Wirklichkeit ist. Und was er von euch verlangt.«

Stille, noch immer Stille, nur das Wimmern von Bürgermeister Ledger ist zu hören.

Bürgermeister Prentiss geht zu ihm hinüber, das Messer in seiner Hand blitzt auf. Die Leute murren, als sie endlich begreifen, was gleich passieren wird. Bürgermeister Prentiss tritt hinter Bürgermeister Ledger und hebt das Messer. Er steht da und blickt auf die Menge herab, die zu ihm aufblickt, er beobachtet die Leute, wie sie ihren früheren Bürgermeister anstarren und hören, wie er vergeblich versucht, seinen Lärm zu unterdrücken.

»SEHT HER!«, ruft Bürgermeister Prentiss. »EURE ZU-KUNFT!«

Er hält das Messer hoch, bereit zuzustechen, es scheint, als wolle er nochmals sagen: *Seht her* ...

Der Protest wird lauter.

Bürgermeister Prentiss holt aus.

Eine Stimme, eine weibliche Stimme, vielleicht dieselbe wie vorher, schreit: »Nein!«

Und plötzlich ist mir klar, was geschehen wird.

Auf dem Stuhl, in dem Raum mit dem Lichtkegel aus buntem Glas, hat er mich besiegt, hat er mich dem Tod ins Auge blicken lassen …

Und dann hat er mir Verbände angelegt.

Und *da* habe ich getan, was er von mir wollte.

Das Messer zischt durch die Luft und durchschneidet die Fesseln an Bürgermeister Ledgers Händen.

Man hört, wie eine ganze Stadt, ein ganzer *Planet* den Atem anhält.

Bürgermeister Prentiss wartet einen Augenblick, dann sagt er: »Seht her, das ist eure Zukunft.« Er sagt es leise, spricht nicht einmal ins Mikrofon.

Und trotzdem höre ich seine Worte ganz laut und deutlich in meinem Kopf.

Er steckt das Messer hinten in den Gürtel und tritt zum Mikrofon.

Und dann legt er den Menschen Verbände an.

»Ich bin nicht der Mann, für den ihr mich haltet«, sagt er. »Ich bin kein Tyrann, der gekommen ist, um seine Feinde abzuschlachten. Ich bin kein Wahnsinniger, der zerstören will, was ihn vielleicht retten kann. Ich bin nicht …«, und dabei blickt er zu Bürgermeister Ledger hinüber, »euer Henker.«

Die Menschen, Männer wie Frauen, sind jetzt so still, dass der Platz genauso gut menschenleer sein könnte.

»Der Krieg ist *vorbei*«, spricht Prentiss weiter. »An seine Stelle wird ein neuer Frieden treten.«

Er deutet zum Himmel. Die Menschen schauen nach oben, als würde er gleich etwas herbeizaubern, was ihnen auf die Köpfe fällt.

»Vielleicht habt ihr schon von dem Gerücht gehört, dass neue Siedler kommen.«

Mein Magen krampft sich zusammen.

»Als euer Präsident sage ich euch: Dieses Gerücht ist wahr.«

Woher weiß er das? Woher, verdammt noch mal, weiß er das?

Männer und Frauen beginnen sofort zu tuscheln, als sie diese Nachricht hören. Der Bürgermeister lässt sie gewähren und redet ungerührt über das Stimmengewirr hinweg.

»Wir werden bereit sein und sie willkommen heißen!«, sagt er. »Wir werden eine stolze Gemeinschaft sein und sie im neuen Garten Eden begrüßen!« Seine Stimme ist jetzt wieder lauter geworden. »Wir werden ihnen zeigen, dass sie die alte Welt hinter sich gelassen haben und im PARADIES angekommen sind!«

Das Stimmengewirr nimmt zu, alle sprechen auf einmal wild durcheinander.

»Ich werde euch das Medikament wegnehmen«, verkündet der Bürgermeister.

Oh Mann, wie *still* es schlagartig wird.

Der Bürgermeister lässt die Stille zu, wartet, und erst als das Schweigen immer erdrückender wird, fügt er hinzu: »Einstweilen.«

Die Männer schauen einander an, dann richten sie ihre Blicke wieder auf den Bürgermeister.

»Wir treten in ein neues Zeitalter ein«, sagt Prentiss. »Ihr könnt mein Vertrauen gewinnen, indem ihr mir helft, eine neue Gesellschaft aufzubauen. Und wenn diese neue Gesellschaft errichtet ist, wir unsere ersten Bewährungsproben bestanden und unsere ersten Erfolge gefeiert haben, dann habt ihr auch wieder das Recht, Männer genannt zu werden. Dann habt ihr auch wieder ein Anrecht auf das Medikament, und genau das wird der Augenblick sein, in dem alle Menschen Brüder werden.«

Die Frauen würdigt er keines Blicks. Auch die Männer beachten sie nicht. Die Arznei ist eine Belohnung, mit der Frauen ohnehin nichts anfangen können.

»Es *wird* eine schwierige Zeit werden«, fährt er fort. »Das gebe ich unumwunden zu. Aber es wird sich lohnen.« Er zeigt auf die Soldaten. »Meine Männer werden noch heute damit anfangen, euch Aufgaben zuzuweisen. Ihr werdet ihren Befehlen gehorchen, aber ich kann euch versichern, euer Joch wird euch nicht allzu sehr drücken. Bald werdet ihr begreifen, dass ich nicht als Eroberer gekommen bin. Ich bin nicht euer Untergang. Ich bin nicht …«, hier macht er wieder eine Pause, »euer Feind.«

Er lässt seinen Blick ein letztes Mal langsam über die Menge schweifen.

»Ich bin euer Retter.«

Und obwohl ich ihren Lärm nicht hören kann, sehe ich den Männern an, dass sie sich fragen, ob er möglicherweise die Wahrheit sagt, ob die Dinge sich vielleicht doch zum Guten wenden können, ob sie, entgegen allen Befürchtungen, vielleicht noch einmal glimpflich davongekommen sind.

Das seid ihr nicht, denke ich. *Noch lange nicht.*

Noch bevor sich die Menge auf dem Platz ganz aufgelöst hat, macht es *tschack!* an der Tür.

»Guten Abend, Todd«, sagt Bürgermeister Prentiss und betritt das Glockengefängnis. Er schaut sich um, rümpft leicht die Nase wegen des Gestanks. »Hat dir meine Rede gefallen?«

»Woher wisst Ihr, dass neue Siedler kommen werden? Habt Ihr mit ihr gesprochen? Geht es ihr gut?«

Er gibt mir keine Antwort, aber er schlägt mich auch nicht. Er lächelt nur und sagt: »Alles zu seiner Zeit, Todd.«

Draußen hören wir Lärm die Treppe heraufkommen. Ich lebe, ich bin noch am Leben, sagt er, ich lebe, ich lebe, ich lebe, und dann kommt Bürgermeister Ledger herein, Mr Collins stößt ihn vor sich her.

Er bleibt stehen, als er Bürgermeister Prentiss sieht.

»Morgen gibt es neues Bettzeug«, sagt Bürgermeister Prentiss, der mich immer noch eindringlich mustert. »Ebenso eine Toilette.«

Bürgermeister Ledgers Kiefer mahlen, aber er braucht einige Anläufe, ehe er ein Wort hervorbringt. »Herr Präsident ...«

Bürgermeister Prentiss beachtet ihn nicht. »Morgen wird man dir auch die erste Arbeit zuteilen, Todd.«

»*Arbeit?*«, frage ich erstaunt.

»Jeder muss hier arbeiten, Todd«, belehrt er mich. »Arbeit macht dich frei. Ich werde arbeiten. Auch Mr Ledger wird arbeiten.«

»Werde ich das?«, fragt Bürgermeister Ledger.

»Aber wir sind doch im Gefängnis«, sage ich.

Prentiss lächelt wieder, es ist ein vergnügtes Lächeln, und ich frage mich, auf welche Art er mich diesmal piesacken wird.

»Schlaf dich aus«, sagt er, geht zur Tür und sieht mir dabei fest in die Augen. »Mein Sohn wird dich gleich morgen früh abholen.«

3

Ein neues Leben

[TODD]

ABER ALS ICH AM NÄCHSTEN MORGEN hinaus in die Kälte gezerrt werde, ist es gar nicht Davy, der mir zu schaffen macht. Ich schaue ihn nicht einmal an.

Sondern das Pferd.

Menschenfohlen, sagt es und tritt von einem Bein aufs andere und glotzt so idiotisch auf mich herunter, wie nur ein Pferd glotzen kann, so als brauchte ich jetzt einen anständigen Tritt.

»Mit Pferden kenne ich mich nicht aus«, sage ich.

»Sie ist aus meiner eigenen Zucht«, erklärt Bürgermeister Prentiss von seinem Pferd Morpeth herab. »Sie heißt Angharrad und du wirst gut mir ihr auskommen, Todd.«

Morpeth beäugt mein Pferd und denkt nur immer: **Unterwirf dich, unterwirf dich, unterwirf dich**, und damit macht er mein Pferd noch nervöser, als es ohnehin schon ist, das reine Nervenbündel.

Und ich soll so was reiten.

»Is was?«, sagt Davy Prentiss höhnisch grinsend vom Rücken seines Pferds herab. »Hast wohl Angst?«

»Is was?«, frage ich zurück. »Hat dir Papi deine Pillen noch nicht gegeben?«

Sein Lärm schwillt an. »Du kleines Stück ...«

»Aber, aber«, fährt der Bürgermeister dazwischen. »Noch keine zehn Worte gewechselt und der Streit ist schon in vollem Gange.«

»Er hat damit angefangen«, verteidigt sich Davy.

»Und ich wette, er hätte dem Streit auch ein Ende gemacht«, sagt der Bürgermeister mit einem Blick auf mich und liest in meinem zittrigen Lärm, der voll von dunkelroten Fragen über Viola ist und noch mehr Fragen, mit denen ich Davy Prentiss aus der Deckung locken will. »Komm, Todd«, sagt er und reitet an. »Bist du bereit, Männer zu führen?«

»Wir werden sie einfach aufteilen«, sagt er, als wir in den frühen Morgen hineintraben, viel schneller, als mir lieb ist. »Die Männer werden von der Vorderseite der Kathedrale aus an das westliche Ende des Tals gebracht, die Frauen an der Rückseite nach Osten.«

Wir reiten ostwärts, die Hauptstraße von New Prentisstown entlang, die Straße, die von den Serpentinen am Wasserfall aus über den Stadtplatz, um die Kathedrale herum und von dort aus ins weiter entfernte Tal führt. Auf den Seitenstraßen marschieren kleinere Soldatentrupps und die Männer von New Prentisstown kommen uns zu Fuß entgegen, mit Rucksäcken und anderem Gepäck.

»Ich seh gar keine Frauen nicht«, sagt Davy.

»Keine *einzige* Frau«, verbessert ihn der Bürgermeister. »Und zwar deshalb nicht, weil Hauptmann Morgan und Hauptmann

Tate dafür gesorgt haben, dass die Frauen in der vergangenen Nacht abtransportiert wurden.«

»Was habt Ihr mit ihnen vor?«, frage ich und klammere mich dabei so fest an den Sattelknauf, dass meine Handknöchel weiß hervortreten.

Er blickt sich nach mir um. »Gar nichts, Todd. Sie werden mit Fürsorge und Anstand behandelt, so wie es ihnen zusteht gemäß der Bedeutung, die sie für die Zukunft von New World haben.« Er wendet sich ab und fügt hinzu: »Aber einstweilen ist es besser, sie von den Männern zu trennen.«

»Du verweist die Schlampen auf ihren Platz«, sagt Davy höhnisch grinsend.

»Sprich niemals wieder so in meiner Gegenwart, David«, sagt der Bürgermeister leise, aber in einem Ton, der deutlich macht, dass er keinen Spaß versteht. »Die Frauen werden stets mit Ehrfurcht behandelt und erhalten alle Annehmlichkeiten. Aber auch wenn man es nicht so ordinär formuliert wie du, hast du recht. Wir alle haben unseren Platz. In New World haben die Männer das vergessen, daher müssen sie von den Frauen getrennt werden, bis wir uns alle wieder entsinnen, wer wir sind und wer wir eigentlich sein sollten.« Seine Stimme hellt sich auf, als er hinzufügt: »Den Menschen wird das gefallen. Ich schaffe Klarheit, wo zuvor Chaos herrschte.«

»Ist Viola auch bei den Frauen?«, frage ich. »Geht es ihr gut?«

Er dreht sich wieder zu mir um. »Du hast mir etwas versprochen, Todd Hewitt«, sagt er. »Muss ich dich daran erinnern? *Bitte rettet sie, ich werde alles tun, was Ihr verlangt.* Ich glaube, genau so hast du es gesagt.«

Nervös fahre ich mir mit der Zunge über die Lippen. »Woher soll ich wissen, dass Ihr Euch an Euren Teil der Abmachung haltet?«

»Das kannst du nicht wissen«, erwidert er und blickt mir dabei fest in die Augen, so als könnte er jede Lüge durchschauen, die ich ihm auftische. »Ich möchte, dass du mir vertraust, Todd. Aber ein Vertrauen, das Beweise braucht, ist kein Vertrauen.«

Er reitet weiter die Straße entlang und überlässt mich Davy, der albern vor sich hin kichert. Ich flüstere meinem Pferd zu: »Brrr, Mädchen.« Ihr Fell ist dunkelbraun, und sie hat einen weißen Streifen auf der Nase, und ihre Mähne ist so ordentlich gebürstet, dass ich mich gar nicht daran festhalten mag.

Menschenfohlen, denkt das Pferd.

Sie, denke ich. *Sie.* Dann kommt mir eine Frage in den Sinn, die ich noch nie zuvor stellen konnte. Die Mutterschafe auf unserem Bauernhof hatten Lärm, aber Frauen haben keinen.

»Weil Frauen keine Tiere sind«, sagt der Bürgermeister, der in meinem Lärm gelesen hat. »Egal, was andere behaupten. Sie haben einfach von Natur aus keinen Lärm.« Und er fügt leise hinzu: »Das unterscheidet sie von uns.«

Es sind zumeist kleine Läden, die sich in diesem Teil der Straße aneinanderreihen, sie liegen verstreut zwischen Bäumen. Die Geschäfte sind geschlossen, weiß der Himmel, wann sie wieder öffnen.

Auf der linken Seite erstrecken sich die Häuserreihen der Seitenstraßen bis zum Fluss, auf der rechten Seite bis zum Berg am Ende des Tals. Fast alle Häuser wurden mit reichlich Abstand voneinander errichtet; so plant man wohl eine große Stadt, wenn man noch kein Mittel gegen den Lärm gefunden hat.

Wir begegnen weiteren Soldaten, die in Fünfer- und Zehnergruppen marschieren, und noch viel mehr Menschen sind mit ihren Habseligkeiten unterwegs in Richtung Westen, aber ich sehe keine einzige Frau unter ihnen. Ich blicke in die Gesichter der Männer, die uns entgegenkommen, die meisten starren vor sich auf die Straße, keiner von ihnen macht den Eindruck, als wollte er kämpfen.

»Brrr, Mädchen«, flüstere ich wieder, denn das Reiten erweist sich als grässlich unbequem für meine empfindlichen Körperteile.

»Schaut euch Todd an«, sagt Davy und lenkt sein Pferd neben meines. »Er fängt schon an zu jammern.«

»Halt die Klappe, Davy«, knurre ich.

»Ihr beide redet euch gefälligst als ›Mr Prentiss junior‹ und ›Mr Hewitt‹ an«, ruft der Bürgermeister von vorn.

»*Was?*«, fragt Davy und sein Lärm schwillt an. »Er ist noch gar kein Mann. Er ist erst …«

Nur mit seinem Blick bringt der Bürgermeister ihn zum Schweigen. »Heute früh wurde eine Leiche aus dem Fluss gefischt«, sagt er. »Eine Leiche, die von Stichwunden übersät war und in deren Rücken ein langes Messer steckte. Der Mann ist seit etwa zwei Tagen tot.«

Er schaut mich an, durchforscht wieder meinen Lärm. Ich krame aus meinem Gedächtnis die Bilder hervor, die er sehen will, lasse das, was ich mir einbilde, so aussehen, als sei es die Wahrheit, denn das ist ja das Besondere am Lärm: Darin ist alles, was du denkst, es muss nicht immer die reine Wahrheit sein. Wenn man sich nur lebhaft genug vorstellt, dass man etwas getan hat, na ja, dann könnte man es ja tatsächlich getan haben.

Davy spottet: »Du hast Aaron getötet? Nie im Leben.«

Der Bürgermeister sagt nichts dazu, sondern treibt sein Pferd zu einer schnelleren Gangart an. Davy grinst höhnisch, dann gibt er seinem Pferd die Sporen und folgt seinem Vater.

»Folgen«, wiehert Morpeth.

»Folgen«, wiehert Davys Pferd.

FoLGeN, denkt mein Pferd. Es galoppiert hinterher und dabei wird jeder Knochen in meinem Körper durchgeschüttelt.

Während wir reiten, halte ich ständig nach ihr Ausschau, obwohl es völlig aussichtslos ist. Selbst wenn sie noch am Leben ist, wird sie kaum gehen können, und selbst wenn sie kräftig genug zum Gehen ist, wird sie eingesperrt sein wie die anderen Frauen auch.

Aber ich schaue mich um …

(Vielleicht konnte sie ja fliehen.)

(Vielleicht sucht sie mich.)

(Vielleicht ist sie …)

Und dann höre ich es.

ICH BIN DER KREIS UND DER KREIS IST DAS ICH.

Glasklar höre ich die Stimme des Bürgermeisters in meinem Kopf, sie windet sich um meine eigene Stimme, spricht in meinen Lärm hinein, so unvermittelt, dass ich mich kerzengerade aufrichte und beinahe vom Pferd falle. Davy schaut mich überrascht an, in seinem Lärm höre ich seine Verwunderung über mein Verhalten.

Aber der Bürgermeister reitet weiter, als wäre rein gar nichts passiert.

Je weiter wir von der Kathedrale aus nach Westen reiten, desto ungepflegter wirkt die Stadt. Auch die Gebäude werden einfacher, es sind jetzt lange Holzhäuser, die in einiger Entfernung voneinander stehen, verstreut wie Ziegelsteine, die man auf eine Waldlichtung geworfen hat.

Häuser, aus denen die Stille von Frauen nach draußen dringt.

»Ganz recht«, sagt der Bürgermeister. »Wir kommen in das neue Frauenviertel.«

Im Vorbeireiten krampft sich mein Herz zusammen, die Stille wächst und greift wie eine Hand nach mir.

Ich versuche mich im Sattel aufzurichten.

Denn hier ist der Ort, an dem sie sich wahrscheinlich aufhält, hier ist der Ort, an dem sie wieder gesund werden wird.

Davy schließt zu mir auf, sein mickriges, kaum vorhandenes Bärtchen verzieht sich nun zu einem widerlichen Grinsen. Ich kann dir verraten, wo deine Schlampe ist, sagt sein Lärm.

Bürgermeister Prentiss dreht sich abrupt im Sattel um.

Und dann ist da dieses unheimliche Geräusch, es ist wie ein Schrei, aber leise und entfernt, wie eine Million Wörter, die alle auf einmal gesprochen werden, so schnell, dass ich schwören könnte, mein Haar wird zurückgeweht wie im Sturm.

Aber das ist gar nichts im Vergleich zu Davys Reaktion.

Sein Kopf wird nach hinten gerissen, als hätte er einen Schlag bekommen, er muss sich an den Zügeln festhalten, um nicht aus dem Sattel zu kippen, das Pferd dreht sich um sich selbst, Davys Augen sind weit aufgerissen, er scheint wie geblendet, sein Mund steht offen, Spucke läuft ihm übers Kinn.

Was zum Teufel …?

»Er weiß nichts, Todd«, sagt der Bürgermeister. »Alles, was sein Lärm dir über sie sagt, ist gelogen.«

Ich blicke zu Davy, der noch immer benommen ist und vor Schmerz die Augen zusammenkneift, dann wieder zum Bürgermeister. »Soll das heißen, sie ist in Sicherheit?«

»Das heißt, dass er keine Ahnung hat. Stimmt's, Davy?«

Ja, Pa, antwortet Davys Lärm zittrig.

Bürgermeister Prentiss zieht die Augenbrauen hoch.

Ich sehe, wie Davy die Zähne zusammenbeißt. »Ja, Pa«, antwortet er dann laut und deutlich.

»Ich weiß, dass mein Sohn ein Lügner ist«, sagt der Bürgermeister. »Ich weiß, er ist ein Raufbold, ein brutaler Kerl, und ihm liegt nichts an dem, was mir lieb und teuer ist. Aber er ist dennoch mein Sohn.« Er schaut wieder nach vorn auf die Straße. »Außerdem glaube ich an Bekehrung.«

Davys Lärm ist still, während wir weiterreiten, und blutrot.

New Prentisstown verschwindet allmählich hinter uns, rechts und links der Straße findet sich kaum noch ein Haus. Rote und grüne Äcker tauchen zwischen den Bäumen und an den Berghängen auf, manche der Früchte, die hier angebaut werden, kenne ich, andere nicht. Die Stille der Frauen lässt hier draußen ein wenig nach, das Tal wird unwegsamer, wilder, in den Wassergräben blühen Blumen, wachsweiße Eichhörnchen beschimpfen sich gegenseitig, und die Sonne steht hart und kalt am Himmel, als wäre nichts geschehen.

Wir folgen der Flussbiegung um einen Hügel herum, auf dem ein hoher stählerner Turm steht.

»Was ist das?«, frage ich.

»Würdest du gerne wissen, was?«, giftet Davy, obwohl er es offensichtlich auch nicht weiß. Der Bürgermeister sagt nichts.

Gleich hinter dem Turm macht die Straße erneut eine Biegung und schlängelt sich entlang einer Steinmauer aus dem Wald heraus. In einiger Entfernung befindet sich ein Torbogen mit großen schweren Holztoren. Es ist die einzige Öffnung in der endlos langen Mauer. Dahinter wird die Straße lehmig und hört dann auf.

»Das erste und einzige Kloster von New World«, sagt der

Bürgermeister und bleibt am Tor stehen. »Es wurde als Stätte stiller Besinnung für die frömmsten unserer Männer errichtet, zu einer Zeit, als wir noch glaubten, den Lärmbazillus allein durch Selbstverleugnung und Disziplin überwinden zu können.« Seine Stimme wird hart. »Es wurde aufgegeben, noch ehe es vollendet war.« Er sieht uns beide an. In Davys Lärm glimmt ein seltsames Fünkchen Freude auf, aber Bürgermeister Prentiss wirft ihm einen warnenden Blick zu.

»Du fragst dich sicher«, wendet er sich an mich, »weshalb ich meinen Sohn zu deinem Aufpasser bestellt habe.«

Davy grinst noch immer vor sich hin.

»Du brauchst eine starke Hand, Todd«, sagt der Bürgermeister. »Selbst jetzt denkst du nur daran, wie du weglaufen und deine Viola finden kannst.«

»Wo ist sie?«, frage ich, obwohl ich genau weiß, dass ich keine Antwort auf meine Frage bekommen werde.

»Ich habe nicht den leisesten Zweifel«, fährt der Bürgermeister fort, »dass Davy gut auf dich aufpassen wird.«

Davy grinst, auch in seinem Lärm.

»Dafür wird David von dir lernen, was Mut ist.« Jetzt ist Davys Grinsen wie weggewischt. »Er wird von dir lernen, wie man ehrenhaft handelt und was es heißt, ein richtiger Mann zu sein. Kurz gesagt, er wird lernen, so zu sein wie du, Todd Hewitt.« Er wirft seinem Sohn noch einen letzten Blick zu, dann wendet er Morpeth. »Ich freue mich außerordentlich darauf, heute Abend zu hören, wie euer erster gemeinsamer Tag verlaufen ist.«

Und ohne ein weiteres Wort macht er sich auf den Weg zurück nach Prentisstown.

Ich frage mich, weshalb er uns überhaupt begleitet hat. Bestimmt hat er Wichtigeres zu tun.

»Natürlich habe ich das«, sagt der Bürgermeister, ohne sich umzudrehen. »Aber unterschätze dich selbst nicht, Todd.«

Er reitet davon. Davy und ich warten, bis er außer Hörweite ist. Dann bin ich derjenige, der das Schweigen bricht.

»Sag mir sofort, was mit Ben passiert ist, oder ich drehe dir deinen gottverdammten Hals um.«

»Ich bin dein Boss, Kleiner«, sagt Davy und grinst wieder dämlich. Er steigt vom Pferd und lässt seinen Rucksack zu Boden fallen. »Du solltest mich mit etwas mehr Respekt behandeln oder mein Pa wird dich ...«

Aber ich bin schon aus dem Sattel gesprungen und schlage ihm ins Gesicht, ziele genau auf sein armseliges Möchtegern-Bärtchen. Er steckt den Schlag ein und schlägt zurück. Ich achte nicht auf den Schmerz, er auch nicht, und wir stürzen in einem Wirbel von Faustschlägen, Tritten, Ellbogen- und Kniestößen zu Boden. Er ist immer noch größer als ich, aber nur ein bisschen, nur so viel, dass es fast keinen Unterschied macht, aber immer noch so, dass ich nach einer Weile unter ihm auf dem Rücken liege und er mir mit seinem Unterarm die Kehle zudrückt.

Seine Lippe blutet, seine Nase ebenfalls, und mein Gesicht sieht nicht viel besser aus, aber das ist mir egal. Davy greift hinter sich und zieht eine Pistole aus seinem Rückhalfter.

»Deinem Vater wird es aber gar nicht gefallen, wenn du mich erschießt«, sage ich.

»Ja«, antwortet er, »aber ich habe eine Waffe und du nicht.«

»Ben hat dich besiegt«, ächze ich. »Er hat dich auf der Straße aufgehalten. Damit wir entkommen konnten.«

»Er hat mich nicht aufgehalten«, spottet Davy. »Ich habe ihn gefangen genommen. Dann habe ich ihn zu Pa zurückgebracht und durfte ihn foltern. Ich durfte ihn foltern, bis er tot war.«

Und Davys Lärm …

Ich …

Ich kann nicht genau sagen, was ich in Davys Lärm höre (er ist ein Lügner, er ist ein Lügner), aber was ich höre, gibt mir so viel Kraft, dass ich ihn wegstoßen kann. Wir kämpfen weiter, Davy wehrt mich mit dem Knauf seiner Pistole ab, bis ich ihn schließlich mit einem Ellbogenschlag gegen die Kehle fertigmache.

»Daran wirst du noch oft denken, Kleiner«, sagt Davy hustend und umklammert seine Pistole. »Immer dann, wenn Pa all diese netten Sachen über dich erzählt. Du wirst daran denken, dass er es war, der mir befohlen hat, deinen Ben zu foltern.«

»Du Lügner!«, rufe ich. »Ben hat dich besiegt!«

»Ach, hat er das?«, fragt Davy spöttisch zurück. »Wo ist er denn jetzt? Kommt er und rettet dich?«

Ich mache einen Schritt auf ihn zu, mit geballten Fäusten, denn natürlich hat er recht. Mein Lärm brandet auf, weil ich Ben verloren habe. Es fühlt sich an, als würde ich ihn jetzt und hier noch einmal verlieren.

Davy lacht, kriecht weg von mir, bis er an dem großen Holztor ist. »Mein Vater kann in deinem Lärm lesen«, sagt er, dann weiten sich seine Augen höhnisch. »Er kann in dir lesen wie in einem Buch.«

Mein Lärm schwillt an. »Gib mir das Buch! Sonst bring ich dich um, das schwöre ich!«

»Du wirst mir gar nichts tun, *Mr Hewitt*«, sagt Davy und steht auf, den Rücken zum Tor gewandt. »Du willst doch deine geliebte Schlampe nicht in Gefahr bringen, oder?«

Da haben wir es wieder.

Sie wissen ganz genau, dass sie mich in der Tasche haben.

Weil ich *sie* auf keinen Fall in Gefahr bringen will.

Meine Hände wollen Davy Prentiss noch viel Schlimmeres antun, so wie damals, als er *sie* verletzt hat, als er auf *sie* geschossen hat ...

Aber jetzt können sie es nicht.

Obwohl es *möglich* wäre ...

Weil er schwach ist.

Und weil wir beide das wissen.

Davy hört auf zu grinsen. »Du hältst dich für was Besonderes, nicht wahr?«, stößt er hervor. »Du glaubst, Pa ist vernarrt in dich.«

Ich balle die Fäuste, dann öffne ich sie wieder.

Aber ich lasse mich nicht aus der Ruhe bringen.

»Pa kennt dich durch und durch«, sagt Davy. »Pa hat dich *gelesen*.«

»Er hat nicht die geringste Ahnung«, knurre ich. »Und du noch viel weniger.«

Davy lacht wieder höhnisch. »Tatsächlich? Dann komm mit und lerne deine neue Herde kennen.«

Er lehnt sich gegen die Tür und drückt sie mit seinem Gewicht auf, dann betritt er die Koppel und gibt mir den Blick frei.

Auf hundert oder mehr Spackle.

4

Wie man eine neue Welt erschafft

[TODD]

MEIN ERSTER GEDANKE IST, mich umzudrehen und weg-
zulaufen. Zu laufen, zu laufen, zu laufen und niemals mehr stehen zu bleiben.

»*So* hab ich's gern«, sagt Davy, der hinter dem Tor steht und
grinst, als hätte er soeben einen Preis gewonnen.

Es sind so viele, so viele lange weiße Gesichter, die mich anstarren mit ihren riesigen Augen. Die kleinen Münder sind viel zu
weit oben im Gesicht und es sind viel zu viele Zähne darin, und
auch die Ohren haben so gar nichts Menschliches.

Aber ist hinter all dem nicht doch ein menschliches Gesicht zu
erkennen? Man sieht immer noch ein Gesicht, in dem sich Angst
spiegelt.

Und Schmerz.

Man kann schwer unterscheiden, welche von ihnen männlich,

welche weiblich sind, denn anstelle von Kleidung bedecken Flechten und Moos ihre Haut, aber offenbar leben hier ganze Spackle-Familien, erwachsene Spackle, die ihre Spackle-Kinder beschützen, und Spackle-Ehemänner, die ihre Frauen beschützen, die sich gegenseitig fest umschlungen halten, ihre Köpfe dicht aneinanderpressen. Und bei all dem herrscht völlige Stille.

Stille.

»Ich weiß«, sagt Davy. »Kaum zu glauben, dass sie diesen Tieren die Arznei gegeben haben.«

Sie haben jetzt alle ihre Augen auf Davy gerichtet, und ein unheimliches Klicken geht zwischen ihnen hin und her, sie werfen sich Blicke zu, nicken mit dem Kopf. Davy bringt die Pistole in Anschlag und geht ein Stück weiter auf das Gelände des Klosters.

»Wollt ihr frech werden oder was?«, faucht er. »Gebt mir einen Grund! Na, los doch! GEBT MIR NUR EINEN GRUND!«

Die Spackle, die in kleinen Grüppchen dastehen, drängen sich noch dichter aneinander und weichen vor ihm zurück, so weit sie können.

»Komm rein, Todd«, ruft Davy. »Auf uns wartet Arbeit.«

Ich rühre mich nicht vom Fleck.

»Ich habe gesagt, du sollst reinkommen. Das sind Tiere. Sie werden dir nichts tun.«

Ich rühre mich noch immer nicht vom Fleck.

»Er hat einen von euch umgebracht«, sagt Davy zu den Spackle.

»*Davy!*«, schreie ich ihn an.

»Er hat ihm mit 'nem Messer den Kopf abgetrennt. Hat gesägt und gesägt ...«

»Hör auf damit!« Ich renne auf ihn zu, um ihm sein verdammtes Maul zu stopfen. Ich habe keine Ahnung, woher er das weiß, aber er weiß es, und er soll jetzt, *verdammt noch mal,* sofort seine blöde Klappe halten.

Die Spackle, die direkt am Tor stehen, weichen zurück. Als ich mich nähere, gehen sie mir aus dem Weg, blicken mich angsterfüllt an, Eltern verbergen ihre Kinder hinter dem Rücken. Ich verpasse Davy einen kräftigen Stoß, aber er lacht nur, und jetzt erst merke ich, dass ich mich nun doch innerhalb der Klostermauern befinde.

Und ich sehe, wie viele Spackle hier wirklich sind.

Die Steinmauer des Klosters umschließt ein *riesiges* Stück Land, auf dem nur ein einziges kleines Gebäude, eine Art Lagerhalle, steht. Der Rest des Feldes ist in kleinere Parzellen aufgeteilt, die von alten Holzzäunen und niedrigen Gattern umgeben sind. Die meisten Zäune sind völlig überwuchert, und bis an die hinteren Mauern, die gut hundert Meter entfernt sind, ist alles mit hohem Gras und Brombeergestrüpp überwachsen.

Aber eigentlich sieht man nur Spackle.

Hunderte und Aberhunderte von Spackle.

Vielleicht sogar mehr als tausend.

Sie drücken sich an die Klostermauern, kauern hinter den modrigen Zäunen, sitzen in Gruppen beieinander oder stehen in Reihen beisammen.

Aber alle beobachten mich und sind totenstill, während mein Lärm sich über das Gelände ergießt.

»Er ist ein Lügner!«, rufe ich ihnen zu. »Es war ganz anders! Es war völlig anders.«

Aber wie war es denn? Wie kann ich es ihnen erklären?

Denn ich *hab's* ja getan.

Es war zwar nicht ganz so, wie Davy behauptet, aber beinahe, und in meinem Lärm erscheint es genauso schlimm, auf alle Fälle aber viel zu schlimm, um das, was geschehen ist, in meinem Lärm zuzuschütten, jetzt, wo mich all diese Augen anstarren, viel zu schlimm, um es zwischen Lügen zu verstecken und die Wahrheit zu verschleiern, viel zu schlimm, um nicht daran zu denken, wenn Scharen von Spackle mich einfach nur anstarren.

»Es war ein Unfall«, sage ich und verstumme gleich wieder, weil ich von einem unheimlichen Gesicht ins andere blicke, kein einziges Bild im Lärm der Spackle sehe, das Klicken, das sie von sich geben, nicht verstehe und so gleich zweimal nicht verstehe, was in ihnen vorgeht. »Und ich hab es nicht gewollt.«

Keiner gibt eine Antwort. Sie tun nichts, sie starren mich nur an.

Es knarrt und das Tor hinter uns geht wieder auf. Wir drehen uns um.

Ivan aus Farbranch kommt herein, jener Ivan, der sich lieber der Armee anschließen wollte, als gegen sie zu kämpfen.

Und siehe da, er hatte den richtigen Riecher. Er trägt eine Offiziersuniform und hat eine Abteilung Soldaten bei sich.

»Mr Prentiss junior«, sagt er und nickt Davy zu, der zurückgrüßt. Dann sieht Ivan mich an und in seinen Augen liegt ein Ausdruck, den ich nicht deuten kann, und auch kein Lärm ist da, der es mir verraten könnte. »Ich freue mich, Mr Hewitt wohlauf zu sehen.«

»Ihr beide kennt euch?«, fragt Davy spitz.

»Wir sind uns früher mal begegnet«, antwortet Ivan, ohne den Blick von mir zu wenden.

Ich sage kein Wort.

Ich bin zu sehr damit beschäftigt, Bilder in meinem Lärm zu suchen.

Bilder von Farbranch. Bilder von Hildy und Tam und Francia. Bilder von dem Gemetzel, das dort stattfand. Dem Gemetzel, von dem er verschont blieb.

Ein ärgerlicher Ausdruck huscht über sein Gesicht. »Man geht dorthin, wo die Macht ist«, sagt er. »Auf diese Weise bleibt man am Leben.«

Ich lasse in meinem Lärm ein Bild seiner brennenden Stadt Form annehmen, ich denke an die Männer, Frauen und Kinder, die in den Flammen umkommen.

Er runzelt die Stirn. »Diese Männer werden als Wachen hierbleiben. Ihr beide seid ab jetzt dafür verantwortlich, dass die Spackle das Gelände säubern, und ihr habt sicherzustellen, dass sie genug Wasser und Essen haben.«

Davy rollt die Augen. »Schön, *das* wissen wir ...

Aber Ivan hat sich schon umgedreht und geht zum Tor. Er lässt zehn Männer mit Gewehren bei uns zurück. Sie beziehen oben auf der Klostermauer Stellung und beginnen sogleich damit, Stacheldraht entlang der Mauer auszurollen.

»Zehn Mann mit Gewehren und wir beide gegen all die Spackle«, sage ich leise, aber hörbar.

»Ach, uns passiert nichts«, sagt Davy. Er richtet seine Pistole auf den Spackle, der ihm am nächsten steht, wahrscheinlich eine Frau, sie trägt ein Spackle-Baby auf dem Arm. Sie wendet sich mit dem Baby ab, schützt es mit ihrem eigenen Leib.

»Sie haben keine Spur von Kampfgeist.«

Ich sehe das Gesicht der Spackle-Frau, die ihr kleines Kind beschützt.

Ja, sie sind gebrochen, denke ich. Sie alle. Und sie alle wissen es.

Ich weiß genau, wie ihnen zumute ist.

»He, Schweinebacke, schau dir das mal an!«, ruft Davy. Er wirft die Arme in die Luft, sodass alle Spackle ihn ansehen. »Einwohner von New Prentisstown«, schreit er und fuchtelt wie verrückt. »Ich verkünde euch euer *Schicksal!*«

Und er lacht und lacht und lacht.

Davy beschließt, die Spackle zu bewachen, während sie die Felder von Gestrüpp befreien, aber das sicher nur, weil ich dann derjenige bin, der für alle das Futter aus dem Lagerhaus schaufeln und die Tröge auffüllen muss, aus denen sie ihr Wasser trinken.

Aber das ist Arbeit, wie sie auf jeder Farm anfällt. Und daran bin ich gewohnt. An all die Arbeit, die mich Ben und Cillian Tag für Tag tun ließen. An all die Arbeit, über die ich mich tagtäglich beschwert habe.

Ich wische mir über die Augen und mache weiter.

Wenn ich arbeite, halten sich die Spackle so weit wie möglich von mir fern. Und ich muss sagen, ich habe nichts dagegen.

Denn ich merke, ich kann ihnen einfach nicht in die Augen schauen.

Mit gesenktem Kopf schaufle ich weiter.

Davy sagt, sein Pa habe ihm erzählt, dass die Spackle als Diener oder Köche gearbeitet hätten, aber einer der ersten Befehle des Bürgermeisters war, die Spackle im Haus einzusperren, bis die Armee sie in der vergangenen Nacht abholte – während ich nichts ahnend schlief.

Zur selben Zeit, als sie auch die Frauen abholten.

»Die Leute haben die Spackle in den *Gärten* hinter ihren Häusern gehalten«, erzählt Davy weiter und sieht mir beim Schaufeln zu, während der Vormittag langsam in den Nachmittag übergeht und er allein das aufisst, was als Mittagsmahlzeit für uns beide gedacht war. »Ist das zu fassen? So als ob sie Scheiß-*Familienmitglieder* gewesen wären.«

»Vielleicht waren sie es ja auch«, sage ich.

»Jetzt sind sie es jedenfalls nicht mehr.« Davy steht auf und zieht seine Pistole. Grinst mich an. »Zurück an die Arbeit.«

Ich schaufle fast das ganze Futter aus der Lagerhalle heraus, aber es reicht bei Weitem nicht. Außerdem sind drei der fünf Wasserpumpen defekt, und bis Sonnenuntergang gelingt es mir lediglich, eine davon wieder in Gang zu bringen.

»Es ist Zeit, nach Hause zu gehen«, sagt Davy.

»Ich bin noch nicht fertig«, sage ich.

»Gut«, sagt er und geht in Richtung Tor, »dann bleib eben alleine hier.«

Ich schaue mich nach den Spackle um. Jetzt, da die Arbeit des Tages getan ist, haben sie sich zusammengedrängt, so weit weg von den Soldaten und dem Eingangstor wie nur irgend möglich.

So weit weg von Davy und mir wie möglich.

Ich schaue unentschlossen zwischen ihnen und Davy hin und her. Sie haben nicht genug zu essen. Sie haben nicht genug Wasser. Sie haben keine Toiletten, und sie haben rein gar nichts, wo sie sich unterstellen oder Schutz suchen können.

Ich strecke ihnen meine leeren Hände entgegen, aber das macht ihre Lage auch nicht besser. Sie starren mich an, als ich die Hände sinken lasse und Davy zum Tor hinausfolge.

»So viel zu deinem Mut, was, Schweinebacke«, sagt Davy und bindet sein Pferd los, das er »Deadfall« nennt, das aber anscheinend nur auf den Namen »Acorn« hört.

Ich beachte ihn nicht, denn ich muss an die Spackle denken.

Ich will sie gut behandeln. Oh ja. Ich werde dafür sorgen, dass sie genug Wasser und Futter haben, und ich werde alles tun, was ich kann, um sie zu beschützen.

Das werde ich.

Das nehme ich mir fest vor.

Denn *sie* würde das auch wollen.

»Oh, ich kann dir sagen, was sie *wirklich* will«, höhnt Davy.

Und wir prügeln uns schon wieder.

Bei meiner Rückkehr liegt frisches Bettzeug im Turm, eine Matratze und ein Laken sind auf der einen Seite für mich, auf der anderen Seite für Bürgermeister Ledger ausgebreitet. Er sitzt schon auf seinem Lager, sein Lärm ist schrill, er isst Eintopf aus einer Schüssel.

Auch der üble Geruch ist verschwunden.

»Ja«, sagt Bürgermeister Ledger, »und rate mal, wer das alles sauber machen durfte?«

Wie sich herausstellt, hat man ihn zur Arbeit als Müllmann abkommandiert.

»Ehrenwerte Arbeit«, sagt er achselzuckend, aber in seinem düstergrauen Lärm höre ich Gedanken, die zeigen, dass er diese Arbeit beim besten Willen nicht als ehrenwert betrachtet. »Es ist das Spiegelbild meines Lebens, wenn man so will. Ich war ganz oben und jetzt bin ich ganz unten. Es wäre schon fast poetisch, wenn es nicht so banal wäre.«

Neben meinem Bett steht auch eine Schüssel Eintopf, ich nehme sie und gehe damit ans Fenster, um auf die Stadt hinauszusehen.

Eine Stadt, die beginnt zu SUMMEN.

Man kann es hören, wie die Arznei im Blut der Männer immer

weniger wird. Man hört es aus den Häusern und Gebäuden, aus den Seitenstraßen und zwischen den Bäumen.

Der Lärm kehrt nach New Prentisstown zurück.

Es war schon schwer genug für mich, durch das *alte* Prentisstown zu gehen, und dort lebten nur hundertsechsundvierzig Männer. In New Prentisstown leben bestimmt zehnmal so viele. Und nicht nur Männer, sondern auch Jungen.

Keine Ahnung, wie ich das aushalten soll.

»Du wirst dich dran gewöhnen«, sagt Bürgermeister Ledger, der inzwischen seinen Eintopf aufgegessen hat. »Ich habe zwanzig Jahre lang hier gelebt, ehe wir die Arznei gefunden haben.«

Ich schließe die Augen, aber ich sehe sofort eine Horde von Spackle vor mir, die mich anstarrt. Die mich richtet.

Bürgermeister Ledger tippt mir auf die Schulter und deutet auf meine Schale mit Eintopf. »Isst du das noch?«

In dieser Nacht habe ich einen Traum.

Ich träume von ihr.

Die Sonne steht in ihrem Rücken und ich kann ihr Gesicht nicht erkennen, wir sind auf einem Berg und sie sagt etwas, aber das Donnern des Wasserfalls hinter uns ist zu laut. Ich frage: »Was ist?« Ich strecke die Hand nach ihr aus, aber ich kann sie nicht berühren, und als ich meine Hand sinken lasse, ist sie voller Blut …

»Viola!«, keuche ich und schrecke im Dunkeln hoch.

Ich schaue hinüber zu Bürgermeister Ledger, der auf seiner Matratze liegt und sein Gesicht abgewandt hat, aber sein Lärm ist nicht der Lärm eines Schlafenden, es ist der düstere Lärm, den er im wachen Zustand von sich gibt.

»Ich weiß, dass du nicht schläfst«, sage ich.

»Du träumst ziemlich laut«, antwortet er, ohne sich umzudrehen. »Ist sie jemand, der dir wichtig ist?«

»Das tut nichts zur Sache.«

»Wir müssen das durchstehen, Todd«, sagt er. »Das muss jeder von uns. Einfach nur am Leben bleiben und es durchstehen.«

Ich drehe mich zur Wand.

Ich kann nichts tun. Nicht, solange sie sich in Prentiss' Gewalt befindet.

Nicht, solange ich gar nichts weiß.

Nicht, solange sie ihr wehtun können.

Bleib am Leben und steh es durch, denke ich.

Und ich denke an sie, die irgendwo da draußen ist.

Und ich flüstere ihr zu, wo immer sie auch sein mag: »Bleib am Leben und steh es durch.«

Bleib am Leben.

TEIL II

Das Haus der Heilung

5

Viola erwacht

(VIOLA)

»GANZ RUHIG, MÄDCHEN.«

Eine Stimme.

Grelles Licht.

Zögernd schlage ich die Augen auf.

Alles um mich herum ist so strahlend weiß, ich kann die Helligkeit fast hören, und irgendwo in diesem Licht ist eine Stimme, und in meinem Kopf schwirrt es, und meine Seite schmerzt, und es ist viel zu hell, und ich kann keinen einzigen klaren Gedanken fassen.

Moment mal …

Moment mal …

Er hat mich den Berg hinuntergetragen.

Gerade eben noch hat er mich den Berg hinuntergetragen, nach Haven.

»Todd?« Meine Stimme hört sich seltsam fremd an und ganz rau, sie klingt nach Mullbinden und Speichel, aber ich kämpfe, zwinge sie hinaus in das grelle Licht, das meine Augen blendet. »*TODD?*«

»Ich habe gesagt, du sollst dich beruhigen.«

Ich kenne die Stimme nicht, es ist die Stimme einer Frau. Einer Frau.

»Wer bist du?« Ich versuche mich aufzusetzen, strecke die Hände aus, befühle das, was mich umgibt, spüre die kühle Luft, die Weichheit eines ...

... eines Betts?

Ich spüre, wie Entsetzen in mir hochsteigt.

»*Wo ist er?*«, schreie ich. »*TODD?*«

»Ich kenne keinen Todd, Mädchen«, sagt die Stimme, während die Konturen sich allmählich zu einem Bild fügen, das grelle Licht sich in weniger grelle Bilder auflöst, »aber ich weiß, dass du jetzt überhaupt nicht in der Verfassung bist, um Fragen zu stellen.«

»Sie haben auf dich *geschossen*«, sagt eine andere Stimme rechts von mir, sie klingt jünger als die erste.

»Willst du wohl ruhig sein, Madeleine Poole«, tadelt die erste Frauenstimme.

»Jawohl, Mistress Coyle.«

Ich blinzle und blinzle und allmählich erkenne ich meine Umgebung. Ich liege hier in einem schmalen weißen Bett in einem schmalen weißen Zimmer. Ich habe einen dünnen, weißen Kittel an, der am Rücken zugeschnürt ist. Eine Frau, groß und kräftig, steht vor mir, sie trägt einen weißen Umhang, auf den zwei ausgestreckte blaue Hände gestickt sind, ihr Mund ist schmal wie ein Strich, ihre Miene undurchdringlich. Mistress Coyle. Hinter ihr, an der Tür, steht mit einer Schüssel heißem Wasser ein Mädchen, das kaum älter ist als ich.

»Ich bin Maddy«, sagt sie, und ein Lächeln stiehlt sich auf ihr Gesicht.

Ohne sich auch nur umzudrehen, sagt Mistress Coyle streng: »Raus mit dir.« Als Maddy geht, fängt sie meinen Blick auf und schenkt mir noch ein Lächeln.

»Wo bin ich?«, frage ich Mistress Coyle mit fliegendem Atem.

»Meinst du, in welchem Raum du bist, Mädchen? Oder meinst du, in welcher Stadt du bist?« Sie schaut mich prüfend an. »Oder willst du wissen, auf welchem Planeten du bist?«

»Bitte«, flehe ich. Plötzlich stehen Tränen in meinen Augen, und das ärgert mich, aber ich rede weiter. »Ich bin mit einem Jungen gekommen.«

Sie seufzt und schaut einen Moment lang zur Seite, dann presst sie die Lippen zusammen und setzt sich mit ernster Miene auf einen Stuhl neben dem Bett. Ihre Haare sind in Zöpfen zurückgebunden, die so straff geflochten sind, dass man vermutlich an ihnen hochklettern kann, und sie ist von kräftiger, hochgewachsener Statur, also beileibe niemand, mit dem man Ärger haben möchte.

»Es tut mir leid«, sagt sie beinahe sanft. Aber nur beinahe. »Von einem Jungen weiß ich nichts.« Sie legt die Stirn in Falten. »Ich fürchte, ich weiß so gut wie gar nichts, ich weiß nur, dass man dich gestern Morgen in dieses *Haus der Heilung* gebracht hat und du dem Tod so nahe warst, dass ich große Zweifel hatte, dich retten zu können. Aber man hat uns deutlich zu verstehen gegeben, dass unser eigenes Leben davon abhängt, dass wir deines retten.«

Sie macht eine kleine Pause, um zu sehen, wie ich diese Nachricht aufnehme.

Ich weiß nicht, was ich dazu sagen soll.

Wo ist er?

Was haben sie mit ihm gemacht?

Ich wende ihr den Rücken zu und versuche zu *denken*, doch der Verband um meine Taille ist so fest, dass ich nicht mal aufrecht sitzen kann.

Mistress Coyle reibt sich mit den Fingern über die Schläfen. »Und nun, da du dem Leben zurückgegeben bist«, sagt sie, »bin ich mir gar nicht mehr sicher, ob du uns dafür danken wirst, dass wir dich in diese Welt zurückgeholt haben.«

Sie erzählt mir, dass Bürgermeister Prentiss in Haven angekommen sei, als noch die Gerüchte umliefen, dass eine Armee anrücke, eine große Armee, so groß, dass sie mühelos die Stadt in Schutt und Asche legen könne, groß genug, um die ganze Welt in Brand zu setzen. Sie erzählt mir, dass ein gewisser Bürgermeister Ledger sich daraufhin ergeben habe. Dass er die Handvoll Einwohner, die bereit gewesen seien zu kämpfen, niedergebrüllt habe. Dass die meisten Leute seiner Meinung gewesen seien. Dass er den Eindringlingen die Stadt auf dem Silbertablett serviert habe.

»Und dann«, fährt sie fort und blanke Wut schwingt in ihrer Stimme mit, »wurden die *Häuser der Heilung* zu Gefängnissen für die Frauen.«

»Also seid Ihr eine Ärztin?« Ich spüre, wie sich ein ungeheures Gewicht auf meine Brust legt und sie zusammendrückt, weil wir versagt haben, sie zusammendrückt, weil es völlig zwecklos war, vor der Armee davonzulaufen.

Ihr Mund verzieht sich, es ist ein flüchtiges, ein verstohlenes Lächeln, so als hätte ich mich gerade verraten. Aber es ist kein grausames Lächeln, und ich merke, dass ich nicht mehr so viel Angst habe vor ihr, nicht mehr so viel Angst habe vor dem, was es bedeuten könnte, dass ich in diesem Zimmer liege, nicht mehr so viel Angst habe vor mir selbst, sondern dass ich am meisten Angst habe um ihn.

»Nein, Mädchen«, antwortet sie und wirft den Kopf in den Nacken. »Du weißt ja sicher, dass es in New World keine weiblichen Ärzte gibt. Ich bin eine Heilerin.«

»Wo ist der Unterschied?«

Wieder fährt sie sich mit den Fingern über die Schläfen. »Eine gute Frage: Wo ist der Unterschied?« Sie lässt die Hände in den Schoß sinken und betrachtet sie. »Man hat uns zwar eingesperrt«, fährt sie fort, »dennoch dringen Gerüchte bis zu uns. Gerüchte, dass in der Stadt die Männer und die Frauen getrennt werden, Gerüchte, dass die Armee vielleicht sogar noch heute eintreffen wird, Gerüchte darüber, dass wir alle ausgelöscht werden sollen, obwohl wir uns *ergeben* haben.«

Sie blickt mich scharf an. »Und dann bist da noch du, Mädchen.«

Ich wende den Blick von ihr ab. »Ich bin nichts Besonderes.«

»Wirklich nicht?« Sie scheint mir nicht zu glauben. »Ein Mädchen, bei dessen Ankunft sich niemand auf den Straßen blicken lassen darf? Ein Mädchen, dessen Leben zu retten man mir befiehlt, wenn ich mein eigenes Leben nicht aufs Spiel setzen will? Ein Mädchen«, sie beugt sich vor, um sicherzugehen, dass ich auch wirklich zuhöre, »das eben erst aus dem schwarzen Nichts zu uns nach New World gekommen ist?«

Ich halte für eine Sekunde den Atem an und hoffe, dass sie es nicht bemerkt. »Wie kommt Ihr darauf?«

Sie lächelt wieder, aber nicht unfreundlich. »Ich bin eine Heilerin. Das Erste, was ich an einem Menschen sehe, ist seine Haut. Die Haut erzählt die Geschichte eines Menschen: wo er gewesen ist, was er gegessen hat, wer er ist. Du trägst zwar Kleider, aber die Haut darunter ist die zarteste und weichste, die ich in meinen zwanzig Jahren als Heilerin gesehen habe. Zu zart und zu weich für einen Planeten, auf dem nur Bauern leben.«

Ich schaue sie noch immer nicht an.

»Und dann sind da natürlich noch die Gerüchte, die die Flüchtlinge mitgebracht haben. Es heißt, dass Siedler auf dem Weg zu uns sind. Tausende von Siedlern.«

»Bitte«, flehe ich leise und kämpfe wieder mit den Tränen.

»Und kein Mädchen aus New World würde jemals eine Frau fragen, ob sie eine Ärztin ist«, sagt sie zum Schluss.

Ich muss schlucken. Ich halte mir die Hand vor den Mund. Wo ist er? Das alles ist mir ganz egal, nur eines interessiert mich: Wo ist er?

»Ich weiß, dass du Angst hast«, sagt Mistress Coyle. »In dieser Stadt herrscht ohnehin viel zu viel Angst und ich kann nichts dagegen tun.« Sie streckt die Hand aus und berührt meinen Arm. »Aber vielleicht kannst du etwas tun, um uns zu helfen.«

Ich schlucke und sage kein Wort.

Es gibt nur einen Menschen, dem ich vertrauen kann.

Und der ist nicht hier.

Mistress Coyle lehnt sich in ihrem Stuhl zurück. »Wir haben dir das Leben gerettet, Mädchen«, sagt sie. »Ein wenig von deinem Wissen wäre ein großer Gewinn für uns.«

Ich hole tief Luft, blicke mich im Zimmer um, bemerke die

Sonnenstrahlen, die zum Fenster hereinfallen, durch das man hinaus auf Bäume und einen Fluss sehen kann, auf jenen Fluss, dem wir gefolgt sind bis zu einem Ort, wo wir uns in Sicherheit wähnten, und es scheint ganz und gar unmöglich, dass an einem so strahlend schönen Tag irgendwo irgendetwas Schlimmes passieren kann – dass Gefahr vor der Haustür lauert, dass eine Armee anrückt.

Aber es wird eine Armee kommen.

Daran gibt es keinen Zweifel.

Und das wird Mistress Coyle ganz und gar nicht gefallen. Dabei weiß ich noch immer nicht, was mit ihm geschehen ist.

Dieser Gedanke versetzt mir einen Stich.

Ich hole tief Luft.

Und dann fange ich an zu reden.

»Ich heiße Viola Eade ...«

»Noch mehr Siedler, sagst du?«, fragt Maddy und lächelt mich an. Ich liege auf der Seite, während sie den schweren Verband um meine Taille löst. Die Innenseite ist mit Blut verklebt, meine Haut ist schmutzig und dort, wo das Blut geronnen ist, rotbraun. In der Magengegend ist ein kleines Loch, das mit einem dünnen Faden zugenäht ist.

»Warum tut das nicht weh?«, frage ich.

»Die Binden sind mit Jefferswurzel bestrichen«, erklärt mir Maddy. »Ein natürliches Schmerzmittel. Man spürt nichts, aber man kann einen Monat lang nicht auf die Toilette gehen. Und es ist so stark, dass du in fünf Minuten tief schlafen wirst.«

Vorsichtig, ganz vorsichtig taste ich die Haut rund um die

Schusswunde ab. Auf meinem Rücken ist noch eine ähnliche Wunde, dort wo die Kugel eingetreten ist. »Weshalb bin ich nicht tot?«

»Wäre es dir lieber, du wärst daran gestorben?« Sie lächelt wieder und dann wird aus dem Lächeln ein Stirnrunzeln. »Aber ich sollte über so etwas keine Scherze machen. Mistress Coyle sagt immer, mir fehle es ›am nötigen Ernst‹, um eine richtige Heilerin zu werden.« Sie taucht ein Tuch in eine Schale mit warmem Wasser und beginnt, meine Wunden zu säubern. »Du bist noch am Leben, weil Mistress Coyle die beste Heilerin in ganz Haven ist, besser als die sogenannten Doktoren dieser Stadt. Sogar Bösewichte wissen das. Weshalb sonst hätten sie dich hierhergebracht statt in ein Krankenhaus?«

Sie trägt einen langen, weißen Mantel wie Mistress Coyle, dazu ein weißes Häubchen, auf das eine blaue, ausgestreckte Hand gestickt ist, eine Art Lehrlingstracht, wie sie mir erklärt. Sie ist höchstens ein, zwei Jahre älter als ich, wie auch immer man das Alter hier bestimmen mag, aber ihre Hände bewegen sich selbstsicher, sanft und stark.

»Die Frage ist nur«, sagt sie mit vorgetäuschter Munterkeit, »wie böse sind diese Bösewichte wirklich?«

Die Tür geht auf. Ein zierliches Mädchen, das ebenfalls ein Häubchen trägt, steckt den Kopf herein. Es ist so alt wie Maddy, aber seine Haut ist dunkelbraun und sein Blick finster wie eine Sturmwolke. »Mistress Coyle sagt, du sollst sofort Schluss machen.«

Maddy blickt nicht auf, während sie einen neuen Verband an meiner Stirn anbringt. »Mistress Coyle weiß, dass ich noch nicht einmal die Hälfte meiner Arbeit erledigt haben kann.«

»Wir sind aufgefordert, uns zu versammeln«, sagt das Mädchen.

»Du sagst das so, als sei es unsere tägliche Aufgabe, uns *zu versammeln*, Corinne.« Die Verbände sind fast so gut wie die auf unserem Raumschiff, das Mittel fängt schon an zu wirken, es kühlt und meine Augenlider werden schwer. Maddy ist mit dem Stirnverband fertig und schneidet nun einen anderen Verband für meinen Rücken zurecht. »Aber ich bin gerade mitten in einer Behandlung.«

»Ein Mann mit einem Gewehr ist gekommen«, sagt Corinne.

Maddy hält inne.

»Alle sollen sich auf dem Stadtplatz versammeln«, fährt Corinne fort. »Auch du, Maddy Poole, ob du gerade mit einer Patientin beschäftigt bist oder nicht.« Sie verschränkt die Arme energisch vor der Brust. »Ich wette, die Armee ist da.«

Maddy schaut mich an, aber ich weiche ihrem Blick aus.

»Jetzt werden wir endlich erfahren, welches Ende uns bevorsteht«, sagt Corinne.

Maddy verdreht die Augen. »Du und deine Witze. Sag Mistress Coyle, ich werde in zwei Sekunden da sein.«

Corinne wirft ihr einen verdrießlichen Blick zu und geht dann hinaus. Maddy verbindet meinen Rücken, ich kann mich jetzt kaum noch wachhalten.

»Du wirst schlafen«, sagt Maddy. »Es wird alles gut werden, du wirst schon sehen. Weshalb sollten sie dich retten, wenn sie vorhätten ...« Sie führt den Satz nicht zu Ende, sie beißt sich auf die Lippe und lächelt dann. »Ich sage immer, Corinne hat genügend von dem nötigen Ernst, dass er für uns beide reicht.«

Ihr Lächeln ist das Letzte, was ich sehe, bevor ich einschlafe.

»*TODD!*«

Ich schrecke aus dem Schlaf hoch, der Albtraum verfliegt, Todd ist weit weg.

Ich höre ein lautes Poltern. Maddy sitzt auf dem Stuhl neben meinem Bett, ein Buch ist ihr vom Schoß gerutscht. Wie ich ist sie davon wach geworden und schaut mich blinzelnd an. Es ist Nacht, im Zimmer ist es dunkel, nur eine kleine Lampe brennt dort, wo Maddy eigentlich lesen wollte.

»Wer ist Todd?«, fragt sie und in ihr Gähnen mischt sich ein Lächeln. »Dein *Liebster*?« Als sie meinen Blick sieht, hört sie sofort auf, mich zu necken. »Jemand, der dir etwas bedeutet?«

Ich nicke, mein Atem geht immer noch schwer von dem Albtraum, den ich gerade hatte, das Haar klebt mir schweißnass an der Stirn. »Ja, jemand, der mir etwas bedeutet.«

Sie schenkt mir aus einem Krug neben dem Bett ein Glas Wasser ein. »Was ist passiert?«, frage ich und trinke einen Schluck. »Solltet ihr euch nicht auf dem Platz versammeln?«

»Ach, ja«, sagt Maddy und lehnt sich zurück. »Das war sehr aufschlussreich.«

Dann erzählt sie, wie sich alle Bewohner der Stadt – früher Haven, jetzt New Prentisstown geheißen, ein Name, bei dem sich mir der Magen umdreht – versammelt haben, um zuzusehen, wie die Armee einmarschiert und wie der neue Bürgermeister den alten hinrichtet.

»Nur dass er ihn gar nicht hingerichtet hat«, sagt Maddy.

»Er hat ihn am Leben gelassen. Und uns will er auch alle verschonen. Er sagte, er werde uns das Mittel gegen den Lärm wegnehmen – was den Männern natürlich gar nicht behagte–, aber so schön es ja zweifellos in den letzten sechs Monaten gewesen sei, nicht immer dieses Gejammere anhören zu müssen, so müssten wir doch alle neu lernen, wo wir hingehörten und wer wir seien, damit wir alle gemeinsam eine neue Heimat schaffen könnten für die Siedler, die noch kommen würden.«

Sie zieht die Augenbrauen hoch, wartet, dass ich etwas darauf erwidere.

»Ich habe höchstens die Hälfte von dem verstanden, was du gesagt hast. Gibt es denn ein Mittel gegen den Lärm?«

Sie schüttelt den Kopf, aber nicht weil sie Nein sagen will. »Meine Güte, du scheinst wirklich nicht von hier zu sein!«

Ich setze das Glas Wasser ab, beuge mich zu ihr und sage leise: »Maddy, gibt es hier irgendwo eine Sendeanlage?«

Sie schaut mich an, als hätte ich sie eben gefragt, ob sie mit mir auf einen der Monde umziehen will. »Damit ich Kontakt mit den Raumschiffen aufnehmen kann«, erkläre ich ihr. »Eine Art große runde Schüssel. Oder auch ein Turm.«

»Oben auf dem Hügel steht ein alter Eisenturm«, sagt sie genauso leise wie ich, »aber ich habe keine Ahnung, ob es ein Sendeturm ist. Er ist schon seit Jahren verlassen. Du kannst da auch gar nicht hinauf. Draußen ist eine ganze Armee, Viola.«

»Wie viele sind es?«

»Mehr als genug.« Wir unterhalten uns immer noch im Flüsterton. »Die Leute sagen, sie werden heute Nacht die letzten Frauen aussondern.«

»Wozu?«

Maddy zuckt die Schultern. »Corinne hat gesagt, eine Frau unter den Zuschauern habe ihr erzählt, man habe auch die Spackle zusammengetrieben.«

Ich setze mich so hastig auf, dass die Verbände spannen. »Spackle?«

»Das sind die Ureinwohner, die hier leben.«

»Ich weiß, wer die Spackle sind.« Ich richte mich weiter auf und meine Verbände drücken jetzt richtig. »Todd hat mir erzählt, was früher hier passiert ist. Maddy, wenn Bürgermeister Prentiss Frauen und Spackle aussondert, dann sind wir in Gefahr. In allergrößter Gefahr sogar.«

Ich schlage die Bettdecke zurück, um aufzustehen, aber der Schmerz schießt wie ein Blitz in meinen Bauch. Ich stöhne auf und falle zurück auf mein Lager.

»Jetzt ist ein Faden gerissen«, sagt Maddy vorwurfsvoll.

»Bitte ...« Ich beiße die Zähne zusammen, so weh tut es. »Wir müssen weg von hier. Wir müssen *fliehen*!«

»Du bist nicht in der Verfassung, irgendwohin zu fliehen«, sagt sie und macht sich an meinem Verband zu schaffen.

Genau in diesem Moment kommt der Bürgermeister zur Tür herein.

6

Die zwei Seiten der Geschichte

(VIOLA)

MISTRESS COYLE FÜHRT IHN INS ZIMMER. Ihre Miene ist ernster als sonst, sie beißt die Zähne zusammen. Obwohl wir uns erst einmal begegnet sind, weiß ich, dass sie nicht erfreut ist über diesen Besuch.

Er steht hinter ihr. Groß gewachsen, schlank, aber mit breiten Schultern, ganz in Weiß gekleidet, den Hut behält er auf dem Kopf.

Ich habe ihn nie richtig gesehen. Ich blutete, war dem Tode nahe, als er zu uns trat, damals auf dem Stadtplatz.

Aber er ist es.

Er muss es sein.

»Guten Abend, Viola«, begrüßt er mich. »Ich habe so lang darauf gewartet, dich kennenzulernen.«

Mistress Coyle sieht, wie ich mit meiner Bettdecke kämpfe

und dass Maddy die Hand ausstreckt, um mir zu helfen. »Stimmt etwas nicht, Madeleine?«

»Ein Albtraum«, sagt Maddy und sieht mich beschwörend an. »Ich fürchte, ein Faden ist gerissen.«

»Darum kümmern wir uns später«, sagt Mistress Coyle, und die ernste und bestimmte Art, in der sie das sagt, lässt Maddy aufhorchen. »Gib ihr inzwischen vierhundert Einheiten Jefferswurzel.«

»Vierhundert?«, fragt Maddy überrascht nach, aber als sie Mistress Coyles Blick sieht, sagt sie nur: »Ja, selbstverständlich.« Sie drückt tröstend meine Hand und geht hinaus.

Der Mann und die Frau betrachten mich eine Zeit lang, dann sagt der Bürgermeister: »Ich brauche Euch jetzt nicht mehr, Mistress.«

Mistress Coyle blickt mich schweigend an, als sie aus dem Zimmer geht, vielleicht, um mir Mut zuzusprechen, vielleicht, um mich etwas zu fragen oder mir etwas mitzuteilen, aber ich habe viel zu viel Angst, um jetzt darüber nachzudenken.

Da schließt sich auch schon die Tür hinter ihr.

Und dann bin ich allein mit ihm.

Er schweigt beharrlich, bis mir klar wird, dass ich das Gespräch beginnen soll. Ich ziehe die Bettdecke hoch bis über die Brust und bei der Bewegung schießt ein schneidender Schmerz durch meine Seite.

»Ihr seid Bürgermeister Prentiss«, sage ich nun mit zittriger Stimme.

»Präsident Prentiss«, korrigiert er mich, »aber du kennst mich natürlich noch als Bürgermeister.«

»Wo ist Todd? Was habt Ihr mit ihm gemacht?«

Er lächelt wieder. »Der erste Satz klug, der zweite mutig. Wir könnten irgendwann Freunde werden.«

»Ist er verletzt?« Ich schlucke, um das Brennen in meinem Hals loszuwerden. »Ist er am Leben?«

Einen Augenblick lang sieht es so aus, als würde er nicht antworten, als würde er die Frage nicht einmal zur Kenntnis nehmen, aber dann sagt er: »Todd ist wohlauf. Er lebt, es geht ihm gut und er fragt bei jeder Gelegenheit nach dir.«

Ich merke, dass ich den Atem angehalten habe, um seine Antwort nur ja genau zu hören. »Ist das wahr?«

»Natürlich ist es wahr.«

»Ich will ihn sehen.«

»Und er will dich sehen«, sagt Bürgermeister Prentiss. »Aber alles der Reihe nach.«

Er lächelt. Fast ist es ein freundliches Lächeln.

Hier steht der Mann, vor dem wir wochenlang davongelaufen sind, er steht vor mir, in meinem Zimmer, und ich kann mich vor Schmerzen kaum bewegen.

Und er *lächelt*.

Er lächelt beinahe freundlich.

Wenn er Todd etwas angetan hat, wenn er ihm auch nur *ein* Haar gekrümmt hat ...

»Bürgermeister Prentiss ...«

»*Präsident* Prentiss«, wiederholt er, dann fügt er liebenswürdig hinzu: »Aber du kannst David zu mir sagen.«

Ich erwidere nichts, sondern drücke nur noch fester gegen meinen Verband, um gegen die Schmerzen anzukämpfen.

Der Mann strahlt etwas aus. Etwas, was ich nicht richtig einordnen kann.

»Vorausgesetzt, ich darf dich Viola nennen«, sagt er.

Es klopft an der Tür. Maddy tritt ein, in der Hand hält sie ein Glasfläschchen. »Jeffers«, sagt sie, den Blick fest auf den Boden gerichtet. »Gegen die Schmerzen.«

»Ja, natürlich.« Der Bürgermeister rückt von meinem Bett fort und verschränkt die Hände auf dem Rücken. »Nur zu.«

Maddy schenkt mir ein Glas Wasser ein und sieht zu, wie ich vier gelbe Kapseln schlucke, zwei mehr als zuvor. Dann nimmt sie das Glas und wirft mir, ohne dass der Bürgermeister es sieht, einen eindringlichen Blick zu, kein Lächeln, sondern einen Blick, der mir Mut zuspricht, und ich fühle mich tatsächlich ein bisschen besser, ein bisschen stärker.

»Sie wird gleich sehr müde werden«, sagt Maddy zum Bürgermeister, und auch jetzt blickt sie ihn nicht an.

»Ich verstehe«, sagt der Bürgermeister.

Maddy geht und schließt die Tür hinter sich. In meinem Bauch breitet sich sofort ein Gefühl der Wärme aus, aber es dauert noch eine Minute, bis der Schmerz nachlässt und das Zittern aufhört.

»Also«, fragt der Bürgermeister. »Darf ich nun?«

»Dürft Ihr was?«

»Viola zu dir sagen?«

»Ich kann Euch nicht daran hindern«, entgegne ich.

»Gut.« Er setzt sich nicht, er bewegt sich nicht, das Lächeln ist auf seinem Gesicht festgefroren. »Wenn es dir besser geht, Viola, würde ich mich gern mit dir unterhalten.«

»Worüber?«

»Über die Raumschiffe natürlich«, antwortet er. »Genau in diesem Moment sind sie im Anflug auf New World.«

Ich muss schlucken. »Welche Raumschiffe?«

»Oh nein, nein, nein.« Er schüttelt den Kopf, aber er lächelt
weiter. »Vorhin warst du klug und mutig. Du hast zwar Angst,
aber die hat dich nicht daran gehindert, ruhig und verständig
mit mir zu reden. Wirklich sehr bewundernswert.« Er beugt
den Kopf zu mir herab. »Aber es fehlt noch die Aufrichtig-
keit. Wir *müssen* von Anfang an aufrichtig zueinander sein,
Viola, denn wie soll es zwischen uns weitergehen ohne Auf-
richtigkeit?«

Was meint er mit »weitergehen«?

»Ich habe dir gesagt, dass Todd am Leben ist und dass es
ihm gut geht«, fährt er fort, »und was ich dir sage, ist wahr.«
Er legt eine Hand auf das Fußende des Betts. »Er wird auch
weiterhin in Sicherheit sein.« Er macht eine Pause. »Und du
wirst mir die Wahrheit sagen.«

Und ohne dass er es ausdrücklich sagen muss, begreife
ich, dass ich das eine nicht ohne das andere haben kann.

Die Wärme breitet sich von meinem Bauch in meinen
ganzen Körper aus, alles scheint langsamer zu werden, träger. Der stechende Schmerz in meiner Seite lässt nach, aber
mit ihm auch meine Wachheit. Weshalb die doppelte Dosis,
wenn sie mich so schnell einschlafen lässt? So schnell, dass
ich nicht mehr weitersprechen kann?

Oh.

Oh.

»Ich muss ihn mit eigenen Augen sehen, damit ich Euch
glauben kann«, fordere ich.

»Bald«, erwidert er. »Aber zuvor gibt es noch viel zu tun
in New Prentisstown. Vieles, was geschafft, und vieles, was
wieder *ab*geschafft werden muss.«

»Ob die Menschen es wollen oder nicht.« Meine Lider

werden schwer. Ich kann nur mit Mühe die Augen aufhalten. Erst jetzt fällt mir auf, dass ich laut gesprochen habe.

Natürlich lächelt er. »Ich sage es immer und immer wieder, Viola. Der Krieg ist vorbei. Ich bin nicht dein Feind.«

Ich sehe ihn überrascht unter bleischweren Lidern hervor an.

Ich habe Angst vor ihm. Echte Angst.

Aber ... »Ihr wart der Feind der Frauen in Prentisstown«, sage ich. »Ihr wart der Feind aller Bewohner von Farbranch.«

Er erstarrt, hat sich jedoch sofort wieder in der Gewalt. »Heute Morgen wurde eine Leiche im Fluss gefunden«, sagt er. »Eine Leiche mit durchschnittener Kehle.«

Gegen meinen Willen reiße ich überrascht die Augen auf. Er mustert mich jetzt aufmerksam. »Vielleicht hat der Mann den Tod verdient«, sagt er. »Vielleicht hatte der Mann Feinde.«

Ich sehe mich selbst, wie ich es tue.

Ich sehe mich, wie ich das Messer in ihn stoße.

Ich schließe die Augen.

»Was mich angeht«, sagt der Bürgermeister, »ist der Krieg zu Ende. Die Zeit, in der ich Soldat war, ist vorüber. Nun kommt die Zeit, in der ich führen werde, in der ich die Menschen einander näherbringen werde.«

Indem du sie aussonderst, denke ich, aber meine Atemzüge werden langsamer. Das weiße Zimmer scheint noch heller zu werden, doch es ist eine angenehme Helligkeit, ich möchte mich hineinfallen lassen und schlafen, schlafen und immer weiterschlafen. Ich krieche noch tiefer unter die Decke.

»Ich verlasse dich jetzt«, sagt er. »Aber wir werden uns wiedersehen.«

Ich fange an, durch den Mund zu atmen. Ich kann nicht länger gegen den Schlaf ankämpfen.

Er sieht, wie ich langsam wegdämmere.

Und dann tut er etwas völlig Überraschendes.

Er tritt ans Bett und streicht die Decke glatt, so als wollte er mich gut zudecken.

»Ehe ich gehe«, sagt er, »habe ich noch eine Bitte.«

»Was?«, frage ich und kann mich kaum noch wachhalten.

»Ich möchte, dass du David zu mir sagst.«

»*Was?*«, frage ich mit träger Stimme.

»Ich möchte, dass du sagst: *Gute Nacht, David.*«

Dieses Jefferszeug hat mich derart willenlos gemacht, dass mir die Worte schon aus dem Mund kullern, ehe ich noch begreife, was ich da sage. »Gute Nacht, David.«

Und obwohl das Medikament mich in einen Nebel hüllt, bemerke ich, dass er überrascht, sogar ein bisschen enttäuscht aussieht.

Aber er fasst sich schnell wieder. »Dir auch eine gute Nacht, Viola.« Er nickt mir zu und wendet sich zum Gehen.

Und jetzt weiß ich, was anders ist bei ihm.

»Ich kann Euch nicht hören«, flüstere ich.

Er dreht sich um. »Ich habe gesagt: *dir au-*.«

»Nein«, unterbreche ich ihn, und meine Zunge ist so schwer, dass ich Mühe habe zu sprechen. »Ich kann Euch nicht *denken* hören.«

Er zieht die Augenbrauen hoch. »Das will ich doch hoffen.«

Ich glaube, ich bin schon eingeschlafen, ehe er draußen ist.

Ich schlafe lange, sehr lange und irgendwann blinzle ich wieder in den Sonnenschein und frage mich, was Wirklichkeit und was Traum war.

(Mein Vater, er streckt mir die Hand entgegen, um mir zu helfen, die Leiter zur Einstiegsluke hochzuklettern, er lächelt und sagt: »Willkommen an Bord, Skipper.«)

»Du schnarchst«, sagt jemand.

Corinne sitzt auf dem Stuhl neben meinem Bett. Sie hält Nadel und Faden in der Hand, die so schnell über ein Stück Stoff fliegt, als wäre es nicht Corinne, die näht, sondern die zornige flinke Hand eines anderen.

»Tue ich nicht«, antworte ich.

»Wie eine brünstige Kuh.«

Ich schlage die Bettdecke zurück. Meine Verbände sind gewechselt worden und der Schmerz ist verschwunden, also wurde vermutlich auch der gerissene Faden ersetzt. »Wie lange habe ich geschlafen?«

»Mehr als einen ganzen Tag.« In Corinnes Stimme schwingt Tadel mit. »Der Präsident hat schon zweimal Leute hergeschickt, um nach dir zu sehen.«

Ich lege die Hand an meine Seite und betaste vorsichtig die Wunde. Es tut fast gar nicht mehr weh.

»Warum sagst du nichts dazu?«, fragt Corinne und jagt die Nadel durch den Stoff.

»Was soll ich dazu sagen?«, antworte ich stirnrunzelnd. »Ich habe ihn noch nie zuvor getroffen.«

»Aber ihm lag sehr viel daran, dich kennenzulernen. Autsch!« Sie saugt zischend die Luft ein und steckt schnell die Fingerspitze in den Mund. »Die ganze Zeit über hält er uns gefangen«, sagt sie mit dem Finger im Mund. »Die ganze Zeit über dürfen wir nicht einmal das Haus verlassen.«

»Ich verstehe nicht, weshalb ich daran schuld sein soll.«

»Das ist nicht deine Schuld, Mädchen«, sagt Mistress

Coyle, die gerade ins Zimmer gekommen ist. Sie wirft Corinne einen strengen Blick zu. »Keiner hier glaubt das.«

Corinne steht auf, verbeugt sich leicht vor Mistress Coyle und geht ohne ein weiteres Wort hinaus.

»Wie geht es dir?«, fragt Mistress Coyle.

»Ich fühle mich zerschlagen.«

Ich richte mich in meinem Bett auf und diesmal fällt es mir viel leichter. Ich spüre einen unangenehmen Druck auf meiner Blase. Ich sage es Mistress Coyle.

»Nun«, sagt sie, »mal sehn, ob du schon alleine ins Bad gehen kannst, um dem abzuhelfen.«

Ich hole tief Luft, setze mich auf die Bettkante und stelle meine Füße auf den Boden. Ich kann die Beine nur langsam abwinkeln, aber nach und nach schaffe ich es doch, und schließlich gelingt es mir sogar, aufzustehen und bis zur Tür zu gehen.

»Maddy hat gesagt, Ihr seid die beste Heilerin in der ganzen Stadt«, sage ich voll Bewunderung.

»Maddy lügt nie.«

Sie begleitet mich einen langen, weißen Korridor entlang bis zu einer Toilette. Als ich fertig bin, mich gewaschen und die Tür wieder geöffnet habe, hält Mistress Coyle ein flauschiges, weißes Nachthemd für mich bereit, länger und viel hübscher als der am Rücken gebundene Kittel, den ich jetzt anhabe. Ich ziehe mich um und gehe schwankend mit ihr in den Korridor zurück.

»Der Präsident hat sich nach deinem Befinden erkundigt«, sagt sie und stützt mich beim Gehen mit der Hand.

»Corinne hat es mir schon erzählt.« Ich beobachte sie aus den Augenwinkeln. »Das macht er nur wegen der Schiffe mit den neuen Siedlern. Ich kenne ihn ja gar nicht. Ich stehe nicht auf seiner Seite.«

»Ah«, sagt Mistress Coyle und bringt mich zurück in mein Zimmer und in mein Bett. »Dann weißt du also, dass es verschiedene Seiten gibt?«

Ich lege mich hin, die Zunge gegen meine Zähne gepresst. »Habt Ihr mir die doppelte Dosis Jeffers gegeben, damit ich nicht so lange mit ihm sprechen muss?«, frage ich. »Oder damit ich ihm nicht allzu viel erzählen kann?«

Sie nickt, als wollte sie sagen: Wie schlau du doch bist. »Wäre es so schlimm, wenn ein bisschen von beidem wahr wäre?«

»Ihr hättet mich vorher fragen können.«

»Keine Zeit«, erwidert sie und setzt sich auf den Stuhl neben meinem Bett. »Wir wissen nur, was er schon gemacht hat, und das ist schlimm genug. Was auch immer er über eine neue Gesellschaft sagt, man wünscht sich nicht ohne Grund, besser vorbereitet zu sein, wenn er das Gespräch eröffnet.«

»Ich kenne ihn nicht«, wiederhole ich. »Ich weiß gar nichts über ihn.«

»Wenn du es schlau anstellst«, sagt sie, und ein Lächeln huscht über ihr Gesicht, »dann kannst du bei einem Mann, der sich für dich interessiert, einiges in Erfahrung bringen.«

Ich versuche sie zu verstehen. Ich bemühe mich zu verstehen, was sie mir damit sagen will, aber Frauen haben ja auch hier keinen Lärm.

»Was wollt Ihr damit sagen?«, frage ich sie.

»Ich will damit sagen: Es ist an der Zeit, dass du etwas Anständiges in den Magen bekommst.« Sie steht auf und streicht unsichtbare Fusseln von ihrem Umhang. »Ich werde Maddy anweisen, dir ein Frühstück zu bringen.«

Sie geht zur Tür, fasst nach dem Knauf, öffnet sie aber nicht. »Merk dir eines«, sagt sie, ohne sich umzudrehen, »wenn es verschiedene Seiten gibt und der Präsident auf der einen Seite steht«, jetzt wirft sie mir einen Blick über die Schulter zu, »dann stehe ich ganz bestimmt auf der anderen Seite.«

7

Mistress Coyle

(VIOLA)

»ES SIND SECHS RAUMSCHIFFE«, sage ich von meinem Bett aus, zum dritten Mal schon an ebenso vielen Tagen. An so vielen Tagen, an denen Todd irgendwo da draußen ist, an so vielen Tagen, an denen ich nicht weiß, was mit ihm oder irgendjemandem sonst dort geschieht.

Wenn ich aus dem Fenster schaue, sehe ich immerzu Soldaten vorbeimarschieren, aber sie tun nichts anderes als marschieren. Alle hier im *Haus der Heilung* waren mehr oder weniger davon überzeugt, dass sie jeden Augenblick hereinstürmen würden, zu jeder Schandtat bereit. Bereit, uns spüren zu lassen, dass sie die Sieger und wir die Unterworfenen sind.

Aber das tun sie nicht, sie marschieren nur vorbei. Andere Männer bringen uns Nachschub an Lebensmitteln zu den Hintereingängen und die Heilerinnen können ungestört ihrer Arbeit nachgehen.

Wir dürfen das Haus noch immer nicht verlassen, aber das Leben draußen scheint trotzdem weiterzugehen. Nicht jeder hat damit gerechnet, am wenigsten, so scheint es, Mistress Coyle, die überzeugt ist, dies könne nur bedeuten, dass uns noch Schlimmeres bevorsteht.

Ich kann mir nicht helfen, aber ich glaube, sie hat vermutlich recht.

Sie schaut stirnrunzelnd auf ihre Notizen. »Nur sechs?«

»Achthundert Siedler, die schlafen, und drei Betreuer-Familien in jedem Schiff«, antworte ich. Ich bekomme allmählich Hunger, aber ich weiß nur zu gut, ich werde nichts zu essen kriegen, ehe sie die Befragung nicht für beendet erklärt. »Mistress Coyle ...«

»Und du bist sicher, dass die Betreuer-Familien aus einundachtzig Personen bestehen?«

»Ich muss es ja wissen«, sage ich. »Ich bin mit ihren Kindern zur Schule gegangen.«

Sie blickt auf. »Ich weiß, es ist ermüdend, Viola, aber Wissen bedeutet Macht. Wissen, das wir an ihn weitergeben. Und Wissen, das wir von ihm bekommen.«

Ich seufze ungeduldig. »Ich verstehe aber *rein gar nichts* vom Spionieren.«

»Das hat nichts mit Spionieren zu tun«, sagt sie und blickt wieder in ihre Aufzeichnungen. »Es geht darum, ein paar Dinge herauszufinden.« Sie schreibt etwas auf ihren Block. »Viertausendachthundertundeinundachtzig Menschen«, sagt sie halb zu sich selbst.

Ich weiß, was sie meint. Das sind mehr Menschen, als auf dem ganzen Planeten leben. Genug, um alles zu verändern. Aber in welche Richtung?

»Wenn er wieder mit dir spricht, darfst du ihm nichts von den Schiffen erzählen. Lass ihn im Dunkeln tappen. Lass ihn im Unklaren darüber, wie viele Menschen es sind.«

»Und gleichzeitig soll ich so viel wie möglich herausfinden«, sage ich.

Sie klappt ihr Notizbuch zu, die Befragung ist beendet. »Wissen bedeutet Macht«, wiederholt sie.

Ich setze mich im Bett auf, ich habe keine Lust mehr, krank zu sein. »Darf ich Euch etwas fragen?«

Sie steht auf und greift nach ihrem Umhang. »Sicher.«

»Warum vertraut Ihr mir?«

»Es war dein Gesicht, als er den Raum betrat«, antwortet sie prompt. »Du hast ausgesehen, als würdest du gerade deinem ärgsten Feind begegnen.«

Sie schließt den obersten Knopf. Ich beobachte sie aufmerksam. »Wenn ich nur Todd finden oder zu diesem Sendeturm gehen könnte …«

»Um von den Soldaten erwischt zu werden?« Sie verzieht keine Miene, aber ihre Augen funkeln. »Und dabei den einzigen Vorsprung, den wir haben, aufs Spiel zu setzen?« Sie macht die Tür auf. »Nein, Mädchen, der Präsident wird wieder nach dir rufen lassen, und dann wird das, was du herausfindest, uns helfen.«

Ich rufe ihr nach, als sie schon im Gehen begriffen ist: »Wen meint Ihr mit *wir*?« Aber sie ist schon weg.

»… und das Letzte, woran ich mich erinnern kann, ist, dass er mich hochgehoben und einen furchtbar steilen Hang hinuntergetragen hat und mir sagte, dass ich nicht sterben müsse, dass er mich retten würde.«

»Ach«, seufzt Maddy leise. Unter ihrem Häubchen lugen

ein paar Haarlocken hervor, während wir langsam im Korridor auf und ab gehen, damit ich wieder zu Kräften komme.

»Und er hat dich ja auch wirklich gerettet.«

»Er kann nicht töten«, erzähle ich weiter. »Das ist auch der Grund, weshalb sie ihn um jeden Preis haben wollten. Er ist nicht wie sie. Er hat einmal einen Spackle getötet, und du hättest sehen sollen, wie er darunter gelitten hat. Und jetzt haben sie ihn *doch* gekriegt ...«

Ich muss stehen bleiben, blinzle die Tränen weg und blicke zu Boden.

»Ich muss weg von hier. Ich bin keine Spionin. Ich muss ihn finden und dann muss ich zu diesem Turm und die anderen warnen. Vielleicht können sie uns Hilfe schicken. Sie haben noch mehr Erkundungsschiffe. Sie sind bewaffnet ...«

Maddys Miene ist angespannt, wie jedes Mal, wenn ich mit ihr über dieses Thema rede. »Wir dürfen ja noch nicht einmal das Haus verlassen.«

»Du darfst dich nicht mit allem abfinden, was andere dir sagen, Maddy. Besonders wenn sie Unrecht haben.«

»Und du kannst nicht allein gegen eine ganze Armee kämpfen.« Sie dreht mich sanft um, damit wir den Korridor wieder zurückgehen können, und lächelt. »Nicht einmal die großartige und tapfere Viola Eade kann das.«

»Ich hab es schon getan«, widerspreche ich ihr. »Mit *ihm*.«

»Viola ...«, seufzt sie leise.

»Ich habe meine Eltern verloren«, sage ich zu ihr mit belegter Stimme. »Ich kann sie nicht wieder lebendig machen. Und nun habe ich auch ihn verloren. Aber wenn es eine Möglichkeit gibt, sei sie auch noch so klein ...«

»Das wird Mistress Coyle nie erlauben«, warnt mich

Maddy, doch in ihrer Stimme schwingt etwas mit, was mich aufhorchen lässt.

»Aber?«, hake ich nach.

Maddy sagt nichts, sie führt mich zum Korridorfenster, durch das man auf die Straße hinausblicken kann. Im hellen Sonnenschein patrouilliert ein Trupp Soldaten vorbei, ein Wagen mit staubig dunkelrotem Getreide rollt ihnen entgegen, wir hören Lärm, der aus der Stadt kommt und durch die Straße tost, als rückte noch eine weitere Armee an.

Dieser Lärm ist ganz anders als der, den ich kenne. Zuerst war es ein seltsames Geräusch wie von Metall, das über Metall schrammt. Dann wurde er lauter, so als würden tausend Männer auf einmal schreien, und genau darum handelt es sich ja wohl auch, dieser Lärm ist viel zu laut und verworren, als dass man eine einzelne Person heraushören könnte.

Zu laut, um einen einzelnen Jungen herauszuhören.

»Vielleicht ist es ja gar nicht so schlimm, wie wir alle glauben.« Maddys Stimme ist leise, sie wägt jedes Wort ab, als wollte sie seine Wirkung erst an sich selbst prüfen. »Ich meine, die Stadt macht einen friedlichen Eindruck. Sie ist *laut*, aber die Männer, die die Lebensmittel liefern, sagen, dass die Läden bald wieder geöffnet werden. Ich wette, dein Todd ist irgendwo da draußen, sicher und wohlauf, und arbeitet und wartet darauf, dich zu sehen.«

Ich weiß nicht, ob sie das sagt, weil sie es selbst glaubt, oder weil sie *mich* das glauben machen will. Ich wische mir die Nase am Ärmel ab. »Du könntest recht haben.«

Sie sieht mich lange an, bestimmt geht ihr etwas durch den Kopf, aber sie sagt es mir nicht. Dann dreht sie sich wieder zum Fenster.

»Hör nur, wie laut sie brüllen«, sagt sie.

Außer Mistress Coyle gibt es hier noch drei weitere Heilerinnen: Mistress Waggoner, eine kleine, rundliche Frau mit Fältchen und einem kleinen Damenbart, Mistress Nadari, die Krebskranke behandelt und die ich bisher nur einmal zu Gesicht bekommen habe, als sie gerade die Tür hinter sich schloss, und Mistress Lawson, die sich in einem anderen Spital um die Kinder kümmert, aber jetzt in diesem Haus eingeschlossen ist, weil sie während der Übergabe der Stadt eine Besprechung mit Mistress Coyle hatte. Noch immer grämt sie sich unablässig wegen der kranken Kinder, die sie zurücklassen musste.

Es gibt auch noch weitere Gehilfinnen, ein Dutzend etwa außer Madeleine und Corinne, aber diese beiden scheinen die meiste Erfahrung zu haben, weil sie Mistress Coyle zur Hand gehen. Die anderen sehe ich kaum, außer wenn sie eine der Heilerinnen begleiten und sich mit baumelnden Stethoskopen und wehenden weißen Umhängen danach umschauen, ob es etwas für sie zu tun gibt.

Denn in Wirklichkeit ist es so: Je mehr Tage verstreichen und in der Stadt alles seinen Gang geht, was auch immer es sein mag, das sich vor unseren Türen abspielt, desto mehr Patienten werden wieder gesund, aber es kommen keine neuen nach. Maddy hat mir gesagt, schon in der ersten Nacht seien alle männlichen Patienten weggebracht worden, ob sie gehen konnten oder nicht, aber neue weibliche Patienten sind nicht eingeliefert worden, obwohl der Einmarsch der Armee und die Übergabe der Stadt ja niemanden davor verschonen, krank zu werden. Mistress Coyle macht sich deswegen Sorgen.

»Klar, wenn sie niemanden heilen kann, was soll sie dann mit sich anfangen?«, sagt Corinne und zieht den elastischen Schlauch, mit dem sie meine Venen staut, etwas zu stramm zu. »Sie war für alle *Häuser der Heilung* zuständig, nicht nur für dieses. Jeder kennt sie, jeder achtet sie. Eine Zeit lang war sie sogar Vorsitzende des Stadtrats.«

Ich kneife die Augen zusammen. »Sie hatte das Sagen in der Stadt?«

»Vor vielen Jahren. Zapple nicht so herum.« Sie sticht die Nadel fester in meinen Arm, als nötig gewesen wäre. »Sie hat immer gesagt: Wenn man ein Anführer ist, dann bringt man die Menschen, die man mag, dazu, dass sie einen jeden Tag etwas mehr hassen.« Sie sieht mich an. »Und ich glaube, sie hat recht.«

»Was ist geschehen?«, frage ich. »Warum ist sie nicht mehr im Amt?«

»Sie hat einen Fehler gemacht«, antwortet Corinne spitz. »Leute, die sie nicht leiden konnten, haben das ausgenutzt.«

»Welchen Fehler?«

Sie zieht die Stirn noch stärker in Falten als sonst. »Sie hat jemandem das Leben gerettet«, sagt sie und lässt den elastischen Schlauch so schnell aufschnappen, dass ein roter Fleck an meinem Arm bleibt.

Ein Tag vergeht und noch ein Tag und nichts hat sich geändert. Wir dürfen das Haus nicht verlassen, unser Essen wird gebracht und auch der Bürgermeister hat sich nicht wieder nach mir erkundigt. Seine Leute kommen und sehen nach, wie es mir geht, aber das Gespräch, das er mir versprochen hat, findet nicht statt. Er lässt mich einfach schmoren.

Wer weiß, weshalb?

Trotzdem ist er das einzige Gesprächsthema.

»Und wisst ihr, was er gemacht hat?«, fragt Mistress Coyle während des Abendessens, des ersten, das ich im Speiseraum und nicht mehr in meinem Bett einnehmen darf. »Die Kathedrale ist nicht nur seine Einsatzzentrale. Er hat sie zu seinem *Zuhause* gemacht.«

Ein empörtes Geschnatter der Frauen um Mistress Coyle ist die Antwort. Mistress Waggoner schiebt sogar ihren Teller weg. »Er hält sich jetzt wohl gar für *Gott*.«

»Immerhin, er hat die Stadt nicht niedergebrannt«, sage ich am Tischende. Maddy und Corinne blicken mit großen Augen von ihren Tellern auf. Aber ich lasse mich nicht beirren. »Wir dachten doch alle, dass er genau das tun würde.«

Mistress Waggoner und Mistress Lawson werfen Mistress Coyle vielsagende Blicke zu.

»Du bist noch viel zu jung, Viola«, tadelt mich Mistress Coyle. »Und du solltest den Ältesten nicht widersprechen.«

Ich blinzle überrascht. »Das hatte ich nicht vor«, verteidige ich mich. »Ich wollte damit nur sagen, dass wir etwas anderes erwartet haben.«

Mistress Coyle nimmt einen Bissen und schaut mich forschend an. »Er hat alle Frauen in seiner Stadt töten lassen, weil er sie nicht hören konnte. Weil er sie nicht in der gleichen Weise *durchschauen* konnte, wie er die Männer durchschaute, ehe es die Arznei gab.«

Die anderen Meisterinnen nicken zustimmend. Ich will noch etwas sagen, aber sie fällt mir ins Wort.

»Eines darfst du nicht vergessen, Mädchen«, sagt sie. »Alles, was wir seit unserer Landung auf diesem Planeten durchgemacht haben – der Lärm, der neu für uns war, die Wirren, die darauf folgten –, von all dem haben deine Freunde dort oben keine Ahnung.« Sie betrachtet mich jetzt aufmerksam. »Aber alles, was uns passiert ist, wird auch ihnen widerfahren.«

Ich antworte nicht, sehe sie nur an.

»Und wer soll deiner Meinung nach unser Anführer sein, wenn das geschieht?«, fragt sie. »*Er* vielleicht?«

Nun da sie mir klargemacht hat, worauf sie hinauswill, wendet sie sich wieder den anderen Heilerinnen zu. Corinne isst weiter und grinst hämisch dabei. Maddy starrt mich mit weit aufgerissenen Augen an, aber ich kann nur immer an die Frage denken, die im Raum steht.

Als sie sagte *Er*, meinte sie damit auch *Oder ich*.

Am neunten Tag der Ausgangssperre bin ich keine Patientin mehr. Mistress Coyle bestellt mich in ihr Büro.

»Deine Kleider«, sagt sie und schiebt ein Bündel über den Schreibtisch. »Du kannst sie anziehen, wenn du magst. Dann hast du wieder das Gefühl, ein normaler Mensch zu sein.«

»Danke«, sage ich und ich meine es aufrichtig. Ich gehe hinter den Wandschirm, auf den sie gedeutet hat, ziehe die Krankenhaussachen aus und untersuche einen Moment lang meine Wunden. Beide, an Bauch und Rücken, sind beinahe verheilt.

»Ihr seid wirklich eine begnadete Heilerin«, sage ich.

»Ich gebe mir Mühe«, erwidert Mistress Coyle hinter ihrem Schreibtisch.

Ich schnüre das Bündel auf und finde darin meine alten Kleider wieder, sie sind gewaschen und duften so frisch und angenehm, dass ich ein merkwürdiges Ziehen im Gesicht verspüre, bis ich merke, dass ich lächle.

»Du bist ein tüchtiges Mädchen, Viola«, sagt Mistress Coyle, während ich mich umziehe. »Mal abgesehen davon, dass du nicht weißt, wann du lieber den Mund halten solltest.«

»Danke«, sage ich leicht beleidigt.

»Die Bruchlandung eures Raumschiffs, der Tod deiner Eltern, die aufregende Reise hierher. Diese schwierige Situation hast du mit Klugheit bewältigt.«

»Ich war ja nicht allein«, antworte ich und setze mich hin, um die Strümpfe anzuziehen.

Auf einem kleinen Beistelltisch liegt Mistress Coyles Notizbuch, das so viel über unsere Gespräche enthält. Ich blicke auf, Mistress Coyle ist noch immer auf der anderen Seite der Trennwand. Ich strecke die Hand aus und schlage das Notizbuch auf.

»Ich habe das Gefühl, dass du zu Höherem berufen bist, Mädchen«, sagt sie. »Du hast das Zeug zu einer Anführerin.«

Das Notizbuch liegt verkehrt herum vor mir, und ich will kein Geräusch machen, wenn ich es verschiebe, deshalb verrenke ich mir beinahe den Hals.

»Du bist mir in vielem ähnlich.«

Auf der ersten Seite, vor allen Notizen, die sie gemacht hat, steht ein einzelner Buchstabe in blauer Tinte.

Ein A.

Sonst nichts.

»Wir haben die Wahl, was aus uns wird, Viola«, redet Mistress Coyle weiter. »Und du kannst uns eine große Hilfe sein. Wenn du willst.«

»Wer ist wir?«

Die Tür fliegt auf, so laut und unerwartet, dass ich aufspringe und hinter der Trennwand hervorspähe. Es ist Maddy. »Ein Bote war da«, sagt sie atemlos. »Die Frauen dürfen ab jetzt die Häuser verlassen.«

»Es ist so laut hier draußen«, sage ich und zucke zusammen, als das BRÜLLEN von New Prentisstown über mir zusammenschlägt.

»Du wirst dich daran gewöhnen«, sagt Maddy. Wir sitzen auf einer Bank vor einem Laden, während Corinne und eine andere Gehilfin namens Thea Lebensmittel für das *Haus der Heilung* kaufen und Vorräte, denn es wird mit einer Flut neuer Patienten gerechnet.

Oberflächlich betrachtet könnte man fast meinen, es sei nie etwas passiert. Die Geschäfte haben geöffnet, die Menschen schlendern vorbei, die meisten gehen zu Fuß, einige haben Atomkrafträder, andere reiten. Man könnte meinen, es wäre ein ganz gewöhnlicher Tag in einer ganz gewöhnlichen Stadt.

Doch dann fällt auf, dass die Männer kein einziges Wort miteinander wechseln. Und Frauen dürfen nur zu viert während des Tages und höchstens eine Stunde lang auf die Straße. Solche Vierergruppen gehen stets wortlos aneinander vorbei und die Männer von Haven kommen gar nicht erst in unsere Nähe.

Und an jeder Ecke stehen Soldaten mit Gewehren.

Eine Glocke bimmelt und die Ladentür geht auf. Corinne stürmt heraus, bepackt mit Tüten, ihre Miene ist wieder mal wie eine Gewitterwolke, Thea stolpert hinter ihr her. »Der Ladenbesitzer sagt, niemand hätte mehr etwas von den Spackle gehört, seit man sie abgeführt hat«, sagt Corinne und wirft mir eine Tüte in den Schoß.

»Corinne und ihre Spackle.« Thea verdreht die Augen und drückt mir noch eine Tüte in die Hand.

»Sprich nicht so respektlos über sie«, sagt Corinne. »Wenn schon *wir* sie nicht gut behandelt haben, was, glaubst du, wird *er* dann mit ihnen anstellen?«

»Es tut mir leid, Corinne«, antwortet Maddy, ehe ich noch fragen kann, was Corinne damit meint, »aber glaubst du nicht, dass es in diesem Moment sinnvoller wäre, wenn wir uns den Kopf über unser eigenes Schicksal zerbrechen würden?« Sie beobachtet ein paar Soldaten, denen Corinnes erregter Ton aufgefallen ist. Sie stehen reglos an die Veranda eines Lebensmittelladens gelehnt.

Aber sie schauen zu uns herüber.

»Was wir mit ihnen gemacht haben, war unmenschlich«, sagt Corinne.

»Ja, aber sie sind ja *keine* Menschen«, sagt Thea leise und blickt zu den Soldaten hinüber.

»Thea Reese!« Auf Corinnes Stirn schwillt eine Ader an. »Wie kannst du von dir behaupten, du seist eine Heilerin, und gleichzeitig …«

»Jaja, schon gut«, beschwichtigt Maddy die beiden. »Es war entsetzlich. Da hast du recht. Du weißt, wir alle denken so, aber was hätten wir dagegen tun können?«

»Wovon redet ihr?«, frage ich. »Was hat man ihnen *angetan?*«

»Die *Arznei*«, sagt Corinne und es klingt wie ein Fluch.

Maddy schaut mich an und seufzt tief. »Man hat herausgefunden, dass die Arznei bei den Spackle wirkt.«

»Indem man sie an ihnen ausprobiert hat«, erklärt Corinne.

»Aber sie hat noch viel mehr bewirkt als geplant«, fährt Maddy fort. »Du weißt ja, die Spackle sprechen nicht. Sie schnalzen ein bisschen mit der Zunge, aber das bedeutet nicht viel mehr, als wenn wir mit den Fingern schnippen.«

»Der Lärm war ihre Sprache«, sagt Thea.

»Natürlich ist es gar nicht nötig, dass sie mit uns sprechen, wir können ihnen auch so sagen, was sie tun sollen«, sagt Corinne und ihre Stimme wird sogar noch lauter. »Wen also sollte es interessieren, ob sie sich verständigen können?«

Langsam verstehe ich. »Und die Arznei ...«

Thea nickt. »... macht sie gefügiger.«

»Sie macht bessere Sklaven aus ihnen«, fügt Corinne bitter hinzu.

»Sklaven?«, frage ich fassungslos.

»Pst«, zischt Maddy und nickt mit dem Kopf in Richtung der Soldaten, die uns beobachten. Ihre völlige Stille inmitten der anderen Männer und deren BRÜLLEN lässt sie seltsam unwirklich erscheinen.

»Es ist, als hätten wir ihnen die Zunge herausgeschnitten«, sagt Corinne jetzt leiser, aber immer noch zornig.

Maddy drängt uns zu gehen und sieht sich über die Schulter nach den Soldaten um.

Die ihrerseits Maddy nicht aus den Augen lassen.

Die kurze Strecke bis zum *Haus der Heilung* legen wir schweigend zurück, dann gehen wir durch die Hauptpforte unter den blauen, ausgestreckten Händen hindurch, die auf den Türrahmen gemalt sind. Nachdem Corinne und Thea hineingegangen sind, zupft mich Maddy am Arm und hält mich zurück.

Sie schaut eine Minute lang auf den Boden, zwischen ihren Augenbrauen hat sich eine Falte eingegraben. »Die Art, wie uns die Soldaten angesehen haben ...«, beginnt sie.

»Ja?«

Sie kreuzt die Arme vor der Brust und fröstelt. »Ich weiß nicht, ob ich diese Art von Frieden mag.«

»Ich weiß«, antworte ich leise.

Sie wartet einen Augenblick, dann fragt sie: »Könnten deine Leute uns helfen? Könnten sie dem ein Ende bereiten?«

»Ich weiß es nicht«, antworte ich. »Aber es ist besser, als nur hier zu sitzen und darauf zu warten, dass das Schlimmste passiert.«

Sie vergewissert sich, dass uns niemand hört. »Mistress Coyle ist großartig«, sagt sie, »aber manchmal lässt sie nur ihre eigene Meinung gelten.«

Sie zögert, beißt sich auf die Lippen.

»Maddy?«

»Wir werden warten«, sagt sie.

»Worauf?«

»Auf den richtigen Moment, und nur dann ...« Sie blickt sich um. »Dann versuchen wir mit deinen Schiffen Verbindung aufzunehmen.«

8

Die jüngste Gehilfin

(VIOLA)

»ABER SKLAVEREI IST UNRECHT«, sage ich und rolle noch eine Binde auf.

»Die Heilerinnen waren immer dagegen.« Mistress Coyle hakt ein weiteres Kästchen auf ihrer Liste ab. »Sogar nach dem Spackle-Krieg hielten wir es für unmenschlich.«

»Warum habt Ihr dann nicht Schluss damit gemacht?«

»Wenn du jemals einen Krieg mit ansehen musstest«, sagt sie, ohne von ihrem Klemmbrett aufzusehen, »dann wirst du verstehen, dass er nur Zerstörung mit sich bringt. Niemand kann vor dem Krieg davonlaufen. Kein Mensch. Nicht einmal die, die überleben. Man nimmt Dinge in Kauf, die einen sonst nur abgestoßen hätten, weil das Leben in diesen Zeiten jeden Sinn verloren hat.«

»*Der Krieg macht aus Männern Ungeheuer*«, wiederhole ich

Bens Worte, die er in jener Nacht an dem schauerlichen Ort gesprochen hat, wo die Bewohner von New World ihre Toten begraben.

»Und aus Frauen«, fügt Mistress Coyle hinzu. Sie zählt mit den Fingern die Schachteln voller Spritzen ab.

»Aber der Spackle-Krieg ist doch schon lange vorbei.«

»Seit dreizehn Jahren.«

»Dreizehn Jahre, in denen Ihr das Unrecht hättet abschaffen können.«

Jetzt sieht sie mich an. »Nur wenn man jung ist, ist das Leben so einfach, Mädchen.«

»Aber Ihr hattet das Sagen«, wende ich ein. »Ihr hättet etwas unternehmen können.«

»Und wer hat dir gesagt, dass ich das Sagen hatte?«

»Corinne hat ...«

»Ach, Corinne«, seufzt sie und starrt wieder auf ihre Klemmmappe, »sie gibt sich Mühe, mich im besten Licht erscheinen zu lassen, egal was passiert.«

Ich öffne eine weitere Schachtel mit Vorräten und beschließe, nicht lockerzulassen. »Aber Ihr wart immerhin Vorsitzende von diesem Rat oder wie er heißt. Da hättet Ihr doch sicherlich *irgendetwas* für die Spackle tun können.«

»Manchmal, Mädchen«, sagt sie und wirft mir einen ärgerlichen Blick zu, »kann man Menschen dazu bringen, etwas zu tun, was sie eigentlich gar nicht wollen, aber das ist eher selten. Wir konnten den Spackle die Freiheit nicht zurückgeben, jedenfalls nicht, bevor wir sie auf grausame Weise besiegt hatten. Nicht solange wir so viele Arbeitskräfte brauchten, um alles wieder aufzubauen. Aber man konnte sie besser behandeln, das stimmt. Man konnte sie anständig ernähren, ihnen menschenwürdige Arbeitszeiten geben und ihnen erlauben, mit ihren Familien zusammenzuleben. Das alles sind Siege, die ich für sie erstritten habe, Viola.«

Ihr Stift fährt jetzt viel energischer über das Blatt als vorher. Ich beobachte sie einen Augenblick lang. »Corinne hat gesagt, man hat Euch aus dem Rat geworfen, weil Ihr ein Leben gerettet habt.«

Sie schweigt, legt ihr Klemmbrett beiseite und geht zu einem der größeren Regale hoch. Sie greift nach oben und holt erst ein Häubchen, dann einen zusammengefalteten Umhang herunter. Sie dreht sich um und wirft mir beides zu.

»Wozu ist das?«, frage ich und fange es auf.

»Willst du wissen, wie es ist, ein Anführer zu sein?«, fragt sie. »Dann lass uns damit anfangen.«

Ich schaue ihr in die Augen.

Ich betrachte die Haube und den Umhang.

Von da an habe ich kaum noch Zeit zu essen.

Am Tag, an dem die Frauen wieder hinausdurften, kamen achtzehn neue Patienten, alles Frauen mit den unterschiedlichsten Krankheiten – Blinddarmentzündung, Herzprobleme, Knochenbrüche, Frauen, die ihre Krebsbehandlung fortsetzen wollten. Sie alle saßen bisher in den Häusern fest, in die man sie nach der Trennung von ihren Männern und Söhnen verbracht hatte. Am nächsten Tag kamen noch einmal elf Frauen. Mistress Lawson kehrte, so bald sie konnte, in das Kinderspital zurück, aber die Heilerinnen Coyle, Waggoner und Nadari eilten von Krankenzimmer zu Krankenzimmer, gaben Anweisungen und retteten Leben. Ich kann mir kaum vorstellen, dass seitdem irgendjemand auch nur Zeit zum Schlafen hatte.

Maddy und ich haben jetzt bestimmt keine Zeit, um auf einen günstigen Augenblick zu warten, wir haben nicht einmal Zeit, uns darüber Gedanken zu machen, weshalb der Bürgermeister immer noch nicht gekommen ist, um mich zu besuchen. Stattdessen laufe ich hin und her, stehe im Weg, packe an, wo immer ich kann, und versuche mir alles zu merken, was eine Gehilfin wissen muss.

Wie sich zeigt, bin ich nicht zur Heilerin geboren.

»Ich glaube nicht, dass ich das jemals begreifen werde«, seufze ich, als es mir wieder einmal nicht gelingt, Mrs Fox, einer netten, alten Patientin, den Blutdruck zu messen.

»Sieht ganz so aus«, erwidert Corinne und blickt dabei auf die Uhr.

»Nur Geduld, hübsche, junge Frau«, tröstet mich Mrs Fox. Ihr Gesicht wird noch runzeliger, wenn sie lächelt. »Gut Ding will Weile haben.«

»Sie haben recht, Mrs Fox«, sagt Corinne mit einem Blick zu mir. »Versuch's noch mal.«

Ich pumpe die Armmanschette auf, setze das Stethoskop an, bis ich höre, wie das Blut in Mrs Fox' Adern *wusch, wusch* macht, und lese die Werte an der kleinen Anzeige ab. »Sechzig zu zwanzig?«, rate ich mit unsicherer Stimme.

»Nun, lass uns das doch mal überprüfen«, sagt Corinne. »Mir scheint, Mrs Fox ist heute Morgen verstorben.«

»Oh nein, meine Liebe«, versichert ihr Mrs Fox.

»Dann ist ihr Blutdruck wahrscheinlich nicht sechzig zu zwanzig«, stellt Corinne lakonisch fest.

»Ich mache das erst den dritten Tag«, verteidige ich mich.

»Ich mache das schon seit sechs Jahren«, sagt Corinne. »Damals war ich viel jünger als du. Aber du, du kannst nicht mal mit einer Blutdruckmanschette umgehen, trotzdem bist du mir nichts, dir nichts Gehilfin. Komisch, wie das Leben so spielt, was?«

»Du machst das gut, meine Liebe«, tröstet mich Mrs Fox.

»Nein, das macht sie nicht, Mrs Fox«, sagt Corinne. »Es tut mir leid, wenn ich widersprechen muss, aber es gibt einige unter uns, die das Heilen als eine heilige Pflicht betrachten.«

»Ich betrachte es als eine heilige Pflicht«, erwidere ich, ohne nachzudenken.

Das ist ein Fehler.

»Heilen ist nicht irgendein *Zeitvertreib*, Mädchen«, antwortet Corinne, und so, wie sie *Mädchen* sagt, klingt es wie das schlimmste Schimpfwort. »Das Wichtigste im Leben ist, Leben zu bewahren. Wir sind die Werkzeuge Gottes auf Erden. Wir sind das Gegenteil von deinem Freund, dem Tyrannen.«

»Er ist nicht mein …«

»Es zuzulassen, dass jemand einen anderen leiden lässt, ist die größte Sünde, die es gibt.«

»Corinne …«

»Du verstehst gar nichts«, zischt sie wütend. »Hör auf, so zu tun als ob.«

Mrs Fox ist beinahe so klein geworden wie ich.

Corinne schaut sie an, dann mich, dann rückt sie ihr Häubchen zurecht, zupft ihren Umhang glatt, reckt den Kopf nach rechts und nach links. Sie schließt die Augen und atmet tief aus. Ohne mich anzuschauen, sagt sie: »Versuch's noch mal.«

»Der Unterschied zwischen einer Klinik und einem *Haus*

der Heilung?«, fragt Mistress Coyle, während sie Punkte auf einer Liste abhakt.

»Der wichtigste Unterschied besteht darin, dass in einer Klinik männliche Ärzte arbeiten, in Letzterem aber Heilerinnen«, sage ich her, während ich die täglichen Tablettenrationen für die Patienten in kleine Schächtelchen abzähle.

»Und weshalb ist das so?«

»Damit die Patienten, Männer oder Frauen, die Wahl haben, ob sie die Gedanken ihres Arztes lesen wollen oder nicht.«

Sie zieht eine Augenbraue hoch. »Und was steckt in Wahrheit dahinter?«

»Politische Gründe«, antworte ich wie aus der Pistole geschossen.

»Richtig.« Sie ist mit dem Schreibkram fertig und drückt mir ein Blatt Papier in die Hand. »Bring dies und die Medikamente zu Madeleine, bitte.«

Sie geht und ich sortiere die letzten Tabletten in die Schächtelchen. Als ich das Zimmer verlasse, sehe ich Mistress Coyle am anderen Ende des Gangs, wie sie gerade an Mistress Nadari vorbeieilt.

Und ich könnte schwören, dass sie Mistress Nadari heimlich einen Zettel zugesteckt hat, ohne dass eine von ihnen auch nur eine Sekunde stehen geblieben ist.

Immer noch dürfen wir höchstens eine Stunde lang nach draußen, immer noch müssen wir in Vierergruppen gehen, aber das genügt, um wahrzunehmen, dass das Leben in New Prentisstown allmählich wieder seinen gewohnten Gang geht. Am Ende meiner ersten Woche als Gehilfin erzählt man sich, dass einige Frauen in kleinen Grüppchen sogar schon zur Feldarbeit geschickt wurden.

Man erzählt sich auch, dass die Spackle irgendwo am Stadtrand gefangen gehalten werden, und zwar alle zusammen, wo sie auf »weitere Behandlung« warten, was immer das heißen mag.

Man erzählt sich, dass der alte Bürgermeister jetzt als Müllmann arbeitet.

Aber von einem Jungen erzählt man sich nichts.

»Ich habe seinen Geburtstag vergessen«, sage ich zu Maddy, während ich an einem Gummibein, das so lächerlich echt aussieht, dass es jeder nur Ruby nennt, das Anlegen von Verbänden übe. »Er war vor vier Tagen. Ich habe jegliches Zeitgefühl verloren, weil ich so lange geschlafen habe ...«

Ich kann nicht weiterreden, ziehe den Verband fester.

Und muss daran denken, wie er mir einen Verband anlegte.

Und wie ich ihn verband.

»Ich bin überzeugt, es geht ihm gut, Viola«, sagt Maddy.

»Nein, das bist du nicht.«

»Nein«, gibt sie zu und schaut wieder aus dem Fenster auf die Straße. »Aber obwohl niemand es für möglich gehalten hätte, herrscht kein Krieg in der Stadt. Obwohl niemand es für möglich gehalten hätte, sind wir alle am Leben und können arbeiten. Also kann auch Todd am Leben und gesund und munter sein, selbst wenn niemand das für möglich hält.«

Ich ziehe den Verband noch fester. »Weißt du eigentlich irgendwas über ein blaues A?«

Sie dreht sich zu mir. »Was für ein A?«

Ich zucke die Schultern. »Ich habe so etwas in Mistress Coyles Notizbuch gesehen.«

»Keine Ahnung.« Sie blickt wieder nach draußen.

»Was suchst du da draußen?«

»Ich zähle die Soldaten«, antwortet sie mit einem Blick zu mir und zu Ruby. »Das ist ein guter Verband.« Und ihrem Lächeln nach könnte man fast glauben, es stimmt.

Ich gehe den Hauptkorridor entlang, in meiner einen Hand baumelt Ruby. Ich muss üben, wie man Spritzen in den Oberschenkel gibt. Mir tut schon jetzt die arme Frau leid, die ich als Erste stechen werde.

Wo der Korridor die Mitte des Hauses erreicht, biege ich um die Ecke, von dort führt ein Gang im rechten Winkel in einen anderen Gebäudeflügel, und ich stoße um ein Haar mit einer Gruppe von Heilerinnen zusammen, die stehen bleiben, als sie mich erblicken.

Es ist Mistress Coyle, ihr folgen vier, fünf, vielleicht sogar sechs andere Frauen. Ich erkenne Mistress Nadari und Mistress Waggoner wieder, und Mistress Lawson ist auch dabei, aber die anderen drei habe ich zuvor noch nie gesehen, ich habe nicht einmal gesehen, wie sie das *Haus der Heilung* betreten haben.

»Hast du nichts zu tun, Mädchen?«, fragt mich Mistress Coyle scharf.

»Ruby«, stammle ich und strecke ihr das Gummibein hin.

»Ist sie das?«, fragt eine der Heilerinnen, die ich nicht kenne.

Mistress Coyle stellt mich den anderen nicht vor.

Sie sagt einfach: »Ja, das ist das Mädchen.«

Ich muss mich den ganzen Tag gedulden, bis ich Maddy wiedersehe, aber noch ehe ich sie fragen kann, was diese Begegnung zu bedeuten hat, sagt sie: »Ich hab's herausgefunden.«

»Hatte eine von ihnen eine Narbe auf der Oberlippe?«, fragt mich Maddy flüsternd in der Dunkelheit. Mitternacht muss schon längst vorbei sein, die Lichter sind schon lange gelöscht, schon lange sollten wir in unseren Zimmern sein.

»Ich glaube, ja«, flüstere ich zurück. »Aber sie sind schnell weitergegangen.«

Wir schauen zu, wie zwei Soldaten unten auf der Straße vorbeigehen. Wenn Maddys Vermutung stimmt, bleiben uns noch drei Minuten.

»Dann muss es Mistress Barker gewesen sein«, sagt sie. »Und die beiden anderen waren dann wahrscheinlich Mistress Braithwaite und Mistress Forth.« Sie schaut wieder aus dem Fenster. »Wir müssen verrückt sein. Wenn sie uns erwischt, kriegen wir mächtig Ärger.«

»Ich glaube kaum, dass sie dich in Zeiten wie diesen hinauswerfen werden.«

Ihre Miene wird nachdenklich. »Hast du gehört, worüber sich die Heilerinnen unterhalten haben?«

»Nein, sobald sie mich sahen, hörten sie auf zu reden.«

»Aber *du* warst das Mädchen, von dem sie sprachen?«

»Ja«, antworte ich. »Und Mistress Coyle ging mir den Rest des Tages aus dem Weg.«

»Mistress Barker …«, sagt Maddy gedankenverloren. »Aber wozu soll das gut sein?«

»Wozu soll was gut sein?«

»Die drei saßen zusammen mit Mistress Coyle im Rat der Stadt. Barker sitzt immer noch dort. Jedenfalls saß sie dort, bevor die Armee kam. Warum sollten sie ...« Sie hält inne und beugt sich näher zum Fenster. »Das war jetzt die letzte Vierergruppe.«

Vier Soldaten gehen die Straße entlang.

Wenn das Schema, das Maddy herausgefunden hat, stimmt, dann ist es jetzt an der Zeit.

Wenn es stimmt.

»Bist du bereit?«, flüstere ich.

»Natürlich *nicht*«, antwortet Maddy mit einem ängstlichen Lächeln. »Aber ich gehe mit.«

Sie verschränkt die Hände, damit man nicht sieht, wie sie zittern. »Wir schauen uns nur um«, beruhige ich sie. »Mehr nicht. Wir gehen nach draußen, und eh du dichs versiehst, sind wir wieder zurück.«

Maddy sieht noch immer so aus, als hätte sie Angst, aber sie nickt. »So etwas habe ich noch nie gemacht.«

»Mach dir keine Sorgen«, sage ich und öffne das Fenster weit. »Was das angeht, kenne ich mich aus.«

Das BRÜLLEN der schlafenden Stadt übertönt das Geräusch unserer Schritte noch immer, als wir über den dunklen Rasen schleichen. Nur die beiden Sichelmonde spenden Licht.

Wir kommen bis zum Graben am Rand der Straße und verkriechen uns dort im Gebüsch.

»Was jetzt?«, flüstert Maddy.

»Du hast gesagt, zwei Minuten, dann kommen wieder zwei Wachen.«

Maddy nickt im Halbdunkel. »Dann haben wir wieder sieben Minuten lang Ruhe.«

Während dieser Zeit werden Maddy und ich die Straße entlanglaufen, dicht neben den Bäumen in Deckung bleiben und schauen, wie nahe wir an den Sendeturm gelangen können, wenn es überhaupt einer ist.

»Ist alles in Ordnung mit dir?«, flüstere ich.

»Ja«, flüstert sie zurück. »Ich habe Angst, aber es ist auch irgendwie aufregend.«

Ich weiß genau, wie ihr zumute ist. Es ist verrückt, es ist gefährlich, hier draußen im Schutz der Nacht in einem Graben herumzukriechen, aber endlich habe ich das Gefühl, etwas *zu tun*, endlich habe ich das Gefühl, mein eigenes Leben selbst in die Hand zu nehmen, zum ersten Mal seit mich die Heilerinnen in dieses Bett gesteckt haben.

Endlich habe ich das Gefühl, etwas für Todd zu tun.

Wir hören Kies auf dem Weg knirschen und ducken uns noch etwas tiefer, als die Soldaten, auf die wir gewartet haben, an uns vorbeigehen.

»Los jetzt!«, sage ich.

Halb gebückt huschen wir den Graben entlang.

»Ist noch jemand von deiner Familie in den Raumschiffen?«, fragt Maddy im Flüsterton. »Außer deinem Vater und deiner Mutter?«

Ich zucke zusammen, weil sie nicht leise ist, aber ich weiß, sie spricht nur, um gegen ihre Nervosität anzukämpfen. »Nein, aber ich kenne alle. Bradley Tench, er ist der Chefbetreuer auf der *Beta*, und Simone Watkin auf der *Gamma*, sie ist echt toll.«

Der Graben und die Straße machen eine Kurve, dann kommen wir zu einer Querstraße, auf der wir weitergehen.

Maddy hört nicht auf zu plappern. »Also ist es Simone …«

»Psst«, zische ich, denn ich meine, etwas gehört zu haben.

Maddy kommt ganz nahe zu mir und drückt sich an mich. Sie zittert am ganzen Körper, ihr Atem geht stoßweise. Diesmal musste sie mich begleiten, weil sie weiß, wo der Turm steht, aber ich kann sie unmöglich bitten, ein zweites Mal mitzukommen. Beim nächsten Mal gehe ich allein.

Denn falls irgendetwas schiefgeht …

»Ich glaube, da war nichts«, beruhige ich sie.

Wir steigen langsam aus dem Graben und überqueren die Straße. Dabei sichern wir uns fortwährend nach hinten ab und setzen unsere Füße ganz sachte auf den Kiesboden.

»Wo wollt ihr hin?«, fragt plötzlich eine Stimme.

Maddy hinter mir schnappt nach Luft. Ein Soldat lehnt an einem Baum, die Beine überkreuz, er ist die Lässigkeit in Person.

Sogar im Licht der Monde sehe ich, dass ein Gewehr von seiner Schulter baumelt.

»Ein bisschen spät, um sich draußen rumzutreiben.«

»Wir haben uns verlaufen«, stottere ich. »Wir haben die anderen aus den Augen verloren …«

»Ja«, unterbricht er mich. »Darauf gehe ich jede Wette ein.«

Am Reißverschluss seiner Uniformjacke zündet er ein Streichholz an. Im Lichtschein sehe ich, dass »Sergeant Hammar« auf seiner Brusttasche steht. Mit dem Streichholz zündet er eine Zigarette an, die zwischen seinen Lippen steckt.

Der Bürgermeister hat das Rauchen verboten.

Aber vielleicht gilt das nicht für einen Offizier.

Für einen Offizier ohne Lärm, der sich im Dunkeln verstecken kann.

Er tritt einen Schritt vor und wir erkennen sein Gesicht. Er grinst mit der Zigarette im Mund, es ist ein widerwärtiges Grinsen, das widerwärtigste, das ich je gesehen habe.

»Du?«, sagt er, während er näher kommt, und ich höre an seinem Tonfall, dass er mich wiedererkannt hat.

Er bringt das Gewehr in Anschlag.

»Du bist das Mädchen«, sagt er und schaut mich an.

»Viola?«, flüstert Maddy, die einen Schritt rechts hinter mir steht.

»Bürgermeister Prentiss kennt mich«, sage ich. »Du wirst mir nichts tun.«

Er zieht an seiner Zigarette, schnippt die Asche weg, ein heller Punkt blendet meine an die Dunkelheit gewöhnten Augen. »*Präsident* Prentiss kennt dich.«

Dann blickt er zu Maddy und zielt mit seinem Gewehr direkt auf sie.

»Aber ich glaube nicht, dass er *dich* kennt.«

Und noch ehe ich etwas sagen kann …

Ohne jede Vorwarnung …

So selbstverständlich wie der nächste Atemzug …

… drückt Sergeant Hammar ab.

9

Der Krieg ist vorbei

[TODD]

»DU ÜBERNIMMST DIE LATRINE«, sagt Davy und wirft mir
den Kanister mit Kalk zu.

Wir haben nie gesehen, dass die Spackle in die Ecke gehen,
in der sie eine Grube gegraben haben, um ihr Geschäft zu ver-
richten, aber jeden Morgen ist die Grube ein bisschen voller und
der Gestank ein bisschen größer, sodass man sie mit Kalk ab-
löschen muss, damit es nicht so stinkt und man sich keine an-
steckenden Krankheiten einfängt.

Ich hoffe, dass der Kalk gegen Krankheitserreger besser wirkt
als gegen den Gestank.

»Warum machst du das nie?«, protestiere ich.

»Weil Pa wahrscheinlich denkt, dass du dafür besser geeignet
bist, Schweinebacke«, antwortet Davy. »Und außerdem habe ich
noch immer das Sagen hier.«

Und dabei grinst er mich an.

Wortlos gehe ich zur Grube.

139

Eintönig verstreichen die Tage, einer nach dem anderen, bis zwei Wochen oder mehr vergangen sind.

Ich bin am Leben geblieben. Ich habe es durchgestanden.

(Sie auch?)

(Sie *auch*?)

An jedem Morgen reiten Davy und ich zum Kloster, und er »bewacht« die Spackle, während sie Zäune abreißen und Brombeergestrüpp ausdünnen, und ich verbringe meine Tage damit, ihnen das Futter aus dem Schuppen zu schaufeln, das immer noch nicht für alle reicht; vergeblich versuche ich die übrigen beiden Wasserpumpen zu reparieren und kalke täglich die Latrinengrube.

Die Spackle verhalten sich still, sie unternehmen nichts, und als wir sie endlich gezählt haben, sind es tausendfünfhundert. Tausendfünfhundert Wesen, die auf einer Fläche eingepfercht sind, auf der ich nicht mal zweihundert Schafe halten würde. Noch mehr Wachen sind inzwischen angerückt, sie haben auf der Steinmauer Posten bezogen, halten hinter dem Stacheldraht ihre Gewehre im Anschlag, aber die Spackle unternehmen nichts, was nur im Entferntesten bedrohlich wäre.

Sie sind alle am Leben geblieben. Und sie haben es durchgestanden.

So wie New Prentisstown auch.

Jeden Tag berichtet mir Bürgermeister Ledger, was er bei seinen Mülltouren gesehen hat. Männer und Frauen sind immer noch voneinander getrennt, die Steuern wurden erhöht, die Kleidervorschriften sind strenger geworden, eine Liste von Büchern wurde erstellt, die abgeliefert und verbrannt werden müssen, der Kirchenbesuch ist nun zwingend vorgeschrieben, wenn auch natürlich nicht in der Kathedrale.

Aber es geht inzwischen wieder so zu wie in einer ganz

normalen Stadt. Die Geschäfte sind wieder eröffnet, auf den Straßen sieht man Karren und Atomkrafträder, sogar ein, zwei Atomkraftautos fahren. Die Männer gehen wieder ihrer Arbeit nach. Die Mechaniker reparieren wieder, die Bäcker backen, die Bauern bestellen wieder ihre Felder und die Holzfäller fällen wieder Holz, einige der Männer haben es sogar gewagt, sich als Freiwillige bei der Armee zu melden, obwohl man genau weiß, wer diese neuen Soldaten sind, denn sie haben die Arznei noch nicht erhalten.

»Weißt du ...«, sagt Bürgermeister Ledger eines Abends, und ich kann es in seinem Lärm lesen, noch ehe er es ausgesprochen hat, kann sehen, wie der Gedanke Gestalt annimmt, der Gedanke, den ich selbst noch nicht gedacht habe, den ich mir zu denken verboten habe, »es ist bei Weitem nicht so schlecht, wie ich befürchtet hatte. Ich habe damit gerechnet, dass ein Gemetzel stattfindet. Ich habe fest damit gerechnet, dass ich sterben würde, vielleicht sogar damit, dass er die ganze Stadt niederbrennt. Unsere Kapitulation entsprang der Verzweiflung, aber vielleicht sagt er ja trotzdem die Wahrheit.«

Er steht auf und schaut über die Dächer von New Prentisstown. »Vielleicht«, sagt er, »ist der Krieg tatsächlich vorüber.«

»Hey!«, höre ich Davy rufen, als ich gerade auf dem Weg zur Grube bin. Ich drehe mich um. Ein Spackle steht neben ihm.

Er hat seine langen weißen Arme ausgestreckt, er scheint friedliche Absichten zu haben. Er fängt an, mit der Zunge zu schnalzen und zeigt auf eine Gruppe von Spackle, die soeben einen Zaun niedergerissen haben. Er schnalzt und schnalzt und deutet auf einen der leeren Wassertröge, aber man kann ihn ja nicht verstehen, wenn man seinen Lärm nicht hört.

Davy tritt näher zu ihm, mit weit aufgerissenen Augen, er nickt mitfühlend, aber sein Grinsen ist gefährlich. »Jaja, die harte Arbeit macht euch durstig«, sagt er. »Natürlich, ihr müsst durstig sein, danke, dass du mich darauf aufmerksam machst, hab recht vielen Dank. Als Antwort will ich dir nur Folgendes sagen.«

Und er schlägt dem Spackle mit dem Griff seiner Pistole ins Gesicht. Man hört, wie die Knochen brechen, und der Spackle stürzt zu Boden und presst seine Hand gegen den Kiefer, seine langen Beine strampeln in der Luft.

Lautes Zungenschnalzen schlägt uns wie eine aufbrandende Woge entgegen. Davy richtet die Mündung seiner Pistole auf die Umstehenden. Auch auf der Mauerkrone werden die Gewehre entsichert, die Soldaten richten ihre Waffen auf die Spackle. Die ziehen sich langsam zurück, der mit dem gebrochenen Kiefer windet sich und bleibt zuckend im Gras liegen.

»Weißt du was, Todd?«, sagt Davy.

»Was denn?«, frage ich und lasse den Spackle, der auf dem Boden liegt, nicht aus den Augen, mein Lärm zittert wie ein dürres Blatt im Herbstwind.

Die Pistole in der Hand, dreht er sich zu mir. »Es macht Spaß, Anführer zu sein.«

Jede Minute habe ich damit gerechnet, dass es mir an den Kragen geht.

Jede Minute habe ich gehofft, dass es nicht so kommt.

Und jeden Tag habe ich nach ihr Ausschau gehalten.

Ich habe aus den Schalllöchern des Glockenturms gespäht, aber nie sah ich etwas anderes außer Soldaten, die vorbeimarschierten, und Männer, die arbeiteten. Nie sah ich ein bekanntes Gesicht, nie hörte ich eine Stille, die so wie ihre war.

Ich habe Ausschau nach ihr gehalten, wann immer ich mit Davy zum Kloster und zurückgeritten bin. Ich habe die Fenster der Frauenunterkünfte nach ihr abgesucht, aber nie erschien dort ihr Gesicht.

Hin und wieder habe ich sogar unter den Spackle nach ihr gesucht, gehofft, sie würde sich hinter einem von ihnen verstecken, um plötzlich aufzuspringen und Davy anzuschreien, weil er die Spackle schlägt, und danach zu mir zu sagen, so als wäre nichts geschehen: »Hey, ich bin's, hier bin ich.«

Aber sie ist nicht da.

Sie ist nicht da.

Immer wenn ich ihn sehe, frage ich Bürgermeister Prentiss nach ihr, und er sagt, ich müsse ihm vertrauen, sagt, dass er nicht mein Feind sei, dass alles wieder gut werde, wenn ich nur an ihn glaubte.

Trotzdem habe ich mich umgesehen.

Sie war nicht da.

»Hey, Mädchen«, sage ich zu Angharrad, als ich sie am Ende des Tages sattle. Ich reite inzwischen viel besser auf ihr, spreche viel besser mit ihr, verstehe ihre Launen viel besser. Wenn ich auf ihrem Rücken sitze, bin ich nicht mehr so angespannt, und auch sie ist weniger angespannt, weil ich auf ihr sitze. Heute Morgen, als ich ihr einen Apfel gefüttert habe, hat sie mit ihren Zähnen an meinem Haar gezupft, als wäre ich ein Pferd.

Menschenfohlen, sagt sie, wenn ich aufsitze und Davy und ich in die Stadt zurückreiten.

»Angharrad«, sage ich und beuge mich zwischen ihre Ohren, denn Pferde mögen das offenbar, es erinnert sie daran, dass jemand da ist, es erinnert sie daran, dass sie auch zur Herde gehören.

Pferde verabscheuen nichts mehr, als alleine zu sein.

Menschenfohlen, sagt Angharrad wieder.

»Angharrad«, sage ich.

»Oh Mann, Schweinebacke«, stöhnt Davy. »Weshalb heiratest du nicht dieses Scheiß…« Dann hält er inne. »Verdammt noch mal«, sagt er im Flüsterton, »jetzt schau dir das an.«

Aus einem Laden kommen Frauen.

Es sind vier, sie gehen dicht nebeneinanderher. Wir wissen ja, dass sie ihre Häuser verlassen dürfen, aber sie sind immer tagsüber draußen, zu einer Zeit, wenn Davy und ich im Kloster sind, sodass wir immer nur in eine Stadt voller Männer zurückkehren; Frauen sind für uns nur Phantome, nur Gerüchte.

Es ist eine Ewigkeit her, seit ich zum letzten Mal eine Frau nicht nur durch ein Fenster oder vom Turm herab gesehen habe.

Die Ärmel ihrer Kleidung sind länger als alles, was ich bisher gesehen habe, ebenso ihre Kleider, und alle haben die Haare auf die gleiche Weise zusammengebunden. Sie werfen den Soldaten, die am Straßenrand stehen, nervöse Blicke zu, auch mir und Davy, während sie die Treppe am Vordereingang des Ladens herunterkommen.

Und da sind wieder diese Stille und dieser Schmerz in meiner Brust, und ich muss mir die Augen reiben, wenn ich sicher bin, dass Davy nicht herschaut.

Denn sie ist nicht dabei.

»Sie sind spät dran«, sagt Davy. Seine Stimme ist so leise, dass ich denke: Auch er hat bestimmt seit Wochen keine Frau gesehen. »Sie sollten vor Sonnenuntergang doch längst in ihren Quartieren sein.«

Unsre Blicke folgen ihnen, während sie, die Einkaufstüten fest an sich gepresst, an uns vorbeigehen, die Straße entlang zu den Frauenunterkünften, meine Brust krampft sich zusammen, und ich spüre einen Kloß in der Kehle.

Denn *sie* ist nicht dabei.

Und ich weiß ...

Ich weiß wieder, wie sehr ich sie ...

Und mein Lärm wird ganz trüb und verworren.

Bürgermeister Prentiss hat sie als Druckmittel gegen mich benutzt.

Pah!

Jeder verdammte Idiot hätte das bemerkt. Wenn ich nicht tue, was sie von mir wollen, dann bringen sie sie um. Wenn ich zu fliehen versuche, dann bringen sie sie um. Wenn ich Davy etwas antue, dann bringen sie sie um.

Wenn sie nicht schon tot ist.

Mein Lärm wird finsterer.

Nein.

Nein, denke ich.

Denn vielleicht ist sie doch noch nicht tot.

Vielleicht war sie hier draußen, auf genau dieser Straße, aber in einer anderen Gruppe aus vier Frauen.

Bleib am Leben, denke ich. *Bitte, bitte, bitte bleib noch am Leben!*

Ich stehe an der Maueröffnung, während Bürgermeister Ledger und ich unser Abendbrot essen, und halte wieder einmal Ausschau nach ihr, während ich gleichzeitig versuche meine Ohren vor dem BRÜLLEN zu verschließen.

Denn Bürgermeister Ledger hat recht. Hier leben so viele Männer, und seit die Arznei nicht mehr durch ihre Adern pulst, kann man den Lärm eines Einzelnen nicht mehr von dem der anderen unterscheiden. Es ist, als wollte man einen Wassertropfen aus einem Fluss heraushören. Ihr Lärm ist wie eine einzige schreiende Mauer und man versteht nur:

Aber man kann sich tatsächlich daran gewöhnen. In gewisser Weise sind die Worte, Gedanken und Gefühle von Bürgermeister Ledger, die aus seinem grauen Lärm sprudeln, viel störender.

»Ganz richtig«, sagt er und klopft sich auf den Bauch. »Ein Mann kann Gedanken haben, eine Menschenmenge jedoch nicht.«

»Eine Armee auch«, erwidere ich.

»Nur wenn sie einen Anführer hat, der ihr Gehirn ist.«

Er blickt durch die Öffnung neben mir hinaus, während er das sagt. Denn dort unten reitet Bürgermeister Prentiss über den Platz, gefolgt von Mr Hammar, Mr Tate, Mr Morgan und Mr O'Hare, die seinen Befehlen lauschen.

»Das ist der innerste Kreis der Macht«, sagt Bürgermeister Ledger.

Einen Moment lang frage ich mich, ob Neid in seinem Lärm mitschwingt.

Der Bürgermeister steigt vom Pferd, übergibt Mr Tate die Zügel und verschwindet in der Kathedrale.

Keine zwei Minuten später höre ich das bekannte *Tschack!* und Mr Collins öffnet die Tür.

»Der Präsident will mit dir reden«, sagt er zu mir.

»Einen Augenblick, Todd«, sagt der Bürgermeister, öffnet eine der Kisten und schaut hinein.

Wir sind im Keller der Kathedrale, Mr Collins hat mich die Treppe hinunter und in diesen abgelegenen Teil des Gebäudes gedrängt. Da stehe ich nun und warte und frage mich, wie viel von meinem Abendessen Bürgermeister Ledger wohl verzehrt hat, wenn ich wieder zurück bin.

Ich beobachte Bürgermeister Prentiss, wie er noch eine weitere Kiste durchsucht.

»*Präsident* Prentiss«, verbessert er mich, ohne aufzuschauen. »Merk dir das endlich.« Er richtet sich auf. »Früher hat man hier Wein gelagert. Viel mehr, als man für die Messfeiern brauchte.«

Ich sage kein Wort.

Er blickt mich neugierig an. »Du fragst mich gar nicht.«

»Was sollte ich Euch fragen?«

»Nach der Arznei, Todd«, sagt er und schlägt mit der Faust auf eine der Kisten. »Meine Leute haben sie bis zum letzten Quäntchen aus jedem Haus in New Prentisstown geholt und hier sind nun alle Reste versammelt.«

Er greift in eine Kiste und holt ein Fläschchen mit Pillen hervor. Er dreht den Verschluss auf und nimmt eine kleine weiße Tablette heraus, hält sie zwischen Daumen und Zeigefinger. »Hast du dich nie gefragt, weshalb ich das Mittel weder dir noch Davy gegeben habe?«

Ich trete von einem Fuß auf den anderen. »Als Strafe vielleicht.«

Er schüttelt den Kopf. »Nörgelt Mr Ledger etwa immer noch herum?«

Ich zucke die Achseln. »Manchmal. Ein bisschen.«

»Sie haben die Arznei gefunden. Und dann haben sie sich von ihr *abhängig* gemacht.« Er deutet auf die langen Reihen von Kisten und Schachteln. »Und jetzt habe ich alles, was sie so nötig brauchen …

Er legt die Tablette wieder zurück. Sein Lächeln wird jetzt breiter.

»Ihr wolltet mit mir sprechen?«, murmle ich.

»Du hast wirklich keine Ahnung, oder?«

»Was soll das heißen?«

Er macht wieder eine kleine Pause, dann sagt er: »Herzlichen Glückwunsch zum Geburtstag, Todd.«

Mir klappt die Kinnlade herunter. Und dann noch ein Stück weiter.

»Du hattest vor vier Tagen Geburtstag. Ich bin erstaunt, dass du gar nichts davon gesagt hast.«

Ich kann es nicht fassen. Ich habe es total vergessen.

»Keine Feierlichkeiten«, sagt der Bürgermeister, »denn wir beide wissen ja, dass du inzwischen schon *längst* ein Mann bist, nicht wahr?«

Und wieder lasse ich in meinem Lärm Bilder von Aaron aufsteigen.

»Du hast mich in den letzten Tagen sehr beeindruckt«, sagt er, ohne davon Notiz zu nehmen. »Ich weiß, es war nicht leicht für dich, du wusstest nicht, ob du das, was ich dir über Viola

sagte, glauben konntest, wusstest nicht genau, wie du dich verhalten solltest, damit ihr nichts geschieht.« Seine Stimme hallt in
meinem Kopf wider, sucht darin herum. »Aber trotzdem hast du
schwer gearbeitet. Du hattest sogar auf David einen guten Einfluss.«

Ich kann nicht anders, ich male mir aus, wie ich Davy Prentiss am liebsten zu einem blutigen Klumpen schlagen würde, aber
Bürgermeister Prentiss sagt einfach nur: »Zur Belohnung möchte
ich dir zwei verspätete Geburtstagsgeschenke überreichen.«

Mein Lärm wird lauter. »Kann ich sie sehen?«

Er lächelt, so als hätte er diese Frage erwartet. »Nein, das kannst
du nicht«, antwortet er, »aber ich will dir eines versprechen, Todd:
An dem Tag, an dem es dir gelingt, mir zu vertrauen, an dem du
wirklich begreifst, dass ich nur das Beste für diese Stadt will und
für dich, an diesém Tag wirst du auch erkennen, dass ich dein
Vertrauen wirklich verdiene.«

Ich höre meinen keuchenden Atem. So deutlich hat er noch nie
gesagt, dass es ihr gut geht.

»Dein erstes Geburtstagsgeschenk hast du dir selbst verdient«,
fährt er fort. »Ab Morgen hast du eine neue Arbeit. Du wirst zwar
immer noch bei unseren Freunden, den Spackle, bleiben, aber du
wirst mehr Verantwortung tragen und einen wichtigen Beitrag zu
unserem Fortschritt leisten.« Er blickt mir fest in die Augen. »Es ist
eine Arbeit, bei der du etwas werden kannst, Todd Hewitt.«

»Ein Anführer?«, frage ich, und der Hohn in meiner Stimme
ist beißender, als ihm wahrscheinlich lieb ist.

»In der Tat«, erwidert er.

»Und das zweite Geschenk?«, frage ich, immer noch in der
Hoffnung, dass sie dieses Geschenk sein könnte.

»Mein zweites Geschenk für dich, hier inmitten all dieser

Arznei«, er zeigt wieder auf die vielen Kisten, »ist, dass ich dir nichts davon geben werde.«

Ich reiße den Mund auf. »Was?«

Aber da tritt er schon auf mich zu …

… und geht an mir vorbei.

ICH BIN DER KREIS UND DER KREIS IST DAS ICH.

Die Worte gellen in meinem Kopf, genau wie damals, sie kommen mitten aus mir selbst, mitten aus meinem Ich.

Ich mache einen Satz, so überrascht bin ich.

»Weshalb kann ich das hören, obwohl Ihr doch bestimmt die Arznei nehmt?«, frage ich ihn.

Aber er lächelt mich nur listig an, geht die Treppe hinauf und lässt mich allein zurück.

Nachträglich alles Gute zum Geburtstag, Todd.

Ich bin Todd Hewitt, denke ich, als ich in dieser Nacht im Bett liege und in die Dunkelheit starre. *Ich bin Todd Hewitt und vor vier Tagen bin ich ein Mann geworden.*

Aber ich fühle mich kein bisschen anders.

Wie sehr habe ich mich nach diesem Tag gesehnt, welche Bedeutung hatte er für mich, und jetzt bin ich immer noch derselbe alte bescheuerte Todd Hewitt, der nicht imstande ist, überhaupt etwas zu tun, der nicht in der Lage ist, sich selbst zu retten, geschweige denn sie.

Scheißverdammter Todd Hewitt.

Und wie ich so daliege, im Dunkeln, während Bürgermeister Ledger auf seiner Matratze vor sich hin schnarcht, höre ich ein dumpfes *Peng!*, irgendwo in der Ferne, als ob irgendein dämlicher Soldat einen Gewehrschuss auf weiß Gott was abgibt, und in diesem Augenblick schießt es mir durch den Kopf.

In diesem Augenblick schießt es mir durch den Kopf: einfach nur davonzukommen, ist zu wenig.

Am Leben zu bleiben ist zu wenig.

Sie werden Katz und Maus mit mir spielen, solange ich es mir gefallen lasse.

Und vielleicht ist sie ja irgendwo da draußen.

Vielleicht ist sie *heute Nacht* da draußen.

Ich werde sie suchen.

Ich werde die erstbeste Gelegenheit beim Schopf packen und sie suchen.

Und wenn ich sie gefunden habe …

Dann fällt mir auf, dass Bürgermeister Ledger aufgehört hat zu schnarchen.

Deshalb frage ich in die Dunkelheit hinein: »Wolltest du was sagen?«

Aber er schnarcht schon wieder, und sein Lärm ist grau und verschwommen, und ich frage mich, ob ich mir das alles nur eingebildet habe.

10

Im Haus des Allerhöchsten

(VIOLA)

»ICH KANN DIR GAR NICHT SAGEN, wie leid es mir tut.«

Ich rühre die Tasse Wurzelkaffee, die er mir anbietet, nicht an.

»Bitte, Viola«, sagt er und hält sie mir hin.

Ich nehme sie. Meine Hände zittern immer noch.

Seit letzter Nacht haben sie nicht aufgehört zu zittern.

Seit ich gesehen habe, wie sie zu Boden fiel.

Zuerst auf die Knie, dann der Länge nach auf den Kies.

Ihre Augen waren noch offen.

Offen, aber sie sahen nichts mehr.

Ich stand daneben, als sie fiel.

»Sergeant Hammar wird seine Strafe erhalten.« Der Bürgermeister setzt sich mir gegenüber. »Was er getan hat, war strikt gegen meine Befehle.«

»Er hat sie umgebracht«, sage ich mit tonloser Stimme. Sergeant Hammar hat mich zum *Haus der Heilung* geschleppt, mit dem Gewehrkolben an die Tür gehämmert, hat alle Frauen aus dem Schlaf gerissen und sie weggeschickt, um Maddys Leichnam zu holen.

Ich habe kein Wort hervorgebracht, ich konnte nicht mal richtig weinen. Sie haben mich keines Blickes gewürdigt, die Heilerinnen, die Gehilfinnen. Nicht einmal Mistress Coyle hat mir in die Augen geschaut.

Was hast du dir nur dabei gedacht? Was um alles in der Welt hattest du mit ihr vor?

Und dann hat mich Bürgermeister Prentiss am Morgen hierherbestellt, in seine Kathedrale, in sein Haus, in das Haus des Allerhöchsten.

Und von da an haben sie mich wirklich nicht mehr angeschaut.

»Es tut mir leid, Viola«, sagt er. »Manche Männer in Prentisstown, im alten Prentisstown, hegen immer noch einen Groll gegen Frauen wegen der Dinge, die seinerzeit geschehen sind.«

Er bemerkt meinen entsetzten Blick. »Die Geschichte, die du zu kennen glaubst«, sagt er, »ist nicht die wahre Geschichte.«

Ich starre ihn an. Er seufzt. »Auch in Prentisstown wurde gegen die Spackle gekämpft, und es war entsetzlich, aber Männer und Frauen standen damals Seite an Seite.« Er legt seine Fingerspitzen zusammen, seine Stimme klingt immer noch ruhig, immer noch freundlich. »Aber dann kehrte Zwietracht ein in unseren kleinen Vorposten, sogar nachdem wir gesiegt hatten. Zwietracht zwischen Männern und Frauen.«

»Das kann man wohl sagen.«

»Sie haben ihre eigene Armee aufgestellt. Sie haben sich abgespalten, sie haben den Männern, deren Gedanken sie lesen konnten, misstraut. Wir haben versucht sie zur Vernunft zu bringen, aber schließlich wollten sie Krieg. Und den haben sie bekommen.«

Er richtet sich in seinem Stuhl auf und sieht mich traurig an. »Auch eine Armee, die aus Frauen besteht, ist eine Armee. Eine Armee, die Gewehre hat, um zu töten.«

Ich höre meinen eigenen Atem. »Ihr habt eine nach der anderen getötet.«

»Das habe ich nicht«, widerspricht er. »Viele Frauen sind im Kampf gestorben. Als die anderen erkannten, dass der Krieg verloren war, streuten sie das Gerücht, wir hätten sie ermordet, und dann töteten sie sich selbst, damit die Männer zum Untergang verdammt waren.«

»Ich glaube Euch kein Wort«, sage ich, denn ich erinnere mich, dass Ben uns etwas ganz anderes erzählt hat. »So war es nicht.«

»Ich war dabei, Viola. Ich erinnere mich viel deutlicher, als mir lieb ist.« Er schaut mir in die Augen. »Ich bin auch derjenige, dem am meisten daran gelegen ist, dass sich die Geschichte nicht wiederholt. Verstehst du mich?«

Mein Magen krampft sich zusammen und ich kann nicht anders, ich fange an zu weinen. Ich muss daran denken, wie Maddys Leichnam nach Hause gebracht wurde. Wie Mistress Coyle mich zwang, Maddy für das Begräbnis vorzubereiten. Sie wollte, dass ich ganz genau hinsah. Sie wollte, dass ich begriff, welch hohen Preis wir für den Versuch, diesen Turm zu finden, hatten zahlen müssen.

»Mistress Coyle«, sage ich und ringe um Fassung, »Mistress Coyle bittet mich, Euch zu fragen, ob wir sie heute Nachmittag beerdigen können.«

»Ich habe ihr schon ausrichten lassen, dass sie das kann«, antwortet der Bürgermeister. »Alles, was Mistress Coyle braucht, wird ihr in diesem Moment gebracht.«

Ich stelle die Kaffeetasse auf einem kleinen Tisch ab, der neben meinem Stuhl steht. Wir sitzen in einem riesengroßen Raum, viel größer als jeder Raum, den ich jemals gesehen habe, außer dem Hangar unseres Raumschiffs. Viel zu groß, um nur ein paar bequeme Stühle und einen Holztisch als Möbel zu haben. Das einzige Licht fällt durch ein kreisförmiges Fenster mit bunten Scheiben herein, darauf ist New World mit den beiden Monden abgebildet.

Alles andere liegt im Schatten.

»Was hältst du von ihr?«, fragt der Bürgermeister. »Von Mistress Coyle.«

Die Last, dass Maddy tot ist, dass Todd noch immer irgendwo da draußen ist, liegt so schwer auf meinen Schultern, dass ich einen Moment lang vergessen habe, wer neben mir sitzt. »Was meint Ihr damit?«

Er zuckt leicht die Achseln. »Wie ist es, mit ihr zusammenzuarbeiten? Wie ist sie als Lehrerin?«

Ich muss schlucken. »Sie ist sicher die beste Heilerin in ganz Haven.«

»Und jetzt ist sie die beste Heilerin in ganz New Prentisstown«, verbessert er mich. »Man erzählt sich, dass sie früher sehr einflussreich gewesen sein soll. Sie war jemand, der sich einmischte.«

Ich beiße mir auf die Lippe und starre auf den Teppich. »Für Maddy konnte sie nichts tun.«

»Nun, das wollen wir ihr verzeihen, nicht wahr?« Seine Stimme ist leise, mitfühlend, fast freundlich. »Niemand ist vollkommen.«

Er setzt seine Tasse ab. »Es tut mir leid um deine Freundin«, sagt er noch einmal. »Und es tut mir leid, dass es so lange gedauert hat, bis wir uns wieder miteinander unterhalten konnten. Es gab viel für mich zu tun. Ich bemühe mich, das Leid auf diesem Planeten zu beenden, deshalb macht mich der Tod deiner Freundin auch so traurig. Diese Mission ist mein ganzer Lebenszweck. Der Krieg ist zu Ende, er ist wirklich zu Ende. Jetzt ist die Zeit gekommen, die Wunden zu heilen.«

Ich antworte nichts darauf.

»Aber deine Mistress sieht das anders, nicht wahr?«, fragt er. »Sie glaubt, dass ich ihr Feind bin.«

Heute, ganz früh am Morgen, als wir Maddy das weiße Totenhemd anzogen, hat sie gesagt: *Wenn er Krieg will, dann kann er ihn haben. Wir haben ja noch nicht einmal angefangen zu kämpfen.*

Aber als ich dann hierhergerufen wurde, hat sie mir aufgetragen, ihm nichts dergleichen zu erzählen, nur über die Beerdigung sollte ich mit ihm sprechen.

Und so viel wie möglich herausfinden.

»Du hältst mich auch für deinen Feind«, fährt er fort, »und ich wünschte aufrichtig, dass dies nicht so wäre. Ich bin sehr unglücklich darüber, dass du mir wegen dieses schrecklichen Vorfalls noch mehr misstraust.«

Ich spüre, wie sich beim Gedanken an Maddy meine Brust zusammenkrampft. Und bei dem Gedanken an Todd. Ich muss ein paarmal tief durchatmen.

»Ich weiß, dass dir der Gedanke gefällt, dass es verschiedene Seiten gibt und du auf *ihrer* Seite stehst«, sagt er. »Ich mache dir keinen Vorwurf deswegen. Ich habe dich nicht nach deiner Raumschiffflotte gefragt, weil ich weiß, du würdest mir nicht die Wahrheit sagen. Ich weiß auch, dass sie dich danach gefragt hat. Wenn ich an Mistress Coyles Stelle wäre, würde ich es genauso machen. Ich würde dich auch bedrängen, mir zu helfen. Ich würde einen Schatz, der mir unverhofft in den Schoß gefallen ist, selbstverständlich nutzen.«

»Sie benutzt mich nicht«, entgegne ich ruhig.

Du kannst von großem Nutzen für uns hier sein, höre ich sie sagen. *Wenn du es willst.*

Er beugt sich vor. »Darf ich dir etwas sagen?«

»Was?«, frage ich.

Er neigt den Kopf zur Seite. »Ich wünsche mir, dass du mich David nennst.«

Ich blicke wieder nach unten auf den Teppich. »Was wollt Ihr mir erzählen ... David?«

»Danke, Viola«, sagt er. »Es bedeutet mir wirklich sehr viel.« Er wartet, bis ich ihn wieder ansehe. »Ich habe mich mit dem Rat getroffen, der früher die Geschicke von Haven leitete. Ich habe mich mit dem ehemaligen Bürgermeister getroffen. Ich habe mit dem ehemaligen Polizeichef, dem ehemaligen medizinischen Leiter und dem ehemaligen Vorsteher der Erziehungsbehörde gesprochen. Ich habe mich mit jedem unterhalten, der früher etwas in dieser Stadt zu sagen hatte. Einige von diesen Leuten arbeiten jetzt für mich. Andere passen nicht in unsere neue Ordnung, aber das ist nicht weiter schlimm, denn es wartet noch viel Arbeit auf uns, wenn wir diese Stadt wieder aufbauen wollen, damit sie bereit ist für *deine* Leute. Damit New Prentisstown ein wahres Paradies wird, so wie es sich die neuen Siedler erhoffen.«

Er blickt mir unverwandt in die Augen, und mir fällt auf, wie dunkelblau seine eigenen Augen sind, wie Wasser, das über Schiefergestein rinnt.

»Und von all den Leuten, die ich in New Prentisstown getroffen habe, ist deine Mistress Coyle die Einzige, die wirklich weiß, was es heißt, Menschen zu führen. Autorität fällt einem nicht in den Schoß, man muss sie sich nehmen, und vielleicht ist sie der einzige Mensch auf diesem Planeten, abgesehen von mir, der genügend *Willensstärke* dazu besitzt.«

Ich sehe ihn an und dabei kommt mir ein Gedanke.

Sein Lärm ist so stumm wie das schwarze Nichts draußen im All und weder seine Miene noch sein Blick verraten etwas.

Aber ich fange an, mich zu fragen ...

Ich kann mich des Gedankens nicht erwehren ...

Hat er vielleicht *Angst* vor ihr?

»Warum, glaubst du, habe ich dich mit deiner Schusswunde wohl zu ihr gebracht?«, fragt er.

»Sie ist die beste Heilerin. Das habt Ihr selbst gesagt.«

»Ja, aber sie ist bei Weitem nicht die einzige. Verbände und Arzneien heilen dich, Mistress Coyle wendet sie nur mit besonderem Geschick an.«

Unwillkürlich taste ich mit der Hand nach der Narbe an meinem Bauch. »Es ist nicht nur das.«

»Das stimmt. Da hast du recht.« Er beugt sich näher zu mir. »Ich möchte, dass sie auf meiner Seite steht. Ich *brauche* sie als meine Verbündete, wenn die neue Gesellschaft, die ich aufbauen will, ein Erfolg werden soll. Wenn wir Hand in Hand arbeiten, Mistress Coyle und ich«, er lehnt sich zurück, »was für eine Welt könnten wir erschaffen!«

»Ihr habt sie eingesperrt.«

»Aber ich wollte sie nicht für immer *eingesperrt* lassen. Die Grenzen zwischen Männern und Frauen verschwimmen und die Erneuerung dieser Grenzen ist langwierig und schmerzhaft. Es braucht Zeit, wieder gegenseitiges Vertrauen aufzubauen. Aber wie ich schon sagte, dürfen wir nie das Wichtigste vergessen: Der Krieg ist vorbei. Er ist wirklich vorbei. Ich will keine Kämpfe, kein Blutvergießen mehr.«

Um überhaupt etwas zu tun, hebe ich die Tasse, deren Inhalt inzwischen kalt geworden ist, und führe sie an den Mund, ohne zu trinken.

»Geht es Todd gut?«, frage ich, ohne ihn anzuschauen.

»Er ist fröhlich und gesund und arbeitet an der frischen Luft«, antwortet der Bürgermeister.

»Darf ich ihn sehen?«

Er schweigt, scheint zu überlegen. »Willst du mir einen Gefallen tun?«, fragt er mich.

»Welchen?« Wieder Schweigen. Ein neuer Gedanke drängt sich mir auf. »Ihr wollt, dass ich ihr nachspioniere.«

»Nein«, antwortet er. »Du sollst nicht *spionieren*. Ich möchte nur, dass du mir hilfst, sie davon zu überzeugen, dass ich nicht der Tyrann bin, für den sie mich hält, und dass die Dinge sich nicht so zugetragen haben, wie sie glaubt. Mach ihr klar, dass wir beide, sie und ich, mit vereinten Kräften diesen Planeten zu jener Heimstatt machen können, die wir *beide* ersehnt haben, als wir damals, vor so vielen Jahren, die

159

alte Welt hinter uns ließen. Ich bin nicht ihr Feind. Und auch nicht deiner.«

Er scheint es ernst zu meinen. Wirklich.

»Ich bitte dich um deine Hilfe«, sagt er.

»Ihr habt hier das Sagen«, antworte ich. »Ihr seid nicht auf meine Hilfe angewiesen.«

»Doch«, sagt er eindringlich. »Du stehst mit ihr auf vertrauterem Fuße, als ich es je könnte.«

Tue ich das wirklich?

Das ist das Mädchen, kommt mir in den Sinn.

»Ich weiß sehr wohl, dass sie dir in jener ersten Nacht ein Beruhigungsmittel gegeben hat. Du solltest einschlafen, bevor du mir etwas mitteilen konntest.«

Ich nippe an meinem Kaffee. »Hättet Ihr nicht dasselbe getan?«

Er lächelt. »Du gibst also zu, dass wir gar nicht so verschieden sind, sie und ich?«

»Wie kann ich Euch vertrauen?«

»Wie kannst du ihr vertrauen, wenn sie dich mit Drogen betäubt?«

»Sie hat mir das Leben gerettet.«

»Und ich habe dich zu ihr gebracht.«

»Aber sie hält mich nicht gefangen im *Haus der Heilung*.«

»Du bist ohne Begleitung hierhergekommen. Die Einschränkungen sind mit dem heutigen Tag gelockert worden.«

»Sie bildet mich als Heilerin aus.«

»Und wer sind diese anderen Heilerinnen, mit denen sie sich getroffen hat?« Wieder legt er die Fingerspitzen gegeneinander. »Was, meinst du, haben sie vor?«

Ich starre in meine Kaffeetasse und frage mich, woher er das weiß.

»Und vor allem, was haben sie mit dir vor?«, fragt er weiter.

Ich sehe ihn noch immer nicht an.

Er steht auf. »Komm bitte mit.«

Er führt mich zur Vorderseite der Kathedrale. Die Türen zum Stadtplatz stehen weit offen. Draußen übt die Armee, im Gleichschritt zu marschieren, und das *Wumm, Wumm, Wumm* ihrer Stiefel schallt herein, begleitet vom BRÜLLEN der Männer, die nun keine Arznei mehr erhalten.

»Schau dorthin«, fordert der Bürgermeister mich auf. Neben den Soldaten, mitten auf dem Platz, zimmern Männer ein Holzgerüst, obendrauf ist ein Pfosten mit einem Querbalken.

»Was ist das?«

»Dort wird morgen Nachmittag Sergeant Hammar wegen des entsetzlichen Verbrechens, das er begangen hat, hingerichtet.«

Die Erinnerung an Maddy und ihre starren, leblosen Augen schnürt mir die Brust zu und ich muss die Hand vor den Mund pressen.

»Ich habe den alten Bürgermeister der Stadt verschont«, sagt er, »nicht aber einen lang gedienten, mir treu ergebenen Hauptmann.« Er schaut mich an. »Glaubst du wirklich, ich würde zu solchen Mitteln greifen, nur um einem Mädchen eine Freude zu machen, weil es etwas weiß, was für mich nützlich sein könnte? Glaubst du wirklich, ich würde solchen Ärger auf mich nehmen, wenn ich, wie du glaubst, allein das Sagen hätte?«

»Warum tut Ihr es dann?«, frage ich ihn.

»Weil er das Gesetz übertreten hat. Weil wir in einer zivilisierten Welt leben, in der Barbarei nicht geduldet wird. Weil der Krieg zu Ende ist.« Er blickt mich an. »Und ich wünschte mir, du könntest Mistress Coyle davon überzeugen.« Er kommt ganz nahe heran. »Wirst du das tun? Wirst du ihr wenigstens erzählen, was ich tue, um dieser schlimmen Situation ein Ende zu bereiten?«

Ich schaue auf meine Fußspitzen. Meine Gedanken wirbeln durcheinander, rasen wie Meteore.

Was er sagt, könnte stimmen.

Aber Maddy ist tot.

Und ich bin schuld daran.

Und Todd ist noch immer verschwunden.

Was soll ich machen?

(Was soll ich nur machen?)

»Wirst du das tun, Viola?«

Insgeheim denke ich: Wenigstens habe ich neue Informationen für Mistress Coyle.

Ich schlucke. »Ich werde es versuchen.«

Er lächelt. »Wunderbar.« Er nimmt mich sanft am Arm. »Lauf jetzt zurück. Du wirst beim Begräbnis gebraucht.«

Ich nicke und gehe hinaus auf die Eingangsstufen, weg von ihm, ein paar Schritte auf den Platz hinaus, und das BRÜLLEN schlägt mir so unbarmherzig entgegen wie das Sonnenlicht. Ich bleibe stehen und ringe nach Luft, einer Luft, die sich mir entziehen will.

»Viola«, sagt er und blickt mir von den Stufen seiner Kathedrale aus nach. »Warum essen wir beide morgen Abend nicht zusammen?«

Er grinst, denn er weiß, wie schwer es mir fällt, mir nicht anmerken zu lassen, wie ungern ich komme.

»Todd wird natürlich auch da sein«, fügt er hinzu.

Ich reiße die Augen auf. Wieder wird meine Brust ganz eng, wieder kommen mir die Tränen, und ich bin so überrascht, dass ich Schluckauf bekomme. »Wirklich?«

»Wirklich«, sagt er.

»Im Ernst?«

»Ganz im Ernst«, antwortet er.

Und dann breitet er seine Arme nach mir aus.

11

Hab dir das Leben gerettet

[TODD]

»WIR MÜSSEN SIE NUMMERIEREN«, sagt Davy. Er holt einen großen Leinwandsack aus dem Lagerschuppen des Klosters und lässt ihn geräuschvoll ins Gras fallen. »Das ist unser neuer Job.«

Es ist der Morgen nach dem Tag, an dem mir der Bürgermeister nachträglich zum Geburtstag gratuliert hat, der Morgen nach dem Tag, an dem ich feierlich geschworen habe, sie zu finden.

Aber alles ist so wie immer.

»Sie nummerieren?«, frage ich und schaue auf die Spackle, die uns wie immer anstarren mit einem Schweigen, aus dem ich nicht schlau werde. Inzwischen hat die Arznei doch sicherlich aufgehört zu wirken? Weshalb dann nummerieren?

»Hörst du Pa denn *nie* zu?«, fragt Davy und kramt Werkzeuge aus dem Sack hervor. »Jeder muss wissen, wo er hingehört. Und außerdem, irgendwie müssen wir ja den Überblick über diese Tiere behalten.«

»Es sind keine Tiere, Davy«, sage ich, nicht allzu hitzig, denn wir haben uns über diesen Punkt schon oft gestritten. »Sie sind einfach anders.«

»Wie auch immer, Schweinebacke«, antwortet er, holt einen Bolzenschneider aus der Tasche und wirft ihn ins Gras. Dann langt er wieder in die Tasche. »Nimm die«, sagt er und reicht mir eine Handvoll Metallbänder, die mit einem langen Metallstreifen zusammengebunden sind.

Da wird mir erst klar, was ich in der Hand halte.

»Das tun wir nicht«, sage ich.

»Oh doch, das tun wir.« Er nimmt ein anderes Werkzeug zur Hand, ein Werkzeug, das ich gut kenne.

Damit haben wir in Prentisstown die Schafe markiert. Man nimmt das Ding, das Davy in der Hand hält, und dann legt man dem Schaf ein Metallband ums Bein. Das Gerät nietet die Enden fest zusammen, viel zu fest, so fest, dass das Band in die Haut einschneidet, so fest, dass sich das Bein entzündet. Aber das Metallband ist mit einem Wirkstoff getränkt, der die Entzündung bekämpft, deshalb beginnt die Haut um das Metallband herum zu heilen, das Band wächst allmählich ein und tritt an die Stelle der Haut.

Ich betrachte wieder die Spackle und sie blicken ihrerseits zu uns herüber. Denn der Haken an der Sache ist der: Wenn man das Band abnimmt, dann heilt die Wunde nicht. Die Schafe würden verbluten, wenn man es täte. Wenn man das Metallband festnietet, ist das für immer und ewig.

»Dann stell dir doch vor, es wären Schafe«, sagt Davy. Mit dem Nietapparat in der Hand steht er auf und lässt seinen Blick über die Spackle schweifen. »Stellt euch in Reih und Glied auf!«

»Wir arbeiten einen Abschnitt nach dem andern ab«, ruft er und fuchtelt dabei vor den Spackle herum, in der einen Hand den Nietapparat, in der anderen die Pistole. Die Soldaten, die auf den Steinmauern stehen, haben ihre Gewehre auf die Spackle gerichtet, die dicht beisammenstehen. »Sobald ihr eure Nummer habt, bleibt ihr in eurem Abschnitt und geht nicht weg, kapiert?«

Und sie scheinen kapiert zu haben.

So viel ist sicher.

Sie verstehen viel mehr als jedes Schaf.

Ich blicke auf das Bündel Metallbänder in meiner Hand. »Davy, das ist …«

»Beweg dich, Schweinebacke«, ruft er ungeduldig. »Wir müssen zweihundert pro Tag schaffen.«

Ich muss schlucken. Der erste Spackle, der in der Schlange wartet, wendet seinen Blick keine Sekunde lang von den Metallbändern. Er ist einer von den kleineren, vermutlich ein weiblicher Spackle, manchmal kann man das an der Farbe der Flechten erkennen, die sie anstelle von Kleidung am Leib tragen. Sie ist viel kleiner als gewöhnliche Spackle. Höchstens so groß wie ich.

Und ich denke: Wenn ich es nicht tue, wenn ich ihnen nicht diese Bänder anlege, dann wird es ein anderer tun, dem völlig egal ist, ob es wehtut oder nicht. Es ist besser für sie, wenn jemand wie ich das macht, jemand, der sie gut behandeln will. Auf keinen Fall sollte ich es Davy allein überlassen.

Nicht wahr?

(Nicht wahr?)

»Leg ihm endlich das blöde Band um den Arm, sonst stehen wir noch den ganzen Scheißmorgen hier herum«, beschwert sich Davy.

Ich gebe ihr zu verstehen, dass sie den Arm ausstrecken soll. Sie streckt ihn aus, ohne mit der Wimper zu zucken. Starrt mich an.

Ich muss wieder schlucken. Ich öffne das Bündel mit den Metallbändern und ziehe Nummer 0001 heraus.

Ich nehme ihre Hand und halte sie fest.

Sie ist warm, viel wärmer, als ich es mir vorgestellt habe, denn sie sieht so weiß und kalt aus.

Ich lege das Band um ihr Handgelenk.

Ich fühle, wie ihr Puls unter meinen Fingerspitzen pocht. Sie blickt mich unverwandt an.

»Es tut mir leid«, flüstere ich.

Davy kommt herbei und steckt die beiden Enden des Bands in seinen Nietapparat, verdrillt sie so fest, dass die Spackle-Frau vor Schmerz zu zischen beginnt, dann drückt er die Griffe des Apparats mit aller Kraft zusammen, befestigt das Metallband an ihrem Handgelenk und macht sie für immer zur Nummer 0001.

Unter dem Band quillt Blut hervor. Das Blut von 0001 ist rot.

(Das habe ich schon vorher gewusst.)

Sie umklammert mit der anderen Hand ihr Handgelenk und geht weg, dabei starrt sie uns noch immer an, noch immer kein Lidschlag, ihr Schweigen ist wie ein Fluch.

Keiner von ihnen wehrt sich. Sie stellen sich einfach einer nach dem anderen auf und starren und starren und starren uns an. Ab und zu verständigen sie sich untereinander mit ihren schnalzenden Zungengeräuschen, aber man hört keinen Lärm von ihnen, keiner begehrt auf, keiner leistet Widerstand.

Und das macht Davy immer wütender.

»Blödes Vieh!«, schimpft er und hält das Band einen Augenblick lang verdrillt, ehe er es zusammenklammert, nur um herauszufinden, wie lange sie zischen können. Und er hält es auch dann noch gespannt, ein, zwei Sekunden, nachdem sie schon zu zischen aufgehört haben.

»Wie gefällt dir *das*, hey?«, schreit er einem Spackle nach, der sich gerade zurückzieht, seinen Arm hält und sich nach uns umblickt.

0038 ist der Nächste in der Reihe. Er ist groß gewachsen, vermutlich männlich, dünn bis dorthinaus, und er wird immer dünner, denn jeder Narr kann sehen, dass das Futter, das wir den Spackle jeden Morgen vorsetzen, nicht für tausendfünfhundert von ihnen ausreicht.

»Leg ihm das Band um den Hals«, befiehlt Davy.

»Was?«, frage ich und reiße die Augen auf. »Nein!«

»Leg es um seinen verdammten Hals!«

»Das werde ich nicht …«

Mit einem Mal stürzt sich Davy auf mich, schlägt mir den Nietapparat auf den Kopf und reißt mir die Bänder aus der Hand. Ich falle auf die Knie, halte meinen Kopf, und vor lauter Schmerz kann ich einige Augenblicke nicht hochschauen.

Aber als ich aufblicke, ist es zu spät.

Davy hat den Spackle vor sich in die Knie gezwungen und ihm das Band mit der Nummer 0038 fest um den Hals gelegt, mit dem Nietapparat zieht er es sogar noch fester zu. Die Soldaten oben auf der Mauer lachen, und der Spackle ringt nach Luft, zerrt mit den Fingern an dem Band, das Blut rinnt den Hals hinab.

»Hör sofort auf damit!«, schreie ich und rapple mich auf.

Aber Davy knallt die Griffe des Nietapparats zusammen, und der Spackle fällt kopfüber ins Gras. Dabei stößt er laute, würgende Geräusche aus, sein Kopf nimmt eine grauenhafte rosa Färbung an. Davy steht über ihm, reglos sieht er zu, wie der Spackle sich zu Tode röchelt.

Ich stolpere auf den Bolzenschneider zu, den Davy ins Gras gelegt hat, packe ihn und laufe damit zu 0038 zurück. Davy will mich aufhalten, aber ich schlage mit dem Apparat nach ihm, und er springt zurück, ich knie mich neben 0038 und versuche das Metallband zu packen, aber Davy hat es zu fest angezogen. Der Spackle schlägt wild um sich, weil er keine Luft mehr bekommt, ich muss ihn schließlich mit der Faust auf den Boden drücken.

Ich schneide das Band durch. Es fliegt weg und mit ihm eine Wolke aus Blut und Haut. Der Spackle zieht die Luft so laut ein, dass einem die Ohren davon wehtun, und ich weiche ein Stück vor ihm zurück, den Bolzenschneider halte ich fest umklammert.

Und wie ich so dastehe und schaue, wie der Spackle anscheinend vergebens nach Luft ringt und Davy hinter mir auftaucht mit dem Nietapparat in der Hand, bemerke ich das *Schnalzen*, das durch die Reihen der Spackle geht. Und ausgerechnet jetzt, ausgerechnet zu diesem Zeitpunkt …

Ausgerechnet *jetzt* greifen sie an.

Der erste Schlag streift meinen Scheitel nur leicht. Sie sind mager und leicht, deshalb ist auch keine große Wucht in ihren Schlägen.

Aber es sind tausendfünfhundert.

Und sie rollen wie eine Welle auf uns zu, es ist, als würde ich unter Wasser gezogen …

Noch mehr Fäuste, noch mehr Schläge, sie zerkratzen mir Gesicht und Rücken, und ich werde wieder zu Boden geschlagen. Ich spüre ihr ganzes Gewicht auf mir, sie zerren an meinen Armen und Beinen, reißen an meinen Kleidern, an meinen Haaren, und ich rufe und schreie, einer hat mir den Bolzenschneider aus der Hand gerissen und schlägt ihn gegen meinen Ellbogen, und der Schmerz ist so groß, dass ich ihn fast nicht mehr ertrage.

Und das Einzige, woran ich jetzt denken kann, der einzige, törichte Gedanke in meinem Kopf ist ...

Warum greifen sie mich an? Ich wollte 0038 doch retten!

(Aber sie wissen es, sie müssen es wissen!)

(Sie wissen, dass ich ein Mörder bin.)

Davy schreit auf, als die ersten Gewehrschüsse von der Mauerkrone ertönen.

Die Spackle hören nicht auf, mich zu schlagen, sie hören nicht auf, mich zu kratzen, aber es wird auch weiter geschossen, die Spackle zerstreuen sich langsam in alle Himmelsrichtungen, ich höre es mehr, als ich es sehen kann, denn der Schmerz breitet sich von meinem verletzten Ellbogen über den ganzen Körper aus.

Aber immer noch sitzt einer auf mir, er kratzt mich von hinten, während ich mit dem Gesicht nach unten im Gras liege, aber ich schaffe es, mich umzudrehen, und obwohl die Wachleute noch immer schießen und die ganze Luft vom Gestank des Schießpulvers erfüllt ist und die anderen Spackle rennen und nichts wie rennen, bleibt dieser eine auf mir sitzen, kratzt und schlägt in einem fort auf mich ein.

Und im selben Augenblick, da mir klar wird, dass es 0001 ist, die Erste, die an der Reihe war, die Erste, die ich angerührt habe, knallt es, und sie wird zur Seite geschleudert und fällt neben mir ins Gras. Tot.

Davy steht mit seiner Pistole über mir, die Mündung raucht noch. Seine Nase und seine Lippen sind blutig, er hat genauso viele Kratzer abbekommen wie ich und steht ganz schief da.

Aber er lächelt.

»Hab dir das Leben gerettet.«

Das Schießen geht weiter. Die Spackle sind auf der Flucht, aber sie finden nirgends Zuflucht. Sie fallen und fallen und fallen.

Ich betrachte meinen Ellbogen. »Ich glaube, mein Arm ist gebrochen.«

»Ich glaube, mein Bein ist gebrochen«, sagt Davy, »aber du gehst jetzt zurück zu Pa. Erzähl ihm, was passiert ist. Erzähl ihm, dass ich *dein Leben* gerettet habe.«

Davy schaut mich nicht an, er hat noch die Pistole in der Hand und schießt, dabei hält er sich nur taumelnd auf den Beinen.

»Davy ...

»Geh!«, ruft er, und eine grimmige Genugtuung spricht aus ihm. »Ich habe hier noch was zu erledigen.« Und er gibt wieder einen Schuss aus der Pistole ab. Noch ein Spackle stürzt zu Boden. Überall stürzen sie zu Boden.

Ich gehe einen Schritt auf das Tor zu. Dann noch einen.

Und dann fange ich an zu rennen.

Die Schmerzen in meinem Arm pochen bei jedem Schritt, aber Angharrad sagt MeNschenfohLen, als ich zu ihr komme, und schnüffelt mit ihrer feuchten Nase über mein Gesicht. Sie geht auf die Knie, sodass ich mich bequem in den Sattel fallen lassen kann. Sie wartet, bis ich aufrecht sitze, dann fällt sie in den schnellsten Galopp, den sie je vorgelegt hat. Mit einer Hand halte ich mich an ihrer Mähne fest, den verletzten Arm presse ich fest an mich, und ich habe alle Mühe, mich nicht vor Schmerz zu übergeben.

Ab und zu blicke ich auf, sehe die Frauen an den Fenstern stehen und mich beobachten. Die Männer schauen meinem Pferd hinterher, sehen in mein schmutziges, zerschundenes Gesicht.

Und ich frage mich, wen sie glauben, vor sich zu haben.

Halten sie mich für einen von ihnen?

Oder sehen sie in mir ihren Feind?

Wer, glauben sie, bin ich?

Ich schließe die Augen, doch dabei verliere ich beinahe das Gleichgewicht, deshalb schlage ich sie wieder auf.

Angharrad trägt mich bis zur Kathedrale, ihre Hufe schlagen Funken aus den Pflastersteinen, als sie um die Ecke biegt, hinter der sich der Haupteingang befindet. Die Armee exerziert auf dem Vorplatz. Die meisten Soldaten haben noch immer keinen Lärm, aber das Dröhnen ihrer Stiefel lässt die Luft erzittern.

Ich zucke bei diesem Anblick zusammen und blicke zum Haupttor der Kathedrale.

Und mein Lärm röhrt auf vor Schreck, sodass Angharrad wie angewurzelt stehen bleibt, auf den Pflastersteinen schlittert, ihre Flanken dampfen, weil sie mich so schnell hierhergetragen hat.

Aber ich nehme es nur am Rande wahr.

Mein Herz stockt.

Mein Atem stockt.

Denn da steht sie.

Vor meinen Augen geht sie die Treppe zur Kathedrale hinauf.

Sie ist wahrhaftig *da*.

Und mein Herz fängt wieder an, wie wild zu schlagen, mein Lärm will ihren Namen laut herausschreien und ich spüre meine Schmerzen nicht mehr.

Denn sie ist am Leben.

Sie ist *am Leben*.

Aber dann sehe ich noch etwas.

Sie geht die Treppe hoch ...
auf Bürgermeister Prentiss zu ...

in seine weit ausgebreiteten Arme ...

und er *umarmt* sie ...

und sie *lässt es zu* ...

und alles, was ich denken kann ...
alles, was ich sagen kann ...
ist ...

»Viola?«

TEIL III

Der Krieg ist vorbei

12

Der Verrat

(VIOLA)

Da steht Bürgermeister Prentiss.

Der Führer dieser Stadt, der Herr der Welt.

Die Arme weit ausgestreckt.

Als wäre das der Preis.

Soll ich ihn bezahlen?

Es ist ja nur eine Umarmung, denke ich.

(Oder nicht?)

Ich mache einen Schritt auf ihn zu …

(Nur eine Umarmung.)

… und er schlingt die Arme um mich.

Ich bemühe mich, nicht zu erstarren, als er mich berührt.

»Ich habe es dir noch gar nicht erzählt«, flüstert er mir ins Ohr. »Als wir hierher marschiert sind, haben wir dein Schiff im Sumpf gefunden. Wir haben deine Eltern gefunden.«

Kaum kann ich ein Schluchzen unterdrücken, ich kämpfe gegen die Tränen an.

»Wir haben sie beerdigt, wie es sich gehört. Es tut mir so leid, Viola. Ich weiß, wie verlassen du dich fühlen musst, und nichts würde mir mehr Freude machen, als wenn du mich eines Tages vielleicht als deinen …«

Plötzlich höre ich etwas über das BRÜLLEN hinweg.

Ein klein bisschen Lärm, das sich über alle anderen Geräusche erhebt, schnell wie ein Pfeil …

… wie ein Pfeil, der direkt auf mich zufliegt.

Viola!, schreit es, zermalmt die Worte aus Bürgermeister Prentiss' Mund.

Ich mache mich los und er lässt die Arme sinken.

Ich drehe mich um.

Und da, im nachmittäglichen Sonnenschein, auf dem Platz, keine zehn Meter entfernt auf einem Pferd …

Da ist er.

Er ist es.

Er ist es.

»TODD!«, schreie ich und renne auch schon los.

Er bleibt wie angewurzelt stehen, wo er von seinem Pferd herabgerutscht ist, sein Arm ist seltsam verdreht, und ich höre, wie sein Lärm Viola! brüllt, aber ich höre auch den Schmerz in seinem Arm und die Verwirrung, die sich in alles mischt, aber meine Gedanken sind in Aufruhr und mein Herz klopft viel zu laut, ich schaffe es nicht, irgendeinen Gedanken deutlich herauszuhören.

»TODD!«, schreie ich wieder, und jetzt bin ich bei ihm, sein Lärm öffnet sich noch weiter für mich und hüllt mich ein wie ein Leinentuch, und ich ziehe ihn an mich, drücke ihn an mich, will ihn nie wieder loslassen, und er schreit auf vor Schmerz, aber er zieht mich mit seinem anderen Arm zu sich, er zieht mich an sich, zieht mich an sich …

»Ich habe geglaubt, du wärst tot«, sagt er, und ich spüre seinen Atem in meinem Nacken. »Ich habe geglaubt, du wärst tot.

»Todd …« Ich weine, das Einzige, was ich hervorbringen kann, ist sein Name. »*Todd.*«

Er stöhnt laut auf, ich sehe den Schmerz so grell in seinem Lärm, dass es mich fast blendet. »Dein Arm«, sage ich und mache einen Schritt zurück.

»Gebrochen«, stößt er hervor, »gebrochen von …«

»Todd?«, fragt der Bürgermeister hinter uns. »Du bist früh zurück.«

»Mein Arm«, sagt Todd. »Die Spackle …«

»Die *Spackle*?«, frage ich.

»Das sieht schlimm aus, Todd«, sagt der Bürgermeister über unsere Köpfe hinweg. »Wir müssen das gleich richten lassen.«

»Er kann mit mir zu Mistress Coyle gehen.«

»Viola«, sagt der Bürgermeister, und ich höre, wie Todd denkt Viola? und sich nicht genug darüber wundern kann, wie der Bürgermeister mit mir spricht. »Das *Haus der Heilung* ist viel zu weit weg, Todd kann mit einer so schlimmen Verletzung nicht bis dorthin reiten.«

»Dann komme ich mit dir«, schlage ich vor. »Ich werde nämlich als Gehilfin ausgebildet!«

»Du wirst was?«, fragt Todd. Sein Schmerz heult in seinem Lärm wie eine Sirene, aber er blickt immer noch zwischen mir und dem Bürgermeister hin und her. »Was geht hier vor? Woher weißt du …«

179

»Ich werde dir alles erklären«, sagt der Bürgermeister und fasst Todd an seinem gesunden Arm, »wenn deine Verletzung versorgt ist.« Er wendet sich mir zu. »Die Einladung für morgen gilt noch. Aber jetzt musst du zur Beerdigung.«

»Beerdigung?«, fragt Todd. »Welche Beerdigung?«

»Bis morgen«, sagt der Bürgermeister entschieden und zieht Todd mit sich.

»Wartet!«, rufe ich ihnen nach.

»Viola!«, ruft Todd und windet sich aus dem Griff des Bürgermeisters, aber dann fährt ein Ruck durch seinen gebrochenen Arm, und er fällt auf die Knie, der Schmerz ist so laut, so überdeutlich in seinem Lärm, dass sogar die Soldaten beim Exerzieren innehalten, als sie ihn hören. Ich will zu ihm rennen und ihm helfen, aber der Bürgermeister streckt seine Hand aus und hält mich zurück.

»Geh«, sagt er, und sein Ton duldet keinen Widerspruch. »Ich werde Todd helfen. Du gehst jetzt zur Beerdigung und trauerst um deine Freundin. Und morgen Abend wirst du Todd wiedersehen, dann ist er wieder so gut wie neu.«

Viola?, fragt Todds Lärm wieder, und er muss sich jetzt so anstrengen, nicht vor lauter Schmerzen zu weinen, dass ich glaube, er kann gar nicht sprechen.

»Morgen, Todd«, sage ich laut und versuche seinen Lärm zu durchdringen. »Wir sehen uns morgen.«

Viola!, ruft er noch einmal, doch der Bürgermeister führt ihn weg.

»Ihr habt es versprochen!«, rufe ich ihnen nach. »Denkt daran, Ihr habt es versprochen!«

Der Bürgermeister lächelt. »Denk daran, auch du hast etwas versprochen.«

Habe ich das?

Ich blicke ihnen nach, wie sie gehen, und dann sind sie auch schon weg.

Aber Todd ...

Todd ist am Leben.

Ich muss mich ein paar Augenblicke lang ganz tief bis auf den Boden niederbeugen, bis ich es glauben kann.

»Und mit tief betrübtem Herzen vertrauen wir dich der Erde an.«

»Da.« Nachdem die Priesterin geendet hat, nimmt Mistress Coyle meine Hand und häuft etwas Erde hinein. »Wir verstreuen sie über dem Sarg.«

Ich starre auf den Staub in meiner Hand. »Warum?«

»Damit Maddy von uns allen gemeinsam beerdigt wird.« Sie nimmt mich mit zu den Heilerinnen, die sich am Rand des Grabs aufgestellt haben. Eine nach der anderen geht am Grab vorbei und wirft eine Handvoll Erde auf die Holzkiste, in der Maddy nun ruht. Alle machen einen Bogen um mich.

Niemand außer Mistress Coyle redet mit mir.

Sie geben mir die Schuld.

Ich gebe mir ja selbst die Schuld.

Mehr als fünfzig Frauen sind hier, Heilerinnen, Gehilfinnen, Patientinnen. Soldaten haben einen Kreis um uns gebildet, es sind mehr von ihnen hier, als man bei so einer Beerdigung annehmen würde. Die Männer, unter ihnen auch Maddys Vater, stehen getrennt von den Frauen auf der anderen Seite des Grabs. Ich glaube, das Weinen im Lärm von Maddys Vater ist das Traurigste, was ich je gehört habe.

Und ich fühle mich noch mehr schuldig, weil ich fast nur an Todd denken kann.

Jetzt, da ich ihn nicht mehr höre, erkenne ich die Verwirrung in seinem Lärm umso deutlicher, ich begreife, wie es auf ihn gewirkt haben muss, mich in den Armen des Bürgermeisters wiederzufinden, welch vertrauten Eindruck wir auf ihn gemacht haben müssen.

Obwohl ich ihm alles erklären kann, schäme ich mich doch sehr.

Ich werfe meine Handvoll Erde auf Maddys Sarg, dann nimmt mich Mistress Coyle beiseite. »Wir müssen miteinander reden.«

»Er will mit mir *zusammenarbeiten*?«, fragt Mistress Coyle, eine Tasse Tee in der Hand, in meinem kleinen Schlafzimmer.

»Er sagt, er bewundere Euch.«

Sie zieht die Augenbrauen hoch. »Tut er das inzwischen?«

»Ich weiß«, erwidere ich. »Ich weiß, wie das klingt, aber wenn Ihr ihn *gehört* hättet …«

»Oh, ich glaube, ich habe genug von deinem Präsidenten gehört, es reicht für eine Weile.«

Ich lasse mich auf mein Bett zurückfallen. »Aber er hätte mich, wie soll ich sagen, er hätte mich *zwingen* können, ihm von unseren Schiffen zu erzählen. Aber er zwingt mich zu gar nichts.« Ich blicke zur Seite. »Ich darf morgen sogar meinen Freund sehen.«

»Deinen Todd?«

Ich nicke. Ihr Gesicht ist wie versteinert.

»Deshalb bist du ihm so dankbar, vermute ich.«

»Nein.« Ich reibe mir übers Gesicht. »Ich habe gesehen,

was seine Soldaten nach dem Einmarsch getan haben. Mit meinen eigenen Augen.«

Wir beide schweigen lange.

»Aber?«, fragt Mistress Coyle schließlich.

Ich sehe sie nicht an. »Aber er hängt den Mann, der Maddy erschossen hat. Er lässt ihn morgen hinrichten.«

Sie stößt einen abschätzigen Laut aus. »Was bedeutet einem Menschen wie ihm ein weiterer Mord? Was bedeutet ihm ein Menschenleben mehr oder weniger? Es ist typisch für ihn, dass er glaubt, das Problem auf diese Weise lösen zu können.«

»Es schien ihm aufrichtig leidzutun.«

Sie schaut mich von der Seite an. »Das glaub ich gern. Genau so will er *wirken*.« Leise fügt sie hinzu: »Er ist der Präsident der Lügen, Mädchen. Er lügt so gut, dass du seine Lügen für die Wahrheit hältst. Der Teufel erzählt die schönsten Geschichten. Hat dir das deine Mutter nicht beigebracht?«

»Er hält sich nicht für den Teufel«, erwidere ich. »Er hält sich für einen Mann, der einen Krieg gewonnen hat.«

»Beschwichtigung«, sagt sie. »So nennt man das wohl. Beschwichtigung. Das ist eine gefährliche Taktik.«

»Was soll das heißen?«

»Das heißt, dass du mit dem Feind zusammenarbeiten willst. Dass du dich auf seine Seite schlägst, statt ihn zu bekämpfen. Das ist der todsichere Weg, um ihm für immer unterlegen zu sein.«

»Das will ich *nicht*!«, schreie ich laut. »Ich möchte nur, dass das alles aufhört. Ich möchte, dass die Menschen, die bald kommen, eine Heimat finden. Die Heimat, die wir alle ersehnt haben.« Meine Stimme stockt. »Ich möchte nicht, dass noch jemand stirbt.«

Sie stellt ihre Tasse Tee ab, legt die Hände auf die Knie und schaut mich forschend an. »Bist du sicher, dass du das willst?«, fragt sie mich. »Oder sagst du das, weil du alles für den Jungen tun würdest?«

Ich frage mich, ob sie meine Gedanken lesen kann. (Ja, ich will Todd wiedersehen.)

(Ich will ihm alles *erklären*.)

»Deine Loyalität gilt ganz offensichtlich nicht *uns*«, fährt Mistress Coyle fort. »Und nach deiner kleinen Eskapade mit Maddy fragen sich einige unter uns, ob du nicht eher eine Gefahr als ein Gewinn für uns bist.«

Gewinn, denke ich.

»Nur dass du es weißt«, seufzt sie, »ich gebe dir nicht die Schuld an Maddys Tod. Sie war alt genug, um selbst zu entscheiden, was sie tut, und wenn sie dir helfen wollte, nun denn.« Sie streicht sich mit den Fingern über die Stirn. »Du hast so viel Ähnlichkeit mit mir, Viola. Mehr als mir lieb ist.« Sie steht auf und wendet sich zum Gehen. »Denk daran, ich gebe dir nicht die Schuld. Was auch immer geschieht.«

»Was wollt Ihr damit sagen: *Was auch immer geschieht?*« Aber sie bleibt mir die Antwort schuldig.

In dieser Nacht halten sie so etwas wie eine Totenwache ab, die Frauen im *Haus der Heilung* trinken dabei viel schales Bier, singen Maddys Lieblingslieder und erzählen Geschichten von ihr. Tränen fließen, auch bei mir, es sind keine Freudentränen, aber sie könnten noch reichlicher fließen.

Morgen werde ich Todd wiedersehen.

Es gibt nichts, was mich jetzt mehr beschäftigt als dieses Wiedersehen.

Ich wandere durch das Haus, gehe zwischen den Heilerinnen, Gehilfinnen und Patientinnen umher, die sich miteinander unterhalten. Aber keine will mit mir reden. Ich sehe Corinne, sie sitzt allein auf einem Stuhl am Fenster und scheint besonders aufgewühlt zu sein. Seit Maddy tot ist, hat sie mit niemandem mehr gesprochen, nicht einmal am Grab wollte sie etwas sagen. Wenn man direkt neben ihr sitzt, sieht man die Tränenspuren auf ihren Wangen.

Wahrscheinlich tut das Bier bei mir schon seine Wirkung, aber Corinne macht einen so verstörten Eindruck, dass ich zu ihr gehe und mich neben sie setze.

»Es tut mir leid …«, fange ich an, aber ehe ich den Satz zu Ende bringen kann, steht sie auf und geht weg.

Mistress Coyle kommt zu mir herüber, sie trägt zwei Gläser Bier. Eines davon reicht sie mir. Wir blicken Corinne nach, die das Zimmer verlässt. »Ärgere dich nicht zu sehr über sie«, sagt Mistress Coyle und setzt sich.

»Sie hat mich nie leiden können.«

»Das stimmt nicht. Sie hat nur eine schwere Zeit zu überstehen, das ist alles.«

»Schwer? Was soll das heißen?«

»Es ist ihre Sache, dir das zu erzählen, nicht meine. Trink aus.«

Ich trinke einen Schluck. Das Bier schmeckt süß und nach Weizen, die Bläschen kitzeln meinen Gaumen, aber es ist nicht unangenehm. Wir sitzen einfach da, ein, zwei Minuten lang, und trinken.

»Hast du je einen Ozean gesehen, Viola?«, fragt mich Mistress Coyle.

Von dem Bier muss ich husten. »Einen Ozean?«

»In New World gibt es Ozeane«, sagt sie. »Du kannst dir kaum vorstellen, wie groß sie sind.«

»Ich bin auf einem Siedlerschiff zur Welt gekommen«, sage ich, »aber ich habe die Ozeane von der Umlaufbahn aus gesehen, damals im Erkundungsschiff.«

»Also hast du noch nie am Strand gestanden und zugesehen, wie sich die Wellen donnernd an der Küste brechen und sich das Wasser vor dir bis hinter den Horizont erstreckt. Also hast du noch nie gesehen, wie das Meer sich bewegt, wie blau es ist, wie lebendig. Und du weißt nicht, dass es noch viel größer erscheint als das schwarze Nichts über uns, denn der Ozean gibt nicht preis, was er verbirgt.« Sie schüttelt fröhlich den Kopf. »Wenn du jemals begreifen willst, welch kleines Rädchen du in Gottes Räderwerk bist, dann stell dich ans Ufer des Ozeans.«

»Ich stand bisher nur am Ufer eines Flusses.«

Sie schiebt die Unterlippe vor und schaut mich an. »Dieser Fluss fließt in den Ozean. Er ist gar nicht so weit weg. Zwei Tagesritte, höchstens. Die Fahrt dauert nicht länger als einen Morgen im Atomauto, obwohl die Straße nicht gerade in tadellosem Zustand ist.«

»Es gibt eine Straße, die zum Ozean führt?«

»Von der ist nicht mehr viel übrig.«

»Und ist dort etwas, am Ozean?«

»Dort war einmal meine Heimat«, sagt sie und rutscht auf ihrem Stuhl hin und her. »Als wir damals hier landeten. Das ist dreiundzwanzig Jahre her. Wir wollten ein Fischerdorf bauen, mit Booten und so weiter. Vielleicht hätte es in hundert Jahren sogar einen Hafen dort gegeben.«

»Und was ist dann passiert?«

»Was überall auf diesem Planeten passiert ist: All unsere großartigen Pläne sind an den Hindernissen zerschellt, die sich in den ersten Jahren aufgetan haben. Es war viel schwerer, eine neue Zivilisation zu errichten, als wir es uns vorgestellt hatten. Ehe man aufrecht gehen kann, muss man auf allen vieren kriechen.« Sie nimmt einen Schluck aus ihrem Bierglas. »Und manchmal bleibt man auf allen vieren.« Sie lächelt vor sich hin. »Aber es war wahrscheinlich am besten so. Es hat sich nämlich gezeigt, dass die Ozeane von New World ohnehin nicht zum Fischen taugen.«

»Warum nicht?«

»Ach, die Fische sind so groß wie ein Boot. Sie tauchen an die Oberfläche, schauen dir in die Augen und sagen dir, dass sie dich gleich fressen werden.« Sie lacht kurz auf. »Und dann fressen sie dich.«

Ich muss auch ein wenig lachen. Und dann fällt mir wieder alles ein, was passiert ist.

»Trotzdem«, sagt sie, »er ist schön, der Ozean. Unvergleichlich.«

»Ihr vermisst ihn.« Ich trinke mein Bier aus.

»Wer den Ozean einmal gesehen hat, der vermisst ihn immer«, sagt sie und nimmt mir das Glas aus der Hand. »Ich hole dir noch eines.«

In dieser Nacht habe ich einen Traum.

Ich träume von Ozeanen und von Fischen, die mich verschlingen wollen. Ich träume von Armeen, die an mir vorbeischwimmen, und Mistress Coyle führt sie an. Ich träume von Maddy, die mich an der Hand nimmt und fürsorglich davor bewahrt, ins Wasser zu fallen.

Ich träume von einem Donnerschlag, der mit einem einzigen, lauten *RUMMS!* beinahe den Himmel in Stücke reißt.

Maddy lächelt, als ich bei diesem Knall erschrocken hochfahre. »Ich werde ihn sehen«, sage ich zu ihr.

Sie schaut mir über die Schulter und sagt: »Da ist er.«

Ich drehe mich um.

Ich wache auf. Die Sonne muss sich geirrt haben. Ich setze mich in meinem Bett auf, mein Kopf ist schwer wie ein Felsbrocken, und ich muss die Augen wieder schließen, weil sich alles um mich herum dreht.

»Fühlt man sich so, wenn man einen Kater hat?«, frage ich laut.

»In dem Bier war kein Alkohol«, sagt Corinne.

Ich reiße die Augen auf, aber das ist ein Fehler, denn vor mir tanzen schwarze Flecken. »Was machst du denn hier?«

»Ich warte darauf, dass du aufwachst, damit dich die Männer des Präsidenten mitnehmen können.«

»Wie?«, frage ich, als sie auch schon aufsteht. »Was ist hier los?«

»Sie hat dich betäubt. In deinem Bier war Jeffers, außerdem Krummwurzeln, damit man das Jeffers nicht schmeckt. Das hat sie dir dagelassen.« Sie hält mir einen kleinen Zettel hin. »Du sollst ihn vernichten, wenn du ihn gelesen hast.«

Ich nehme das Papier. Es ist eine Mitteilung von Mistress Coyle. *Vergib mir, Mädchen,* schreibt sie, *aber der Präsident irrt. Der Krieg ist noch nicht vorbei. Bleib auf der Seite des Rechts, bringe weiterhin alles in Erfahrung, was du kannst, führe ihn in die Irre. Ich werde mich wieder bei dir melden.*

»Sie haben die Fassade eines Ladens in die Luft gesprengt und ein heilloses Durcheinander angerichtet«, erzählt Corinne.

»*Was* haben sie gemacht? Corinne, *was geht hier vor?*«

Aber sie schaut mich nicht einmal an. »Ich habe ihnen gesagt, dass sie ihre heiligste Pflicht verletzen, dass nichts *wichtiger* ist, als Leben zu bewahren.«

»Wer ist sonst noch hier?«

»Nur du und ich«, antwortet sie. »Und die Soldaten, die draußen warten, um dich zum Präsidenten zu bringen.« Sie betrachtet ihre Fußspitzen, und zum ersten Mal spüre ich ihren Zorn, merke, dass sie vor Wut kocht. »Ich nehme an, ich werde von jemandem vernommen, der weniger *attraktiv* ist.«

»Corinne …«

»Du wirst mich von jetzt an Mistress Wyatt nennen«, unterbricht sie mich. »Vorausgesetzt, es tritt der unwahrscheinliche Fall ein, dass wir beide lebendig hierher zurückkehren.«

»Sie sind fort?«, frage ich, weil ich es immer noch nicht glauben kann.

Corinne starrt mich wütend an und wartet darauf, dass ich aufstehe.

Sie sind fort.

Sie hat mich mit Corinne allein gelassen.

Sie hat mich hier *zurückgelassen.*

Sie ist fort und fängt einen Krieg an.

13

Splitter

[TODD]

»Atomtreibstoff, Sir, mit zerstoßenem Ton vermengt, ergibt eine klebrige Masse.«

»Ich weiß, wie man Brandbomben baut, Korporal Parker«, sagt der Bürgermeister, der vom Pferd aus den Schaden inspiziert. »Ich verstehe nur nicht, wie es ein paar unbewaffneten Frauen gelingen konnte, vor den Augen der Soldaten, die unter deinem Befehl standen, hier *eine Bombe zu zünden.*«

Wir sehen, wie Korporal Parker schlucken muss, sehen, wie sich sein Kehlkopf bewegt. Er stammt nicht aus dem alten Prentisstown, er muss auf dem Marsch hierher zur Armee gestoßen sein. *Man geht dorthin, wo die Macht ist*, hat Ivan gesagt. Aber was tun, wenn die Macht eine Antwort haben will, man aber keine Antwort geben kann?

»Vielleicht waren es nicht nur Frauen, Sir«, wendet Parker ein. »Die Leute tuscheln, dass ...«

»Schau dir das an, Schweinebacke«, sagt Davy zu mir. Er ist

auf Deadfall/Acorn zu einem Baumstumpf geritten. Gegenüber liegen die Trümmer der gesprengten Ladenfassade.

Ich schnalze Angharrad aufmunternd zu und gebe ihr mit meiner gesunden Hand die Zügel. Leichtfüßig steigt sie über die Überreste von Holz, Straßenpflaster, Glasscherben und Lebensmittelresten, die überall verstreut liegen. Es sieht beinahe so aus, als hätte der Laden heftig niesen müssen, nachdem er den Niesreiz lange unterdrückt hatte. Ich reite zu Davy hinüber, der auf ein paar bunte Splitter zeigt, die aus dem Baumstumpf ragen.

»Die Explosion war so stark, dass sogar die Splitter im Baum stecken geblieben sind«, sagt er. »Diese Schlampen!«

»Es war spät in der Nacht«, sage ich und rücke meinen Arm in der Schlinge zurecht. »Sie haben niemanden verletzt.«

»Schlampen!«, wiederholt Davy kopfschüttelnd.

»Du wirst deinen Arzneivorrat zurückgeben, Korporal«, hören wir den Bürgermeister sagen, laut genug, dass auch Parkers Leuten diese Bestrafung nicht entgeht. »Ihr alle werdet eure Vorräte zurückgeben. Nur wer es verdient hat, darf Ruhe genießen.«

Der Bürgermeister achtet nicht auf das gemurmelte »Ja, Sir« von Korporal Parker und wendet sich ab, um sich kurz und leise mit Mr Collins und Mr Morgan zu besprechen, die daraufhin rasch in verschiedene Richtungen davonreiten. Dann kommt der Bürgermeister zu uns, wortlos und mit umwölkter Miene. Auch Morpeth starrt unsere Pferde böse an. *Unterwirf dich*, sagt sein Lärm. *Unterwirf dich, unterwirf dich.* Deadfall und Angharrad senken die Köpfe und weichen einen Schritt vor ihm zurück.

Alle Pferde sind ein bisschen verrückt.

»Soll ich sie jagen, Pa?«, fragt Davy. »Diese Schlampen, die das angerichtet haben?«

»Zügle dein loses Mundwerk«, herrscht ihn der Bürgermeister an. »Ihr seid mit eurer Arbeit noch längst nicht fertig.«

Davy schaut mich von der Seite an und streckt sein linkes Bein vor. Die untere Hälfte steckt in einem Gipsverband. »Pa?«, wendet er ein, »falls du es noch nicht bemerkt haben solltest, ich bin kaum imstande zu gehen, und Schweinebacke trägt seinen Arm in der Schlinge …

Ein *Sirren* schneidet ihm das Wort ab. Es kommt aus der Richtung des Bürgermeisters, er sendet Geschosse aus Lärm. Davy zuckt im Sattel zurück, zerrt so heftig an den Zügeln, dass Deadfall sich aufbäumt und ihn um ein Haar abwirft. Davy fasst sich wieder, aber er atmet schwer und sein Blick irrt ziellos umher.

Was, zum Teufel, war das?

»Sieht es etwa danach aus, als könntest du einen Tag blaumachen?«, fragt der Bürgermeister und zeigt auf die Trümmer, die um uns verstreut liegen, und auf die Gebäuderuine, aus der noch der Rauch aufsteigt.

In die Luft gejagt.

(Ich habe ihn in meinem Lärm versteckt, habe mich, so gut es geht, bemüht, ihn zu vergraben.)

(Aber er ist da, versteckt zwar, aber er brodelt unter der Oberfläche.)

(Der Gedanke an eine Brücke, die vor Kurzem in die Luft geflogen ist.)

Ich merke, wie der Bürgermeister mich so eigentümlich anstarrt, und ich sprudle es heraus, ehe ich überhaupt richtig darüber nachdenken kann. »Sie war es nicht«, sage ich. »Ich bin sicher, sie war es nicht.«

Er hört nicht auf, mich anzustarren. »Ich habe nie gedacht, dass sie es gewesen sein könnte, Todd.«

Es hat nicht lange gedauert, meinen Arm zu versorgen, gestern, nachdem er mich über den Platz zu einer Klinik geschleppt hatte, in der Männer in weißen Kitteln den Bruch gerichtet und mir zwei Spritzen gegeben haben, die die Knochen heilen sollen und die schmerzhafter waren als der Bruch selbst, aber da war er schon wieder gegangen, allerdings erst, nachdem er mir versprochen hat, dass ich Viola am nächsten Abend wiedersehen würde (heute Abend, heute Abend), und ich bin nicht mehr dazu gekommen, ihm eine Million und eine Frage zu stellen, zum Beispiel, wie er dazu kommt, sie zu umarmen und sie bei ihrem Vornamen zu rufen, und weshalb sie als Ärztin oder so was arbeitet und warum sie gehen musste, zu welcher Beerdigung und …

(… und wieso mir das Herz in der Brust zerspringt, einfach, weil ich sie gesehen habe.)

(Und warum es so wehgetan hat, als sie ging.)

Denn sie ist einfach weggegangen, um ihr eigenes Leben zu leben, das sie irgendwo dort draußen führt, ohne dass ich darin eine Rolle spiele. Aber dann habe ich nur noch mich gespürt und meinen Arm. Ich bin in die Kathedrale zurückgekehrt, und die Schmerzmittel haben mich so schläfrig gemacht, dass mir, kaum dass ich auf meiner Matratze lag, die Augen zugefallen sind.

Ich bin kurz aufgewacht, als Bürgermeister Ledger zurückkam und mit ihm sein grauer Lärm, der voll von Klagen über das tägliche Müllsammeln ist. Ich bin nicht aufgewacht, als man uns das Abendessen brachte und Bürgermeister Ledger beide Portionen aß. Ich bin nicht aufgewacht, als man uns zur Nacht einschloss: *Tschack!*

Aber ich bin aufgewacht, als – *WUMM!* – ein lauter Knall die Stadt erzittern ließ.

Aber sogar als ich mich dann in der Dunkelheit aufsetzte und das mulmige Gefühl in meinem Magen gespürt habe, das von den Schmerzmitteln kam, sogar ohne zu wissen, woher dieses *WUMM!* kam, geschweige denn, was es zu bedeuten hatte, sogar da habe ich gewusst, dass sich wieder einmal alles geändert hat, dass die Welt schon wieder mit einem Schlag eine andere geworden ist.

Und tatsächlich, wir sind, verletzt oder nicht, beim ersten Morgengrauen mit dem Bürgermeister und seinen Leuten hinaus zum Bombenkrater gegangen. Er saß auf Morpeth. Die Sonne in seinem Rücken machte, dass sein Schatten alles überdeckte.

»Kann ich sie trotzdem sehen, heute Nacht?«, fragte ich ihn.

Er schwieg lange, blickte starr vor sich hin.

»Mr Präsident?«, rief Korporal Parker, als seine Leute ein langes Holzbrett wegzerrten, das gegen einen Baum geschleudert worden war.

Auf den Baumstamm war etwas gemalt.

Ohne zu wissen, wie man …

Sogar ohne viel zu wissen, habe ich gewusst, was es ist.

Nur ein einzelner Buchstabe war in blauer Farbe auf den Baumstumpf gepinselt.

A. Nur der Buchstabe **A**.

»Ich kann es nicht fassen, dass er uns, verdammt noch mal, zwingt, dorthin zurückzugehen, nur einen Tag, nachdem wir uns gegen diesen Angriff wehren mussten«, brummt Davy ärgerlich vor sich hin, als wir uns auf den langen Weg zum Kloster machen.

Offen gesagt, ich kann es auch nicht fassen. Davy kann kaum laufen, und obwohl mein Knochenbruch gut heilt, wird es noch ein paar Tage dauern, bis alles wieder in Ordnung ist. Ich kann den Arm schon wieder ein bisschen beugen, aber ich kann mir, verflucht noch mal, kein Heer von Spackle vom Leib halten.

»Hast du ihm gesagt, dass ich dir das Leben gerettet habe?«, fragt Davy und schaut dabei ebenso wütend wie verunsichert drein.

»Hast du es ihm nicht selbst gesagt?«, frage ich zurück.

Davys Mund wird schmal, sein spärliches Barthaar wirkt jetzt sogar noch armseliger. »Er glaubt es mir nicht, wenn ich ihm so etwas erzähle.«

»Ich hab es ihm gesagt«, seufze ich. »Er hat es ohnehin in meinem Lärm gesehen.«

Eine Zeit lang reiten wir schweigend nebeneinanderher, ehe Davy schließlich fragt: »Hat er etwas dazu gesagt?«

Ich zögere. »Er hat gesagt: *Schön für ihn.*«

»Mehr nicht?«

»Er sagte, es wäre auch schön für mich.«

Davy beißt sich auf die Lippe. »Sonst nichts?«

»Das war alles.«

»Verstehe.« Mehr sagt er nicht, er treibt Deadfall nur noch mehr an.

Obwohl nur ein Haus in der Nacht in die Luft gesprengt wurde, hat sich, wie uns beim Weiterreiten auffällt, die ganze Stadt verändert. Plötzlich patrouillieren viel mehr Soldaten, sie marschieren durch Straßen und Gassen, sie marschieren so schnell, dass man meinen könnte, sie rennen. Die Soldaten haben jetzt auch auf den Dächern Stellung genommen und spähen, spähen, spähen mit dem Gewehr in der Hand.

Die wenigen Männer, die keine Soldaten sind, hetzen, so schnell sie können, von einem Ort zum anderen, gehen den Soldaten aus dem Weg, schauen nicht nach rechts und links.

An diesem Morgen sehe ich keine Frauen. Nicht eine.

(Sie nicht.)

(Was hat sie mit ihm *gemacht?*)

(Lügt sie ihn an?)

(Glaubt er ihr?)

(Hat sie etwas mit dem Anschlag zu tun?)

»*Wer* soll etwas damit zu tun gehabt haben?«, fragt Davy.

»Halt die Klappe.«

»Versuch doch, mir das Maul zu stopfen«, erwidert er, aber er ist nicht bei der Sache.

Wir kommen an einem Trupp Soldaten vorbei, die einen gefesselten Mann mit sich führen, er wurde offenbar geschlagen. Ich drücke meinen bandagierten Arm an mich und wir reiten weiter. Die Morgensonne steht hoch am Himmel, als wir den Hügel mit dem Metallturm erreichen und schließlich die letzte Biegung nehmen, die vor dem Kloster liegt. Jetzt können wir uns nicht länger davor drücken hinzugehen.

»Was ist passiert, nachdem ich weg war?«, frage ich.

»Wir haben sie alle zurückgeschlagen«, antwortet Davy und stöhnt leise auf, weil der Schmerz in seinem Bein stärker wird, ein Schmerz, den ich auch in seinem Lärm höre.

»Wir haben sie zurückgeschlagen, so wie es sich gehört.«

Etwas fliegt auf Angharrads Mähne und bleibt liegen. Ich wische es weg, und gleich darauf fliegt etwas auf meinen Arm. Ich schaue hinauf zum Himmel.

»Was zum Teufel ist das?«, fragt Davy.

Es hat angefangen zu schneien.

Ich habe in meinem ganzen Leben nur einmal Schnee gesehen, vor langer Zeit, aber damals war ich noch viel zu jung und hatte keine Ahnung, dass ich wohl kaum jemals wieder Schnee sehen würde.

Weiße Flocken fallen durchs Geäst der Bäume und bleiben auf der Straße liegen, sie setzen sich auf unseren Haaren und auf unserer Kleidung fest. Sie fallen lautlos, und es ist seltsam, denn sie lassen auch alles um uns herum verstummen, so als wollten sie uns ein Geheimnis erzählen, ein fürchterliches, ein schreckliches Geheimnis.

Aber die Sonne brennt.

Und es ist auch kein Schnee, was da vom Himmel fällt.

»Asche«, sagt Davy und spuckt, als eine Flocke sich in seinen Mundwinkel setzt. »Sie verbrennen die Leichen.«

Sie verbrennen die Leichen. Die Männer mit ihren Gewehren stehen oben auf der Mauerkrone und lassen die überlebenden Spackle die Leichen zu Haufen aufschichten. Der brennende Leichenberg ist größer und höher als der größte Spackle, und die Spackle schleppen schweigend und mit gesenkten Köpfen immer mehr Leichen heran.

Ich schaue zu, wie sie einen Körper oben auf den Haufen werfen. Er landet an der Seite und rollt wieder herunter, rollt über andere Leichen, durch die Flammen, bis er auf dem Boden im Matsch landet, mit dem Gesicht nach oben, mit Löchern in der Brust und geronnenem Blut auf seinen Wunden.

(Ein Spackle mit totenstarren Augen, das Gesicht zum Himmel gewandt auf einem Lagerplatz.)

(Ein Spackle mit einem Messer in der Brust.)

Ich hole ganz tief Luft und schaue weg.

Abgesehen von ein paar Schnalzlauten haben die Spackle, die überlebten, noch immer keinen Lärm. Keinen Laut der Trauer, der Wut, keinen Laut des Schreckens über das Gemetzel, dessen Spuren sie hier beseitigen müssen.

Es ist fast so, als hätte ihnen jemand die Zungen herausgeschnitten.

Ivan ist da und wartet auf uns, das Gewehr in der Armbeuge. Er ist stiller als sonst an diesem Morgen und er sieht gar nicht glücklich aus.

»Ihr sollt mit dem Nummerieren weitermachen«, sagt er und wirft uns die Tasche mit den Bändern und den Werkzeugen zu. »Jetzt habt ihr ja weniger zu tun.«

»Wie viele haben wir erwischt?«, fragt Davy grinsend.

Ivan zuckt verdrießlich die Schultern. »Dreihundert, dreihundertfünfzig, genau weiß ich es nicht.«

Bei dem Gedanken daran wird mir ganz flau im Magen, aber Davys Grinsen wird sogar noch breiter. »Ja, das war wirklich 'ne tolle Nummer.«

»Ich soll dir das geben«, sagt Ivan und hält mir ein Gewehr hin.

»Du willst ihn *bewaffnen?*« Davys Lärm schwillt sofort mächtig an.

»Befehl vom Präsidenten«, schnauzt Ivan. Er hält mir immer noch das Gewehr hin. »Wenn du gehst, sollst du es bei der Nachtwache abgeben. Es ist nur zu deinem Schutz, solange du hier bist.« Dann fügt er stirnrunzelnd hinzu: »Der Präsident sagt, er sei überzeugt, dass du das Richtige tust.«

Ich starre das Gewehr an.

»Ich kann's, verdammt noch mal, nicht glauben«, knurrt Davy leise und schüttelt den Kopf.

Ich weiß, wie man mit einem Gewehr umgeht. Ben und Cillian haben es mir beigebracht, damit ich mir nicht aus Versehen den Schädel wegpuste. Ich weiß, wie man damit jagt. Ich weiß, dass man es nur im Notfall benutzt.

Das Richtige tun.

Ich blicke mich um. Die meisten Spackle sind verschwunden, haben sich in die entlegeneren Felder zurückgezogen, so weit weg vom Eingang wie nur irgend möglich. Die übrigen zerren die geschundenen und verstümmelten Leichen zum Feuer, das in der Mitte eines Feldes brennt.

Aber die, die mich sehen können, beobachten mich.

Sie beobachten, wie ich das Gewehr betrachte.

Und ich kann ihre Gedanken nicht hören.

Wer also kann wissen, was sie vorhaben?

Ich nehme das Gewehr.

Es hat ja nichts zu bedeuten. Ich werde es ja nicht gebrauchen. Ich nehme es einfach.

Ivan dreht sich wortlos um und geht zum Tor und da bemerke ich es.

Ein leises SUMMEN, gerade laut genug, dass man es hören kann, aber es ist unverkennbar da. Und es wird lauter.

Kein Wunder, dass er so stinksauer ist.

Der Bürgermeister hat ihm die Arznei gestrichen.

Den restlichen Vormittag sind wir damit beschäftigt, das Futter aus dem Schuppen zu schaufeln, die Wassertröge aufzufüllen und die Gruben mit Kalk abzudecken, ich mit einer Hand, Davy mit einem Bein. Aber wir brauchen viel mehr Zeit, als selbst unter diesen Umständen nötig gewesen wäre, denn auch wenn er den Mund recht voll nimmt, glaub ja nicht, dass er zurückgehen und dann mit dem Nummerieren weitermachen möchte. Wir haben zwar jetzt beide ein Gewehr, aber einen Feind anzurühren, der einen fast umgebracht hat, kostet schon ein bisschen Überwindung.

Der Morgen ist vergangen, inzwischen ist es früher Nachmittag. Zum ersten Mal essen wir gemeinsam zu Mittag, Davy wirft mir ein Sandwich zu, es prallt gegen meine Brust.

Wir essen und beobachten die Spackle, wie sie uns beobachten, beobachten den brennenden Leichenhaufen, beobachten die elfhundertfünfzig Spackle, die den Angriff, der so fürchterlich danebenging, überlebt haben. Sie haben sich am Rand der Felder, die wir von Unkraut befreit haben, und längs der Klostermauern zusammengedrängt, in größtmöglicher Entfernung von uns und dem brennenden Haufen.

»Man sollte die Leichen der Spackle in einem Sumpf versenken«, sage ich und esse mit der überanstrengten Hand mein Sandwich. »Das ist das Richtige für tote Spackle. Man legt sie ins Wasser und dann …«

»Feuer ist gut genug für sie«, sagt Davy, der sich an die Werkzeugtasche gelehnt hat.

»Ja, aber …«

»Kein Aber, Schweinebacke.« Er zieht die Stirn in Falten. »Warum hast du eigentlich Mitleid mit ihnen? Deine ganze verdammte Freundlichkeit hätte sie nicht davon abgehalten, dir den Arm abzureißen.«

Er hat recht, aber ich bleibe ihm die Antwort schuldig, ich sehe ihnen einfach weiter zu und spüre das Gewehr, das über meinem Rücken hängt.

Ich könnte es nehmen. Ich könnte Davy damit niederschießen. Ich könnte weglaufen von hier.

»Du wärst tot, noch ehe du das Tor erreichst«, murmelt Davy, ohne von seinem Sandwich aufzuschauen. »Genauso wie dein Schatz.«

Ich sage nichts darauf, esse einfach mein Sandwich fertig.

Das gesamte Futter haben wir nach draußen geschaufelt, jeden Trog haben wir nachgefüllt, jede Grube haben wir mit Kalk abgedeckt. Es bleibt nichts mehr zu tun, außer dem, was wir tun müssen.

Davy steht auf. »Wo waren wir?«, fragt er und öffnet die Werkzeugtasche.

»0038«, antworte ich und behalte die Spackle im Auge.

Er schaut auf die Metallstreifen und sieht, dass ich recht habe.

»Weshalb weißt du das noch?«, fragt er erstaunt.

»Einfach so.«

Alle schauen sie jetzt auf uns, alle. Ihre Gesichter sind eingefallen, blutunterlaufen, ausdruckslos. Sie wissen, was wir jetzt gleich tun werden. Sie wissen, was auf sie zukommt. Sie wissen, was in der Tasche ist, sie wissen, dass sie nichts dagegen tun können, sie können nur sterben, wenn sie versuchen sollten, sich dagegen zu wehren.

Denn ich habe ein Gewehr über meinem Rücken hängen, das das erledigt.

(Was genau bedeutet es, das Richtige zu tun?)

»Davy«, beginne ich, aber mehr kann ich nicht sagen, denn auf einmal ...

WUMM!

... in einiger Entfernung, man kann es fast nicht als Geräusch bezeichnen, es klingt eher wie das entfernte Brüllen eines Orkans, der gleich hier sein wird und dein Haus niederreißt ...

Wir drehen uns um, als könnten wir allen Ernstes über die hohe Mauer hinwegschauen, als würde der Rauch schon über den Baumwipfeln draußen vor den Toren aufsteigen.

Aber wir können nicht hinüberschauen und auch der Rauch ist nicht zu sehen.

»Diese Schlampen!«, flüstert Davy.

Aber ich denke …

(Ist sie es?)

(Ist sie es?)

(Was *macht* sie?)

14

Die zweite Bombe

(VIOLA)

DIE SOLDATEN WARTEN bis zum Mittag, dann nehmen sie mich und Corinne mit. Sie müssen sie beinahe von den letzten Patienten, die sie noch behandeln will, wegzerren, und dann führen sie uns die Straße entlang, acht Soldaten, die zwei junge Mädchen bewachen. Sie würdigen uns keines Blickes, der eine neben mir ist noch sehr jung, kaum älter als Todd, so jung, dass er einen großen Wutfleck am Nacken hat, den ich aus irgendeinem verrückten Grund immer anstarren muss.

Dann höre ich, wie Corinne aufstöhnt. Sie haben uns an dem Laden vorbeigeführt, vor dem die Bombe hochging, die Vorderseite des Hauses ist in sich zusammengefallen, Soldaten bewachen die Ruine. Unsere Bewacher gehen langsamer, um sich alles anzuschauen.

Und dann passiert es.

WUMM!

Ein Knall, so laut, dass die Luft uns wie ein Faustschlag trifft, wie ein Berg aus Ziegelsteinen. Es ist, als hätte sich der Boden aufgetan und man fiele zur Seite, nach oben, nach unten, alles auf einmal. Als flöge man durch die Schwerelosigkeit des großen schwarzen Nichts.

Zuerst spüre ich eine Leere, in der ich mich an nichts erinnern kann, dann schlage ich die Augen auf und finde mich auf dem Boden liegend wieder, Rauchwölkchen fliegen, tanzen um mich herum, Flammen regnen vom Himmel, und wie ich daliege, einen kurzen Augenblick lang, scheint es mir beinahe friedlich, beinahe schön um mich herum. Und erst dann bemerke ich, dass ich nichts mehr höre, nur noch ein schrilles Pfeifen, das die Geräusche der Menschen um mich herum erstickt, die taumelnd versuchen aufzustehen, die ihren Mund bewegen, wohl um zu schreien. Und ich setze mich langsam auf, die ganze Welt ist noch immer von pfeifender Stille bedeckt, und da ist der Soldat mit dem Fleck auf dem Nacken, er liegt neben mir auf dem Boden, verschüttet unter Holztrümmern, er wollte mich wohl vor der Druckwelle schützen, denn mir fehlt eigentlich nichts, aber er liegt da und bewegt sich nicht.

Er bewegt sich nicht.

Langsam kehren die Geräusche zurück und dann höre ich die Schreie.

»Genau *das* wollte ich nicht. Ich wollte nicht, dass sich so etwas wiederholt«, sagt der Bürgermeister und blickt gedankenverloren in den Lichtkegel, den das Buntglasfenster erzeugt.

»Ich wusste nichts von einer Bombe«, sage ich nun schon

zum zweiten Mal, meine Hände zittern noch, und in meinen Ohren klingelt es noch so laut, dass ich kaum höre, was er sagt. »Von keiner einzigen.«

»Ich glaube dir«, sagt er. »Du wärst ja beinahe selbst umgekommen.«

»Ein ... ein Soldat hat mich vor dem Schlimmsten bewahrt«, stottere ich.

Ich muss an seinen Leichnam denken, daran, wie er blutete, und an die Splitter, die überall in seinem Körper steckten.

»Sie hat dich wieder mit Drogen betäubt, nicht wahr?«, sagt er und starrt zu dem bunten Fenster hinauf, als könnte er dort eine Antwort finden. »Sie hat dich betäubt und dich dann im Stich gelassen.«

Das trifft mich wie ein Schlag mitten ins Gesicht.

Sie hat mich tatsächlich im Stich gelassen.

Und eine Bombe gezündet, die einen jungen Soldaten tötete.

»Ja«, sage ich schließlich. »Sie sind weggegangen. Alle sind weggegangen.«

»Nicht alle.« Er tritt hinter mich, wird zu einer bloßen Stimme im Raum, aber er redet so laut und deutlich, dass ich alles verstehen kann. »In dieser Stadt gibt es fünf *Häuser der Heilung*. In einem ist die Belegschaft noch vollzählig, in drei weiteren ist ein Teil der Frauen verschwunden. Nur dein Haus wurde komplett geräumt.«

»Corinne ist dagebelieben«, sage ich leise. »Sie hat sich um die Soldaten gekümmert, die bei der zweiten Explosion verletzt wurden. Sie hat keinen Moment gezögert. Sie ging zu denen, die am schwersten verletzt waren, legte ihnen Druckverbände an, befreite ihre Atemwege und ...«

»Ich werd's mir merken«, unterbricht er mich. Dabei stimmt es wirklich, sie rief mich zu Hilfe, und wir taten alles, was in unserer Macht stand, bis diese dämlichen Soldaten, die nicht sahen oder *nicht sehen wollten*, was wir machten, uns packten und wegschleppten. Corinne hat sich gewehrt, aber sie haben ihr ins Gesicht geschlagen, und dann wehrte sie sich nicht mehr.

»Bitte, tut ihr nichts«, sage ich noch einmal. »Sie hat mit all dem nichts zu tun. Sie ist aus freien Stücken hiergeblieben, sie wollte denen helfen, die …«

»Ich *werde* ihr nichts tun«, herrscht er mich an. »Genug mit diesem *Gewinsel*! Solange ich Präsident bin, wird keiner Frau ein Leid geschehen! Ist das so schwer zu verstehen?«

Ich muss an die Soldaten denken, die Corinne geschlagen haben. Ich muss daran denken, wie Maddy zusammengebrochen ist.

»Bitte, tut ihr nichts«, flüstere ich noch einmal.

Er seufzt und fährt leiser fort: »Wir wollen nur ein paar Antworten von ihr, mehr nicht. Die gleichen Antworten, die ich auch von dir hören möchte.«

»Ich weiß nicht, wo sie hingegangen sind«, sage ich. »Sie hat es mir nicht gesagt. Sie hat gar nichts gesagt.«

Ich halte inne und er bemerkt es sofort. Denn sie hat ja etwas gesagt.

Sie hat mir eine Geschichte erzählt.

»Willst du mir etwas sagen?«, fragt der Bürgermeister. Er tritt vor mich hin und blickt mich an, plötzlich scheint er sehr interessiert zu sein.

»Nichts«, antworte ich schnell. »Es ist nichts, nur …«

»Nur was?« Er schaut mich gespannt an, sein Blick huscht

über mein Gesicht, er versucht meine Gedanken zu lesen, obwohl ich gar keinen Lärm habe, und ich stelle mir einen Augenblick lang vor, wie sehr ihn das *erbost*.

»Sie sagte nur, dass sie ihre ersten Jahre in New World in den Bergen verbracht hat«, lüge ich. »Draußen, im Westen der Stadt, hinter dem Wasserfall. Ich dachte, sie habe einfach nur so dahergeredet.«

Er schaut mich noch immer eindringlich an, und er schweigt sehr, sehr lange, ehe er wieder beginnt auf und ab zu gehen.

»Die entscheidende Frage ist jetzt: War die zweite Bombe ein Versehen, war sie nur ein Teil der ersten Bombe, die durch bloßen Zufall später explodierte?« Er baut sich wieder vor mir auf. »Oder war es Absicht? Sollte sie später explodieren, als viele Menschen zum Schauplatz des Verbrechens gekommen waren und sie deshalb die maximale Zahl an Opfern forderte?«

»Nein.« Ich schüttle den Kopf. »So etwas würde sie nicht tun. Sie ist eine Heilerin. Sie würde niemanden töten.«

»Einem Feldherrn ist jedes Mittel recht, um den Krieg zu gewinnen«, erwidert er. »Deshalb ist es ja ein Krieg.«

»Nein«, beharre ich. »Nein, ich glaube das nicht.«

»Ich weiß, dass du das nicht glaubst.« Er geht ein paar Schritte weg und dreht mir den Rücken zu. »Das ist auch der Grund, weshalb sie dich zurückgelassen haben.«

Von einem kleinen Tisch hebt er ein Stück Papier auf. Er hält es hoch, damit ich es sehen kann.

Mitten auf dem Zettel steht ein A in blauer Schrift.

»Sagt dir das irgendetwas?«

Ich versuche, mir nichts anmerken zu lassen.

»Das habe ich noch nie gesehen.« Ich muss wieder schlucken und verwünsche mich selbst dafür. »Was ist das?«

Er wirft mir wieder einen langen Blick zu, dann legt er das Blatt auf den Tisch zurück. »Sie wird mit dir Verbindung aufnehmen.« Er forscht in meinem Gesicht. Ich versuche möglichst gleichgültig auszusehen. »Ja«, sagt er, als spräche er mit sich selbst. »Das wird sie. Und wenn sie das tut, dann richte ihr nur eines von mir aus, bitte.«

»Ich werde nicht …«

»Sag ihr, wir können dieses Blutvergießen auf der Stelle beenden, wir können alles beenden, noch ehe es richtig begonnen hat, ehe noch mehr Menschen sterben müssen und Frieden für immer unmöglich geworden ist. Sag ihr das.«

Er blickt mich so eindringlich an, dass ich leise sage: »Einverstanden.«

Er blinzelt nicht, seine Augen sind wie schwarze Löcher, deren Blick mich festhält. »Aber sag ihr auch: Wenn sie Krieg will, dann kann sie ihn haben.«

»Bitte …«

»Das ist alles.« Er bedeutet mir zu gehen. »Kehre in das *Haus der Heilung* zurück. Versorge so viele Patienten wie möglich.«

»Aber …«

Er hält mir die Tür auf. »Wir haben keine Zeit zu verplempern heute Nachmittag«, sagt er. »Angesichts der terroristischen Umtriebe müssen einige Bürgerrechte nun wohl oder übel eingeschränkt werden.«

»*Terroristisch?*«

»Und ich fürchte, ich werde so viel zu tun haben, um das Unheil, das deine Mistress angerichtet hat, zu beseitigen, dass das Abendessen, das ich dir für heute versprochen habe, ausfallen muss.«

Ich mache den Mund auf, aber es kommt kein Wort heraus.

Er schließt die Tür hinter mir.

Mir ist ganz schwindlig im Kopf, als ich über die Hauptstraße wanke. Irgendwo hier draußen ist Todd, und ich kann nur daran denken, dass ich ihn nicht sehen werde und ich ihm nicht alles erzählen kann, was geschehen ist, dass ich ihm nichts erklären kann, gar nichts.

Und das ist ihre Schuld.

Ganz eindeutig.

Ich sage es nicht gern, aber es ist ihre Schuld. An allem ist sie schuld. Selbst wenn sie ihre Gründe für vollkommen gerechtfertigt hält, sie ist an allem schuld. Es ist ihre Schuld, dass ich Todd heute Abend nicht sehen werde. Es ist ihre Schuld, dass Krieg droht. Ihre Schuld ...

Ich komme wieder an dem zerstörten Gebäude vorbei.

Vier Menschen liegen auf der Straße unter weißen Leinentüchern, die die Blutlachen, in denen sie liegen, nicht verdecken können. Mir am nächsten, aber hinter einer Kette von Soldaten, die die Stelle bewachen, liegt der Soldat, der mich gerettet hat, unter einem Tuch.

Ich weiß nicht einmal, wie er hieß.

Und jetzt ist er tot.

Wenn sie nur ein wenig gewartet hätte, wenn sie sich nur angehört hätte, was der Bürgermeister von ihr will ...

Aber dann fallen mir ihre Worte ein: *Beschwichtigung, Mädchen, ist eine gefährliche Taktik.*

Aber die Leichen hier auf der Straße …

Aber Maddy, die gestorben ist …

Aber der junge Soldat, der mir das Leben gerettet hat …

Aber Corinne, die geschlagen wurde und den Menschen nicht mehr helfen konnte …

(Oh, Todd, wo warst du da?)

(Was soll ich tun? Wie mache ich es richtig?)

»Geh weiter«, schreit mich ein Soldat an.

Ich laufe schnell weiter und dann, ohne es recht zu merken, fange ich an zu rennen.

Atemlos erreiche ich das fast menschenleere *Haus der Heilung* und schlage die Tür hinter mir zu. Auf der Straße wimmelt es von Soldaten, es sind viel mehr als sonst, auf den Dächern sind Männer mit Gewehren, die mich nicht aus den Augen gelassen haben, einer von ihnen hat mir sogar unverschämt hinterhergepfiffen, als ich an ihm vorbeiging.

Es ist unmöglich, zum Sendeturm zu kommen, unmöglicher denn je. Noch etwas, das sie vermasselt hat.

Während ich wieder Atem schöpfe, wird mir bewusst, dass ich jetzt die Einzige hier bin, die man auch nur ansatzweise als Heilerin bezeichnen könnte. Vielen der Patientinnen ging es gut genug, sie konnten Mistress Coyle folgen, wo auch immer sie hingegangen ist und, wer weiß, vielleicht auch Bomben legt, aber immer noch liegen etwa zwei Dutzend Kranke im Bett, und jeden Tag kommen neue hinzu.

Und ich bin so etwas wie die schlechteste Heilerin, die New Prentisstown je gesehen hat.

»Oh, steh mir bei!«, flüstere ich mir zu.

»Wo sind die anderen denn alle hin«, fragt mich Mrs Fox, kaum dass ich ihr Zimmer betreten habe. »Es gab kein Essen, keine Medikamente.«

»Es tut mir leid«, sage ich und mache mich an ihrer Bettpfanne zu schaffen. »Ich bringe das Essen so schnell wie möglich.«

»Du lieber Himmel«, ruft sie aus und reißt die Augen auf, als ich mich umdrehe. Ich betrachte die Rückseite meines weißen Umhangs, genau die Stelle, auf die sich ihr Blick geheftet hat. Ein schmutziger Streifen vom Blut des jungen Soldaten zieht sich bis zum Saum hinab.

»Ist alles in Ordnung mit dir?«, fragt Mrs Fox.

Ich kann nur sagen: »Ich bringe das Essen.«

Die nächsten Stunden vergehen wie im Nebel. Sämtliche Aushilfen sind verschwunden, und ich bemühe mich, so gut es geht, für die Patientinnen zu kochen, ihnen das Essen zu bringen und sie dabei zu fragen, welche Medikamente sie nehmen und wann und wie viele, und obwohl sie sich alle wundern, was los ist, sehen sie sicher, in welcher Verfassung ich bin, und sie geben sich alle Mühe, mir zu helfen, wo es nur geht.

Die Nacht ist schon längst hereingebrochen, als ich mit einem Tablett voll schmutzigem Geschirr um eine Ecke biege, und plötzlich steht Corinne vor mir, im Hauseingang, mit einer Hand stützt sie sich an der Wand ab, um nicht zu stürzen.

Ich lasse das Tablett fallen und laufe zu ihr. Noch ehe ich bei ihr bin, wehrt sie mich mit einer Handbewegung ab. Als ich vor ihr stehe, zuckt sie vor Schmerz zusammen.

Jetzt sehe ich ihre zugeschwollenen Augen.

Und die geschwollene Oberlippe.

Die Art, wie sie sich aufrecht hält – ihr Oberkörper ist viel zu steif –, zeigt mir, dass sie schlimme Schmerzen hat.

»Oh, Corinne«, sage ich.

»Bring mich ... bring mich in mein Zimmer«, keucht sie.

Ich fasse sie an der Hand, um ihr zu helfen, und dabei spüre ich, dass sie etwas in ihrer Faust versteckt hält. Sie drückt es mir in die Hand. Dann legt sie einen Finger auf die Lippen und bringt mich zum Schweigen, gerade als ich sie mit Fragen bestürmen will.

»Ein Mädchen«, flüstert sie. »Versteckt in dem Gebüsch neben der Straße.« Sie schüttelt ärgerlich den Kopf. »Ein so junges Mädchen.«

Ich schaue nicht nach, bis ich Corinne in ihr Zimmer gebracht habe und auf dem Weg bin, einen Verband für ihr Gesicht und Kompressen für ihren Brustkorb zu holen. Erst als ich allein im Vorratsraum bin, öffne ich meine Faust.

Es ist ein Zettel, zusammengefaltet, außen drauf steht ein V. Auf der Innenseite stehen nur ein paar Zeilen, die eigentlich nicht viel besagen.

Mein Mädchen, lese ich, *jetzt ist die Zeit gekommen, da du dich entscheiden musst.*

Und eine Frage steht auf dem Zettel.

Können wir auf dich zählen?

Ich blicke auf.

Ich muss schlucken.

Können wir auf dich zählen?

Ich falte den Zettel zusammen und stecke ihn in meine Tasche, dann nehme ich den Verband und die Kompressen und gehe, um Corinne zu versorgen.

Die von den Leuten des Bürgermeisters schlimm geschlagen worden ist.

Die nicht geschlagen worden wäre, wenn sie Mistress Coyle nicht verteidigt hätte.

Die geschlagen worden ist, obwohl der Bürgermeister genau das Gegenteil versprochen hat.

Können wir auf dich zählen?

Kein Name steht da.

Es steht nur da: »Die *Antwort*.«

Antwort ist mit einem leuchtend blauen A geschrieben.

15

Eingesperrt

[TODD]

WUMM!

Hinter uns zerreißt der Himmel, und ein Windstoß fegt die Straße entlang, und Angharrad bäumt sich voller Angst auf, und ich stürze vom Pferd, und überall ist Staub, überall sind Schreie, es hämmert in meinen Ohren, während ich auf dem Boden liege und überlege, ob ich tot bin oder nicht.

Schon wieder eine Bombe. Die dritte in dieser Woche. Diesmal keine zweihundert Meter von uns entfernt.

»Schlampen!«, höre ich Davy fauchen, der sich aufrappelt und zurückschaut auf die Straße, woher wir gekommen sind.

In meinen Ohren schrillt es und ich zittere am ganzen Körper, als ich langsam wieder aufstehe. Die Bomben gehen jedes Mal zu einer anderen Zeit hoch, am Tag und auch in der Nacht, an verschiedenen Orten in der Stadt. Einmal haben sie eine Leitung gesprengt, die den Westteil der Stadt mit Wasser versorgte, das andere Mal haben sie die beiden Hauptbrücken in die Luft gejagt, die zu den Feldern nördlich des Flusses führten. Heute ist es …

»… die Mittagsstube«, sagt Davy und versucht Deadfall im Zaum zu halten. »Wo die Soldaten meistens essen.«

Er bringt Deadfall zum Stehen und sitzt wieder auf. »Komm schon!«, ruft er barsch. »Sehen wir nach, ob sie Hilfe brauchen.«

Ich tätschle Angharrad, die sich noch immer fürchtet und immer noch sagt: 𝐌𝐞𝐧𝐬𝐜𝐡𝐞𝐧𝐟𝐨𝐡𝐥𝐞𝐧, 𝐌𝐞𝐧𝐬𝐜𝐡𝐞𝐧𝐟𝐨𝐡𝐥𝐞𝐧, immer und immer wieder. Ich flüstere ihren Namen wer weiß wie oft und schließlich lässt sie mich wieder aufsitzen.

»Komm mir ja nicht auf komische Gedanken«, sagt Davy. Er zieht seine Pistole und richtet sie auf mich. »Du hast schön in meiner Nähe zu bleiben.«

Auch das hat sich geändert, seit die erste Bombe hochging: Davy hält seither seine Waffe auf mich gerichtet, jede Minute, Tag für Tag. So kann ich niemals abhauen, um sie zu suchen.

»Die Frauen schaden sich selbst am meisten«, sagt Bürgermeister Ledger mit vollem Mund und kaut sein Hühnchen.

Ich sage gar nichts, ich esse mein Abendbrot und kümmere mich nicht um die Fragezeichen, die ich in seinem Lärm lese. Die Mittagsstube wurde gesprengt, als sie geschlossen war. So war es auch bei den anderen Anschlägen, die diese *Antwort*-Leute durchgeführt haben. Aber nur weil sie glauben, es wäre niemand da, muss es ja nicht immer stimmen. Davy und ich haben dort zwei tote Soldaten gefunden, und ein junger Bursche ist jetzt tot, weil er vermutlich gerade den Fußboden gewischt hat. Bei den anderen Anschlägen sind drei weitere Soldaten ums Leben gekommen.

Bürgermeister Prentiss kotzt das alles wohl ziemlich an.

Seit dem Tag, an dem ich mir den Arm gebrochen habe und an dem ich Viola wiedergesehen und doch nicht wiedergesehen habe, habe ich ihn so gut wie gar nicht mehr zu Gesicht bekommen. Bürgermeister Ledger sagt, er lässt Leute verhaften und steckt sie in ein Gefängnis im Westen der Stadt, aber das, was er von ihnen wissen will, das erfährt er nicht. Mr Morgan, Mr O'Hare und Mr Tate führen Armee-Einheiten in die Berge und suchen nach den Verstecken der Bombenleger, nach all den Frauen, die in der Nacht, in der die erste Bombe hochgegangen ist, verschwunden sind.

Aber die Armee findet einfach nichts. Das bringt Bürgermeister Prentiss beinahe um den Verstand, er verhängt immer strengere Ausgangssperren und kürzt den Soldaten die Arzneiration.

Und New Prentisstown wird mit jedem Tag lauter.

»Der Bürgermeister will es nicht wahrhaben, dass es die *Antwort* gibt«, sage ich.

»Der *Präsident* kann sagen, was er will.« Bürgermeister Ledger stochert in seinem Essen. »Aber die Leute reden trotzdem.« Er schiebt sich noch einen Bissen in den Mund. »Oh ja, und wie.«

Zusätzlich zu den Matratzen, die man zwischen das Mauergesims des Turms gezwängt hat, haben wir nun ein Becken mit frischem Wasser, das jeden Morgen aufgefüllt wird, und hinten, in der dunkelsten Ecke, steht nun eine kleine chemische Toilette. Auch das Essen, das wir bekommen, ist jetzt besser, Mr Collins bringt es uns, dann schließt er uns wieder ein.

Tschack!

So geht es Tag für Tag; jede Minute, die ich nicht mit Davy verbringe, bin ich eingesperrt. Der Bürgermeister will offensichtlich nicht, dass ich nach draußen gehe und Viola suche, und wenn er noch so viel von Vertrauen faselt.

»Woher wollen wir wissen, dass es nur Frauen sind?«, sage ich und versuche sie aus meinem Lärm fernzuhalten. »Wir haben doch nicht den geringsten Anhaltspunkt.«

»Eine Gruppe, die sich die *Antwort* nannte, spielte im Krieg gegen die Spackle eine Rolle, Todd. Hinterhältige Bombenanschläge, nächtliche Überfälle und dergleichen.«

»Und?«

»Es waren alles Frauen. Kein Lärm war zu hören von diesem Feind, weißt du.« Er schüttelt den Kopf. »Aber schließlich gerieten sie vollends außer Kontrolle, glaubten, ihre eigenen Gesetze machen zu können. Als der Spackle-Krieg zu Ende war, haben sie sogar unsere Stadt überfallen. Schließlich blieb uns nichts anderes übrig, als einige von ihnen hinzurichten. Eine üble Sache.«

»Aber wenn ihr sie hingerichtet habt, wie können sie es dann jetzt gewesen sein?«

»Weil eine Idee weiterlebt, auch wenn die Menschen, die für sie standen, schon längst tot sind.« Er rülpst leise. »Ich weiß nicht, was sie damit bezwecken wollen. Es ist nur eine Frage der Zeit, bis der Präsident sie aufspürt.«

»Aber auch Männer sind verschwunden«, sage ich, denn es stimmt, aber ich glaube …

(Ist sie mit ihnen gegangen?)

Ich fahre mir mit der Zunge über die Lippen.

»Diese *Häuser der Heilung*, in denen die Frauen arbeiten«, beginne ich, »sind sie irgendwie gekennzeichnet? Kann man ihnen ansehen, was sich hinter ihren Mauern verbirgt?«

Er nimmt einen Schluck Wasser und mustert mich über den Rand seines Bechers hinweg. »Warum willst du das wissen?«

Ich raschle ein bisschen mit meinem Lärm, um mich auf keinen Fall zu verraten. »Nur so«, sage ich ausweichend. »Vergiss es.« Ich stelle mein Abendessen auf den kleinen Tisch, den man uns gebracht hat. Das bedeutet, dass er den Rest essen darf. So haben wir es ausgemacht. »Ich schlafe jetzt.«

Ich lege mich auf mein Bett und drehe mich mit dem Gesicht zur Wand hin. Die letzten Strahlen der untergehenden Sonne scheinen durch die Mauerlöcher. Sie sind nicht verglast und der Winter steht vor der Tür. Ich weiß nicht, wie wir diese Kälte überstehen sollen. Ich stecke die Arme unter die Bettdecke und ziehe die Knie hoch, dabei gebe ich mir Mühe, nicht allzu laut zu denken. Ich höre, wie Bürgermeister Ledger den Rest meines Abendessens verschlingt.

Aber dann schwebt ein Bild durch seinen Lärm auf mich zu, es ist das Zeichen einer ausgestreckten Hand, ganz in Blau.

Ich drehe mich um und schaue zu ihm hinüber. Ich habe so etwas schon gesehen, mindestens auf zwei verschiedenen Häusern, als ich zum Kloster geritten bin.

»Es gibt fünf davon«, sagt er leise. »Ich kann dir sagen, wo sie sind. Wenn du willst.«

Ich forsche in seinem Lärm, er in meinem. Wir beide verbergen etwas voreinander, verbergen es unter Gedankenfetzen. Schon so lange sind wir gemeinsam eingesperrt, und noch immer wissen wir nicht, ob einer dem anderen trauen kann.

»Sag's mir«, bitte ich ihn.

»1017«, lese ich Davy vor, als er den Nietapparat spannt und das Band einem Spackle anheftet, der damit zu 1017 geworden ist.

»Genug für heute«, sagt Davy und wirft den Apparat in die Tasche zurück.

»Wir haben noch …«

»Ich habe gesagt: Genug für heute.« Er humpelt zu unserer

Wasserflasche und nimmt einen Schluck. Eigentlich müsste sein Bein inzwischen wieder geheilt sein. Mein Arm ist wieder in Ordnung, aber er humpelt noch.

»Wir hätten nach einer Woche fertig sein sollen«, sage ich. »Und jetzt sind wir schon zwei Wochen damit beschäftigt.«

»Ich sehe niemanden, der uns antreibt«, erwidert er und spuckt das Wasser auf den Boden. »Du etwa?«

»Ja, aber …«

»Wir haben keine neuen Anweisungen, keine neue Arbeit.« Er verstummt, nimmt noch einen Schluck Wasser aus der Flasche und spuckt es wieder aus. »Was glotzt du so?«

1017 steht immer noch da, presst eine Hand auf das Band und starrt uns an. Ich glaube, es ist ein männlicher Spackle, noch jung, nicht ganz erwachsen. Er schnalzt uns an, dann noch einmal, und obwohl er keinen Lärm hat, klingt sein Schnalzen rüde.

Davy scheint das Gleiche zu denken. »Ach ja?« Er greift nach seinem Gewehr, das ihm über der Schulter hängt, in seinem Lärm schießt er wieder und wieder auf fliehende Spackle.

Aber 1017 weicht nicht von der Stelle. Er schaut mich an und schnalzt. Ja, eindeutig ein Rüpel.

Dann geht er weg, aber auch im Weggehen starrt er noch auf uns, reibt über sein Metallband. Davy hat sein Gewehr angelegt und zielt auf 1017.

»Tu's nicht«, bitte ich ihn.

»Warum nicht?«, fragt Davy zurück. »Wer soll uns daran hindern?«

Was soll ich darauf sagen, es ist ja niemand da.

Jeden dritten oder vierten Tag explodiert eine Bombe. Keiner weiß, wo die nächste hochgehen wird und wer sie legt, aber dann – *WUMM! WUMM! WUMM!* – am Abend, an dem die sechste Bombe explodiert – diesmal ist es ein kleiner Atomreaktor –, kommt Bürgermeister Ledger mit einem blutunterlaufenen Auge und einer geschwollenen Nase zurück.

»Was ist passiert?«, frage ich ihn.

»Soldaten«, faucht er. Er nimmt sofort seinen Teller mit dem Abendessen, schon wieder Eintopf, und zuckt zusammen, als er sich den ersten Bissen in den Mund stopft.

»Was hast du gemacht?«

Sein Lärm schwillt an und er wirft mir einen wütenden Blick zu. »Ich habe gar nichts gemacht.«

»Du weißt schon, was ich meine.«

Er brummt etwas vor sich hin, isst einen Löffel Eintopf und sagt dann: »Einige von denen hatten den glänzenden Einfall, dass ich die *Antwort* sein könnte. Ausgerechnet ich.«

»Du?«, frage ich, fast schon ein wenig zu überrascht.

Er steht auf und stellt seinen Teller Eintopf hin, den er fast nicht angerührt hat, ein sicheres Zeichen für mich, dass er *wirklich* sauer ist. »Sie finden die Frauen nicht, die den Schlamassel angerichtet haben, und die Soldaten brauchen jemanden, dem sie die Schuld in die Schuhe schieben können.« Er starrt durch ein Turmloch hinaus in die Nacht, die sich über die Stadt, die einmal seine Heimat war, herabsenkt. »Und ist dein werter Herr Präsident vielleicht eingeschritten, als sie mich geschlagen haben?«, sagt er mehr zu sich selbst. »Nein, das ist er nicht.«

Ich esse weiter und versuche alles, was ich nicht denken will, aus meinem Lärm herauszuhalten.

»Die Leute«, fährt Bürgermeister Ledger fort, »sprechen von einer jungen Heilerin, die man bisher nicht kannte und die vor einiger Zeit hier in dieser Kathedrale ein und aus gegangen ist. Sie arbeitet jetzt in dem *Haus der Heilung*, das früher von Mistress Coyle geleitet wurde.«

Viola, denke ich laut und deutlich, noch ehe ich meinen Gedanken verheimlichen kann.

Bürgermeister Ledger blickt mich an. »Das Haus wirst du noch nicht gesehen haben. Es liegt abseits der Hauptstraße, am Fuß eines kleinen Hügels flusswärts, ungefähr auf halbem Weg zum Kloster. Wo an der Straße zwei Scheunen nebeneinanderstehen, musst du abbiegen.« Er schaut wieder durch das Turmloch. »Man kann es gar nicht verfehlen.«

»Ich darf mich keinen Schritt von Davy entfernen«, sage ich.

»Ich habe keine Ahnung, wovon du sprichst«, antwortet Bürgermeister Ledger und legt sich auf sein Bett. »Ich erzähle dir lediglich ein paar Belanglosigkeiten über unsere schöne Stadt.«

Ich atme schwer, meine Gedanken und mein Lärm kreisen nur um eines: Wie komme ich weg von Davy, wie komme ich zu diesem Haus? (Um sie zu finden.)

Erst später denke ich daran zu fragen: »Wer ist Mistress Coyle?«

Ich sehe ihn zwar nicht, aber ich spüre, wie Bürgermeister Ledgers Lärm sich rot färbt. »Ah, ja«, sagt er in die Dunkelheit hinein. »Sie könnte die *Antwort* sein, nicht wahr?«

»Das ist die Letzte«, sage ich und schaue Spackle 1182 nach, wie sie davonschleicht und ihr Handgelenk reibt.

»Wird, verdammt noch mal, auch Zeit«, knurrt Davy und lässt sich ins Gras plumpsen. Die Luft ist kühl, aber die Sonne scheint und der Himmel ist fast wolkenlos.

»Was machen wir jetzt?«, frage ich.

»Keine blasse Ahnung.«

Ich stehe da und sehe den Spackle zu. Wenn man es nicht besser wüsste, könnte man meinen, sie seien kaum klüger als Schafe.

»Sind sie auch nicht«, sagt Davy und schließt die Augen, weil ihn die Sonne blendet.

»Halt die Klappe«, sage ich.

Andererseits, wenn man sie so *anschaut* … Sie sitzen im Gras, ohne Lärm, geben keinen Laut von sich, einige starren uns an, der Rest starrt einander an, ab und zu schnalzen sie mit der Zunge, aber sie rühren sich so gut wie nicht vom Fleck, machen nichts, weder mit ihren Händen noch mit ihrer Zeit. Mit den fahlen Gesichtern, die aussehen, als sei jegliches Leben aus ihnen gewichen, sitzen sie einfach da, warten, warten auf *irgendetwas*, was immer es auch sein mag.

»Und jetzt ist es Zeit für dieses Irgendetwas«, ruft eine Stimme hinter uns. Davy springt auf, als der Bürgermeister durch das Haupttor kommt, sein Pferd hat er draußen angebunden.

Aber er sieht mich an, nur mich. »Bereit für deine neue Aufgabe?«

»Mit mir hat er seit Wochen kaum geredet«, schäumt Davy, als wir nach Hause reiten. Zwischen ihm und seinem Pa läuft es nicht so gut. »Und wenn, dann heißt es immer nur: *Pass auf Todd auf* oder: *Beeil dich mit den Spackle.*« Er packt die Zügel fester. »Und kriege ich dafür wenigstens ein Dankeschön? Sagt er wenigstens: *Gut gemacht, David?*«

»Wir sollten die Spackle in einer Woche nummerieren«, sage ich und wiederhole dabei nur die Worte des Bürgermeisters. »Wir haben mehr als doppelt so lange dafür gebraucht.«

Er dreht sich zu mir, sein Lärm wird blutrot. »Sie haben uns *angegriffen*! Ist das etwa *meine* Schuld?«

»Das hab ich nicht gesagt«, verteidige ich mich, aber durch meinen Lärm geistert 0038, dem er das Band um den Hals gelegt hat.

»Also gibst auch du mir die Schuld daran, was?« Davy hat sein Pferd angehalten und funkelt mich an. Er sitzt weit nach vorne gebeugt im Sattel, bereit, jeden Moment mit einem Satz runterzuspringen.

Ich mache den Mund auf, will antworten, aber dann blicke ich an ihm vorbei auf die Straße, die wir entlanggekommen sind.

An einer Wegbiegung zum Fluss stehen zwei Scheunen.

Blitzschnell drehe ich mich wieder zu Davy um.

Er grinst böse. »Was ist dort unten?«

»Nichts.«

»Dein Mädchen, nicht wahr?«, fragt er höhnisch.

»Verpiss dich, Davy.«

»Nein, Schweinebacke«, sagt er und rutscht aus dem Sattel, sein Lärm ist jetzt noch hitziger. »Verpiss *du* dich.«

Darauf gibt's nur eine Antwort: Prügel.

»Soldaten?«, fragt mich Bürgermeister Ledger, als er bei meiner Rückkehr die blauen Flecken und das bereits angetrocknete Blut sieht.

»Geht dich nichts an«, knurre ich. Es war die schlimmste Prügelei, die sich Davy und ich seit ewigen Zeiten geliefert haben. Ich bin so zerschlagen, dass ich kaum ins Bett komme.

»Isst du das noch?«, fragt Bürgermeister Ledger.

Ein bestimmtes Wort in meinem Lärm sagt ihm: Nein, ich will nichts mehr essen. Er nimmt meinen Teller und fängt an zu mampfen, ohne auch nur Danke schön zu sagen.

»Hast du vor, dich bis zur Freiheit durchzufressen?«, frage ich.

»Fragt ein Junge, der immer an einem gedeckten Tisch gesessen hat.«

»Ich bin kein Junge.«

»Die Lebensmittel, die wir dabeihatten, als wir hier gelandet sind, haben nur ein Jahr lang gereicht«, erzählt er zwischen zwei Bissen. »Und damals waren wir mit dem Jagen und dem Feldbau noch nicht so weit, wie wir hätten sein sollen.« Er schiebt sich den nächsten Bissen in den Mund. »In mageren Zeiten lernt man eine warme Mahlzeit zu schätzen, Todd.«

»Warum müssen Männer einen ständig belehren?« Ich lege den Arm übers Gesicht, aber ich ziehe ihn gleich wieder weg, weil mein blutunterlaufenes Auge höllisch wehtut.

Es wird wieder Nacht. Die Luft ist sogar noch kühler, und ich behalte fast alle meine Kleider an, als ich unter die Bettdecke krieche. Bürgermeister Ledger beginnt zu schnarchen, er träumt, dass er durch ein Haus mit endlosen Zimmerfluchten geht und er den Ausgang nicht findet.

Das ist die sicherste Zeit, um an sie zu denken.

Ist sie wirklich dort draußen?

Und hat sie etwas mit dieser *Antwort*, oder wie immer es heißt, zu tun?

Und mit den anderen Dingen?

Was würde sie sagen, wenn sie mich jetzt sähe?

Wenn sie sähe, was ich tagtäglich mache?

Und mit *wem*.

Ich sauge die frische Nachtluft ein und blinzle gegen meine feuchten Augen an.

(Stehst du noch zu mir, Viola?)

(Wirklich?)

Eine Stunde ist vergangen und ich bin immer noch hellwach. Etwas geht mir nicht aus dem Kopf, ich wälze mich in meinem Bett hin und her, versuche alles aus meinem Lärm zu verbannen, versuche ruhig zu werden, damit ich bereit bin für die neue Aufgabe, die der Bürgermeister uns für morgen zugedacht hat, eine Aufgabe, die, wenn ich ehrlich bin, gar nicht so übel zu sein scheint.

Aber irgendwie fehlt da noch was, etwas Wichtiges.

Irgendetwas.

Ich setze mich auf und höre zu, wie Bürgermeister Ledger schnarcht, höre auf das schlaftrunkene Dröhnen von New Prentisstown, auf die Vögel, die in der Nacht zwitschern, ich höre sogar den Fluss, der in der Ferne vorbeirauscht.

Es hat nicht *Tschack!* gemacht, als Mr Collins die Tür hinter mir schloss.

Ich versuche mich zu erinnern.

Ganz bestimmt nicht.

In der Dunkelheit schaue ich zur Tür.

Er hat vergessen, sie abzuschließen.

Das ist die Gelegenheit, auf die ich gewartet habe.

Die Tür ist nicht abgeschlossen.

16

Wer du bist

(VIOLA)

»Ich höre Lärm draussen«, sagt Mrs Fox, als ich ihren Krug Wasser für die Nacht nachfülle.

»Alles andere wäre auch ein Wunder.«

»Direkt vor dem Fenster …«

»Soldaten, die eine Zigarette rauchen.«

»Nein, ich bin sicher, es war …«

»Nichts für ungut, Mrs Fox, aber ich bin gerade wirklich sehr in Eile.«

Ich schüttle ihre Kissen auf und leere ihre Bettpfanne aus. Sie schweigt, bis ich fast fertig bin und gehen will.

»Nichts ist mehr wie früher«, sagt sie leise.

»Das kann man laut sagen.«

»In Haven war es besser«, fährt sie fort. »Es war zwar auch nicht gerade wie im Paradies, aber es war besser als jetzt.«

Und sie schaut weiter aus dem Fenster.

Als ich meine Runde beendet habe, bin ich hundemüde, trotzdem setze ich mich auf mein Bett und hole den Zettel hervor, den ich immer bei mir trage. Ich lese ihn zum hundertsten, tausendsten Mal.

Mein Mädchen,
jetzt ist die Zeit gekommen, da du dich entscheiden musst.
Können wir auf dich zählen?
Die Antwort

Kein Name, nicht einmal *ihr* Name.

Seit beinahe drei Wochen habe ich diesen Zettel. Drei Wochen und nichts ist passiert. Sie scheinen also nicht gerade auf mich zu zählen. Keine andere Mitteilung, kein weiteres Lebenszeichen, ich sitze hier in diesem Haus mit Corinne – besser gesagt mit Mistress Wyatt, wie ich sie nun anreden muss – und den Patientinnen fest. Es sind Frauen, die krank geworden sind, aber es sind auch Frauen unter ihnen, die von den Leuten des Bürgermeisters über die *Antwort* befragt wurden, Frauen mit blauen Flecken und Schnittverletzungen, Frauen, denen man die Rippen gebrochen hat, die Finger, die Arme. Frauen, deren Körper Brandwunden aufweisen.

Und dabei können sie noch von Glück sagen, sie sind ja nicht im Gefängnis.

Und an jedem dritten, vierten Tag: *WUMM! WUMM! WUMM!* Dann werden noch mehr Frauen festgenommen und noch mehr werden hierhergeschickt.

Und kein Wort von Mistress Coyle.

Und kein Wort vom Bürgermeister.

Kein Wort darüber, warum man mich hier allein gelassen

hat. Man sollte meinen, ich wäre die Erste, die verhaftet wird, die Erste, die man von einem Verhör zum nächsten schleppt, die Erste, die in einer Gefängniszelle verrottet.

»Aber nichts«, flüstere ich. »Nichts.«

Und kein Lebenszeichen von Todd.

Ich schließe die Augen. Ich bin viel zu erschöpft, um irgendetwas zu spüren. Jeden Tag suche ich nach einer Möglichkeit, zum Turm zu kommen, aber jetzt wimmelt es überall von Soldaten, es sind so viele, dass ich nicht herausfinden kann, nach welchem Plan sie patrouillieren, und mit jeder neuen Bombe, die explodiert, wird es nur noch schlimmer.

»Ich *muss* etwas unternehmen«, sage ich laut vor mich hin. »Ich muss, sonst werde ich verrückt.« Ich lache. »Ich werde verrückt und fange an, Selbstgespräche zu führen.«

Ich lache lauter, dabei ist es gar nicht lustig.

Da klopft es an mein Fenster.

Mit laut pochendem Herzen setze ich mich auf.

»Mistress Coyle?«, frage ich.

Ist es jetzt so weit?

Ist dies der Augenblick, in dem ich mich entscheiden muss?

Können sie auf mich zählen?

(Aber ist das nicht *Lärm*, was ich da höre …)

Ich knie mich aufs Bett und ziehe den Vorhang zurück, gerade einen Spaltbreit, sodass ich hinausschauen kann, und ich bin darauf gefasst, ihr Stirnrunzeln zu sehen, wie sie sich mit den Fingern über die Stirn streicht.

Aber sie ist es nicht.

Nein, ganz und gar nicht.

»Todd!«

Ich reiße den Fensterriegel auf und schiebe das Glasfenster hoch, er beugt sich herein, und sein Lärm ruft meinen Namen, und ich umarme ihn und hole ihn zu mir herein, zerre ihn buchstäblich hoch und ziehe ihn durchs Fenster, und er klettert, und wir fallen auf mein Bett, und ich liege auf dem Rücken und er liegt auf mir, und mein Gesicht ist ganz nahe an seinem, und ich muss daran denken, dass es genau so war, damals, als wir unter dem Wasserfall hindurchgesprungen sind, Aaron war uns dicht auf den Fersen, und ich habe ihm tief in die Augen geblickt.

Und ich wusste, wir waren in Sicherheit.

»Todd.«

Im beleuchteten Zimmer sehe ich, dass sein Auge blutunterlaufen ist, und auf seiner Nase ist ebenfalls Blut. »Was ist passiert? Bist du verletzt?«

Doch er sagt nur: »Du bist es.«

Ich weiß nicht, wie lange wir einfach so daliegen und nur spüren, dass der andere wirklich da ist, wirklich und wahrhaftig, dass er tatsächlich lebt. Ich fühle mich sicher bei ihm, ich spüre sein Gewicht auf mir, spüre seine rauen Finger in meinem Gesicht, seine Wärme, seinen Geruch, rieche den Staub in seinen Kleidern, wir sprechen kaum ein Wort, und sein Lärm schäumt über vor Gefühlen und verzwickten Sachen, er denkt daran, wie auf mich geschossen wurde, wie ihm zumute war, als er glaubte, ich würde sterben, und was er jetzt spürt, wenn er mich mit seinen Fingerspitzen berührt, aber vor allem denkt er nur eines: Viola, Viola, Viola.

Und es ist Todd.

Verdammt noch mal, es ist *Todd*.

Und alles ist gut.

Und dann höre ich Schritte auf dem Flur.

Schritte, die genau vor meiner Türe haltmachen.

Wir beide schauen zur Tür. Ein Schatten fällt durch den Türschlitz, zwei Beine, auf der anderen Seite.

Ich warte darauf, dass es klopft.

Ich warte darauf, dass jemand ihm befiehlt, sofort herauszukommen.

Ich warte auf den Kampf, den ich mit wem auch immer aufnehmen werde.

Doch dann gehen die Füße weiter.

»Wer war das?«, fragt Todd.

»Mistress Wyatt«, antworte ich und höre die Überraschung in meiner Stimme.

»Und dann ist die Bombe hochgegangen«, beende ich meinen Bericht, »und er hat mich nur zweimal rufen lassen, ganz am Anfang, um mich zu fragen, ob ich etwas wüsste, aber ich weiß nichts, wirklich, gar nichts, und das war's dann. Das ist alles, was ich von ihm weiß, ich schwöre es.«

»Seit die ersten Bomben hochgegangen sind, hat er so gut wie nicht mehr mit mir gesprochen«, sagt Todd und schaut auf seine Fußspitzen. »Ich hatte Angst, du hättest sie hochgehen lassen.«

Ich sehe in seinem Lärm, wie die Brücke in die Luft fliegt. Ich sehe, wie ich es getan habe. »Nein«, sage ich und denke an den Zettel in meiner Tasche. »Ich war es nicht.«

Todd schluckt, dann fragt er einfach und direkt: »Wollen wir weglaufen?«

»Ja.« Ich bin so schnell bereit, Corinne im Stich zu lassen, dass ich geradezu spüre, wie es mir die Schamesröte ins Gesicht treibt, aber ja, wir sollten weglaufen.

»Aber wohin?«, fragt er. »Wo kann man denn noch hingehen?«

Ich mache den Mund auf, zögere jedoch.

»Wo versteckt sich diese *Antwort?*«, fragt er. »Können wir dorthin?«

Mir fällt auf, wie angespannt sein Lärm ist, wie missbilligend und widerstrebend.

Die Bomben. Er mag die Bomben auch nicht.

Ich sehe in seinem Lärm tote Soldaten inmitten von Trümmern. Aber da ist noch mehr …

Und wieder zögere ich. Ich frage mich einen Moment lang, nicht länger, als es braucht, eine Fliege wegzuscheuchen, ich frage mich …

Ich frage mich, ob ich es ihm erzählen soll.

»Ich weiß nicht«, sage ich dann. »Ich weiß es wirklich nicht. Sie hat mir nichts gesagt, für den Fall, dass man mir doch nicht trauen kann.«

Todd sieht mich an.

Eine Sekunde lang bemerke ich auch bei ihm den Zweifel.

»Du traust mir nicht«, platze ich heraus, ehe ich weiß, was ich sage.

»Du traust mir auch nicht«, erwidert er. »*Du* überlegst gerade in diesem Augenblick, ob ich für den Bürgermeister arbeite. Und du fragst dich, weshalb ich so lange gebraucht habe, dich zu finden.« Er schaut traurig auf den Boden. »Ich kann deine Gedanken lesen«, sagt er. »Beinahe so gut wie meine eigenen.«

Ich suche in seinem Lärm. »Du fragst dich, ob ich zur *Antwort* gehöre. Du glaubst, ich wäre zu so etwas fähig.«

Er schaut mich nicht an, aber er nickt. »Ich habe nur versucht am Leben zu bleiben, habe einen Weg gesucht, dich zu finden, habe gehofft, dass du mich nicht im Stich gelassen hast.«

»Niemals«, sage ich. »Nie im Leben.«

Er schaut hoch. »Ich würde dich auch nie verlassen.«

»Versprichst du das?«

»Ganz großes Ehrenwort«, erwidert er und grinst verlegen.

»Ich verspreche es auch«, sage ich und lächle ihn an. »Ich werde dich nie nicht verlassen, Todd Hewitt, niemals nicht.«

Sein Lächeln wird noch etwas breiter, als ich das sage, aber es verschwindet sofort wieder, und dann sehe ich, wie er seinen Lärm sammelt, um mir etwas zu gestehen, etwas Schwieriges, etwas, weswegen er sich schämt, aber bevor er es mir sagt, möchte ich, dass er Vertrauen zu mir hat, dass er mir *voll und ganz* vertraut.

»Ich glaube, sie sind am Ozean«, sage ich. »Mistress Coyle hat mir vom Ozean erzählt, bevor sie gegangen ist. Ich glaube, sie wollte mir damit sagen, dass sie dorthin gehen.«

Er schaut mich wortlos an.

»So und jetzt sag noch mal, dass ich dir nicht vertraue, Todd Hewitt.«

Und dann merke ich, dass ich einen Fehler gemacht habe.

»Was?«, fragt er, als er meinen Gesichtsausdruck sieht.

»Es ist in deinem Lärm, Todd. Dein Lärm ist voll davon. Ozean, Ozean und nochmals Ozean.«

»Das ist keine Absicht«, sagt er, aber er reißt die Augen auf, und ich sehe, wie die Tür zu seinem Gefängnis offen blieb, ich sehe den Mann, der mit ihm in seiner Zelle sitzt, er erzählt ihm, wo ich bin, und ich sehe die Fragezeichen in seinen Augen …

»Ich bin so *dumm!*«, sagt Todd und springt auf. »Ich bin so ein verdammter Idiot! Wir müssen gehen. Auf der Stelle!«

»Todd …«

»Wie weit ist es bis zum Ozean?«

»Zwei Tage zu Pferd.«

»Also vier Tage zu Fuß.« Er läuft im Zimmer auf und ab. Sein Lärm sagt Ozean, und zwar so laut und deutlich wie der Knall einer explodierenden Bombe. Er sieht, wie ich ihn anschaue, sieht, dass ich es sehe. »Ich spioniere dich nicht aus«, beteuert er. »Aber man hat die Tür absichtlich offen gelassen, damit ich …« Er rauft sich verzweifelt die Haare. »Ich werde es verbergen. Ich habe die Wahrheit über Aaron versteckt, ich kann auch das verbergen.«

Mein Magen krampft sich zusammen, als mir einfällt, was der Bürgermeister über Aaron gesagt hat.

»Wir müssen fliehen«, sagt Todd. »Gibt es hier irgendwas zu essen, was wir mitnehmen können?«

»Ich kann ein paar Sachen zusammenpacken«, sage ich.

»*Beeil dich.*«

Als ich gehen will, höre ich, wie sein Lärm meinen Namen ruft. Viola!, ruft er voller Sorge. Voller Sorge, dass man uns hereingelegt hat und ich vermuten könnte, man habe ihn mit Hintergedanken hierhergeschickt, und ich ihn für einen Lügner halte. Und ich kann ihn nur anschauen und seinen Namen denken.

Todd.

Und ich hoffe, er weiß, was ich meine.

Ich renne in die Küche und laufe zu den Schränken. Ich schalte nur ein kleines Licht an und versuche ganz leise zu sein, während ich Essenspakete und Brotlaibe einpacke.

»Du hast's aber eilig, was?«, sagt Corinne.

Sie sitzt ganz hinten, im Dunklen, an einem Tisch, vor ihr steht eine Tasse Kaffee. »Dein Freund taucht auf und schon verschwindest du.« Sie steht auf und schlendert zu mir herüber.

»Ich muss«, sage ich. »Es tut mir leid.«

»Dir tut es leid?«, fragt sie und zieht die Augenbrauen hoch. »Und was soll aus uns hier werden? Was soll aus den Kranken werden, die dich brauchen?«

»Ich bin eine *miserable* Heilerin, Corinne, alles, was ich tun kann, ist, die Kranken zu waschen und zu füttern.«

»Damit ich die Zeit habe, meine bescheidenen Heilkünste anzuwenden.«

»Corinne ...«

Ihre Augen blitzen. »*Mistress Wyatt*, bitte.«

»Mistress Wyatt«, verbessere ich mich seufzend, und dann denke und sage ich im selben Atemzug: »Komm mit.«

Sie scheint verwirrt, beinahe eingeschüchtert. »Wie bitte?«

»Siehst du denn nicht, wohin das alles führt? Frauen werden eingesperrt, Frauen werden verletzt. Siehst du denn nicht, dass alles nur noch schlimmer wird?«

»Kein Wunder, wenn jeden Tag Bomben explodieren.«

»Der Präsident ist unser Feind«, sage ich.

Sie verschränkt die Arme vor der Brust. »Glaubst du, man kann nur einen Feind haben?«

»Corinne …«

»Eine Heilerin zerstört kein Leben«, unterbricht sie mich. »Eine Heilerin zerstört niemals Leben. Es ist unsere heiligste Pflicht, niemandem etwas zuleide zu tun.«

»Die Bomben sollten unbelebte Ziele treffen.«

»Die aber nicht immer unbelebt sind.« Sie schüttelt den Kopf, ihre Miene ist mit einem Mal traurig, trauriger als je zuvor. »Ich weiß, wozu ich berufen bin. *Tief im Innersten* weiß ich es. Ich bin dazu da, Kranke zu heilen. Ich bin dazu da, die Verwundeten zu pflegen, das ist meine Aufgabe.«

»Wenn wir bleiben, werden sie uns eines Tages abholen.«

»Wenn wir gehen, werden die Kranken sterben.« Sie klingt jetzt nicht einmal mehr wütend, was mich erst recht beunruhigt.

»Und wenn sie dich einsperren?«, frage ich herausfordernd. »Wer pflegt sie dann?«

»Ich hatte gehofft, du würdest das tun.«

Einen Moment lang halte ich die Luft an. »So einfach ist das nicht.«

»Für mich schon.«

»Corinne, wenn ich von hier wegkomme, wenn ich mit meinen Leuten Kontakt aufnehmen kann …«

»Was dann? Es wird fünf Monate dauern, bis sie hier sind. Das hast du selbst gesagt. Fünf Monate sind eine lange Zeit.«

Ich krame weiter in den Schränken, fülle einen Beutel mit Lebensmitteln. »Ich muss es versuchen«, sage ich. »Irgendetwas *muss* ich tun.« Ich schaue sie an, der Beutel ist jetzt prall gefüllt. »Das ist meine Aufgabe.« Ich denke an Todd, der auf mich wartet, und mein Herz klopft schneller. »Jedenfalls ist es zu meiner Aufgabe geworden.«

Sie mustert mich wortlos, dann wiederholt sie die Worte von Mistress Coyle: »Wir haben die Wahl, was aus uns wird.«

Ich brauche eine Sekunde, ehe ich begreife, dass dies ein Abschiedsgruß gewesen ist.

»Warum hast du so lange gebraucht?«, fragt Todd und blickt besorgt aus dem Fenster.

»Nicht weiter wichtig«, antworte ich. »Ich werde es dir später erzählen.«

»Hast du die Lebensmittel?«

Ich halte den Beutel hoch.

»Am besten, wir gehen wieder den Fluss entlang«, sagt er.

»Einverstanden.«

»Und schon sind wir wieder unterwegs«, sagt er mit einem schiefen Lächeln.

Ich spüre, wie dieses komische Kribbeln in mir hochsteigt, und ich weiß, es ist *Glück*, und auch er spürt es. Wir drücken uns einen Moment lang fest die Hand, dann stellt er sich aufs Bett, setzt einen Fuß aufs Fensterbrett und springt nach draußen.

Ich reiche ihm den Beutel, klettere hinaus und springe. Meine Schuhe machen ein dumpfes Geräusch auf dem Lehmboden. »Todd«, flüstere ich.

»Ja?«

»Jemand hat mir gesagt, dass irgendwo vor der Stadt ein Sendeturm steht«, sage ich. »Wahrscheinlich wird er von Soldaten bewacht, aber ich dachte, wenn wir ihn finden …«

»Ein großer Turm aus Metall?«, unterbricht er mich. »Höher als die Bäume?«

»Kann gut sein«, sage ich überrascht. »Du weißt, wo er ist?«

Er nickt. »Ich komme jeden Tag daran vorbei.«

»*Wirklich?*«

»Ja, wirklich«, sagt er, und ich sehe den Turm in seinem Lärm, ich sehe die Straße ...

»Ich denke, das reicht«, sagt eine Stimme in der Dunkelheit. Es ist eine Stimme, die wir beide kennen.

Der Bürgermeister tritt aus dem Dunkel, hinter ihm ein paar Soldaten.

»Ich wünsche euch beiden einen guten Abend«, sagt er.

Sein Lärm blitzt auf.

Und Todd bricht zusammen.

17
Schwerstarbeit

[TODD]

ES IST EIN GERÄUSCH, aber auch wieder nicht, und es ist
lauter als alles, was man sich vorstellen kann, und wenn man es
mit den Ohren wahrnehmen würde statt mitten im Kopf, dann
würden einem davon die Trommelfelle platzen, und alles um
einen herum wird weiß, und es ist nicht nur so, als wäre man
blind, sondern auch taub und blöde und wie versteinert obendrein, und der Schmerz, den man dabei spürt, kommt ganz tief
aus dem Inneren, man kann sich beim besten Willen nicht dagegen wehren, es ist ein Stechen, ein Brennen, ein Schlag, mitten ins Mark.

Genau diesen Schlag verspürt Davy, wenn ihm sein Vater den
Lärm entgegenschleudert.

Und es sind Worte …

Es sind nichts als *Worte* …

Aber jedes Wort rammt sich in dein Hirn, und alle schreien
dich an, schreien: DU BIST EIN NICHTS DU BIST EIN NICHTS

DU BIST EIN NICHTS, und sie reißen deine eigenen Worte aus deinem Kopf, wie wenn dir jemand deine Haare mitsamt der Haut vom Schädel ziehen würde.

Ein Blitzstrahl aus Wörtern und ich bin ein Nichts.

Ich bin ein Nichts.

DU BIST EIN NICHTS.

Ich stürze, und der Bürgermeister kann mit mir machen, was er will.

Über das, was folgt, will ich nicht sprechen.

Der Bürgermeister lässt ein paar Soldaten zurück, die das *Haus der Heilung* bewachen sollen, die anderen aber schleppen mich in die Kathedrale. Auf dem Weg dorthin sagt er nichts, kein einziges Wort, während ich ihn anbettle, ihr nicht wehzutun, ihm alles Mögliche verspreche und schreie und weine (halt die Klappe) und ihm sage, dass ich alles tun werde, was er von mir verlangt, solange er ihr nichts tut.

(Halt die Klappe, halt die Klappe.)

Als wir in der Kathedrale angekommen sind, bindet er mich wieder auf dem Stuhl fest.

Und schickt Mr Collins in die Stadt.

Und dann …

Ich will nicht darüber sprechen.

Denn ich weine und kotze und bettle und schreie nach ihr und bettle noch mehr, und dafür schäme ich mich so sehr, dass ich keine Worte finde.

Und während dieser Zeit schweigt der Bürgermeister. Er geht nur um mich herum, hört zu, wie ich schreie, hört zu, wie ich bettle.

Und hört durch das Schreien hindurch meinen Lärm.

Ich rede mir ein, dass ich nur schreie und bettle, um das, was sie mir gesagt hat, in meinem Lärm zu verbergen, dass ich es tue, damit sie sicher ist, damit er nichts erfährt. Ich rede mir ein, ich müsste weinen und betteln, so laut ich kann, damit er es nicht hört.

(Halt die Klappe.)

Das rede ich mir ein.

Und mehr möchte ich darüber nicht sagen.

(Verdammt noch mal, halt die Klappe!)

Es ist beinahe früher Morgen, als ich wieder in den Turm zurückkehre. Bürgermeister Ledger ist eigens wegen mir aufgeblieben, und obwohl ich nicht in der Verfassung bin, überhaupt etwas zu tun, frage ich mich doch, ob er vielleicht irgendetwas mit dieser ganzen Sache zu tun haben könnte. Aber seine Anteilnahme, sein Entsetzen über meinen Zustand, klingen aufrichtig in seinem Lärm, so aufrichtig, dass ich mich vorsichtig auf meine Matratze lege und nicht weiß, was ich denken soll.

»Sie sind gar nicht erst hereingekommen«, sagt er und stellt sich hinter mich. »Collins hat nur die Tür aufgemacht, reingeschaut, dann hat er mich wieder eingeschlossen. Es war, als ob sie es schon wüssten.«

»Ja«, sage ich, den Mund in mein Kissen gepresst. »Es war wirklich so, als ob sie es schon wüssten.«

»Ich habe mit all dem nichts zu tun, Todd«, versichert er, denn er liest meinen Lärm. »Ich schwöre es dir. Diesem Mann würde ich nie helfen.«

»Lass mich einfach in Ruhe«, bitte ich ihn.

Und das tut er.

Aber ich schlafe nicht.

Ich glühe vor Zorn.

Ich glühe vor Zorn, weil ich so dumm war und blindlings in die Falle getappt bin, weil es so einfach für sie war, mich mit ihr unter Druck zu setzen. Ich glühe vor Scham, weil ich geweint habe, als sie mich geschlagen haben (halt die Klappe). Ich brenne vor Schmerz, weil ich wieder von ihr getrennt bin, brenne vor Schmerz wegen des Versprechens, das sie mir gegeben hat, und weil ich nicht weiß, was nun aus ihr wird.

Was sie mit mir machen, ist mir völlig egal.

Endlich geht die Sonne auf und ich erfahre meine Strafe.

»Beweg deinen Arsch, Schweinebacke.«

»Halt die Klappe, Davy.«

Unsere neue Arbeit besteht darin, die Spackle in Gruppen arbeiten zu lassen, sie müssen die Fundamente für neue Bauten auf dem Klostergelände ausheben, neue Bauten, in denen die Spackle im bevorstehenden Winter untergebracht werden sollen.

Meine Strafe besteht darin, dass ich unten in den Baugruben zusammen mit ihnen schaufeln muss.

Meine Strafe besteht darin, dass Davy allein der Boss ist. Meine Strafe besteht darin, dass er eine neue Peitsche hat.

»Mach schon«, sagt er und schlägt mir mit der Peitsche auf die Schulter. »An die Arbeit!«

Ich drehe mich um, alles an mir ist wund und tut weh. »Wenn du mich noch einmal schlägst, drehe ich dir deinen scheißverdammten Hals um.«

Er grinst übers ganze Gesicht, sein Lärm ist ein einziger Jubelschrei. »Na los, versuch's doch, *Mr Hewitt*.«

Und er *lacht*.

Ich nehme meine Schaufel in die Hand. Die Spackle, die in meiner Gruppe arbeiten, starren mich an. Ich habe nicht geschlafen, meine Finger sind klamm in der kalten Morgensonne, und ich kann nicht anders, ich schreie sie an: »Los, an die Arbeit!«

Sie machen ein paar schnalzende Geräusche und fangen an, den Boden mit ihren Händen aufzugraben.

Alle bis auf einen, der mich ein paar Augenblicke länger mustert als die anderen.

Ich fixiere ihn so lange, bis er aufhört. Mein Lärm kocht und schlägt ihm glühend rot entgegen. Er nimmt es gelassen und schweigend hin, sein Atem bildet kleine Wölkchen in der Luft, sein Blick fordert mich heraus. Er hält den Arm hoch, damit ich sein Handgelenk sehen kann, als ob ich nicht ohnehin wüsste, wer er ist, dann geht er wieder an die Arbeit, gräbt die froststarre Erde auf, so langsam, wie's nur geht.

1017 ist der Einzige, der keine Angst vor uns hat.

Ich packe meine Schaufel und stoße sie in den Boden.

»Macht's Spaß?«, ruft Davy.

In meinem Lärm lasse ich ihn das Hässlichste hören, das mir einfällt.

»Oh, meine Mutter ist schon lange tot, genau wie deine«, erwidert er, dann lacht er. »Ich frage mich, ob deine Mutter, als sie noch am Leben war, genauso viel geredet hat, wie sie in das kleine Buch geschrieben hat.«

Ich richte mich auf, mein Lärm wird blutrot. »Davy …«

»Sie hat doch *seitenlang* gelabert.«

»Eines Tages, Davy«, sage ich, und mein Lärm schäumt so sehr, dass ich schon die Luft flirren sehe, »eines Tages werde ich dich …«

»Was wirst du eines Tages, mein lieber Junge?«, fragt der Bürgermeister, der gerade auf Morpeth durchs Tor geritten kommt. »Man hört schon von der Straße aus, wie ihr beide euch streitet.« Er wirft Davy einen strengen Blick zu. »Streiten ist etwas anderes als arbeiten.«

»Oh, ich sorge schon dafür, dass sie arbeiten, Pa«, antwortet Davy und nickt in Richtung Felder.

Und das stimmt. Die Spackle und ich arbeiten in Gruppen von zehn oder zwanzig, die über das gesamte ummauerte Gebiet verteilt sind, sie entfernen die Steine von den niedrigen Steinmauern zwischen den Feldern und stechen das Gras ab. Andere tragen den ausgehobenen Boden auf den Feldern zu Haufen zusammen, und meine Gruppe, die nahe am Eingang arbeitet, hat schon einen Teil der Gräben für die Fundamente ausgehoben. Ich habe eine Schaufel. Die Spackle müssen ihre Hände benutzen.

»Nicht schlecht«, sagt der Bürgermeister. »Das ist wirklich gar nicht schlecht.«

Davys Lärm klingt so erfreut, dass es schon beinahe peinlich ist. Keiner beachtet ihn.

»Und du, Todd?«, wendet sich der Bürgermeister an mich. »Wie war der Morgen?«

»Bitte tut ihr nichts!«, sage ich.

»*Bitte tut ihr nichts!*«, äfft mich Davy nach.

»Zum letzten Mal, Todd«, antwortet der Bürgermeister. »Ich werde ihr nichts tun. Ich werde mich nur mit ihr *unterhalten*. Gerade eben bin ich auf dem Weg zu ihr, nur um mit ihr zu reden.«

Mein Herz macht einen Satz und mein Lärm schwillt an.

»Oh, das gefällt ihm *nicht*, Pa«, sagt Davy.

»Sei still«, weist ihn der Bürgermeister zurecht. »Todd, gibt es irgendetwas, was du mir sagen möchtest, damit meine Unterredung mit ihr kürzer und für alle erfreulicher ausfällt?«

Ich muss schlucken.

Der Bürgermeister sieht mich nur an, schaut in meinen Lärm, und Worte ganz tief aus meinem Innern, **BITTE TUT IHR NICHTS**, gesprochen in meiner eigenen Stimme und in seiner, vermischen sich, setzen sich fest in dem, was ich jetzt denken möchte, in dem, was ich weiß, aber es ist etwas anderes als der Schlag, den er anderen mit seinem Lärm versetzen kann, seine Stimme stöbert an Orten in meinem Hirn herum, wo ich sie nicht will, sie versucht verschlossene Türen zu öffnen, jeden Stein umzudrehen, in jeden abgelegenen Winkel zu leuchten, wo sonst kein Licht hinfällt, und immerzu sagt sie: **BITTE TUT IHR NICHTS**, und ich spüre, wie ich reden *will* (Ozean), wie ich beginnen *will*, ihm diese verschlossenen Türen zu öffnen (*Ozean*), wie ich beginnen *will*, genau das zu tun, was er von mir will, denn er hat ja recht, hat recht mit allem, was er sagt, und wer bin ich denn, dass ich mich ihm so einfach widersetzen könnte.

»Sie weiß gar nichts«, sage ich mit zittriger Stimme.

Er zieht eine Augenbraue hoch. »Du machst einen aufgeregten Eindruck, Todd.« Er reitet mit Morpeth ein Stückchen näher heran. *Unterwirf dich*, sagt Morpeth. Davy bemerkt sehr wohl, dass mir die ganze Aufmerksamkeit des Bürgermeisters gilt, und sogar von hier aus höre ich, wie er eifersüchtig wird. »Wann immer ich meine Leidenschaften zügeln muss, Todd, mache ich Folgendes.«

ICH BIN DER KREIS UND DER KREIS IST DAS ICH.

Der Satz nistet sich in meinen Kopf ein wie eine Made in einen Apfel.

»Das erinnert mich daran, wer ich bin«, erklärt der Bürgermeister. »Es erinnert mich daran, wie ich mich selbst beherrschen kann.«

»Was ist los?«, fragt Davy, und mir wird klar, dass er es nicht hören kann.

ICH BIN DER KREIS UND DER KREIS IST DAS ICH.

Da ist es wieder, mitten in mir drin.

»Was bedeutet das?« Ich schnappe nach Luft, der Satz ist so tief in mein Hirn gemeißelt, dass ich fast nicht sprechen kann.

Und dann hören wir es.

Ein Heulen in der Luft, ein Sirren, das nicht vom Lärm kommt, das sich eher nach einer fetten dunkelroten Biene anhört, die gerade angreifen will.

»Was zum …?«, fragt Davy.

Und dann drehen wir uns alle um zum gegenüberliegenden Ende des Klostergeländes, blicken über die Köpfe der Soldaten hinweg, die auf der Mauer stehen.

Ttsssss …

Es ist etwas am Himmel, irgendetwas, was in hohem Bogen auf uns zufliegt, in einem hohen, spitzen Bogen, es taucht zwischen ein paar Bäumen hinter dem Kloster auf, zieht eine Rauchfahne hinter sich her, und das SUMMEN wird lauter, und der Rauch wird zu einer dichten schwarzen Qualmwolke.

Daraufhin zieht der Bürgermeister Violas Fernglas aus seiner Brusttasche.

Ich starre auf das Fernglas, mein Lärm brodelt, schwappt über von Fragezeichen, um die er sich nicht kümmert.

Davy muss damals auch das Fernglas auf dem Hügel eingesteckt haben.

Ich balle die Fäuste.

»Was immer es ist«, sagt Davy, »es kommt auf uns zu.«

Das Ding hat den höchsten Punkt seiner Flugbahn erreicht und stürzt nun zur Erde.

Direkt auf die Stelle zu, an der wir gerade stehen.

Ttsssss ...

»Wenn ich ihr wäre, würde ich schleunigst abhauen«, sagt der Bürgermeister. »Das ist eine Bombe.«

Davy rennt so schnell zum Tor zurück, dass er dabei seine Peitsche fallen lässt. Die Soldaten auf der Mauer springen hinunter und laufen weg. Der Bürgermeister zieht die Zügel straffer, aber er bleibt stehen, er wartet ab, will sehen, wo die Bombe einschlägt.

»Ein Leuchtspurgeschoss«, sagt er interessiert. »Veraltet, praktisch wirkungslos. Wir haben solche Bomben seinerzeit im Krieg gegen die Spackle eingesetzt.«

Das *Ttsssss* wird lauter. Die Bombe wird schneller und schneller.

»Bürgermeister Prentiss?«

»Präsident«, verbessert er mich, aber er schaut weiter gebannt durchs Fernglas, er ist wie hypnotisiert. »Das Geräusch und der Qualm«, sagt er, »viel zu auffällig.«

»Bürgermeister Prentiss!« Mein Lärm wird schrill vor Aufregung.

»In der Stadt haben sie ganz andere Bomben eingesetzt, also warum ...«

»LAUFT!«, schreie ich.

Morpeth macht einen Satz und der Bürgermeister wendet sich mir endlich zu. Aber ihn habe ich nicht gemeint.

»LAUFT!«, schreie ich und fuchtle mit der Schaufel herum, damit die Spackle begreifen.

Die Spackle, die auf genau dem Feld sind, auf das die Bombe zurast.

Ttsssss …

Sie verstehen nichts, die meisten von ihnen sehen nur zu, wie die Bombe auf sie zufliegt. »LAUFT!«, schreie ich, und in meinem Lärm lasse ich sie das **WUMM** der Explosionen hören, zeige ihnen, was passieren wird, wenn diese Bombe einschlägt, ich lasse sie Blut und aufgerissene Gedärme sehen. »LAUFT, VERDAMMT!«

Schließlich kapieren sie es, ein paar laufen weg, vielleicht auch nur, weil sie vor meinem Geschrei und meinem Schaufelschwingen weglaufen wollen, aber immerhin rennen sie, und ich jage sie immer weiter übers Feld. Ich schaue zurück. Der Bürgermeister ist bis zum Klostertor geritten, bereit, falls nötig, noch weiter wegzureiten.

Aber er lässt mich nicht aus den Augen.

»LAUFT!«, schreie ich immerzu und treibe die Spackle an. Die letzten springen jetzt über das nächstgelegene Mäuerchen, und ich springe mit ihnen, schnappe nach Luft, schaue zurück zu der Stelle, wo die Bombe gleich einschlagen wird.

Und da sehe ich 1017. Er steht in der Mitte des Feldes und starrt in den Himmel. Auf die Bombe, die genau dort, wo er steht, herunterkommen wird.

Ehe ich es selbst weiß, bin ich schon wieder zurückgesprungen über die kleine Mauer.

Meine Füße trommeln über das Gras.

Ich springe über die Gräben, die wir ausgehoben haben.

Ich laufe so schnell, dass in meinem Lärm gar nichts mehr zu hören ist.

Nur noch das *TTSSSS* der Bombe.

Das lauter und immer lauter wird.

1017 hält die Hände vor die Augen, weil ihn gerade die Sonne blendet.

Warum läuft er nicht weg?

Und meine Füße trommeln, trommeln …

Und ich plärre: »Du verdammter Idiot, du verdammter Idiot!«
TTSSSSSSSSSSSSSSSSSSSSSSSSS …

1017 sieht mich nicht kommen.

Ich stürze mich auf ihn, mit einer solchen Wucht, dass ihm die Beine wegknicken, er ringt nach Atem, während wir durch die Luft fliegen, auf dem Boden aufschlagen und weiterrollen, Hals über Kopf in einen flachen Graben kullern. Und dann verschlingt ein gigantisches, kurzes

WUMM!

den ganzen Planeten,

fetzt jeden Gedanken und jeden Lärm hinweg,

reißt das Gehirn heraus, zerschmettert es,

saugt alle Luft auf und bläst sie weg,
lässt Dreck und Gras wie einen Hagelschauer
auf uns niederprasseln
und macht unsere Lungen voll Qualm.

Und dann herrscht Stille.

Dröhnende Stille.

»Bist du verletzt?«, höre ich den Bürgermeister rufen, er klingt, als wäre er meilenweit entfernt und tief unter Wasser.

Ich setze mich auf und sehe mitten auf dem Feld den riesigen, qualmenden Bombenkrater, der Rauch verzieht sich schon, hier gibt es nichts, was brennen könnte. Die Spackle stehen dicht an dicht zusammengedrängt und beobachten alles aus der Ferne.

Ich atme, aber ich höre nichts.

1017, der unter mir im Graben liegt, zappelt und will aufstehen. Ich mache den Mund auf, will ihn fragen, ob alles in Ordnung ist, obwohl er mir ja keine Antwort geben kann.

Da schlägt er so fest nach mir, dass sich Striemen über mein Gesicht ziehen.

»Hey!«, schreie ich ihn an, obwohl ich kaum höre, was ich rufe.

Er windet sich unter mir hervor, und ich strecke die Hand nach ihm aus, um ihn festzuhalten.

Da beißt er mit seinen kleinen, scharfen Zähnen zu.

Und ich ziehe die Hand weg, sie blutet schon.

Und ich will ihn niederschlagen, will ihn regelrecht in den Boden *rammen*.

Aber da hat er sich losgerissen, rennt fort, mitten durch den Krater, rennt zurück zu den anderen Spackle …

»Hey!«, schreie ich ihm hinterher, und mein Lärm färbt sich rot.

Aber er läuft und läuft, blickt sich nach mir um, und die anderen Spackle schauen mich ebenfalls an; in ihren blöden,

ausdruckslosen Gesichtern ist noch weniger zu lesen als im Ge-
sicht des dümmsten Schafes, das ich auf unserer Farm hatte. Und
meine Hand blutet, und in meinen Ohren rauscht es, und mein
Gesicht brennt von den vielen Kratzern, ich habe sein dämliches
Leben gerettet, und das ist nun der Dank dafür. *Tiere*, denke ich.
Blöde, nutzlose Scheißtiere.

»Todd?«, ruft der Bürgermeister und kommt näher herangeritten.
»Bist du verletzt?«

Ich bin mir nicht sicher, ob ich ruhig genug bin, ihm zu antworten, aber als ich gerade den Mund aufmache …

… bebt der Boden unter mir.

Ich bin immer noch halb taub, deshalb spüre ich es mehr, als
dass ich es höre. Ich spüre, wie das Grollen den Boden erzittern
lässt, ich spüre, wie die Luft dreimal heftig vibriert, kurz hintereinander, und ich sehe, wie sich der Bürgermeister im selben
Augenblick umdreht und in Richtung Stadt späht, sehe, wie Davy
und alle Spackle das Gleiche tun.

Noch mehr Bomben.

Dort in der Ferne, wo die Stadt liegt, sind die größten Bomben
explodiert, die jemals auf diesen Planeten gefallen sind.

18

Leben heisst kämpfen

(VIOLA)

ICH FÜHLE MICH FURCHTBAR ELEND, nachdem der Bürgermeister und seine Soldaten Todd mitgenommen haben, sodass mir Corinne schließlich etwas dagegen geben muss, aber ich spüre den Einstich der Nadel in meinem Arm genauso wenig wie die Hand, die sie mir auf den Rücken legt. Sie lässt sie ruhig liegen, streichelt mich nicht, tut nichts, damit ich mich besser fühle, sie stützt mich nur.

Es tut mir leid, aber ich bin ihr nicht dankbar dafür.

Als ich wieder aufwache, ist es noch sehr früh, die Sonne steht noch nicht einmal über dem Horizont, alles liegt noch im morgendlichen Dämmerlicht.

Neben mir auf einem Stuhl sitzt Corinne.

»So gut es auch für dich wäre, noch länger zu schlafen«, sagt sie, »ich fürchte, es geht nicht.«

Ich richte mich auf, krümme mich. Denn mir liegt ein Stein auf der Brust, so drückend, dass ich bleischwer nach vorn sinke. »Ich weiß«, flüstere ich. »Ich weiß.«

Ich habe keine Ahnung, weshalb er plötzlich zusammengebrochen ist. Er war benommen, schien beinahe bewusstlos, hatte Schaum vor dem Mund, und dann stellten ihn die Soldaten wieder auf die Beine und schleppten ihn weg.

»Sie werden kommen und auch mich abholen«, sage ich und schlucke den Kloß im Hals hinunter. »Wenn sie mit Todd fertig sind«

»Ja, das glaube ich auch«, sagt Corinne schlicht und betrachtet ihre Hände, die cremefarbenen Schwielen ihrer Fingerspitzen, die aschfahle Haut, die sich von ihren Händen abschält, weil sie so viel mit heißem Wasser hantiert.

Der Morgen ist kühl und überraschend frostig. Und obwohl das Fenster meines Zimmers geschlossen ist, spüre ich, wie es kalt von draußen hereinzieht. Ich schlinge die Arme um mich. Er ist weg.

Er ist weg.

Und ich weiß nicht, was jetzt geschehen wird.

»Ich bin in einer Siedlung groß geworden, die Kentish Gate heißt«, sagt Corinne plötzlich, »am Rande des großen Waldes.«

Ich schaue auf. »Corinne?«

»Mein Vater fiel im Krieg gegen die Spackle«, erzählt sie weiter, »aber meine Mutter überlebte. Seit ich laufen konnte, habe ich mit ihr zusammen in unseren Obstgärten gearbeitet. Ich habe Äpfel geerntet und Pinienzapfen und Weinbeeren.«

Ich starre sie an, ich frage mich: Warum jetzt? Warum erzählt sie mir gerade jetzt diese Geschichte?

»Als Belohnung für all die harte Arbeit«, sagt sie, »sind wir jedes Jahr nach der letzten Ernte zelten gegangen, nur ich und meine Mutter. Wir gingen so tief in den Wald hinein, wie wir uns nur trauten.« Sie blickt in den düsteren Morgen hinaus. »Dort ist so viel Leben, Viola. So viel, in jedem Wald, jedem Bach, Fluss und Berg, in jedem Winkel. Der ganze Planet *wimmelt* nur so von Leben.«

Sie fährt mit den Fingern über ihre Schwielen. »Als wir zum letzten Mal zelten gingen, war ich acht. Wir wanderten drei ganze Tage lang immer nach Süden, es war ein Geschenk, weil ich schon so groß geworden war. Gott weiß, wie viele Meilen wir schon gewandert waren, aber wir waren alleine, nur ich und meine Mutter, und das war das Einzige, was zählte.«

Sie macht eine lange Pause. Ich will sie nicht in ihren Gedanken stören.

»Als sie ihre Füße in einem Bach kühlte, hat sie eine Rotbandviper in die Ferse gebissen.« Ihre Hände streichen wieder übereinander. »Das Gift der roten Schlange ist tödlich und es ist ein langer Kampf.«

»Oh, Corinne«, seufze ich leise.

Plötzlich springt sie auf, als wäre ihr mein Mitgefühl lästig, und geht zum Fenster. »Es dauerte siebzehn Stunden, bis sie tot war«, sagt sie und meidet noch immer meinen Blick. »Und es waren schreckliche, quälende Stunden. Als sie nichts mehr sehen konnte, klammerte sie sich an mich und flehte mich an, sie zu retten, unablässig flehte sie mich an, ihr Leben zu retten.«

Ich schweige.

»Die Heilerinnen haben herausgefunden, dass ich sie tatsächlich hätte retten *können*, ich hätte einfach nur einen Sud aus Xanthuswurzeln zubereiten müssen.« Sie verschränkt die Arme. »Die wachsen dort überall. Haufenweise.«

Das BRÜLLEN von New Prentisstown erwacht gerade mit dem neuen Tag. Am Horizont zeigen sich die ersten Strahlen der aufgehenden Sonne, aber wir schweigen noch eine Zeit lang.

»Das tut mir leid, Corinne«, sage ich schließlich. »Aber weshalb ...«

»Jede von uns hier ist die Tochter einer Mutter«, entgegnet sie ruhig. »Und jeder Soldat da draußen ist irgendjemandes Sohn. Das größte Verbrechen, das *allergrößte* Verbrechen ist es, Leben zu nehmen. Es gibt nichts Schlimmeres.«

»Und deshalb kämpfst du nicht«, sage ich.

Sie dreht sich abrupt zu mir um. »Leben *heißt* kämpfen«, fährt sie mich an. »Wenn man Leben bewahren will, muss man gegen *alles* kämpfen, was den Menschen ausmacht.« Sie schnaubt wütend. »Und jetzt auch noch gegen sie, mit all ihren Bomben. Jedes Mal, wenn ich das blutunterlaufene Auge einer Frau behandle, jedes Mal, wenn ich einer Verletzten einen Splitter entferne, kämpfe ich gegen diese Bomben.« Sie hat laut gesprochen, aber jetzt beruhigt sie sich wieder. »Das ist mein Krieg«, sagt sie. »Das ist der Kampf, den ich führe.«

Sie geht zu ihrem Stuhl zurück und hebt ein Bündel Kleider auf. »Und deshalb möchte ich, dass du das hier anziehst.«

Sie lässt mir keine Zeit zu diskutieren, geschweige denn sie zu fragen, was sie vorhat. Sie nimmt meine Gehilfinnen-Uniform und meine eigenen, ausgewaschenen Kleider, und ich muss alte, abgetragene Fetzen anziehen, eine Bluse mit langen Ärmeln, einen langen Rock und ein Kopftuch, unter dem keine einzige Haarsträhne hervorlugt.

»Corinne«, sage ich, während ich mir das Kopftuch umbinde.

»Halt den Mund und beeil dich.«

Als ich mich umgezogen habe, führt sie mich bis zum Ende des langen Korridors, von dem aus man aus dem *Haus der Heilung* bis zum Flussufer gelangt. An der Tür steht ein schwerer Sack mit Medikamenten und Verbandsmaterial. Sie gibt ihn mir und sagt: »Warte auf das Geräusch. Wenn du es hörst, wirst du wissen, welches ich meine.«

»Corinne ...«

»Deine Chancen stehen nicht besonders gut, darüber solltest du dir im Klaren sein.« Sie sieht mich endlich an. »Aber wenn du das Versteck erreicht hast, dann nutze diese Mittel wie eine Heilerin, hast du das verstanden? Du kannst es, ob du es nun glaubst oder nicht.«

Mein Atem geht schwer, ich bin aufgeregt, aber ich sage: »Ja, Mistress.«

»*Mistress* ist in Ordnung«, erwidert sie und späht aus dem Türfenster. Wir sehen nur einen einzigen, gelangweilten Soldaten, der an der Hausecke lehnt und in der Nase bohrt. »Und jetzt«, sagt Corinne, »schlag mich, bitte.«

Ich blinzle ungläubig. »Was soll ich?«

»Schlag mich«, wiederholt sie. »Ich brauche eine blutige Nase oder wenigstens eine aufgesprungene Lippe.«

»Corinne ...«

»Schnell, ehe es auf den Straßen von Soldaten wimmelt.«

»Ich *denke* gar nicht daran, dich zu schlagen.«

Sie packt mich am Arm, so grob, dass ich sofort zurückzucke. »Glaubst du denn im Ernst, dass du ein zweites Mal zurückkommen wirst, wenn der Präsident nach dir schickt? Er hat versucht dich auszuhorchen, dann hat er deinem Freund eine Falle gestellt. Glaubst du wirklich, dass die Geduld eines solchen Menschen endlos ist?«

»Corinne …«

»Erst wird er dir Schmerzen zufügen«, fährt sie fort. »Und wenn du dich dann immer noch weigerst, ihm zu helfen, wird er dich umbringen.«

»Aber ich *weiß* doch gar nicht …«

»Es ist ihm egal, was du weißt!«, stößt sie zwischen den Zähnen hervor. »Wenn ich verhindern kann, dass jemand getötet wird, werde ich es verhindern, selbst wenn es dabei um einen Menschen geht, der so starrköpfig ist wie du.«

»Du tust mir weh«, sage ich ganz ruhig, als sich ihre Finger in meinen Arm krallen.

»Gut so«, sagt sie. »Du sollst wütend werden, damit du mich schlägst.«

»Aber weshalb …«

»Tu's einfach!«, schreit sie mich an.

Ich atme tief durch, dann noch einmal, dann schlage ich ihr ins Gesicht, so fest ich kann.

Ich stehe geduckt hinter dem Türfenster und lasse den Soldaten nicht aus den Augen. Ich höre Corinne in Richtung Empfangshalle laufen, ihre Schritte werden leiser, aber ich warte noch ein bisschen. Der Soldat ist einer von den vielen, denen man die Arznei weggenommen hat, und in der Stille des Morgens höre ich, was er denkt. Er denkt daran, wie ihn alles anödet, er denkt an das Dorf, in dem er gelebt hat, und wie es dort war, ehe die Armee einmarschiert ist, er denkt an die Armee, in die man ihn gezwungen hat. Er denkt an ein Mädchen, das er kannte und das jetzt tot ist.

Und dann höre ich von der Vorderseite des Hauses Corinnes gedämpfte Schreie. Wahrscheinlich ruft sie, dass sich die *Antwort* während der Nacht ins Haus eingeschlichen, sie bewusstlos geschlagen und mich vor ihren Augen entführt habe und dass sie gesehen habe, wie wir alle weggelaufen sind, und zwar genau in die Richtung, in die ich nicht laufen werde.

Es ist eine völlig unglaubwürdige Geschichte, sie kann gar nicht funktionieren, denn wie sollte sich jemand ins Haus schleichen, wo doch überall Wachen postiert sind?

Aber ich weiß, worauf sie zählt. Sie zählt auf ein Gerücht, ein Gerücht über die *Antwort*.

Wie kann jemand Bomben legen, ohne gesehen zu werden?

Ohne dass er auf frischer Tat ertappt wird?

Wenn die *Antwort* das kann, warum sollte sie sich nicht auch an bewaffneten Wachposten vorbeischleichen können?

Ist sie etwa unsichtbar?

Genau solche Gedanken höre ich, als der Soldat, von dem Krawall alarmiert, aus seinen Gedanken hochschreckt. Die Gedanken werden lauter in seinem Lärm, dann rennt er um die Ecke und ist verschwunden.

Jetzt muss ich mich beeilen.

Ich wuchte den Medikamentensack über die Schulter.

Ich mache die Tür auf.

Und renne los.

Ich renne auf eine kleine Allee zu und dann hinunter zum Fluss. Am Ufer führt ein Weg entlang, aber ich bleibe im Schutz der Bäume, und als der Sack mit seinem scharfkantigen Inhalt gegen meine Schultern und meinen Rücken schlägt, muss ich unwillkürlich daran denken, wie Todd und ich denselben Fluss entlanggelaufen sind, auf demselben Uferstreifen, auf der Flucht vor der Armee, wie wir rannten und rannten.

Ich muss zum Ozean.

Sosehr ich Todd auch finden will, meine einzige Chance besteht darin, zuerst sie zu finden.

Und dann werde ich zu ihm zurückkommen.

Bestimmt.

Ich werde dich nie verlassen, Todd Hewitt.

Mir tut das Herz weh, als ich mich an diesen Satz erinnere.

Und wie ich jetzt mein Versprechen breche.

(Halt durch, Todd!)

(Bleib am Leben!)

Ich renne.

Ich renne weiter flussabwärts, gehe Patrouillen aus dem Weg, nehme Abkürzungen durch Gärten, renne an Zäunen entlang, halte mich, so gut es geht, von Häusern fern.

Das Tal wird enger. Die Hügel rücken bis an die Straße heran, die Häuser werden weniger. Ich höre Marschtritte und ducke mich tief ins Unterholz, während die Soldaten vorbeigehen. Ich halte den Atem an, bleibe so dicht am Boden, wie ich nur kann, dann warte ich, bis ich nur noch einen Vogel singen höre – Wo bin ich sicher? – und das inzwischen weit entfernte BRÜLLEN der Stadt, dann warte ich noch einen oder zwei Atemzüge lang, ehe ich mich auf der Straße umschaue.

In der Ferne macht der Fluss einen Bogen und hinter der hügeligen, bewaldeten Landschaft verschwindet die Straße.

Hier, weit weg von der Stadt, liegen fast nur Felder und Bauernhöfe, sie ziehen sich die sanften Hügel hoch, dahinter ist wieder Wald. Auf der anderen Seite der Straße verläuft ein schmaler Weg, der zu einem Farmhaus führt, in dessen Vorgarten einige Bäume stehen. Rechts vom Haus erstrecken sich die Felder, aber neben und hinter dem Anwesen beginnt schon wieder dichter Wald. Wenn ich es diesen Pfad hinaufschaffe, bin ich vorerst in Sicherheit. Dort kann ich mich verstecken, bis die Nacht hereinbricht, und dann mache ich mich in der Dunkelheit auf den Weg. Ich suche die Straße nach allen Richtungen ab. Ich lausche, ob ich Marschtritte, Lärm oder das Rattern eines Fuhrwerks höre.

Ich hole tief Luft – und renne pfeilschnell die Straße entlang.

Ich lasse das Farmhaus dabei nicht aus den Augen, der Sack klatscht gegen meinen Rücken, ich rudere mit den Armen, mein Atem geht keuchend, weil ich schneller und schneller und immer schneller renne.

Den Weg entlang …

Fast habe ich die Bäume erreicht …

… als ein Farmer aus dem Wald heraustritt.

Ich bleibe wie angewurzelt stehen, rutsche im Dreck aus und falle fast hin. Er springt zurück, ganz offensichtlich überrascht, weil ich so urplötzlich vor ihm auftauche.

Wir starren uns an.

Sein Lärm ist still, überaus höflich, er beherrscht ihn, deshalb habe ich ihn auch aus der Ferne nicht kommen hören. Unter dem Arm trägt er einen Korb und in der freien Hand hält er eine Birne. Er mustert mich von Kopf bis Fuß, sieht den Sack über meiner Schulter, sieht, dass ich in der Dämmerung alleine auf der Straße unterwegs bin, erkennt an meinem keuchenden Atem, dass ich offensichtlich gerannt bin.

Und ich höre seinen Lärm so klar wie der helle Tag.

Die Antwort, denkt er.

»Nein«, sage ich, »das bin ich nicht.«

Aber er hält seinen Finger an die Lippen.

Er nickt in Richtung Straße.

Und ich höre, wie sich in der Ferne Soldaten nähern.

»Da entlang«, flüstert der Bauer. Er zeigt auf einen schmalen Pfad, der in den Wald führt. Wenn man ihn nicht kennt, kann man ihn leicht übersehen. »Jetzt aber schnell.«

Ich schaue ihn an, vermute eine Falle, versuche seinen Lärm auszuforschen, aber mir bleibt keine Zeit. Mir bleibt einfach keine Zeit.

»Danke«, sage ich und fange an zu laufen.

Der Pfad führt geradewegs in dichtes Unterholz und immerzu bergauf. Er ist schmal und ich muss Ranken und Äste zur Seite biegen, um vorwärtszukommen. Der dichte Wald verschlingt mich, ich gehe immer nur geradeaus weiter und hoffe, dass ich nicht in eine Falle geraten bin. Als ich oben auf dem Hügel ankomme, stelle ich fest, dass ich wieder einen sanften Abhang hinuntersteigen und eine weitere Anhöhe erklimmen muss. Ich laufe die ganze Zeit ostwärts, aber ich habe keine Übersicht und kann daher nur vermuten, wo die Straße verläuft und wo der Fluss ist.

Plötzlich stolpere ich auf eine Lichtung hinaus.

Und auf dieser Lichtung steht ein Soldat, keine zehn Meter von mir entfernt.

Er wendet mir den Rücken zu (was für ein Glück, was für ein Glück), und bei seinem Anblick rutscht mir das Herz in die Kniekehlen, und erst als ich mich wieder gefasst und in die Büsche zurückgezogen habe, sehe ich, was er bewacht.

Da steht er.

Er steht mitten auf einer Lichtung auf der Hügelkuppe, ragt auf seinen drei Beinen fast fünfzig Meter hoch in den Himmel. Die Bäume im Umkreis wurden gefällt, und auf der anderen Seite der Lichtung, die dem Tal zugewandt ist, erkenne ich ein kleines Gebäude und eine Straße, die den Hang hinab zum Fluss führt.

Ich habe den Sendeturm gefunden. Hier steht er.

Und so viele Soldaten sind gar nicht da. Ich zähle fünf, nein, sechs.

Nur sechs. Sie stehen weit voneinander entfernt.

Ich freue mich.

Ich freue mich wie verrückt.

Ich habe ihn gefunden.

WUMM!, ertönt es in der Ferne jenseits des Turms.

Ich zucke zusammen, wie die Soldaten. Wieder eine Bombe. Wieder ein Lebenszeichen der *Antwort*.

Die Soldaten ziehen ab.

Sie laufen los, in die Richtung, aus der der Knall kam, weg

von mir, den Hügel hinunter, dorthin, wo schon eine weiße Rauchsäule aufsteigt.

Der Turm ist zum Greifen nahe.

Und völlig unbewacht.

Ich nehme mir nicht einmal die Zeit nachzudenken, wie dumm das eigentlich ist, was ich mache.

Ich laufe einfach los.

Laufe auf den Turm zu.

Wenn ich überhaupt eine Chance habe, meine Leute zu warnen, dann ...

Ich weiß gar nichts.

Ich renne einfach drauflos.

Über die offene Lichtung.

Immer auf den Turm zu.

Auf das Gebäude zu, das unter dem Turm steht.

Ich kann meine Leute warnen.

Ich kann uns alle retten.

Aus den Augenwinkeln sehe ich, wie noch jemand aus der Deckung der Bäume auftaucht.

Jemand, der geradewegs auf mich zuläuft.

Jemand, der meinen Namen ruft.

»Viola!«, höre ich. »Bleib zurück!«

»Viola, *NEIN*!« Mistress Coyle ist es, die mich ruft.

Ich bleibe nicht stehen ...

Sie auch nicht.

»BLEIB ZURÜCK!«, schreit sie.

Und sie läuft über die Lichtung.

Und sie rennt und rennt und rennt.

Und dann sehe ich es.

Es trifft mich wie ein Faustschlag in die Magengrube.

Ich sehe, weshalb sie schreit.

Nein ...

Sogar, als ich wie angewurzelt stehen bleibe ...

Nein, denke ich.

Nein, das kannst du nicht machen.

Und jetzt ist Mistress Coyle bei mir.

Das KANNST du nicht ...

Sie wirft sich auf mich und reißt uns beide zu Boden.

NEIN!

Drei grelle Blitze und dann fliegen die Stützpfeiler des Turms in die Luft.

TEIL IV

Die Nacht bricht herein

19

Was du nicht weißt

(VIOLA)

»RUNTER VON MIR!«

Sie presst mir die Hand auf den Mund, drückt mich mit ihrem ganzen Gewicht zu Boden, während uns die Staubwolken von den Trümmern des Sendeturms einhüllen.

»*Hör auf zu schreien!*«, zischt sie mich an.

Ich beiße sie in die Hand.

Sie verzieht schmerzvoll das Gesicht, grimmig und wütend, aber sie lässt mich nicht los, sie achtet nicht auf die Schmerzen und bleibt auf mir liegen.

»Später kannst du schreien, so viel du willst, mein Mädchen«, sagt sie, »aber in zwei Sekunden wimmelt es hier nur so von Soldaten. Meinst du wirklich, die glauben dir, dass du *rein zufällig* hier bist?«

Sie wartet ab, um zu sehen, wie ich darauf reagiere. Ich starre sie an, aber schließlich nicke ich doch. Sie nimmt die Hand von meinem Mund.

»Hört auf, mich *mein Mädchen* zu nennen«, sage ich, leise zwar, aber genauso wütend wie sie. »Nennt mich niemals wieder so.«

Ich folge ihr einen steilen Abhang hinunter, es geht wieder zurück Richtung Straße. Ich rutsche auf taunassem, welkem Laub aus, schlittere abwärts, springe über umgestürzte Baumstämme und Wurzeln, der Sack lastet wie ein Felsbrocken auf meiner Schulter.

Mir bleibt nichts anderes übrig, als ihr zu folgen.

Sie hätten mich gefangen oder weiß der Himmel was mit mir gemacht, wenn ich in die Stadt zurückgekehrt wäre. Denn sie hat dafür gesorgt, dass ich keine andere Wahl mehr habe.

Sie erreicht ein großes Gebüsch am Fuß eines steilen Abhangs, kriecht hinein und bedeutet mir, ihr zu folgen. Ich rutsche neben sie und bin schon ganz außer Atem, da sagt sie zu mir: »Egal, was du sonst tust, du darfst auf keinen Fall herumschreien.«

Noch ehe ich etwas erwidern kann, schleicht sie schon wieder aus dem Gebüsch und die Äste schnellen an ihren Platz. Ich muss mich durch dichtes Blattwerk kämpfen, um ihr zu folgen. Ich biege ein paar Zweige zur Seite und plötzlich stolpere ich auf der anderen Seite des Gebüschs ins Freie.

Auf die Straße.

Auf der zwei Soldaten neben einem Mann auf einem Fuhrwerk stehen und sofort mich und Mistress Coyle anstarren.

Die Soldaten sehen eher verblüfft als wütend aus, aber sie haben keinen Lärm, deshalb ist es schwer zu sagen.

Dafür haben sie Gewehre.

Die sie sofort auf uns richten.

»Wen zum Teufel haben wir denn *da*?«, schnauzt einer von ihnen, ein Mann mittleren Alters mit kahl rasiertem Kopf und einer langen Narbe quer über dem Kinn.

»Nicht schießen!«, sagt Mistress Coyle und hebt die Hände hoch.

»Wir haben die Explosion gehört«, sagt der zweite Soldat, der nicht viel älter ist als ich und blonde, schulterlange Haare hat.

Dann spricht wieder der erste Soldat, er sagt etwas völlig Unerwartetes: »Ihr seid spät dran.«

»Es reicht, Magnus«, sagt Mistress Coyle. Sie lässt die Hände sinken und macht ein paar Schritte auf das Fuhrwerk zu. »Und steck die Waffe weg. Das Mädchen gehört zu mir.«

»Was soll das?«, frage ich und rühre mich nicht vom Fleck.

»Die Leuchtspurbombe hat komplett versagt«, sagt der jüngere Soldat zu Mistress Coyle. »Wir wissen nicht einmal genau, wo sie eingeschlagen hat.«

»Ich hab's ja gesagt, sie war zu alt«, erklärt Magnus.

»Sie hat ihren Zweck erfüllt«, sagt Mistress Coyle und macht sich am Fuhrwerk zu schaffen, »egal wo sie eingeschlagen hat.«

»Hey«, mische ich mich ein. »Was geht hier vor?«

Und dann höre ich, wie jemand sagt: »Hildy?«

Mistress Coyle bleibt wie angewurzelt stehen, ebenso die beiden Soldaten, alle drei starren den Mann auf dem Fuhrwerk an.

»Das bist du, nich wahr?«, fragt er. »Die Hildy, die auch Viola ist.«

Ich habe nur auf die beiden Soldaten geachtet und kaum Notiz genommen von dem Mann, von seinem beinahe ausdrucksloses Gesicht, seiner Kleidung, seinem Hut, seiner Stimme und seinem Lärm, der ebenmäßig und ruhig wie der ferne Horizont ist.

Der Lärm des Mannes, der Todd und mich durch das Meer aus Tieren gefahren hat.

»*Wilf!*«, rufe ich atemlos.

Jetzt richten sich aller Augen auf mich, Mistress Coyle zieht die Brauen bis zum Haaransatz hoch.

»Hey«, begrüßt mich Wilf.

»Hey«, antworte ich, zu verblüfft, um mehr zu sagen.

Er tippt sich mit zwei Fingern an die Hutkrempe. »Bin froh, dass du es geschafft hast.«

Mistress Coyle bewegt den Mund, aber ein paar Sekunden lang bringt sie keinen Ton heraus. »Dafür ist später Zeit«, sagt sie schließlich. »Wir müssen weg von hier, *jetzt.*«

»Ist denn genug Platz für zwei?«, fragt der jüngere Soldat.

»Es muss irgendwie gehen.« Mistress Coyle bückt sich unter den Wagen und zieht ein Brett vor. Sie winkt mich zu sich. »Da hinein.«

»Wo hinein?« Ich bücke mich ebenfalls, und da sehe ich einen Verschlag an der Unterseite des Karrens, er ist kaum zu erkennen, eine schmale, enge Pritsche über der Hinterachse.

»Gepäck wird nich reingehen«, bemerkt Wilf und zeigt auf den Sack auf meinem Rücken. »Den nehm ich.«

Ich lasse den Sack von der Schulter gleiten und reiche ihn Wilf. »Danke.«

»Los jetzt, Viola!«, drängt Mistress Coyle.

Ich nicke Wilf kurz zu, bücke mich und krieche ganz in den Verschlag hinein, bis ich mit dem Kopf fast an der gegenüberliegenden Seite anstoße. Ohne zu zögern, folgt mir Mistress Coyle. Der junge Soldat hat recht. Es ist zu eng. Sie drängt sich an mich, wir liegen Gesicht an Gesicht, ihre Knie quetschen meine Schenkel, zwischen unseren Nasen ist kein Zentimeter Platz. Kaum dass sie ihre Füße in den Verschlag gezogen hat, wird das Brett wieder über die Öffnung geschoben und tiefe Dunkelheit umgibt uns.

»Wohin …«, will ich fragen, doch sie bringt mich mit einem energischen »Psst!« zum Schweigen.

Von draußen höre ich am Trappeln der Hufe, wie sich auf der Straße rasch Soldaten nähern.

»Meldung!«, ruft einer von ihnen, als sie neben dem Fuhrwerk anhalten.

Diese Stimme …

Sie ist laut und übertönt das Wiehern des Pferdes.

Diese Stimme …

»Wir haben die Explosion gehört, Sir«, antwortet der ältere unserer beiden Soldaten. »Dieser Mann hier sagt, er habe Frauen gesehen, die vor einer Stunde an ihm vorbei zur Flussstraße gerannt sind.«

Wir hören, wie der Soldat verächtlich hervorstößt: »Schlampen!«

Ich kenne die Stimme.

Es ist Sergeant Hammar.

»Zu welcher Einheit gehört ihr?«, fragt er.

»Zur ersten, Sir«, antwortet der Jüngere nach einer kaum merklichen Pause. »Zu Käpten O'Hare.«

»Was, zu diesem *Schlappschwanz*?«, faucht Sergeant Hammar. »Wenn ihr anständige Soldaten werden wollt, kommt zur vierten. Dann zeige ich euch, wo's langgeht.«

»Jawohl, Sir«, antwortet unser Soldat, aber er klingt nervöser, als mir lieb ist.

Ich kann den Lärm der Soldaten in Sergeant Hammars Einheit hören. Er kreist um unser Fuhrwerk. Er kreist um die Explosionen. Er kreist um Frauen, die er und seine Männer erschießen wollen.

Aber von Sergeant Hammar ist kein Laut zu hören.

»Nehmt diesen Mann fest«, sagt Sergeant Hammar schließlich und meint damit Wilf.

»Wir sind gerade dabei, Sir.«

»Schlampen!«, sagt Sergeant Hammar noch einmal, und wir hören, wie er seinem Pferd die Sporen gibt (*Abwerfen*, denkt es), und dann entfernt er sich schnell mit seinen Leuten.

Ich atme tief aus, mir ist gar nicht aufgefallen, dass ich den Atem angehalten habe. »Er wurde also *doch nicht* bestraft«, flüstere ich mehr zu mir selbst.

»Still!«, zischt Mistress Coyle.

Ich höre, wie Wilf mit der Peitsche knallt, und wir werden durchgeschüttelt, als der Wagen langsam weiterrattert.

Also hat der Bürgermeister gelogen. Die ganze Zeit über.

Natürlich hat er gelogen, du *Närrin*.

Maddys Mörder ist noch immer auf freiem Fuß, kann weiter morden, bekommt weiterhin seine Arznei.

Und ich werde von der Bewegung des Wagens ständig gegen die Frau gedrückt, die meine einzige Hoffnung zerstört hat, indem sie mich daran hinderte, Kontakt mit den Schiffen meiner Leute aufzunehmen, die uns vielleicht hätten retten können.

Und irgendwo hier draußen ist Todd. Und ich lasse ihn im

Stich. In meinem ganzen Leben habe ich mich noch nie so einsam gefühlt wie jetzt.

Der Verschlag ist höllisch eng. Eine nimmt der anderen die Luft weg, wir holen uns blaue Flecken an Ellbogen und Schultern, weil wir immer wieder gegeneinandergeschleudert werden, während der Wagen weiterrollt, es ist so heiß hier drinnen, dass unsere Kleider schon schweißnass sind.

Wir sprechen kein Wort.

Die Zeit vergeht. Und vergeht. Und noch mehr Zeit vergeht. Ich falle in eine Art Wachschlaf, die Wärme und die Enge machen mich matt. Das Schaukeln des Fuhrwerks lullt allmählich auch meine Sorgen ein und ich verschließe meine Augen vor ihnen.

Als der ältere der beiden Soldaten an die Holzplanke klopft, wache ich auf und hoffe schon, wir können endlich unser Versteck verlassen, doch er sagt bloß: »Jetzt wird's holprig. Haltet euch fest.«

»Woran?«, frage ich, aber dann bin ich still, denn ich habe das Gefühl, der Wagen stürzt gleich von einer Klippe herab.

Mistress Coyles Stirn schlägt gegen meine Nase, und fast sofort schmecke ich Blut. Ich höre sie keuchen und würgen, als ich ihr mit meiner freien Hand unabsichtlich den Hals zudrücke, und der Wagen rumpelt und holpert weiter, ich warte nur auf den Augenblick, in dem er umkippt und sich überschlägt.

Plötzlich schlingt Mistress Coyle beide Arme um mich, zieht mich dicht an sich und gibt uns beiden Halt, indem sie sich mit einer Hand und mit einem Fuß an der gegenüberliegenden Wand abstützt. Ich wehre mich gegen diese aufgezwungene Fürsorge, aber sie hat recht, denn von nun an stoßen wir uns nicht mehr gegenseitig, obwohl der Wagen weiterhin schlingert.

So verbringe ich den Rest der Reise in den Armen von Mistress Coyle. In ihren Armen gelange ich in das Lager der *Antwort*.

Endlich hält der Wagen an und beinahe im selben Augenblick wird das Brett entfernt.

»Wir sind da«, sagt der Soldat mit den blonden Haaren. »Alles in Ordnung mit euch?«

»Was sollte uns schon fehlen?«, fragt Mistress Coyle gequält zurück. Sie lässt mich los und zwängt sich aus dem Verschlag, dann streckt sie mir die Hand entgegen, um mir herauszuhelfen. Ich ergreife sie nicht, sondern klettere ohne Hilfe hinaus und betrachte meine neue Umgebung.

Wir sind einen steinigen Feldweg entlanggefahren, der für Fuhrwerke kaum passierbar ist, und jetzt sind wir an einem Ort, der wie eine Felsenschlucht mitten im Wald aussieht. Auf allen Seiten wachsen die Bäume bis dicht an den Rand des Talkessels und direkt vor uns sind ebenfalls welche.

Der Ozean muss hinter diesem Kessel liegen. Entweder habe ich länger gedöst, als ich dachte, oder sie hat gelogen und er ist viel näher, als sie mir erzählt hat.

Was mich nicht wundern würde.

Der blonde Soldat pfeift durch die Zähne, als er unsere Gesichter sieht, ich spüre, dass unter meiner Nase geronnenes Blut klebt. »Ich kann dir etwas dagegen geben«, sagt er.

»Sie ist eine Heilerin«, entgegnet ihm Mistress Coyle. »Sie kann sich selbst behandeln.«

»Ich bin Lee«, stellt er sich vor und grinst mich an.

Einen Augenblick lang ist mir unangenehm bewusst, wie schrecklich ich aussehen muss mit meiner blutigen Nase und in diesem lächerlichen Aufzug.

»Ich bin Viola«, sage ich mit gesenktem Blick.

»Da is dein Zeug.« Wie aus dem Boden geschossen steht plötzlich Wilf neben mir und gibt mir den Sack mit den Medikamenten und dem Verbandszeug. Ich schaue ihn an, dann werfe ich mich an seinen Hals, umarme ihn, drücke den Riesenkerl fest an mich.

»Is schön, dich zu sehen, Hildy«, sagt er.

»Ich freue mich auch, dich zu sehen«, sage ich mit belegter Stimme. Ich lasse ihn los und nehme den Sack.

»Hat Corinne das eingepackt?«, fragt Mistress Coyle.

Ich hole Verbandssachen heraus und fange an, mir das Blut von der Nase zu wischen. »Was kümmert es Euch?«

»Man kann mir vieles vorwerfen«, sagt sie, »aber nicht, dass ich mich nicht kümmere, mein Mädchen.«

»Ich hab es Euch schon einmal gesagt«, fauche ich verärgert. »Sagt niemals wieder ›mein Mädchen‹ zu mir.«

Mistress Coyle fährt sich mit der Zunge über die Lippen. Sie wirft Lee und Magnus einen schnellen Blick zu, worauf die beiden sofort in den Wald verschwinden.

»Du auch, Wilf«, fordert sie ihn auf.

Wilf schaut mich an. »Kommste allein zurecht?«

»Ich glaube schon« antworte ich heiser, »aber geh nicht so weit weg.«

Er nickt, legt den Finger wieder an die Hutkrempe und folgt den beiden Soldaten.

»So«, sagt Mistress Coyle und verschränkt die Arme. »Dann lass mal hören.«

Ich schaue sie an, sehe ihren missbilligenden Blick, und ich merke, wie mein Atem schneller geht, wie die Wut hochsteigt, so schnell und so stark, dass ich fast zerspringe. »Wie *könnt* Ihr es wagen ...«

Sie unterbricht mich *sofort*. »Wer auch immer als Erster mit euren Schiffen Verbindung aufnimmt, ist im Vorteil. Wenn er es ist, dann wird er ihnen von der üblen, kleinen Terroristenbande erzählen, die er am Hals hat, und deine Leute bitten, sie mit ihren Ortungsgeräten aufzuspüren und auszuradieren.«

»Ja, aber wenn wir ...«

»Wenn wir die Ersten gewesen wären, ja, dann hätten wir ihnen natürlich alles über den Tyrannen berichten können. Aber wir hätten das nie geschafft.«

»Wir hätten es zumindest versuchen können.«

»War dir eigentlich klar, was du da tust, als du auf den Sendeturm zugerannt bist?«

Ich balle die Fäuste. »Nein, aber wenigstens hätte ich ...«

»Was hättest du?« Sie blickt mich herausfordernd an. »Eine Botschaft an genau die Koordinaten gesendet, die der Präsident herausfinden will? Er wartet doch nur darauf, dass du genau das versuchst! Warum, glaubst du, hat er dich noch nicht eingesperrt?«

Ich bohre mir die Fingernägel in die Handflächen, ich zwinge mich, ihre Worte zu überhören.

»Uns läuft die Zeit davon«, fährt sie fort. »Und wenn *wir* die Sendeanlage schon nicht benutzen können, um Hilfe herbeizuholen, dann können wir zumindest ihn davon abhalten, es zu tun.«

»Und wenn sie landen? Welchen genialen Plan habt Ihr für diesen Fall?«

»Nun«, sagt sie und kommt ein paar Schritte näher, »wenn wir ihn bis dahin nicht besiegt haben, dann wird es einen Wettlauf geben, wer als Erster bei den Schiffen ist. Das ist dann zumindest ein fairer Kampf.«

Ich schüttle den Kopf. »Dazu hattet Ihr kein Recht.«

»Wir sind im Krieg.«

»Den Ihr vom Zaun gebrochen habt.«

»*Er* hat damit angefangen, mein Mädchen.«

»Und Ihr habt den Krieg ausgeweitet.«

»Manchmal muss man harte Entscheidungen treffen.«

»Und wer hat Euch das Recht gegeben, diese Entscheidungen zu treffen?«

»Wer hat *ihm* das Recht gegeben, die halbe Bevölkerung dieses Planeten einzusperren?«

»Ihr sprengt Menschen in die Luft!«

»Unglücksfälle«, antwortet sie. »Äußerst bedauerlich.«

Ich trete näher auf sie zu. »Genau dasselbe hätte *er* auch sagen können.«

Sie zieht die Schultern hoch, und wenn sie Lärm besäße, dann hätte er mir jetzt den Kopf weggeblasen. »Hast du die Frauengefängnisse gesehen, mein Mädchen? Mit allem, was du noch nicht weißt, könnte man einen ganzen *Meteoritenkrater* zuschütten …«

»Mistress Coyle!«, ruft eine Stimme und dann taucht Lee auf. »Gerade eben ist eine Nachricht gekommen.«

»Und welche?«, fragt Mistress Coyle.

Er schaut sie an, dann mich, und wieder muss ich den Blick senken.

»Drei Divisionen marschieren auf der Flussstraße«, sagt er. »Geradewegs auf den Ozean zu.«

Ich hebe ruckartig den Kopf. »Sie kommen *hierher*?«

Mistress Coyle und Lee schauen mich an.

»Nein«, antwortet Lee, »sie marschieren auf das Meer zu.«

»Aber sind wir denn nicht …«

»Natürlich nicht«, antwortet Mistress Coyle trocken und auch ein wenig spöttisch.

»Wie kommst du darauf, dass wir am Meer sind? Und wie, frage ich mich, kommt der *Präsident* darauf?«

Vor Wut läuft mir ein kalter Schauer über den Rücken, und obwohl die Sonne scheint und trotz der dicken, bauschigen Ärmel zittere ich.

Sie hat mich *auf die Probe* gestellt.

Als ob ich dem Bürgermeister mitteilen würde, wo …

»Wie *könnt* Ihr es wagen …«, setze ich an. Aber meine Wut verraucht, als mir etwas einfällt.

»Todd«, flüstere ich.

In seinem Lärm hört man Ozean.

Er hat versprochen, nichts zu sagen.

Und ich bin sicher, er wird sich an sein Versprechen halten.

Wenn er kann.

(Oh, Todd, hat er …)

(Bist du …)

Oh *nein*.

»Ich muss zurück«, sage ich. »Ich muss ihn *retten*.«

Aber noch während ich das sage, schüttelt sie schon den Kopf. »Im Augenblick können wir gar nichts für ihn tun.«

»Er wird ihn umbringen.«

Sie sieht mich an, nicht ohne Bedauern. »Vermutlich lebt er schon nicht mehr, mein Mädchen.«

Meine Kehle ist auf einmal wie zugeschnürt, aber ich versuche mir nichts anmerken zu lassen. »Das wisst Ihr nicht.«

»Wenn er noch am Leben ist, dann hat er es dem Präsidenten freiwillig gesagt.« Sie legt den Kopf schräg. »Was wäre dir denn lieber?«

»Nein«, sage ich und schüttle den Kopf. »Nein.«

»Es tut mir leid, mein Mädchen.« Ihre Stimme ist jetzt ein bisschen leiser als zuvor, ein bisschen milder, aber immer noch unnachgiebig. »Es tut mir wirklich sehr leid. Aber es stehen Tausende von Menschenleben auf dem Spiel. Und ob du willst oder nicht, du hast dich für eine Seite entschieden.« Sie blickt zu Lee hinüber. »Was hältst du davon, wenn wir dir jetzt unsere Truppen zeigen?«

20

Trümmer

[TODD]

»Schlampen!«, sagt Mr Hammar vom Sattel herab.

»Nach deiner Einschätzung habe ich nicht gefragt, Sergeant«, sagt der Bürgermeister, der auf Morpeth durch den Qualm über die verbogenen Metallstreben reitet.

»Sie haben ihr Zeichen hinterlassen.«

Mr Hammar zeigt auf den Stamm eines hohen Baumes am Rande der Lichtung.

Das blaue **A** ist daraufgeschmiert.

»Wie schön, dass du dir solche Sorgen um mein Sehvermögen machst«, sagt der Bürgermeister in einem so scharfen Ton, dass sogar Mr Hammar den Mund hält.

Wir sind vom Kloster hierhergeritten und unterwegs auf Mr Hammars kampfbereiten Trupp gestoßen. Oben auf dem Hügel trafen wir auf Ivan und die Soldaten, die den Turm bewachen sollten. Ich glaube, Ivan ist auf diesen Posten befördert worden, nachdem er alle Spackle zusammengetrieben hatte, aber jetzt sieht er so aus, als wünschte er, er hätte *noch nie* etwas von diesem Turm gehört.

Denn anstelle des Turms liegt hier ein Haufen qualmender Schrott. Die Einzelteile liegen aufgereiht, gerade so, wie der Turm umgefallen ist. Wie ein Betrunkener, der stürzt und beschließt, einfach liegen zu bleiben und zu schlafen.

(Und ich denke verdammt noch mal nicht daran, dass sie mich gefragt hat, wie man hierherkommt.)

(Und dass wir zuerst hierhergehen sollten.)

(Oh, Viola, damit hast du nichts zu tun.)

»Wenn sie in der Lage sind, etwas so Großes in die Luft zu jagen ...«, sagt Davy, der rechts von mir reitet. Er lässt seinen Blick über das Gelände schweifen. Er beendet seinen Satz nicht, denn er spricht nur aus, was alle hier denken, was in unserem Lärm mitschwingt.

Das heißt natürlich, in dem Lärm derer, die Lärm *haben*, denn Mr Hammar scheint einer der Glücklichen zu sein, die keinen haben.

»Hey, Junge«, fragt er mich spöttisch, »bist du schon ein Mann?«

»Wolltest du nicht gerade irgendwohin gehen, Sergeant?«, fragt der Bürgermeister, ohne ihn eines Blickes zu würdigen.

»Bin schon auf dem Weg, Sir.« Mr Hammar wirft mir einen bösen Blick zu, dann gibt er seinem Pferd die Sporen und befiehlt seinen Leuten, ihm zu folgen. Sie marschieren den Berg hinunter im schnellsten Marschtritt, den ich je gesehen habe. Und in ihrem Lärm versichern sie, wie leid es ihnen tut, dass sie zum Kloster gerannt sind, nachdem sie den Einschlag der Leuchtspurbombe gehört haben.

Aber eigentlich war es nur logisch. Man wirft irgendwo eine

kleine Bombe ab, damit die Leute von dort, wo man die große zünden will, weglaufen.

Aber warum, zum Teufel, haben sie dann das Kloster bombardiert?

Warum haben sie die Spackle angegriffen?

Warum *mich*?

»Gefreiter Farrow«, sagt der Bürgermeister zu Ivan.

»*Unteroffizier* Farrow«, korrigiert Ivan ihn vorsichtig.

Der Bürgermeister dreht nur langsam den Kopf, und Ivan verstummt, als er begreift. »Gefreiter Farrow«, wiederholt der Bürgermeister. »Du wirst so viel Metall und Schrott bergen wie möglich und danach deinem Vorgesetzten mitteilen, dass er deine Arzneiration sperren soll.«

Er hält inne. Wir alle können Ivans Lärm hören, laut und deutlich. Der Bürgermeister blickt sich um. Jeder einzelne Soldat in dieser Truppe hat Lärm. Jeder Einzelne wurde wegen des einen oder anderen Vergehens bestraft.

»Du wirst dich bei deinem Vorgesetzten melden und dir eine passende Strafe abholen.«

Ivan antwortet nicht, aber sein Lärm rumort.

»Noch Fragen?«, sagt der Bürgermeister mit bedrohlich heiterer Stimme. Er schaut Ivan fest in die Augen, weicht seinem Blick nicht aus. »Du wirst dich bei deinem Vorgesetzten melden und dir eine passende Strafe abholen«, wiederholt er und es schwingt etwas in seiner Stimme mit, etwas Unheimliches.

Ivans Blick ist benebelt, seine Mundwinkel hängen schlaff herab. »Ich werde mich bei meinem Vorgesetzten melden und mir eine passende Strafe abholen«, antwortet er.

»Gut«, sagt der Bürgermeister und betrachtet wieder den Trümmerhaufen.

Ivan sackt in sich zusammen, als der Blick des Bürgermeisters nicht mehr auf ihm ruht, er blinzelt und verzieht das Gesicht, als wäre er soeben aufgewacht.

»Aber, Sir«, ruft er dem Bürgermeister nach.

Der Bürgermeister dreht sich wieder zu ihm um und ist offenbar ausgesprochen überrascht, nochmals angesprochen zu werden.

Ivan lässt nicht locker. »Wir sind doch nur zu Hilfe geeilt und ...«

Die Augen des Bürgermeisters funkeln. »Und habt genau so reagiert, wie die *Antwort* es vorausgesehen hat – worauf sie dann ungestört *meinen Turm* in die Luft sprengen konnte.«

»Aber Sir ...«

Ohne eine Miene zu verziehen, holt der Bürgermeister seine Pistole aus dem Halfter und schießt Ivan ins Bein.

Ivan fällt vornüber, heult auf. Der Bürgermeister lässt seinen Blick über die Soldaten schweifen. »Hat noch irgendjemand etwas zu sagen, ehe er sich wieder an die Arbeit macht?«

Während die anderen Soldaten Ivan schreien lassen und anfangen, den Trümmerhaufen beiseite zu räumen, reitet der Bürgermeister dorthin, wo das **A** auf den Baumstamm gepinselt ist, eine Kampfansage, grell und unübersehbar. »Die *Antwort*«, murmelt er leise vor sich hin, als spräche er zu sich selbst. »Die *Antwort*.«

»Lass *uns* sie verfolgen, Pa«, bittet Davy.

»Hm?« Der Bürgermeister dreht langsam den Kopf, als hätte er vergessen, dass wir auch noch da sind.

»Wir können kämpfen«, sagt Davy. »Das haben wir bewiesen. Aber stattdessen lässt du uns auf Tiere aufpassen, die schon besiegt sind.«

Der Bürgermeister betrachtet uns eine Zeit lang, und ich frage mich, seit wann Davy von sich und mir als »uns« spricht. »Wenn du glaubst, sie seien schon besiegt«, sagt er schließlich, »dann weißt du wirklich sehr wenig über die Spackle.«

Davys Lärm klingt ärgerlich. »Ich denke, das eine oder andere habe ich inzwischen doch gelernt.«

Und sosehr er mich auch anwidert, in diesem Punkt muss ich ihm recht geben.

»Ja«, erwidert der Bürgermeister. »Ich glaube, das hast du. Ihr beide habt dazugelernt.« Er schaut mir in die Augen, und ich muss daran denken, wie ich 1017 vor der Bombe gerettet, wie ich mein eigenes Leben aufs Spiel gesetzt habe, um ihn in Sicherheit zu bringen.

Und wie er mich zum Dank gebissen und gekratzt hat.

»Wie wär's dann mit einer neuen Aufgabe?«, fragt der Bürgermeister und reitet zu uns herüber. »Eine, bei der ihr euer ganzes Können unter Beweis stellen könnt.«

Davys Lärm weiß nicht, was er davon halten soll. Stolz schwingt in seinen Gedanken mit, aber auch Zweifel.

In meinem Lärm ist nur Furcht.

»Bist du bereit, den Anführer zu machen, Todd?«, fragt er mich.

»Ich bin bereit dazu, Pa«, antwortet Davy.

Der Bürgermeister sieht nur mich an. Er weiß, dass ich an *sie* denke, aber er übergeht alle meine Fragen.

»Die *Antwort*«, sagt er und blickt auf das blaue **A**. »Wenn sie das sein wollen, meinetwegen.« Dann wendet er sich uns zu. »Aber wenn es eine Antwort gibt, dann muss man diese Antwort auch *anhören* …«

Er verstummt und ein versonnenes Lächeln tritt in sein Gesicht. Er sieht aus, als schmunzle er über einen Scherz.

Davy entfaltet die große weiße Papierrolle auf dem Gras, es kümmert ihn nicht, dass der kalte Morgentau sie durchnässt. Oben stehen ein paar Wörter und darunter sind Zeichnungen, Rechtecke und alles Mögliche.

»Das meiste sind Maßangaben«, sagt Davy. »Viel zu viele, verdammt noch mal. *Schau* dir das bloß mal an.«

Er hält mir die Rolle hin, er will, dass ich ihm zustimme.

Und, ja …

Ja, okay, ich …

Hol's der Teufel.

»Viel zu viele, verdammt noch mal«, sage auch ich und merke, wie ich unter den Achseln zu schwitzen beginne.

Es ist der Tag nach dem Anschlag auf das Kloster; wir sind zurück und lassen die Spackle arbeiten. Meine missglückte Flucht scheint vergessen, als hätte sie sich in einem anderen Leben ereignet. Offenbar gibt es Wichtigeres, worüber wir uns den Kopf zerbrechen müssen. Über Viola spricht der Bürgermeister nicht mit mir, und ich arbeite wieder unter Davys Aufsicht, der nicht allzu glücklich dabei wirkt.

Es ist wieder wie in alten Zeiten.

»Wir sollten eigentlich kämpfen, aber er lässt uns einen Scheißpalast bauen«, murrt Davy stirnrunzelnd und mustert die Pläne.

Es ist zwar kein Palast, aber Davy bringt es auf den Punkt. Eigentlich sollten es nur ein paar behelfsmäßige Schuppen werden, in denen die Spackle sich im Winter unterstellen können, aber jetzt ist ein richtiges Gebäude geplant, es ist für Menschen gedacht und fast so groß wie ein Kloster.

Es hat sogar einen Namen, der oben auf dem Plan steht.

Ein Name, auf dem mein Blick haften bleibt, während ich versuche …

Davy sieht mich mit großen Augen an. Ich lasse meinen Lärm so laut wie möglich werden.

»Wir sollten uns an die Arbeit machen«, sage ich.

Aber Davy schaut mich immer noch an. »Was hältst du von dem, was hier steht?«, fragt er und legt seinen Finger auf eine Reihe von Buchstaben. »Ist das nicht erstaunlich, was da steht?«

»Ja«, antworte ich achselzuckend. »Stimmt schon.«

Vor Freude werden seine Augen sogar noch größer.

»Das ist nur eine Materialaufstellung, Schweinebacke!« Seine nächsten Worte sind wie ein Jubelschrei. »Du kannst nicht lesen!«

»Halt die Klappe!«, sage ich und schaue weg.

»Du kannst nicht einmal *lesen*!« Davy grinst in die kalte Wintersonne und alle Spackle um uns herum sehen zu.

»Was für Schwachköpfe doch auf der Welt herumlaufen.«

»Halt die Klappe, hab ich gesagt!«

Davy fällt die Kinnlade herunter, als es ihm klar wird.

Ich weiß, was er sagen wird, ehe er noch den Mund aufmacht.

»Das Buch deiner Mutter«, sagt er. »Sie hat es für dich geschrieben und du kannst es nicht mal ...«

Was kann ich anderes tun, als ihm eins auf sein blödes Maul zu hauen?

Ich bin größer und stärker geworden, und er zieht den Kürzeren in dem Kampf, aber es scheint ihm egal zu sein. Sogar als wir uns wieder an die Arbeit machen, kichert er noch vor sich hin und macht ein ziemliches Getue, jedes Mal, wenn er die Pläne studiert.

»Mächtig kompliziert, diese Anleitungen«, sagt er und grinst dämlich.

»Lies verdammt noch mal weiter!«

»Schön, schön«, antwortet er. »Mit dem ersten Punkt, der hier steht, sind wir schon fertig. Alle Mauern innerhalb des Klostergeländes müssen eingerissen werden.«

Er sieht von den Plänen auf. »Wenn du willst, kann ich es dir ja aufschreiben.«

Mein Lärm schlägt ihm feuerrot entgegen, aber Lärm ist keine Waffe. Außer man ist der Bürgermeister.

Ich hätte nicht geglaubt, dass das Leben noch beschissener werden könnte, aber es gibt immer eine Steigerung. Bomben fallen, Türme stürzen zusammen, ich muss für Davy arbeiten, der Bürgermeister lässt mich nicht aus den Augen und …

(Ich weiß nicht, wo sie ist.)

(Ich weiß nicht, was der Bürgermeister mit ihr vorhat.)

(Hat sie die Bomben gelegt?)

(Hat sie etwas damit zu tun?)

Ich drehe mich zur Baustelle um.

1150 Paar Spackle-Augen beobachten uns, starren mich an wie blödes Vieh, das vom Grasen aufschaut, weil es irgendetwas gehört hat.

Saublöde Schafe.

»AN DIE ARBEIT!«, schreie ich.

»Du siehst ja ziemlich übel aus«, begrüßt mich Bürgermeister Ledger, als ich mich auf meine Pritsche fallen lasse.

»Scheiß drauf«, antworte ich nur.

»Er lässt dich ganz schön schuften, was?« Er bringt mir das Abendessen, das schon für mich bereitsteht. Wie es aussieht, hat er gar nicht mal besonders viel von meiner Portion gegessen, bevor ich gekommen bin.

»Ehrlich gesagt, glaube ich, dass er mich vergessen hat«, sage ich und stochere auf meinem Teller herum. »Ich weiß nicht, wann ich das letzte Mal mit ihm geredet habe.«

Ich sehe ihn an. Sein Lärm ist undeutlich, als wollte er etwas vor mir verbergen, aber das kenne ich ja.

»Ich habe nur den Müll weggeräumt, wie immer«, sagt er und sieht mir beim Essen zu. »Und zugehört, worüber die Leute reden.«

»Und worüber reden sie?«, frage ich, denn er will anscheinend erzählen.

»Nun«, sagt er, und in seinem Lärm kommt etwas Unangenehmes hoch.

»Raus mit der Sprache.«

Und dann sehe ich, weshalb sein Lärm so flau ist, denn es gibt etwas, was er mir eigentlich nicht sagen will, aber von dem er glaubt, es mir sagen zu müssen.

»Das *Haus der Heilung*«, beginnt er. »Na, du weißt schon, welches.«

»Was ist damit?« Ich bemühe mich vergebens, gelassen zu klingen.

»Es wurde geschlossen. Es ist leer.«

Ich höre auf zu essen. »Was meinst du mit ›leer‹?«

»Na eben leer«, erwidert er vorsichtig, denn er weiß, dass das keine gute Nachricht ist. »Da gibt es niemanden mehr, nicht einmal Kranke. Alle sind weg.«

»Weg?«, flüstere ich.

Weg.

Ich stehe auf, aber ich kann ja nirgends hingehen, meinen Teller mit dem Essen halte ich immer noch in der Hand.

»Wohin sind sie gegangen? Was hat er mit den Frauen gemacht?«

»Er hat gar nichts gemacht«, sagt Bürgermeister Ledger. »Deine Freundin ist geflohen. Sagen die Leute. Sie ist mit den anderen Frauen weggegangen, kurz bevor der Turm gesprengt wurde.« Er streicht sich übers Kinn. »Alle wurden festgenommen und eingesperrt, nur deine Freundin … ist entkommen.«

Er sagt »entkommen«, aber er sagt es so, als meinte er etwas anderes damit. So als wäre er der Meinung, sie habe alles genau geplant.

»Woher willst du das wissen?«, frage ich. »Woher willst du wissen, ob es stimmt, was man sich über sie erzählt?«

Er zuckt die Schultern. »Vielleicht stimmt es ja nicht«, sagt er. »Aber ich habe es von einem der Soldaten erfahren, der das *Haus der Heilung* bewacht hat.«

»Nein«, sage ich, aber ich weiß nicht, was ich denken soll. »Nein.«

»Wie gut kennst du sie eigentlich?«, fragt Bürgermeister Ledger.

»Halt die Klappe.«

Ich habe das Gefühl, keine Luft mehr zu kriegen.

Es ist eine gute Nachricht, dass sie weggelaufen ist.

Ist das wirklich gut?

Sie ist in Gefahr gewesen und jetzt …

(Aber …)

(Hat sie den Turm in die Luft gejagt?)

(Warum hat sie mir nicht gesagt, was sie vorhat?)

(Hat sie mich angelogen?)

Ich sollte nicht daran denken, ich sollte nicht daran denken, aber ich muss …

Sie hat es versprochen.
Und jetzt ist sie fort.
Sie hat *mich* verlassen.
(Viola?)
(Hast du mich verlassen?)

21

Das alte Bergwerk

(VIOLA)

ICH WACHE AUF UND HÖRE Flügelschlag vor der Tür. Daran habe ich mich schon gewöhnt in den paar Tagen, in denen ich hier bin, es sind die Fledermäuse, die nach ihrer nächtlichen Jagd wieder in die Höhlen zurückkehren. Das heißt, dass die Sonne bald aufgehen wird und es bald Zeit für mich ist aufzustehen.

Einige Frauen regen sich schon, strecken und rekeln sich auf ihren Pritschen. Andere sind noch der Welt entrückt, schnarchen, furzen und lassen sich einfach im leeren Nichts des Schlafes treiben.

Eine Sekunde lang wünsche ich mir, ich könnte das Gleiche tun.

Das Schlafquartier ist eigentlich nur ein länglicher Schuppen mit gefegtem Lehmboden, Holzwänden, einer Holztür, fast fensterlos, und in der Mitte steht ein eiserner Ofen, der den Raum eher schlecht als recht beheizt. Von einem Ende bis zum anderen reihen sich die Pritschen aneinander und auf jeder von ihnen liegt eine schlafende Frau.

Weil ich diejenige bin, die als Letzte zu ihnen gestoßen ist, steht meine Pritsche ganz außen.

Ich beobachte die Frau auf dem Bett am anderen Ende der langen Reihe. Sie setzt sich kerzengerade auf. Sie ist jemand, die jede ihrer Bewegungen perfekt kontrolliert. Sie scheint nie wirklich zu schlafen, sich allenfalls eine Ruhezeit zu gönnen, bis sie wieder zur Arbeit geht.

Mistress Coyle setzt die Füße auf den Boden und blickt über die Reihen der Schlafenden direkt zu mir.

Überprüft zuerst, ob ich noch da bin.

Oder ob ich mitten in der Nacht weggerannt bin, um Todd zu suchen.

Ich glaube nicht, dass er tot ist. Ich glaube nicht, dass er dem Bürgermeister von uns erzählt hat.

Es muss eine andere Erklärung geben.

Ich blicke wieder zu Mistress Coyle, die reglos auf ihrer Pritsche sitzt.

Bin noch nicht weg, denke ich. *Noch nicht.*

Aber hauptsächlich deshalb, weil ich nicht einmal weiß, wo wir überhaupt sind.

Wir sind nicht am Meer. Nicht einmal in der Nähe, wenn ich nicht irre, aber das hat nichts zu bedeuten, denn Geheimhaltung ist das Zauberwort hier im Camp. Niemand teilt dem anderen etwas mit, es sei denn, es ist unumgänglich. Das ist für den Fall, dass eine von uns beim Bombenlegen ertappt und gefangen genommen wird oder bei einem Überfall auf ein Lebensmittellager, jetzt, da bei der *Antwort* die Vorräte an

Mehl und Medikamenten knapp werden. Mistress Coyle hütet ihr Wissen, es ist ihr wichtigstes Werkzeug.

Ich weiß nur, dass das Camp in der Nähe eines alten Bergwerks liegt, das einst, wie scheinbar so vieles auf diesem Planeten, mit großer Zuversicht errichtet, aber schon nach wenigen Jahren wieder aufgegeben wurde. Rund um die Schachteingänge stehen ein paar Schuppen. Manche von ihnen sind neu, manche stammen noch aus den Tagen, als hier Bergbau betrieben wurde, sie dienen als Schlafräume, Versammlungsräume, Speiseräume und so weiter.

In den Höhlen, in denen keine Fledermäuse hausen, befinden sich die Lager für Lebensmittel und Nachschub, all diese Stollen sind schrecklich niedrig und werden von Mistress Lawson streng bewacht, die sich immer noch wegen der zurückgelassenen Kinder grämt und die jedem von diesem Kummer erzählt, auch wenn er nur eine zusätzliche Decke gegen die Kälte von ihr will.

Weiter unten in diesen Höhlen beginnen die Schächte, die ursprünglich in die Tiefe getrieben wurden, um Kohle oder Salz abzubauen, aber dann fand man nichts, nicht einmal Edelsteine oder Gold, was an einem Ort wie diesem auch niemandem genützt hätte. In diesen Schächten sind jetzt die Waffen und der Sprengstoff versteckt. Ich weiß nicht, wie sie dorthin gekommen sind, geschweige denn, woher sie stammen, aber wenn unsere Feinde das Lager aufspüren, dann wird der Sprengstoff gezündet und wir alle werden von der Landkarte ausradiert.

Aber vorerst ist es nur ein Lager, nahe an einer Quelle und mitten im dichten Wald. Der einzige Weg hierher führt zwischen den Bäumen hindurch den Pfad entlang, auf dem Mistress Coyle und ich gekommen sind, und dieser Pfad ist so steil und beschwerlich, dass man jeden Eindringling schon von Weitem kommen hört.

»Und sie werden kommen«, sagte Mistress Coyle zu mir am ersten Tag im Lager. »Wir müssen nur darauf vorbereitet sein.«

»Warum sind sie nicht schon längst da?«, fragte ich sie. »Sie müssen doch wissen, dass hier ein altes Bergwerk ist.«

Aber sie hat mir nur zugezwinkert und den Finger an die Nase gelegt.

»Was soll *das* denn heißen?«, habe ich sie gefragt.

Aber mehr erfuhr ich nicht, denn Geheimhaltung ist hier eben das Zauberwort.

Beim Frühstück lassen mich Thea und die anderen Gehilfinnen, die ich kenne, wie üblich links liegen, keine spricht ein Wort mit mir, sie geben mir immer noch die Schuld an Maddys Tod, sie halten mich immer noch für eine Verräterin, und sie geben mir die Schuld an diesem ganzen Scheißkrieg.

Nicht dass es mir etwas ausmachen würde.

Ist mir doch egal.

Ich lasse sie in der Kantine beieinanderhocken und gehe mit meinem Teller voll grauem Haferbrei nach draußen in die kalte Morgensonne und setze mich auf einen Felsbrocken in der Nähe der Höhleneingänge. Während ich esse, erwacht vor mir das Lager, macht sich bereit für das, womit Terroristen ihre Tage verbringen.

Am meisten bin ich überrascht, wie wenige Leute hier sind. Es mögen etwa hundert sein, mehr nicht. Das ist also die berüchtigte *Antwort*, die mit Bombenanschlägen New

Prentisstown aufmischt. Hundert Leute. Heilerinnen und Gehilfinnen, ehemalige Patientinnen und noch ein paar andere, die im Schutz der Nacht verschwinden und am Morgen zurückkehren, solche, die im Lager alles in Gang halten für die, die kommen und gehen, und sich um die wenigen Pferde kümmern und um die Ochsen, die sie vor die Fuhrwerke spannen, um die Hühner, von denen wir die Eier haben, und um die tausend anderen Dinge, die getan werden müssen.

Es sind nur hundert Leute. Viel zu wenige, um auch nur ein Stoßgebet zum Himmel zu schicken, wenn die *richtige* Armee des Bürgermeisters anrückt.

»Alles in Ordnung, Hildy?«

»Hi, Wilf«, begrüße ich ihn, als er ebenfalls mit einem Teller Haferbrei in der Hand auf mich zukommt. Ich rutsche zur Seite, damit er sich neben mich setzen kann. Er sagt nichts, er isst nur seinen Brei und lässt mich in Ruhe essen.

»Wilf?«, hören wir es auf einmal rufen. Jane, Wilfs Frau, kommt mit zwei dampfenden Tassen auf uns zu. Sie steigt vorsichtig über das Geröll, einmal stolpert sie, verschüttet etwas von dem Kaffee, und Wilf springt schon auf, aber sie fängt sich wieder. »Da seid ihr ja«, schreit sie fast und hält uns die Tassen hin.

»Danke«, sage ich und nehme meine Tasse.

Sie schiebt die Hände unter die Achseln, denn es ist kalt, sie lächelt und schaut sich mit großen Augen um, als wollte sie alles, was sie sieht, mit Blicken verschlingen. »Viel zu kalt, um hier draußen zu essen«, sagt sie betont munter.

»Hm«, brummt Wilf und löffelt weiter seinen Brei.

»Nicht so schlimm«, sage ich und esse ebenfalls weiter.

»Habt ihr gehört, letzte Nacht haben unsere Leute ein Getreidelager ausgenommen.« Sie senkt die Stimme zu einem Flüstern, aber irgendwie klingt sie lauter als zuvor. »Wir haben bald wieder *Brot*!«

»Hm«, antwortet Wilf.

»Magst du Brot?«, fragt sie mich.

»Ja.«

»Wir haben wieder Brot«, sagt sie, zum Boden, zum Himmel, zu den Felsen. »Wir haben wieder Brot«

Dann stapft sie ohne ein weiteres Wort wieder zurück, aber Wilf scheint das nichts auszumachen, er nimmt kaum Notiz davon. Aber ich weiß *ganz genau*, dass sein einfältiger, monotoner Lärm, seine Verschlossenheit und angebliche Unbedarftheit gar nichts, aber auch rein gar nichts mit dem wirklichen Wilf zu tun haben.

Wilf und Jane sind vor der heranrückenden Armee nach Haven geflohen, sie haben uns auf der Straße überholt, als Todd sich in Carbonel Downs von seinem Fieber erholte. Jane wurde unterwegs krank, und Wilf brachte sie, nachdem er sich umgehört hatte, direkt zu Mrs Forth ins *Haus der Heilung*. Doch als die Armee dann einrückte, war sie noch immer nicht ganz gesund. Wilf, dessen Lärm so frei von jeder Arglist ist wie bei sonst keinem Menschen auf diesem Planeten, hielten die Soldaten für schwachsinnig, und deshalb erlaubte man ihm, seine Frau zu besuchen, was keinem anderen Mann gestattet war.

Als die Frauen flohen, hat Wilf ihnen geholfen. Und als ich ihn später gefragt habe, warum, hat er nur die Schultern gezuckt und gesagt: »Hätten mir sonst Jane weggenommen.« Die Frauen, die nicht so gut zu Fuß waren, hat er in seinem Fuhrwerk verborgen, er hat ein Versteck eingebaut, damit einige der Frauen zurück in die Stadt gelangen und Anschläge verüben konnten. Während endlos langer Wochen hat er sein Leben aufs Spiel gesetzt, um die Frauen hin- und herzufahren. Doch die Soldaten glaubten offenbar, ein so einfältiger Mensch könne nichts vor ihnen verbergen.

Was die Frauen der *Antwort* sehr erstaunte.

Aber mich keineswegs.

Er hat einmal mich und Todd gerettet, obwohl er es gar nicht musste. Und ein anderes Mal hat er Todd das Leben gerettet und sich damit in noch größere Gefahr gebracht. In meiner ersten Nacht hier im Lager war er sogar bereit, auf der Stelle mit mir umzukehren und Todd zu suchen, aber Sergeant Hammar kennt ja jetzt Wilfs Gesicht. Er weiß, dass Wilf schon längst im Gefängnis sitzen sollte, und so ist jede Fahrt zurück in die Stadt für Wilf ein Spiel mit dem Tod.

Ich schiebe den letzten Löffel meines Haferbreis in den Mund und stoße einen tiefen Seufzer aus. Der Seufzer könnte der Kälte, dem faden Haferbrei, der Untätigkeit, zu der ich hier im Lager verdammt bin, gelten. Aber Wilf errät den Grund. Irgendwie weiß Wilf immer Bescheid.

»Ich bin sicher, ihm geht's gut, Hildy«, beruhigt er mich und isst den letzten Löffel Brei. »Er kommt durch, unser Todd. Ganz bestimmt.«

Ich schaue in die kalte Morgensonne, und ich muss wieder schlucken, aber das liegt am Brei.

»Halt dich wacker«, sagt Wilf und steht auf. »Für das, was noch kommt.«

»Was kommt denn?«, frage ich ihn, als er schon auf dem Weg zu den Schuppen ist und seinen Kaffee trinkt.

Aber er geht einfach weiter.

Ich trinke meinen Kaffee aus, rubble mir die Arme, um mich etwas aufzuwärmen, und nehme mir vor, sie heute wieder zu fragen, nein, ich werde ihr einfach *sagen*, dass ich am nächsten Auftrag teilnehmen werde, dass ich ihn suchen muss ...

»Du sitzt ganz allein hier draußen?«

Ich blicke auf. Vor mir steht Lee, der junge blonde Soldat, und lächelt übers ganze Gesicht, seine weißen Zähne blitzen auf. Ich merke, wie ich rot werde.

»Nein, nein«, sage ich und stehe rasch mit dem Teller in der Hand auf.

»Du brauchst doch nicht gleich wegzugehen«, sagt er.

»Nein, ich bin fertig ...«

»Viola ...«

»Jetzt hast du genug Platz.«

»Das hab ich nicht gemeint.«

Aber ich stapfe schon zum Küchenschuppen zurück und verwünsche mich selbst, weil ich so rot geworden bin.

Lee ist nicht der einzige Mann im Lager. Gut, er ist eigentlich *noch gar kein Mann*, aber genau wie Wilf können er und Magnus nicht mehr so tun, als wären sie Soldaten, und in die Stadt zurückkehren, jetzt, da man ihre Gesichter kennt.

Aber es gibt andere, die das noch können.

Denn das ist das größte Geheimnis der *Antwort*. Mindestens ein Drittel der Leute sind Männer, Männer, die so tun, als wären sie Soldaten. Männer, die Frauen in die Stadt und wieder herausbringen. Männer, die Mistress Coyle dabei helfen, die Ziele der Bomben auszuwählen und dann die Anschläge verüben. Männer, die sich mit Sprengstoff auskennen, Männer, die an die Sache der *Antwort* glauben und die gegen den Bürgermeister und alles, was er verkörpert, kämpfen wollen.

Es sind Männer, die ihre Frauen, Töchter und Mütter verloren haben und die dafür kämpfen, diese Frauen zu retten oder sie zu rächen.

Meist kämpfen sie aus Rache.

Wahrscheinlich ist es von Vorteil, wenn alle denken, dass die *Antwort* nur aus Frauen besteht. Auf diese Weise können Männer kommen und gehen, wann sie wollen, und das selbst dann, wenn der Bürgermeister, wie anzunehmen ist, Wind davon bekommen hat und er deshalb so vielen seiner Soldaten die Medizin vorenthält. Aus diesem Grund wird auch der Arzneivorrat, den die Frauen für die Männer haben, allmählich mehr zu einer Gefahr als zu einem Segen.

Ich werfe einen kurzen Blick auf Lee zurück.

Bei ihm bin ich mir nicht sicher, weshalb er hier ist.

Ich konnte noch nicht …

Ich hatte noch nicht einmal die *Gelegenheit*, ihn danach zu fragen.

In Gedanken versunken laufe ich zum Küchenschuppen. Die Tür geht auf, ehe ich zur Klinke greifen kann.

Ich blicke hoch, direkt in das Gesicht von Mistress Coyle.

Ich grüße sie nicht einmal, sondern platze gleich damit heraus. »Lasst mich bei Eurer nächsten Aktion mitmachen.«

Sie verzieht keine Miene. »Du weißt, warum das nicht geht.«

»Todd würde mit uns kommen«, sage ich. »Ohne auch nur *eine Sekunde* zu zögern.«

»Es gibt einige unter uns, die sich dessen nicht so sicher sind, mein Mädchen.«

Ich will ihr widersprechen, aber sie schneidet mir das Wort ab. »Wenn er überhaupt noch am Leben ist. Aber das ist nicht entscheidend, denn wir können es uns nicht leisten, dass du in Gefangenschaft gerätst. Du bist die kostbarste Beute, die wir gemacht haben. Du bist das Mädchen, das dem Präsidenten helfen kann, wenn die Schiffe landen.«

»Ich …«

Sie hebt abwehrend die Hand. »Ich mag nicht schon wieder mit dir darüber streiten. Es gibt bei weitem Wichtigeres zu tun.«

Im ganzen Lager hört man keinen Laut mehr. Die Leute hinter ihr sind in der Tür stehen geblieben, während wir einander anstarren, keine traut sich, sie zu bitten, aus dem Weg zu gehen, nicht einmal Mistress Forth und Mistress Nadari, die geduldig hinter ihr warten. Auch sie haben wie Thea seit meiner Ankunft kaum ein Wort mit mir gewechselt, alle diese unterwürfigen Dienerinnen, die nicht mal im Traum daran denken, mit Mistress Coyle so zu reden, wie ich es gerade getan habe.

Sie behandeln mich, als wäre ich gefährlich.

Und zu meiner eigenen Überraschung gefällt mir das.

Ich schaue Mistress Coyle in die Augen, halte ihrem unnachgiebigen Blick stand. »Ich werde Euch nie verzeihen«, sage ich zu ihr. »Nie und nimmer.«

»Ich brauche deine Vergebung nicht«, sagt sie ebenso ruhig wie ich. »Aber eines Tages *wirst* du mich verstehen.« Und dann leuchten ihre Augen auf und ihr Mund verzieht sich zu einem Lächeln. »Weißt du«, sie spricht jetzt etwas lauter, »ich glaube, es ist Zeit, dass du etwas zu tun bekommst.«

22

1017

[TODD]

»Könnt ihr Scheissviecher euch nicht zur Abwechslung etwas schneller bewegen?«

Die vier, fünf Spackle, die mir am nächsten sind, weichen vor mir zurück, obwohl ich nicht einmal besonders laut gesprochen habe.

»*Bewegt* euch!«

Aber es ist wie immer: kein Gedanke, kein Lärm, rein gar nichts.

Die Arznei muss in ihrem Futter sein, das ich ihnen noch immer aus dem Schuppen schaufle. Aber warum? Warum ausgerechnet sie, wo doch sonst niemand das Medikament bekommt? Die Arznei macht aus ihnen ein Meer aus stummen Zungenschnalzern, ein Meer aus weißen Rücken, die sich in der Kälte krümmen. Es sind weiße Münder, aus denen kleine Dampfwölkchen aufsteigen, weiße Hände, die die Erde wegschaufeln. Und wenn man seinen Blick über das Klostergelände schweifen lässt, könnte man fast meinen, dass all diese weißen Gestalten, die da arbeiten, genauso gut eine Herde von Schafen sein könnten.

Wenn man aber genauer hinschaut, kann man Familien unterscheiden, Männer und Frauen, Väter und Söhne. Man erkennt Ältere, die nur kleine Mengen Erde heben und langsamer arbeiten. Man erkennt Jüngere, die den Älteren helfen und darauf achten, dass wir nicht bemerken, dass die Älteren nicht mehr so schwer arbeiten können. Man erkennt ein kleines Kind, das mit einem alten Stück Tuch vor die Brust der Mutter gebunden ist. Man erkennt einen auffallend großen, der andere Spackle, die in einer langen Kette arbeiten, anleitet. Man erkennt einen kleinen weiblichen Spackle, die einem größeren Weibchen Schlamm auf die vom Nummernband entzündete Stelle schmiert. Man erkennt, wie sie zusammenarbeiten, mit gesenkten Köpfen, weil sie nicht von mir, von Davy oder von den Wachen hinter dem Stacheldrahtzaun bemerkt werden wollen.

All das erkennt man, wenn man nur gut genug hinschaut.

Aber es ist einfacher, wenn man es nicht tut.

Wir können ihnen natürlich keine Schaufeln geben, denn sie könnten sie als Waffen gegen uns gebrauchen. Die Wachposten auf den Mauern werden schon nervös, wenn auch nur einer der Spackle seinen Arm etwas zu hoch hebt. Also stehen sie alle da, zur Erde gebeugt, graben mit den Händen, klauben Steine, lautlos wie die Wolken am Himmel, sie leiden und unternehmen nichts dagegen.

Aber ich habe eine Waffe. Man hat mir ein Gewehr gegeben, das ich auf dem Rücken trage.

Denn wohin sollte ich auch abhauen?

Jetzt, wo sie nicht mehr da ist.

»Mach schon, *los!*«, schreie ich einen Spackle an, und mein Lärm wird feuerrot bei dem Gedanken an sie.

Ich bemerke, wie Davy zu mir herüberschaut, ein überraschtes Grinsen auf seinem Gesicht. Ich drehe mich um und stapfe über das Gelände zu einer anderen Gruppe. Ich bin fast dort, als ich ein lautes Zungenschnalzen höre.

Ich schaue mich um, bis ich weiß, wo das Geräusch herkommt. Es ist immer derselbe.

Es ist 1017, der mich wieder anstarrt, mit einem Blick, der sagt, dass er mir nicht vergeben hat. Er schaut auf meine Hände.

Erst jetzt bemerke ich, dass ich mein Gewehr fest umklammert halte. Ich weiß nicht einmal, wann ich es von der Schulter genommen habe.

Auch wenn sich die Spackle noch so sehr anstrengen, es wird ein paar Monate dauern, bis das Gebäude auch nur halbwegs fertig ist, und das ist mitten im Winter. Und die Spackle werden keine Unterkunft haben, denn für sich haben sie kein Haus gebaut. Zwar können sie länger im Freien leben als die Menschen, aber ich glaube, nicht einmal sie können den eisigen Winter draußen überstehen, und soviel ich weiß, gibt es keinen anderen Ort, an den sie gehen könnten.

Aber dennoch, wir haben alle Mauern auf dem Klostergelände in sieben Tagen niedergerissen, zwei Tage früher, als unser Zeitplan es vorsieht, und kein einziger Spackle ist dabei ums Leben gekommen, nur ein paar haben sich den Arm gebrochen. Diese Spackle wurden danach von den Soldaten ausgesondert.

Seitdem haben wir sie nicht mehr gesehen.

Am Ende der zweiten Woche nach dem Bombenangriff auf den Turm haben wir fast alle Fundamente ausgehoben und die Gruben gegraben, die später ausgegossen werden. Davy und ich sollen die Arbeiten beaufsichtigen, obwohl die Spackle wissen, wie man das macht.

»Pa sagt, sie selbst haben die Stadt nach dem Spackle-Krieg wieder aufgebaut«, erzählt Davy. »Obwohl man diesem erbärmlichen Haufen so was überhaupt nicht zutrauen würde.«

Er spuckt die Schale eines Korns aus, auf dem er herumkaut. Die Lebensmittel werden schon ein wenig knapp, weil die *Antwort* jetzt nicht mehr nur Bomben wirft, sondern auch die Vorratslager plündert, aber Davy gelingt es immer, etwas zusammenzukratzen. Wir sitzen auf einem Haufen Steine und schauen auf das große Feld, das nun mit viereckigen Löchern übersät ist, zwischen denen Felsbrocken liegen, sodass den Spackle kaum Platz bleibt, sich zusammenzurotten.

Aber sie tun es trotzdem, sie quetschen sich bis in die letzten Winkel und drängen sich zusammen, um sich vor der Kälte zu schützen. Und sie geben keinen Laut von sich.

Davy spuckt noch eine Schale aus. »Wirst du überhaupt jemals wieder normal reden?«

»Ich rede doch«, antworte ich.

»Nein, deine Arbeitstruppe schreist du zusammen und mich knurrst du an, das würde ich nicht gerade ›reden‹ nennen.« Er spuckt wieder eine Schale aus, im hohen Bogen. Sie trifft den Spackle, der uns am nächsten steht, am Kopf. Der wischt sie weg und gräbt weiter.

»Sie hat dich verlassen«, fährt Davy fort. »Finde dich damit ab.«

Mein Lärm wird lauter. »*Halt die Klappe.*«

»Das war nicht böse gemeint.«

Ich schaue ihn mit großen Augen an.

»*Was ist?*«, fragt er. »Ich meine ja nur. Sie hat dich verlassen, das heißt nicht, dass sie tot ist.« Er spuckt. »Soweit ich mich entsinne, kann diese kleine Stute auf sich allein aufpassen.«

In seinem Lärm höre ich die Erinnerung daran, wie er damals auf der Straße am Fluss einen Stromschlag von ihr versetzt bekam. Eigentlich sollte mich das freuen, aber das tut es nicht, denn ich sehe sie mitten in seinem Lärm, wie sie dasteht und ihn außer Gefecht setzt. Sie steht da und auch wieder nicht.

(Wohin ist sie gegangen?)

(*Wohin*, verdammt, ist sie gegangen?)

Von Bürgermeister Ledger weiß ich, dass sich die Armee gleich nach dem Bombenanschlag auf den Turm auf den Weg zum Meer gemacht hat. Er hatte einen Tipp bekommen, dass sich die *Antwort* dort verstecken würde.

(War ich derjenige? Hat er es in meinem Lärm gehört? Mir wird ganz heiß bei dem Gedanken.)

Aber als Mr Hammar und seine Leute dort ankamen, haben sie nichts gefunden, nur längst verlassene Häuser und halb versunkene, morsche Boote.

Denn der Tipp war falsch gewesen.

Auch bei diesem Gedanken wird mir heiß.

(Hat sie mich angelogen?)

(War es Absicht?)

»Himmel noch mal, Schweinebacke.« Davy spuckt wieder aus. »Es ist ja nicht so, als ob irgendjemand hier eine Freundin hätte. Die Weiber sitzen doch jetzt alle in diesem verdammten *Gefängnis* oder schmeißen jede Woche neue Bomben oder laufen in so großen Gruppen herum, dass man sie nicht einmal ansprechen kann.«

»Sie ist nicht meine Freundin«, widerspreche ich.

»Darauf kommt's nicht an«, erwidert er. »Ich will damit nur

sagen, dass wir anderen genauso allein sind wie du, also vergiss sie.«

Plötzlich stelle ich fest, dass sich ein bedrohlich starkes Gefühl in seinen Lärm eingeschlichen hat, aber er wischt es beiseite, im selben Augenblick, in dem er bemerkt, dass ich ihn beobachte.

»Was schaust du so?«

»Nichts«, antworte ich.

»Dann ist es ja gut.« Er steht auf, nimmt sein Gewehr und stapft aufs Feld zurück.

Irgendwie treibt sich 1017 immer in meiner Gruppe herum. Ich arbeite im abgelegeneren Teil des Geländes, stelle die Gräben für die Fundamente fertig. Davy ist im vorderen Teil, er lässt die Spackle die vorgefertigten Stützmauern zusammenbauen, die wir aufstellen werden, wenn die Fundamente ausgegossen sind. 1017 soll dabei helfen, aber jedes Mal, wenn ich hochschaue, ist er wieder da, ganz in meiner Nähe, egal, wie oft ich ihn wieder zurückschicke.

Zugegeben, er arbeitet, er hebt die Erde mit den Händen aus, häuft den Boden in gleichmäßigen Reihen an, aber er versucht dabei immer, meinen Blick zu erhaschen.

Er schnalzt mich an.

Ich gehe auf ihn zu, die Hand am Gewehrschaft, graue Wolken ziehen über uns auf. »Ich habe dich zu Davy geschickt«, fahre ich ihn an. »Was hast du hier zu suchen?«

Davy hört seinen Namen und ruft mir quer über die Baustelle zu: »Was gibt's?«

Ich rufe zurück: »Warum lässt du den immer wieder hierherkommen?«

»Wovon, zum Teufel, sprichst du?«, fragt er. »Die sehen doch alle gleich aus!«

»Ich meine 1017!«

Davy zuckt demonstrativ die Schultern. »*Na und?*«

Hinter mir höre ich ein Zungenschnalzen, ein vorlautes, freches.

Ich drehe mich um, und ich könnte schwören, dass 1017 mich *angrinst*.

»Du kleiner Drecks…«, knurre ich und packe mein Gewehr.

Im gleichen Augenblick sehe ich, wie Lärm aufblitzt.

Er kommt von 1017.

Sein Lärm ist sofort wieder verschwunden, aber er war ganz klar und deutlich, ich war darin, wie ich vor ihm stehe mit dem Gewehr. Sein Lärm zeigt nur das, was er mit den Augen sieht. Aber dann – blitzschnell – reißt er mir in seinen Gedanken das Gewehr aus der Hand. Sein Lärm verstummt.

Ich halte das Gewehr immer noch in der Hand, 1017 steht immer noch bis zu den Knien im Graben.

Keine Spur von Lärm mehr.

Ich mustere ihn von Kopf bis Fuß. Er ist magerer als sonst, aber das sind sie alle, sie bekommen nie genug Futter. Ich frage mich, ob 1017 überhaupt etwas isst.

Deshalb bekommt er auch nicht genügend Arznei.

»Was hast du vor?«, frage ich ihn.

Aber er ist schon wieder bei der Arbeit, gräbt armtief in der Erde, man sieht seine Rippen durch die weiße, weiße Haut scheinen.

Und er sagt kein Wort.

»Warum bekommen sie weiterhin die Arznei, wenn doch dein Pa sie allen anderen wegnimmt?«

Es ist am nächsten Tag und wir essen zu Mittag. Schwere

Wolken sind aufgezogen, wahrscheinlich wird es bald anfangen zu regnen, der erste Regen seit langer Zeit, und es wird ein kalter Regen werden, aber wir haben Anweisung weiterzuarbeiten, komme, was da wolle, und so beaufsichtigen wir den ganzen Tag lang die Spackle, wie sie den ersten Beton aus der Mischmaschine laufen lassen.

Ivan hat die Maschine heute Morgen gebracht, sein Bein ist verheilt, aber er humpelt noch. Und sein Lärm kocht. Wo ist *jetzt* die Macht, von der er sprach?

»Auf diese Weise kommen sie wenigstens nicht auf dumme Gedanken«, sagt Davy. »Und können ihre Ideen nicht austauschen.«

»Aber sie können sich mit Zungenschnalzen verständigen«, überlege ich laut.

Davy antwortet mit einem Achselzucken, was so viel heißt wie: *Wen interessiert das schon, Schweinebacke.* »Ist noch ein Sandwich da?«

Ich gebe ihm mein Sandwich und lasse die Spackle nicht aus den Augen. »Wäre es nicht gut, wenn wir wüssten, was sie denken?«, frage ich.

Ich halte auf dem Feld Ausschau nach 1017, der mich natürlich wieder beobachtet.

Platsch. Der erste Regentropfen bleibt an meiner Wimper hängen.

»Ach, Scheiße«, sagt Davy und sieht besorgt zum Himmel hinauf.

Es regnet drei Tage lang ununterbrochen. Der Boden auf der Baustelle wird immer sumpfiger, aber der Bürgermeister will, dass wir weiterarbeiten, also verbringen wir die nächsten drei Tage damit, durch den Schlamm zu rutschen und große Planen auf Pfosten zu spannen, um wenigstens einen Teil des Geländes vor der Nässe zu schützen.

Davy arbeitet unter der Plane, er scheucht die Spackle herum, damit sie die Pfosten festhalten. Ich verbringe die meiste Zeit draußen im strömenden Regen und versuche die Enden der Planen mit schweren Steinen auf dem Boden zu beschweren.

Es ist ein *Scheißjob.*

»Beeilt euch!«, befehle ich den Spackle, die mir dabei helfen, eine Ecke der Plane am Boden zu befestigen. Meine Finger werden klamm, denn niemand hat uns Handschuhe gegeben, und der Bürgermeister, den wir danach hätten fragen können, lässt sich nicht blicken. »Autsch!« Ich drücke meinen blutenden Knöchel an die Lippen, ich habe mir zum tausendsten Mal die Hand aufgeschürft.

Die Spackle hantieren mit den Steinen, ihnen scheint der Regen gar nichts auszumachen, und das ist gut, denn unter der Plane ist ohnehin kein Platz für alle.

»Hey!«, schreie ich. »Haltet die Plane fest! Passt auf …«

Ein Windstoß reißt die Plane los, die wir gerade erst am Boden befestigt haben. Einer der Spackle bekommt sie zu fassen, als der Wind sie gerade fortwehen will, die Plane reißt ihn um, er stürzt der Länge nach hin. Ich springe über ihn drüber, laufe der Plane nach, die über den schlammigen Acker einen kleinen Abhang hinaufflattert, und gerade, als ich sie beinahe zu fassen kriege … rutsche ich aus und schlittere bäuchlings die andere Seite des Hügels hinunter …

Und da merke ich erst, wo ich bin.

Ich rutsche direkt auf die Latrine zu.

Ich kralle mich in den Schlamm, aber da ist nichts, woran ich mich festhalten könnte, und mit einem *Platsch* lande ich in der Grube.

»Igitt!«, rufe ich und versuche zu stehen. Ich stecke bis über die Knie in der schleimigen Spackle-Scheiße, vorn und hinten vollgespritzt, es stinkt so sehr, dass es mir hochkommt.

Plötzlich blitzt Lärm auf.

Ich sehe mich darin, wie ich in der Grube stehe.

Ich sehe darin einen Spackle, der über mir steht.

Ich schaue nach oben.

Eine Wand von Spackle steht da und schaut zu mir herab.

Und in vorderster Reihe ...

1017.

Direkt über mir.

Mit einem riesengroßen Stein in der Hand.

Er sagt nichts, er steht nur da mit seinem Stein, der groß und schwer genug ist, um mich damit ernsthaft zu verletzen, wenn er nur gut genug zielt.

»Und was jetzt?«, schreie ich. »Das ist es doch, was du wolltest, oder?«

Er starrt mich nur an.

Sein Lärm ist verschwunden.

Ich greife nach meinem Gewehr, langsam und vorsichtig.

»Was soll das werden?«, frage ich, und er sieht in meinem Lärm, dass ich nur allzu bereit bin, es mit ihm aufzunehmen.

Und wie ich bereit bin.

Jetzt habe ich den Gewehrkolben in der Hand.

1017 starrt mich nur an.

Und dann lässt er den Stein fallen und geht zur Plane zurück. Ich schaue ihm nach, er geht fünf Schritte, dann zehn, und langsam lässt meine Anspannung nach.

Ich ziehe mich aus der Grube und da höre ich es.

Das Zungenschnalzen.

Sein fieses Zungenschnalzen.

Und dann drehe ich durch.

Ich renne hinterher und ich schreie irgendetwas, ich weiß nicht was, und Davy fährt erschrocken herum, als ich gleich hinter 1017 die Zeltplane erreiche, und ich renne hinein und halte wie ein Irrer das Gewehr über den Kopf, und 1017 dreht sich nach mir um, aber ich gebe ihm keine Gelegenheit zu reagieren, ich schlage ihn mit dem Gewehrkolben hart ins Gesicht, und er stürzt nach hinten, auf den Boden, und ich hole wieder mit dem Gewehr aus, schlage zu, er hält schützend die Hände vor sich, und ich schlage wieder zu und wieder und wieder …

… auf die Hände …

… und ins Gesicht …

… auf die dürren Rippen …

… und mein Lärm kocht über …

… und ich schlage zu …

… und ich schlage zu …

… und ich schlage zu …

… und ich schreie …

Ich schreie laut heraus …

»WARUM BIST DU WEGGEGANGEN?«

»WARUM BIST DU WEGGEGANGEN?«

Und ich höre das spröde Knacken, als sein Arm bricht.

Das Geräusch ist unüberhörbar, lauter als der Regen oder der Wind, es schnürt mir die Kehle zu, dreht mir den Magen um.

Davy starrt mich mit offenem Mund an. Alle Spackle weichen erschrocken zurück.

Auf dem Boden liegt 1017 und glotzt mich an, rotes Blut rinnt aus seiner übel zugerichteten Nase und aus den Winkeln seiner viel zu hoch liegenden Augen, aber er gibt keinen Laut von sich, keinen Lärm, keinen Gedanken, kein Schnalzen, gar nichts ...

(Wir sind in dem Lager, und auf dem Boden liegt ein toter Spackle, und sie schaut mich so verängstigt an, sie weicht vor mir zurück, und überall ist Blut, und ich habe es wieder getan, ich habe es wieder getan, warum bist du weggegangen, verdammt noch mal, Viola, warum bist du gegangen ...)

1017 sieht mich nur an.

Und ich schwöre bei Gott, es liegt Triumph in seinem Blick.

23

Es liegt was in der Luft

(VIOLA)

»DIE WASSERPUMPE GEHT WIEDER, HILDY.«

»Danke, Wilf.« Ich gebe ihm ein Tablett, auf dem Brot liegt, es dampft noch. »Kannst du das Jane bringen, bitte? Sie deckt gerade den Frühstückstisch.«

Er nimmt das Tablett, und ein matter, kurzer Ton kommt aus seinem Lärm. Als er aus der Küchenbaracke tritt, höre ich, wie er ruft: »Frau!«

»Weshalb nennt er dich Hildy?«, fragt Lee, der zur Hintertür hereinkommt, in der Hand einen Korb voll Mehl, das er gerade gemahlen hat. Er hat ein ärmelloses Hemd an und seine Arme sind bis zu den Ellbogen mit weißem Mehlstaub überzogen.

Einen Moment lang schaue ich auf seine nackten Arme, dann schaue ich weg.

Mistress Coyle will, dass wir zusammenarbeiten, weil er ja jetzt nicht mehr nach New Prentisstown zurückkehren kann.

Nein, ich werde ihr ganz bestimmt *nicht* verzeihen.

»Hildy war jemand, der uns einmal geholfen hat«, antworte ich. »Jemand, dessen Namen man mit Stolz tragen kann.«

»Wenn du *uns* sagst, meinst du damit ...«

»Ja, mich und Todd.« Ich nehme ihm den Korb aus der Hand und stelle ihn polternd auf den Tisch.

Einen Augenblick lang ist es still, so wie immer, wenn Todds Name fällt.

»Keiner von uns hat ihn gesehen, Viola«, sagt Lee vorsichtig. »Aber nachts sind sie ja meist in den Häusern, also heißt das nichts.«

»Selbst wenn sie ihn gesehen hätte, würde sie es mir nicht sagen.« Ich verteile das Mehl in verschiedene Gefäße. »Sie denkt, er ist tot.«

Lee tritt von einem Fuß auf den anderen. »Aber du bist vom Gegenteil überzeugt.«

Ich schaue ihn an. Er lächelt, und ich kann nicht anders, ich lächle zurück. »Du glaubst mir doch, nicht wahr?«

Er zuckt die Achseln. »Wilf glaubt dir. Und du wärst überrascht, wenn du wüsstest, wie viel Wilfs Wort hier gilt.«

»Nein«, sage ich und schaue aus dem Fenster, dorthin, wo Wilf verschwunden ist. »Das wäre ich nicht.«

Der Tag vergeht wie jeder andere und wir kochen und kochen. Das ist unsere neue Aufgabe, Lees und meine. Wir kochen für das ganze Camp.

Wir haben gelernt, wie man Brot bäckt und zuvor das Korn mahlt. Wir haben gelernt, Eichhörnchen das Fell abzuziehen, den Panzer von Schildkröten abzunehmen und Fische auszunehmen. Wir haben gelernt, wie viel man braucht, um Suppe für hundert Menschen zu kochen. Wir haben gelernt, wie man schneller als irgendwer sonst auf diesem dämlichen Planeten Kartoffeln und Birnen schält.

Mistress Coyle schwört, dass man nur so einen Krieg gewinnen kann.

»Deswegen habe ich mich nicht der *Antwort* angeschlossen«, murrt Lee, als er das sechzehnte Wildhuhn an diesem Nachmittag rupft.

»Aber wenigstens bist du aus freien Stücken hierhergekommen«, sage ich und rupfe mein Huhn. Die Federn tanzen in der Luft wie ein Schwarm lästiger Fliegen; wohin sie fallen, dort bleiben sie kleben. Kleine grüne Federchen kleben unter meinen Fingernägeln, in meinen Armbeugen und klumpen sich in meinen Augenwinkeln zusammen.

Ich weiß das, weil auch Lees Gesicht von Federflaum bedeckt ist, genau wie sein langes, blondes Haar und die blonden Härchen auf seinen Armen.

Ich merke, wie ich wieder rot werde, und reiße energisch ein Bündel Federn aus.

Aus einem Tag werden zwei, aus zwei Tagen drei, und schließlich wird eine Woche und noch eine Woche und noch eine Woche daraus. Ich koche zusammen mit Lee, spüle das Geschirr, bin drei Tage lang mit Lee zusammen hier eingesperrt, während es draußen in Strömen regnet.

Und trotzdem. *Trotzdem.*

Irgendetwas liegt in der Luft, irgendetwas ist im Gange, aber keiner sagt mir ein Sterbenswörtchen.

Und ich sitze immer noch *hier* fest.

Lee wirft ein gerupftes Huhn auf den Tisch und nimmt sich ein neues. »Wenn wir nicht aufpassen, werden wir die Viecher noch ausrotten.«

»Die Hühner sind das Einzige, was Magnus trifft«, sage ich. »Alles andere ist zu flink für ihn.«

»Eine ganze Tierart verschwindet von diesem Planeten, nur weil es bei der *Antwort* keinen Optiker gibt.«

Ich lache, viel zu laut, und verdrehe dabei die Augen.

Ich rupfe das Huhn fertig und nehme ein neues. »Während du zwei schaffst, rupfe ich drei«, sage ich. »Und heute Morgen habe ich mehr Brote gebacken und –

»Die Hälfte davon hast du anbrennen lassen.«

»Weil *du* den Ofen zu stark geheizt hast!«

»Ich bin nicht als Koch auf die Welt gekommen«, antwortet er grinsend. »Ich bin zum Soldaten geboren.«

Ich stöhne auf. »Und du glaubst, *ich* wäre zum Kochen geschaffen?«

Aber er lacht nur, und er lacht sogar noch, als ich eine Handvoll nasser Federn auf ihn werfe und sie ihm in die Augen fliegen. »Aua«, sagt er und wischt sie weg. »Du zielst gut, Viola. Wir sollten dir wirklich ein Gewehr in die Hand drücken.«

Ich senke den Blick schnell wieder und betrachte zum tausendsten Mal das Huhn, das in meinem Schoß liegt.

»Vielleicht auch nicht«, fügt er etwas leiser hinzu.

»Hast du …«

»Was habe ich?«

Ich fahre mit der Zunge über die Lippen, aber das war ein Fehler, denn jetzt muss ich einen Mundvoll Flaumfedern ausspucken, und als ich es schließlich doch ausspreche, klingt es gereizter, als es klingen sollte: »Hast du schon mal jemanden erschossen?«

»Nein«, sagt er und setzt sich aufrecht hin. »Und du?«

Ich schüttle den Kopf, und ich merke, wie die Anspannung von ihm abfällt, deswegen sage ich sofort: »Aber auf *mich* hat man schon geschossen.«

Er setzt sich kerzengerade hin. »Das kann nicht sein!«

Und dann sage ich es, ohne dass ich es eigentlich sagen will, es rutscht einfach so heraus, und ich stelle fest, dass ich es noch nie gesagt habe, weder laut noch zu mir selbst, niemals habe ich es gesagt, nicht seit es passiert ist, und jetzt ist es doch heraus. Der Satz purzelt hinein in die schwebenden Flaumfedern.

»Ich habe jemanden erstochen.« Ich rupfe nicht weiter. »Ich habe jemanden umgebracht.«

In der Stille, die darauf folgt, komme ich mir vor wie von einer schweren Last niedergedrückt.

Als ich zu weinen beginne, drückt mir Lee ein Geschirrtuch in die Hand, er drängt mich nicht, er schweigt, denn alles, was er sagen würde, würde albern klingen. Er stellt mir keine Fragen, obwohl er sicher vor Neugierde platzt. Er lässt mich einfach weinen.

Er tut genau das Richtige.

»Ja, aber die Zustimmung für unsere Sache wächst«, sagt Lee, als wir unser Abendessen mit Wilf und Jane fast beendet haben. Ich lasse mir mit dem Essen noch etwas Zeit, denn sobald ich fertig bin, muss ich zurück in die Küche und den Sauerteig vorbereiten, damit wir am *nächsten Morgen* Brot backen können. Man glaubt es nicht, wie viel

von diesem blöden Brot hundert Menschen verzehren können.

Ich kaue auf meinem letzten Bissen herum. »Ich will damit
nur sagen, dass ihr nicht sehr viele seid.«

»*Wir* sind nicht sehr viele«, verbessert mich Lee und schaut
mich ernst an. »Aber wir haben überall Spione, die Menschen
schließen sich uns an, wenn sie können. In der Stadt wird es
von Tag zu Tag schlimmer. Dort werden schon die *Lebensmittel* rationiert und keiner bekommt mehr die Arznei. Bald
werden sie sich gegen ihn auflehnen.«

»Und so viele sind im Gefängnis«, fügt Jane hinzu. »Hunderte von Frauen, alle eingesperrt, alle in Ketten gelegt,
in Verliesen, sie verhungern und sterben weg wie die Fliegen.«

»Frau!«, fährt Wilf barsch dazwischen.

»Ich sag nur, was ich gehört hab.«

»Nichts haste gehört.«

Jane blickt verdrießlich. »Was nicht heißt, dass es nich
wahr ist.«

»Es gibt viele Leute, die uns jederzeit aus dem Gefängnis
raushelfen«, sagt Lee. »Und das könnte ...« Er bricht mitten
im Satz ab.

»Was?«, frage ich. »Was könnte das?«

Er antwortet nicht, sondern schaut zum Nebentisch, an
dem Mistress Coyle mit Mistress Braithwaite, Mistress Forth,
Mistress Waggoner, Mistress Barker und Thea sitzt und wie
immer ins Gespräch vertieft ist. Sie flüstern, denken sich ge-
heime Befehle aus, die andere ausführen müssen.

»Nichts«, sagt Lee, denn er sieht, wie Mistress Coyle aufsteht und zu uns an den Tisch kommt.

»Wilf, ich brauche den Wagen für eine Tour heute Nacht«, sagt sie beim Näherkommen.

»Ja, Mistress«, antwortet er und steht auf.

»Lass dir nur Zeit mit dem Essen«, hält sie ihn zurück. »Du machst hier keine Zwangsarbeit.«

»Ich mach's gern«, erwidert Wilf, er streicht sich die Hose glatt und geht.

»Und wen wollt Ihr heute Nacht in die Luft jagen?«, frage ich.

Mistress Coyle presst die Lippen zusammen. »Ich denke, jetzt ist es genug, Viola.«

»Ich möchte mitkommen«, sage ich. »Wenn Ihr heute Nacht in die Stadt geht, möchte ich mitkommen.«

»Geduld, mein Mädchen«, antwortet sie. »Dein Tag wird kommen.«

»Und wann ist dieser Tag?«, frage ich, als sie schon wieder im Gehen ist. *»Wann?«*

»Geduld«, sagt sie nur.

Aber es klingt sehr ungeduldig.

Mit jedem Tag wird es früher dunkel. Ich sitze draußen auf einem Steinhaufen, als die Nacht sich herabsenkt, und sehe zu, wie die Leute, die zu ihrem Einsatz aufbrechen, sich zu den Fuhrwerken begeben, ihre Taschen randvoll mit geheimnisvollen Sachen. Einige der Männer haben inzwischen wieder Lärm, sie nehmen kleine Dosen von den schwindenden Arzneivorräten mit, die in der Höhle versteckt sind. Sie nehmen gerade so viel, dass sie in der Stadt nicht auffallen, aber genug, um in ihrem Lärm nichts zu verraten. Es ist schwierig, hier das rechte Maß zu finden, und es wird immer gefährlicher für die Männer, sich auf die Straßen der Stadt zu wagen, aber sie gehen dennoch.

Während die Menschen in New Prentisstown heute Nacht schlafen, werden sie bestohlen, und es werden Bomben explodieren, und das alles im Namen des Rechts.

»Hey«, begrüßt mich Lee, der neben mir aus dem Halbdunkel auftaucht und sich neben mich setzt.

»Hey«, grüße ich ihn zurück.

»Geht's dir gut?«

»Warum sollte es mir schlecht gehen?«

»Ja, warum?« Er nimmt einen Stein und wirft ihn in die Nacht. »Warum sollte es dir schlecht gehen?«

Die ersten Sterne funkeln am Himmel. Irgendwo dort oben sind die Raumschiffe mit meinen Leuten. Menschen, die uns vielleicht geholfen hätten, nein, die uns ganz bestimmt geholfen hätten, wenn ich mit ihnen Kontakt hätte aufnehmen können. Darunter Simone Watkin und Bradley Tench, anständige Leute, *kluge* Leute, die diesem ganzen Wahnsinn, dem Bombenwerfen, Einhalt geboten hätten …

Ich habe wieder einen Kloß im Hals.

»Du hast tatsächlich jemanden getötet?«, fragt Lee und wirft noch einen Stein.

»Ja«, antworte ich und ziehe die Knie an.

Lee schweigt einen Augenblick, dann fragt er: »Mit Todd?«

»*Für* Todd«, sage ich. »Um ihn zu retten. Um *uns* zu retten.«

Jetzt, da die Sonne untergegangen ist, wird es schnell empfindlich kalt. Ich ziehe die Knie noch fester an meinen Körper, um mich zu wärmen.

»Sie hat Angst vor dir, weißt du«, spricht er weiter. »Mistress Coyle. Sie glaubt, dass du große Macht über andere Menschen hast.«

Ich schaue ihn von der Seite an, versuche in seiner Miene zu lesen. »Das ist Unsinn.«

»Ich habe gehört, wie sie es zu Mistress Braithwaite gesagt hat. Sie meinte, du könntest eine ganze Armee anführen, wenn du nur wolltest.«

Ich schüttle den Kopf, doch das kann er natürlich nicht sehen. »Sie kennt mich ja nicht einmal richtig.«

»Ja, aber sie ist schlau.«

»Und alle hier folgen ihr wie eine Schafherde.«

»Alle, außer dir.« Er versetzt mir mit der Schulter einen freundschaftlichen Schubs. »Vielleicht ist es das, was sie meint.«

Wir hören ein leises Rumoren, das aus den Höhlen kommt. Die Fledermäuse machen sich zu ihrer nächtlichen Jagd bereit.

»Weshalb bist du hier?«, frage ich ihn. »Weshalb folgst du ihr?«

Ich hatte ihn das schon früher gefragt, aber er war der Frage bisher immer ausgewichen.

Aber vielleicht ist es heute ja anders. Ich habe jedenfalls das *Gefühl*, dass es heute anders ist.

»Mein Vater fiel im Spackle-Krieg«, sagt er.

»Viele Väter starben damals«, sage ich und muss an Corinne denken. Ich frage mich, wo sie jetzt wohl sein mag, frage mich ...

»Ich kann mich gar nicht richtig an ihn erinnern«, fährt Lee fort. »Meine Mutter hat mich und meine ältere Schwester großgezogen. Meine Schwester ...« Er lacht. »Du würdest sie mögen. Immer ist sie in Bewegung, immerzu redet sie, wir haben uns manchmal so heftig gestritten, du würdest es nicht glauben.« Er lacht wieder, diesmal aber verhaltener. »Als die Soldaten kamen, wollte Siobhan gegen sie kämpfen, aber Mum war dagegen. Ich wollte auch kämpfen, aber Siobhan und Mum bekamen richtig Streit deswegen, Siobhan wollte unbedingt zur Waffe greifen, und Mum musste mehr oder weniger die Tür verrammeln, damit sie nicht auf die Straße hinausrannte, als die Armee einmarschierte.«

Das Rumoren wird immer lauter, und der Lärm der Fledermäuse dringt aus der Höhlenöffnung. **FLiegen, fLiegen**, sagen sie. **Weg, weg.**

»Und dann haben uns die Ereignisse überrollt«, fährt er fort. »Die Soldaten waren da und noch in derselben Nacht brachten sie alle Frauen weg in die Häuser im Osten der Stadt. Mutter wollte sich nicht gegen sie stellen, wollte erst mal abwarten, wohin das alles führt. ›Vielleicht ist er ja gar nicht so übel.‹ So ähnlich sagte sie damals.«

Ich schweige und bin dankbar, dass es dunkel ist und er mein Gesicht nicht sehen kann.

»Aber Siobhan wollte eben nicht freiwillig klein beigeben. Sie schrie die Soldaten an und weigerte sich mitzugehen, und Mum flehte sie an, doch damit aufzuhören, die Soldaten nicht gegen sich aufzubringen, aber Siobhan …« Er hält inne und schnalzt mit der Zunge. »Siobhan schlug dem ersten Soldaten, der sie mit Gewalt wegbringen wollte, ins Gesicht.«

Er holt tief Luft. »Und dann brach ein entsetzlicher Tumult los. Ich wollte kämpfen, aber plötzlich lag ich auf dem Boden, in meinen Ohren dröhnte es, und ich spürte das Knie eines Soldaten in meinem Rücken, Mum schrie, von Siobhan

sah und hörte ich nichts, dann wurde ich ohnmächtig, und
als ich wieder zu mir kam, war ich allein zu Hause.«

FLiegen, fLiegen, hören wir, jetzt direkt am Höhlenein-
gang. Weg, weg, weg.

»Als die Ausgehverbote gelockert wurden, habe ich mich
auf die Suche nach ihnen gemacht«, fährt er fort, »aber ich
habe sie nie wieder gesehen. Ich habe in jeder Hütte, in jedem Schlafsaal, in jedem *Haus der Heilung* nachgesehen. Und
endlich, im letzten Haus, gab mir Mistress Coyle eine Antwort auf meine Fragen.« Er hält inne und schaut nach oben.
»Da kommen sie.«

Die Fledermäuse schwärmen aus den Höhlen, als ob jemand die Welt auf die Seite gekippt und sie über unseren
Köpfen ausgeschüttet hätte – ein dunkler Schwarm, der sich
sogar vom nächtlichen Himmel abhebt. Das laute Rauschen
ihrer Flügel macht es eine Minute lang unmöglich weiterzu-
reden, also sitzen wir stumm da und sehen ihnen zu.

Ihre behaarten Flügel sind bestimmt zwei Meter lang, sie
haben kurze, stummelige Ohren und an jeder Flügelspitze
einen grün leuchtenden Punkt, mit dem sie irgendwie die
Motten und Insekten, die sie jagen, verwirren und betäuben.
Die Punkte leuchten in der Nacht und breiten für kurze Zeit
einen Teppich aus hüpfenden Sternen über uns aus. Wir sitzen da, und das Geräusch ihrer Flügelschläge, ihr Fiepen und
ihr Lärm, der Ruf FLiegen, fLiegen, weg, weg, weg – all das
hüllt uns ein.

Es dauert keine fünf Minuten, und alle sind im Wald verschwunden, erst kurz vor dem Morgengrauen werden sie
wieder zurückkehren.

»Es liegt etwas in der Luft«, sagt Lee in die darauffolgende

Stille hinein. »Das brauche ich dir nicht erst zu sagen. Ich weiß nicht was, aber ich werde weitermachen, denn es gibt noch einen Ort, an dem ich die beiden suchen kann.«

»Wenn du gehst, dann gehe ich mit«, sage ich entschlossen.

»Sie wird es nicht erlauben.« Er dreht sich zu mir. »Aber ich verspreche dir, ich werde Todd suchen. Ich werde nach ihm genauso Ausschau halten wie nach Siobhan und meiner Mutter.«

Eine Glocke ertönt im Camp, ihr Läuten zeigt an, dass alle, die zu dem Kommandounternehmen eingeteilt waren, sich in die Stadt aufgemacht haben, und alle, die zurückgeblieben sind, sich zur Ruhe begeben sollen. Lee und ich bleiben noch ein Weilchen im Dunkeln sitzen, seine Schulter lehnt an meiner, und meine schmiegt sich an ihn.

24

Gefängnismauern

»NICHT SCHLECHT«, sagt der Bürgermeister, der auf Morpeth sitzt. »Gar nicht schlecht für ungelernte Arbeiter.«

»Wir hätten noch mehr geschafft«, sagt Davy, »aber es hat geregnet und dann war alles nur noch *Schlamm*.«

»Nein, nein«, sagt der Bürgermeister und sieht sich auf dem Gelände um. »Das habt ihr großartig gemacht, ihr beide, ihr habt sehr viel in einem Monat geleistet.«

Wir nehmen uns alle einen Augenblick Zeit, um zu betrachten, was wir Großartiges geleistet haben. Wir haben die Fundamente für ein langes Gebäude gegossen. Alle Verschalungen stehen, bei manchen haben wir sogar schon angefangen, sie mit Steinen auszumauern, die wir von den kleinen Mäuerchen im Klostergarten genommen haben, und die Plane schützt uns wie ein Dach. Es sieht beinahe schon wie ein richtiges Gebäude aus.

Er hat recht, was wir geschafft haben, ist großartig.

Wir beide und 1150 Spackle.

»Ja«, wiederholt der Bürgermeister, »ich bin sehr erfreut.«

Davys Lärm nimmt eine blassrosa Färbung an, mir wird übel davon.

»Was soll das nun werden?«, frage ich.

Der Bürgermeister schaut mich an. »Was soll was werden?«

»Das da.« Ich zeige auf das Gebäude. »Wozu soll dieses Haus dienen?«

»Ihr baut es zu Ende, Todd, und ich verspreche euch, ihr werdet zur großen Eröffnungsfeier eingeladen.«

»Also ist es nicht für die Spackle?«

Der Bürgermeister runzelt die Stirn. »Nein, das ist es nicht.«

Ich kratze mich am Nacken, und ich höre ein Rasseln in Davys Lärm, ein Rasseln, das immer lauter wird, weil er denkt, ich will ihm diesen einen Augenblick des Ruhms verderben. »Es ist nur, weil in den vergangenen drei Nächten schon Frost herrschte, und es wird immer kälter.«

Der Bürgermeister wendet das Pferd und schaut mich an. *Menschenfohlen*, denkt das Pferd. *Menschenfohlen geht aus dem Weg.*

Ohne nachzudenken, trete ich einen Schritt zurück.

Der Bürgermeister zieht die Augenbrauen hoch. »Braucht ihr Heizöfen für eure Arbeiter?«

»Na ja ...« Ich schaue auf den Boden, auf das Gebäude, auf die Spackle, die sich die größte Mühe geben, am gegenüberliegenden Ende des Felds zu bleiben, so weit weg wie möglich von uns dreien. »Es könnte schneien«, sage ich. »Ich weiß nicht, ob sie das überleben werden.«

»Oh, sie sind zäher, als du glaubst, Todd.« Der Bürgermeister spricht leise, und es schwingt etwas in seiner Stimme mit, was ich mir nicht erklären kann. »Viel zäher.«

Ich blicke wieder zu Boden. »Ja«, sage ich. »Schon gut.«

»Der Gefreite Farrow soll euch ein paar kleine Atomheizöfen bringen, wenn dich das beruhigt.«

Ich blinzle ihn ungläubig an. »Wirklich?«

»*Wirklich?*«, fragt auch Davy.

»Sie haben gut gearbeitet unter deiner Anleitung«, sagt der Bürgermeister, »und du hast viel Einsatz gezeigt in den vergangenen Wochen, Todd. Du bist ein guter *Anführer*.«

Er lächelt, ein beinahe warmes Lächeln.

»Ich weiß, du bist jemand, der nicht mit ansehen kann, wenn andere leiden.« Er schaut mir in die Augen, fast zwingt er mich dazu, seinem Blick auszuweichen. »Dein Mitgefühl ehrt dich.«

»*Mitgefühl*«, kichert Davy.

»Ich bin stolz auf dich.« Der Bürgermeister strafft die Zügel. »Auf euch *beide*. Und eure Mühe soll nicht umsonst gewesen sein.«

Davys Lärm strahlt zufrieden, als der Bürgermeister zum Tor des Klosters hinausreitet. »Haste gehört?«, fragt er und zwinkert. »Wir kriegen 'ne Belohnung, zartbesaitete Schweinebacke.«

»Halt die Klappe, Davy«, sage ich und gehe die Außenmauer entlang zur Rückseite des Gebäudes, dorthin, wo noch das letzte Stückchen freien Felds ist und sich alle Spackle zusammendrängen. Sie machen mir den Weg frei, als ich mitten zwischen ihnen hindurchgehe. »Wir kriegen Heizöfen«, sage ich und lasse sie die Neuigkeit auch in meinem Lärm hören. »Jetzt wird's besser.«

Sie vermeiden strikt, mich zu berühren.

»Ich hab gesagt: Jetzt wird's besser!«

Blöde, undankbare …

Ich bleibe stehen. Ich hole tief Luft. Dann gehe ich weiter.

Am Ende des Gebäudes haben wir ein paar Verschalungen, die wir noch nicht brauchen, schräg an die Außenmauer gelehnt. »Du kannst rauskommen«, rufe ich.

Eine Zeit lang rührt sich gar nichts, dann raschelt etwas leise, und 1017 kommt hervorgekrochen, seinen Arm trägt er in einer Schlinge, die er aus einem meiner wenigen Hemden gemacht hat. Er ist noch dünner als sonst, an der Stelle, wo sein Arm gebrochen ist, ist er noch ein bisschen gerötet, aber es sieht so aus, als würde die Entzündung zurückgehen. »Ich habe ein paar Schmerzmittel besorgt«, sage ich und ziehe sie aus meiner Tasche.

Er reißt sie mir mit einer jähen Bewegung aus der Hand und kratzt mich dabei.

»Pass bloß auf«, stoße ich zwischen den Zähnen hervor. »Soll ich dich wegbringen lassen, damit sie mit dir das Gleiche machen, was sie mit allen lahmen Spackle machen?«

Mir schlägt ein Schwall seines Lärms entgegen, aber ich kenne diese Gedanken schon, es ist immer das Gleiche: Er steht über mir, mit einem Gewehr in der Hand, er schlägt auf mich ein, ich flehe ihn an, damit aufzuhören, er bricht *mir* den Arm.

»Ja«, sage ich. »Viel Spaß dabei.«

»Spielst du wieder mit deinem Schoßhündchen?« Davy ist gekommen, er lehnt mit verschränkten Armen an der Wand. »Weißt du, ein Pferd wird erschossen, wenn es sich das Bein bricht.«

»Er ist aber kein Pferd.«

»Nö«, sagt Davy. »Er ist ein Schaf.«

Ich blase die Backen auf. »Danke, dass du das deinem Vater nicht gesagt hast.«

Davy zuckt die Schultern. »Lass mal gut sein, Schweinebacke, Hauptsache, du vermasselst uns die Belohnung nicht.«

1017 schnalzt uns beide böse an, hauptsächlich mich.

»Er scheint dir nicht sonderlich dankbar zu sein«, bemerkt Davy.

»Tja, ich habe ihn schon zweimal gerettet.« Ich schaue 1017 an, schaue ihm direkt in die Augen, die mich nie loslassen. »Ein drittes Mal werde ich das nicht tun.«

»Das sagst du jetzt«, antwortet Davy, »aber jeder weiß, dass du es wieder tun wirst.« Er deutet mit dem Kinn auf 1017. »Sogar der.« Davy reißt spöttisch die Augen auf. »Weil du so zart und *mitfühlend* bist.«

»Halt die Klappe.«

Er geht lachend davon und 1017 starrt mich an und starrt mich an.

Und ich starre zurück.

(Ich habe ihn ihretwegen gerettet.)

(Wenn sie hier wäre, dann würde sie sehen, dass ich ihn gerettet habe.)

(Wenn sie hier wäre.)

(Aber sie ist nicht hier.)

Ich balle die Hände zu Fäusten, aber dann zwinge ich mich, sie wieder zu öffnen.

New Prentisstown hat sich sehr verändert im letzten Monat, das stelle ich tagtäglich fest, wenn wir nach Hause reiten.

Zum Teil liegt es daran, dass der Winter kommt. Die Blätter an den Bäumen haben sich lila und rot verfärbt und sind auf die Erde gefallen, man sieht nur die großen, kahlen, winterlichen Gerippe der Bäume. Die immergrünen Pflanzen tragen ihr Nadelkleid noch, aber sie haben ihre Zapfen abgeworfen, und Kletterpflanzen kriechen dicht an den Stämmen entlang und überlassen die nackten Rankgerüste der Kälte. Dies alles, dazu noch der

Himmel, der immer düsterer wird, gibt einem das Gefühl, die Stadt habe Hunger.

Und sie hat wirklich Hunger. Die Armee ist im Spätherbst einmarschiert, damals waren die Lebensmittellager voll, aber jetzt gibt es niemanden mehr in den umliegenden Siedlungen, der mit den Waren in die Stadt kommt und sie verkauft, und die *Antwort* bombt weiter und plündert die Vorratslager. In einer einzigen Nacht haben sie ein ganzes Lagerhaus mit Weizen ausgeraubt, so schnell und so vollständig, dass kein Zweifel mehr daran bestehen kann, dass es Leute in der Stadt und auch in der Armee gibt, die ihnen helfen.

Und das ist schlecht für die Stadt und für die Armee. Ganz schlecht.

Vor zwei Wochen wurde die Ausgangssperre verschärft und letzte Woche wieder, jetzt darf niemand mehr nach Einbruch der Dunkelheit auf der Straße sein, ausgenommen ein paar Wachleute. Der Platz vor der Kathedrale ist zu einem Platz für Freudenfeuer geworden, auf dem man Bücher verbrennt, Worthinterlassenschaften derer, die der *Antwort* geholfen haben, ebenso wie ein Bündel Uniformen der Heilerinnen, an dem Tag, als der Bürgermeister das letzte *Haus der Heilung* schließen ließ. So gut wie niemand mehr nimmt jetzt noch die Arznei, ausgenommen die engsten Vertrauten des Bürgermeisters, Mr Morgan zum Beispiel oder Mr O'Hare, Mr Tate und Mr Hammar, Leute aus dem alten Prentisstown, die seit Jahren seine Weggenossen sind. Sie kriegen das Zeug aus alter Treue und Verbundenheit, nehme ich an.

Davy und ich haben die Arznei nie bekommen, also konnte er sie uns auch nicht wegnehmen.

»Vielleicht ist das ja die versprochene Belohnung«, überlegt

Davy, während wir nach Hause reiten. »Vielleicht holt er etwas von dem Zeug aus dem Keller, damit wir endlich wissen, wie das ist.«

Unsere *Belohnung. Wir.*

Ich streichle mit der Hand über Angharrads Flanke und fühle die Kälte auf ihrem Fell. »Gleich sind wir zu Hause, Mädchen«, flüstere ich ihr zwischen die Ohren. »Im schönen warmen Stall.«

Warm, denkt sie. Menschenfohlen.

»Angharrad«, antworte ich ihr.

Pferde sind keine Streicheltiere, sie spielen oft verrückt, aber ich habe herausgefunden: Wenn man sie nur richtig behandelt, dann vertrauen sie einem.

Menschenfohlen, denkt sie wieder, und es klingt, als gehörte ich zu ihrer Herde.

»Vielleicht kriegen wir Frauen zur Belohnung!«, ruft Davy plötzlich. »Ja! Vielleicht schickt er uns ein paar Frauen und dann wird endlich ein richtiger Mann aus dir.«

»Halt die Klappe«, sage ich, aber diesmal prügeln wir uns nicht. Wenn ich es mir recht überlege, haben wir uns schon ziemlich lange nicht geprügelt.

Wir haben uns schlicht und einfach aneinander gewöhnt, denke ich.

Frauen bekommen wir kaum noch zu sehen. Als der Sendeturm in die Luft flog, wurden sie alle unter Hausarrest gestellt, außer denen, die auf den Feldern arbeiten und die unter strenger Bewachung die Äcker für die neue Aussaat vorbereiten müssen. Höchstens einmal in der Woche dürfen ihre Männer, Söhne und Väter sie noch besuchen.

Es gehen Gerüchte um über Soldaten und Frauen, Gerüchte,

dass Soldaten sich nachts in die Schlafräume schleichen, Gerüchte über schreckliche Sachen, die dann passieren, und niemand wird dafür bestraft.

Gar nicht zu reden von den Frauen in den Gefängnissen. Die Gefängnisse habe ich nur vom Turm der Kathedrale aus gesehen, eine Ansammlung umgebauter Häuser weit draußen im Westen der Stadt, nahe am Wasserfall. Wer weiß, was dort vor sich geht? Sie sind weit weg, keiner sieht sie, nur die, die sie bewachen.

Sie sind wie die Spackle.

»Himmel noch mal, Todd«, sagt Davy, »was machst du ständig für einen *Radau* beim Denken.«

Ich habe es mir angewöhnt, auf das dumme Gerede von Davy gar nicht mehr zu hören. Ausgenommen heute. Heute hat er mich *Todd* genannt.

Wir stellen unsere Pferde im Stall neben der Kathedrale ab. Davy begleitet mich bis hinein, obwohl ich eigentlich keine Bewachung mehr brauche.

Wo sollte ich schon hingehen?

Ich gehe durch das Hauptportal und höre jemanden rufen: »Todd?«

Der Bürgermeister wartet schon auf mich.

»Ja, Sir«, antworte ich.

»Immer höflich«, lächelt er und kommt auf mich zu, seine Stiefelabsätze hallen auf dem Marmorboden. »Du machst einen viel ruhigeren Eindruck auf mich in der letzten Zeit.« Er bleibt einen Meter vor mir stehen. »Hast du das Mittel probiert?«

Was?

»Welches Mittel?«, frage ich.

Er seufzt leise. Und dann ...

ICH BIN DER KREIS UND DER KREIS IST DAS ICH.

Ich presse eine Hand an meine Schläfe. »Wie macht Ihr das?«

»Man kann sich den Lärm auch zunutze machen, Todd«, erklärt er mir. »Wenn man genügend *Selbstbeherrschung* hat. Und der erste Schritt auf dem Weg dorthin ist es, das richtige Werkzeug zu benutzen.«

»Ich bin der Kreis und der Kreis ist das Ich?«

»Es ist ein Mittel, um sich zu konzentrieren«, nickt er zustimmend, »ein Mittel, mit dem man seinen Lärm ausrichten, an die Kandare nehmen kann, ihn *kontrollieren* kann, und ein Mann, der seinen Lärm beherrschen kann, ist ein Mann, der im Vorteil ist.«

Ich erinnere mich an den Singsang damals in seinem Haus im alten Prentisstown, daran, wie schrill und schaurig sein Lärm klang, verglichen mit dem Lärm der anderen Männer, wie sehr er sich anfühlte wie eine …

Wie eine Waffe.

»Was ist der Kreis?«, frage ich.

»Deine Bestimmung, Todd Hewitt. Ein Kreis ist ein geschlossenes Gebilde. Es gibt keine Möglichkeit, daraus zu entkommen, deshalb ist es einfacher, du wehrst dich erst gar nicht dagegen.«

ICH BIN DER KREIS UND DER KREIS IST DAS ICH.

Nur dass diesmal meine Stimme auch mit dabei ist.

»Es gibt so vieles, was ich dir gerne beibringen würde«, sagt er und geht, ohne mir Gute Nacht gesagt zu haben.

Ich gehe an den Wänden des Glockenturms auf und ab und blicke hinaus in Richtung Westen, wo die Wasserfälle sind, nach Süden, dorthin, wo der Berg mit der tiefen Einkerbung sich erhebt, und nach Osten, zu den Hügeln, die sich bis zum Kloster hinziehen, das man aber von hier aus nicht sehen kann. Alles, was man sehen kann, ist New Prentisstown, eingemummt und zusammengedrängt gegen die heraufziehende Kälte der Nacht.

Irgendwo da draußen ist sie.

Es ist schon einen Monat her und sie ist nicht wiedergekommen.

Einen Monat und ...

(Halt die Klappe.)

(Verdammt noch mal, halt die Klappe und hör auf zu jammern!)

Ich fange wieder an, auf und ab zu laufen.

In die Maueröffnungen haben sie jetzt Glas eingesetzt, und einen Ofen haben wir auch, der uns vor der Herbstkälte schützt. Wir haben auch mehr Decken bekommen und ein Licht und ein paar sorgfältig ausgesuchte Bücher für Bürgermeister Ledger.

»Aber es ist immer noch ein Gefängnis«, sagt er in meinem Rücken und kaut mit vollem Mund. »Ich bin der Meinung, er hätte inzwischen wenigstens für *dich* einen besseren Platz suchen können.«

»Ich wünschte nur, dass nicht jeder glaubt, er müsste die ganze gottverdammte Zeit über in meinem Lärm lesen«, antworte ich, ohne mich umzudrehen.

»Er möchte wahrscheinlich nicht, dass du in der Stadt bist«, sagt er und isst die letzten Löffel seines Abendessens, das jetzt nur noch etwa halb so üppig ausfällt wie sonst. »Er möchte nicht, dass du die Gerüchte hörst.«

»Welche Gerüchte?«, frage ich, obwohl es mich eigentlich gar nicht interessiert.

»Oh, Gerüchte darüber, wie gut unser Bürgermeister Gedanken kontrollieren kann. Gerüchte, dass er den Lärm als Waffe nutzen kann. Wenn die Leute munkeln, er könne fliegen, dann würde ich es auch glauben.«

Ich schaue ihn nicht an und versuche meinen Lärm klein zu halten.

Ich bin der Kreis, denke ich.

Aber dann höre ich auf damit.

Mitternacht ist schon vorüber, als die erste Bombe hochgeht.

Wumm!

Ich schrecke ein bisschen auf meiner Matratze hoch, mehr aber auch nicht.

»Wo, glaubst du, war das?«, fragt mich Bürgermeister Ledger, der genau wie ich auf seinem Bett liegen bleibt.

»Es klang, als ob es aus dem Osten käme«, antworte ich. »Vielleicht ein Lebensmittellager?«

Wir warten. In der letzten Zeit ist immer eine zweite Bombe explodiert. Wenn die Soldaten dorthin laufen, wo die erste Bombe explodiert ist, dann nutzt die *Antwort* das aus und lässt irgendwo eine zweite hochgehen …

Wumm!

»Da haben wir's«, sagt Bürgermeister Ledger, er setzt sich in seinem Bett auf und schaut hinaus.

Ich stehe auf.

»Verdammt«, sagt er.

»Was ist?«, frage ich und stelle mich neben ihn.

»Ich glaube, das war das Wasserwerk unten am Fluss.«

»Und was heißt das?«

»Das heißt, dass wir jedes Glas Wasser abkochen …«

WUMM!

Ein riesiger Blitz zerreißt die Nacht und Bürgermeister Ledger und ich weichen schnell vom Fenster zurück. Die Scheiben klirren.

Und in ganz New Prentisstown gehen die Lichter aus.

»Das Elektrizitätswerk«, sagt Bürgermeister Ledger ungläubig. »Das wird doch rund um die Uhr bewacht. *Wie* sind sie nur dort hingekommen?«

»Ich weiß nicht«, sage ich und mir wird ganz elend. »Aber das werden sie teuer bezahlen.«

Bürgermeister Ledger fährt sich müde mit der Hand übers Gesicht, als wir die Sirenen hören und die Soldaten, die unten in der Stadt durcheinanderschreien. Er schüttelt den Kopf. »Ich weiß nicht, was sie damit erreich…«

WUMM!

WUMM!

WUMM!

WUMM!

WUMM!

Fünf gewaltige Explosionen, kurz hintereinander, sie lassen den Turm so erzittern, dass Bürgermeister Ledger und ich zu Boden geschleudert werden, ein paar Fensterscheiben gehen zu Bruch, sie bersten nach innen, sie überschütten uns mit Scherben und hüllen uns in Glasmehl.

Der ganze Himmel erhellt sich.

Der Himmel im Westen.

Eine Wolke aus Feuer und Rauch steigt so hoch über den

Gefängnissen auf, dass man glauben könnte, ein Riesendrache flöge darüber hinweg.

Neben mir ringt Bürgermeister Ledger nach Luft.

»Sie haben's getan«, sagt er keuchend. »Sie haben's tatsächlich getan.«

Sie haben's tatsächlich getan, denke ich.

Sie haben ihren Feldzug begonnen.

Und ich kann nicht anders …

Ich muss immer denken …

Kommt sie jetzt und holt mich?

25

Die Nacht, in der es passiert

(VIOLA)

»DU MUSST MIR HELFEN«, sagt Mistress Lawson, die in der Küchentür steht.

Ich strecke die Hände, die voller Mehlstaub sind, in die Höhe. »Ich bin gerade dabei ...«

»Mistress Coyle hat mich ausdrücklich gebeten, dich zu holen. Sie duldet keinen Aufschub.«

Ich schaue sie finster an, denn ich mag das Wort *holen* nicht. »Und wer soll dann das Brot für morgen backen? Lee ist weggegangen und sammelt Feuerholz.«

»Mistress Coyle meint, du würdest dich mit medizinischen Vorräten auskennen«, unterbricht mich Mistress Lawson. »Wir haben eine ganze Menge davon herbeigeschafft, und das Mädchen, das mir hilft, ist hoffnungslos damit überfordert, alles zu sortieren.«

Ich seufze. Wenigstens besser als kochen.

Ich folge ihr nach draußen in die Abenddämmerung. Wir gehen zu einem Stollen und dann durch eine Reihe von Gängen, bis wir zu einer großen Höhle kommen, in der die wertvollsten Vorräte aufbewahrt werden.

»Das wird eine Zeit lang dauern«, sagt Mistress Lawson.

Wir sind den ganzen Abend und bis in die Nacht hinein damit beschäftigt, die Medikamente, Verbände, Kompressen, Bettbezüge, Ätherflaschen, Druckverbände, Stauschläuche, Stethoskope, Kittel, Wasseraufbereitungstabletten, die Gipsschienen, Tupfer, Klammern, Jefferspillen, Heftpflaster und alles, was wir sonst noch haben, zu zählen, auf kleine Häufchen zu sortieren und sie im Lagerschacht zu verteilen, bis hinauf zum Eingang des Haupttunnels.

Ich wische mir den kalten Schweiß von der Stirn. »Sollten wir das nicht besser gleich aufstapeln?«

»Noch nicht«, sagt Mistress Lawson. Sie lässt den Blick über die fein säuberlich aufgeschichteten Häufchen schweifen. Sie reibt sich die Hände. Sorgenfalten treten auf ihre Stirn. »Ich hoffe, das ist genug.«

»Genug wofür?« Ich schaue ihr zu, während sie von einem Stapel zum anderen geht. »Genug *wofür*, Mistress Lawson?«

Sie beißt sich auf die Lippe und sieht mich zweifelnd an. »Wie viel weißt du noch von dem, was du über das Heilen gelernt hast?«

Ich starre sie einen Moment lang an und mein Verdacht nähert sich der Gewissheit. Ohne ein Wort zu sagen, renne ich aus der Höhle.

»Warte!«, ruft sie hinter mir her, aber ich bin schon im

Hauptgang, dann draußen vor der Höhle, dann mitten im Camp.

Das völlig verlassen daliegt.

»Sei nicht wütend«, sagt Mistress Lawson zu mir, nachdem ich jede einzelne Hütte durchsucht habe.

Die Hände in die Hüften gestemmt, stehe ich da wie eine Närrin und blicke mich im leeren Camp um. Nachdem sie mich geschickt abgelenkt hat, ist Mistress Coyle fortgegangen, und alle anderen sind ihr gefolgt, ausgenommen Mistress Lawson. Auch Thea und die Gehilfinnen sind weg.

Alle sind fort. Sie haben jedes Fuhrwerk, jedes Pferd und jeden Ochsen mitgenommen.

Auch Lee ist weg.

Und Wilf.

Nur Jane ist noch da, als Einzige.

Heute ist die Nacht.

Heute ist die Nacht, in der es passieren soll.

»Du weißt, warum die anderen dich nicht mitnehmen konnten«, sagt Mistress Lawson.

»Sie vertraut mir nicht«, sage ich anklagend. »Niemand von euch vertraut mir.«

»Das ist jetzt nicht die Frage.« Ihre Stimme hat diesen strengen Mistress-Ton, den ich allmählich nicht mehr hören kann. »Jetzt zählt nur noch, dass wir gerüstet sind, wenn sie zurückkommen.«

Ich will ihr widersprechen, aber ich sehe, wie sie die Hände ringt, wie sorgenvoll ihr Blick ist, wie all das sie aufwühlt. Und dann sagt sie: »Wenn überhaupt jemand zurückkommt.«

Uns bleibt nichts anderes übrig, als zu warten. Jane kocht Kaffee für uns, und wir sitzen draußen, wo es immer kälter wird, schauen auf den Pfad, der aus dem Wald hinausführt, schauen, wer wohl auf diesem Pfad zurückkommen wird.

»Frost«, sagt Jane und fährt mit dem Fingernagel über eine hauchdünne Eisschicht, die sich auf einem Stein neben ihren Füßen gebildet hat.

»Wir hätten es früher tun sollen«, sagt Mistress Lawson, den Kopf dicht über die Kaffeetasse gebeugt, damit der Dampf ihr Gesicht wärmt. »Wir hätten es tun sollen, bevor sich das Wetter verschlechtert.«

»*Was* hätten wir tun sollen?«, frage ich.

»Sie retten«, antwortet Jane knapp. »Wilf hat es mir gesagt, als er ging.«

»Wen retten?«, frage ich, obwohl es eigentlich klar ist.

Wir hören Steine den Pfad herabpoltern. Wir sind schon aufgesprungen, als plötzlich Magnus den Hügel herunterstolpert. »Schnell!«, schreit er. »Kommt her!«

Mistress Lawson rafft die Notfallversorgung zusammen und rennt ihm hinterher. Jane und ich ebenso.

Wir sind schon fast den halben Abhang hinauf, als sie aus dem Wald kommen.

Sie liegen auf Fuhrwerken, auf Tragen, auf Pferden, manche werden auf Schultern getragen, andere kommen den Pfad herunter und wieder andere über den Hügelkamm.

Alle, die gerettet werden mussten.

Alle Gefangenen, die der Bürgermeister und seine Soldaten eingesperrt haben.

Und in welchem *Zustand* sie sind …

»Oh mein Gott«, sagt Jane neben mir leise, wir stehen wie angewurzelt da.

Oh mein Gott.

Die nächsten Stunden vergehen wie in einem Nebel, wir beeilen uns, die Verwundeten ins Camp zu bringen, aber einige von ihnen sind so schwer verletzt, dass wir sie an Ort und Stelle behandeln müssen. Ich werde von einer Heilerin zur nächsten gerufen, hetze von einem Verwundeten zum nächsten, laufe wieder zurück, um neues Verbandsmaterial zu holen, alles geht so schnell, dass ich eine Weile brauche, bis mir klar wird, dass sich die meisten ihre Wunden nicht im Kampf zugezogen haben.

»Sie wurden geschlagen«, sage ich.

»Und man hat sie hungern lassen«, fügt Mistress Lawson wütend hinzu und gibt einer Frau, die wir in die Höhle getragen haben, eine Spritze in den Arm. »Und gefoltert.«

Die Frau ist nur eine von vielen, und es sieht so aus, als würde die Zahl derer, die neu ankommen, niemals enden. Die meisten von ihnen sind zu verstört, um auch nur ein Wort zu sagen. Sie starren schweigend vor sich hin, sie haben Brandwunden auf den Armen und im Gesicht, alte, nie behandelte Wunden, und die eingefallenen Augen dieser Frauen erzählen, dass sie seit vielen, vielen Tagen nichts mehr gegessen haben.

»Das ist sein Werk«, sage ich zu mir selbst. »Ganz allein sein Werk.«

»Gib acht, dass du nichts fallen lässt«, mahnt Mistress Lawson. Wir eilen wieder nach draußen, die Arme beladen mit Verbandsmaterial, aber es reicht nicht im Mindesten aus. Mit einer hektischen Handbewegung winkt mich Mistress Braithwaite zu sich. Sie reißt mir einen Verband aus der Hand und umwickelt damit in aller Eile das Bein einer Frau, die auf dem Boden liegt und schreit. »Jeffers-Wurzel«, schnauzt sie mich an.

»Ich habe keine mitgebracht«, antworte ich.

»Dann, zum Teufel, hole welche!«

Ich laufe in die Höhle zurück, weiche den Heilerinnen und Gehilfinnen aus und den falschen Soldaten, die sich überall – oben auf dem Hügel, auf den Pritschen der Fuhrwerke – um die Verletzten kümmern. Denn es sind nicht nur Frauen, die verletzt wurden. Ich sehe auch männliche Gefangene, sie sind ebenso ausgehungert, wurden ebenso schlimm misshandelt. Ich sehe auch Leute aus unserem Camp, die im Kampf verwundet wurden, auch Wilf, auf dessen einer Gesichtshälfte ein Brandpflaster klebt, aber er hilft trotzdem, andere Verwundete auf Tragen ins Lager zu bringen.

Ich hole noch mehr Verbandsmaterial und Jefferswurzel. Ich blicke zum Pfad hinauf, immer noch kommen Menschen an.

Ich halte einen Augenblick inne und betrachte die neuen Gesichter, ehe ich wieder zu Mistress Braithwaite laufe.

Mistress Coyle ist noch nicht wieder zurück.

Auch Lee nicht.

»Er war mittendrin«, erzählt mir Mistress Nadari, als ich ihr helfe, eine Frau aufzurichten, der sie eben starke Beruhigungsmittel gegeben hat. »Er schien jemanden zu suchen.«

»Seine Mutter und seine Schwester«, erwidere ich und stütze die Frau alleine.

»Wir konnten nicht alle befreien«, sagt Mistress Nadari. »In einem der Gebäude sind die Bomben nicht hochgegangen.«

»Siobhan!«, hören wir jemanden in einiger Entfernung rufen.

Ich drehe mich um, mein Herz beginnt zu rasen, ich bin selbst ganz überrascht. »Er hat sie gefunden!«, rufe ich lächelnd.

Aber gleich darauf wird mir klar, dass es nicht stimmt.

»Siobhan?« Lee kommt aus dem Wald heraus, Arm und Schulter seiner Uniformjacke sind schwarz, sein Gesicht ist rußverschmiert, er blickt ziellos umher, hierhin und dorthin, blickt durch die Menschen hindurch, als er an ihnen vorbeigeht.

»Mum?«

»Geh und sich nach, ob er verletzt ist«, sagt Mistress Nadari.

Ich überlasse es ihr, die Frau zu stützen, und renne zu Lee, ohne auf die anderen Heilerinnen zu achten, die laut nach mir rufen.

»Lee!«

»Viola?«, sagt er fragend, als er mich erblickt. »Sind sie hier? Weißt du, ob sie hier sind?«

»Bist du verletzt?«, frage ich, als ich bei ihm bin. Ich reiße den versengten Ärmel von seiner Jacke und dann sehe ich seine Hände. »Du hast dich verbrannt.«

»Überall war Feuer …« Er schaut mich an, aber er sieht mich nicht, vor seinen Augen steht noch immer das, was er in den Gefängnissen gesehen hat, er sieht die Brände und das, was jenseits der Feuer war, er sieht die Gefangenen, die das Befreiungskommando fand, vielleicht sieht er auch die Wachleute, die er töten musste.

Aber seine Mutter und seine Schwester sieht er nicht.

»Sind sie *hier*?«, fragt er flehentlich. »Sag mir, dass sie hier sind!«

»Ich weiß nicht, wie sie aussehen«, antworte ich leise.

Lee starrt mich mit offenem Mund an, sein Atem geht schwer und er keucht, als hätte er zu viel Qualm eingeatmet. »Es war …«, sagt er. »Oh Gott, Viola, es war …« Er hebt den Kopf, blickt über meine Schulter, an mir vorbei. »Ich muss sie finden. Ich muss sie hierherbringen.«

Er stolpert weiter. »Siobhan? *Mum?*«

Ich kann nicht anders und rufe ihm hinterher: »Lee? Hast du Todd gesehen?«

Aber er geht einfach weiter.

Dann höre ich, wie jemand »Viola!« ruft, und zuerst denke ich, es ist eine Heilerin, die meine Hilfe braucht.

Aber dann sagt jemand neben mir. »Da ist Mistress Coyle!«

An der höchsten Stelle des Pfads reitet Mistress Coyle, sie galoppiert so schnell, wie ihr Pferd nur laufen kann. Hinter ihr über dem Sattel liegt jemand, sie hat ihn festgebunden, damit er nicht vom Pferd fällt. In mir keimt Hoffnung auf. Vielleicht ist es Siobhan. Oder Lees Mutter.

(Oder vielleicht ist er es ja, vielleicht …)

»Hilf uns, Viola«, ruft Mistress Coyle und zerrt an den Zügeln.

Ich renne los, und in diesem Augenblick dreht sich das Pferd zur Seite, um sicheren Tritt zu finden, und da sehe ich, wer da bewusstlos und schlaff auf dem Rücken des Pferdes liegt.

Es ist Corinne.

»Nein«, stoße ich leise hervor, denn ich will es nicht wahrhaben. »Nein, nein, nein, nein, nein«, sage ich immer wieder,
als wir sie auf einen flachen Stein betten und Mistress Lawson mit einem Armvoll Verbandsmaterial auf uns zugerannt
kommt. »Nein, nein, nein«, sage ich und nehme ihren Kopf in
meine Hände, damit er nicht auf dem harten Stein liegt, während Mistress Coyle den Ärmel von ihrem Kleid reißt, um ihr
eine Spritze zu geben. »Nein«, sage ich vor mich hin, als Mistress Lawson vor uns steht und Corinne erkennt.

»Ihr habt sie gefunden«, sagt Mistress Lawson.

Mistress Coyle nickt. »Ja, ich habe sie gefunden.«

Ich spüre Corinnes Kopf in meinen Händen liegen, spüre,
wie sie vor Fieber glüht. Ich sehe, wie eingefallen ihre Wangen
sind, sehe die Blutergüsse um ihre Augen, die aufgedunsene
Haut und das Schlüsselbein, das im Ausschnitt ihrer zerrisse-
nen und schmutzigen Heilerinnen-Uniform hervortritt. Und die
Brandflecken an ihrem Hals. Und die Schnittverletzungen auf
ihren Unterarmen. Und die ausgerissenen Fingernägel.

»Oh, Corinne«, flüstere ich und meine Tränen fallen auf
ihre Stirn. »Oh, nein.«

»Bleib bei uns, mein Mädchen«, bittet Mistress Coyle, aber
ich weiß nicht, ob sie mich oder Corinne meint.

»Und Thea?«, fragt Mistress Lawson, ohne aufzuschauen.

Mistress Coyle schüttelt den Kopf.

»Ist Thea tot?«, frage ich.

»Sie und Mistress Waggoner«, antwortet Mistress Coyle.
Erst jetzt bemerke ich ihr rauchgeschwärztes Gesicht und
die schlimmen roten Brandwunden auf ihrer Stirn. »Und noch
andere.« Ihre Lippen werden schmal. »Aber wir haben auch
ein paar *von denen* erwischt.«

»Komm schon, mein Mädchen«, redet Mistress Lawson auf Corinne ein, die noch immer ohne Bewusstsein ist. »Du hast dich noch nie unterkriegen lassen. Gib nicht auf.«

»Halt das mal«, bittet Mistress Coyle und drückt mir einen Beutel mit Flüssigkeit in die Hand, von dem aus ein Schlauch zu einer Injektionsnadel führt, die in Corinnes Arm steckt. Ich nehme den Beutel in eine Hand, mit der anderen stütze ich Corinnes Kopf, der in meinem Schoß liegt.

»Schaut euch das an«, sagt Mistress Lawson und entfernt einen Stofffetzen, der an Corinnes Seite festklebt. Ein entsetzlicher Geruch steigt uns in die Nase.

Aber der ekelerregende Gestank ist nicht das Schlimmste. Am schlimmsten ist das, was er zu bedeuten hat.

»Wundbrand«, sagt Mistress Coyle mit tonloser Stimme. Die Entzündung ist schon viel zu weit fortgeschritten, das Gewebe bereits abgestorben. Der Wundbrand zehrt sie bei lebendigem Leibe auf. Corinne hat mir die Anzeichen selbst erklärt, ich wünschte, ich würde mich nicht daran erinnern.

»Sie haben ihr, verdammt noch mal, keinerlei medizinische Versorgung gegeben«, knurrt Mistress Lawson. Sie steht auf und läuft in die Höhle, um die wirksamste Medizin zu holen, die wir haben.

»Komm schon, mein störrisches Mädchen«, sagt Mistress Coyle leise und streichelt Corinnes Stirn.

»Ihr seid so lange dortgeblieben, bis Ihr sie gefunden habt«, sage ich. »Deshalb seid Ihr als Letzte gekommen.«

»Sie hat sich niemals unterkriegen lassen«, sagt Mistress Coyle, ihre Stimme klingt rau, und das nicht nur wegen des Rauchs. »Egal, was sie ihr angetan haben.«

Wir blicken in Corinnes Gesicht, ihre Augen sind geschlossen, ihr Mund steht offen und ihr Atem wird schwächer.

Mistress Coyle hat recht, Corinne würde sich niemals unterkriegen lassen, würde niemals Namen oder andere wichtige Informationen preisgeben, würde jede Tortur auf sich nehmen, nur damit andere Mütter, andere Töchter nicht das Gleiche erdulden müssen wie sie.

»Die Entzündung«, sage ich heiser, »dieser Geruch, das heißt doch ...«

Aber Mistress Coyle beißt sich nur auf die Lippe und schüttelt den Kopf.

»Oh, Corinne«, sage ich. »Bitte nicht.«

Und in diesem Moment, während ich sie festhalte, während sie in meinem Schoß liegt, dreht sie mir ihr Gesicht zu ...

... und stirbt.

Sie stirbt lautlos. Kein Geräusch, kein Kampf, kein Aufbäumen, nichts von alledem. Sie wird einfach still, es ist eine ganz besondere Stille, eine Stille, von der man, wenn man sie hört, sofort weiß, dass sie ewig ist, eine Stille, die jeden Laut um sich herum erstickt, eine Stille, die den Lärm der Welt einfach ausknipst.

Das Einzige, was ich hören *kann*, ist mein eigener Atem, er ist feucht und schwer, und ich habe das Gefühl, niemals wieder glücklich sein zu können. In dieser Stille, in der ich nur meinen Atem höre, blicke ich den Abhang hinunter, und ich sehe die anderen Verletzten, sehe ihre offenen Münder, aus denen Schmerzensschreie kommen, sehe ihre ausdruckslosen Augen, die auch jetzt noch, nach ihrer Rettung, das

Schreckliche sehen. Ich sehe Mistress Lawson, die mit Medikamenten zu uns gelaufen kommt, zu spät, viel zu spät. Ich sehe Lee, der umherirrt und nach seiner Mutter und seiner Schwester ruft und der in all dem Chaos noch immer nicht glauben will, dass sie nicht da sind.

Und ich denke an den Bürgermeister, der in seiner Kathedrale sitzt, Versprechungen macht und Lügen auftischt.

(Ich denke an Todd, der sich in der Gewalt des Bürgermeisters befindet.)

Ich blicke zu Corinne in meinem Schoß, Corinne, die mich nie gemocht hat, nie, und die trotzdem ihr Leben für mich gegeben hat.

Wir haben die Wahl, was aus uns wird.

Als ich wieder zu Mistress Coyle aufschaue, funkelt alles, weil meine Augen feucht sind, und die ersten Strahlen der aufgehenden Sonne sind wie ein Farbstreif, der sich über den Himmel zieht.

Aber ich sehe sie deutlich genug.

Ich beiße die Zähne zusammen und meine Stimme ist so zäh wie Lehm. »Ich bin bereit«, sage ich. »Ich tue alles, was Ihr wollt.«

26
Die Antwort

[TODD]

»Oh Gott«, sagt Bürgermeister Ledger immer wieder leise vor sich hin. »Oh Gott.«

»Was regst du dich so auf?«, blaffe ich ihn schließlich an.

Heute Morgen wurde die Tür nicht wie üblich aufgeschlossen. Der Vormittag kam und verging, man hat anscheinend völlig vergessen, dass wir noch da sind. Draußen in der Stadt brennt und BRÜLLT es, aber ich nehme stark an, dass er nur deshalb mault, weil unser Frühstück zu spät kommt.

»Die Kapitulation sollte eigentlich *Frieden* bringen«, sagt er. »Und dieses verdammte Weib hat *alles* zunichtegemacht.«

Ich schaue ihn verständnislos an. »Wir leben hier nicht gerade im Paradies. Die Ausgangssperre, die Gefängnisse …«

Er schüttelt den Kopf. »Als Mistress Coyle ihren persönlichen Feldzug angefangen hat, war der Präsident gerade dabei, die Beschränkungen zu lockern. Alles wurde wieder besser.«

Ich blicke aus dem Fenster nach Westen, wo immer noch

351

Rauch aufsteigt und Brände wüten und der Lärm der Männer nicht aufhören will.

»Man muss *praktisch* denken«, sagt Bürgermeister Ledger. »Sogar, wenn man es mit einem Tyrannen zu tun hat.«

»Das also bist du?«, frage ich. »Praktisch?«

Er kneift die Augen zusammen. »Ich weiß nicht, worauf du hinauswillst, Junge.«

Ich weiß auch nicht genau, worauf ich hinauswill, aber ich habe Angst, und ich habe Hunger, und wir sitzen hier in diesem blöden Turm fest, während die Welt um uns herum in Trümmer fällt, wir können dabei *zusehen*, aber wir können *nichts* dagegen tun, und ich weiß nicht, welche Rolle Viola in dieser ganzen Sache spielt. Ich weiß nicht einmal, *wo* sie ist, und ich weiß nicht, was noch alles auf uns zukommt, und ich weiß auch nicht, wie aus alledem noch etwas Gutes werden soll, aber ganz sicher weiß ich, dass Bürgermeister Ledger mir weismachen will, wie *praktisch* er denkt, und dass mich das furchtbar ankotzt.

Oh ja, und da ist noch was. »Nenn mich nicht mehr ›Junge‹.«

Er macht einen Schritt auf mich zu. »Wenn du ein Mann wärst, dann würdest du verstehen, dass die Welt etwas komplizierter ist und man sie nicht nur in richtig oder falsch einteilen kann.«

»Ein Mann, der nur seine eigene Haut retten will, würde das sicherlich so machen.« Und mein Lärm sagt: *Versuch's, komm schon, versuch's.*

Bürgermeister Ledger ballt die Fäuste. »Was weißt du schon, Todd«, sagt er, und seine Nasenflügel beben. »Was weißt du schon.«

»*Was* weiß ich denn nicht?«, frage ich zurück, doch dann macht die Tür *Tschack!* und wir beide springen auf.

Davy platzt herein, zwei Gewehre in der Hand. »Komm«, sagt er und gibt eines davon mir. »Pa braucht uns.«

Ohne ein weiteres Wort zu verlieren, gehe ich und lasse Bürgermeister Ledger zurück, der uns nachruft: »Hey!«, als Davy die Tür hinter sich zumacht.

»Sechsundfünfzig Soldaten tot«, sagt Davy, während wir die Stufen des Turms hinunterrennen. »Ein Dutzend von ihnen haben wir getötet und noch ein weiteres Dutzend geschnappt, aber sie haben sich mit fast zweihundert Gefangenen aus dem Staub gemacht.«

»*Zweihundert?*«, frage ich und bleibe einen Augenblick lang stehen. »Wie viele Leute waren denn im Gefängnis?«

»Komm schon, Schweinebacke, Pa wartet auf uns.«

Ich renne weiter und hole ihn ein. Wir gehen durch die Eingangshalle der Kathedrale auf den Haupteingang zu. »Diese Schlampen!«, sagt Davy kopfschüttelnd. »Du glaubst nicht, wozu die fähig sind. Sie haben eine Schlafbaracke in die Luft gejagt. Eine *Baracke*, in der gerade Männer *schliefen*.«

Wir treten hinaus und mitten hinein in das Chaos, das auf dem Vorplatz herrscht.

Der Qualm weht von Westen herbei und lässt die Stadt wie im Nebel erscheinen. Soldaten, einzelne wie auch Gruppen, laufen durcheinander, einige schubsen Leute vor sich her oder schlagen mit ihren Gewehren auf sie ein. Andere bewachen verängstigte Frauen oder treiben verängstigte Männer auseinander.

»Aber wir haben es ihnen gezeigt«, sagt Davy und schneidet eine Grimasse.

»Du warst dabei?«

»Nein.« Er blickt auf sein Gewehr. »Aber beim nächsten Mal werde ich dabei sein.«

»David!«, hören wir jemanden rufen. »Todd!«

Quer über den Platz kommt der Bürgermeister so schnell auf uns zugeritten, dass Morpeths Hufe Funken aus den Pflastersteinen schlagen.

»Beim Kloster ist was passiert«, ruft er. »Reitet schnell hin. *Sofort!*«

Die ganze Stadt ist in Aufruhr. Wohin wir auch reiten, überall begegnen wir Soldaten. Sie treiben die Leute aus der Stadt vor sich her, zwingen sie, Eimerketten zu bilden, um die kleineren Brände zu löschen, die die ersten drei Bomben der vergangenen Nacht verursacht haben, die Bomben, die das Elektrizitätswerk, das Wasserwerk und ein Lebensmittelgeschäft dem Erdboden gleichgemacht haben. Und es brennt dort immer noch, weil alle Löschwasserschläuche von New Prentisstown dazu gebraucht werden, die Brände in den Gefängnissen zu löschen.

»Es wird so schnell gehen, dass sie den Schlag gar nicht hören«, sagt Davy, während wir reiten, schnell reiten.

»Wer wird den Schlag nicht hören?«

»Die *Antwort* und alle, die den Rebellen helfen.«

»Bis dahin wird niemand mehr *übrig* sein.«

»Wir werden übrig sein«, sagt Davy und schaut mich an. »Das reicht für den Anfang.«

Je weiter wir uns von der Stadt entfernen, desto ruhiger wird es auf der Straße, so ruhig, dass man beinahe glauben könnte, es sei nichts passiert, aber nur, solange man sich nicht genauer umsieht, dann nämlich bemerkt man die Rauchsäulen am Himmel. Hier draußen zeigt sich niemand mehr auf der Straße, und um uns herum wird es so still, als wäre hier die Welt zu Ende.

Wir reiten an dem Hügel vorbei, auf dem die Überreste des Sendeturms liegen, aber wir sehen keinen einzigen Soldaten, der den Weg zum Turm hinaufgeht. Wir biegen um die letzte Straßenecke vor dem Kloster.

Und wir reißen die Zügel zurück.

»Heilige Scheiße!«, stößt Davy hervor.

Die ganze vordere Wand ist weggerissen. Kein einziger Wachtposten ist auf der Mauer zu sehen, und dort, wo früher das Tor war, klafft jetzt ein riesiges Loch.

»Diese Schlampen«, ruft Davy wütend aus. »Sie haben sie *freigelassen*.«

Bei seinen Worten steigt ein seltsam freudiges Gefühl in mir auf.

(Hat sie das getan?)

»Verdammt, jetzt müssen wir auch noch gegen *diese Viecher* kämpfen«, jammert Davy.

Aber ich springe von Angharrad, mir ist ganz federleicht im Kopf. *Frei*, denke ich. *Sie sind frei.*

(Hat sie sich deshalb der *Antwort* angeschlossen?)

Ich fühle mich so …

So *erleichtert*.

Ich beschleunige meine Schritte, als ich mich dem Loch nähere, ich greife nach meinem Gewehr, aber irgendetwas sagt mir, dass ich es nicht brauchen werde.

(Ach, Viola, ich wusste ja, dass ich darauf zählen konnte, dass …)

Vor dem Loch bleibe ich stehen.

Alles um mich herum erstarrt.

Mein Magen sackt herunter.

»Sind alle weg?«, fragt Davy, der mich einholt.

Dann sieht er, was ich sehe.

»Was zum …?«, sagt er.

Die Spackle sind gar nicht weg.

Sie sind noch alle da.

Kein Einziger fehlt.

Alle 1150 sind noch da.

Sie sind tot.

»Ich kapier das nicht«, sagt Davy.

»Halt die Klappe«, sage ich leise.

Die Außenmauern sind eingefallen, alles ist wieder freies Feld, und überall häufen sich die Leichen, sie wurden übereinandergeworfen oder ins Gras geschleudert, so als hätte sie jemand einfach weggeworfen, Männer und Frauen und Kinder und Babys, weggeworfen wie Müll.

Irgendwo brennt noch etwas, und weißer Rauch schlängelt sich über das Gelände, er kreist um die Leichenhaufen, zupft wie mit Fingern an ihnen, aber er findet nichts Lebendiges mehr.

Und diese Stille.

Kein Zungenschnalzen, kein Schlürfen, ja nicht einmal ein *Atmen*.

»Das muss ich Pa erzählen«, sagt Davy und rennt auch schon davon. Er springt auf Deadfall und reitet los.

Ich reite ihm nicht nach.

Meine Füße tragen mich nur vorwärts, mitten durch sie hindurch, mein Gewehr ziehe ich hinter mir her.

Die Leichenberge türmen sich höher als mein Kopf. Die Augen stehen noch offen, auf den Schusswunden surren schon die Halmfliegen. Es scheint, als wären sie alle erschossen worden, den meisten hat man mitten in die Stirn geschossen, aber einige der Toten haben auch Schnittverletzungen, man hat ihnen die

Brust oder die Kehle aufgeschlitzt, das Genick gebrochen, und jetzt sehe ich auch abgetrennte Gliedmaßen und ...

Mein Gewehr fällt ins Gras. Ich bemerke es kaum.

Ich gehe weiter, mit starrem Blick und aufgerissenem Mund, ich kann nicht glauben, was ich sehe, begreife das Ausmaß all dessen nicht.

Denn ich muss über Leichen steigen, die mit ausgebreiteten Armen daliegen, und diese Arme tragen Bänder, die ich dort angebracht habe. Ich sehe verzerrte Münder, die ich gefüttert habe, ich sehe Leiber mit gebrochenem Rückgrat ...

Oh Gott.

Oh Gott, nein, ich habe sie gehasst.

Ich wollte sie nicht hassen, aber ich konnte nicht anders.

(Doch, ich konnte.)

Ich denke daran, wie oft ich sie verwünscht habe.

Wie oft ich mir eingeredet habe, sie wären Schafe.

(Ein Messer in einer Hand, das zustößt.)

Aber das habe ich nicht gewollt.

Niemals, ich ...

Und ich biege um den größten Leichenhaufen, der sich an der Ostwand auftürmt ...

Und jetzt sehe ich es.

Und ich stürze auf die Knie, auf das gefrorene Gras.

Auf die Wand geschmiert, mannshoch ...

Das **A**.

Das **A** der *Antwort*.

In blauer Farbe.

Ich lasse den Kopf sinken, ganz langsam, bis meine Stirn den Boden berührt und die Kälte in meinen Schädel eindringt.

(Nein.)

(Nein, das kann sie nicht gewesen sein.)

(Sie *kann* es nicht gewesen sein.)

Der Atem strömt wie Dampf aus meinem Mund und taut ein kleines Loch in den Schlamm. Ich rühre mich nicht.

(Haben sie dir das angetan?)

(Haben sie dich so verändert?)

(Viola?)

(*Viola?*)

Schwärze hüllt mich ein wie ein Tuch, wie Wasser, das über meinem Kopf zusammenschlägt, nein, Viola, nein, das kannst du nicht getan haben, das kannst du nicht getan haben (oder doch?), nein, nein, nein, das ist unmöglich ...

Nein.

Nein.

Und ich setze mich auf.

Und ich lehne mich zurück.

Und ich schlage mir ins Gesicht.

Ich schlage fest zu.

Wieder.

Und wieder.

Ich spüre gar nichts.

Meine Lippen platzen auf.

Meine Augen schwellen an.

Nein.

Lieber Gott, nein ...

Bitte ...

Und ich hole aus und schlage mich wieder.

Aber ich spüre plötzlich nichts mehr.

Ich spüre nur noch, wie es kalt in mir wird.

Ganz tief in meinem Inneren …

(Wo bist du, dass du nicht kommst, um mich zu retten?)

Ich spüre nichts mehr.

Alles in mir wird taub.

Ich blicke auf die Spackle, nur Tote, nichts als Tote überall.

Und Viola ist nicht da.

Sie ist verschwunden, es gibt sie nicht mehr.

(Das hast du *getan?*)

(*Das* hast du getan, statt nach mir zu suchen?)

In mir *erstirbt* alles.

Plötzlich fällt ein Körper vom Haufen herunter, direkt auf mich.

Ich pralle entsetzt zurück, falle über zwei andere Leichen, rapple mich wieder hoch, wische mir die Hände an den Hosen ab, wische mir den Tod von den Händen.

Und dann fällt noch eine Leiche herunter.

Ich sehe hinauf.

1017 wühlt sich durch die Toten.

Er sieht mich und erstarrt, sein Kopf und seine Arme schauen aus dem Haufen heraus, seine Knochen treten hervor, er ist dünn wie die Toten.

Natürlich hat er überlebt. Natürlich. Wenn einer von ihnen trotzig genug ist, um zu überleben, dann er.

Ich packe ihn an den Schultern, um ihn aus dem Berg von Toten herauszuzerren.

Wir fallen nach hinten, als er freikommt, stürzen zu Boden,

rollen voneinander weg. Und dann starren wir uns gegenseitig an.

Unser Atem geht schwer, Dampfwolken steigen in die kalte Luft.

Es sieht nicht so aus, als wäre er verletzt, nur die Schlinge, in der er seinen Arm getragen hat, ist verschwunden. Er schaut mich an, seine Augen sind sicher genauso weit aufgerissen wie meine.

»Du lebst«, sage ich dümmlich. »Du lebst ja.«

Er starrt mich einfach an, ohne Lärm, ohne Schnalzen, nichts. Nur unsere Stille umgibt uns an diesem Morgen, und der Rauch, der sich wie eine Schlingpflanze durch die Luft rankt.

»Wie?«, frage ich. »Wie hast »du …«

Keine Antwort.

»Hast du …?«, frage ich, dann muss ich mich räuspern. »Hast du ein Mädchen gesehen?«

Und dann höre ich *tam-tata …*

Hufgetrappel dringt von der Straße zu uns her. Davy muss seinen Pa abgefangen haben, der uns nachgeritten ist.

Ich schaue 1017 an und sage leise: »Lauf! Du musst weg von hier.«

Tam-tata …

»Bitte«, flüstere ich. »Bitte. Es tut mir so leid, es tut mir so leid, aber bitte, lauf weg, lauf einfach weg, nichts wie weg von hier …«

Ich spreche nicht weiter, denn er kommt auf die Füße. Er lässt mich nicht aus den Augen, seine Miene ist ausdruckslos, fast wie die eines Toten.

Tam-tata-TAM.

Er macht einen Schritt zurück, dann noch einen, dann geht er schneller, geht auf das aufgesprengte Tor zu.

Und dort bleibt er stehen und blickt zurück.

Ganz deutlich höre ich einen Strahl seines Lärms, der auf mich zuschießt.

In seinem Lärm bin nur ich, ganz allein.

Und 1017, mit einem Gewehr.

Und er drückt den Abzug.

Und ich sterbe zu seinen Füßen.

Dann dreht er sich um, rennt durchs Tor und verschwindet in den Wäldern.

»Ich weiß, wie schwer das für dich sein muss, Todd«, sagt der Bürgermeister und betrachtet das gesprengte Tor. Wir sind nach draußen gegangen. Keiner von uns konnte die Leichen mehr sehen.

»Aber *warum*?«, frage ich und versuche, mir die Anspannung nicht anmerken zu lassen. »Warum sollten sie das getan haben?«

Der Bürgermeister betrachtet das Blut auf meinem Gesicht, das Blut, das von den Schlägen herrührt, die ich mir selbst versetzt habe, aber er verliert kein Wort darüber. »Ich nehme an, sie fürchteten, wir würden sie als Soldaten einsetzen.«

»Aber sie *alle* zu töten?« Er sitzt hoch zu Ross und ich blicke zu ihm hinauf. »Die *Antwort* hat nie jemanden getötet, es sei denn, es war ein Unfall.«

»Sechsundfünfzig Soldaten«, sagt Davy nur.

»Fünfundsiebzig«, verbessert ihn der Bürgermeister. »Und dreihundert Gefangene, die geflohen sind.«

»Sie haben hier schon einmal Bomben geworfen, erinnerst du dich?«, fügt Davy hinzu. »Diese Schlampen.«

»Die *Antwort* weitet ihre Angriffe aus«, sagt der Bürgermeister und sieht dabei mich an. »Und wir werden ihnen eine entsprechende Antwort zurückgeben.«

»Ja, verdammt noch mal, das werden wir«, sagt Davy und entsichert ohne unmittelbaren Grund sein Gewehr.

»Es tut mir nur leid um Viola«, sagt der Bürgermeister zu mir. »Ich bin genauso enttäuscht wie du, dass sie nun dazugehört.«

»Das wissen wir nicht«, entgegne ich leise.

(Gehört sie dazu?)

(Gehörst du dazu?)

»Wie auch immer«, fährt der Bürgermeister fort. »Die Zeit, da du ein Junge warst, ist endgültig und unwiderruflich vorüber. Jetzt brauche ich Anführer. Ich brauche *dich* als Anführer. Bist du bereit, ein Anführer zu sein, Todd Hewitt?«

»*Ich* bin bereit«, antwortet Davy an meiner Stelle, und sein Lärm verrät, dass er sich zurückgesetzt fühlt.

»Ich weiß, dass ich mich auf dich verlassen kann, Sohn.«

Da ist er wieder, sein rosaroter Lärm.

»Ich will es von Todd hören.« Bürgermeister Prentiss reitet ein Stückchen näher zu mir heran. »Du bist nicht mehr mein Gefangener, Todd Hewitt. Darüber sind wir hinaus. Aber ich muss wissen, ob du dich *mir* anschließen willst ...«, er nickt in die Richtung, wo die Lücke in der Mauer klafft, »... oder ihnen. Eine andere Möglichkeit gibt es nicht.«

Ich blicke auf das Klostergelände, auf die Leichen, auf all die entsetzten und ausdruckslosen Gesichter, auf diesen sinnlosen Tod.

»Wirst du mir helfen, Todd?«

»Wie soll ich Euch helfen?«, frage ich und schaue zu Boden.

Aber er fragt noch einmal. »Wirst du mir helfen?«

Ich muss an 1017 denken, der jetzt ganz allein auf der Welt ist.

Seine Freunde, seine Familie, sie liegen jetzt wie Müll auf einem Haufen, eine Beute der Fliegen.

Ich sehe dieses Bild immerzu vor mir, selbst mit geschlossenen Augen.

Ich sehe immerzu dieses leuchtend blaue **A** vor mir.

Ach, betrüg mich nie, kommt mir in den Sinn.

Ach, verlass mich nie.

(Aber sie hat mich verlassen.)

(Sie hat mich verlassen.)

Und ich bin tot.

In meinem Inneren bin ich tot tot tot.

Nichts ist mehr von mir übrig.

»Ja«, antworte ich. »Ich werde Euch helfen.«

»Sehr gut«, sagt der Bürgermeister zufrieden. »Ich wusste, dass du ein außergewöhnlicher Mensch bist, Todd. Ich habe es immer gewusst.«

Davys Lärm schreit bei diesen Worten auf, aber der Bürgermeister kümmert sich nicht um ihn. Er wendet Morpeth, sodass er das von Leichen bedeckte Feld überblicken kann.

»Und nun dazu, auf welche Weise du mir helfen kannst«, fährt er fort. »Wir haben jetzt die *Antwort* kennengelernt.« Seine Augen funkeln. »Jetzt ist es an der Zeit, dass wir sie uns genau *anhören.*«

TEIL V

Das Amt für Anhörung

27

So, wie wir jetzt leben

[TODD]

»Lasst euch nicht täuschen von der Ruhe, die im Augenblick herrscht«, sagt der Bürgermeister, der oben auf einem Podest steht. Seine Stimme dröhnt aus Lautsprechern, die an jeder Ecke stehen, sie sind extra laut eingestellt, damit das BRÜLLEN der Männer übertönt wird. An diesem kalten Morgen starren die Menschen in New Prentisstown zu ihm hinauf, die Männer drängen sich vor dem Podest, umringt von Soldaten, und die Frauen stehen weiter hinten, wo die Seitenstraßen einmünden. Alle stehen wir wieder hier.

Davy und ich sitzen auf unseren Pferden, direkt hinter dem Podest, gleich hinter dem Bürgermeister.

Wir sind so etwas wie eine Ehrenwache.

Wir haben auch neue Uniformen.

Ich denke: *Ich bin der Kreis und der Kreis ist das Ich.*

Denn wenn ich daran denke, dann muss ich über nichts anderes nachdenken.

»Sogar in diesem Moment rücken unsere Feinde gegen uns vor. Sogar in diesem Moment planen sie, uns zu vernichten. Sogar in diesem Moment müssen wir ernsthaft damit rechnen, dass sie uns jederzeit angreifen.«

Der Bürgermeister lässt seinen Blick langsam über die Menge schweifen. Man vergisst leicht, wie viele Menschen trotz allem noch in der Stadt sind, trotz allem noch arbeiten, noch immer versuchen, nicht zu verhungern, noch immer versuchen, sich durchzuschlagen. Sie sehen müde aus und hungrig, viele von ihnen sind schmutzig, aber dennoch starren sie gebannt zu ihm empor, sie hören ihm zu.

»Die *Antwort* kann überall und zu jeder Zeit zuschlagen, sie kann *jeden* treffen«, sagt er, obgleich die *Antwort* nichts dergleichen getan hat, schon seit mindestens einem Monat nicht. Der Überfall auf die Gefängnisse war die letzte Aktion der Rebellen, ehe sie in der Wildnis untergetaucht sind. Dabei haben sie die Soldaten, die zu ihrer Ergreifung entsandt waren, im Schlaf in ihren Unterständen getötet.

Aber das heißt auch: Sie sind irgendwo dort draußen, freuen sich diebisch über ihren Sieg und planen den nächsten Angriff.

»Dreihundert entflohene Gefangene«, fährt der Bürgermeister fort. »Fast zweihundert tote Soldaten und Zivilisten.«

»Die Zahlen steigen und steigen«, sagt Davy leise vor sich hin. »Wenn er das nächste Mal eine Rede hält, wird die *ganze Stadt* tot sein.« Er sieht mich an, um zu sehen, ob ich darüber lache. Ich lache nicht. Ich blicke ihn nicht einmal an. »Ist ja auch egal«, sagt er und hört weiter zu.

»Ganz zu schweigen von dem Massenmord an den Spackle«, spricht der Bürgermeister weiter.

Bei diesem Satz wird es unruhig in der Menge und das
BRÜLLEN wird ein wenig lauter und flammender.

»Eben diese Spackle, die in den letzten zehn Jahren so fried-
fertig in euren Häusern gedient haben, die wir alle zu bewundern
lernten für ihre unermüdliche Ausdauer. Jene Spackle, die unsere Gefährten waren in New World.« Hier macht er wieder eine
Pause. »Sie alle sind nicht mehr, sie alle sind tot.«

Das BRÜLLEN wird lauter. Der Tod der Spackle hat wirklich alle betroffen gemacht, mehr als der Tod der Soldaten oder
der vielen Stadtbewohner, die während der Angriffe umkamen.
Die Männer haben sogar wieder damit begonnen, in die Armee
einzutreten. Der Bürgermeister hat danach einige Frauen freigelassen, die noch im Gefängnis waren, einige von ihnen durften zu ihren Familien zurückkehren und mussten nicht in den
Gemeinschaftsschlafsälen wohnen. Außerdem hat er die Essens-
rationen für jeden erhöht.

Und er hat damit angefangen, Massenkundgebungen wie diese
abzuhalten. Bei denen er den Menschen alles erklären kann.

»Die *Antwort* behauptet, sie kämpfe für den Frieden. Sind
das die Menschen, in die ihr eure Hoffnung auf Rettung setzt?
Menschen, die imstande sind, eine ganze Einwohnerschaft zu er-
morden, noch dazu eine unbewaffnete?«

Ich habe einen galligen Geschmack im Mund, und ich mache
meinen Lärm ganz leer, mache ihn zu einer Ödnis, denke nichts,
fühle nichts, außer ...

Ich bin der Kreis und der Kreis ist das Ich.

»Ich weiß, dass die vergangenen Wochen schwierig waren.
Wasser und Lebensmittel waren knapp, die unvermeidlichen
Ausgangssperren, die Stromabschaltungen, besonders wäh-
rend der kalten Nächte. Eure Standhaftigkeit ist lobenswert.

Wir können diese Situation nur überstehen, wenn wir alle am gleichen Strang ziehen und uns gegen jene stellen, die uns vernichten wollen.«

Und haben die Menschen denn nicht alle am gleichen Strang gezogen? Sie fügen sich den Ausgangssperren, nehmen ohne Murren die kärglichen Zuteilungen von Wasser und Lebensmitteln hin. Sie bleiben in ihren Häusern, wenn sie in den Häusern bleiben sollen, löschen zur festgesetzten Stunde das Licht und versuchen ihr Leben so normal wie möglich weiterzuführen, auch wenn es draußen immer kälter wird. Wenn man durch die Stadt reitet, kann man sogar geöffnete Geschäfte sehen und davor lange Schlangen von Menschen, die darauf warten, das Nötigste zu bekommen. Sie warten mit gesenkten Augen, solange sie warten müssen.

Abends berichtet mir Bürgermeister Ledger, dass die Leute in der Stadt immer wieder über Bürgermeister Prentiss murren, aber noch mehr über die *Antwort*, weil sie das Wasserwerk und das Elektrizitätswerk in die Luft gesprengt hat, am meisten aber, weil sie alle Spackle getötet hat.

»Für die Leute«, sagt er, »ist Bürgermeister Prentiss das kleinere Übel.«

Wir hausen immer noch im Turm, ich und Bürgermeister Ledger, aus Gründen, die wohl nur Bürgermeister Prentiss kennt, aber ich habe jetzt einen Schlüssel, und ich schließe ihn ein, wenn ich nicht da bin. Er mag das nicht, aber wer weiß, was er sonst täte?

Es ist das kleinere Übel.

Ich frage mich, weshalb man im Leben immer nur zwischen zwei Übeln wählen kann.

»Ich möchte euch auch dafür danken«, spricht der Bürgermeister weiter zu den Menschen auf dem Platz, »dass ihr uns alles mitgeteilt habt, was ihr wisst. Nur unablässige Wachsamkeit wird uns in eine hellere Zukunft führen. Eure Nachbarn müssen wissen, dass ihr sie beobachtet. Nur so werden wir wirklich sicher sein.«

»Wie lange geht das *noch* so weiter?«, fragt Davy und gibt Deadfall versehentlich die Sporen, woraufhin sie einen Schritt vorwärts macht und Davy sie am Zügel zurückreißt. »Es ist beschissen kalt hier draußen.«

Angharrad tritt von einem Fuß auf den anderen. *Gehen?*, fragt ihr Lärm und ihr Atem wird zu schweren weißen Wölkchen in der kalten Luft. »Gleich«, sage ich und streichle über ihre Flanke.

»Mit sofortiger Wirkung«, fährt der Bürgermeister fort, »beginnt die abendliche Ausgangssperre zwei Stunden später, und die Besuchszeiten für eure Frauen und Mütter werden um dreißig Minuten verlängert.«

Unter den Männern sieht man einige zustimmend nicken, einige Frauen weinen vor Erleichterung.

Ich glaube, sie sind dankbar. Sie sind dem Bürgermeister *dankbar.*

Wenn das nichts ist.

»Schließlich«, verkündet der Bürgermeister, »freue ich mich, euch mitteilen zu können, dass ein neues Ministerium geschaffen wurde, eines, das uns vor den Bedrohungen der *Antwort* schützt. Dieses Ministerium wird dafür sorgen, dass es auf diesem Planeten keine Geheimnisse mehr gibt. Es wird jeden umerziehen, der versucht unsere Lebensweise zu untergraben. Es wird uns gegen jene verteidigen, die unsere Zukunft stehlen wollen.«

Der Bürgermeister macht eine Pause, um seinen Worten Nachdruck zu verleihen.

»Heute heben wir das *Amt für Anhörung* aus der Taufe.«

Davy erhascht meinen Blick und tippt mit dem Finger auf das auffällige silberne **A**, das auf den Schulterstücken unserer neuen Uniformen prangt, das **A**, das der Bürgermeister eigens ausgewählt hat, weil man damit alles Mögliche in Verbindung bringen kann.

Davy und ich sind jetzt Mitarbeiter des *Amts für Anhörung*.

Ich kann seine Begeisterung nicht teilen.

Aber das liegt daran, dass ich überhaupt nicht mehr viel fühle.

Ich bin der Kreis und der Kreis ist das Ich.

»Gute Rede, Pa«, sagt Davy. »Vor allem lang.«

»Ich habe sie nicht für dich gehalten«, sagt der Bürgermeister, ohne ihn anzusehen.

Wir reiten zu dritt auf der Straße, die zum Kloster führt.

Doch das Kloster gibt es nicht mehr.

»Es ist alles fertig, hoffe ich?«, fragt der Bürgermeister. »Ich lasse mir nicht gern nachsagen, ich sei ein Lügner.«

»Und wenn du noch so oft fragst, es wird davon nicht schneller fertig«, murmelt Davy vor sich hin.

Der Bürgermeister schaut ihn jetzt an, er legt seine Stirn in Falten, aber ich fange an zu reden, ehe er jemanden mit seinem Lärm niederschlägt.

»Es ist so weit wie möglich fertiggestellt«, sage ich mit tonloser Stimme. »Die Wände und das Dach stehen, aber innen muss noch …«

»Kein Grund, so verdrießlich zu sein, Todd«, antwortet der Bürgermeister. »Der Innenausbau kann zügig erfolgen. Das Gebäude steht, und das ist alles, was zählt. Die Leute können es von außen betrachten und dabei zittern.«

Er reitet jetzt voraus, kehrt uns den Rücken zu, aber ich *spüre*,
wie er bei dem Wort *zittern* vor sich hin lächelt.

»Kriegen wir auch eine Rolle in diesem Spiel?«, fragt Davy,
dessen Lärm immer noch ungestüm klingt. »Oder sollen wir nur
wieder den Babysitter machen?«

Der Bürgermeister wendet Morpeth und stellt sich uns in den
Weg. »Hast du je gehört, dass sich Todd so beklagt hätte?«, fragt
er.

»Nein, hat er nicht«, antwortet Davy mürrisch. »Aber Todd
ist eben *Todd*.«

Der Bürgermeister zieht die Augenbrauen hoch. »Und?«

»Und ich bin dein *Sohn*.«

Der Bürgermeister reitet auf uns zu und Angharrad weicht
zurück. **Unterwirf dich**, sagt Morpeth. **Führe Mich**, sagt
Angharrad und senkt den Kopf. Ich streiche über ihre Mähne
und versuche sie zu beruhigen.

»Ich will dir etwas Interessantes erzählen, David«, sagt der
Bürgermeister und schaut ihn scharf an. »Die Offiziere, die Soldaten, die Menschen in der Stadt, sie sehen, wie ihr beide in euren
neuen Uniformen gemeinsam einherreitet, mit neuen Macht-
befugnissen, und sie wissen, dass *einer* von euch mein Sohn ist.«
Jetzt ist er beinahe gleichauf mit Davy und drängt dessen Pferd
rückwärtszugehen. »Und wenn sie sehen, wie ihr vorbeireitet,
wenn sie sehen, wie ihr eurer Arbeit nachgeht, wen, glaubst du,
halten sie für meinen Sohn? Ich will es dir sagen: Sie halten sehr
oft den Falschen für mein eigen Fleisch und Blut.«

Der Bürgermeister blickt zu mir herüber. »Sie sehen Todd, wie
er seinen Pflichten mit großem Ernst nachgeht, sie sehen seine
bescheidene Miene und seinen ernsten Blick, seine ruhige Art.
Sie bemerken die Reife, mit der er seinen Lärm beherrscht, und

sie kommen überhaupt nicht auf den Gedanken, dass in Wirklichkeit sein lauter, nachlässiger, *vorlauter* Freund mein Sohn ist.«

Davy beißt die Zähne zusammen, sein Lärm schäumt. »Er sieht dir ja nicht mal *ähnlich*.«

»Ich weiß«, antwortet der Bürgermeister. Er wendet sein Pferd. »Ich dachte nur, es würde dich interessieren. Ich dachte, es würde dich interessieren, wie oft das passiert.«

Wir reiten weiter. Davy, dessen Lärm wie ein roter Sturm tobt, lässt Deadfall hinterhertrotten. Ich reite mit Angharrad in der Mitte, während der Bürgermeister vorausgaloppiert.

»Braves Mädchen«, flüstere ich Angharrad zu.

MenschenfohLen, sagt sie, und dann denkt sie: **Todd**.

»Ja, Mädchen«, flüstere ich zwischen ihren Ohren. »Ich bin doch da.«

An den Abenden bleibe ich noch lange im Stall, nehme ihr selbst den Sattel ab, striegle ihr die Mähne und bringe ihr Äpfel zum Fressen. Das Einzige, was sie von mir will, ist die Gewissheit, dass ich noch Teil ihrer Herde bin, und solange das so ist, ist sie glücklich, und dann sagt sie **Todd** zu mir, und ich muss ihr nichts erklären, muss sie nichts fragen, sie will nichts weiter von mir.

Nur, dass ich nicht weggehe.

Nur, dass ich niemals weggehe.

Mein Lärm verdüstert sich und ich muss wieder denken: *Ich bin der Kreis und der Kreis ist das Ich.*

Der Bürgermeister dreht sich nach mir um. Und lächelt.

Obwohl wir Uniformen tragen, gehören wir nicht zur Armee, darauf legt der Bürgermeister besonderen Wert. Wir haben auch keinen Dienstgrad, dafür aber die Uniform und das **A** auf den Schulterstreifen, und das genügt, damit uns die Leute aus dem Weg gehen, jetzt, da wir auf das Kloster zureiten.

Bislang bestand unsere Arbeit darin, die Männer und Frauen (meist sind es Frauen), die noch im Gefängnis sind, zu bewachen. Aber nachdem die Gefängnisse zerstört worden waren, hat man die verbliebenen Gefangenen in ein ehemaliges *Haus der Heilung* verlegt. Dreimal darfst du raten, in welches.

Während des vergangenen Monats haben Davy und ich die Arbeitstrupps von Gefangenen auf ihrem Weg vom *Haus der Heilung* zum Kloster und zurück bewacht, sie sollten die von den Spackle begonnene Arbeit beenden, weil Männer und Frauen schneller arbeiten als Spackle. Diesmal hat der Bürgermeister uns nicht befohlen, die Bauarbeiten zu überwachen, und darüber bin ich froh.

Wenn abends alle wieder ins *Haus der Heilung* zurückgekehrt sind, haben Davy und ich nicht mehr viel zu tun, außer um die Gebäude herumzureiten und uns zu bemühen, die Schreie, die aus dem Gefängnis nach draußen dringen, zu überhören.

Einige der Insassen gehören zur *Antwort*, es sind diejenigen, die der Bürgermeister in jener Nacht festnehmen ließ. Wir bekommen sie nie zu Gesicht, sie werden nicht mit den anderen zur Arbeit geschickt, sie werden nur den ganzen Tag lang »angehört«, bis sie irgendetwas sagen. Alles, was der Bürgermeister bis jetzt aus ihnen herausquetschen konnte, ist, dass ihr Camp sich in der Nähe eines Bergwerks befindet, das aber aufgegeben wurde, ehe die Soldaten dorthin kamen.

Auch andere sitzen noch ein, sie wurden für schuldig befunden, die *Antwort* oder sonst wen unterstützt zu haben. Diejenigen, die ausgesagt haben, dass sie gesehen hätten, wie die *Antwort* die

Spackle tötete und wie die Frauen das **A** auf die Wand schmierten, wurden allerdings freigelassen und durften zu ihren Familien zurückkehren. Sogar wenn völlig ausgeschlossen ist, dass sie es mit eigenen Augen gesehen haben können.

Die Übrigen, nun ja, die werden so lange weiter »angehört«, bis sie eine Antwort geben.

Davy redet laut, um die Schreie zu übertönen, während drinnen die Anhörungen weitergehen, er tut, als mache es ihm nichts aus, aber jeder Blinde sieht, dass es ihm etwas ausmacht.

Ich ziehe mich in mich selbst zurück, schließe die Augen und warte nur darauf, dass das Schreien aufhört.

Für mich ist es einfacher als für Davy.

Denn, wie ich schon gesagt habe, ich fühle nicht mehr viel, jetzt nicht mehr.

Ich bin der Kreis und der Kreis ist das Ich.

Aber heute soll alles anders werden. Heute ist das neue Gebäude fertig oder vielmehr halb fertig, und Davy und ich sollen es nun anstelle des *Hauses der Heilung* bewachen und dabei vermutlich lernen, wie man jemanden richtig anhört.

Auch gut. Es spielt keine Rolle.

Nichts spielt mehr eine Rolle.

»Das *Amt für Anhörung*«, sagt der Bürgermeister, als wir um die letzte Straßenkehre biegen.

Die Außenmauer des Klosters wurde wieder aufgebaut, aber man sieht das neue Gebäude, es ragt über die Mauer, ein großer, steinerner Klotz, der so aussieht, als täte er nichts lieber, als einem das Gehirn zu zerquetschen, wenn man ihm zu nahe kommt. Und auf dem neu errichteten Eingangstor prangt ein großes silbernes **A**, das genauso aussieht wie das A auf unseren Uniformen.

Zu beiden Seiten des Eingangs sind Wachen in Armeeuniformen postiert. Einer von ihnen ist Ivan, er ist noch immer Gefreiter, er schaut noch immer verkniffen drein. Als ich näher heranreite, versucht er meine Aufmerksamkeit auf sich zu lenken, sein Lärm hallt wider von Gedanken, die der Bürgermeister bestimmt nicht hören soll.

Ich achte nicht auf ihn. Ebenso wenig der Bürgermeister.

»Jetzt werden wir herausfinden, wann der wirkliche Krieg beginnt«, sagt der Bürgermeister.

Das Tor öffnet sich, und es tritt der Mann heraus, der die Anhörungen leitet, der Mann, der herausfinden soll, wo sich die *Antwort* versteckt und wie man sie am besten stellt.

Unser frisch beförderter Chef.

»Herr Präsident«, grüßt er.

»Käpten Hammar«, erwidert Bürgermeister Prentiss seinen Gruß.

28

Der Soldat

(VIOLA)

»RUHE«, SAGT MISTRESS COYLE und legt mahnend einen Finger an die Lippen.

Der Wind hat sich gelegt und unsere Schritte lassen die herabgefallenen Zweige auf dem Waldboden knacken. Wir bleiben stehen und lauschen, ob wir den Marschtritt von Soldaten hören können.

Nichts.

Gar nichts.

Mistress Coyle nickt und läuft weiter, den Hügel hinunter, zwischen den Bäumen hindurch. Ich folge ihr. Wir sind nur zu zweit.

Sie und ich und die Bombe, die ich auf dem Rücken trage.

Bei der Rettungsaktion haben wir hundertdreiundzwanzig Gefangene befreit. Neunundzwanzig von ihnen starben entweder auf dem Weg ins Lager oder später im Camp. Corinne war die Dreißigste. Andere konnten wir nicht befreien, wie die arme, alte Mrs Fox, wahrscheinlich werde ich niemals erfahren, was aus ihr geworden ist. Aber Mistress Coyle schätzt, dass wir mindestens zwanzig Soldaten getötet haben. Wie durch ein Wunder kamen bei dem eigentlichen Angriff nur sechs Mitglieder der *Antwort* ums Leben, unter ihnen Thea und Mistress Waggoner, aber fünf weitere wurden gefangen genommen, und man wird sie zweifellos foltern, damit sie das Versteck der *Antwort* verraten.

Also haben wir unser Lager an einen anderen Ort verlegt. In größter Eile.

Sogar als viele der Verwundeten noch gar nicht wieder alleine laufen konnten, luden wir schon Lebensmittel und Waffen, alles, was wir nur irgendwie wegtragen konnten, auf Fuhrwerke, auf Pferde, auf die Rücken der Gehfähigen, und wir flohen in die Wälder, marschierten die ganze Nacht, auch noch den nächsten Tag und die nächste Nacht, bis wir an einen See kamen, der unterhalb einer Felswand lag; hier hatten wir wenigstens Wasser und waren notdürftig vor der Witterung geschützt.

»Das muss reichen«, sagte Mistress Coyle.

Wir schlugen ein Lager am Seeufer auf.

Und dann begannen wir, uns auf den Krieg vorzubereiten.

Sie macht eine Handbewegung und ich ducke mich instinktiv unter einen der Büsche. Wir sind auf einem schmalen Pfad, der zu der Straße führt, auf der gerade eine Abteilung Soldaten mit all ihrem Lärm in die entgegengesetzte Richtung marschiert.

Unsere eigenen Vorräte des Gegenmittels werden von Tag

zu Tag kleiner, und Mistress Coyle hat damit begonnen, es zu rationieren, aber seit dem Überfall ist es für alle Männer, gleich ob mit oder ohne Lärm, sowieso viel zu gefährlich, in die Stadt zu gehen. Das bedeutet gleichzeitig, dass sie uns nicht mehr in den Fuhrwerksverstecken zu einfachen Angriffszielen bringen können. Es ist jetzt natürlich auch schwieriger, unentdeckt zu entkommen, deshalb müssen wir umso vorsichtiger sein.

»Okay«, flüstert Mistress Coyle.

Ich stehe wieder auf. Die Monde sind unser einziges Licht.

Wir überqueren die Straße. Geduckt.

Nachdem wir unser Lager an den See verlegt hatten, nachdem wir all die vielen Menschen gerettet hatten, nachdem Corinne gestorben war …

… nachdem ich mich der *Antwort* angeschlossen hatte …

… fing ich an, manches zu lernen.

»Grundausbildung« nannte es Mistress Coyle. Sie erfolgte unter Anleitung von Mistress Braithwaite. Doch nicht nur ich alleine lernte, sondern alle Patienten, denen es gut genug ging, dass sie mitmachen konnten, und das waren die meisten, mehr, als man hätte denken mögen. Wir lernten, wie man ein Gewehr lädt und abfeuert, wie man in ein Gebäude eindringt, sich nachts fortbewegt, Spuren liest und sich mit Handzeichen und Geheimwörtern verständigt.

Wie man eine Bombe verdrahtet und hochgehen lässt.

»Woher wisst ihr so gut darüber Bescheid?«, fragte ich eines Abends beim Essen, während mein Körper vom Rennen und Bücken und Schleppen erschöpft war und schmerzte.

»Ihr seid doch Heilerinnen. Woher wisst ihr …«

»Wie man eine Armee führt?«, fragte Mistress Coyle zurück. »Du vergisst den Krieg gegen die Spackle.«

»Wir haben eine eigene Abteilung gebildet«, ergänzte Mistress Forth, die etwas weiter weg am Tisch saß und ein wenig Brühe schlürfte. Die Heilerinnen redeten wieder mit mir, seit sie sich davon überzeugt hatten, wie sehr ich mich anstrengte.

»Aber wir waren nicht sonderlich beliebt«, kicherte Mistress Lawson, die ihr gegenübersaß.

»Wir waren nicht gerade begeistert über die Art der Kriegsführung, wie sie einige der Generäle ausübten«, erklärte mir Mistress Coyle. »Wir waren überzeugt, dass Widerstand aus dem Untergrund wirkungsvoller sei.«

»Und da wir keinen Lärm hatten«, ergänzte Mistress Nadari am Ende des Tisches, »konnten wir uns überall anschleichen.«

»Aber die Männer, die das Sagen hatten, glaubten nicht, dass wir mit unserer Lautlosigkeit die ›Antwort‹ auf ihre Probleme wären«, erzählte Mistress Lawson und hörte dabei nicht auf zu kichern.

»Daher der Name«, sagte Mistress Coyle.

Mistress Forth nickte. »Und als die neue Regierung gebildet und die Stadt wieder aufgebaut war, da wäre es doch unvernünftig gewesen, wichtige Mittel aus der Hand zu geben, vielleicht konnte man sie ja wieder einmal brauchen.«

»Den Sprengstoff im Bergwerk«, sagte ich, denn endlich ging mir ein Licht auf. »Ihr habt ihn also dort schon vor Jahren versteckt.«

»Es hat sich gezeigt, welch kluger Entschluss das damals war«, sagte Mistress Lawson. »Nicola Coyle war schon immer eine Frau, die weit vorausdachte.«

Ich zuckte zusammen, als ich den Namen »Nicola« hörte, für mich war es fast unvorstellbar, dass Mistress Coyle überhaupt einen Vornamen hatte.

»Nun, Männer sind Krieger«, sagte Mistress Coyle. »Man tut gut daran, das nie zu vergessen.«

Wie erwartet, liegt unser Angriffsziel verlassen vor uns. Trotz seiner bescheidenen Ausmaße ist seine Bedeutung umso größer, denn es handelt sich um einen Brunnen östlich der Stadt, oberhalb von einem Streifen Ackerland. Der Brunnen und seine technischen Anlagen dienen nur dazu, das unterhalb gelegene Land zu bewässern, es gibt kein ausgeklügeltes Bewässerungssystem, keinen Gebäudekomplex. Aber wenn die Stadt weiterhin nichts dagegen unternimmt, dass der Bürgermeister Menschen einsperrt, foltert und tötet, dann wird die Stadt bald nichts mehr zu essen haben.

Unser Ziel liegt auch ein gutes Stück vom Stadtzentrum entfernt, also werde ich keine Chance haben, Todd zu sehen.

Aber darüber beklage ich mich nicht. Wenigstens im Augenblick nicht.

Wir haben einen versteckten Pfad genommen und sind dann im Straßengraben weitergeschlichen. Jetzt halten wir den Atem an, als wir an einem Bauernhaus vorbeikommen, in dem alle Bewohner schlafen. Im oberen Stockwerk brennt zwar noch ein Licht, aber es ist schon sehr spät, wahrscheinlich hat man es nur aus Sicherheitsgründen brennen lassen.

Mistress Coyle gibt mir wieder ein Handzeichen. Ich folge ihr, ducke mich unter ein Metallgestell, auf dem Wäsche zum Trocknen hängt. Ich trete auf einen Kinderroller, finde aber gerade noch rechtzeitig das Gleichgewicht wieder.

Die Bombe, so hat man mir gesagt, soll unempfindlich gegen Erschütterungen sein.

So hat man mir gesagt.

Ich atme tief durch und gehe weiter.

Während der Wochen, in denen wir untergetaucht waren, mieden wir die Nähe der Stadt. Das war die Zeit, in der wir uns vorbereiteten. Aber selbst in jenen Tagen fanden uns ein paar Flüchtlinge aus der Stadt.

»*Was* erzählt man sich?«, fragte Mistress Coyle.

»Dass ihr alle Spackle getötet habt«, gab die Frau zur Antwort und hielt sich eine Kompresse an die blutende Nase.

»Wie?«, fragte ich. »*Alle* Spackle sind tot?«

Die Frau nickte.

»Und man sagt, wir seien es gewesen«, wiederholte Mistress Coyle.

»Wie können sie so etwas behaupten?«, fragte ich.

Mistress Coyle blickte auf den See hinaus. »Weil sie die ganze Stadt gegen uns aufbringen wollen. Weil es so aussehen soll, als wären wir die Bösen.«

»Ja«, bestätigte die Frau. Ich hatte sie gefunden, als wir einen Übungslauf durch die Wälder machten. Sie war von einem felsigen Ufer gestürzt, hatte sich aber glücklicherweise nur die Nase gebrochen. »An jedem zweiten Tag finden Kundgebungen statt«, erzählte sie. »Die Leute hören ihm zu.«

»Das überrascht mich nicht«, sagte Mistress Coyle.

Ich schaute sie forschend an. »Damit habt Ihr nichts zu tun, nicht wahr? Ihr habt sie nicht getötet?«

Ihr Gesicht glühte so sehr, dass man ein Streichholz daran

entzünden konnte. »Für wen hältst du uns eigentlich, mein Mädchen?«

Ich wich ihrem Blick nicht aus. »Woher soll ich das so genau wissen? Ihr habt ein Armeequartier in die Luft gejagt. Ihr habt Soldaten getötet.«

Sie schüttelte nur den Kopf, und ich rätselte, ob dies nun als Antwort gelten konnte.

»Bist du sicher, dass dich niemand verfolgt hat?«, fragte sie die Frau.

»Ich bin drei Tage lang durch die Wälder geirrt. Nicht ich habe euch gefunden.« Die Frau zeigte auf mich. »Im Gegenteil: *Sie* hat *mich* gefunden.«

»Ja«, sagte Mistress Coyle und schaute mich von der Seite an. »Das kann Viola sehr gut.«

Am Brunnen gibt es ein Problem.

»Er liegt zu nahe am Haus«, flüstere ich.

»Unsinn«, flüstert Mistress Coyle zurück. Sie tritt hinter mich und bindet den Rucksack los.

»Seid Ihr sicher?«, frage ich. »Die Sprengsätze, mit denen Ihr den Turm zerstört habt, die waren ...«

»Es gibt solche Bomben und solche.« Sie macht sich an dem Paket zu schaffen, das ich getragen habe, dann dreht sie mich um, damit ich ihr ins Gesicht sehen kann, und fragt: »Bist du bereit?«

Ich blicke zum Haus hinüber, wer weiß, wer gerade darin schläft, vielleicht Frauen, unschuldige Männer, Kinder, ich will niemanden töten, jedenfalls nicht, solange ich es nicht muss. Aber wenn ich es für Todd und Corinne tue, dann sei's drum. »Seid Ihr sicher?«, frage ich zurück.

»Entweder du vertraust mir, Viola, oder du vertraust mir nicht.« Sie legt den Kopf zur Seite. »Was nun?«

Der Wind hat wieder etwas aufgefrischt, er trägt Lärmfetzen der Schläfer aus New Prentisstown herüber. Es ist ein undefinierbares, näselndes, schnarchendes, sehr leises BRÜLLEN, wenn es so etwas überhaupt gibt.

Irgendwo mittendrin ist Todd.

(Nicht tot, egal, was sie sagt.)

»Bringen wir es hinter uns.« Ich nehme das Bündel.

Die Befreiungsaktion konnte Lee seine Sorgen und seine Angst nicht nehmen. Seine Schwester und seine Mutter waren nicht unter den geretteten Gefangenen gewesen, auch nicht unter denen, die ums Leben kamen. Möglicherweise befanden sie sich in dem einzigen Gefängnis, das die *Antwort* nicht hatte stürmen können. Aber ...

»Auch wenn sie tot sind«, sagte er eines Abends zu mir, als wir am Ufer des Sees saßen, Steine ins Wasser warfen und unsere Glieder von den Strapazen eines langen Ausbildungstages schmerzten, »ich möchte einfach Gewissheit haben.«

Ich schüttelte den Kopf. »Wenn du es nicht sicher weißt, kannst du immer noch hoffen.«

»Davon werden sie auch nicht lebendig.« Er setzte sich nahe zu mir. »Ich glaube, sie sind tot. Ich *spüre* es.«

»Lee ...«

»Ich werde ihn umbringen.« Seine Worte waren ein Versprechen, keine Drohung. »Wenn ich nahe genug an ihn herankomme, bring ich ihn um. Ich schwör's dir.«

Die beiden Monde gingen über uns auf, das stille Wasser des Sees machte vier aus ihnen. Ich warf noch einen Stein ins

Wasser und sah zu, wie er über die Spiegelbilder der Monde hüpfte. Vom Lager her waren leise Geräusche zu hören. Hie und da hörte ich Lärm, darunter mischte sich das immer lauter werdende SUMMEN von Lees Lärm, er war keiner von den Glücklichen, die eine Arznei-Ration von Mistress Coyle bekamen.

»Es ist nicht so, wie du dir das vorstellst«, sagte ich leise.

»Jemanden zu töten?«

Ich nickte. »Sogar wenn es jemand ist, der es verdient, oder jemand, der dich umbringt, wenn du ihn nicht umbringst, selbst dann ist es anders, als du es dir vorstellst.«

Wieder schwiegen wir und schließlich sagte er: »Ich weiß.«

Ich schaute ihn an. »Du hast einen Soldaten getötet.«

Er schwieg, das war seine Art zu antworten.

»Lee?«, fragte ich. »Warum hast du es mir nicht gesagt?«

»Weil es nicht so ist, wie man es sich vorstellt.«

»Selbst wenn es jemand ist, der es verdient hat.«

Er warf noch einen Stein ins Wasser. Aber diesmal lehnten wir uns nicht mit den Schultern aneinander. Zwischen uns war eine Lücke.

»Ich werde ihn trotzdem umbringen«, sagte er.

Ich ziehe die Schutzfolie ab und befestige den Sprengsatz seitlich am Brunnen, dabei benutze ich einen Klebstoff, den wir aus Baumharz gewinnen. Ich ziehe zwei Drähte aus meinem Rucksack und befestige sie an zwei weiteren Drähten, die aus der Bombe ragen, zwei Enden verbinde ich miteinander, das andere Ende lasse ich in der Luft baumeln.

Jetzt ist die Bombe entsichert.

Ich hole ein kleines grünes Kästchen mit Zifferntasten aus

der vorderen Tasche meines Rucksacks und verbinde das freie Ende des Drahts mit dem Kästchen. Ich drücke zuerst einen roten Knopf auf dem Kästchen und dann einen grauen. Die Ziffern leuchten grün auf.

Jetzt kann der Zeitzünder eingestellt werden.

Ich drücke auf einen silberfarbenen Knopf, bis die Ziffern auf 30:00 stehen. Dann drücke ich wieder auf den roten Knopf, klappe eine grüne Abdeckung auf, stecke zwei Metallbügel zusammen, dann drücke ich noch einmal den grauen Knopf. Sofort beginnen die grünen Ziffern rückwärtszulaufen: 29:59, 29:58, 29:57.

Jetzt tickt die Bombe.

»Gut gemacht«, flüstert Mistress Coyle. »Jetzt ist es Zeit abzuhauen.«

Und dann, nachdem wir uns fast einen Monat lang in den Wäldern versteckt und darauf gewartet hatten, dass die Gefangenen wieder zu Kräften kamen, nachdem wir täglich den Kampf geprobt hatten, um zu einer schlagkräftigen Armee zu werden, kam die Nacht, in der das Warten ein Ende hatte.

»Steh auf, mein Mädchen«, sagte Mistress Coyle vom Fußende meiner Pritsche.

Ich blinzelte mir den Schlaf aus den Augen. Draußen war noch pechschwarze Nacht. Mistress Coyle sprach leise, um die anderen im Langzelt nicht zu wecken.

»Was ist?«, fragte ich im Flüsterton.

»Du wolltest doch eine Beschäftigung haben.«

Ich stand auf und ging in die Kälte hinaus, trampelte mit den Füßen, um meine Stiefel hochzuziehen, während Mistress Coyle ein Paket für mich zurechtmachte.

»Wir gehen in die Stadt, nicht wahr?«, fragte ich und band mir die Schnürsenkel.

»Ein echtes Genie, diese Kleine«, murmelte Mistress Coyle in das Paket.

»Weshalb heute? Weshalb gerade jetzt?«

Sie blickte zu mir hoch. »Weil wir sie daran erinnern müssen, dass es uns immer noch gibt.«

Der Rucksack baumelt leer auf meinem Rücken. Wir überqueren den Hof und schleichen uns zum Haus, wo wir stehen bleiben, um uns zu vergewissern, dass sich niemand regt.

Niemand regt sich.

Ich will gehen, aber Mistress Coyle beugt sich zurück und blickt an der großen weißen Außenwand des Hauses hoch.

»Diese Fläche ist perfekt«, sagt sie dann.

»Wofür?« Ich bin etwas kribbelig, weil ein Zeitzünder tickt.

»Hast du vergessen, wer wir sind?« Sie greift in eine Tasche ihres langen Heilerinnenkleids, das sie immer noch trägt, obwohl Hosen so viel praktischer wären. Sie kramt etwas hervor und wirft es mir zu. Ohne nachzudenken, fange ich es auf.

»Warum erweist du ihnen nicht unsere Reverenz?«, fragt sie.

In meiner Hand liegt ein bröckeliges Stück blauer Holzkohle, Überrest eines Lagerfeuers. Es hinterlässt eine blaue Staubschicht auf meiner Haut.

Ich betrachte es eine Weile.

»Tick, tack«, erinnert mich Mistress Coyle.

Ich hole tief Luft. Dann nehme ich das Stück Holzkohle und mache hastig drei Striche auf die Hauswand.

Ein A, das mich anstarrt, geschrieben von meiner eigenen Hand.

Ich merke, wie schwer mein Atem geht.

Als ich mich wieder umschaue, ist Mistress Coyle schon im Straßengraben verschwunden. Geduckt renne ich hinterher.

Achtundzwanzig Minuten später, wir sind gerade bei unserem Fuhrwerk tief im Wald angekommen, hören wir das *Wumm*.

»Glückwunsch, Soldat«, sagt Mistress Coyle. »Du hast soeben den ersten Schuss in der Entscheidungsschlacht abgegeben.«

29

Die Kunst der Anhörung

[TODD]

DIE FRAU IST AUF EINEN Metallrahmen gebunden, ihre Arme sind nach oben gestreckt, die Handgelenke sind an eine Stange des Rahmens gefesselt.

Es sieht aus, als tauche sie gerade in einen See ein.

Nur das wässrige Blut, das ihr übers Gesicht rinnt, passt nicht dazu.

»Jetzt wird sie es wohl kapieren«, sagt Davy.

Aber seine Stimme ist seltsam leise.

»Noch mal von vorne, meine Freundin«, sagt Mr Hammar und stellt sich hinter sie. »Wer hat die Bombe gelegt?«

Heute Nacht ist die erste Bombe seit dem Überfall auf das Gefängnis hochgegangen, sie hat einen Brunnen und eine Wasserpumpe auf einer Farm zerstört.

»Ich weiß es nicht«, sagt die Frau und ihre Stimme klingt gepresst. Sie hustet. »Ich habe Haven nicht verlassen seit …«

»Verlassen, um *wohin* zu gehen?«, fragt Mr Hammar. Er packt

einen Griff und kippt den gesamten Metallrahmen nach vorn, so-
dass die Frau mit dem Gesicht nach unten in einen Bottich voller
Wasser taucht, er hält den Rahmen fest, auch dann noch, als die
Frau an ihren Fesseln zerrt.

Ich blicke auf meine Füße.

»Todd, sieh bitte hoch«, sagt der Bürgermeister, der hinter uns
steht. »Wie willst du sonst etwas lernen?«

Ich sehe hoch.

Wir befinden uns in einem kleinen Zimmer vor einem Einweg-
spiegel und blicken in die Anhörungsarena, die eigentlich nur aus
einem Raum mit hohen Betonwänden besteht, von dem aus nach
allen Seiten ähnliche Zimmer mit ähnlichen Spiegeln abgehen.
Davy und ich sitzen auf einer schmalen Bank nebeneinander.

Und sehen zu.

Mr Hammar stellt den Rahmen wieder gerade. Die Frau
taucht aus dem Wasserbottich auf, sie ringt keuchend nach Luft
und zerrt an ihren Fesseln.

»Wo wohnst du?« Mr Hammar hat sein typisches Lächeln auf-
gesetzt, dieses widerliche Grinsen, das er fast immer zur Schau
trägt.

»In New Prentisstown«, keucht die Frau.

»Genau«, sagt Mr Hammar, dann sieht er zu, wie die Frau so
stark hustet, dass sie würgt und Erbrochenes ihre Wange herab-
läuft. Er nimmt ein Handtuch von einem Beistelltisch und wischt
der Frau vorsichtig übers Gesicht, wischt so viel von dem Er-
brochenen weg, wie es nur geht.

Die Frau schnappt nach Luft, aber sie lässt Mr Hammar nicht
aus den Augen, während er sie abwischt.

Sie wirkt jetzt noch ängstlicher als zuvor.

»Warum macht er das?«, fragt Davy.

»Was?«, fragt der Bürgermeister.

Davy zuckt die Schultern. »Nett sein, ich weiß nicht.«

Ich sage nichts. Das Bild, wie der Bürgermeister mich verbunden hat, lasse ich nicht in meinen Lärm.

Damals, vor so vielen Monaten.

Ich höre, wie sich der Bürgermeister bewegt, Geräusche macht, um meinen Lärm zu übertönen, den Davy nicht hören soll. »Wir sind keine Unmenschen, Davy. Wir machen das nicht, um uns zu amüsieren.«

Ich schaue durch den Spiegel zu Mr Hammar und sehe, wie er grinst.

»Ja, Todd«, sagt der Bürgermeister, »zugegeben, Käpten Hammar legt eine gewisse Schadenfreude an den Tag, die vielleicht befremdlich wirken mag, aber die Ergebnisse, die er erzielt, sind großartig.«

»Geht's dir wieder besser?«, fragt Mr Hammar die Frau. Wir hören ihn reden, weil ein Mikrofon seine Stimme in unseren Raum überträgt. Seine Lippen und seine Stimme scheinen auf eine merkwürdige Weise nichts miteinander zu tun zu haben, man hat eher den Eindruck, einen Film zu sehen als die Wirklichkeit.

»Es tut mir leid, dass ich dich weiter befragen muss«, sagt Mr Hammar. »Aber es liegt an dir, wie lange die Anhörung noch dauert.«

»Bitte«, sagt die Frau im Flüsterton. »Bitte, bitte, ich weiß nichts.«

Und sie fängt an zu weinen.

»Oh Mann«, stößt Davy leise hervor.

»Der Feind benutzt alle Tricks, um unser Mitleid zu erregen«, sagt der Bürgermeister.

Davy schaut ihn an. »Dann ist das also nur ein Trick?«

»Da bin ich mir fast sicher.«

Ich schaue die Frau an. Sie sieht nicht so aus, als wollte sie uns täuschen.

Ich bin der Kreis und der Kreis ist das Ich., denke ich.

»Genauso ist es«, sagt der Bürgermeister.

»Du hast es selbst in der Hand, wie es hier weitergeht«, sagt Mr Hammar zu der Frau. Sie versucht den Kopf zu drehen und seinen Bewegungen zu folgen, aber das Gestell, an dem sie festgeschnallt ist, erlaubt es ihr kaum, sich zu bewegen. Er ist irgendwo außerhalb ihres Gesichtsfelds. Um sie zu verunsichern, nehme ich an.

Denn natürlich hat Mr Hammar keinen Lärm.

Aber ich und Davy.

»Nur dumpfes Gemurmel, Todd«, sagt der Bürgermeister, der meine Frage in meinem Lärm gelesen hat. »Siehst du die Metallstäbe, die neben ihrem Kopf im Rahmen stecken?«

Er zeigt mit dem Finger darauf. Davy und ich sehen sie.

»Sie erzeugen einen schrillen Pfeifton in ihren Ohren«, erklärt der Bürgermeister. »Er macht jeden Lärm, den man möglicherweise aus den Beobachtungsräumen hören könnte, unverständlich. So können sie ihre ganze Aufmerksamkeit auf denjenigen richten, der sie befragt.«

»Damit sie nicht hören, was wir ohnehin schon wissen«, sagt Davy.

»Ja«, antwortet der Bürgermeister und ist ein wenig überrascht. »Ja, genau das ist der Grund, David.«

Davy lächelt, sein Lärm flackert ein bisschen heller auf.

»Wir haben das blaue **A** an der Wand des Farmhauses gesehen«, sagt Mr Hammar, der hinter der Frau auf und ab geht. »Die Bombe war von der gleichen Bauart wie die anderen, die eure Organisation gelegt hat.«

»Es ist nicht *meine* Organisation!«, keucht die Frau, aber Mr Hammar redet einfach weiter, als hätte sie nie etwas gesagt.

»Und wir wissen, dass du im vergangenen Monat auf diesen Feldern gearbeitet hast.«

»Auch andere Frauen haben dort gearbeitet!«, schreit sie, und ihre Verzweiflung wächst und wächst. »Milla Price, Cassia MacRae, Martha Sutpen.«

»Die waren also auch beteiligt?«

»Nein! Ich wollte damit nur sagen …

»Mrs Price und Mrs Sutpen sind schon angehört worden.«

Die Frau spricht nicht weiter, sie sieht jetzt noch ängstlicher aus. Neben mir kichert Davy. »Jetzt hat er dich«, flüstert er befriedigt.

Aber ich höre auch eine gewisse Erleichterung heraus.

Ich frage mich, ob es der Bürgermeister auch gehört hat.

»Was haben …«, fragt die Frau, unterbricht sich, aber dann kann sie nicht anders, sie muss weiterreden. »Was haben sie gesagt?«

»Sie haben gesagt, dass du sie gebeten hättest, dir zu helfen«, antwortet Mr Hammar gelassen. »Sie sagten, du hättest sie als Terroristinnen anwerben wollen, und als sie sich geweigert haben, hättest du gesagt, dass du es alleine machen wolltest.«

Die Frau wird blass, ungläubig reißt sie Mund und Augen auf.

»Das stimmt nicht, oder?«, frage ich mit tonloser Stimme. *Ich bin der Kreis und der Kreis ist das Ich.* »Er will ein Geständnis aus ihr herauspressen, indem er so tut, als wüsste er schon alles.«

»Ausgezeichnet, Todd«, lobt mich der Bürgermeister. »Am Ende findest du womöglich sogar noch Geschmack an solchen Anhörungen.«

Davy sieht mich an, dann seinen Vater, dann wieder mich, er verkneift sich die Frage, die ihm auf der Zunge liegt.

»Wir wissen schon, dass du für den Anschlag verantwortlich bist«, fährt Mr Hammar fort. »Wir haben schon genügend Beweise, um dich für den Rest deines Lebens hinter Gitter zu bringen.« Er baut sich vor ihr auf. »Ich stehe als dein Freund vor dir«, sagt er zu ihr. »Ich stehe vor dir als jemand, der dich vor einem Schicksal bewahren kann, das schlimmer ist als das Gefängnis.«

Die Frau schluckt, sie sieht so aus, als würde sie sich gleich wieder erbrechen.

»Aber ich *weiß* wirklich nichts«, beteuert sie matt. »Ich *weiß* gar nichts.«

Mr Hammar seufzt. »Das enttäuscht mich sehr, ich kann es nicht anders sagen.«

Er tritt wieder hinter sie, greift nach dem Metallrahmen und drückt sie unter Wasser.

Und hält sie dort …

Und hält sie dort …

Er blickt zum Spiegel, er weiß, dass wir ihm zusehen. Er lächelt uns zu.

Und hält sie dort …

Das Wasser schäumt auf von den wenigen Bewegungen, derer sie noch fähig ist.

Ich bin der Kreis und der Kreis ist das Ich., denke ich und schließe die Augen.

»Mach die Augen auf, Todd«, befiehlt der Bürgermeister.

Ich gehorche.

Und noch immer hält Mr Hammar sie dort fest.

Jetzt zerrt sie noch verzweifelter an ihren Fesseln.

So sehr, dass die Schlaufen, an denen sie festgebunden ist, ihre Handgelenke blutig scheuern …

»Oh Mann«, sagt Davy mit angehaltenem Atem.

»Er wird sie umbringen«, sage ich leise.

Es ist ja nur ein Film.

Es ist ja nur ein Film.

(Nur, dass es die Wirklichkeit ist.)

(Ich empfinde nichts.)

(Ich bin ja tot.)

(Ich bin tot.)

Der Bürgermeister neben mir beugt sich vor und drückt einen Knopf, der an der Wand angebracht ist. »Ich glaube, das reicht, Käpten«, sagt er und seine Stimme wird in die Anhörungsarena übertragen.

Mr Hammar lässt das Gestell wieder aus dem Wasser auftauchen. Aber er nimmt sich Zeit.

Die Frau hängt an dem Metallrahmen, das Kinn auf der Brust, Wasser läuft ihr aus Mund und Nase.

»Er hat sie umgebracht«, sagt Davy.

»Nein«, sagt der Bürgermeister.

»Heraus mit der Sprache«, wendet sich Mr Hammar an die Frau. »Und das hier hat sofort ein Ende.«

Es ist still. Es ist sehr, sehr lange still.

Dann hört man ein Ächzen.

»Wie bitte?«, fragt Mr Hammar.

»Ich war es«, ächzt die Frau.

»*Unmöglich!*«, stößt Davy hervor.

»Was hast du getan?«, fragt Mr Hammar nach.

»Ich habe die Bombe gelegt«, sagt die Frau, ihr Kopf baumelt hin und her.

»Und du hast versucht deine Kolleginnen für eine terroristische Vereinigung anzuwerben.«

»Ja«, flüstert die Frau. »Auch das.«

»Ha!«, triumphiert Davy, aber wieder höre ich auch seine Erleichterung, obwohl er sie zu verbergen sucht. »Sie hat gestanden!
Sie war es!«

»Nein, sie war es nicht«, sage ich und bleibe reglos auf der
Bank sitzen.

»*Was?*«, fragt Davy.

»Sie tut nur so«, sage ich und schaue durch den Spiegel.
»Damit er sie nicht ertränkt.« Ich drehe den Kopf leicht, damit
der Bürgermeister merkt, dass ich mit ihm rede. »Ist es nicht so?«

Der Bürgermeister antwortet nicht gleich. Obwohl er keinen
Lärm hat, weiß ich, dass ich ihn beeindruckt habe. Seit ich mit
diesem *Kreis* angefangen habe, wird mir alles auf schreckliche
Weise klar.

Vielleicht ist das auch der eigentliche Sinn.

»Ich bin mir fast sicher, dass sie nur so tut«, sagt er schließlich.
»Aber jetzt haben wir ihr Geständnis und können es gegen sie
verwenden.«

Davys Blick flattert immer noch zwischen mir und seinem Pa
hin und her. »Heißt das, du willst sie ... noch weiter befragen?«

»Alle Frauen gehören der *Antwort* an«, entgegnet der Bürgermeister. »Und wenn sie nur Sympathisantinnen sind. Wir müssen
wissen, was diese Frau denkt. Wir müssen wissen, was sie *weiß*.«

Davy schaut die Frau an, die noch immer an das Gestell gefesselt ist und nach Luft ringt.

»Das verstehe ich nicht«, sagt er.

»Wenn man sie wieder ins Gefängnis zurückschickt«, erkläre
ich ihm, »dann werden alle anderen Frauen wissen, was mit ihr
passiert ist.«

»Genau«, sagt der Bürgermeister und legt mir die Hand auf

die Schulter. Eine Geste der Zuneigung. Als ich mich nicht rühre, nimmt er die Hand wieder weg. »Dann wissen sie, was ihnen blüht, wenn sie nicht auspacken. Und so erfahren wir alles von jeder, die etwas weiß. Mit der Bombe in der letzten Nacht haben sie ihre Anschläge fortgesetzt, sie war nur der Anfang. Wir müssen wissen, was ihr nächster Schachzug sein wird.«

Davy lässt die Frau nicht aus den Augen. »Und was wird aus ihr?«

»Sie wird natürlich für das Verbrechen, das sie gestanden hat, bestraft werden«, sagt der Bürgermeister und achtet nicht auf Davy, der das Offensichtliche fragen will. »Gut möglich, dass sie wirklich etwas weiß.« Er blickt wieder durch das Glas. »Es gibt nur eine Möglichkeit, es herauszufinden.«

»Ich möchte dir danken, dass du uns heute geholfen hast«, sagt Mr Hammar. Er hebt das Kinn der Frau an. »Du kannst stolz darauf sein, wie hart du gekämpft hast.« Er lächelt, aber sie erwidert seinen Blick nicht. »Du hast mehr Mut an den Tag gelegt als so mancher Mann bei einer Anhörung.«

Er tritt ein paar Schritte von ihr zurück und geht zu einem kleinen Beistelltisch. Dort lüftet er ein Tuch. Darunter kommen mehrere glänzende metallische Gegenstände zum Vorschein. Eines davon hebt Mr Hammar auf.

»Und nun zum zweiten Teil unseres Gesprächs«, sagt er und geht auf die Frau zu.

Da fängt sie an zu schreien.

»Das war …« Davy rennt auf und ab, während wir draußen warten, aber mehr als diese beiden Worte bringt er nicht heraus. »Das war …« Er schaut mich an. »Heilige Scheiße, Todd.«

Ich antworte nicht, ich ziehe den Apfel, den ich aufbewahrt

habe, aus meiner Tasche. »Apfel«, flüstere ich Angharrad zu, mein Kopf ist dicht neben ihrem. ApfeL, antwortet sie und schnappt mit gefletschten Zähnen danach. Todd, sagt sie und mampft den Apfel, dann macht sie eine Frage daraus: Todd?

»Hat gar nichts mit dir zu tun, Mädchen«, flüstere ich und streichle ihr über die Nase.

Wir sind unterhalb des Tors, an dem Ivan immer noch Wache hält und sich bemüht, meine Aufmerksamkeit auf sich zu lenken. Ich höre, wie er leise in seinem Lärm nach mir ruft.

Ich beachte ihn nicht.

»Das war verdammt heftig«, sagt Davy und versucht in meinem Lärm zu lesen, was ich wohl über das Ganze denke, aber ich halte meinen Lärm so vage, wie ich nur kann.

Ich fühle nichts.

Ich lasse nichts an mich heran.

»Du bist in letzter Zeit ziemlich abgebrüht«, sagt Davy verärgert und kümmert sich nicht um Deadfall, der auch einen Apfel will. »Du hast nicht mal mit der Wimper gezuckt, als er …«

»Meine Herren«, sagt der Bürgermeister und tritt mit einem großen, schweren Sack in der Hand aus dem Tor heraus.

Ivan stellt sich darauf kerzengerade hin, eine Wache auf ihrem Posten.

»Pa«, sagt Davy und grüßt militärisch.

»Ist sie tot?«, frage ich und schaue Angharrad in die Augen.

»Tot nützt sie uns doch nichts mehr«, antwortet der Bürgermeister.

»Aber sie *sah aus*, als ob sie tot wäre«, sagt Davy.

»Nur weil sie das Bewusstsein verloren hat«, erwidert der Bürgermeister. Und dann sagt er: »Ich habe eine neue Aufgabe für euch.«

Es durchfährt uns beide wie ein Stromschlag, als er sagt »*eine neue Aufgabe*«.

Ich schließe die Augen. *Ich bin der Kreis und der Kreis ist das Ich.*

»Würdest du bitte, verdammt noch mal, damit aufhören?«, schreit mich Davy an.

Aber wir alle hören das blanke Entsetzen in seinem Lärm, die Angst, die in ihm hochsteigt, die Furcht vor seinem Pa, vor der *neuen Aufgabe.*

»Du sollst keine Anhörungen durchführen, wenn es das ist, wovor du Angst hast«, beruhigt ihn der Bürgermeister.

»Ich habe keine Angst«, antwortet Davy viel zu laut. »Wer sagt, dass ich Angst habe?«

Der Bürgermeister wirft uns den Sack vor die Füße.

Ich erkenne die Umrisse wieder.

Ich fühle nichts, lasse nichts an mich heran.

Davy blickt auf den Sack. Sogar er ist entsetzt.

»Nur die Gefangenen«, sagt der Bürgermeister. »Auf diese Weise können wir uns gegen das Eindringen von Feinden wehren.«

»Du meinst, wir sollen …«, Davy schaut seinen Vater an. »*Menschen?*«

»Keine Menschen«, sagt der Bürgermeister. »Staatsfeinde.«
Ich starre auf den Sack.

Auf den Sack, in dem, wie wir nur allzu gut wissen, ein Nietapparat ist und ein Vorrat an nummerierten Armbändern.

30

Das Band

(VIOLA)

ICH HABE GERADE DIE ZEITSCHALTUHR in Gang gesetzt und will Mistress Braithwaite sagen, dass wir gehen können, als eine Frau hinter uns aus dem Unterholz torkelt.

»Helft mir«, bittet sie. Sie spricht so leise, ich weiß nicht, ob sie uns überhaupt bemerkt hat. Vielleicht fleht sie nicht uns an, sondern das Universum, ihr irgendwie zu helfen.

Dann bricht sie zusammen.

»Was ist das?«, frage ich und hole noch einen Verband aus dem kleinen Erste-Hilfe-Kasten, den wir in dem Fuhrwerk versteckt haben. Ich bemühe mich, die Wunden der Frau zu verbinden, während wir auf dem Karren hin- und hergeschüttelt werden. Sie trägt ein Metallband in der Mitte ihres Unterarms, es ist fest und schneidet so ins Fleisch, dass man meinen könnte, die Haut solle das Band *überwuchern*. Und die Stelle ist so gerötet und so stark entzündet, dass ich beinahe die fiebrige Hitze spüren kann, die davon ausgeht.

»Damit kennzeichnet man Vieh«, sagt Mistress Braithwaite und treibt die Ochsen wütend mit den Zügeln an, damit sie uns über einen holprigen Feldweg ziehen, der für eine so schnelle Fahrt gar nicht geeignet ist. »Dieser teuflische *Bastard*.«

»Helft mir«, flüstert die Frau.

»Ich werde dir helfen«, versichere ich ihr.

Ihr Kopf ist in meinen Schoß gebettet, damit sie die Schlaglöcher in der Straße nicht so stark spürt. Ich verbinde den Arm mit dem Metallband, aber zuvor sehe ich noch die Zahl, die in das Band eingeätzt ist.

1391.

»Wie heißt du?«, frage ich die Frau.

Mit halb geschlossenen Lidern sagt sie nur: »Helft mir.«

»Wie können wir sicher sein, dass sie keine Spionin ist?«, fragt Mistress Coyle, die Arme vor der Brust verschränkt.

»Himmel noch mal«, schnauze ich sie an, »habt Ihr ein Herz aus Stein?«

Ihr Blick verfinstert sich. »Wir müssen mit allen Tricks und Täuschungen rechnen.«

»Die Entzündung ist so schlimm, dass wir ihren Arm wahrscheinlich nicht retten können«, sagt Mistress Braithwaite. »Wenn sie wirklich eine Spionin ist, dann wird sie nicht in der Lage sein, mit Informationen zurückzukehren.«

Mistress Coyle seufzt. »Wo habt ihr sie gefunden?«

»In der Nähe des neuen Gebäudes, von dem wir gehört haben«, antwortet Mistress Braithwaite.

»Wir haben in einem kleinen Lagerhaus gleich daneben eine Bombe gelegt«, erkläre ich. »So nahe an dem Gebäude wie nur möglich.«

»*Viehbänder*, um Menschen zu markieren, Nicola«, stößt Mistress Braithwaite hervor und ihr Zorn macht sich mit jedem neuen Atemwölkchen Luft.

Mistress Coyle fährt sich mit dem Finger über die Stirn.

»Ich weiß.«

»Können wir es nicht einfach durchschneiden?«, frage ich. »Damit die Wunde heilt.«

Mistress Braithwaite schüttelt den Kopf. »Die chemischen Stoffe auf den Bändern lassen die Haut niemals heilen, das ist das Schlimme. Man kann die Bänder nie wieder entfernen, ohne zu riskieren, dass der Betreffende verblutet. Sie sind für die *Ewigkeit*.«

»Oh mein Gott.«

»Ich muss mit ihr sprechen«, sagt Mistress Coyle.

Mistress Braithwaite nickt. »Nadari behandelt sie. Vielleicht ist die Frau noch bei Bewusstsein vor der Operation.«

»Dann lass uns gehen«, sagt Mistress Coyle und sie machen sich zum Lazarettzelt auf. Ich will ihnen folgen, aber Mistress Coyles Blick lässt mich unwillkürlich innehalten. »Du nicht, mein Mädchen.«

»Warum nicht?«

Die beiden gehen einfach davon und lassen mich in der Kälte stehen.

»Geht's dir gut, Hildy?«, fragt Wilf, als er mich zwischen den Ochsen herumlaufen sieht. Er striegelt sie dort, wo ihnen das Zuggeschirr angelegt wird. WiLf, sagen sie.

Das ist so ziemlich alles, was sie überhaupt sagen.

»Es war eine harte Nacht«, antworte ich. »Wir haben eine Frau gerettet, die mit einem Metallband am Unterarm markiert war.«

Wilf blickt eine Weile gedankenverloren drein. Er zeigt auf die Bänder, die jeder Ochse am rechten Vorderbein trägt. »So was?«

Ich nicke.

»Bei Menschen?« Er pfeift erstaunt durch die Zähne.

»Alles wird anders, Wilf«, sage ich. »Alles wird schlechter.«

»Weiß ich«, sagt er. »Wir werden bald von hier weggehen, und das wird's dann gewesen sein, so oder so.«

»Weißt du, was sie vorhat?«

Er schüttelt den Kopf und fährt mit der Hand über das Metallband eines Ochsen. WiLf, sagt der Ochse.

»Viola!«, ruft jemand quer durchs ganze Lager.

Wilf und ich sehen Mistress Coyle auf uns zueilen.

»Sie wird noch alle aufwecken«, sagt Wilf.

»Sie ist noch ein wenig benommen«, warnt Mistress Nadari, als ich neben der Pritsche der geretteten Frau niederknie. »Ich gebe dir eine Minute, höchstens.«

»Erzähl ihr, was du uns erzählt hast«, bittet Mistress Coyle die Frau. »Nur noch einmal, dann lassen wir dich schlafen.«

»Mein Arm?«, fragt die Frau und ihre Augen sind trüb. »Er tut gar nicht mehr weh.«

»Erzähl ihr einfach, was du uns gesagt hast, meine Liebe«, wiederholt Mistress Coyle und ihre Stimme klingt so teilnahmsvoll wie nur möglich. »Dann wird alles wieder gut.«

Unsere Blicke treffen sich für einen kurzen Moment, die

Augen der Frauen werden groß. »Du bist es«, sagt sie. »Das Mädchen, das mich gefunden hat.«

»Ich heiße Viola«, sage ich und berühre ihren gesunden Arm.

»Wir haben nicht viel Zeit, Jess.« Die Stimme von Mistress Coyle wird strenger, sie spricht die Frau eindringlich mit ihrem Namen an. »Sag es ihr.«

»Was soll sie mir sagen?«, frage ich leicht verärgert. Es ist grausam, die arme Frau wach zu halten, und ich will gerade etwas dergleichen sagen, als Mistress Coyle fortfährt: »Sag ihr, wer dir das angetan hat.«

Jess reißt entsetzt die Augen auf. »Oh«, stöhnt sie, »oh, oh.«

»Sag's ihr und wir lassen dich in Frieden«, beharrt Mistress Coyle.

»Was soll das?«, frage ich und werde langsam wütend.

»Es waren Jungen«, sagt die Frau. »Sie waren noch nicht einmal richtige Männer.«

Ich halte die Luft an.

»Welche Jungen?«, fragt Mistress Coyle. »Wie hießen sie?«

»Davy«, sagt die Frau, die kaum mehr mitkriegt, was um sie herum vorgeht. »Davy hieß der ältere.«

Mistress Coyle wirft mir einen vielsagenden Blick zu. »Und der andere?«

»Das war der stillere«, antwortet die Frau. »Er hat nichts gesagt. Er hat nur seine Arbeit gemacht und kein Wort gesagt.«

»Wie ist sein Name?«, fragt Mistress Coyle stur.

»Ich muss gehen«, sage ich und stehe auf, denn ich will es nicht hören. Mistress Coyle packt meine Hand und hält mich zurück.

»Wie heißt er?«, fragt sie wieder.

Der Atem der Frau geht stoßweise.

»Das reicht«, fährt Mistress Nadari dazwischen. »Ich wollte das ohnehin nicht …«

»Nur noch eine Sekunde«, unterbricht Mistress Coyle.

»Nicola«, warnt Mistress Nadari sie.

»Todd«, sagt die Frau auf der Pritsche, die Frau, die ich gerettet habe, die Frau mit dem entzündeten Arm, den sie verlieren wird, die Frau, von der ich nun wünschte, sie befände sich auf dem tiefsten Grund des Ozeans, den ich noch nie gesehen habe. »Der andere Junge nannte ihn Todd.«

»Verschwindet«, sage ich zu Mistress Coyle, die mir aus dem Zelt folgt.

»Er ist am Leben«, sagt sie, »aber er ist jetzt einer von ihnen.«

»Seid endlich still!« Ich stampfe durchs Lager, es ist mir egal, wie laut ich bin.

Mistress Coyle läuft mir hinterher und hält mich am Arm fest. »Du hast ihn verloren, mein Mädchen«, sagt sie. »Falls du ihn überhaupt jemals besessen hast.«

Ich schlage ihr so schnell und fest ins Gesicht, dass ihr keine Zeit bleibt, sich zu verteidigen. Es ist, als hätte ich gegen einen Baumstamm geschlagen. Sie taumelt zurück und mein Arm brennt vor Schmerz.

»Ihr wisst nicht, was Ihr sagt«, sage ich mit zornesbebender Stimme.

»Wie *kannst* du es wagen?«, sagt sie und hält sich das Gesicht.

»Ihr wisst noch nicht, *wie* ich kämpfen kann«, sage ich

trotzig. »Ich habe eine Brücke gesprengt und eine ganze Armee aufgehalten. Ich habe einem wahnsinnigen Mörder das Messer in den Hals gestoßen. *Ich* habe Menschenleben gerettet, während Ihr nur nachts herumlauft und Menschen in die Luft jagt.«

»Du dummes Kind ...«

Ich gehe einen Schritt auf sie zu.

Sie weicht nicht zurück, aber sie sagt ihren Satz nicht zu Ende.

»Ich hasse Euch«, sage ich langsam. »Alles, was Ihr tut, bewirkt nur, dass der Bürgermeister umso *schlimmer* zurückschlägt.«

»*Ich* habe diesen Krieg nicht angefangen.«

»Aber Ihr *liebt* ihn!« Ich mache noch einen Schritt auf sie zu. »Ihr liebt alles an diesem Krieg. Die Bomben, den Kampf, die Befreiungsaktionen.«

Sie ist jetzt so wütend, dass ich es ihr sogar im Mondlicht ansehe.

Aber ich habe keine Angst vor ihr.

Und ich glaube, sie weiß es auch.

»Du willst die Welt in Schwarz und Weiß einteilen, mein Mädchen«, sagt sie. »Aber so ist die Welt nicht. Sie war nie so und sie wird nie so sein. Und vergiss eines nicht: Diesen Krieg führen wir *gemeinsam*.«

Ich beuge mich vor, bis dicht an ihr Gesicht. »Er muss gestürzt werden und deshalb helfe ich Euch. Aber wenn er gestürzt ist, was dann?« Ich stehe jetzt so dicht vor ihr, dass ich ihren Atem spüren kann. »Müssen wir dann Euch als Nächste stürzen?«

Sie sagt kein Wort.

Aber sie weicht auch nicht vor mir zurück.

Ich mache auf dem Absatz kehrt und gehe weg.

»Er ist verloren, Viola!«, ruft Mistress Coyle mir nach.

Aber ich gehe einfach weiter.

»Ich muss in die Stadt zurück.«

»Jetzt gleich?«, fragt Wilf mit einem Blick zum Himmel. »Is gleich Morgen. Is nich sicher.«

»Es ist *nie* sicher«, antworte ich, »aber mir bleibt nichts anderes übrig.«

Er blinzelt, dann sucht er Zaumzeug und Geschirr zusammen und macht das Fuhrwerk fertig.

»Nein.« Ich halte ihn zurück. »Du musst mir zeigen, wie man damit umgeht. Ich kann dich nicht bitten, mich zu fahren und dein Leben aufs Spiel zu setzen.«

»Willste Todd suchen?«

Ich nicke.

»Werde dich fahren.«

»Wilf ...«

»Is noch früh genug«, sagt er und führt die Ochsen rückwärts an die Deichsel. »Ich bring dich näher hin.«

Und ohne ein weiteres Wort schirrt er die Ochsen wieder vor seinen Wagen. Sie fragen WiLf? WiLf?, überrascht, dass sie schon so bald wieder gebraucht werden, denn eigentlich ist ihre Arbeit für diesen Tag getan.

Ich denke darüber nach, was Jane wohl dazu sagen würde. Ich denke daran, dass ich ihren Wilf in Gefahr bringe.

Aber ich sage nur: »Ich danke dir.«

»Ich komme mit.«

Ich drehe mich um. Lee steht da und reibt sich den Schlaf

aus den Augen, aber er ist angekleidet und bereit zum Auf-
bruch.

»Weshalb schläfst du nicht?«, frage ich ihn. »Und nein, du
kommst bestimmt nicht mit.«

»Doch, ich komme mit«, erwidert er. »Wer kann bei diesem
Geschrei schon schlafen?«

»Es ist viel zu gefährlich«, protestiere ich. »Sie werden deinen Lärm hören.«

Er bewegt seine Lippen nicht, aber sein Lärm sagt zu mir:
Dann sollen sie ihn doch hören.

»Lee ...«

»Du willst ihn suchen, nicht wahr?«

Ich seufze missmutig und überlege, ob ich nicht das ganze
Vorhaben einfach aufgeben sollte, um nicht noch jemanden
in Gefahr zu bringen.

»Du willst zum *Amt für Anhörung* gehen«, sagt Lee mit ge-
dämpfter Stimme.

Ich nicke.

Und dann verstehe ich.

Siobhan und seine Mutter sind vielleicht dort.

Ich nicke wieder, und diesmal weiß er, dass ich einverstanden bin.

Niemand versucht uns aufzuhalten, obwohl sicher jeder im
Lager weiß, was wir vorhaben. Mistress Coyle hat bestimmt
ihre Gründe dafür.

Wir reden nicht viel unterwegs. Ich höre Lees Lärm zu, er
denkt an seine Familie, an den Bürgermeister, daran, was er
mit ihm anstellen wird, falls er ihn in die Finger bekommt.

Er denkt an mich.

»Du solltest lieber sprechen«, sagt er. »Es ist unfein, so ungeniert zuzuhören.«

»Ich weiß.« Aber mein Mund ist ganz trocken, und ich glaube, ich habe nicht viel zu sagen.

Noch ehe wir die Stadt erreichen, ist die Sonne schon aufgegangen. Wilf treibt die Ochsen an, sie laufen, so schnell sie können, aber der Rückweg wird dennoch gefährlich werden, jetzt, da die Stadt erwacht ist. Wir gehen ein schrecklich hohes Risiko ein.

Aber Wilf fährt weiter.

Ich habe ihm erklärt, was ich sehen will, und er meint, den geeigneten Platz dafür zu kennen. Er hält den Wagen irgendwo mitten im Wald an und beschreibt uns den Weg.

»Müsst euch ducken«, mahnt er. »Die dürfen euch nicht sehen.«

»Das machen wir«, verspreche ich. »Warte nicht auf uns, falls wir in einer Stunde noch nicht zurück sind.«

Wilf schaut mich nur an. Wir alle wissen, dass er auf jeden Fall auf uns warten wird.

Lee und ich bahnen uns den Weg einen schroffen Hang hinauf, wir bleiben in der Deckung der Bäume, bis wir ganz oben sind. Dann wird uns klar, warum Wilf diesen Platz ausgesucht hat. Der Hügel ist in der Nähe der Kuppe, auf der früher der Sendeturm stand. Von hier aus können wir die Straße, die zum *Amt für Anhörung* führt, gut überblicken. Dieses Amt soll, wie wir gehört haben, ein Gefängnis oder eine Folterkammer oder irgendetwas in dieser Art sein.

Eigentlich möchte ich es gar nicht genau wissen.

Wir legen uns Seite an Seite auf den Bauch und lugen aus dem Gebüsch hervor.

»Halt die Ohren offen«, flüstert Lee. Als ob das nötig wäre.

Sobald die Sonne aufgegangen ist, fängt in New Prentisstown das BRÜLLEN an. Ich frage mich sogar, ob Lee seinen eigenen Lärm überhaupt unterdrücken muss. Wo man doch ohnehin im allgemeinen Lärm ertrinkt.

»*Ertrinken* ist das richtige Wort«, sagt Lee, als ich ihn danach frage. »Wenn man hineintaucht, ertrinkt man darin.«

»Ich kann mir gar nicht vorstellen, wie es ist, damit aufzuwachsen«, sage ich.

»Nein«, erwidert er. »Nein, das kannst du sicher nicht.«

Aber er meint es nicht böse.

Ich kneife die Augen zusammen, als die Sonne heller wird. »Ich wünschte, ich hätte ein Fernglas.«

Lee greift in seine Tasche und zieht ein Fernglas heraus.

Ich schaue ihn an. »Du hast wohl die ganze Zeit darauf gewartet, dass ich das sage, damit du dann bei mir Eindruck schinden kannst.«

»Ich hab keine Ahnung, wovon du redest«, sagt er lächelnd und setzt das Fernglas an die Augen.

»Komm schon.« Ich gebe ihm einen Schubs mit den Schultern. »Gib's her.«

Er rutscht zur Seite, damit ich es ihm nicht wegnehmen kann. Ich fange an zu kichern, er auch. Ich packe ihn und will ihn auf den Boden drücken, während ich mit der anderen Hand nach dem Fernglas greife, aber er ist stärker als ich und hält es so weit weg, dass ich es nicht wegschnappen kann.

»Es macht mir nichts aus, wenn ich dir wehtue«, sage ich.

»Daran habe ich keinen Zweifel«, sagt er lachend und richtet das Fernglas wieder auf die Straße.

Plötzlich brandet sein Lärm auf, er ist so laut, dass ich schon Angst habe, jemand könnte uns hören.

»Was siehst du?«, frage ich. Ich habe aufgehört zu kichern.

Er reicht mir das Fernglas und deutet auf die Straße. »Dort«, sagt er, »dort kommen sie die Straße entlang.«

Aber ich sehe sie schon durchs Fernglas.

Zwei Reiter. Zwei Männer in funkelnden neuen Uniformen zu Pferd. Einer von ihnen spricht, gestikuliert dabei.

Er lacht. Und grinst.

Der andere schaut vor sich aufs Pferd, aber auch er reitet zur Arbeit.

Reitet, um im *Amt für Anhörung* zu arbeiten.

Mit einer Uniform, auf deren Schulterstück ein A funkelt.

Todd.

Mein Todd.

Er reitet neben Davy Prentiss her.

Er reitet zur Arbeit mit dem Mann, der auf mich geschossen hat.

31

Zahlen und Buchstaben

[TODD]

DIE TAGE VERGEHEN. Und es wird von Tag zu Tag schlimmer.

»Alle?«, fragt Davy, und er kann sein Entsetzen nur schlecht in seinem Lärm verbergen. »Wirklich alle?«

»Das ist ein Vertrauensbeweis, Davy«, erklärt der Bürgermeister, der zusammen mit uns am Eingang zum Stall steht, während unsere Pferde für die tägliche Arbeit gesattelt werden. »Du und Todd, ihr beide habt so Großartiges geleistet, als ihr die weiblichen Gefangenen markiert habt, wen sonst sollte ich mit der Leitung betrauen, wenn es darum geht, das Programm auszuweiten?«

Ich sage nichts, erwidere nicht einmal Davys Blick. Das Lob seines Vaters irritiert ihn, man hört es in seinem rosafarbenen Lärm.

Aber ich höre auch, wie ihm der Befehl durch den Kopf schwirrt, dass wir alle Frauen markieren sollen.

Jede einzelne.

Den Frauen im *Amt für Anhörung* die Bänder anzulegen, war schlimmer gewesen, als wir es uns vorgestellt haben.

»Immer mehr von ihnen rennen weg«, sagt der Bürgermeister. »Sie schleichen sich mitten in der Nacht davon und laufen zu den Terroristen über.«

Davy sieht zu, wie Deadfall in einer kleinen Box gesattelt wird, sein Lärm spiegelt die Gesichter der Frauen, die wir markiert haben, er hallt nur so wider von ihren verzweifelten Schmerzensschreien.

Und von dem, was sie zu uns sagen.

»Und wenn sie weglaufen«, fährt der Bürgermeister fort, »dann kommen sie natürlich auch wieder zurück.«

Er meint: mit Bomben. In den vergangenen zwei Wochen ist beinahe in jeder Nacht eine Bombe explodiert, aus irgendeinem Grund häufen sich die Anschläge, offensichtlich bereiteten sie etwas vor, und nie hat man auch nur eine Frau gefasst, nur einmal, als ein Sprengsatz hochging, als die Frau noch damit hantierte. Sie war natürlich völlig zerfetzt, eigentlich hat man nur noch Stoffreste gefunden.

Ich schließe die Augen, als ich daran denke.

Ich fühle nichts. Lasse nichts an mich heran.

(War sie es?)

Ich fühle *nichts nichts nichts.*

»Du willst, dass wir *allen* Frauen die Bänder anlegen?«, fragt Davy noch einmal leise und vermeidet es, seinen Pa dabei anzusehen.

»Das habe ich doch schon gesagt«, seufzt der Bürgermeister. »*Jede* Frau gehört zur *Antwort,* und wenn es nur aus dem Grund ist, weil sie eine Frau ist und deshalb Mitleid mit anderen Frauen hat.«

Die Stallknechte führen Angharrad zu einem Sattelplatz in der

Nähe. Sie reckt den Kopf über das Gatter und stupst mich mit der Nase an. **Todd**, sagt sie.

»Sie werden Widerstand leisten«, sage ich und streichle über Angharrads Kopf. »Auch die Männer werden dagegen sein.«

»Ach, ja«, sagt der Bürgermeister, »du warst ja nicht auf der Kundgebung gestern.«

Davy und ich sehen einander an. Gestern waren wir den ganzen Tag bei der Arbeit, von einer Kundgebung haben wir nichts gehört.

»Ich habe zu den Männern von New Prentisstown gesprochen«, erzählt er. »Von Mann zu Mann. Ich habe ihnen erklärt, welch große Bedrohung von der *Antwort* ausgeht und dass die Nummerierung der Frauen für unser aller Sicherheit nötig ist.« Er streichelt Angharrads Hals. Ich versuche zu verbergen, wie gereizt mein Lärm bei diesem Anblick ist. »Keiner hatte etwas dagegen.«

»Auf dieser Kundgebung waren sicher keine Frauen«, sage ich.

Er schaut mich an. »Ich werde doch unseren Feind nicht einladen, weshalb sollte ich das tun?«

»Aber es sind, verdammt noch mal, *Tausende*!«, sagt Davy. »Ihnen allen Bänder anzulegen, dauert ewig.«

»Ihr werdet nicht alleine arbeiten, David«, antwortet der Bürgermeister leise, damit sein Sohn ihm auch ja zuhört. »Aber ich bin sicher, dass ihr schneller arbeiten werdet als alle anderen beim *Amt für Anhörung*.«

Davys Lärm hellt sich ein wenig auf. »Darauf kannst du wetten, Pa«, sagt er.

Dann schaut er mich an.

Und ich sehe die Sorge in seinem Lärm.

Ich streichle wieder über Angharrads Nüstern. Die Stallknechte führen Morpeth heraus, frisch gebürstet und mit glänzendem Fell. *Unterwirf dich*, sagt er.

»Wenn ihr Bedenken habt«, sagt er, »dann stellt euch einmal diese Frage.« Er schwingt sich mit einer einzigen geschmeidigen Bewegung in den Sattel, biegsam wie eine Gerte. »Warum sollte eine unschuldige Frau etwas dagegen haben, wenn man sie an ihrer Nummer erkennt?«

»Das kannst du doch nicht machen.« Die Frau versucht ihre Stimme fest klingen zu lassen.

Mr Hammar hinter uns entsichert sein Gewehr und richtet den Lauf auf den Kopf der Frau.

»Bist du blind?«, fragt Davy die Frau etwas zu schrill. »Du siehst doch, *dass* ich es machen kann.«

Mr Hammar lacht.

Davy dreht mit einem strammen Ruck den Nietapparat. Das Band schnappt zu, gräbt sich in die Haut der Frau, etwa in die Mitte ihres Unterarms. Sie schreit auf, presst die Hand auf das Band und fällt vornüber, fängt den Sturz jedoch mit der gesunden Hand ab. Eine Weile bleibt sie keuchend auf dem Boden liegen.

Ihre Haare sind zu einem festen Knoten zurückgebunden, sie sind hellbraun und dunkelbraun, wie die Kabel an der Rückseite eines Videogerätes. Am Hinterkopf hat sie eine graue Strähne, sie sieht aus wie ein Fluss in einem staubigen Land. Ich starre darauf, aber die Strähne verschwimmt vor meinen Augen.

Ich bin der Kreis und der Kreis ist das Ich.

»Steh auf«, herrscht Davy die Frau an. »Dann können sich die Heilerinnen um dich kümmern.« Er dreht sich um, blickt auf die lange Schlange von Frauen, die sich durch die ganze Halle bis zu

416

den Gemeinschaftsschlafräumen zieht, alle stehen sie da und warten, bis sie an die Reihe kommen.

»Der Junge hat gesagt, du sollst aufstehen«, sagt Mr Hammar und fuchtelt mit seinem Gewehr herum.

»Das ist nicht nötig«, knurrt Davy. »Wir kommen gut ohne Babysitter aus.«

»Ich bin kein Babysitter«, sagt Mr Hammar lächelnd, »ich bin zu eurem Schutz hier.«

Die Frau steht auf, sie schaut mich unverwandt an.

Meine Miene ist ausdruckslos, nicht existent, ich setze keine Miene auf, wenn ich nicht muss.

Ich bin der Kreis und der Kreis ist das Ich.

»Hast du kein Herz?«, fragt sie. »Hast du kein Herz, dass du so etwas machen kannst?« Und dann geht sie zu den Heilerinnen, denen wir die Bänder schon angelegt haben, und wartet darauf, dass auch sie behandelt wird.

Ich blicke ihr nach.

Ich weiß nicht, wie sie heißt.

Aber sie hat die Nummer 1484.

»1485«, ruft Davy laut.

Die nächste Frau in der Schlange tritt vor.

Wir reiten den ganzen Tag über von einer Frauenunterkunft zur nächsten, wir schaffen beinahe dreihundert Bänder, es geht viel schneller als bei den Spackle. Als die Sonne untergeht und New Prentisstown sich auf die Ausgangssperre vorbereitet, kehren wir nach Hause zurück.

Wir reden nicht viel.

»Was für ein Tag, Schweinebacke!«, sagt Davy nach einer kleinen Weile.

417

Ich antworte nicht, aber er erwartet auch gar keine Antwort.

»Es passiert ihnen nichts«, fährt er fort. »Sie haben ja die Heilerinnen, die sich um die Schmerzen und so weiter kümmern.«

Klapp, klapp, klappern die Hufe.

Ich höre, was er denkt.

Die Dämmerung bricht herein. Ich kann sein Gesicht nicht mehr sehen.

Vielleicht verbirgt er deshalb seinen Lärm nicht mehr.

»Wenn sie nur nicht so schrecklich weinen würden …«, sagt er zögernd.

Ich schweige.

»Hast du denn nichts dazu zu sagen?«, fragt er gereizt. »Du sagst keinen Piep, so als wolltest du überhaupt nie mehr sprechen. Bin ich es nicht wert, dass du auch nur ein Wort zu mir sagst?«

Sein Lärm fängt zu knistern an.

»Es ist ja nicht so, als hätte ich viele, mit denen ich reden könnte, Schweinebacke. Es ist ja nicht so, als hätte ich eine *Wahl*. Egal, was ich verdammt noch mal mache, nie zahlt es sich aus, nie krieg ich die guten Jobs, nie habe ich einen richtigen *Kampfeinsatz*. Zuerst diese doofe Aufpasserei bei den Spackle. Und dann, ehe wir's uns versehen, nummerieren wir auch noch die Frauen. Und wozu? *Wozu*, frage ich dich?«

Seine Stimme wird leiser.

»Damit sie uns anschreien«, redet er weiter. »Damit sie uns für Unmenschen halten.«

»Wir sind Unmenschen.« Ich bin selbst überrascht, dass ich es laut gesagt habe.

»Ja, das ist dein neues Gesicht, nicht wahr?«, sagt er hämisch. »Der beinharte Ich-hab-keine-Gefühle-ich-bin-der-Kreis-Bursche.

Wenn Pa es dir befehlen würde, würdest du deiner eigenen Mutter eine Kugel durch den Kopf jagen.«

Ich antworte nicht, aber ich beiße die Zähne zusammen.

Davy schweigt eine Zeit lang. Dann sagt er: »Tut mir leid.«

Dann sagt er: »Tut mir leid, Todd«, und nennt mich sogar beim Namen.

Dann sagt er: »Wofür, zum Teufel, entschuldige *ich* mich eigentlich? Du bist doch nur die blöde Schweinebacke, die nicht einmal lesen kann und die sich immer bei meinem Vater einschleimt. Wer interessiert sich eigentlich für dich?«

Ich sage kein Wort, *klapp, klapp* machen die Hufe.

Vorwärts!, fordert Angharrad Deadfall auf und der wiehert zurück: Vorwärts!

Vorwärts, höre ich in Angharrads Lärm, und dann: Menschenfohlen, Todd.

»Angharrad«, flüstere ich zwischen ihren Ohren.

»Todd?«, fragt Davy.

»Ja?«

Ich höre, wie er in seinem Lärm schnaubt. »Ach nichts«, sagt er. Dann ändert er seine Meinung. »Wie *schaffst* du das?«

»Wie schaffe ich was?«

Ich sehe in der Dämmerung, wie er die Schultern zuckt. »Dass du bei allem so gelassen bleibst. Dass du so bist, wie du bist. Ich weiß nicht, so *gefühllos*. Ich meine ...« Er unterbricht sich, dann sagt er noch einmal leise, fast unhörbar: »Wenn sie nur nicht weinen würden.«

Ich bin stumm, denn wie sollte ich ihm helfen? Wie kann er etwas über den *Kreis* erfahren, wenn sein Vater das nicht will?

»Ich weiß«, sagt er, »ich habe diesen Mist ausprobiert, aber es funktioniert nicht bei mir, und Pa will nicht ...«

Er bricht mitten im Satz ab, als hätte er schon zu viel gesagt.

»Ach, scheiß drauf«, sagt er dann.

Wir reiten weiter in die Stadtmitte, lassen uns vom BRÜLLEN New Prentisstowns einhüllen, während die Pferde sich gegenseitig Befehle zurufen, um klarzumachen, wer sie sind.

Schließlich sagt Davy: »Du bist der einzige Freund, den ich habe, Schweinebacke. Ist das nicht furchtbar?«

»Anstrengender Tag?«, fragt mich Bürgermeister Ledger, als ich wieder in unser gemeinsames Gefängnis zurückkomme. Er sagt es auf eine seltsam heitere Art und lässt mich dabei nicht aus den Augen.

»Was kümmert's dich?« Ich werfe meine Tasche auf den Boden und lasse mich aufs Bett fallen, ohne meine Uniform auszuziehen.

»Ich stelle es mir anstrengend vor, den ganzen Tag lang Frauen zu quälen.«

Überrascht hebe ich den Kopf. »Ich quäle sie nicht«, knurre ich. »Also halt's Maul, was das angeht.«

»Nein, *natürlich* quälst du sie nicht. Wie komme ich nur darauf? Du befestigst lediglich ein mit Chemikalien getränktes Metallband auf ihrer Haut, und wenn sie versuchen es zu entfernen, dann verbluten sie. Wie kann man das nur als *Quälerei* bezeichnen?«

»Hey!« Ich setze mich aufrecht. »Wir erledigen das schnell und schmerzlos. Man könnte viel grausamer dabei sein, aber das sind wir nicht. Wenn es schon getan werden muss, dann ist es am besten, *wir* tun es.«

Er verschränkt die Arme vor der Brust und er klingt aufgekratzt, als er fragt: »Wird dich diese Ausrede heute Nacht besser schlafen lassen?«

Mein Lärm schwappt hoch. »Ach ja?«, sage ich. »Du warst es also, der dem Bürgermeister gestern bei der Kundgebung den Applaus verweigert hat? Du warst also der Mutige, der ihm widersprochen hat?«

Seine Miene verdüstert sich und ich höre dunkelgrauen Ärger in seinem Lärm. »Um mich deshalb erschießen zu lassen?«, ruft er. »Oder mich zum Verhör schleppen zu lassen? Wem wäre damit geholfen?«

»Das ist es also, was du willst?«, frage ich ihn. »*Helfen?*«

Er antwortet nicht darauf, sondern dreht sich um und schaut aus einem der Fenster auf die wenigen Lichter, die von den wichtigen Plätzen und Gebäuden herkommen, er blickt hinaus auf das BRÜLLEN einer Stadt, die sich fragt, wann wohl die *Antwort* ihren großen Angriff starten wird, wo es losgeht und wie schlimm es wird und wer sie retten wird.

Mein Lärm ist laut und rot. Ich schließe die Augen und hole tief, tief Luft.

Ich bin der Kreis und der Kreis ist das Ich.

Ich fühle nichts, ich lasse nichts an mich heran.

»Sie haben sich mit ihm abgefunden«, sagt Bürgermeister Ledger und schaut zum Fenster hinaus. »Sie scharen sich schon hinter ihm, denn was sind schon ein paar Stunden Ausgangssperre im Vergleich zu der Angst, in die Luft gejagt zu werden? Trotzdem ist es ein taktischer Fehler.«

Ich schaue ihn verwundert an, als er *taktisch* sagt, denn ich finde, es ist ein seltsames Wort.

»Die Männer haben jetzt Angst«, redet er weiter. »Sie haben Angst, dass sie die Nächsten sind.« Er schaut auf seinen eigenen

Unterarm und reibt über die Stelle, an der die Bänder üblicherweise angebracht werden. »Politisch betrachtet, hat er einen Fehler begangen.«

Ich schaue ihn schräg von der Seite an. »Was interessiert es dich, ob er einen Fehler macht? Auf wessen Seite stehst du eigentlich?«

Er sieht mich an, als hätte ich ihn eben zutiefst beleidigt, was ich wahrscheinlich auch getan habe. »Auf der Seite der Stadt«, schäumt er. »Und auf wessen Seite stehst *du*, Todd Hewitt?«

Es klopft an der Tür.

»Das Abendessen rettet dich«, sagt Bürgermeister Ledger.

»Sie klopfen nicht an, wenn sie das Abendessen bringen«, sage ich und stehe auf. Mit meinem Schlüssel – *tschack!* – schließe ich die Tür auf.

Davy steht davor.

Zuerst sagt er kein Wort, er schaut sich nur nervös um, blickt hierhin und dorthin. Bestimmt hat es ein Problem in den Frauenunterkünften gegeben. Ich seufze und gehe wieder zu meinem Bett, um meine Sachen zu holen. Ich habe in der Zwischenzeit noch nicht mal meine Stiefel ausziehen können.

»Warte einen Moment«, sage ich zu ihm. »Angharrad frisst noch. Ihr wird es nicht gefallen, wenn sie gleich wieder gesattelt wird.«

Er schweigt, deshalb werfe ich ihm einen prüfenden Blick zu. Er weicht meinem Blick aus. »*Was?*«, frage ich.

Er beißt sich auf die Lippe, und in seinem Lärm lese ich Verlegenheit und Fragezeichen und Wut darüber, dass Bürgermeister Ledger hier ist, und hinter all dem ein sonderbares, heftiges Gefühl, fast so etwas wie Schuld.

Dann unterdrückt er dieses Gefühl und an seine Stelle treten wieder Wut und Verlegenheit.

»Scheiß Schweinebacke!«, sagt er mehr zu sich selbst. Er zerrt ärgerlich an seinem Schulterriemen und ich sehe, dass er eine Tasche dabeihat. »Scheiß …«, wiederholt er, bringt den Satz aber nicht zu Ende. Er öffnet die Tasche und holt etwas heraus.

»*Hier*«, schreit er förmlich und hält es mir hin.

Es ist das Buch meiner Mutter.

Er gibt mir das Buch meiner Mutter zurück.

»Da hast du es!«

Ich nehme es in die Hand wie etwas sehr Zerbrechliches. Das Einbandleder ist noch immer weich und geschmeidig, das Loch noch immer da, es stammt von dem Messer, mit dem Aaron auf mich einstach. Ich fahre darüber.

Ich schaue Davy an, aber der weicht meinem Blick aus.

»Egal«, sagt er.

Er dreht sich um und stapft die Treppen hinunter, hinaus in die Nacht.

32

Letzte Vorbereitungen

(VIOLA)

MIT KLOPFENDEM HERZEN verstecke ich mich hinter einem Baum.

Ich habe ein Gewehr in der Hand.

Angestrengt lausche ich auf das Knacken der Zweige, lausche, ob ich Schritte höre oder sonst ein Geräusch, das mir verraten könnte, wo der Soldat ist. Ich weiß, dass er da ist, denn ich höre seinen Lärm, aber er ist so leise und undeutlich, dass ich die Richtung, aus der er auf mich zukommt, nur erahnen kann.

Aber er kommt auf mich zu. Daran gibt es nicht den geringsten Zweifel.

Sein Lärm wird lauter. Ich drücke mich mit dem Rücken an den Baum und ich höre, dass er links von mir ist.

Ich muss nur im richtigen Augenblick aufspringen.

Ich entsichere mein Gewehr.

In seinem Lärm sehe ich die Bäume in der Umgebung, ich

sehe auch die Fragezeichen in seinem Lärm, er überlegt, hinter welchem Baum ich mich wohl verstecke, er schließt alle Bäume bis auf zwei aus, einer davon ist der, hinter dem ich mich tatsächlich verberge, der andere steht ein paar Schritte links von mir.

Wenn er zu dem geht, dann hab ich ihn.

Jetzt höre ich schon seine Schritte, sie sind leise auf dem feuchten Waldboden. Ich schließe die Augen und versuche mich nur auf seinen Lärm zu konzentrieren, auf die Stelle, an der er gerade steht, auf den Schritt, den er gerade macht.

Auf den Baum, dem er sich gerade nähert.

Er macht einen Schritt. Und bleibt zögernd stehen. Dann noch einen Schritt.

Er entscheidet sich ...

Und ich entscheide mich ...

Ich springe auf, mache einen Satz nach vorn, stelle ihm ein Bein, überrasche ihn wie ein Blitz aus heiterem Himmel. Er stürzt zu Boden, legt im Fallen sein Gewehr auf mich an, doch ich packe ihn, drücke den Arm, mit dem er das Gewehr hält, mit meinem Knie nach unten und werfe mich mit meinem ganzen Gewicht auf ihn und halte ihm den Lauf meiner Waffe unters Kinn.

Jetzt hab ich ihn.

»Gut gemacht«, strahlt mich Lee von unten an.

»Wirklich, sehr gut gemacht«, lobt mich nun auch Mistress Braithwaite und tritt aus der Deckung hervor. »Und jetzt kommt das Entscheidende, Viola. Was machst du mit einem Feind, der dir auf Gedeih und Verderb ausgeliefert ist?«

Ich sehe Lee ins Gesicht, er liegt unter mir und keucht, ich fühle seine Wärme.

»Was machst du mit ihm?«, fragt Mistress Braithwaite.

Ich betrachte mein Gewehr.

»Ich tue, was ich tun muss«, sage ich.

Ich tue, was ich tun muss, um ihn zu retten.

Ich tue, was ich tun muss, um Todd zu retten.

»Bist du dir *ganz* sicher, dass du das auch wirklich tun willst?«, fragt mich Mistress Coyle zum hundertsten Mal, als wir am nächsten Morgen vom Frühstückstisch aufstehen und Jane abwimmeln, die uns eine Tasse Tee nach der anderen aufdrängen will.

»Ich bin ganz sicher«, antworte ich.

»Du hast nur eine Chance, bevor wir angreifen. Genau eine.«

»Er ist mir einmal zu Hilfe gekommen«, sage ich. »Als ich gefangen war, ist er mir zu Hilfe gekommen, und dafür hat er jedes Opfer auf sich genommen.«

Sie runzelt die Stirn. »Menschen ändern sich, Viola.«

»Er hat es verdient, dass ich für ihn dasselbe tue, was er für mich getan hat.«

»Hm«, brummt Mistress Coyle vor sich hin. Sie ist immer noch nicht überzeugt, dass ich die richtige Entscheidung getroffen habe.

Aber ich lasse ihr keine andere Wahl.

»Und wenn er sich uns anschließt«, gebe ich zu bedenken, »dann ist sein Wissen sehr nützlich für uns.«

»Ja«, sagt sie nur und lässt den Blick über das Camp schweifen, in dem gerade die Vorbereitungen im Gange sind. Die Vorbereitungen zum Krieg. »Ja, das hast du schon oft gesagt.«

Und obwohl ich Todd sehr gut kenne, kann ich mir doch vorstellen, wie er auf andere wirkt, wenn sie ihn sehen, wenn sie ihn mit dieser Uniform sehen, wie er zusammen mit Davy reitet, ich kann mir vorstellen, dass sie ihn für einen Verräter halten.

Und mitten in der Nacht, wenn ich unter meiner Decke liege und nicht schlafen kann …

Dann denke ich das auch.

(Was macht er?)

(Was macht er da mit Davy?)

Und ich versuche diesen Gedanken zu verscheuchen, so gut ich kann.

Weil ich ihn retten werde.

Und sie ist damit einverstanden. Sie ist damit einverstanden, dass ich mein Leben aufs Spiel setze und in der Nacht vor dem entscheidenden Angriff zur Kathedrale gehe und ein letztes Mal versuche ihn zu retten.

Sie ist damit einverstanden, weil ich ihr gesagt habe, dass ich ihr sonst nie mehr helfen würde, auch nicht, wenn die Raumschiffe landen, was in gut acht Wochen geschehen wird. Nie mehr, wenn ich nicht zuvor versuchen könnte, Todd zu retten.

Aber ich glaube, es gibt nur einen Grund, weshalb sie es mir erlaubt hat: Er kann uns viel über den Feind erzählen, wenn er erst einmal hier ist.

Mistress Coyle *liebt* es, alles zu wissen.

»Du bist mutig«, sagt sie, »närrisch, aber mutig.« Sie mustert mich noch einmal von Kopf bis Fuß, ihre Miene ist undurchdringlich.

»Was habt Ihr gesagt?«, frage ich.

Sie schüttelt den Kopf. »Wie sehr du mir doch ähnlich bist, du störrisches Mädchen.«

»Glaubt Ihr, dass auch ich eine Armee anführen kann?«, frage ich und muss beinahe lächeln.

Sie wirft mir noch einen kurzen Blick zu, dann geht sie ins Lager zurück, um weitere Befehle zu erteilen und letzte Hand anzulegen bei den Vorbereitungen zum Angriff.

Der für morgen geplant ist.

»Mistress Coyle!«, rufe ich ihr nach.

Sie dreht sich um.

»Danke«, sage ich.

Sie runzelt überrascht die Stirn. Aber sie nickt, sie nimmt meinen Dank an.

»Bist du fertig?«, fragt mich Lee über den Wagen hinweg.

»Fertig«, antworte ich, dann mache ich den letzten Knoten und schließe den Bügel.

»Das ist alles«, sagt Wilf und klopft sich den Staub von den Händen. Die Fuhrwerke, elf sind es jetzt, sind alle randvoll beladen mit Vorräten, Waffen und Sprengstoff. Beinahe alles, was die *Antwort* besitzt, ist darauf gepackt.

Elf Fuhrwerke sind wenig, verglichen mit einer Armee von tausend Mann oder mehr, aber das ist alles, was wir haben.

»Bin schon längst fertig«, sagt Wilf und ahmt Mistress Coyles Tonfall nach, aber bei ihm weiß man nie so genau, ob er Spaß macht oder ob es ihm Ernst ist. »Alles 'ne Frage der Planung.«

Und dann lächelt er ebenso hintergründig wie Mistress Coyle. Das ist so komisch, dass ich laut auflachen muss.

Aber Lee lacht nicht. »Ja, ihr streng geheimer Plan.« Er zieht an einem Seil, um zu prüfen, ob es fest gespannt ist.

»Ich nehme an, es hat etwas mit ihm zu tun«, sage ich. »Sie will ihn zu fassen kriegen, und wenn er erst mal aus dem Verkehr gezogen ist ...«

»Dann wird seine Armee in alle Himmelsrichtungen davonlaufen, die Stadt wird sich gegen seine Gewaltherrschaft erheben, und wir werden als Sieger aus diesem Krieg hervorgehen«, sagt Lee, aber er macht nicht den Eindruck, als wäre er davon überzeugt. »Was meinst du dazu, Wilf?«

»Sie sagt, dass es so kommen wird«, meint Wilf achselzuckend. »Wenns nur schon vorüber wäre.«

Mistress Coyle wird nicht müde zu behaupten, dass unser Angriff den Konflikt beenden würde, dass wir nur jetzt, zur rechten Zeit, am rechten Ort zuschlagen müssten, dass wir ihn noch vor Wintereinbruch, noch bevor die Raumschiffe landen, noch bevor er uns aufgespürt hat, stürzen könnten, wenn sich nur die Frauen in der Stadt unserer Sache anschlössen.

»Ich weiß etwas, was ich eigentlich gar nicht wissen dürfte«, sagt Lee plötzlich.

Wir sehen ihn beide an.

»Sie ist mit Mistress Braithwaite am Küchenfenster vorbeigegangen«, beginnt er. »Sie haben sich darüber unterhalten, wo der Angriff morgen beginnen soll.«

»Lee!«, rufe ich erschrocken.

»Sag's nicht«, bittet Wilf.

»Wir greifen vom Hügel aus den Süden der Stadt an«, redet er weiter und lässt seinen Lärm anschwellen, sodass uns gar nichts anderes übrig bleibt, als es zu hören. »Von dem Hügel mit der Einkerbung am Gipfel, von dem die kleinere Straße mitten ins Stadtzentrum führt.«

Wilf reißt die Augen auf. »Das hättst du nich *sagen* sollen. Wenn Hildy gefasst wird …«

Aber Lee schaut nur mich an. »Wenn du in Schwierigkeiten gerätst«, sagt er, »dann lauf zu dem Hügel. Lauf dorthin und du wirst Hilfe finden.«

Und sein Lärm sagt: *Dort wirst du mich finden.*

»Und mit tief betrübtem Herzen vertrauen wir dich der Erde an.«

Eine nach der anderen werfen wir eine Handvoll Erde auf den leeren Sarg, der rein gar nichts von den sterblichen Überresten von Mistress Forth enthält, denn sie wurde in Stücke gerissen, als die Bombe, mit der sie ein Kornvorratslager sprengen wollte, zu früh hochging.

Die Sonne geht unter, als die Beerdigung vorüber ist, die Dämmerung legt sich kalt über den See, dessen Ufer schon seit dem Morgen mit Eis bedeckt sind, Eis, das auch während des Tages nicht geschmolzen ist.

Die Menschen verstreuen sich in alle Richtungen, gehen ihrer abendlichen Arbeit nach, packen die letzten Sachen zusammen, holen sich die letzten Befehle ab, all die Männer und Frauen, die schon bald Soldaten sein werden, sie sind bereit für den entscheidenden Schlag.

Aber noch sehen sie alle aus wie ganz gewöhnliche Leute.

Ich werde mich bereits heute Abend auf den Weg machen, sobald es völlig dunkel ist.

Sie werden morgen bei Tagesanbruch losmarschieren, egal was mir passiert.

»Es ist Zeit«, sagt Mistress Coyle, die an meine Seite getreten ist.

Aber sie will damit nicht sagen, dass ich gehen soll.

Zuvor muss noch etwas anderes getan werden.

»Bist du bereit?«, fragt sie.

»So bereit ich nur sein kann«, antworte ich und gehe neben ihr her.

»Wir gehen ein gewaltiges Risiko ein, mein Mädchen. *Gewaltig.* Wenn sie dich schnappen ...«

»Das wird nicht passieren.«

»Aber falls doch.« Wir bleiben stehen. »Wenn sie dich ergreifen, dann weißt du, wo das Camp ist, du weißt, wann wir angreifen werden, denn ich sage dir jetzt, dass wir von der Straße im Osten herkommen werden, der Straße, die an dem *Amt für Anhörung* vorbeiführt. Auf dieser Straße marschieren wir in die Stadt ein und schlagen sie ihm um die Ohren.« Sie fasst mich an beiden Händen und blickt mir fest in die Augen. »Hast du verstanden, was ich dir gesagt habe?«

Ich habe es verstanden. Wirklich. Sie sagt mir absichtlich etwas Falsches, damit ich, wenn ich in Gefangenschaft geraten sollte, im Brustton der Überzeugung die falschen Informationen preisgebe, so wie sie es schon einmal gemacht hat, als sie mir sagte, dass das Camp am Meer liege.

An ihrer Stelle würde ich es genauso machen.

»Ich habe verstanden«, sage ich.

Sie zieht ihren Umhang enger, um sich vor der aufkommenden kalten Brise zu schützen. Schweigend gehen wir nun ein paar Schritte auf das Lazarettzelt zu.

»Wen habt Ihr gerettet?«, frage ich sie.

»Was meinst du damit?«, sagt sie verblüfft.

Wir bleiben wieder stehen. Was mir nur recht ist. »Damals, vor vielen Jahren. Corinne hat erzählt, dass man Euch aus dem Rat der Stadt geworfen hat, weil Ihr jemandem das Leben gerettet habt. Wer war das?«

Sie blickt mich gedankenverloren an und fährt sich mit dem Finger über die Stirn.

»Vielleicht komme ich nicht mehr zurück«, sage ich. »Vielleicht sehen wir uns nie wieder. Es wäre schön, auch mal etwas Gutes über Euch zu hören, damit ich Euch nicht nur als Nervensäge in Erinnerung behalte.«

Fast muss sie grinsen, doch das Grinsen verschwindet schnell wieder, und ihr Blick ist besorgt. »Wen ich gerettet habe?«, sagt sie geistesabwesend. Sie holt tief Luft. »Ich habe eine Staatsfeindin gerettet.«

»Ihr habt *was*?«

»Du musst wissen, die *Antwort* war eigentlich schon immer umstritten.« Wir gehen jetzt in eine andere Richtung, auf das Ufer des Sees zu. »Die Männer haben unser Vorgehen im Krieg gegen die Spackle, so erfolgreich es auch war, nie gutgeheißen.« Sie schaut mich an. »Und wir waren sehr erfolgreich. So erfolgreich, dass die Anführer der *Antwort* im Rat der Stadt mitregierten, nachdem Haven wieder aufgebaut worden war.«

»Und deshalb glaubt Ihr, dass Ihr auch jetzt wieder Erfolg haben werdet. Deshalb glaubt Ihr, dass Ihr es auch mit einer weit stärkeren Übermacht aufnehmen könnt.«

Sie nickt und fährt sich wieder mit dem Finger über die Stirn. Ich bin überrascht, dass sie noch keine Schwielen an dieser Stelle hat. »Haven fing wieder von vorne an. Die gefangenen Spackle mussten die Stadt aufbauen. Aber es gab einige Leute, die mit der neuen Herrschaft in der Stadt unzufrieden waren. Einige Leute hatten nicht so viel Macht und Einfluss, wie sie für sich in Anspruch nahmen.« Sie fröstelt unter ihrem Umhang. »Es waren Leute von der *Antwort*.«

Sie lässt mir etwas Zeit, damit ich begreife, was das bedeutet. »Bomben«, sage ich.

»Genau. Einige Leute waren so vernarrt in den Krieg, dass sie ihn um seiner selbst willen weiterführten.« Sie wendet sich ab, vielleicht, damit ich ihr Gesicht nicht sehe, vielleicht auch, damit sie mir nicht in die Augen schauen muss und meine Gedanken erahnt. »Sie hieß Mistress Thrace.« Sie spricht nun zum See, zum kalten Nachthimmel. »Sie war klug, stark, geachtet, aber sie brannte vor Ehrgeiz. Genau deshalb wollte sie auch niemand im Rat der Stadt haben, auch die *Antwort* nicht, und deshalb reagierte sie auch so heftig, als man sie bei der Wahl überging.« Sie blickt mich wieder an. »Sie hatte Leute, die sie unterstützten. Und sie führte ihren Feldzug mit Bomben. Ganz ähnlich wie der, den wir jetzt gegen den Bürgermeister führen, nur dass damals eigentlich Frieden herrschte.« Sie blickt hinauf zu den Monden. »Ihre Spezialität waren sogenannte Thrace-Bomben. Sie platzierte die Bomben an einem Ort, an dem sich Soldaten aufhielten. Sie waren als harmloses Paket getarnt und wurden erst scharf, wenn sie den Pulsschlag in einer Hand registrierten, die das Päckchen aufhob. Der Pulsschlag allein machte die Bombe gefährlich, die nur dann explodierte, wenn man sie losließ. Wenn man sie also fallen ließ oder nicht entschärfen konnte …«, sie zuckt die Schultern, »… *wumm!*«

Da schiebt sich eine Wolke zwischen die beiden aufgehenden Monde. »Das bedeutet Unglück«, murmelt Mistress Coyle düster.

Sie hakt sich wieder bei mir unter und gemeinsam gehen wir zum Lazarettzelt zurück. »Genau genommen gab es damals keinen neuen Krieg«, sagt sie. »Es waren eigentlich nur Scharmützel. Und zur Freude aller wurde Mistress Thrace dabei lebensgefährlich verletzt.«

Es tritt eine Stille ein, in der nur das Knirschen unserer Schritte und der Lärm der Männer weithin hörbar durch die Luft getragen werden.

»Aber sie starb nicht daran«, spreche ich für sie weiter.

Sie schüttelt den Kopf. »Ich bin eine sehr gute Heilerin.« Wir sind am Eingang des Lazarettzelts angekommen. »Ich kannte sie von klein auf, als wir noch in der alten Welt lebten. Mir blieb gar keine andere Wahl.« Sie reibt sich die Hände. »Deshalb warfen sie mich aus dem Rat der Stadt. Und dann haben sie sie trotzdem hingerichtet.«

Ich sehe sie an, versuche sie zu verstehen, versuche all das zu erkennen, was gut an ihr ist, und auch das, was sie so schwierig macht, versuche zu verstehen, wie sie zu dem Menschen geworden ist, der sie heute ist.

Wir haben die Wahl, was aus uns wird. Und wir *müssen* sie treffen, diese Wahl, ob wir wollen oder nicht.

»Bist du bereit?«, fragt sie.

»Ich bin bereit.«

Wir gehen ins Zelt hinein.

Meine Tasche ist bereit, Mistress Coyle hat sie eigenhändig gepackt, die Tasche, die ich auf Wilfs Fuhrwerk mitneh men werde, die Tasche, die ich in die Stadt bringen werde. Sie ist voll mit Lebensmitteln, harmlosen Lebensmitteln, die, wenn alles nach Plan verläuft, meine Eintrittskarte in die Stadt sein werden, mein Passierschein, um an den Wachen vorbeizukommen, die mir Einlass in die Kathedrale gewähren werden.

Wenn alles gut geht. Wenn nicht, habe ich eine Pistole in einem Geheimfach im Taschenboden.

Die Heilerinnen Lawson und Braithwaite sind auch im Zelt, sie halten Arzneien bereit.

Und Lee ist da, wie ich ihn gebeten habe.

Er nimmt meine Hand, drückt sie, und ich spüre einen Zettel in meiner Handfläche. Er blickt mich an, sein Lärm ist voll von dem, was gleich passieren wird.

Ich falte den Zettel auf, und zwar so, dass keine der drei Frauen es sehen kann. Sie denken aber zweifellos, dass etwas Romantisches draufsteht.

Lass dir nichts anmerken, lese ich. *Ich bin entschlossen, dich zu begleiten. Ich werde dich und das Fuhrwerk im Wald abpassen. Du willst den deinen finden und ich die meinen und keiner von uns beiden sollte alleine gehen.*

Ich lasse mir nichts anmerken. Dann falte ich den Zettel wieder zusammen und nicke ihm so verstohlen wie nur möglich zu.

»Viel Glück, Viola«, sagt Mistress Coyle, und gleich darauf werden diese Worte von den anderen wiederholt, zuletzt auch von Lee.

Ich hatte es mir gewünscht. Ich hätte es nicht ertragen können, wenn Mistress Coyle diejenige gewesen wäre, und ich weiß, dass Lee am behutsamsten von allen sein wird.

Denn es gibt nur einen Weg, wie ich, ohne gefangen zu werden, durch New Prentisstown gehen kann. Nur einen Weg, wie wir aufgrund unserer Erkundigungen wissen.

Nur einen Weg, wie ich Todd finden kann.

»Bist du bereit?«, fragt Lee, und es hört sich aus seinem Mund so anders an. Wenn ich die Worte von ihm höre, macht es mir gar nichts aus, dass ich schon wieder danach gefragt werde.

»Ich bin bereit«, antworte ich.

Ich strecke meinen Arm aus und kremple den Ärmel hoch.

»Mach schnell. Bitte.«

»Das werde ich«, sagt er.

Er greift in die Tasche zu seinen Füßen und zieht ein Metallband mit der Nummer 1391 hervor.

33

Väter Und Söhne

[TODD]

»Hat er dir gesagt, was er wollte?«, fragt Davy.

»Wann soll ich mit ihm gesprochen haben, ohne dass du dabei warst?«, frage ich zurück.

»Pah, Schweinebacke, du wohnst im selben *Gebäude* wie er.«

Wir reiten zum *Amt für Anhörung*, die Sonne geht unter am Ende eines langen Arbeitstages. Zweihundert Frauen haben wir heute gekennzeichnet. Wenn Mr Hammar mit seinem Gewehr über die Prozedur wacht, dann geht es schneller. Dem Vernehmen nach haben wir zusammen mit den anderen Teams in der Stadt, dem von Mr Morgan und dem von Mr O'Hare, so gut wie alle Frauen durch, allerdings scheinen die Wunden bei Frauen nicht so rasch zu verheilen wie bei Schafen oder Spackle.

Ich blicke zum Himmel, der schon dunkel wird, und mir kommt ein Gedanke. »Wo wohnst *du* eigentlich?«

»Ach, *jetzt* fragt er.« Davy gibt Deadfall die Zügel, sodass der ein paar Schritte vorneweggaloppiert, um dann wieder in Trab zu fallen. »Jetzt, wo wir schon beinahe fünf Monate zusammenarbeiten.«

»Ich frage dich eben jetzt.«

Davys Lärm wird ein wenig heftiger. Er will darauf nicht antworten, da bin ich mir sicher.

»Du musst mir nicht …«

»Über den Ställen«, sagt er. »Kleines Zimmer, Matratze auf dem Fußboden. Stinkt nach Pferdescheiße.«

Wir reiten weiter. *Vorwärts*, wiehert meine Angharrad. *Vorwärts*, wiehert Deadfall zurück. Todd, denkt Angharrad. »Angharrad«, flüstere ich.

Seit er es mir vor vier Nächten zurückgebracht hat, haben wir kein Wort über das Buch meiner Mutter gesprochen. Kein einziges. Und falls doch etwas darüber in unserem Lärm auftaucht, dann überhören wir es.

Aber wir sprechen jetzt öfter miteinander.

Ich frage mich langsam, was für ein Mensch ich wohl wäre, wenn ich den Bürgermeister zum Vater hätte. Ich frage mich langsam, was für ein Mensch ich wohl wäre, wenn ich den Bürgermeister zum Vater hätte und nicht der Sohn wäre, den er sich gewünscht hat. Ich frage mich, ob ich dann auch über den Ställen schlafen würde.

»Ich gebe mir ja Mühe«, sagt Davy leise. »Aber wer weiß schon, was zum Teufel er will?«

Ich weiß es auch nicht, also schweige ich.

Wir binden unsere Pferde am Eingangstor fest. Als ich hineingehe, sucht Ivan wieder einmal meine Aufmerksamkeit auf sich zu lenken, aber ich beachte ihn nicht.

»Todd«, ruft er, als ich an ihm vorbeigehe, er gibt sich jetzt noch mehr Mühe.

»Für dich heißt das Mr Hewitt«, faucht ihn Davy an.

Ich gehe weiter. Wir nehmen den kurzen Fußweg, der zum Hauptportal des Gebäudes führt, in dem das *Amt für Anhörung untergebracht* ist. Auch dieser Eingang wird von Soldaten bewacht, aber wir gehen an ihnen vorbei, über den kalten Betonfußboden, der noch immer kahl und unbeheizt ist, in den Raum, in dem wir bei der Anhörung zugesehen haben.

»Willkommen, Jungs«, begrüßt uns der Bürgermeister und wendet sich vom Spiegel ab.

Hinter ihm, in der Anhörungsarena, steht Mr Hammar, der sich eine Gummischürze umgebunden hat. Vor ihm sitzt ein nackter Mann und schreit.

Der Bürgermeister drückt auf einen Knopf, das Schreien erstirbt auf der Stelle.

»Wie ich höre, seid ihr mit der Kennzeichnung fertig?«, fragt er gut gelaunt.

»Soweit ich weiß, ja«, antworte ich.

»Wer ist das?«, fragt Davy und zeigt auf den Mann.

»Der Sohn der Terroristin, die sich selbst in die Luft gesprengt hat«, sagt der Bürgermeister. »Er ist nicht weggelaufen, als seine Mutter starb, der Dummkopf. Nun schauen wir mal, was er weiß.«

Davy schürzt die Lippen. »Aber wenn er nicht weggelaufen ist, als sie …«

»Ihr zwei habt Großartiges für mich geleistet«, unterbricht ihn der Bürgermeister und verschränkt die Hände hinter dem Rücken. »Ich bin sehr zufrieden.«

Davy lächelt und sein Lärm glüht rosarot.

»Doch jetzt hat die Bedrohung konkrete Formen angenommen«, fährt der Bürgermeister fort. »Eine der Terroristinnen, die bei dem Angriff auf das Gefängnis gefasst wurden, hat uns endlich etwas Brauchbares erzählt.« Er blickt wieder durch den Spiegel. Mr Hammar verdeckt die Sicht auf den Mann, aber dessen nackte Füße krampfen sich zusammen bei dem, was er ihm antut. »Bevor sie unglücklicherweise verstarb, konnte sie uns gerade noch mitteilen, dass uns, wenn die Rebellen nach dem gleichen Schema wie bei den früheren Bombenangriffen verfahren, in den nächsten Tagen ein größerer Angriff bevorsteht, vielleicht schon morgen.«

Davy wirft mir einen Blick zu. Ich blicke über den Bürgermeister hinweg auf einen x-beliebigen Punkt an der Wand über ihm. »Wir werden sie natürlich besiegen«, sagt der Bürgermeister. »Und zwar ohne Mühe. Ihre Streitmacht ist so viel kleiner als unsere, dass es kaum länger als einen Tag dauern wird.«

»Lass uns kämpfen, Pa«, bittet Davy eifrig. »Du weißt, wir sind bereit.«

Der Bürgermeister lächelt seinen Sohn an. Davys Lärm wird so rosarot, dass ich fast nicht hinsehen kann.

»Du wirst befördert, Davy«, sagt der Bürgermeister. »Du wirst der Armee zugeteilt. Du bist von nun an Sergeant Prentiss.«

Davys Gesicht explodiert in ein Grinsen und sein Lärm platzt fast vor Freude. »Heilige Scheiße«, sagt er, so als wäre er ganz allein.

»Du wirst mit Käpten Hammar reiten, wenn er den ersten Angriff führt«, sagt der Bürgermeister. »Du wirst genau den Kampf bekommen, den du dir wünschst.«

Davy glüht vor Aufregung. »Oh Mann, *danke*, Pa!«

Der Bürgermeister wendet sich an mich. »Und aus dir wird Leutnant Hewitt.«

Davys Lärm verändert sich schlagartig. »*Leutnant?*«

»Von dem Moment an, in dem der Krieg beginnt, wirst du mein persönlicher Leibwächter sein«, erklärt der Bürgermeister weiter. »Du wirst stets an meiner Seite sein und alle Gefahr von mir fernhalten, während ich das Kampfgeschehen leite.«

Ich sage nichts, ich hefte meine Augen einfach auf die kahle Wand.

Ich bin der Kreis und der Kreis ist das Ich.

»Und so dreht sich der Kreis, Todd«, sagt Bürgermeister Prentiss.

»Weshalb wird er zum Leutnant befördert?«, fragte Davy und in seinem Lärm knistert es.

»›Leutnant‹ ist kein Dienstgrad für einen kämpfenden Soldaten«, erwidert der Bürgermeister gelassen. »›Sergeant‹ dagegen schon. Wenn du kein Sergeant wärst, könntest du nicht kämpfen.«

»Oh«, sagt Davy und blickt von seinem Vater zu mir hin, um sich zu versichern, dass er nicht auf den Arm genommen wird. Ich zeige keinerlei Regung.

»Kein Grund, mir zu danken, Leutnant«, sagt der Bürgermeister spöttisch.

»Ich danke Euch«, erwidere ich, den Blick auf die Wand geheftet.

»Dann musst du nicht tun, was du nicht tun willst«, sagt er. »Dann musst du nicht töten.«

»Solange es keiner auf Euch abgesehen hat«, korrigiere ich ihn.

»Solange es keiner auf mich abgesehen hat, ja. Wäre das ein Problem für dich, Todd?«

»Nein«, antworte ich. »Nein, Sir.«

»Gut«, sagt der Bürgermeister.

Ich schaue wieder durch den Spiegel. Der Kopf des nackten

Mannes ist auf seine Brust gesackt, aus seinem geöffneten Mund rinnt Speichel. Mr Hammar streift wütend seine Handschuhe ab und wirft sie auf den Tisch.

»Ich bin wirklich vom Glück begünstigt«, sagt der Bürgermeister herzlich. »Ich wollte auf diesem Planeten wieder Ordnung schaffen, und ich habe erreicht, was ich wollte. Schon in wenigen Tagen, vielleicht sogar in wenigen Stunden, werde ich die Terroristen zermalmen. Und wenn die neuen Siedler eintreffen, dann werde ich derjenige sein, der ihnen stolz und in friedlicher Absicht die Hand zum Willkommensgruß reicht.« Er hebt die Hand, als könne er es gar nicht erwarten, sie ihnen entgegenzustrecken. »Und wer wird dann an meiner Seite stehen?« Er streckt beide Hände aus. »Ihr zwei werdet es sein.«

Davy, dessen Lärm rosarot wallt, ergreift die Hand seines Vaters.

»Mit einem Sohn bin ich in diese Stadt gekommen«, fährt der Bürgermeister fort und hält noch immer die zweite Hand ausgestreckt, »aber diese Stadt hat mir einen zweiten Sohn geschenkt.« Er hält mir seine Hand hin, wartet darauf, dass ich sie ergreife. Wartet darauf, dass sein zweiter Sohn ihm die Hand gibt.

»Na, herzlichen Glückwunsch, *Leutnant* Schweinebacke«, sagt Davy und springt mit einem Satz in den Sattel.

»Todd?«, ruft Ivan und kommt von seinem Posten ein paar Schritte auf mich zu. »Kann ich dich kurz sprechen?«

»Er ist jetzt dein Vorgesetzter«, klärt ihn Davy auf. »Du wirst jetzt Herr ›Leutnant‹ zu ihm sagen, wenn du nicht Latrinen an der Front ausheben willst.«

Ivan holt tief Luft, um sich zu beruhigen. »Sehr wohl. *Herr Leutnant*, auf ein Wort?«

Ich sitze auf Angharrad und blicke auf ihn hinunter. Ivans Lärm strömt über von Gedanken an Gewalt, an den Gewehrschuss in sein Bein, an Verschwörung und Neid und daran, wie er wieder die Gunst des Bürgermeisters erringen könnte, all dies denkt er völlig unverhüllt, so als wollte er mich damit beeindrucken.

»Das solltest du für dich behalten«, sage ich. »Man kann nie wissen, wer zuhört.« Ich gebe Angharrad die Zügel, und wir reiten auf und davon, zurück auf der Straße, auf der wir gekommen sind. Ivans Lärm folgt mir. Ich achte nicht darauf.

Ich fühle nichts. Ich lasse nichts an mich heran.

»Er hat *Sohn* zu dir gesagt«, beginnt Davy und schaut nach vorne, wo die Sonne gerade hinter den Wasserfällen verschwindet. »Ich schätze, jetzt sind wir Brüder.«

Ich antworte nicht.

»Das sollten wir feiern«, spricht Davy weiter.

»Wo?«, frage ich. »Und *wie?*«

»Nun, wir sind doch jetzt Offiziere, Bruder. Und soweit ich weiß, stehen uns damit auch gewisse *Vorrechte* zu.« Er sieht mich von der Seite an, sein Lärm brodelt, er ist voll von Gedanken, die ich früher im alten Prentisstown gesehen habe.

Bilder von unbekleideten Frauen.

Ich runzle die Stirn und lasse ihn in meinem Lärm das Bild einer nackten Frau sehen, die ein Band am Arm trägt.

»Na und?«, sagt Davy.

»Du hast sie wohl nicht alle.«

»Doch, Bruder, du redest nämlich mit *Sergeant* Prentiss. Jetzt geht's mir erst so richtig *gut*.«

Er lacht und lacht. Er ist so guter Laune, dass mein eigener Lärm davon angesteckt wird, ob ich will oder nicht.

»Ach, *komm* schon, Leutnant Schweinebacke, oder hängst du immer noch an diesem Mädchen? Es hat dich schon vor *Monaten* sitzen lassen. Wir müssen eine andere Frau für dich finden.«

»Halt die Klappe, Davy.«

»Halt die Klappe, *Sergeant* Davy.« Und er fängt wieder an zu lachen. »Schön, schön, dann bleib du eben zu Hause und lies in deinem Buch.« Er unterbricht sich abrupt. »Oh Scheiße, tut mir leid, das habe ich nicht so gemeint. Ich hab einfach nicht mehr dran gedacht.«

Und das Verrückte daran ist, er meint es offenbar ernst.

Einen Augenblick lang herrscht eine Stille zwischen uns beiden, in der nur sein Lärm mit diesem einen geheimen Wunsch pulsiert. Denn da ist etwas, was er am liebsten ganz tief in seinem Lärm vergraben möchte …

Und dann sagt er: »Hör mal …«, und ich weiß, was für ein Angebot er mir jetzt machen will, und ich glaube, ich kann es nicht ertragen, ich glaube, ich kann keine Minute lang weiterleben, wenn er es laut ausspricht. »Wenn du willst, kann ich es dir ja vorlesen.«

»Nein, Davy«, erwidere ich schnell. »Nein, vielen Dank.«

»Sicher?«

»*Absolut.*«

»Mein Angebot steht jedenfalls.« Sein Lärm wird wieder hell, er blüht auf, während er an seinen neuen Rang, an Frauen, an uns beide denkt, die wir nun Brüder sind.

Und auf dem ganzen Weg zurück in die Stadt pfeift er fröhlich vor sich hin.

Ich liege auf meinem Bett und drehe Bürgermeister Ledger den Rücken zu, der wie gewöhnlich sein Essen hinunterschlingt. Ich esse auch, aber ich habe daneben noch das Buch meiner Mutter, es liegt auf meiner Bettdecke, und ich betrachte es einfach.

»Die Leute fragen sich, wann der große Angriff kommen wird«, sagt Bürgermeister Ledger.

Ich streiche mit der Hand über den Bucheinband, so wie ich es jede Nacht mache, spüre das Leder, ertaste den Riss, den das Messer hinterlassen hat.

»Die Leute meinen, dass er unmittelbar bevorstehe.«

»Was du nicht sagst.« Ich schlage das Buch auf. Die zusammengefaltete Landkarte, die Ben gezeichnet hat, ist noch da, an derselben Stelle, an die ich sie gesteckt habe. Offenbar hat Davy sich die ganze Zeit über nie die Mühe gemacht, das Buch zu öffnen. Es riecht ein bisschen nach Stall, das fällt mir auf, jetzt, da ich weiß, wo er es aufbewahrt hat, aber es ist immer noch das Buch, immer noch *ihr* Buch.

Das Buch meiner Mutter. Und darin ihre eigenen Worte.

Schau her, was aus deinem Sohn geworden ist.

Bürgermeister Ledger seufzt laut. »Sie werden hier angreifen, weißt du«, sagt er. »Wenn das passiert, musst du mich rauslassen.«

»Kannst du nicht mal fünf Sekunden lang still sein?« Ich schlage die erste Seite auf, wo die ersten Zeilen stehen, die meine Mutter geschrieben hat, an dem Tag, an dem ich auf die Welt gekommen bin. Eine ganze Seite voller Worte, die ich schon einmal gehört habe.

(Vorgelesen von …)

»Kein Gewehr, nichts, mit dem ich mich verteidigen könnte«, redet Bürgermeister Ledger weiter, der inzwischen aufgestanden ist und wieder aus dem Fenster schaut. »Ich bin völlig wehrlos.«

»Ich werde auf dich aufpassen«, verspreche ich. »Aber jetzt, zum Teufel, *halt die Klappe.*«

Ich beachte ihn nicht weiter, ich schaue nur auf die ersten Worte, die meine Mutter geschrieben hat, mit ihrer eigenen Hand. Ich weiß, was sie bedeuten, aber ich versuche mir vorzustellen, wie die ganze Seite klingt.

Ma-in. Mein. Es heißt *Mein.* Ich hole tief Luft. *Li… Lie-bst. Liebst.* Das heißt *liebster,* ganz klar. *Mein liebster.* Und das letzte Wort heißt *Sohn,* das weiß ich, ich habe es ja heute deutlich genug gehört.

Ich muss an die Hand denken, die er mir entgegenstreckte.

Ich muss daran denken, wie ich sie ergriff.

Mein liebster Sohn.

»Ich habe dir angeboten, es dir vorzulesen«, sagt Bürgermeister Ledger und stöhnt über den Lärm, den ich beim Lesen mache.

Wütend drehe ich mich um. »Ich hab gesagt, du sollst die *Klappe halten!*«

Er hebt beschwichtigend die Hände. »Ist ja gut, ganz wie du willst.« Er setzt sich wieder hin und fügt dann spöttisch hinzu: »*Herr Leutnant.*«

Ich setze mich kerzengerade hin. »Was hast du gesagt?«

»Nichts.« Er weicht meinem Blick aus.

»Ich hab dir davon nichts erzählt«, sage ich. »Kein einziges Wort.«

»Ich habe es in deinem Lärm gehört.«

»Nein, das hast du nicht.« Ich stehe auf, denn ich weiß, ich habe recht. Seit ich zum Abendessen hierhergekommen bin, habe ich an nichts anderes gedacht als an das Buch meiner Mutter. *»Woher weißt du das?«*

Er schaut mich an, aber es kommt kein Wort aus seinem Mund, und in seinem Lärm sucht er verzweifelt nach einer Antwort.

Und findet keine.

An der Tür macht es *Tschack* und Mr Collins tritt ein. »Da ist jemand, der dich sprechen will«, sagt er, dann hört er meinen Lärm. »Was ist denn hier los?«

»Ich erwarte niemanden«, sage ich schroff und lasse Bürgermeister Ledger dabei nicht aus den Augen.

»Es ist ein Mädchen«, sagt Mr Collins. »Es behauptet, Davy habe es geschickt.«

»Verdammt«, murmle ich. »Ich hab's ihm doch *gesagt*.«

»Egal«, erwidert er. »Sie sagt, sie will nur mit dir reden.« Er kichert. »Ein hübsches, kleines Ding, keine Frage.«

Sein Tonfall gefällt mir nicht. »Lass sie in Frieden, egal wer sie ist. Das gehört sich nicht.«

»Dann solltest du besser schnell mit runterkommen.« Er lacht, als er die Tür hinter sich schließt.

Ich schaue Ledger an. »Und wir beide sind noch nicht fertig miteinander.«

»Ich habe es in deinem Lärm gelesen«, wiederholt er, aber ich bin schon zur Tür hinaus und schließe sie hinter mir ab. *Tschack!*

Ich stampfe die Treppen hinab und überlege, wie ich das Mädchen wegschicken kann, ohne dass Mr Collins es belästigt, wie ich ihm vielleicht einiges ersparen kann, und mein Lärm quillt über von Argwohn gegen Bürgermeister Ledger, und als ich endlich den Fuß der Treppe erreicht habe, ist mir einiges klar geworden.

Mr Collins wartet auf mich, er lehnt völlig entspannt mit gekreuzten Beinen an der Wand und lächelt. Mit dem Daumen weist er mir den Weg.

Ich schaue in die Richtung, in die er gezeigt hat.

Da steht sie.

34

Die letzte Möglichkeit

(VIOLA)

»LASS UNS ALLEIN«, sagt Todd zu dem Mann, der mich eingelassen hat, sieht dabei aber immer nur mich an.

»Hab dir doch gesagt, dass es ein hübsches Ding ist«, gluckst der Mann und verschwindet in einem Nebenzimmer.

Todd steht da und starrt mich an. »Du bist es«, sagt er.

Aber er kommt nicht näher.

»Todd«, sage ich und mache einen Schritt auf ihn zu.

Und er macht einen Schritt zurück.

Ich bleibe stehen.

»Wer ist das?«, fragt er, als er Lee bemerkt, der hinter mir steht und sich redlich bemüht, wie ein richtiger Soldat auszusehen.

»Das ist Lee. Ein Freund. Er ist mit mir gekommen, um …«

»Was machst du hier?«

»Ich bin gekommen, um dich zu holen«, antworte ich.

Ich sehe, wie er schluckt. Ich sehe, wie sich sein Adamsapfel bewegt. »Viola«, sagt er schließlich. Und auch in seinem Lärm höre ich nichts anderes. Viola, Viola, Viola.

Er fasst sich an die Schläfen, rauft sich die Haare, die nun länger und struppiger sind als früher.

Er wirkt auch größer.

»Viola«, sagt er wieder.

»Ich bin es«, antworte ich und mache wieder einen Schritt auf ihn zu. Er weicht nicht zurück, also gehe ich weiter, durchquere die Eingangshalle, nicht schnell, sondern Schritt für Schritt.

Aber als ich bei ihm bin, weicht er wieder ein Stück zurück.

»Was ist, Todd?«, frage ich.

»Was *machst* du hier?«

»Ich bin gekommen, um dich zu holen.« Ich merke, wie mich der Mut verlässt. »Ich habe es dir doch versprochen.«

»Du hast gesagt, du würdest ohne mich nicht gehen«, erwidert er. In seinem Lärm schwingt Ärger darüber, wie seine eigene Stimme klingt. Er räuspert sich. »Aber du hast mich hier *zurückgelassen*.«

»Sie haben mich mitgenommen«, erkläre ich ihm. »Mir blieb nichts anderes übrig.«

Sein Lärm wird jetzt lauter, da ist so etwas wie Erleichterung und …

Ach Todd, ich höre auch deinen *Zorn*.

»Was habe ich getan?«, sage ich. »Wir müssen weg. Die *Antwort* wird …«

»Also gehörst du jetzt zu denen?«, herrscht er mich verbittert an. »Bist du eine von diesen *Mörderinnen*?«

»Und du bist jetzt ein Soldat?«, frage ich hitzig zurück.

Ich deute auf das A, das auf seinen Jackenärmel genäht ist. »Dann erzähl du mir nichts von *Mord*.«

»Die *Antwort* hat die Spackle umgebracht«, sagt er leise und zornig.

In seinem Lärm sehe ich die Leichen der Spackle.

Hoch aufgetürmt, einer über dem anderen, hingeworfen wie Müll.

Ein blaues **A** ist auf eine Mauerwand geschmiert.

Und mittendrin sehe ich Todd.

»Sie hätten mich ebenfalls umbringen sollen«, sagt er.

Er schließt die Augen.

Ich bin der Kreis und der Kreis ist das Ich, höre ich in seinem Lärm.

»Viola?«, fragt Lee hinter mir. Ich drehe mich um. Er hat bereits die Hälfte der Eingangshalle durchquert.

»Warte draußen«, fordere ich ihn auf.

»Viola …«

»*Draußen.*«

Er wirkt so besorgt, ist so entschlossen, für mich zu kämpfen, dass mein Herz noch wilder zu klopfen beginnt. Als wir hierherkamen, hat er, so laut er konnte, in seinem Lärm hinausposaunt, dass ich seine Gefangene sei, so laut, dass die anderen Soldaten glaubten, er wolle damit nur verheimlichen, dass er mich vergewaltigen will, und als wir an ihnen vorbeigingen, pfiffen sie laut und wünschten ihm viel Glück.

Dann haben wir uns rasch in der Nähe der Kathedrale versteckt. David Prentiss ritt an uns vorbei, und ich sah Dinge in seinem Lärm, die ich nie wieder sehen möchte, ich sah darin, was er sich unter einer richtigen Feier vorstellte, die er und Todd sich verdient hätten.

Und so taten wir, als seien wir auf dem Weg zu dieser Feier.

Es hat funktioniert.

Mit dieser Ausrede war es kinderleicht und das war besonders erschütternd.

Lee tritt von einem Fuß auf den anderen. »Ruf mich, wenn du mich brauchst.«

»Das werde ich«, verspreche ich ihm. Er wartet noch einen Moment lang, dann geht er zum Hauptportal hinaus und lässt die Tür offen stehen, damit er uns beobachten kann.

Todd hält die Augen geschlossen, er wiederholt seinen Satz: *Ich bin der Kreis und der Kreis ist das Ich.* Einen Satz, der klingt, als habe ihn der Bürgermeister gesagt.

»Wir haben die Spackle nicht umgebracht«, verteidige ich mich.

»*Wir?*« Er öffnet die Augen.

»Ich weiß nicht, wer es war, aber wir waren es nicht.«

»Ihr habt eine Bombe geworfen, um sie zu töten, am selben Tag, an dem ihr den Turm in die Luft gejagt habt.« Er schleudert mir die Worte förmlich entgegen. »Dann seid ihr zurückgekommen, um das Gefängnis zu überfallen, und habt den Rest erledigt.«

»Bombe?«, frage ich. »Welche Bombe?«

Aber dann erinnere ich mich wieder.

Die erste Explosion, nach der die Soldaten vom Turm weggelaufen sind.

Nein.

Das hätte sie nicht gewagt.

Nein, nicht einmal sie. *Für wen hältst du uns eigentlich, mein Mädchen*, hat sie gesagt …

Aber dennoch hat sie selbst nie eine Antwort auf diese Frage gegeben.

Nein, *nein*, das ist nicht wahr.

»Wer hat dir das weisgemacht?«, frage ich. »Davy Prentiss etwa?«

Er blinzelt. »Was?«

»Was fragst du *mich*?« Mein Tonfall wird härter. »Ich spreche von deinem neuen Freund. Der Mann, der auf mich *geschossen* hat, Todd, und mit dem du offenbar jeden Morgen fröhlich zur Arbeit reitest.«

Er ballt die Fäuste. »Hast du mir *nachspioniert*?«, fragt er. »Drei Monate lang habe ich nichts von dir gesehen, drei Monate lang habe ich *nichts* von dir gehört, und du *spionierst* mir nach? Ist das deine neue Freizeitbeschäftigung, wenn du nicht gerade Leute in die Luft jagst?«

»Ja«, schreie ich so laut wie er. »Drei Monate lang habe ich dich gegenüber Menschen in Schutz genommen, die dich nur allzu gern als ihren Feind betrachtet hätten, Todd. Drei Monate lang habe ich mich gefragt, warum zum Teufel du so sehr für den Bürgermeister schuftest und woher er wusste – am Tag, nachdem wir zum letzten Mal miteinander gesprochen hatten –, dass er direkt zur Küste marschieren musste.« Todd zuckt zusammen, aber ich rede mich weiter in Rage. Und dann strecke ich den Arm aus und kremple den Ärmel hoch. »Drei Monate lang habe ich mich verzweifelt gefragt, weshalb ihr *so etwas* mit Frauen macht!«

Seine Miene ändert sich schlagartig. Er schreit auf, als spürte er den Schmerz. Er hält sich die Hand vor den Mund, um den Schrei zu unterdrücken, aber sein Lärm ist mit einem

Mal schwarz und leer. Er streckt seine andere Hand aus, wagt es jedoch nicht, das Band zu berühren, das Band, das sich nie mehr entfernen lässt, es sei denn, ich verliere meinen Arm. Die Haut ist noch gerötet, und es pocht unter dem Band mit der Nummer 1391, obwohl mich drei Heilerinnen behandelt haben.

»Oh nein«, stöhnt er. »Oh nein.«

Die Tür zum Nebenraum geht auf, und der Mann, der mich eingelassen hat, steckt den Kopf herein. »Alles in Ordnung, Leutnant?«

»Leutnant?«, frage ich.

»Alles bestens«, presst Todd hervor. »Alles bestens.«

Der Mann wartet einen Augenblick, dann geht er wieder in das Zimmer zurück.

»*Leutnant?*«, frage ich noch einmal leise.

Todd steht vornübergebeugt, die Hände auf die Knie gestützt, und schaut auf den Boden. »Ich war es nicht«, flüstert er heiser. »Ich habe das nicht …« Er deutet, ohne aufzublicken, auf das Band. »Ich habe das nicht gemacht, ich hätte dich doch erkannt.«

»Nein«, sage ich und lese Fürchterliches in seinem Lärm. Ich sehe darin, wie abgestumpft er ist, sehe das Entsetzen, das tief in seinem Inneren begraben ist, und wie er sich gegen die Erinnerung sträubt. »Die *Antwort* war es.«

Sein Blick ist voller Fragezeichen.

»Es war die einzige Möglichkeit, hierherzugelangen und nach dir zu suchen«, erkläre ich ihm. »Die einzige Möglichkeit, an den Soldaten vorbeizukommen, die in der Stadt patrouillieren, war, so zu tun, als hätte ich bereits ein Band.«

Sein Gesichtsausdruck ändert sich, als ihm klar wird, was ich soeben gesagt habe. »Oh Viola.«

Ich atme tief aus. »Todd«, flehe ich ihn an, »bitte, komm mit mir!«

In seinen Augen stehen Tränen, aber ich kann ihn jetzt sehen, ich kann ihn endlich ansehen, ich kann ihm ins Gesicht sehen, ich kann seinen Lärm sehen, und ich sehe seine Arme, die er an seinem Körper herabhängen lässt, als würde er die Waffen strecken. »Es ist zu spät«, sagt er, und seine Stimme klingt dabei so traurig, dass jetzt auch meine Augen feucht werden. »Ich war tot. Ich war tot.«

»Das warst du nicht.« Ich mache vorsichtig einen Schritt auf ihn zu. »Wir leben in einer schrecklichen Zeit.«

Er blickt zu Boden, aber er scheint nichts zu sehen.

Nichts spüren, sagt sein Lärm. *Nichts an mich heranlassen.*

Ich bin der Kreis und der Kreis ist das Ich.

»Todd?« Ich bin ihm jetzt so nahe, dass ich seine Hand ergreifen kann. »Todd, schau mich an.«

Er blickt auf, und das Gefühl des Verlusts, das ich in seinem Lärm höre, ist so groß, es ist, als stünde ich am Rande eines Abgrunds und stürzte geradewegs hinein in eine *Schwärze*, die so einsam und verlassen ist, dass nie wieder ein Weg aus ihr herausführt.

»Todd …«, sage ich mit brüchiger Stimme, »auf dem Felsvorsprung, unter dem Wasserfall, erinnerst du dich noch, was du dort zu mir gesagt hast? Erinnerst du dich, was du zu mir gesagt hast, um mich zu retten?«

Er schüttelt langsam den Kopf. »Ich habe schreckliche Dinge getan. *Schreckliche* Dinge.«

»*Wir alle fallen*, hast du damals gesagt.« Ich halte seine Hand jetzt ganz fest. »Wir alle fallen, aber darauf kommt es nicht an. Wichtig ist, dass wir wieder aufstehn.«

Aber er zieht die Hand weg.

»Nein«, sagt er und wendet sich ab. »Nein, als du nicht hier warst, war es einfacher. Es war einfacher, denn du konntest nicht sehen …«

»Todd, ich bin gekommen, um dich zu retten.«

»Nein. Ich musste mir über nichts Gedanken machen.«

»Es ist noch nicht zu spät.«

»Es *ist* zu spät«, sagt er und schüttelt den Kopf. »Es ist zu spät.«

Und er geht weg von mir.

Weg von mir.

Ich verliere ihn.

Und dann kommt mir eine Idee.

Eine gefährliche, eine sehr gefährliche Idee.

»Der Angriff erfolgt morgen bei Sonnenuntergang«, sage ich.

Er blickt überrascht auf. »Was?«

»Bei Sonnenuntergang ist es so weit.« Ich schlucke und gehe einen Schritt auf ihn zu, versuche mit fester Stimme zu sprechen. »Ich sollte eigentlich nur den falschen Plan kennen, aber ich habe herausgefunden, welches der richtige Plan ist. Die *Antwort* wird über den Hügel kommen, den mit der Kerbe auf der Kuppe, der genau im Süden liegt, genau südlich von *dieser Kathedrale*. Sie werden hierherkommen, und ich bin sicher, sie haben es auf den Bürgermeister abgesehen.«

Er schaut nervös zur Tür des Nebenzimmers, aber ich spreche mit leiser Stimme weiter. »Es sind nur zweihundert

Leute, aber sie sind bis an die Zähne bewaffnet, sie haben Gewehre und Bomben und einen Plan und eine Anführerin, die über Leichen geht und die nicht eher ruhen wird, bis sie ihn gestürzt hat.«

»Viola ...«

»Sie werden *kommen*«, wiederhole ich und trete noch einen Schritt näher. »Und jetzt weißt du, wann und aus welcher Richtung sie kommen, und wenn der Bürgermeister das erfährt ...«

»Das hättest du mir nicht sagen sollen«, sagt er vorwurfsvoll und weicht meinem Blick aus. »Ich kann Dinge in meinem Lärm verbergen, aber er findet sie trotzdem heraus. *Das hättest du mir nicht sagen sollen!*«

Ich trete noch einen Schritt näher. »Dann musst du mit mir kommen! Du *musst*, oder er gewinnt für immer und alle Zeit, und dann wird er diesen Planeten beherrschen, und er wird derjenige sein, der die neuen Siedler begrüßt.«

»Er wird ihnen die Hand reichen«, sagt er, und seine Stimme klingt mit einem Mal sanft.

Er streckt die Hand aus und starrt sie an. »Er begrüßt sie zusammen mit seinem Sohn.«

»Und das wollen wir genauso wenig.« Ich blicke nervös zum Haupttor. Lee steckt den Kopf durch die Tür, er gibt sich Mühe, nicht allzu fehl am Platz zu wirken, denn draußen vor der Kathedrale marschieren Soldaten vorbei. »Wir haben nicht mehr viel Zeit.«

Todd steht da, mit ausgestreckter Hand.

»Ich habe auch schlimme Sachen getan«, sage ich beschwörend. »Ich wünschte, alles wäre anders gekommen, aber das ist es leider nicht. Deshalb zählt für uns nur das

Hier und Jetzt, und wenn es überhaupt eine Möglichkeit gibt, alles zu einem guten Ende zu bringen, dann *musst* du mit mir kommen.«

Er sagt nichts, starrt auf seine ausgestreckte Hand. Also gehe ich noch einen Schritt auf ihn zu und ergreife sie.

»Wir können die Welt retten«, sage ich und versuche zu lächeln. »Du und ich.«

Er schaut mir in die Augen, versucht zu ergründen, was ich denke, versucht sich zu vergewissern, dass wirklich ich es bin, die vor ihm steht, dass dies alles keine Einbildung ist, dass das, was ich sage, auch wahr ist, er versucht es und versucht es.

Aber er versteht mich nicht.

Oh Todd!

»Will da etwa jemand abhauen?«, fragt eine Stimme aus der anderen Ecke der Eingangshalle.

Es ist die Stimme eines Mannes, der eine Pistole in der Hand hält.

Es ist nicht der Mann, der uns eingelassen hat, es ist ein Mann, den ich noch nie zuvor gesehen habe.

Besser gesagt nur einmal, und zwar in Todds Lärm.

»Wie bist du rausgekommen?«, fragt Todd erstaunt.

»*Das* hast du sicher vergessen«, sagt der Mann. In seiner anderen Hand hält er das Tagebuch von Todds Mutter.

»*Gib* das her!«, schnauzt ihn Todd an.

Der Mann kümmert sich nicht darum, er fuchtelt mit seiner Pistole in Lees Richtung. »Komm rein«, sagt er, »oder es wird mir ein Vergnügen sein, unseren lieben Freund Todd über den Haufen zu schießen.«

Ich drehe mich um.

In Lees Lärm höre ich nur den Gedanken an Flucht, aber er sieht, dass die Pistole auf Todd gerichtet ist, er sieht mein Gesicht, und er kommt herein, er sagt so laut in seinem Lärm, dass er mich nicht im Stich lassen wird, dass ich beinahe die Waffe vergesse, die auf uns gerichtet ist.

»Lass es fallen«, befiehlt der Mann. Er meint Lees Gewehr. Lee lässt es polternd zu Boden fallen.

»Du Lügner«, sagt Todd zu dem Mann. »Du Feigling.«

»Es ist nur zum Besten der Stadt«, erwidert der Mann.

»Das ganze Gejammere«, sagt Todd mit Wut in der Stimme und in seinem Lärm. »All das Meckern und Jammern darüber, dass er alles zerstört, und dabei bist du doch nichts weiter als ein gewöhnlicher Spitzel.«

»Anfangs nicht«, sagt der Mann. »Zuerst war ich nur der frühere Bürgermeister, der in Ungnade gefallen ist und irgendwie weiterleben musste.« Der Mann geht an Todd vorbei und kommt auf mich zu, Todds Buch klemmt er sich unter den Arm. »Gib mir den Rucksack.«

»Wie?«, frage ich.

»Gib ihn her.« Er richtet die Pistole genau auf Todds Kopf. Ich streife den Rucksack von den Schultern und gebe ihn dem Mann. Er öffnet ihn gar nicht erst, sondern tastet sofort den Boden ab, er sucht nach dem Geheimfach, in dem man, wenn man nur fest genug drückt, meine Pistole spürt.

Der Mann lächelt. »Da haben wir sie ja«, sagt er. »Bei der *Antwort* ist alles beim Alten geblieben, nicht wahr?«

»Wenn du ihr ein Haar krümmst«, droht Todd, »dann bringe ich dich um.«

»Und ich dich auch«, sagt Lee.

Der Mann hört nicht auf zu lächeln. »Ich glaube, du hast einen Nebenbuhler, Todd.«

»Wer *ist* er?«, frage ich scharf. Der Ärger darüber, dass jeder meint, mich beschützen zu müssen, macht mich mutig.

»Con Ledger, Bürgermeister von Haven, stets zu Diensten, Viola.« Er macht eine knappe Verbeugung. »Du bist es doch, oder?« Er geht um Todd herum. »Oh, der Herr Präsident war sehr interessiert zu wissen, was für Lärm du in deinen Träumen machst, mein Junge. *Sehr* interessiert daran, was du denkst, wenn du schläfst. Und wie sehr deine Viola dir fehlt und was du alles tun würdest, um sie wiederzufinden.«

Ich sehe, wie Todd blutrot anläuft.

»Und mit einem Mal wurde er mir gegenüber sehr viel entgegenkommender. Er bat mich, dir gewisse Informationen zukommen zu lassen, wir wollten sehen, ob wir dich dazu bringen könnten, das zu tun, was er von dir wollte.« Bürgermeister Ledger ist eine lächerliche Erscheinung mit all den Sachen, die er bei sich trägt, in einer Hand die Pistole, den Rucksack in der anderen, unter dem Arm das Buch. Und trotzdem versucht er gefährlich zu wirken. »Ich muss sagen, es hat geklappt wie am Schnürchen.« Er blinzelt mir zu. »Jetzt, da ich weiß, wann und wo die *Antwort* angreifen wird.«

Lees Lärm braust auf und er macht wütend einen Schritt nach vorn.

Bürgermeister Ledger spannt den Abzug seiner Pistole. Lee bleibt stehen.

»Gefällt sie dir?«, fragt Ledger. »Der Bürgermeister hat sie mir gegeben, zusammen mit meinem eigenen Schlüssel.«

Er lächelt wieder, dann bemerkt er, wie wir ihn alle anblicken. »Ach, hört auf damit«, sagt er. »Wenn Prentiss die *Antwort* erst einmal besiegt hat, dann ist das alles vorbei. Die Bomben, die Einschränkungen, die Ausgangssperre.« Sein Lächeln wird jetzt etwas unsicher. »Man muss kapieren, dass man das System von *innen heraus* verändern muss. Wenn *ich* erst sein Stellvertreter bin, dann werde ich hart daran arbeiten, dass alle es besser haben.« Er nickt in meine Richtung. »Auch die Frauen.«

»Du solltest mich lieber erschießen«, sagt Todd. Der Lärm schlägt wie eine Flamme aus ihm. »Denn wenn du die Waffe aus der Hand legst, wirst du nirgendwo mehr deines Lebens sicher sein.«

Bürgermeister Ledger seufzt. »Ich werde *niemanden* erschießen, Todd, es sei denn …«

Plötzlich fliegt die Tür zum Nebenzimmer auf, und der Mann, der uns eingelassen hat, steht da. Die Verblüffung ist ihm ins Gesicht und in den Lärm geschrieben. »Was hast du hier zu suchen?«

Bürgermeister Ledger richtet seine Pistole auf ihn und drückt dreimal ab. Der Mann taumelt rückwärts durch die Türöffnung und fällt der Länge nach hin, nur seine Füße sind jetzt noch zu sehen.

Die Schüsse hallen von dem Marmorboden wider und wir stehen entsetzt und wie angewurzelt da.

Klar und deutlich tritt ein Bild in Bürgermeister Ledgers Lärm, ein Bild, das ihn selbst zeigt, mit einem blutunterlaufenen Auge und einer aufgeplatzten Lippe, und man sieht auch den Mann, der jetzt auf dem Boden liegt, wie er ihn schlägt.

Ledger merkt, dass wir ihn anstarren. *»Was ist?«*

»Bürgermeister Prentiss wird das ganz und gar nicht gefallen«, sagt Todd. »Er kennt Mr Collins noch aus dem alten Prentisstown.«

»Ich bin sicher, wenn ich ihm Viola vorführe und den Zeitpunkt des Angriffs nenne, wird ihn dies für ein paar kleine Unannehmlichkeiten voll und ganz entschädigen.« Bürgermeister Ledger blickt sich um, er sucht nach einem Platz, wo er die Sachen, die er hält, ablegen kann. Schließlich wirft er das Buch ziemlich achtlos in Todds Richtung. Ehe es zu Boden fällt, fängt Todd es gerade noch auf.

»Deine Mutter war keine große Schriftstellerin, Todd«, sagt Bürgermeister Ledger, während er zugleich mit seiner freien Hand den Reißverschluss des Rucksacks öffnet. »Sie konnte nicht mal richtig schreiben.«

»Das wirst du bereuen.« Todd blickt mich an, und da merke ich, dass ich es war, die das gesagt hat.

Bürgermeister Ledger wühlt in meinem Rucksack. »Essen!«, sagt er, und seine Miene hellt sich auf. Von ganz oben zieht er einen Pinienzapfen hervor und schiebt ihn sich auf der Stelle in den Mund. Dann wühlt er weiter, findet Brot und noch mehr Früchte, beißt überall hinein. »Wie lange hattest du vor zu bleiben?«, fragt er mit vollem Mund.

Ich sehe, wie Todd langsam auf ihn zugeht.

»Glaub ja nicht, dass ich dich nicht hören kann«, sagt Bürgermeister Ledger. Er fuchtelt wieder mit der Pistole herum und tastet mit der Hand bis ganz auf den Boden meines Rucksacks. Dann hält er plötzlich inne und blickt hoch. »Was ist das?« Er tastet noch ein wenig herum und zieht dann einen größeren Gegenstand aus dem Sack. Zuerst glaube ich, es ist meine Waffe, aber dann schüttelt er es aus dem Sack heraus.

Er steht auf.

Und betrachtet neugierig die Thrace-Bombe in seiner Hand.

Eine Sekunde lang glaube ich, dass das alles gar nicht wahr ist. Eine Sekunde lang traue ich meinen eigenen Augen nicht, denn ich kann nicht glauben, dass das, was ich sehe, eine Bombe ist.

Aber dann stößt Lee neben mir einen leisen Schrei aus und ich verstehe alles. Das Ganze ergibt mit einem Mal den schlimmsten, gottverdammten Sinn.

»*Nein*«, keuche ich.
Todd wirbelt herum. »Was ist? Was ist los?«

Die Zeit bleibt stehen. Bürgermeister Ledger dreht das Ding in seiner Hand hin und her, und es fängt zu piepsen an, es piepst schnell, das Piepsen wird offenbar ausgelöst, wenn jemand meine Tasche durchsucht und das Ding in die Hand nimmt, der Pulsschlag in seiner Hand soll es in Gang setzen, es ist eine Bombe, von der man ganz genau weiß, dass sie einen zerreißen wird, wenn man sie loslässt.

»Das ist doch …« Bürgermeister Ledger schaut die Bombe an.
Da hat Lee schon seine Hand nach mir ausgestreckt. Er will meinen Arm fassen, damit wir gemeinsam zum Hauptportal rennen können.
»Lauf!«, schreit er.
Aber ich laufe nach vorne anstatt zurück.
Und ich zerre Todd mit mir.

462

Ich stolpere auf das Zimmer zu, in das der tote Mann gefallen ist.

Bürgermeister Ledger versucht nicht, auf uns zu schießen.

Er macht gar nichts.

Er steht einfach da, während es ihm langsam dämmert …

Und als wir durch die Tür fallen …

… und über den Toten stolpern …

… und uns aneinanderdrücken, um uns zu schützen …

… will Bürgermeister Ledger die Bombe wegschleudern.

Sie fliegt aus seiner Hand.

Und dann …

WUMM

… reißt die Bombe ihn in tausend Stücke. Die Wände hinter ihm stürzen ein, und die Hitze der Explosion versengt unsere Kleider und unsere Haare, Trümmer stürzen auf uns herab, und wir zwängen uns unter einen Tisch, aber irgendetwas trifft Todd am Hinterkopf, und ein großer Balken fällt auf meine Fußknöchel, und ich merke, wie sie splittern, und das Einzige, was ich denken kann, während ich diesen unerträglichen Schmerz aus mir herausschreie, ist: *Sie hat mich betrogen, sie hat mich betrogen, sie hat mich betrogen.* Denn ich sollte Todd nicht retten, ich sollte ihn *töten*, und den Bürgermeister dazu, wenn alles gut lief.

Sie hat mich betrogen.

Sie hat mich *schon wieder* betrogen.

Und dann ist es nur noch dunkel.

Etwas später höre ich Stimmen zwischen all dem Staub und all den Trümmern, Stimmen, die sich langsam in meinem vor Schmerzen schwirrenden Kopf breitmachen.

Eine Stimme.

Seine Stimme.

Sie schwebt über mir.

»Schau einer an«, sagt der Bürgermeister. »Wen haben wir denn da.«

TEIL VI

Die Anhörung und die Antwort

35

Viola wird angehört

»LASST SIE IN RUHE!«

Ich schlage mit den Fäusten gegen die Glasscheibe, aber egal, wie sehr ich mich abmühe, sie splittert nicht.

»LASST SIE IN RUHE!«

Ich krächze vor Anstrengung, aber ich schreie weiter, bis meine Stimme endgültig versagt.

»WENN IHR SIE ANFASST, BRING ICH EUCH UM!«

Sie haben Viola auf den Rahmen gebunden. Ihre Arme sind nach oben ausgestreckt, die Haut rund um das Metallband ist glühend rot, ihr Kopf liegt zwischen den kleinen, summenden Stäben, die verhindern sollen, dass sie Lärm hört.

Vor ihr ist der mit Wasser gefüllte Bottich, neben ihr steht der Tisch mit den scharfen Instrumenten.

Im Raum ist Mr Hammar, er wartet mit verschränkten Armen, und auch Davy ist da, er sieht nervös von der Tür aus zu. Und auch der Bürgermeister ist da, er geht langsam um sie herum.

Ich kann mich nur noch an das *WUMM* erinnern und daran, dass Bürgermeister Ledger in einer grellen Wolke aus Feuer und Rauch verschwand.

Dann bin ich hier wieder aufgewacht, mit schmerzendem Kopf, über und über verschmiert mit Staub und Dreck und verkrustetem Blut.

Ich bin aufgestanden.

Und da ist sie.

Auf der anderen Seite der Glasscheibe.

Und sie wird angehört.

Ich drücke erneut auf den Knopf und schalte den Lautsprecher ein. »LASST SIE IN RUHE!«

Aber niemand scheint mich überhaupt zu hören.

»Ich tue dies mit dem größten Widerwillen, Viola«, sagt der Bürgermeister und schreitet noch immer im Kreis um sie herum. Ihn kann ich in aller Deutlichkeit hören. »Ich dachte, wir könnten Freunde werden, du und ich. Ich dachte, wir hätten eine Abmachung.« Er bleibt vor ihr stehen. »Aber dann jagst du mein Haus in die Luft.«

»Ich hatte keine Ahnung, dass eine Bombe im Rucksack war«, sagt sie. Ich sehe ihr die Schmerzen an. Überall klebt verkrustetes Blut, sie ist übersät von Schnittwunden und Kratzern.

Aber am schlimmsten sehen ihre Füße aus. Sie hat keine Schuhe an, ihre Knöchel sind angeschwollen, verdreht und schwarz, und ich weiß sofort, der Bürgermeister hat ihr kein Schmerzmittel gegeben.

Ich sehe es in ihrem Gesicht.

Ich sehe, wie sie leidet.

Ich will die Sitzbank hinter mir aufheben, um den Spiegel

damit einzuschlagen, aber sie ist fest mit dem Betonfußboden verschraubt.

»Ich glaube dir, Viola«, sagt der Bürgermeister und beginnt wieder umherzugehen. Mr Hammar steht feixend daneben, beobachtet alles, hin und wieder blickt er in den Spiegel, hinter dem, wie er nur zu gut weiß, ich stehe, und dann grinst er noch etwas mehr. »Ich glaube wohl, dass du erschüttert bist, weil Mistress Coyle dich hintergangen hat. Aber es war doch sicher keine Überraschung für dich.«

Viola lässt den Kopf hängen und sagt kein Wort.

»Tu ihr nichts«, flüstere ich vor mich hin. »Bitte, bitte, bitte.«

»Ich würde es gar nicht mal allzu persönlich nehmen«, sagt der Bürgermeister. »Mistress Coyle sah einfach eine Möglichkeit, eine Bombe mitten in meine Kathedrale zu schmuggeln, sie zu zerstören und mich dabei zu töten.«

Er schaut durch den Spiegel zu mir. Ich trommle wieder mit den Fäusten gegen das Glas. Man *muss* es drinnen hören, aber er beachtet mich einfach nicht.

Nur Davy blickt zu mir, seine Miene ist so ernst, wie ich sie noch nie gesehen habe. Und sogar von hier aus kann ich die Sorge in seinem Lärm hören.

»Du hast ihr eine Gelegenheit verschafft, die sie sich einfach nicht entgehen lassen konnte«, fährt der Bürgermeister fort. »Durch deine große Zuneigung zu Todd konntest du dir Zutritt ins Innere verschaffen, wohin es niemand sonst mit einer Bombe geschafft hätte. Sie hatte wahrscheinlich gar nicht vor, dich zu töten, aber plötzlich war sie da, die Gelegenheit, mich aus dem Weg zu schaffen, und verglichen damit erschienst du ihr wohl entbehrlich.«

Ich blicke in ihr Gesicht.

Ihre Miene ist traurig, unendlich traurig.

Ich spüre ihre Stille wieder, spüre das Verlangen nach ihr und den Verlust, den ich zum ersten Mal – es kommt mir vor, als wäre es ein ganzes Menschenalter her – damals, draußen im Sumpf, verspürt habe. Ich spüre ihn so stark, dass mir die Tränen kommen.

»Viola«, flehe ich. »Bitte, Viola.«

Aber sie blickt nicht einmal auf.

»Wenn du ihr nicht mehr bedeutest, Viola …« Der Bürgermeister bleibt vor ihr stehen, beugt sich zu ihr, sieht ihr in die Augen. »Vielleicht erkennst du jetzt, wer in Wirklichkeit dein Feind ist.« Er macht eine Pause. »Und wer deine wahren Freunde sind.«

Viola erwidert etwas, ganz leise.

»Was hast du gesagt?«, fragt der Bürgermeister.

Sie räuspert sich und sagt dann noch einmal: »Ich bin nur wegen Todd gekommen.«

»Ich weiß.« Der Bürgermeister richtet sich auf und setzt seine Wanderung fort. »Ich habe Todd auch lieb gewonnen. Er ist jetzt wie ein zweiter Sohn für mich.« Er schaut zu Davy hinüber, der rot wird. »Er ist zuverlässig, arbeitet hart und macht sich um die Zukunft dieser Stadt verdient.«

Ich trommle mit den Fäusten gegen die Scheibe. »HALT DIE KLAPPE!«, schreie ich. »HALT DIE KLAPPE!«

»Wenn *er* auf unserer Seite steht, Viola«, redet der Bürgermeister weiter, »und deine Mistress gegen dich ist, dann kann es doch keinen Zweifel mehr für dich geben, welchen Weg du einschlagen musst.«

Aber sie schüttelt schon den Kopf, noch ehe er ausgeredet hat. »Ich werde Euch nichts sagen.«

»Aber sie hat dich betrogen«, sagt der Bürgermeister und stellt sich wieder vor sie hin. »Sie hat sogar versucht dich umzubringen.«

470

Als er das sagt, hebt Viola den Kopf.

Sie blickt ihm direkt in die Augen.

Und sagt: »Nein, sie hat versucht *Euch* umzubringen.«

Ah, kluges Mädchen.

Mein Lärm schwillt an vor Stolz.

Das ist mein Mädchen.

Der Bürgermeister gibt Mr Hammar ein Zeichen.

Der packt den Rahmen und taucht sie unter Wasser.

»NEIN!«, schreie ich und fange wieder an, gegen die Scheibe zu hämmern. »NEIN, VERDAMMT NOCH MAL!« Ich gehe zur Tür des kleinen Zimmers und trete so fest dagegen, wie ich nur kann. »VIOLA! VIOLA!«

Ich höre ein Stöhnen und laufe zum Spiegel zurück.

Sie ist wieder aufgetaucht, hustet das Wasser aus und spuckt heftig.

»Die Zeit läuft uns schon davon«, sagt der Bürgermeister und wischt einen Fussel von seinem Mantel, »vielleicht sollten wir besser schnell zur Sache kommen.«

Während er redet, höre ich nicht auf, gegen den Spiegel zu trommeln. Er dreht sich um und schaut in meine Richtung. Von dort, wo er steht, kann er mich nicht sehen, dennoch schaut er mir direkt in die Augen.

»VIOLA!«, schreie ich und trommle gegen die Scheibe.

Er runzelt die Stirn ein wenig.

»*VIOLA!*«

Und dann trifft mich sein Lärm.

Er ist *viel* lauter als je zuvor.

Er ist so laut wie der Schrei von einer Million Menschen, mitten in meinem Gehirn, so tief drinnen, so tief im Inneren, dass ich nichts tun kann, um mich dagegen zu wehren, und sie schreien alle: DU BIST EIN NICHTS, DU BIST EIN NICHTS, DU BIST EIN NICHTS, und mein Blut fängt an zu kochen, meine Augen quellen aus den Höhlen, ich kann nicht einmal stehen, ich torkle rückwärts, weg vom Spiegel, und falle hart auf die Bank, der Schlag, den er mir mit seinem Lärm versetzt hat, dröhnt und dröhnt und dröhnt …

Als ich meine Augen wieder aufmachen kann, sehe ich, wie der Bürgermeister Davy zurückhält, der die Arena verlassen will. Davy schaut zum Spiegel.

Und in seinem Lärm hört man, dass er sich Sorgen macht.

Sorgen um *mich*.

»Sag mir, wann die *Antwort* angreifen wird«, fragt der Bürgermeister Viola. Seine Stimme ist jetzt kälter, schneidender als zuvor. »Und aus welcher Richtung die Angreifer kommen werden.«

Sie schüttelt den Kopf, Wassertropfen regnen herab. »Nein.«

»Du wirst es mir sagen«, antwortet der Bürgermeister. »Ich bin mir sicher, dass du es mir sagen wirst.«

»Nein«, sagt sie. »Niemals.«

Und sie schüttelt noch immer den Kopf.

Der Bürgermeister blickt in den Spiegel und sieht mich direkt an, obwohl er mich in Wirklichkeit gar nicht sehen kann. »Unglücklicherweise haben wir keine Zeit, um auf deine Weigerung Rücksicht zu nehmen.«

Er nickt Mr Hammar zu.

Und der taucht sie wieder unter Wasser.

»HALT!«, schreie ich und schlage gegen die Scheibe. »HÖRT AUF!«

Aber er drückt sie unter Wasser …

… und lässt sie unter Wasser …

Ich schlage so fest gegen den Spiegel, dass meine Hände zu bluten beginnen.

»HOLT SIE HOCH! HOLT SIE HOCH! HOLT SIE HOCH!«

Sie zuckt wie wild im Wasser.

Aber er holt sie nicht hoch.

Sie ist noch immer unter Wasser.

»*VIOLA!*«

Sie zerrt an den Fesseln.

Das Wasser spritzt nach allen Seiten.

Oh Gott oh Gott oh Gott oh Gott Viola Viola Viola Viola Viola ...

Ich kann nicht ...

Ich kann nicht ...

»NEIN!«

Verzeih mir!

Bitte, verzeih mir!

»HEUTE ABEND!«, schreie ich. »BEI SONNENUNTERGANG! ÜBER DEN HÜGEL MIT DER KERBE SÜDLICH DER KATHEDRALE KOMMEN SIE! HEUTE ABEND!«

Ich drücke den Knopf und schreie diese Worte wieder und wieder.

»HEUTE ABEND!«

Sie zuckt unter Wasser.

Aber keiner scheint mich zu hören.

Er hat den Lautsprecher ausgeschaltet.

Er hat den *Scheißlautsprecher* ausgeschaltet.

Ich gehe wieder an die Scheibe und trommle dagegen.

Aber niemand bewegt sich.

Und sie ist noch immer unter Wasser.

Ich kann so fest gegen die Scheibe schlagen, wie ich will.

Warum zerspringt sie nicht?

Warum, verflucht noch mal, *zerspringt* sie nicht?

Der Bürgermeister gibt Mr Hammar ein Zeichen und der hebt den Rahmen aus dem Wasser. Viola schnappt gierig nach Luft, ihr Haar (ich erinnere mich gar nicht, dass es so lang war) klebt ihr im Gesicht, ringelt sich um die Ohren, das Wasser rinnt in feinen Schnüren an ihr hinab.

»Du hast es in der Hand, Viola«, sagt der Bürgermeister. »Sag mir einfach, wann die *Antwort* angreifen wird, und schon ist alles vorbei.«

»HEUTE ABEND!«, schreie ich so laut, dass meine Stimme rasselt wie dürres Holz. »VON SÜDEN HER!«

Doch sie schüttelt den Kopf.

Niemand hört mich und sie schüttelt den Kopf.

»Aber sie hat dich betrogen, Viola.« Der Bürgermeister tut wieder so erstaunt. »Warum willst du sie beschützen? Warum?« Er unterbricht sich, als fiele ihm etwas ein. »Bei der *Antwort* gibt es Leute, um die du dir Sorgen machst.«

Sie hört auf, den Kopf zu schütteln. Sie blickt nicht auf, aber sie schüttelt den Kopf nicht mehr.

Der Bürgermeister kniet sich vor sie hin. »Dann hast du umso mehr Grund, es mir zu sagen. Dann hast du umso mehr Grund, mir zu sagen, wo ich deine Mistress finde.« Er streckt die Hand aus und streicht ihr ein paar nasse Haarsträhnen aus dem Gesicht. »Wenn du mir hilfst, dann versichere ich dir, dass ihnen nichts geschehen wird. Ich will nur Mistress Coyle. Alle anderen Heilerinnen bleiben im Gefängnis, und die vielen, die zweifellos unschuldig sind und nur ihren Hetzreden geglaubt haben, erhalten die Freiheit, sobald wir erst Gelegenheit hatten, mit ihnen zu reden.«

Er bedeutet Mr Hammar, ihm das Handtuch zu geben, mit dem er Violas Gesicht trocknet. Sie schaut ihn noch immer nicht an.

»Wenn du es mir sagst, rettest du Leben.« Behutsam tupft er das Wasser von ihrem Gesicht. »Ich gebe dir mein Wort darauf.«

Jetzt endlich hebt sie den Kopf.

»Euer Wort«, sagt sie nur und schaut an ihm vorbei zu Mr Hammar.

Und ihre Miene ist so wütend, dass sogar *er* erstaunt aufblickt.

»Ach ja«, sagt der Bürgermeister und steht auf. Er reicht Mr Hammar das Handtuch wieder zurück. »Sieh dir Mr Hammar an. Er ist ein Beispiel für meine Großmut, Viola. Ich habe ihm das Leben geschenkt.« Er beginnt wieder umherzulaufen, und als er hinter ihr steht, blickt er zu mir herüber. »So wie ich auch das Leben deiner Freunde und deiner Lieben verschonen werde.«

»Es passiert heute Nacht«, sage ich rau.

Wie kann es sein, dass er mich nicht hört?

»Nun gut«, sagt er, »wenn du es nicht weißt, vielleicht kann uns dann dein guter Freund Lee weiterhelfen.«

Sie reißt den Kopf hoch. Ihre Augen sind weit geöffnet, ihr Atem geht stoßweise.

Ich frage mich, wie er die Explosion hat überleben können.

»Er weiß gar nichts«, erwidert sie hastig. »Er weiß weder wann noch wo.«

»Selbst wenn ich dir das glauben würde«, erwidert der Bürgermeister, »selbst dann müssten wir ihn ausgiebig und eingehend anhören, um ganz sicherzugehen.«

»Lasst ihn in Ruhe!«, sagt Viola und versucht ihren Kopf zu drehen, damit sie ihm mit den Augen folgen kann.

Der Bürgermeister bleibt direkt vor dem Spiegel stehen, den Rücken hat er Viola zugewandt, er blickt mich an. »Oder vielleicht sollten wir einfach Todd fragen.«

Ich hämmere gegen die Glasscheibe direkt vor seinem Gesicht. Er verzieht keine Miene.

Und dann sagt sie: »Todd würde es Euch niemals erzählen. Niemals.«

Der Bürgermeister blickt zu mir. Und er *lächelt*.

Mein Magen fällt ins Bodenlose, mein Herz rast, mir ist so schwindlig im Kopf, dass ich fürchte, jeden Moment ohnmächtig umzufallen.

Oh, Viola …

Viola, bitte …

Verzeih mir!

»Käpten Hammar«, sagt der Bürgermeister knapp, und Viola wird wieder unter Wasser getaucht, sie kann nicht anders, sie schreit laut auf vor Angst, als der Rahmen sich wieder senkt.

»NEIN!«, schreie ich und werfe mich gegen die Glasscheibe.

Der Bürgermeister dreht sich nicht einmal nach ihr um. Er blickt nur zu mir, es ist, als könnte er mich auch noch hinter einer Mauer aus Ziegelsteinen sehen.

»HÖRT AUF!«, schreie ich, als sie wieder zu zucken beginnt.

Zuckt.

Und zuckt.

»VIOLA!«

Ich schlage auf die Glasscheibe ein, gleich werden meine Hände zerbrechen.

Mr Hammar grinst und hält sie unter Wasser.

»*VIOLA!*«

Sie zerrt an ihren Fesseln, die Handgelenke bluten.

»Ich bring dich um!«

Ich schreie es dem Bürgermeister ins Gesicht ...

... mit all meinem Lärm.

»ICH BRING DICH UM!«

Sie ist noch immer unter Wasser.

»VIOLA! *VIOLA!*«

Aber es ist Davy.

Ausgerechnet Davy.

Er ist es, der dem Ganzen ein Ende macht.

»Hol sie hoch!«, ruft er plötzlich und tritt aus seiner Ecke hervor. »Um Himmels willen, du bringst sie um!« Und er packt das Gestell und zieht es aus dem Wasser, und der Bürgermeister gibt Mr Hammar ein Zeichen, und der lässt es zu, und Davy zieht Viola hoch und aus dem Wasser, sie keucht, so sehr schnappt sie nach Luft, und gleich darauf hustet sie, hustet das ganze Wasser heraus.

In der nächsten Minute spricht keiner, der Bürgermeister starrt seinen Sohn an, als gehörte dieser einer bisher unbekannten Spezies an.

»Was kann sie uns denn nützen, wenn sie tot ist?«, fragt Davy mit zitternder Stimme. »Das habe ich nur gemeint.«

Der Bürgermeister schweigt. Davy lässt das Gestell los und geht wieder zu seinem Platz an der Tür.

Viola hustet, sie hängt schlaff in ihren Fesseln. Ich drücke mich so fest gegen die Glasscheibe, als könnte ich *durch sie hindurch* zu ihr kriechen.

»Nun«, sagt der Bürgermeister, verschränkt die Hände hinter dem Rücken und blickt Davy an, »wir wissen vielleicht schon, was wir wissen wollten.«

Er geht zu einem Knopf in der Wand und drückt darauf. »Würdest du bitte wiederholen, was du vorhin gesagt hast, Todd?«

Als sie meinen Namen hört, hebt Viola den Kopf.

Der Bürgermeister geht nun wieder zu dem Gestell zurück, nimmt die kleinen Stäbe rechts und links von ihrem Kopf, die den Lärm dämpfen sollen, weg, und als sie nun meinen Lärm hört, blickt sie sich suchend um.

»Todd?«, fragt sie. »Bist du hier?«

»Ich bin hier!«, schreie ich. Meine Stimme dröhnt so laut durch die Arena, dass jeder sie hören kann.

»Bitte verrate uns doch, was du vor ein paar Augenblicken gesagt hast, Todd. War es nicht etwas, was heute bei Sonnenuntergang passieren sollte?«

Viola schaut in dieselbe Richtung wie er, man kann ihr die Überraschung ansehen, die Überraschung und das Entsetzen. »Nein«, flüstert sie, und ihr Flüstern ist so laut wie ein Schrei.

»Viola hat es verdient, es noch einmal aus deinem Munde zu hören«, sagt der Bürgermeister.

Er wusste es. Er konnte die ganze Zeit über meinen Lärm hören, natürlich konnte er das, er konnte hören, wie ich schrie, auch wenn sie es nicht konnte.

»Viola?«, sage ich flehend.

Sie schaut in den Spiegel, sie sucht mich. »Sag es ihm nicht!«, bittet sie. »Todd, sag es nicht.«

»Sag es, Todd«, befiehlt der Bürgermeister und legt seine Hand an den Rahmen, »oder Viola wird wieder unter Wasser getaucht.«

»Todd, nicht!«, schreit Viola.

»Du Bastard!«, brülle ich. »Ich bring dich um. Ich schwöre es, ICH BRING DICH UM!«

»Das wirst du nicht«, sagt er ruhig. »Das weißt du genauso gut wie ich.«

»Todd, bitte, nein …«

»Sag es, Todd. Wo und wann wird es passieren?«

Und er senkt den Rahmen ab.

Viola gibt sich Mühe, tapfer zu sein, aber ihr Körper dreht und windet sich, sie versucht alles, um nicht wieder ins Wasser getaucht zu werden. »Nein!«, schreit sie. »NEIN!«

Bitte bitte bitte …

»NEIN!«

Viola …

»Heute bei Sonnenuntergang«, sage ich, und im Lautsprecher übertönt meine Stimme die ihre, übertönt Davys Lärm, übertönt meinen eigenen Lärm, nur meine Stimme ist zu hören. »Über den Bergsattel, in das Tal südlich der Kathedrale.«

»NEIN!«, schreit Viola.

Und der Blick in ihren Augen …

Der Blick, der *mir* gilt …

Und mein Herz zerspringt.

Der Bürgermeister zieht den Rahmen zurück und stellt ihn aufrecht hin.

»Nein«, flüstert sie.

Und erst jetzt fängt sie wirklich an zu weinen.

»Danke, Todd«, sagt der Bürgermeister, der sich sofort an Mr Hammar wendet: »Jetzt wissen wir, wo und wann, Käpten. Gebt die Befehle an Käpten Morgan, Tate und O'Hare weiter.«

Mr Hammar steht stramm. »Ja, Sir«, sagt er, es klingt, als hätte er gerade das große Los gezogen. »Ich werde jeden verfügbaren Mann mitnehmen. Der Feind wird nicht wissen, wie ihm geschieht.«

»Nimm meinen Sohn mit«, sagt der Bürgermeister und nickt in Davys Richtung. »Zeig ihm so viel vom Kampf, wie er vertragen kann.«

Davy ist nervös, aber auch stolz und aufgeregt, ihm ist gar nicht aufgefallen, dass Mr Hammar verächtlich den Mund verzogen hat.

»Geht«, befiehlt der Bürgermeister, »und lasst keinen am Leben.«

»Ja, Sir«, antwortet Mr Hammar.

Viola schluchzt leise.

Davy grüßt militärisch, er bemüht sich, seinen Lärm tapfer klingen zu lassen. Er wirft mir einen Blick durch den Spiegel zu, darin liegt Mitleid, und in seinem Lärm ist Angst und Aufregung und noch mehr Angst.

Dann folgt er Mr Hammar nach draußen.

Viola, der Bürgermeister und ich, wir sind jetzt allein.

Ich kann meinen Blick nicht von ihr abwenden, wie sie an dem Rahmen hängt, den Kopf auf der Brust, sie weint, sie ist noch immer festgebunden und ihr Körper trieft vor Nässe, und in ihr ist so viel Trauer, dass ich sie fast körperlich spüre.

»Kümmere dich um deine Freundin«, sagt der Bürgermeister zu mir. Er steht wieder dicht vor der Glasscheibe, sein Gesicht ist ganz nah an meinem. »Ich kehre in mein ausgebranntes Haus zurück, um alles vorzubereiten.« Er verzieht keine Miene, er tut so, als wäre gar nichts geschehen.

Er ist kein Mensch.

»Nur allzu sehr ein Mensch«, sagt er. »Die Wachen werden euch beide in die Kathedrale bringen.« Er zieht die Augenbrauen hoch. »Wir haben viel zu bereden, was eure Zukunft angeht.«

36

Die Niederlage

(VIOLA)

ICH HÖRE, WIE TODD ins Zimmer kommt, zuerst höre ich, wie sein Lärm näher kommt, aber ich kann nicht aufblicken.

»Viola?«, sagt er.

Ich halte den Kopf noch immer gesenkt.

Es ist vorbei.

Wir haben verloren.

Ich fühle seine Hände auf den Fesseln um meine Handgelenke, er zieht an ihnen, schließlich kann er eine lösen, aber mein Arm ist so steif, weil er nach hinten gebunden war, und deshalb schmerzt er jetzt noch stärker als zuvor.

Bürgermeister Prentiss hat gewonnen. Mistress Coyle wollte mich opfern. Lee wurde gefangen genommen – wenn er nicht schon längst tot ist. Maddys Tod war sinnlos. Corinnes Tod war sinnlos.

Und Todd ...

Er tritt vor mich hin, um mir die zweite Fessel abzunehmen, und als er sie gelöst hat und ich von dem Rahmen herumtersinke, fängt er mich auf und kniet sich vorsichtig mit mir auf den Boden.

»Viola?« Er drückt mich fest an sich, mein Kopf lehnt an seiner Brust, das Wasser, das von mir tropft, durchnässt seine staubige Uniform, meine Arme hängen herab, aber ich bin zu schwach, um nach etwas zu greifen, das Metallband an meinem Arm pocht.

Ich blicke auf und sehe das glänzende silberne A auf seiner Schulter.

»Lass mich los«, sage ich.

Aber er lässt mich nicht los.

»Lass mich *los*«, sage ich lauter.

»Nein«, antwortet er.

Ich will ihn wegschieben, aber meine Arme sind kraftlos, und ich bin so müde, und alles ist aus. Alles ist aus.

Er hält mich immer noch fest.

Ich fange an zu weinen, und ich spüre, wie er mich fester an sich drückt, und ich muss noch mehr weinen, und als ich meine Arme wieder etwas bewegen kann, schlinge ich sie um ihn und weine noch mehr, weil ich ihn spüre und weil ich ihn rieche und weil ich seinen Lärm höre und weil er mich festhält, und ich fühle, wie traurig er ist, wie er sich sorgt, spüre seine Zuneigung und seine Zärtlichkeit …

Bis zu diesem Augenblick wusste ich nicht, wie sehr er mir gefehlt hat.

Aber er hat es dem Bürgermeister gesagt.

Er hat es ihm *gesagt*.

Und ich muss ihn wieder von mir wegstoßen, auch wenn ich es fast nicht ertrage.

»Du hast es ihm gesagt«, schleudere ich ihm voller Enttäuschung entgegen.

»Es tut mir leid«, sagt er, und seine Augen sind geweitet vor Entsetzen. »Er war im Begriff, dich zu ertränken. Ich konnte nicht, ich konnte einfach nicht ...«

Ich schaue ihn an, und da sehe ich mich in seinem Lärm, wie ich ins Wasser eintauche, und ich sehe ihn, wie er auf der anderen Seite des Spiegels gegen die Scheibe trommelt, und schlimmer noch, ich sehe, was er gefühlt hat, sehe seine ohnmächtige Wut, sehe, wie er nichts für mich tun kann ...

Und er ist so besorgt.

»Viola, bitte«, fleht er mich an. »Bitte.«

»Er wird sie töten«, sage ich. »Er wird sie alle töten. *Wilf* ist bei ihnen.«

»Wilf?«, wiederholt er entsetzt.

»Und Jane«, sage ich. »Und so viele andere, Todd. Er wird sie abschlachten und das ist dann das Ende. Das ist das Ende *von allem.*«

Sein Lärm wird schwarz und blank, er sinkt neben mir zusammen, lässt sich in die kleine Pfütze fallen, die sich um uns herum gebildet hat. »Nein«, stöhnt er. »Oh nein.«

Ich will es nicht sagen, aber ich höre meine Stimme, die sagt: »Du hast genau das getan, was er von dir wollte. Er wusste ganz genau, wie er es aus dir herauspressen konnte.«

Er schaut mich an. »Was hätte ich denn sonst tun sollen?«

»Du hättest erlauben sollen, dass er mich tötet!«

In seinem Lärm höre ich, wie er versucht, schlau aus mir zu werden, merke, dass er in all der Verwirrung und dem Schmerz die wahre Viola sucht, ich spüre, wie er sucht ...

Und einen Moment lang möchte ich nicht, dass er sie findet.

»Du hättest erlauben sollen, dass er mich tötet!«, wiederhole ich leise.

Aber das hätte er doch nicht tun können!

Er hätte es doch nicht tun können, ohne sich selbst untreu zu werden.

Er hätte es nicht tun können, wenn er bleiben wollte, wer er war, wenn er Todd Hewitt bleiben wollte.

Der Junge, der nicht töten kann.

Der Mann, der nicht töten kann.

Wir haben die Wahl, was aus uns wird.

»Wir müssen sie warnen«, sage ich und blicke voller Scham an ihm vorbei. »Wenn wir können.« Ich greife nach dem Rand des Wasserbottichs, um mich hochzuziehen. Von den Fußgelenken aufwärts durchschießt mich ein wilder Schmerz. Ich schreie auf und falle hin.

Und wieder fängt er mich auf.

»Meine Füße«, stöhne ich. Wir beide betrachten meine Füße, sie sind nackt und dick angeschwollen, die Hautfarbe geht in ein hässliches Blauschwarz über.

»Wir bringen dich zu einer Heilerin.« Er legt einen Arm um mich, um mich zu stützen.

»Nein. Wir müssen die *Antwort* warnen. Das ist das Allerwichtigste.«

»Viola …«

»Die Leben der anderen zählen mehr als meines.«

»Sie wollte dich *töten*, Viola. Sie hat versucht dich in die Luft zu jagen.«

Ich atme tief durch und versuche den Schmerz in meinen Füßen zu ignorieren.

»Du schuldest ihr gar nichts«, sagt er.

Ich spüre, wie er mich im Arm hält, und mir wird klar, dass nichts mehr so unmöglich ist, wie es früher einmal schien. Todds Berührung erweckt Zorn in mir, aber nicht auf ihn. Stöhnend ziehe ich mich hoch und lehne mich an ihn, um nicht wieder hinzufallen.

»Doch, ich *bin* ihr etwas schuldig«, sage ich. »Den Blick in ihren Augen, wenn sie sieht, dass ich noch lebe.«

Ich versuche einen kleinen Schritt zu gehen, aber es ist zu viel. Vor Schmerz schreie ich wieder auf.

»Ich habe ein Pferd«, sagt er. »Du kannst auf ihm reiten.«

»Er wird uns nicht einfach gehen lassen. Er hat doch gesagt, dass uns die Wachen zu ihm bringen werden.«

»Ja«, sagt er, »das werden wir schon sehen.«

Er legt den einen Arm fester um mich und bückt sich, um mich mit der anderen Hand unter den Knien zu fassen.

Und er hebt mich hoch.

Meine Knöchel tun sogar bei dieser Bewegung weh, und ich schreie, aber dann hält er mich und trägt mich wie damals, als er mich den Hügel hinab nach Haven getragen hat.

Er trägt mich.

Und ihm gehen dieselben Erinnerungen durch den Kopf wie mir. Ich sehe es in seinem Lärm.

Ich lege meinen Arm um seinen Hals. Er versucht zu lächeln.

Es ist das schiefe Lächeln, das er immer aufsetzt.

»Wir müssen einander immerzu retten«, sagt er. »Ob wir wohl jemals quitt sein werden?«

»Ich hoffe nicht«, sage ich.

Er zieht die Stirn wieder kraus und ich sehe, wie dunkle Wolken durch seinen Lärm ziehen. »Es tut mir leid«, sagt er sehr leise.

Ich packe ihn vorne am Hemd und drücke ihn ganz fest. »Es tut mir auch leid.«

»Also sind wir einander nicht mehr böse?« Er verzieht seinen Mund wieder zu einem schiefen Lächeln. »Wieder einmal?«

Ich schaue ihm tief in die Augen, schaue so tief in seine Seele, wie ich nur kann, denn ich möchte, dass er mich versteht, dass er alles versteht, was ich meine, fühle und sage.

»Immer«, sage ich. »Immer, immer wieder.«

Er trägt mich zu einem Stuhl, dann geht er zur Tür und hämmert dagegen. »Lasst uns hier raus!«, schreit er.

»Es ist von großer Bedeutung«, sage ich und atme, so flach ich kann, denn der Schmerz pulsiert durch meine Füße. »Etwas, was wir nie vergessen dürfen.«

»Was?« Er trommelt wieder gegen die Tür und flucht leise »Autsch«, weil ihm die Hände wehtun.

»Der Bürgermeister weiß, dass ich dein Schwachpunkt bin«, sage ich. »Er muss nur mein Leben bedrohen, und du wirst alles tun, was er von dir verlangt.«

»Ja«, erwidert Todd, ohne sich umzudrehen. »Das weiß ich längst.«

»Und er wird es auch in Zukunft so machen.«

Jetzt dreht er sich doch um, seine Arme hängen herab, aber seine Fäuste sind geballt. »Er wird dich niemals wieder zu Gesicht bekommen. Nie wieder.«

»Nein.« Ich schüttle den Kopf und zucke vor Schmerz zusammen. »So geht das nicht. Man muss ihm das Handwerk legen.«

»Und weshalb müssen ausgerechnet wir es sein, die ihm das Handwerk legen?«

»Irgendjemand muss es tun.« Ich lehne mich auf meinem Stuhl zurück, um die Füße nicht auf den Boden stellen zu müssen. »Er darf nicht gewinnen.«

Todd tritt jetzt gegen die Tür. »Dann sollen es deine Heilerinnen machen. Irgendwie schaffen wir es schon, zu ihnen zu gehen und sie zu warnen, und dann sind wir weg von hier.«

»Weg von hier, wohin?«

»Ich weiß es nicht.« Er schaut sich um auf der Suche nach etwas, mit dem er die Tür aufbrechen kann. »Wir gehen zu einer der verlassenen Siedlungen. Wir verstecken uns dort, bis deine Raumschiffe hier sind.«

»Er wird Mistress Coyle besiegen und sich dann so schnell wie möglich aufmachen, um die Raumschiffe zu empfangen. Wenn sie landen, werden nur sehr wenige Leute wach sein. Die kann er überrumpeln und alle anderen so lange schlafen lassen, wie er will. Er muss sie überhaupt nicht aufwecken, wenn er nicht will.«

Todd hält inne. »Ist das wahr?«

Ich nicke. »Wenn die *Antwort* besiegt ist, wer soll ihn dann noch aufhalten?«

Er ballt die Fäuste und öffnet sie wieder. »Wir müssen es tun.«

»Zuerst müssen wir die *Antwort* finden«, sage ich und versuche mich hochzuziehen. »Wir warnen sie.«

»Und sagen ihnen, was für eine Anführerin sie sich ausgesucht haben.«

Ich seufze. »Wir müssen beiden Einhalt gebieten.«

»Nichts einfacher als das«, sagt Todd. »Wir werden ihnen reinen Wein einschenken, was diese Mistress betrifft, und dann wird eine Neue die *Antwort* anführen.« Er schaut mich an. »Vielleicht bist *du* es ja.«

»Oder du.«

Ich brauche eine Minute, um zu verschnaufen. Das Atmen fällt mir immer schwerer. »So oder so, wir müssen auf jeden Fall hier raus.«

Und plötzlich geht die Tür auf.

Ein Soldat mit einem Gewehr steht vor uns.

»Ich habe Befehl, euch in die Kathedrale zu bringen«, sagt er. Und ich glaube, ich erkenne ihn wieder.

»Ivan«, sagt Todd.

»Leutnant Hewitt.« Ivan nickt ihm ernst zu. »Ich habe meine Befehle.«

»Du bist aus Farbranch«, sage ich zu ihm, doch sein Blick ist vollkommen auf Todd fixiert. Ich höre etwas Seltsames in seinem Lärm, etwas ...

»*Leutnant*«, wiederholt er und etwas Unausgesprochenes schwingt darin mit.

Ich sehe Todd an. »Was will er?«

»Du hast deine Befehle«, sagt Todd, seine ganze Aufmerksamkeit gilt Ivan. Ich höre, wie ihre Gedanken hin und her fliegen, schnell und wirr. »*Soldat Farrow.*«

»Ja, Sir«, erwidert Ivan und steht stramm. »Befehl meines Vorgesetzten.«

Todd wendet sich mir zu. Ich höre, wie er denkt.

»Was geht hier vor?«, frage ich.

Ich sehe, wie Lee in Todds Lärm auftaucht. Er wendet sich wieder an Ivan. »Gibt es noch einen anderen Gefangenen? Einen Jungen. Blond, mit struppigen Haaren?«

»Ja, Sir«, antwortet Ivan.

»Und wenn ich dir befehlen würde, mich zu ihm zu bringen, würdest du es dann tun?«

»Ich befolge *natürlich* die Befehle meines Vorgesetzten, *Leutnant.*« Er blickt Todd fest in die Augen. »Ich führe alle Befehle aus, die er mir erteilt.«

»Todd?«, frage ich, aber langsam begreife ich.

»Ich habe schon öfter versucht, das zu erklären«, fährt Ivan fort, und man hört ihm seine Ungeduld an.

»Sind hier ranghöhere Offiziere als ich?«, fragt ihn Todd.

»Nein, Sir. Nur ich und die Wachen sind hier.«

»Wie viele Wachen sind es?«

»Wir sind sechzehn, Sir.«

Todd fährt sich mit der Zunge über die Lippen und denkt eine Weile nach. »Betrachten diese Leute mich auch als ihren Vorgesetzten, Soldat?«

Zum ersten Mal weicht Ivan seinem Blick aus und blickt sich schnell um, ehe er leise antwortet. »Es herrscht eine gewisse Unzufriedenheit über unsere derzeitige Führung, Sir. Es wäre möglich, sie zu überreden.«

Todd nimmt militärische Haltung an und zupft am Saum seiner Uniformjacke. Wieder fällt mir auf, wie viel größer er jetzt ist, wie markant seine Gesichtszüge geworden sind, die nun gar nichts Jungenhaftes mehr an sich haben, wie viel tiefer und kräftiger seine Stimme geworden ist.

Ich fange an, den Mann in ihm zu sehen.

Er räuspert sich und steht aufrecht vor Ivan. »Dann befehle ich dir, mich zu dem Gefangenen Lee zu führen, Soldat.«

»Obwohl ich Befehl habe, Euch unverzüglich zum Präsidenten zu bringen«, antwortet Ivan förmlich, »darf ich mich, glaube ich, Eurem persönlichen Befehl nicht widersetzen, *Sir*.«

Er tritt aus der Tür und wartet. Todd kommt zu meinem Stuhl und kniet sich vor mich hin.

»Was hast du vor?«, frage ich und versuche in seinem Lärm zu lesen, aber seine Gedanken kreisen so schnell, dass ich ihnen kaum folgen kann.

»Du hast gesagt, wir müssten ihn aufhalten, weil es sonst niemand tut«, sagt er, und sein schiefes Lächeln wird ein bisschen breiter. »Nun, vielleicht gelingt es uns auf diese Weise.«

37

Der Leutnant

[TODD]

ICH SPÜRE, DASS VIOLA mich beobachtet, als ich Ivan durch den Flur folge. Sie fragt sich, ob wir ihm vertrauen können.

Ich frage mich das auch.

Denn die Antwort kann eigentlich nur Nein lauten. Ivan ist als Freiwilliger in die Armee eingetreten, um seine eigene Haut zu retten, und ich erinnere mich noch gut daran, wie er sich damals in Farbranch zu mir herangeschlichen und mir versichert hat, er stehe auf der Seite von Prentisstown. Als die Truppen in Haven einmarschiert sind, hat er es wahrscheinlich gar nicht erwarten können, sich zu verpflichten, und kurz darauf führte er als Korporal eine Abteilung.

Bis ihm Bürgermeister Prentiss ins Bein geschossen hat.

Man geht dorthin, wo die Macht ist, hat er einmal zu mir gesagt. *Auf diese Weise bleibt man am Leben.*

Vielleicht glaubt er jetzt, dass er den neuen Mächtigen gefunden hat.

»Genau wie ich dachte, Sir«, sagt Ivan und bleibt vor einer Tür stehen. »Hier drin ist er.«

»Kann er denn gehen?«, frage ich, während Ivan die Tür aufschließt.

Aber mit einem lauten *AAAAAAAAHHHHHHHH!!!* springt Lee auch schon heraus, stößt Ivan um und schlägt auf ihn ein, ich muss ihn an den Schultern packen und ihn zurückziehen, er dreht sich blitzschnell zu mir um, die Fäuste geballt, bis er sieht, wer vor ihm steht.

»Todd!«, sagt er überrascht.

»Wir müssen …«, will ich sagen, aber da schreit er schon: »Wo ist sie?«, und blickt sich suchend um, und ich muss eingreifen, damit Ivan ihm nicht mit dem Gewehrkolben auf den Hinterkopf schlägt.

»Sie ist verletzt«, sage ich. »Ihre Wunden müssen versorgt werden und sie braucht eine Schiene.« Und Ivan frage ich: »Habt ihr so etwas hier?«

»Wir haben eine Erste-Hilfe-Ausrüstung«, sagt Ivan.

»Das wird genügen. Gib sie Lee, er wird sich um Viola kümmern. Dann sag den Männern, dass ich draußen mit ihnen reden will.«

Ivan starrt Lee wütend an, sein Lärm dröhnt.

»Das ist ein Befehl, *Soldat*«, sage ich scharf.

»Ja, *Sir*«, antwortet Ivan widerstrebend und verschwindet im Flur.

Lee starrt mich ungläubig an. *»Ja, Sir?«*

»Viola wird es dir erklären.« Ich gebe ihm einen Schubs, damit er Ivan folgt. »Hol das Verbandszeug! Sie hat Schmerzen!«

Das bringt ihn auf Trab. Ich mache kehrt und gehe Richtung Eingangstür. Zwei Wachmänner beobachten mich. »Was ist hier los?«, fragt einer von ihnen.

»Was ist hier los, Sir!, heißt das«, schnauze ich ihn an, ohne mich zu ihm umzudrehen. Ich gehe hinaus und den kleinen Pfad entlang bis zum Mauertor.

Draußen macht alles einen beinahe friedlichen Eindruck.

Und Angharrad ist auch da.

Davy muss sie hergebracht haben.

»Hey, Mädchen!«, sage ich, während ich langsam auf sie zugehe und ihr dann über die Nüstern streichle. *MenschenfohLen?*, fragt ihr Lärm. *Todd?*

»Alles ist gut, Mädchen«, flüstere ich ihr zu. »Alles ist gut.«

VerLetzt, sagt die Stute und schnüffelt an dem angetrockneten Blut in meinem Gesicht. Mit ihrer großen, feuchten Zunge leckt sie mir über Mund und Wange.

Ich muss lachen und tätschle ihr wieder die Nase. »Mir geht's gut, Mädchen. Mir geht's gut.«

In ihrem Lärm höre ich, wie sie immer wieder meinen Namen sagt: *Todd, Todd*, als ich zum Sattel gehe, an dem noch immer meine Tasche hängt. Auch mein Gewehr ist noch da.

Und das Buch meiner Mutter.

Ich wette, das hat auch Davy gebracht.

Ich binde Angharrad los und führe sie ein Stückchen auf der Straße entlang, bis zu dem Tor mit dem großen silbernen A. »Ich muss eine kleine Rede halten«, sage ich und zurre den Sattel fest. »Das mache ich besser, wenn ich auf dir sitze.«

MenschenfohLen, sagt das Pferd. *Todd.*

»Angharrad«, antworte ich ihm.

Ich setze meinen Fuß in den Steigbügel, ziehe mich hoch und schwinge mich in den Sattel. Ich setze mich aufrecht hin und blicke zum Himmel hinauf. Es wird noch nicht dunkel, aber über den Wasserfällen wird bald die Sonne untergehen. Der Nachmittag fließt in den Abend.

Mir bleibt nicht mehr viel Zeit.

»Wünsch mir Glück«, sage ich.

Vorwärts, wiehert Angharrad. **Vorwärts.**

Die Wachen schauen abwechselnd zu mir und zu Ivan, der versucht sie zum Schweigen zu bringen, aber das würde nur etwas nützen, wenn sie auch das Heulen ihres Lärms abstellen könnten. Sie klingen wie wild gewordene Säue.

»Er ist *Leutnant*«, sagt Ivan zu ihnen.

»Er ist noch ein *Junge*«, erwidert ein anderer Wachmann mit roten Haaren.

»Er ist der Junge des *Präsidenten*«, hält Ivan ihm ungerührt entgegen.

»Ja, und du hattest den Auftrag, ihn in die Stadt zu bringen, Soldat«, sagt ein anderer mit einem dicken Wanst und den Rangabzeichen eines Korporals auf den Ärmeln. »Sag bloß nicht, du hast einen ausdrücklichen Befehl missachtet.«

»Der Leutnant erteilte mir einen anderen ausdrücklichen Befehl«, erklärt Ivan.

»Und der steht über dem des Präsidenten, nicht wahr?«, sagt der Rotschopf.

»Kommt schon!«, ruft Ivan. »Wie viele von euch sind nur hier, weil sie strafversetzt wurden?«

Das bringt sie zum Schweigen.

»Du musst wahnsinnig sein, wenn du glaubst, dass ich einem Jungen gehorche und mich gegen den Präsidenten stelle«, sagt Korporal Dickwanst.

»Prentiss *weiß* 'ne Menge«, sagt der Rotschopf. »Vieles, was er eigentlich gar nicht wissen kann.«

»Er wird uns alle erschießen lassen«, ruft ein anderer dazwischen, er ist groß und blass.

»Und wer soll das machen?«, fragt Ivan. »Die ganze Armee kämpft, während der Präsident in der Ruine seiner Kathedrale sitzt und darauf wartet, dass ich mit Todd auftauche.«

»Was macht er dort?«, fragt der Rote. »Warum ist er nicht bei den Truppen?«

»Das ist nicht seine Art«, sage ich. Alle Blicke richten sich wieder auf mich. »Der Bürgermeister kämpft nicht. Er regiert, er führt, aber er drückt nicht den Abzug und macht sich die Hände nicht schmutzig.« Angharrad spürt, dass ich nervös bin, und tänzelt ein wenig zur Seite. »Er lässt das andere Leute für sich erledigen.«

Und er möchte – diesen Gedanken versuche ich in meinem Lärm zu verstecken – *mit mir reden.*

Was für mich in gewisser Hinsicht schlimmer ist als Krieg.

»Und du willst ihn jetzt stürzen, was?«, fragt der Korporal und verschränkt die Arme vor der Brust.

»Er ist auch nichts weiter als ein Mensch«, antworte ich. »Und jeder Mensch kann besiegt werden.«

»Er ist mehr als ein Mensch«, sagt der Rotschopf. »Die Leute sagen, er benutzt seinen Lärm als Waffe.«

»Und wenn man ihm zu nahekommt, dann macht er einen ganz willenlos«, fügt der Blasse hinzu.

»Das sind alles Ammenmärchen«, höhnt Ivan. »Er kann nichts dergleichen.«

»Doch, das kann er«, widerspreche ich ihm, und wieder richten sich alle Blicke auf mich. »Er kann dich mit seinem Lärm treffen und das tut höllisch weh. Er kann in die Menschen hineinsehen und machen, dass sie tun und sagen, was er will. Zu all dem ist er in der Lage.«

Jetzt starren sie mich an und fragen sich, wann ich endlich etwas Aufmunterndes sage.

»Aber ich glaube, er muss einem in die Augen schauen, damit es funktioniert.«

»Du *glaubst?*«, fragt der Rothaarige.

»Wenn er mit seinem Lärm zuschlägt, dann ist das nicht lebensgefährlich, und er kann auch nicht mehrere Menschen gleichzeitig treffen. Er kann uns nicht alle gemeinsam erwischen.«

Aber ich verberge in meinem Lärm, wie viel stärker der Schlag, den er mir in der Arena versetzt hat, gewesen ist, wie viel wirkungsvoller.

Er hat sein Messer gewetzt, seine Waffe ganz und gar perfektioniert.

»Wie auch immer«, sagt der Blasse. »Er hat sicher seine eigene Leibwache. Wir würden dem Tod geradewegs in die Arme laufen.«

»Er wird annehmen, dass ihr mich bewacht«, wende ich ein. »Wir können direkt an den Wachen vorbei zu ihm gehen, denn er wartet auf mich.«

»Und weshalb sollten wir uns dir anschließen, *Leutnant?*«, fragt der Korporal und betont dabei meinen Dienstgrad. »Was haben wir davon?«

»Freiheit«, antwortet Ivan an meiner Stelle.

Der Korporal verdreht die Augen. Er ist nicht der Einzige. Ivan versucht es erneut. »Weil wir die Macht übernehmen werden, sobald er weg ist.«

Diesmal ist die Reaktion nicht ganz so ablehnend, aber der Blasse fragt: »Ist hier jemand, der Ivan Farrow als Präsidenten haben will?«

Er fragt, weil er die Lacher auf seiner Seite glaubt, aber keiner lacht.

»Und was haltet ihr von Präsident Hewitt?«, fragt Ivan, in seinen Augen liegt ein seltsames Funkeln.

Korporal Dickwanst schnaubt und wiederholt: »Er ist ja noch ein *Junge*.«

»Bin ich nicht«, widerspreche ich ihm. »Schon lange nicht mehr.«

»Er ist der Einzige, der es mit dem Präsidenten aufnehmen will«, sagt Ivan. »Wenn das nichts heißt.«

Die Wachen sehen einander an. In ihrem Lärm kann ich all ihre Fragen hören, all die Zweifel, all die Bedenken, die sich verfestigen, und mir wird klar, dass sie dabei sind, meinen Vorschlag zu verwerfen.

Aber ihr Lärm gibt mir auch einen Anhaltspunkt, wie ich sie trotzdem überzeugen kann.

»Wenn ihr mir helft, besorge ich euch die Arznei«, sage ich laut.

Auf der Stelle kehrt Ruhe ein.

»Das könntest du?«, fragt der Rothaarige.

»Nie und nimmer«, sagt der Korporal. »Er blufft nur.«

»Es gibt riesige Mengen davon im Keller der Kathedrale«, sage ich. »Ich habe mit eigenen Augen gesehen, wie der Bürgermeister sie dorthin gebracht hat.«

»Warum nennst du ihn eigentlich immer noch *Bürgermeister*?«, fragt der Blasse.

»Kommt mit«, fordere ich sie auf. »Helft mir, ihn gefangen zu nehmen, und jeder von euch bekommt so viel von der Arznei, wie er nur tragen kann.« Jetzt hören sie mir aufmerksam zu. »Es ist, verflucht noch mal, an der Zeit, dass Haven wieder Haven wird.«

»Er hat sie allen Soldaten weggenommen«, sagt Ivan. »Wir legen dem Präsidenten das Handwerk, geben den Männern die Arznei wieder. Was glaubt ihr, auf wen sie hören werden?«

»Nicht auf dich, Ivan.«

»Nein«, sagt Ivan und wirft mir wieder diesen merkwürdigen Blick zu. »Aber vielleicht hören sie auf *ihn*.«

Die Männer blicken zu mir hoch, wie ich mit Gewehr auf dem Rücken von Angharrad sitze, in meiner staubigen Uniform, mit meinen halsbrecherischen Ideen, und ein Rascheln geht durch ihren Lärm, als jeder von ihnen sich fragt, ob er verrückt genug ist, diese Gelegenheit beim Schopf zu packen.

Ich muss an Viola denken, die in der Arena sitzt; es ist mein sehnlichster Wunsch, sie zu retten, sie, für die ich alles tun würde.

Ich denke an sie, und plötzlich weiß ich genau, wie ich die Männer überzeugen kann.

»Alle Frauen tragen schon das Armband«, sage ich. »Was meint ihr, wer als Nächstes dran sein wird?«

Als ich zurückkomme, wickelt Lee gerade den letzten Verband um Violas Füße. Sie scheint jetzt nicht mehr ganz so schlimme Schmerzen zu haben.

»Kannst du stehen?«, frage ich sie.

»Ein wenig.«

»Das macht nichts«, tröste ich sie. »Draußen steht Angharrad. Du und Lee, ihr beide könnt das Pferd nehmen, um eure Leute zu warnen.«

»Und was ist mit dir?«, fragt Viola und setzt sich auf.

»Ich gehe zu ihm«, antworte ich. »Ich lege ihm das Handwerk.«

Als ich das sage, fährt ein Ruck durch sie.

»Ich komme mit dir«, schlägt Lee augenblicklich vor.

»Nein, das tust du nicht«, sage ich. »Du musst der *Antwort* sagen, sie soll ihren Angriff abblasen. *Und* du musst deinen Leuten sagen, wie skrupellos Mistress Coyle ist.«

Lee presst die Lippen zusammen, aber ich merke, wie sein Lärm vor Wut über die Bombe brodelt. Auch er wäre fast bei dem Anschlag umgekommen. »Viola meint, du könntest niemanden töten.«

Ich werfe ihr einen zornigen Blick zu. Sie hat genug Anstand wegzuschauen.

»Ich werde ihn töten«, sagt Lee. »Ich werde ihn töten für das, was er meiner Mutter und meiner Schwester angetan hat.«

»Aber wenn du die *Antwort* nicht warnst«, beschwöre ich ihn, »wird es noch viel mehr Tote geben.«

»Mistress Coyle überlasse ich ihm *gern*«, sagt Lee, aber ich sehe auch, wie viele andere Menschen durch seinen Lärm wirbeln, Wilf und Jane, andere Männer, andere Frauen und Viola und Viola und Viola.

»Was willst du tun, Todd?«, fragt sie mich. »Du kannst ihm nicht ganz alleine gegenübertreten.«

»Ich werde nicht alleine sein«, antworte ich. »Ein paar von den Wachleuten werden mich begleiten.«

Sie reißt die Augen auf. »Sie werden *was*?«

»Ich habe eine kleine Meuterei angezettelt«, sage ich mit einem Lächeln.

»Wie viele?«, fragt Lee mit todernster Miene.

Ich zögere einen Augenblick, dann sage ich: »Sieben. Ich konnte nicht alle auf meine Seite bringen.«

Viola sieht mich ungläubig an. »Du willst mit sieben Mann gegen den Bürgermeister kämpfen?«

»Ich muss es versuchen«, sage ich. »Der größte Teil der Armee ist in die entscheidende Schlacht gezogen. Der Bürgermeister *wartet* auf mich. So schlecht bewacht wie heute wird er niemals wieder sein.«

Sie legt mir eine Hand auf die Schulter, mit der anderen stützt sie sich auf Lees Schulter und stemmt sich hoch. Ich merke, wie sie sich zusammennehmen muss wegen der Schmerzen, aber Lee hat die Verbände fest angelegt; und auch wenn sie ihr nicht allzu viel Halt geben, kann sie doch mit ihrer Hilfe ein, zwei Sekunden auf eigenen Beinen stehen.

»Ich komme mit«, sagt sie.

»Nein, das wirst du nicht«, sage ich.

Und Lee ruft zur gleichen Zeit: »Auf keinen Fall!«

Sie hebt entschlossen ihr Kinn. »Und was bringt euch beide auf die Idee, ihr hättet ein Wörtchen mitzureden?«

»Du kannst nicht laufen«, sage ich.

»Du hast doch ein Pferd«, erwidert sie mir.

»Du musst dich in *Sicherheit* bringen«, dränge ich sie.

»Er wartet auf uns *beide*, Todd. Wenn du ohne mich zu ihm gehst, ist dein Plan gescheitert, ehe du auch nur ein Wort mit ihm gesprochen hast.«

Ich stütze die Hände in die Hüften. »Du hast selbst gesagt, der Bürgermeister wird dich bei jeder Gelegenheit gegen mich ausspielen.«

Sie beißt die Zähne zusammen und stellt sich mit ihrem ganzen Gewicht auf die Füße. »Dann lass uns umso mehr hoffen, dass dein Plan funktioniert.«

»Viola …«, will Lee sagen, aber sie bringt ihn mit einem Blick zum Schweigen.

»Geh zur *Antwort*, Lee. Warne sie. Dir bleibt nicht mehr viel Zeit.«

»Aber …«

»*Geh jetzt*«, sagt sie noch entschiedener als zuvor.

Wir beide sehen, wie Viola in seinem Lärm auftaucht, wir beide spüren, wie schwer es ihm fällt, sie zurückzulassen. Sein Gefühl ist so stark, dass ich den Blick abwenden muss.

Denn irgendwie verspüre ich auch das Bedürfnis, ihm eine reinzuhauen.

»Ich verlasse Todd nicht ein zweites Mal«, sagt sie. »Jetzt, da ich ihn wiedergefunden habe. Es tut mir leid, Lee, aber so ist's nun mal.«

Lee weicht einen Schritt zurück, er kann den Schmerz in seinem Lärm nicht verbergen.

»Es tut mir leid«, wiederholt Viola sanft.

»Viola …«, sagt Lee flehentlich.

Sie schüttelt den Kopf. »Der Bürgermeister denkt, er wüsste alles. Er glaubt, er wüsste, was auf ihn zukommt. Er sitzt da und *wartet* geradezu darauf, dass Todd und ich versuchen ihn aufzuhalten.«

Lee will sie unterbrechen, aber sie redet weiter.

»Dabei vergisst er aber«, fährt sie fort, »dass Todd und ich gemeinsam über den halben Planeten geflohen sind. *Ganz allein.* Wir sind mit einem irrsinnigen Prediger fertig geworden. Wir sind einer ganzen Armee davongelaufen, wir haben es überlebt, dass man auf uns geschossen, uns geschlagen und gehetzt hat. Und immer sind wir, verdammt noch mal, *am Leben geblieben.* Man hat uns nicht in die Luft gejagt, man hat uns nicht zu Tode gefoltert, wir sind nicht im Krieg umgekommen.«

Sie nimmt Lees Hand und stützt sich jetzt nur noch auf mich. »Ich und Todd? Wir beide gemeinsam gegen den Bürgermeister?« Sie lächelt. »Er hat nicht die geringste Chance.«

38

Der Marsch zur Kathedrale

· (VIOLA)

»HAST DU WIRKLICH ernst gemeint, was du da drinnen gesagt hast?«, fragt Todd, während er gerade den Sattelgurt festzurrt. Er spricht leise, seine ganze Aufmerksamkeit gilt den Handgriffen am Pferd. »Dass er keine Chance gegen uns hat?«

Ich zucke die Schultern. »Es hat uns immerhin geholfen.«

Er lächelt schwach und sagt: »Ich muss mit den Männern reden.« Er nickt hinüber zu Lee, der sich abseits hält, die Hände in den Hosentaschen vergraben, und uns beobachtet. »Und du versuchst es ihm nicht allzu schwer zu machen, okay?«

Er winkt Lee und geht zu den sieben Wachleuten, die uns begleiten wollen und schon an dem großen Steintor stehen.

Lee kommt zu mir herüber.

»Bist du sicher, dass du das tun willst?«, fragt er.

»Nein«, sage ich ehrlich. »Aber was Todd angeht, bin ich mir sicher.«

Er schnaubt durch die Nase und versucht seinen Lärm unbestimmt klingen zu lassen. »Du liebst ihn«, sagt er. Es ist keine Frage, sondern eine Feststellung.

»Ja«, sage ich, und auch das ist eine Feststellung.

»*Sehr?*«

Wir blicken beide hinüber zu Todd. Er erklärt den Männern, was wir vorhaben und was sie tun müssen, und fuchtelt mit den Armen in der Luft herum.

Er sieht aus wie ein Anführer.

»Viola?«, fragt Lee.

Ich schaue ihn an. »Du musst die *Antwort* finden, ehe sie von der Armee aufgespürt wird, Lee. Falls das überhaupt noch möglich ist.«

Er runzelt die Stirn. »Vielleicht glauben unsere Leute nicht, was ich über Mistress Coyle berichten werde. Viele lassen nur eine Sicht der Dinge gelten.«

Vorsichtig greife ich nach den Zügeln des Pferdes. *Menschenfohlen?*, denkt es und äugt zu Todd hinüber. »Sieh es mal so«, sage ich zu Lee. »Wenn du sie findest und wir uns den Bürgermeister vornehmen, dann könnte der ganze Spuk heute Abend vorüber sein.«

Lee blinzelt in die Sonne. »Und wenn ihr es nicht schafft, euch den Bürgermeister vorzuknöpfen?«

Ich zwinge mich zu einem Lächeln. »Nun, dann musst du eben kommen und uns retten.«

Er versucht mein Lächeln zu erwidern.

»Wir sind so weit«, sagt Todd und stellt sich neben uns.

»Das wär's dann wohl«, sage ich.

503

Todd streckt Lee die Hand hin. »Viel Glück.«

Lee ergreift sie. »Dir auch«, sagt er.

Aber er sieht dabei nur mich an.

Nachdem Lee im Wald verschwunden ist, um auf den Hügeln nach der *Antwort* zu suchen und sie abzufangen, bevor die Soldaten es tun, marschieren wir auf der Straße entlang. Todd führt Angharrad am Zügel, die in ihrem Lärm immer wieder **MenschenfohLen** vor sich hin sagt und aufgeregt ist, weil jemand, den sie nicht kennt, auf ihrem Rücken sitzt. Todd flüstert ihr zu, damit sie ruhig bleibt, streichelt ihr über die Nüstern, tätschelt ihre Flanke, während wir gehen.

»Wie geht es dir?«, fragt er mich, als wir zu den ersten Gemeinschaftsunterkünften der Frauen gelangen.

»Meine Füße tun weh«, sage ich. »Und mein Kopf auch.« Ich reibe mit der Hand über die Stelle am Ärmel, wo sich das Metallband befindet. »Und mein Arm.«

»Und sonst nichts?«, fragt er und lächelt.

Die Wachen marschieren in Reih und Glied, so als würden sie mich und Todd tatsächlich wie befohlen zum Bürgermeister bringen: Ivan und ein zweiter Soldat gehen voraus, zwei sind hinter uns, zwei auf meiner rechten Seite und der letzte geht links von mir.

»Glaubst du, wir können den Bürgermeister schlagen?«, frage ich Todd.

»Na ja«, sagt er und lacht leise. »Zumindest sind wir auf dem Weg dahin.«

Wir sind auf dem Weg.

Auf der Straße nach New Prentisstown.

»Wir sollten uns beeilen«, sagt Todd etwas lauter.

Die Männer gehen schneller.

»Alles ist vollkommen verlassen«, flüstert der Wachmann mit den feuerroten Haaren, als wir durch enger bebaute Stadtbezirke kommen.

Überall sind Häuser, aber keine Menschen.

»Nein«, erwidert der Wachmann mit dem dicken Bauch. »Sie verstecken sich.«

»Es ist gespenstisch, so ganz ohne Armee«, sagt der Rothaarige. »Ohne Soldaten, die durch die Straßen patrouillieren.«

»Wir patrouillieren doch«, belehrt ihn Ivan. »Wir sind auch Soldaten.«

Wir kommen an Häusern vorbei, deren Fensterläden geschlossen sind, vorbei an verbarrikadierten Geschäften. Wir marschieren durch Straßen, auf denen keine Karren, keine Atomkrafträder, ja nicht einmal mehr Menschen zu sehen sind. Man kann das BRÜLLEN hinter den verschlossenen Türen hören, aber nur halb so laut wie sonst.

Und es klingt *verängstigt*.

»Die Leute wissen, dass etwas bevorsteht«, sagt Todd. »Sie wissen, dass dies vielleicht die Schlacht ist, auf die sie gewartet haben.«

Vom Rücken meines Pferdes aus spähe ich in alle Richtungen. In keiner Wohnung brennt Licht, in keinem der Fenster kann ich ein Gesicht entdecken. Die Menschen wollen gar nicht wissen, was diese Wachkolonne vorhat mit einem Mädchen, das mit verbundenen Füßen auf einem Pferd sitzt.

Und dann macht die Straße eine Biegung und vor uns liegt die Kathedrale.

»Heiliger Strohsack!«, sagt der rothaarige Soldat, als wir kurz anhalten.

»*Das* habt ihr überlebt?«, sagt der Dickwanst zu Todd. »Vielleicht bist du ja tatsächlich auserwählt.«

Es ist kaum zu fassen: Der Glockenturm steht noch, obwohl die Backsteine der Grundmauern sehr wacklig aussehen. Zwei Wände des Kirchenschiffs sind ebenfalls übrig geblieben, eine davon ist die mit dem runden Fenster aus buntem Glas.

Aber der Rest.

Der Rest ist nur noch Schutt und Asche.

Sogar von der Rückseite aus kann man erkennen, dass das Dach zum größten Teil eingestürzt ist und dass zwei Wände auf die Straße und den großen Platz vor der Kathedrale gestürzt sind. Einige Steinbögen stehen bedenklich schief, Türen sind aus den Angeln gerissen, der größte Teil der Innenräume liegt nun unter freiem Himmel, und die letzten Strahlen der untergehenden Sonne fallen auf sie.

Und kein einziger Soldat bewacht die Ruine.

»Er ist unbewacht?«, fragt der Rothaarige ungläubig.

»Das sieht ihm ähnlich«, sagt Todd und blickt zur Kathedrale, als könnte er dort irgendwo zwischen den Mauern den Bürgermeister erspähen.

»Wenn er überhaupt da ist«, sagt Ivan.

»Er ist da«, versichert Todd. »Glaubt mir.«

Der rothaarige Soldat weicht zurück. »Auf gar keinen Fall«, sagt er. »Wir laufen in den sicheren Tod, Jungs.«

Voller Angst wirft er uns einen letzten Blick zu, dann macht er auf dem Absatz kehrt und rennt zurück.

Todd seufzt. »Noch jemand?« Die Männer blicken einander an, in ihrem Lärm fragen sie sich, warum sie eigentlich hierhergekommen sind.

»Er wird euch ein Armband verpassen«, sagt Ivan und nickt mir zu. Ich kremple meinen Ärmel hoch und zeige ihnen das Band. Die Haut ist noch immer gerötet und fühlt sich heiß an, wenn man sie berührt. Ich glaube, sie ist entzündet. Die Heilsalben wirken nicht, wie sie sollten.

»Und dann wird er euch wie Sklaven halten«, fährt Ivan fort. »Ich weiß nicht, wie ihr darüber denkt, aber das ist nicht der Grund, weshalb ich zur Armee gegangen bin.«

»*Warum* bist du dann gegangen?«, fragt ein Wachmann, aber man merkt deutlich, dass er gar keine Antwort auf seine Frage hören will.

»Wir machen ihn fertig«, sagt Ivan. »Dann sind wir Helden.«

»Wir sind Helden und wir haben die Arznei«, sagt der Dickwanst und nickt dazu. »Derjenige, der die Arznei hat ...«

»Genug geredet«, fährt Todd dazwischen, und ich höre in seinem Lärm, wie unzufrieden er darüber ist, wie sich die Sache entwickelt. »Tun wir's jetzt oder tun wir's nicht?«

Die Männer blicken einander an.

Todd erhebt seine Stimme.

Er kommandiert.

Dass sogar ich ihn anschauen muss.

»Ich frage euch: Seid ihr *bereit*?«

»Ja, Sir«, antworten die Männer. Fast scheinen sie überrascht zu sein, dies aus ihrem eigenen Mund zu hören.

»Dann lasst uns gehen«, sagt Todd.

Die Männer setzen sich wieder in Bewegung, rechts, links, rechts, ihre Schritte knirschen auf dem Schotter der Straße, sie marschieren die kleine Anhöhe hinunter, durch die Stadt, auf die Kathedrale zu, die immer größer wird, je näher wir kommen.

Zwischen den Bäumen kann ich die Berge sehen, die sich im Süden vom Horizont abheben.

»Oh verflucht!«, keucht Dickwanst fassungslos.

Sogar von hier aus kann man die Armee in der Ferne erkennen. Wie eine schwarze Schlange windet sie sich einen viel zu schmalen Pfad hinauf zu dem eingekerbten Gipfel des Hügels.

Ich blicke in die untergehende Sonne.

»Vielleicht noch eine Stunde«, sagt Todd, der meinen prüfenden Blick bemerkt. »Eher weniger.«

»Lee wird es nicht mehr rechtzeitig schaffen«, sage ich.

»Vielleicht doch. Es gibt Abkürzungen.«

Es sind so viele Soldaten. Wenn es zum Kampf Mann gegen Mann kommt, hat die *Antwort* keine Chance gegen sie.

»Wir dürfen nicht versagen«, sage ich.

»Wir werden nicht versagen«, antwortet Todd.

Und jetzt haben wir die Kathedrale erreicht.

An der Nordseite ist der Schaden am größten, die Mauer ist auf der gesamten Länge eingestürzt.

»Vergesst nicht«, ermahnt Todd die Soldaten leise, als wir über die Trümmer klettern. »Ihr bringt zwei Gefangene zum Präsidenten, so wie man es euch befohlen hat. Niemand darf auch nur den geringsten Verdacht schöpfen.«

Wir setzen unseren Weg fort. Die Steinbrocken türmen

sich so hoch auf, dass man nicht in das Innere der Kathedrale sehen kann. Und irgendwo da drinnen ist er.

Wir biegen um die Ecke. Wo einmal die Vorderseite des Gebäudes war, klafft jetzt ein Loch im Kirchenschiff, auf das der Glockenturm und das kreisrunde Fenster aus buntem Glas herabschauen. Die Sonne in unserem Rücken scheint herein. Die aufgerissenen Böden geben den Blick frei auf das zerstörte Obergeschoss. Ein halbes Dutzend rot gefiederte Vögel sucht zwischen den Steinen nach Essbarem und anderen Überresten. Das übrige Gemäuer ist in sich zusammengesunken, als wäre es plötzlich müde geworden und wollte sich nun endlich zur Ruhe legen.

»Hier ist niemand«, sagt Ivan.

»Deshalb sind auch keine Wachen da«, sagt Dickwanst. »Er ist bei seinen Truppen.«

»Nein«, widerspricht ihm Todd und blickt sich stirnrunzelnd um.

»Todd?«, frage ich, denn ich spüre etwas …

»Er hat ausdrücklich befohlen, Todd hierherzubringen«, sagt Ivan.

»Und wo ist er dann?«, fragt Dickwanst.

»Oh, hier bin ich«, sagt der Bürgermeister und tritt aus einem Schatten hervor, der eigentlich viel zu klein ist, um einen Menschen zu verbergen, man könnte fast glauben, er ist direkt aus der Wand hervorgetreten, wenn er nicht sogar unsichtbar war.

»Was zum Teufel …«, stößt Dickwanst hervor und weicht erschrocken zurück.

»Nicht der Teufel«, sagt der Bürgermeister. Er steigt über den Schutt und kommt auf uns zu. Die Wachen legen die Gewehre an, er selbst scheint unbewaffnet zu sein.

»Nein, nicht der Teufel«, sagt er und grinst breit. »Viel schlimmer.«

»Bleibt, wo Ihr seid«, befiehlt Todd. »Hier stehen Männer, die nichts lieber täten, als auf Euch zu schießen.«

»Das weiß ich«, sagt der Bürgermeister und bleibt auf der untersten Stufe der Eingangstreppe stehen, den Fuß auf einen großen Steinbrocken gesetzt. »Soldat Farrow zum Beispiel.« Er nickt mit dem Kopf in Ivans Richtung. »Er schäumt immer noch vor Wut, weil er wegen seiner eigenen Unfähigkeit bestraft wurde.«

»Kein Wort mehr«, knurrt Ivan und nimmt ihn ins Visier.

»Sieh ihm nicht in die Augen!«, ruft Todd schnell. »Ihr dürft ihm nicht in die Augen sehen.«

Der Bürgermeister hebt langsam die Hände hoch. »Dann bin ich also euer Gefangener?« Er lässt seinen Blick über die Soldaten schweifen, die alle ihr Gewehr auf ihn gerichtet haben. »Ach ja, ich verstehe«, sagt er dann. »Du hast einen Plan. Du willst den Leuten die Arznei geben, du nutzt ihren Verdruss aus, um selbst die Macht zu übernehmen. Sehr schlau.«

»Nein, das habe ich nicht vor«, sagt Todd. »Ihr werdet die Truppen zurückrufen. Ihr werdet alle wieder freilassen.«

Der Bürgermeister streicht sich mit der Hand übers Kinn, als dächte er über das nach, was Todd eben gesagt hat. »Die Sache ist die, Todd«, sagt er, »die Leute wollen in Wirklichkeit gar nicht frei sein, egal, wie sehr sie über ihre Unfreiheit klagen. Nein, ich glaube, ich weiß, was passieren wird: Die Armee wird die *Antwort* vernichten, deine Soldaten werden alle wegen Hochverrats zum Tode verurteilt, und du und ich und Viola, wir werden den angekündigten Plausch über eure Zukunft halten.«

Man hört ein lautes Knacken, als Ivan den Hahn seines Gewehrs spannt. »Das hättet Ihr wohl gerne, was?«

»Ihr seid unser Gefangener und Schluss«, sagt Todd. Er holt ein Stück Seil aus der Satteltasche. »Wir werden sehen, wie sich die Armee dazu stellt.«

»Nun gut«, sagt der Bürgermeister, und er klingt beinahe fröhlich dabei. »Aber ich an deiner Stelle würde jemanden in den Keller schicken, damit deine Männer die Arznei sofort einnehmen. Ich kann nämlich eure Pläne klar und deutlich in eurem Lärm lesen und das willst du doch bestimmt nicht.«

Dickwanst dreht sich zu Todd um. Als der nickt, rennt er am Bürgermeister vorbei die Stufen hinauf. »Lauf nach hinten und dann nach unten«, weist ihm der Bürgermeister den Weg. »Du kannst es gar nicht verfehlen.«

Todd nimmt das Seil und geht auf den Bürgermeister zu, auf den noch immer alle Gewehre gerichtet sind. Meine Hände, in denen ich die Zügel halte, schwitzen.

Es kann doch nicht so einfach sein.

Es kann doch nicht …

Der Bürgermeister hält Todd seine Handgelenke hin, aber Todd zögert, er will ihm nicht zu nahe kommen. »Wenn er eine falsche Bewegung macht«, sagt Todd, ohne sich umzuschauen, »dann erschießt ihn.«

»Mit Vergnügen«, antwortet Ivan.

Todd beugt sich vor und beginnt, die Hände des Bürgermeisters zu fesseln.

Aus der Kathedrale hören wir Schritte. Dickwanst kommt angerannt, er keucht und sein Lärm ist wie ein Sturm.

»Du hast gesagt, das Zeug ist im Keller.«

»Ist es auch«, antwortet Todd. »Ich hab es selbst gesehen.«

Der Soldat schüttelt den Kopf. »Leer. Alles völlig leer.«

Todd sieht den Bürgermeister an. »Dann habt Ihr es weggeschafft. Sagt mir sofort, wo es ist.«

»Und wenn nicht?«, fragt der Bürgermeister. »Werde ich dann erschossen?«

»Das wäre *mir* am liebsten«, knurrt Ivan.

»*Wohin habt Ihr es gebracht?*«, fragt Todd ebenso entschlossen wie wütend.

Der Bürgermeister sieht ihn an, dann mustert er die Männer, schließlich blickt er hoch zu mir.

»Eigentlich hast nur du mir Kopfzerbrechen bereitet«, sagt er. »Aber du kannst kaum gehen, nicht wahr?«

»Schaut sie nicht an!«, faucht Todd. »Schaut sie nicht *so verdammt dreckig* an.«

Der Bürgermeister lächelt. Er hält die locker mit dem Seil gefesselten Hände weiter in die Höhe. »Nun gut«, erwidert er. »Ich will's dir sagen.«

Er lächelt immer noch in die Runde.

»Ich habe es verbrannt«, erklärt er. »Nachdem die Spackle bedauerlicherweise verstorben sind, gab es keinen Bedarf mehr für die Arznei, deshalb habe ich sie bis auf die letzte Pille verbrannt, ebenso alle Pflanzen, aus denen sie gemacht wird. Danach habe ich das Labor, in dem die Arznei hergestellt wurde, gesprengt und der *Antwort* die Schuld dafür in die Schuhe geschoben.«

Es herrscht entsetzte Stille. In der Ferne hören wir das BRÜLLEN der Armee, die den Berg hinaufmarschiert und ihr Ziel nicht aus den Augen lässt.

»Ihr seid ein *Lügner*«, sagt Ivan schließlich und geht mit erhobener Waffe auf ihn zu. »Und ein dummer Lügner obendrein.«

»Wir können Euren Lärm nicht hören«, sagt Todd. »Also könnt Ihr auch nicht alles verbrannt haben.«

»Aber Todd, mein Sohn«, erwidert der Bürgermeister kopfschüttelnd. »Ich habe die Arznei niemals genommen.«

Wieder herrscht Stille.

Ich höre im Lärm der Männer, wie der Argwohn sich breitmacht. Ein paar von ihnen weichen bei dem Gedanken an die Macht des Bürgermeisters ein Stück zurück. Denn niemand weiß genau, wozu er fähig ist, vielleicht kann er wirklich seinen Lärm beherrschen. Und wenn er *das* kann …

»Er lügt«, sage ich, weil mir einfällt, was Mistress Coyle über ihn gesagt hatte. »Er ist der Präsident der Lüge.«

»Nun, wenigstens hast du endlich *Präsident* zu mir gesagt.«

Todd versetzt dem Bürgermeister einen Stoß. »Sagt uns sofort, wo die Arznei ist.«

Der Bürgermeister taumelt einen Schritt zurück, dann fängt er sich wieder. Er schaut uns alle an. Ich höre, wie der Lärm der Männer anschwillt, Todds Lärm ist am lautesten, rot und schrill.

»Ich lüge nicht, meine Herren«, sagt der Bürgermeister. »Man muss sich nur selbst beherrschen, dann beherrscht man auch den Lärm. Man kann ihn zum Schweigen bringen.« Er blickt sie nacheinander an und sein Lächeln kehrt zurück. »Man kann sich den Lärm auch zunutze machen.«

ICH BIN DER KREIS UND DER KREIS IST DAS ICH, höre ich.

Aber ich weiß nicht, woher die Stimme kommt. Kommt sie von ihm … oder von Todd?

»Jetzt hab ich aber die Schnauze voll!«, schreit Ivan.

»Weißt du, Soldat Farrow«, sagt der Bürgermeister langsam, »ich auch.«

Und dann greift er an.

39

Mein ärgster Feind

[TODD]

DIE ERSTE LÄRMWELLE BRAUST an mir vorbei, ein Schwall aus Wörtern und Bildern und Geräuschen, er streift meine Schulter und trifft die Männer mit den Gewehren. Ich werfe mich zur Seite, denn die Männer haben angefangen zu schießen.

Und ich stehe genau in der Schusslinie.

»Todd!«, höre ich Viola rufen.

Die Männer feuern wie wild, sie brüllen laut, und ich schlittere über das Geröll, reiße mir den Ellbogen auf, dann rapple ich mich auf und sehe, wie Korporal Dickwanst zusammengekrümmt vor Angharrad auf den Knien liegt, er hält sich mit beiden Händen die Ohren zu und stößt wortlose Schreie aus. Viola starrt ihn an und fragt sich wohl, was zum Teufel hier vorgeht. Ein Soldat liegt auf dem Rücken, er hat die Finger in die Augen gekrallt, als wollte er sie aus den Höhlen reißen, und ein Dritter liegt bewusstlos auf dem Bauch. Zwei andere rennen schon in die Stadt zurück.

Der Lärm kommt vom Bürgermeister, er ist lauter und stärker als alles, was ich je gehört habe.

Er ist sogar lauter als damals im *Amt für Anhörung*.

Laut genug, um fünf Männer auf einmal außer Gefecht zu setzen.

Nur Ivan ist stehen geblieben, die eine Hand hat er ans Ohr gepresst, mit der anderen versucht er mit dem Gewehr auf den Bürgermeister zu zielen, aber er fuchtelt damit gefährlich in der Luft herum …

PENG!

Direkt vor meinen Augen schlägt eine Kugel in den Boden ein, Staub und aufgewirbelter Dreck nehmen mir die Sicht.

PENG!

Eine weitere Kugel prallt von Mauersteinen ab.

»IVAN!«, schreie ich.

PENG!

»Hör auf zu schießen! Du wirst uns noch alle umbringen!«

PENG!

Er feuert direkt neben Angharrads Kopf. Das Pferd bäumt sich auf. Viola, die nicht damit gerechnet hat, versucht mit aller Kraft die Zügel festzuhalten.

Und dann sehe ich, wie der Bürgermeister näher kommt und näher und immer näher …

Den Blick auf die Männer geheftet, geht er an mir vorbei.

Und ich denke überhaupt nicht nach.

Ich springe hoch, um ihn aufzuhalten.

Und er dreht sich um und lässt seinen Lärm in einem gewaltigen Strahl genau auf mich los.

Die ganze Welt versinkt in einem grauenhaften gleißenden Licht, einem Licht, in dem jeder merkt, wie sehr du leidest, in dem dich jeder sieht und über dich lacht und du dich nirgends verstecken kannst und **DU BIST NICHTS DU BIST NICHTS DU BIST NICHTS** wie eine Kugel durch dich schießt und dir klarmacht, was mit dir nicht stimmt, was du in deinem Leben Schlechtes getan hast und dass du wertlos bist, nur ein Stück Scheiße, einfach ein Nichts, dass dein Leben keinen Sinn, keinen Grund, keinen Zweck hat, dass du die Wände deines Ichs einfach niederreißen, dich selbst in Stücke reißen und entweder sterben oder dein Leben dem Menschen opfern solltest, der dich retten kann, dein Leben dem Mann schenken, der dich beherrschen, der dir alles wegnehmen kann, der alles gut-, gut-, gutmachen kann.

Aber nicht einmal dieser Lärm kann einen Körper aufhalten, der in voller Bewegung ist.

Ich spüre das alles und ich fliege dennoch auf ihn zu, ich pralle gegen ihn und werfe ihn zu Boden, schleudere ihn die Stufen der Kathedrale hinunter.

Er ächzt schwer, weil der Sturz ihm alle Luft aus der Lunge quetscht, und sein Lärmangriff stockt für einen kurzen Moment. Korporal Dickwanst schreit auf und fällt vornüber, Ivan schnappt nach Luft und Viola ruft: »Todd!«

Plötzlich spüre ich eine Hand, die mich am Nacken fasst und meinen Kopf hochreißt, und dann blickt mir der Bürgermeister fest in die Augen.

Diesmal trifft mich sein Lärm mit voller Wucht.

»Gib mir das Gewehr!«, brüllt der Bürgermeister, er steht über Ivan, der am Boden kauert, eine Hand gegen sein Ohr drückt, aber sein Gewehr immer noch auf den Bürgermeister richtet. »Gib es her!«

Ich muss blinzeln, weil mir Sand und Staub in die Augen geflogen sind, einen Augenblick lang weiß ich nicht mehr, wo ich bin.

DU BIST NICHTS DU BIST NICHTS DU BIST NICHTS DU BIST NICHTS.

»Gib mir das Gewehr, *Soldat*!«

Der Bürgermeister schreit Ivan an, vor allem aber schleudert er ein ums andere Mal seinen Lärm gegen ihn und Ivan sinkt zu Boden.

»Todd!«

Neben meinem Kopf tauchen die Beine eines Pferds auf. Viola sitzt immer noch auf Angharrad. »Todd, komm zu dir!«, ruft sie.

Ich blicke zu ihr hinauf. »Gott sei Dank!«, ruft sie und ist zugleich verzweifelt. »Meine dummen Füße! Ich kann nicht von diesem verdammten Pferd heruntersteigen!«

»Mir geht's gut«, sage ich, obwohl ich das nicht so genau weiß. Ich richte mich auf, in meinem Kopf dreht sich alles.

DU BIST NICHTS DU BIST NICHTS DU BIST NICHTS DU BIST NICHTS.

»Todd, was ist los?«, fragt sie, als ich einen Zügel zu fassen bekomme und mich daran hochziehe. »Ich höre Lärm, aber ich …«

»Das Gewehr!«, befiehlt der Bürgermeister und geht einen Schritt auf Ivan zu. »Sofort!«

»Wir müssen ihm helfen«, sage ich und zucke im selben Moment zurück.

Denn jetzt trifft Ivan der bisher schärfste Angriff mit voller Wucht. Ein Strahl von Lärm, so weiß, dass man fast sehen kann, wie sich die Luft zwischen dem Bürgermeister und Ivan krümmt.

Ivan ächzt und beißt sich auf die Zunge.

Blut spritzt aus seinem Mund.

Und ehe er wie ein Kind aufschreit und der Länge nach hinfällt ...

... lässt er das Gewehr fallen ...

... lässt es in die Hände des Bürgermeisters fallen.

Mit einer einzigen geschmeidigen Bewegung nimmt er das Gewehr, spannt es und richtet es auf uns. Ivan liegt am Boden und krümmt sich.

»Was ist da gerade passiert?«, fragt Viola. Sie ist so wütend, dass sie kaum auf das Gewehr achtet.

»Er kann den Lärm für seine Zwecke einsetzen«, sage ich und lasse den Bürgermeister nicht aus den Augen. »Er kann ihn wie eine Waffe gebrauchen.«

»Genau so ist es«, sagt der Bürgermeister und lächelt dabei wieder.

»Ich habe nur lautes Schreien gehört«, sagt Viola und blickt zu den Männern, die reglos am Boden liegen. »Was meinst du mit ›Waffe‹?«

»Die Wahrheit«, antwortet der Bürgermeister an meiner Stelle. »Die Wahrheit ist die beste Waffe, die es gibt. Man sagt einem Mann die Wahrheit über sich selbst und das ...«, er versetzt Ivan einen leichten Fußtritt, »... kann er nicht ertragen.« Er runzelt die Stirn. »Umbringen kann man ihn damit allerdings nicht.« Er sieht zu uns her. »Noch nicht.«

»Aber wie ...«, fragt sie ungläubig, »wie könnt Ihr ...«

»Ich habe zwei Grundsätze, auf die ich vertraue, mein liebes Mädchen.« Der Bürgermeister kommt mit langsamen Schritten auf uns zu. »Erstens: Wenn du Macht über dich selbst hast, dann hast du auch Macht über andere. Zweitens: Wenn du Macht hast

über das, was andere *wissen*, dann hast du ebenso Macht über sie.«
Seine Augen blitzen amüsiert. »Das ist eine Weltanschauung, die
wie geschaffen für mich ist.«

Ich muss an Mr Hammar denken. An Mr Collins. An die Ge-
sänge, die in meiner alten Heimatstadt aus dem Haus des Bürgermeisters kamen.

»Ihr habt es den anderen beigebracht«, sage ich, »den Männern aus Prentisstown, ihr habt ihnen beigebracht, wie man den
Lärm beherrscht.«

»Mit unterschiedlichem Erfolg«, gibt er zu. »Aber es stimmt:
Keiner meiner engsten Vertrauten hat je die Arznei genommen.
Warum sollten sie auch? Es ist ein Zeichen von Schwäche, wenn
man sich auf eine Droge verlässt.«

Jetzt steht er dicht vor uns. »Ich bin der Kreis und der Kreis ist
das Ich«, sage ich.

»Es war beeindruckend, wie schnell du gelernt hast, nicht wahr,
Todd? Du hattest dich selbst vollkommen unter Kontrolle, während du den Frauen unvorstellbares Leid zugefügt hast.«

Mein Lärm wird feuerrot. »*Seid still!*«, sage ich. »Ich habe nur
Eure Befehle befolgt.«

»*Ich habe nur Befehle befolgt*«, äfft der Bürgermeister mich nach.
»Dieser Satz dient Schurken seit ewigen Zeiten als Ausrede.« Er
bleibt zwei Meter vor uns stehen, die Waffe zeigt noch immer direkt auf meine Brust. »Hilf ihr bitte vom Pferd, Todd.«

»Wie?«, frage ich.

»Ihre Fußgelenke machen ihr, glaube ich, zu schaffen. Sie wird
beim Gehen deine Hilfe brauchen.«

Ich halte noch immer die Zügel in der Hand. Mir kommt eine
Idee, die ich sofort zu verbergen suche.

MeNscheNfohLeN?, fragt Angharrad.

»Lass es dir gesagt sein, Viola«, sagt der Bürgermeister, »falls du vorhaben solltest, mit diesem schönen Tier zu fliehen, werde ich Todd mehr als nur eine Kugel verpassen.« Er blickt mich an. »Wie sehr mich das auch schmerzen würde.«

»Lasst sie in Ruhe«, schnauze ich ihn an. »Ich werde alles tun, was Ihr wollt.«

»Hab ich das nicht schon mal gehört?«, spottet er. »Hilf ihr vom Pferd.«

Ich zögere, denn ich frage mich, ob ich Angharrad nicht vielleicht doch einen Klaps auf die Flanken geben soll, ob sie nicht doch einfach auf dem Pferd fliehen soll, ob ich Viola auf diese Weise in Sicherheit bringen könnte.

»Nein«, sagt Viola. Sie hebt ihr Bein schon über den Sattel. »Auf gar keinen Fall. Ich bleibe bei dir.«

Ich fasse sie an den Armen und helfe ihr vom Pferd. Sie muss sich auf mich stützen, um stehen zu können, aber ich halte sie sicher und fest.

»Hervorragend«, sagt der Bürgermeister. »Nun lasst uns nach drinnen gehen und ein bisschen plaudern.«

»Fangen wir mit dem an, was ich weiß.«

Er hat uns dorthin geführt, wo sich einmal das Zimmer mit dem bunten Glasfenster befunden hat, aber jetzt sind zwei Seitenwände eingestürzt, und man kann von hier aus den Himmel sehen. Das Fenster ist noch heil, aber es gibt den Blick frei auf eine Trümmerlandschaft – auf eine kleine, freigeräumte Fläche, wo ein kaputter Tisch und zwei Stühle stehen. Auf denen Viola und ich sitzen.

»Ich weiß zum Beispiel«, spricht der Bürgermeister weiter, »dass du Aaron nicht getötet hast, Todd, dass du niemals den entscheidenden Schritt getan hast, um ein Mann zu werden. Es war Viola, die mit dem Messer zugestoßen hat.«

Viola drückt meinen Arm und gibt mir damit zu verstehen, dass es keine Rolle spielt, dass er es weiß.

»Ich weiß, dass Viola dir gesagt hat, die *Antwort* würde sich am Meer verstecken, damals, als ich dich weglaufen ließ, damit du mit ihr sprechen konntest.«

Vor Wut und Verlegenheit schwillt mein Lärm an. Viola drückt meinen Arm noch fester.

»Ich weiß, dass ihr den Jungen, der Lee heißt, weggeschickt habt, damit er die *Antwort* warnt.« Er setzt sich auf den kaputten Tisch. »Und natürlich weiß ich auch genau, wann und wo sie angreifen wird.«

»Ihr seid ein Ungeheuer«, sage ich.

»Nein«, korrigiert mich der Bürgermeister. »Ich bin nur ein Anführer. Nur ein Anführer, der jeden deiner Gedanken lesen kann, der alles weiß, was du über dich, über Viola, über mich, über diese Stadt denkst, der die Geheimnisse kennt, die du zu verbergen suchst. Ich finde *alles* heraus, Todd. Du hörst mir nur nicht zu.« Er hat immer noch das Gewehr in der Hand und beobachtet uns. »Noch ehe du den Mund aufgemacht hast, wusste ich schon alles über den bevorstehenden Angriff.«

Ich richte mich in meinem Stuhl auf. »Ihr habt was?«

»Ich hatte die Armee schon zusammengezogen, noch ehe wir mit Violas Anhörung begonnen haben.«

Ich springe wütend auf. »Also habt Ihr sie wegen *nichts und wieder nichts* gefoltert?«

»Setz dich«, befiehlt der Bürgermeister, und ein schwaches Aufblitzen seines Lärms lässt meine Knie so weich werden, dass ich mich auf der Stelle wieder hinsetze. »Nicht für nichts und wieder nichts, Todd. Du solltest mich inzwischen gut genug kennen, um zu wissen, dass ich *nichts* ohne Grund tue.«

Er steht von dem schiefen Tisch auf und beginnt wieder mit seiner Lieblingsbeschäftigung, nämlich auf und ab zu laufen und dabei zu reden.

»Ich durchschaue dich völlig, Todd. Ich habe dich schon immer durchschaut, angefangen von unserer ersten echten Begegnung in diesem Zimmer hier bis zu diesem Augenblick, da du vor mir sitzt. Ich habe alles gewusst. Schon immer.«

Er richtet den Blick auf Viola. »Etwas anders verhält es sich mit deiner netten Freundin hier. Sie leistet mehr Widerstand, als ich geglaubt habe.«

Viola zieht die Stirn in Falten. Hätte sie Lärm, ich bin sicher, sie würde ihm ihre Gedanken um die Ohren hauen.

Dabei kommt mir ein Gedanke ...

»Versuch's gar nicht erst«, sagt der Bürgermeister. »Du bist noch nicht annähernd so weit. Sogar Käpten Hammar hat noch damit zu kämpfen. Du würdest dir nur selbst schaden.« Er sieht mich nachdenklich an. »Aber du könntest es lernen, Todd. Du könntest es weit bringen, viel weiter als irgendeiner dieser armen Schwachköpfe, die mir von Prentisstown bis hierher gefolgt sind. Angefangen von Mr Collins, bei dem es kaum zum Kammerdiener reichte, bis zu Käpten Hammar, der nicht viel mehr als ein zweitklassiger Sadist ist. Aber du, Todd, du ...« Seine Augen funkeln. »Du könntest eine ganze Armee anführen.«

»Ich will keine Armee anführen«, sage ich.

Er lächelt. »Vielleicht bleibt dir gar keine andere Wahl.«

»Man hat immer eine Wahl«, sagt Viola neben mir.

»Ach, das sagen die Leute gerne«, seufzt der Bürgermeister. »Sie fühlen sich dann besser.« Er tritt vor mich hin. »Aber ich habe dich beobachtet. Du bist der Junge, der niemanden töten kann. Der Junge, der sein Leben aufs Spiel setzt, um seine geliebte Viola zu retten. Der Junge, der sich so schuldig fühlt wegen all der schrecklichen Dinge, die er getan hat, dass er nun versucht seine Gefühle abzutöten. Der Junge, der jeden Schmerz, jede Verletzung, die er im Gesicht der Frauen liest, denen er das Band umlegt, auch am eigenen Körper verspürt.« Er beugt sich ganz nah zu meinem Gesicht heran. »Der Junge, der sich weigert, seine Seele zu verkaufen.«

Ich fühle ihn, er ist jetzt in meinem Lärm, rumort darin herum, stellt alles auf den Kopf, stülpt alles um in meinem Gehirn. »Ich habe schlimme Dinge getan«, sage ich, obwohl ich es gar nicht sagen will.

»Aber du *leidest* darunter, Todd.« Seine Stimme ist nun weniger schneidend, fast freundlich. »Du selbst bist dein ärgster Feind, du bestrafst dich selbst viel strenger, als ich es jemals könnte. Männer haben Lärm, und sie gehen damit um, indem sie ihr Selbst ein klein wenig abtöten, aber auch wenn du *wolltest*, könntest *du* das nicht. Mehr als jeder andere Mann, den ich kenne, bist du fähig zu *fühlen*.«

»Schluss damit«, sage ich und versuche ihn nicht anzusehen, doch es gelingt mir nicht.

»Aber das verleiht dir *Macht*, Todd Hewitt. In dieser Welt aus Teilnahmslosigkeit und nutzlosem Wissen ist die Gabe des Fühlens ein seltenes Geschenk.«

Ich halte mir die Ohren zu, aber er ist trotzdem in meinem Kopf und spricht zu mir.

»Du bist der Einzige, dessen Willen ich nicht brechen konnte. Der Einzige, der nicht fällt. Du bleibst unschuldig, selbst wenn Blut an deinen Händen klebt. *Du* bist derjenige, der mich in seinem Lärm noch immer *Bürgermeister* nennt.«

»Ich bin nicht unschuldig!«, schreie ich und halte mir die Ohren zu.

»Du könntest an meiner Seite herrschen. Du könntest mein Stellvertreter sein. Und wenn du lernst, deinen Lärm zu kontrollieren, dann könntest du sogar so stark werden, dass du meinen Lärm besiegst.«

Und dann dröhnen wieder die Worte durch meinen ganzen Körper.

ICH BIN DER KREIS UND DER KREIS IST DAS ICH.

Ich höre, wie Viola schreit: »Hört auf!«, aber sie scheint meilenweit entfernt zu sein.

Der Bürgermeister legt mir die Hand auf die Schulter. »Du könntest mein Sohn sein«, sagt er. »Mein einziger rechtmäßiger Erbe. Ich habe mir nämlich immer einen Sohn gewünscht, der ...«

»Pa?« Der laute Ruf ist wie eine Pistolenkugel, die den Nebel durchdringt.

Schlagartig verstummt der Lärm in meinem Kopf. Der Bürgermeister tritt ein paar Schritte zurück, und ich habe das Gefühl, wieder freier atmen zu können.

Hinter uns steht Davy mit dem Gewehr in der Hand. Er führt Deadfall die Stufen herauf. »Was geht hier vor? Was ist mit den Männern, die da draußen liegen?«

»Was tust du hier?«, fährt ihn der Bürgermeister an. »Ist die Schlacht schon gewonnen?«

»Nein, Pa«, sagt Davy und klettert über den Schutt. »Es war eine Finte.« Er stellt sich dicht vor meinen Stuhl. »Hey, Todd«, sagt er und nickt. Dann wandert sein Blick zu Viola, aber er kann ihr nicht in die Augen sehen.

»Was meinst du mit *Finte*?«, fragt der Bürgermeister ungeduldig.

»Die *Antwort* greift gar nicht von der Bergseite an«, sagt Davy. »Wir sind bis tief in den Wald hineinmarschiert, aber nirgendwo war auch nur das Geringste von den Rebellen zu sehen.«

Ich höre, wie Viola überrascht und erleichtert aufseufzt, obwohl sie es sich nicht anmerken lassen will.

Der Bürgermeister blickt sie wütend an, seine Miene verrät, dass er angestrengt überlegt.

Plötzlich richtet er seine Waffe auf sie.

»Möchtest du uns vielleicht etwas mitteilen, Viola?«

40

Nichts ändert sich, alles ändert sich

(VIOLA)

TODD IST SCHON von seinem Stuhl aufgesprungen, er steht zwischen mir und dem Bürgermeister, sein Lärm tobt so zornig laut, dass der Bürgermeister einen Schritt zurückweicht.

»Siehst du, mein Junge, welche Macht du hast?«, sagt er. »Deshalb wollte ich, dass du mit ansiehst, wie ich sie befrage. Dein Leid hat dich stark gemacht. Ich werde dich lehren, diese Stärke zu nutzen, und wir beide werden …«

»Wenn Ihr sie anrührt«, fällt ihm Todd ins Wort, »werde ich Euch in Stücke reißen.«

Der Bürgermeister lächelt. »Das glaube ich dir.« Er hebt die Waffe. »Aber das ändert nichts.«

»Todd!«, rufe ich.

Er sieht mich an. »Das ist seine Art zu gewinnen, Viola. Er

spielt uns gegeneinander aus, so wie du gesagt hast. Aber damit ist jetzt Schluss.«

»Todd …« Ich will aufstehen, aber meine blöden Knöchel lassen mich im Stich und ich falle. Todd streckt die Hand nach mir aus.

Aber es ist Davy.

Davy ist es, der mich am Arm packt und mich vorsichtig wieder auf den Stuhl setzt. Und mir dabei immer noch nicht in die Augen schaut. Und auch Todd nicht. Und noch weniger seinem Vater. Vor Verlegenheit blitzt sein Lärm gelb auf, als er mich wieder loslässt.

»Danke, David«, sagt der Bürgermeister, er kann seine Überraschung kaum verhehlen. »Und nun«, wendet er sich wieder an mich, »hättest du die Freundlichkeit, uns zu sagen, wann und wo die *Antwort* tatsächlich angreift?«

»Sag's ihm nicht«, warnt mich Todd.

»Aber ich *weiß* es doch gar nicht«, sage ich. »Lee hat sie sicher schon …«

»Dafür war die Zeit zu knapp, das weißt du genau«, unterbricht mich der Bürgermeister. »Es ist doch klar, was passiert ist. Deine Mistress hat dich wieder mal reingelegt. Wenn die Bombe wie geplant explodiert wäre, dann wäre es egal gewesen, ob deine Information stimmt, denn du, und wie sie hoffte, auch ich, wären jetzt tot. Würde man dich jedoch gefangen nehmen, dann umso besser. Denn der beste Lügner ist der, der selbst an seine Lügen glaubt.«

Ich antworte nichts, denn wie hätte sie mich reinlegen können mit einer Information, die Lee ganz zufällig aufgeschnappt hat?

Es sei denn …

… sie *wollte*, dass er es mit anhört.

Sie *wusste*, dass er es vor mir unmöglich verheimlichen konnte.

»Ihr Plan ist perfekt aufgegangen, nicht wahr, Viola?« Der Schatten der untergehenden Sonne fällt auf das Gesicht des Bürgermeisters und lässt es schwarz erscheinen. »Eine Finte nach der anderen. Eine Lüge nach der anderen. Sie hat dich wunderbar nach ihrer Pfeife tanzen lassen, stimmt's?«

Ich starre ihn hasserfüllt an. »Sie wird Euch besiegen«, sage ich. »Sie ist ebenso skrupellos wie Ihr.«

Er grinst. »*Skrupelloser*, würde ich sagen.«

»Pa?«, fragt Davy.

Der Bürgermeister blinzelt verwundert, so als habe er ganz vergessen, dass sein Sohn noch da ist. »Was ist denn?«

»Ähm, was ist mit den Truppen?« Davys Lärm klingt verwirrt, er will verstehen, was sein Vater da tut, aber er kann sich keinen Reim darauf machen. »Was sollen wir jetzt tun? Wohin sollen wir gehen? Käpten Hammar wartet auf deine Befehle.«

Um uns herum kriecht das ganze dumpfe, ängstliche BRÜLLEN von Prentisstown aus den Häusern, aber in den Fenstern sieht man keine Gesichter, und vom Berg mit dem eingekerbten Gipfel hört man das finstre, verworrene Brausen der Soldaten. Sie sind noch oben auf dem Berg, glänzend wie eine Kolonne schwarzer Käfer, die einer über den Panzer des anderen rutschen. Und wir sitzen hier, mit dem Bürgermeister und seinem Sohn, in den Ruinen der Kathedrale, als wären wir die einzigen Menschen auf diesem Planeten.

Der Bürgermeister sieht mich an. »Ja, sag es uns. Was sollen wir jetzt tun?«

»Ihr werdet fallen«, sage ich, ohne mit der Wimper zu zucken. »Ihr werdet untergehen.«

Er lächelt mich an. »Aus welcher Richtung kommen sie? Du bist ein kluges Mädchen. Irgendetwas *musst* du gehört haben, irgendeinen Hinweis auf die wahren Pläne von Mistress Coyle musst du mitbekommen haben.«

»Das wird sie Euch nicht sagen«, mischt Todd sich ein.

»Ich *kann* nichts sagen, weil ich nichts *weiß*.« Und ich bin überzeugt, dass ich wirklich nichts weiß.

Bis auf die Sache, die sie mir von der Straße im Osten erzählt hat.

»Ich warte, Viola.« Der Bürgermeister legt das Gewehr an und zielt auf Todds Kopf. »Auf die Gefahr hin, dass ich ihn erschießen muss.«

»Pa?«, ruft Davy, und man hört das Entsetzen in seinem Lärm. »Was hast du vor?«

»Das geht dich nichts an, David. Setz dich wieder aufs Pferd. Du musst Käpten Hammar augenblicklich eine Botschaft überbringen.«

»Du zielst auf *Todd*, Pa.«

Todd dreht sich um und schaut ihn an. Ich auch. Und auch der Bürgermeister.

»Du willst ihn doch nicht etwa erschießen?«, sagt Davy. »Das darfst du nicht.«

Jetzt sind Davys Wangen gerötet, sie glühen so sehr, dass sie sogar im Licht des Sonnenuntergangs noch leuchten. »Er ist dein zweiter Sohn, hast du gesagt.«

Es tritt eine unangenehme Stille ein, während Davy verzweifelt versucht seinen Lärm zu dämpfen.

»Siehst du, was ich mit ›Macht‹ gemeint habe, Todd?«, fragt

der Bürgermeister. »Siehst du, welchen Einfluss du schon auf meinen Sohn ausübst? Du hast in ihm schon einen glühenden Anhänger.«

Davy blickt mir in die Augen. »Sag ihm, wo sie sind.« Sein Lärm ist voller Angst. »Komm schon, sag's ihm einfach.«

Ich blicke zu Todd hinüber.

Todd blickt auf Davys Gewehr.

»Ja, warum sagst du es mir nicht einfach?«, fragt der Bürgermeister. »Das ist das Beste, was du tun kannst. Kommen sie von Westen?« Er blickt hinüber zu den Wasserfällen, der höchsten Erhebung am Horizont, wo die Sonne langsam hinter der Straße versinkt, die sich im Zickzack in den Berg wühlt, den Berg, den ich nur einmal herab- und niemals hinaufgestiegen bin. »Oder vielleicht von Norden, obwohl sie dort irgendwie den Fluss überqueren müssten? Oder über einen der Hügel im Osten? Ja, vielleicht sogar über den Hügel, auf dem deine Mistress den Turm in die Luft gejagt und damit deine einzige Chance zerstört hat, mit deinen Leuten Verbindung aufzunehmen.«

Ich beiße die Zähne zusammen.

»Immer noch treu ergeben, nach allem, was geschehen ist?«

Ich gebe keine Antwort.

»Wir könnten Truppen aussenden, Pa«, wirft Davy ein. »Und zwar an verschiedene Orte. *Irgendwoher* müssen sie ja schließlich kommen.«

Der Bürgermeister wartet eine Zeit lang und schweigt. Dann befiehlt er Davy: »Geh und sage Käpten Hammar ...«

Ein lautes *WUMM!* in der Ferne unterbricht ihn.

»Das kam von Osten«, sagt Davy, während wir uns alle in

diese Richtung drehen, obwohl uns eine Mauer die Sicht versperrt. Es kam tatsächlich von Osten.

Es kam von der Straße, die sie mir genannt hat.

Ich sollte denken, dass die Wahrheit eine Lüge und die Lüge Wahrheit sei.

Wenn ich hier jemals wieder rauskommen sollte, werden wir ein Wörtchen miteinander reden, sie und ich.

»Das *Amt für Anhörung*, natürlich«, sagt der Bürgermeister. »Natürlich, wo sonst sollten sie …«

Er hält inne, legt den Kopf schräg und lauscht. Ein paar Sekunden später hören wir es auch. Es ist der Lärm von jemandem, der auf die Kathedrale zurennt; er kommt von hinten, von der Straße, die auch wir benutzt haben, er läuft an der Kathedrale entlang zur Vorderseite, rennt keuchend auf uns zu.

Es ist der rothaarige Wachmann. Er nimmt offensichtlich kaum wahr, wen er da vor sich hat, als er über die Trümmer des Gebäudes steigt. »Sie kommt!«, schreit er. »Die *Antwort* kommt!«

Der Bürgermeister schleudert eine Welle von Lärm auf ihn. Der rothaarige Soldat taumelt, aber er fängt sich wieder. »Reiß dich zusammen, Soldat«, sagt Prentiss mit einer Stimme, die so geschmeidig ist wie die Bewegung einer Schlange. »Und dann berichte uns eins nach dem anderen.«

Der Wachmann ringt nach Luft. »Sie haben das *Amt für Anhörung* gestürmt.« Er sieht den Bürgermeister an, gefangen von seinem Blick. »Sie haben alle Wachen getötet.«

»Natürlich«, sagt der Bürgermeister. »Wie viele sind es?«

»Zweihundert.« Der rothaarige Soldat antwortet, ohne mit der Wimper zu zucken. »Sie lassen die Gefangenen frei.«

»Waffen?«, fragt der Bürgermeister weiter.

»Gewehre. Leuchtspurmunition. Granatwerfer. Belagerungs-kanonen, auf Fuhrwerke montiert.« Sie sehen sich noch immer in die Augen.

»Wie steht es im Moment?«

»Es wird erbittert gekämpft.«

Der Bürgermeister zieht eine Augenbraue hoch.

»Es wird erbittert gekämpft, Sir«, wiederholt der Wach-mann. Sein Blick ist starr auf den Bürgermeister gerichtet. *WUMM!* ertönt es aus der Ferne und alle außer dem Bürger-meister und dem Soldaten zucken zusammen. »Sie haben den Krieg begonnen, Sir«, sagt der Soldat.

Der Bürgermeister fixiert ihn weiter. »Dann solltest du ver-suchen sie aufzuhalten.«

»Sir?«

»Du solltest zu deinem Gewehr greifen, um zu verhindern, dass die *Antwort* deine Stadt zerstört.«

Der Soldat ist verwirrt. »Ich sollte …«

»Du solltest an der Front sein, Soldat. Dies ist die Stunde, in der jeder gebraucht wird.«

»Dies ist die Stunde, in der jeder gebraucht wird«, mur-melt der Soldat.

»Pa?«, sagt Davy fragend, aber Bürgermeister Prentiss ach-tet nicht auf ihn.

»Worauf wartest du noch, Soldat? Es ist Zeit zu kämpfen.«

»Es ist Zeit zu kämpfen«, wiederholt der Wachmann.

»Geh!«, schnauzt der Bürgermeister ihn auf einmal an, und der rothaarige Soldat rennt los, dorthin, wo die *Antwort* ist. Das Gewehr in der Hand, schreit er unverständliche Worte vor sich hin und rennt zurück zur *Antwort*, genauso schnell, wie er zuvor vor ihr weggelaufen ist.

Verblüfft schauen wir ihm dabei zu.

Als der Bürgermeister bemerkt, dass Todd ihn mit offenem Mund anstarrt, sagt er: »Ja, mein lieber Junge, auch was *das* angeht, bin ich besser als du.«

»Ihr habt ihn in den sicheren Tod geschickt«, sage ich.

»Ich habe ihn nur dazu gebracht, seine Pflicht zu erkennen«, verbessert mich der Bürgermeister. »Nicht mehr und nicht weniger. Aber wie *spannend* diese Diskussion jetzt auch sein mag, wir werden sie auf später verschieben müssen. Es tut mir leid, aber ich muss Davy bitten, euch beide zu fesseln.«

»*Pa?*«, fragt Davy bestürzt.

»Und danach«, fährt der Bürgermeister fort, »wirst du zu Käpten Hammar reiten und ihm sagen, er soll die Armee schnell und ohne Umschweife hierher zurückführen.« Er lässt seinen Blick zu den Hügeln schweifen, wo die Armee auf weitere Befehle wartet. »Es ist an der Zeit, dass wir es zu einem Ende bringen.«

»Ich kann ihn nicht fesseln, Pa, es ist doch *Todd*.«

Der Bürgermeister blickt ihn nicht einmal an. »Ich habe jetzt genug davon, David. Wenn ich dir einen ausdrücklichen Befehl erteile …«

WUMM!

Wir alle blicken nach oben.

Denn diesmal ist es anders. Es klingt anders. Wir hören ein leises Zischen und dann ein Donnern, das mit jeder Sekunde lauter wird.

Todd wirft mir einen beunruhigten Blick zu.

Ich zucke mit den Schultern. »So etwas hab ich noch nie gehört.«

Das Donnern wird lauter, es breitet sich über den ganzen Abendhimmel aus.

»Das ist nie im Leben eine Bombe«, sagt Davy.

Der Bürgermeister schaut mich an. »Viola, gibt es ...« Er hält inne, dreht den Kopf.

Und wir alle merken: Es kommt nicht von Osten.

»Dort drüben!« Davy zeigt zu den Wasserfällen, wo der Sonnenuntergang den Himmel rot erglühen lässt.

Der Bürgermeister sieht mich an. »Das ist viel zu laut für eine Leuchtspurbombe.« Seine Miene verfinstert sich. »Haben sie Raketen?« Er baut sich drohend vor mir auf. »Sag mir: *Haben sie Raketen?*«

»*Weg da!*«, brüllt Todd und will sich zwischen uns werfen.

»Ich will *wissen*, was das ist, Viola«, schreit mich der Bürgermeister an. »Und du wirst es mir sagen!«

»Ich *weiß* es doch auch nicht«, sage ich.

Todd sagt drohend: »Wagt es *ja* nicht, sie anzufassen ...«

»Es wird immer lauter!«, ruft Davy und hält sich die Ohren zu. Wir drehen uns nach Westen und suchen den Horizont ab. Da ist ein Pünktchen, das immer größer wird, das von der untergehenden Sonne verschluckt wird und wieder auftaucht und immer größer wird, je näher es kommt.

Und es kommt geradewegs auf die Stadt zu.

»Viola!«, brüllt der Bürgermeister und schleudert mir seinen Lärm entgegen, aber ich spüre nichts von dem, was Männer dabei spüren.

»ICH WEISS ES NICHT!«, schreie ich.

Und dann sagt Davy, der den Punkt keine Sekunde aus den Augen gelassen hat: »Es ist ein Raumschiff.«

41

Die Stunde des Davy Prentiss

[TODD]

Es ist ein Raumschiff.

Ein verdammtes *Raumschiff*.

»Deine Leute«, sage ich zu Viola.

Sie schüttelt den Kopf, aber sie meint damit nicht: »Nein, sind sie nicht«, sie schüttelt nur den Kopf, während sie zusieht, wie es über den Wasserfällen auftaucht.

»Für ein Schiff mit Siedlern ist es zu klein«, sagt Davy.

»Und es kommt zu früh«, sagt der Bürgermeister und zielt mit seinem Gewehr auf das Raumschiff, als könnte er es aus dieser Entfernung abschießen. »Die Siedlerschiffe sind bestenfalls in zwei Monaten hier.«

Viola scheint von all dem nichts mitzukriegen. Ihr Gesicht leuchtet hoffnungsvoll, und das tut so weh, dass mir das Herz brennt. »Ein Späher«, flüstert sie so leise, dass ich der Einzige bin, der es hören kann. »Ein Späher, der ausgeschickt wurde, um mich zu suchen.«

Das Schiff steigt langsam über den Scheitel des Wasserfalls und schwebt über den Fluss.

Es ist ein Erkundungsschiff, genau so eines wie das, mit dem sie abgestürzt ist, damals im Sumpf, in dem ihre Eltern gestorben sind und in dem sie hier vor so vielen Monaten, vor so vielen Ewigkeiten gestrandet ist. Es ist so groß wie ein Haus. Dabei sind die Stummelflügel so klein, man glaubt kaum, dass sie das Schiff in der Luft halten können. Flammen schlagen aus dem Heck, während es dem Lauf des Flusses folgt, in Hunderten von Metern Höhe.

Wir beobachten, wie es näher kommt.

»David«, befiehlt der Bürgermeister, der das Schiff nicht aus den Augen lässt, »bring mein Pferd.«

Aber Davy starrt in den Himmel, sein Lärm sprudelt voller Staunen aus ihm heraus.

Ich weiß genau, wie ihm zumute ist.

In New World gibt es nichts, was fliegen kann, ausgenommen die Vögel. Wir haben Maschinen, mit denen man auf Straßen fahren kann, Atomkrafträder, ein paar Atomautos, aber meist benutzen wir Pferde, Ochsenkarren und unsere Füße, um uns fortzubewegen.

Flügel haben wir nicht.

Das Raumschiff schwebt auf die Kathedrale zu, es fliegt über unsere Köpfe hinweg, es verharrt nicht, aber es ist so nah, dass man die Lichter an der Unterseite erkennt und der Himmel über den Triebwerken vor Hitze flirrt. Es fliegt vorbei und weiter den Fluss entlang.

Nach Osten, dorthin, wo die *Antwort* ist.

»*David!*«, wiederholt der Bürgermeister in scharfem Ton.

»Hilf mir aufzustehen«, flüstert Viola. »Ich muss zu ihnen. Ich *muss.*«

Ihr Blick ist wild entschlossen, ihr Atem geht stoßweise, ihr Blick ist von solcher Entschlossenheit, dass ich ihn fast auf der Haut spüre.

»Natürlich wird er dir aufhelfen«, sagt der Bürgermeister und legt das Gewehr an. »Denn du kommst mit mir.«

»*Was?*«, fragt Viola.

»Das sind *deine* Leute, meine Liebe. Sie werden sich fragen, wo du bist. Entweder bringe ich dich auf dem kürzesten Weg zu ihnen«, der Bürgermeister sieht mich an, »oder ich muss ihnen sagen, dass du bedauerlicherweise beim Absturz deines Schiffes ums Leben gekommen bist. Was ist dir lieber?«

»Ich werde *nicht* mitgehen«, protestiert Viola. »Ihr seid ein Lügner und ein Mörder ...«

Er schneidet ihr das Wort ab. »David, du bleibst hier und bewachst Todd, während ich Viola zu ihrem Raumschiff bringe. Viola, du weißt aus eigener Erfahrung, wie schnell mein Sohn abdrücken kann, wenn man nicht tut, was er will.«

Viola funkelt Davy wutentbrannt an. Davy steht da, mit dem Gewehr in der Hand, und blickt zwischen seinem Pa und mir hin und her.

Sein Lärm brodelt.

Sein Lärm sagt klipp und klar, dass er mich unter keinen Umständen erschießen wird, niemals.

»Pa?«, fragt er.

»Schluss damit, David«, sagt der Bürgermeister erbost und sucht Davys Blick ... und findet ihn.

»Du wirst tun, was ich dir sage«, herrscht er seinen Sohn an.

»Du wirst Todd mit dem Seil fesseln, das er freundlicherweise mitgebracht hat, und du wirst ihn bewachen. Und wenn ich mit unseren neuen Gästen zurückkomme, dann wird hier alles ruhig und friedlich sein. Dann wird eine neue Welt erstehen.«

»Neue Welt«, murmelt Davy vor sich hin und seine Augen werden so glasig wie die des rothaarigen Soldaten. Fragen und Zweifel haben keinen Platz mehr in seinem Lärm.

Weil der Wille eines anderen ihn beherrscht.

Und das bringt mich auf eine Idee.

Verzeih mir, Davy.

»Du erlaubst ihm, so mit dir zu reden, Davy?«

Er blinzelt. »Was?« Er dreht sich um.

»Du lässt es tatsächlich zu, dass er seine Waffe auf mich und Viola richtet?«

»Todd«, sagt der Bürgermeister warnend.

»All der Lärm, den Ihr angeblich hören könnt«, sage ich zum Bürgermeister, lasse die Augen dabei aber nicht für eine Sekunde von Davy. »Und Euer Gerede darüber, dass Ihr angeblich *alles* wisst. Dabei kennt Ihr nicht einmal Euren eigenen Sohn richtig.«

»David«, sagt der Bürgermeister scharf.

Aber jetzt bin ich es, den Davy anblickt.

»Du lässt ihn also wieder machen, was er will?«, frage ich ihn. »Du lässt dich von ihm herumkommandieren für nichts und wieder nichts?«

Davy sieht nervös zu mir, er versucht die Verwirrung, in die ihn sein Vater gestürzt hat, wegzublinzeln.

»Davy, dieses Schiff verändert alles«, sage ich beschwörend. »Jede Menge neue Menschen. Und eine Stadt, die es wert ist, dass man etwas weit Besseres aus ihr macht als das stinkende Drecksloch, das sie jetzt ist.«

»*David*«, wiederholt der Bürgermeister und ein Lärmstrahl blitzt auf und Davy zuckt zusammen.

»Hör auf damit, Pa«, sagt Davy.

»Wer soll als Erster das Schiff erreichen, Davy?«, frage ich ihn. »Ich und Viola, damit wir Hilfe holen? Oder dein Vater, damit er auch die neuen Siedler beherrscht?«

»Sei *ruhig*!«, ruft der Bürgermeister. »Hast du vergessen, wer das Gewehr hat?«

»Davy hat auch eines«, sage ich ruhig.

Für einen Augenblick ist es still, während wir alle Davy beobachten, der sich daran erinnert, dass er ein Gewehr in der Hand hält.

Wieder blitzt ein Lärmstrahl auf und wieder zuckt Davy zusammen. »Verdammt noch mal, *Pa*, hör auf damit!«

Als er das sagt, sieht er seinen Vater unwillkürlich dabei an.

Und der lässt seinen Blick nicht wieder los.

»Fessle Todd und schaff mein Pferd herbei, Davy«, befiehlt der Bürgermeister.

»Pa?«, fragt Davy leise.

»Mein Pferd«, wiederholt der Bürgermeister. »Es ist draußen, hinter der Kathedrale.«

»Stell dich zwischen die beiden«, zischt mir Viola zu. »Unterbrich ihren Augenkontakt!«

Ich mache einen Schritt auf die beiden zu, aber ohne Davy auch nur eine Sekunde aus den Augen zu lassen, richtet der Bürgermeister seine Waffe gegen Viola. »Noch eine einzige Bewegung, Todd ...«

Ich bleibe stocksteif stehen.

»Bring mir das Pferd, Sohn«, befiehlt der Bürgermeister.

»Dann werden wir Seite an Seite die neuen Siedler willkommen heißen.« Er lächelt. »Und du wirst mein Prinz sein.«

»Das hat er schon mal gesagt«, erinnere ich Davy. »Allerdings nicht zu dir.«

»Er beherrscht dich!«, ruft Viola. »Er setzt den Lärm gegen dich ein.«

»Sag bitte Viola, sie soll still sein«, befiehlt der Bürgermeister seinem Sohn.

»Sei still, Viola«, sagt Davy leise und ohne zu blinzeln.

»Davy!«, schreie ich.

»Er will dich nur beherrschen, David«, sagt der Bürgermeister, und seine Stimme wird lauter. »So wie er es von Anfang an wollte.«

»*Was?*« Ich traue meinen Ohren nicht.

»Von Anfang an«, murmelt Davy vor sich hin.

»Wer, glaubst du, Sohn, ist schuld daran, dass du nicht befördert worden bist?«, fragt der Bürgermeister und pflanzt diese Frage in Davys Hirn. »Wer, glaubst du, berichtet mir alles, was du falsch machst?«

»Todd?«, fragt Davy zaghaft.

»Er *lügt*«, sage ich. »Schau mich an!«

Aber für Davy ist das alles zu viel. Wie gebannt starrt er auf seinen Vater und rührt sich nicht vom Fleck.

Der Bürgermeister stößt einen tiefen Seufzer aus. »Ich sehe schon, ich muss es wohl selbst holen.«

Er scheucht uns mit seinem Gewehr beiseite. Dann packt er Viola und stellt sie auf die Füße. Der Schmerz in ihren Knöcheln lässt sie aufschreien. Ohne zu zögern, eile ich ihr zu Hilfe, aber Prentiss stößt sie mit dem Gewehrlauf vor sich her.

Ich mache den Mund auf, will schreien, will ihm drohen, ihn verwünschen …

Aber es ist Davy, der als Erster spricht.

»Es landet«, sagt er ruhig.

Wir schauen zum Himmel hinauf. Das Raumschiff beschreibt eine langsame Kurve, schwebt um einen Hügel östlich der Stadt herum.

Vielleicht ist es der Hügel, auf dem sich früher der Turm befand.

Es fliegt wieder auf uns zu und schwebt jetzt über den Baumwipfeln.

Ehe es langsam immer tiefer sinkt und unseren Blicken entschwindet.

Ich beobachte Davy, sein Blick ist umnebelt.

Aber er sieht nicht seinen Vater an.

Sondern das Raumschiff.

Und dann dreht er den Kopf zu mir.

»Todd?«, sagt er mit einer Stimme, als würde er gerade aufwachen. Und er hat sein Gewehr noch, es baumelt an seiner Hand …

Verzeih mir, Davy.

Ich mache einen Satz und reiße ihm das Gewehr aus der Hand. Er leistet überhaupt keinen Widerstand, er lässt es einfach geschehen, lässt einfach zu, dass ich das Gewehr an mich nehme. Und schon lege ich an, spanne es und ziele auf den Bürgermeister.

Der lächelt und hält seine eigene Waffe noch immer auf Violas Rücken gerichtet.

»Jetzt steht es also eins zu eins, wenn ich nicht irre?«, sagt er mit einem breiten Grinsen.

»Lasst sie los!«, sage ich.

»Bitte, Davy, hol dein Gewehr von Todd zurück«, sagt der Bürgermeister ruhig. Doch der muss mich im Auge behalten, er muss aufpassen, was ich mit dem Gewehr mache.

»Untersteh dich, Davy!«

»Hört auf damit!«, ruft Davy hilflos, und sein Lärm wird lauter. Er presst die Hände gegen die Ohren. »Könnt ihr beide, verdammt noch mal, nicht endlich mit dem ganzen Mist *aufhören?*«

Aber der Bürgermeister lässt mich nicht aus den Augen und ich lasse den Bürgermeister nicht aus den Augen.

Das Donnern des landenden Raumschiffs erfasst die Stadt, es erstickt den Lärm der Armee, die den Hügel herabmarschiert, es erstickt die fernen Detonationen, mit denen sich die *Antwort* ihren Weg bahnt, es legt sich über das Entsetzen von New Prentisstown, das aus dem Verborgenen kommt und uns einhüllt, das BRÜLLEN der Menschen, die nicht wissen, dass ihre ganze Zukunft in diesem Augenblick, in dieser Sekunde entschieden wird, von mir und dem Bürgermeister und unseren Gewehren.

»Lasst sie gehen«, sage ich.

»Das werde ich wohl kaum tun, Todd.« Ich höre ein Lärmgrollen aus seiner Richtung.

»Ich habe den Finger am Abzug«, sage ich. »Wenn Ihr versucht, mich mit Eurem Lärm zu treffen, seid Ihr ein toter Mann.«

Der Bürgermeister lächelt. »Dagegen ist nichts einzuwenden«, sagt er. »Aber ehe du dich entschließt abzudrücken, mein lieber Freund Todd, solltest du dich fragen: Kannst du schneller abdrücken als ich? Wenn du mich tötest, wirst du dann deine geliebte Viola nicht ebenfalls umbringen?« Er schiebt das Kinn vor. »Könntest du damit leben?«

»Ihr wärt auf der Stelle tot«, sage ich.

»Sie auch«, entgegnet er.

»Tu es, Todd!«, ruft Viola. »Du darfst ihn nicht gewinnen lassen.«

»Das wird nicht passieren«, versichere ich ihr.

»Kannst du teilnahmslos danebenstehen, wenn er eine Waffe auf deinen Vater richtet, David?«, fragt der Bürgermeister. Aber dabei schaut er nicht Davy, sondern mich an.

»Die Zeiten ändern sich, Davy«, sage ich und lasse den Bürgermeister nicht aus den Augen. »Jetzt muss jeder von uns für sich entscheiden, wie es weitergehen soll. Auch du.«

»Warum muss es so sein?«, fragt Davy. »Wir könnten alle gemeinsam gehen. Wir könnten uns aufs Pferd setzen und einfach ...«

»Nein, David«, unterbricht ihn da der Bürgermeister. »Das geht auf gar keinen Fall.«

»Legt das Gewehr hin«, sage ich. »Legt das Gewehr hin und macht all dem ein Ende.«

Die Augen des Bürgermeisters blitzen auf, ich weiß, was jetzt kommen wird.

»Aufhören!«, rufe ich wütend und blicke an ihm vorbei.

»Du kannst dieses Spiel nicht gewinnen«, sagt er. Ich höre seine Stimme doppelt, dreifach, eine ganze Legion von Bürgermeistern dröhnt in meinem Kopf. »Du kannst nicht schießen, ohne ihr Leben aufs Spiel zu setzen. Und wir alle wissen, dass du das niemals riskieren würdest.«

Er macht einen Schritt auf mich zu und schubst Viola vor sich her. Wieder schreit sie gepeinigt auf.

Unwillkürlich weiche ich einen Schritt zurück.

»Sieh ihm nicht in die Augen!«, warnt sie mich.

»Ich versuche es ja«, sage ich, doch schon der bloße *Klang* seiner Stimme richtet Schaden in meinem Kopf an.

»Das ist nicht schlimm, Todd«, sagt der Bürgermeister so laut, dass ich glaube, mein ganzes Gehirn vibriert. »Ich wünsche dir den Tod genauso wenig wie mir selbst. Alles, was ich vorhin gesagt habe, stimmt. Ich möchte dich an meiner Seite haben. Ich möchte, dass du Teil der Zukunft bist, die wir gemeinsam aufbauen werden mit denen, die aus diesem Schiff kommen, wer auch immer es sein mag.«

»Haltet den *Mund*!«, sage ich barsch.

Er macht einen weiteren Schritt auf mich zu. Und ich weiche vor ihm zurück.

Bis ich sogar hinter Davy stehe.

»Ich möchte nicht, dass Viola etwas zustößt«, fährt der Bürgermeister fort. »Ich habe euch beiden stets eine Zukunft versprochen. Dieses Versprechen gilt noch immer.«

Auch ohne dass ich ihn direkt ansehe, summt seine Stimme durch meinen Kopf, zwingt meine Gedanken unter seine Herrschaft.

»Hör nicht auf ihn!«, ruft Viola. »Er ist ein Lügner.«

»Todd«, sagt der Bürgermeister. »Du bist für mich wie ein Sohn. Das ist die Wahrheit.«

Davy sieht mich an, sein Lärm ist voller Zuversicht und er sagt: »Komm schon, Todd. Hast du nicht gehört?«

Auch sein Lärm greift nach mir, Ungeduld und Angst recken sich mir entgegen wie die Finger einer Hand, sie bitten mich, sie *betteln* mich an, die Waffe fallen zu lassen, sie niederzulegen, damit alles wieder gut wird, damit alles aufhört.

Und er sagt: »Wir könnten Brüder sein.«

Und ich sehe in Davys Augen.

Und ich sehe mich selbst in diesen Augen, sehe den

Bürgermeister als meinen Vater und Davy als meinen Bruder und Viola als unsere Schwester.

Sehe das hoffnungsfrohe Lächeln auf Davys Lippen.

Und zum dritten Mal muss ich ihn bitten ...

Verzeih mir.

Dann richte ich das Gewehr auf Davy.

»Lasst sie gehen«, sage ich zum Bürgermeister. Ich bringe es nicht fertig, Davy in die Augen zu schauen.

»Todd?«, sagt Davy ungläubig und runzelt die Stirn.

»Lasst sie gehen!«

»Und wenn nicht, was wirst du dann tun, Todd?«, stichelt der Bürgermeister. »Wirst du ihn erschießen?«

Davys Lärm schlägt über mir zusammen in einer Welle von Fragezeichen, Überraschung, Entsetzen.

Und mit einem schrecklichen Verdacht, der in ihm aufsteigt.

»Antworte mir, Todd«, drängt der Bürgermeister. »*Was* wirst du dann tun?«

»Todd?«, fragte Davy noch einmal, aber jetzt ist seine Stimme leiser.

Ich blicke ihn kurz an, dann wieder weg.

»Ich werde Davy erschießen«, sage ich. »Ich werde Euren Sohn erschießen.«

Davys Lärm strömt über vor Enttäuschung, seine Enttäuschung wiegt so schwer, dass sie von ihm abbröckelt wie getrockneter Schlamm. Nicht einmal Wut ist mehr in seinem Lärm und das macht alles nur noch schlimmer. Er denkt nicht im Traum daran, mich anzuspringen, mich niederzuschlagen oder mir die Waffe aus der Hand zu reißen.

Das Einzige, was ich in seinem Lärm erkenne, bin ich selbst, wie ich eine Waffe auf ihn richte. Sein einziger Freund richtet eine Waffe auf ihn.

»Es tut mir leid«, flüstere ich.

Aber es hat nicht den geringsten Anschein, als hörte er mir zu.

»Ich habe dir dein Buch gegeben«, sagt er. »Ich habe dir dein Buch zurückgegeben.«

»Lasst Viola gehen!«, schreie ich, die Wut über mich selbst lässt meine Stimme überschnappen. »Oder ich ...«

»Dann mach schon!«, sagt der Bürgermeister. »Erschieß ihn.«

Davy schaut den Bürgermeister an. »Pa?«

»Als Sohn hat er nie viel getaugt«, sagt der Bürgermeister, der Viola immer noch mit seinem Gewehr in Schach hält. »Weshalb glaubst du, habe ich ihn sonst an die Front geschickt? Ich habe gehofft, dass er dort vielleicht wenigstens den *Heldentod* stirbt.«

Violas Gesicht ist schmerzverzerrt, aber es ist nicht nur der Schmerz ihrer gebrochenen Knöchel.

»Er hat seinen Lärm nie beherrschen können.« Der Bürgermeister blickt zu Davy, dessen Lärm ... Ich kann seinen Lärm nicht beschreiben.

»Er hat nie einen Befehl ausgeführt, den er nicht verstanden hat. Er war nicht in der Lage, dich gefangen zu nehmen. Er war nicht in der Lage, auf Viola aufzupassen. Wenn er überhaupt einmal etwas richtig gemacht hat, dann war es *deinem* Einfluss zu verdanken.«

»Pa ...«, sagt Davy.

Aber sein Vater nimmt keine Notiz von ihm.

»*Du* bist der Sohn, den ich mir immer gewünscht habe, Todd. Nur du. Niemals wollte ich diesen erbärmlichen Taugenichts.«

Und Davys Lärm … oh, Davys Lärm …

»LASST VIOLA ENDLICH GEHEN!« Ich schreie, damit ich Davys Lärm nicht mehr hören muss. »Ich erschieße ihn, ich werde es tun!«

»Das wirst du nicht«, sagt der Bürgermeister und lächelt wieder. »Jeder weiß, dass du nicht töten kannst.«

Er schubst Viola noch ein Stückchen vorwärts.

Vor Schmerz schreit sie laut auf.

Viola, denke ich …

Viola …

Zähneknirschend lege ich das Gewehr an.

Ich spanne es.

Und ich sage die reine Wahrheit.

»Ich würde töten, um sie zu retten.«

Der Bürgermeister bleibt stehen. Er schaut mich an, dann Davy, dann wieder mich.

»Pa?«, sagt Davy, und sein Gesicht ist verzerrt.

Der Bürgermeister liest in meinem Lärm.

»Das würdest du tun, nicht wahr?«, sagt er leise. »Du würdest ihn töten. Um ihretwillen.«

Davy schaut mich an, seine Augen sind ganz feucht, aber man sieht in ihnen auch eine große Wut. »Nicht, Todd. Tu's nicht.«

»Lasst sie gehen«, sage ich noch einmal. *»Sofort.«*

Der Bürgermeister blickt zwischen mir und Davy hin und her, er weiß, dass ich es ernst meine, er weiß, dass ich es wirklich tun würde.

»Legt endlich die Waffe nieder«, sage ich drohend, ich schaue weder Davy an, noch achte ich auf seinen Lärm. *»Es ist vorbei.«*

Der Bürgermeister holt einmal tief Luft.

»Nun gut, Todd«, sagt er. »Wie du willst.«

Und er tritt einen Schritt zur Seite.

Ich spüre, wie die Spannung von mir abfällt.

Und dann drückt er ab.

42

Das Endspiel

(VIOLA)

»TODD!«, RUFE ICH, als der Gewehrschuss dicht an meinem Ohr kracht und alles auslöscht außer ihm, als die ganze Welt nur noch aus der Frage besteht, ob er getroffen ist oder nicht, ob er wirklich …

Aber er ist es gar nicht.

Er steht immer noch da, mit angelegtem Gewehr.

Er hat nicht abgedrückt.

Er steht neben Davy.

Der auf die Knie fällt …

… und zwei kleine Staubwolken aufwirbelt, als er in den Schutt taumelt.

»Pa?«, fragt er kläglich wie ein kleines Kätzchen.

Und dann hustet er, Blut fließt aus seinem Mund.

»Davy?«, sagt Todd zögernd. Sein Lärm schwillt an, als wäre er derjenige, der getroffen wurde.

Und dann sehe ich es.

Ein Loch, weit oben in Davys Brust, in seiner Uniformjacke, gleich unterhalb des Halsansatzes.

Und Todd läuft zu ihm, kniet sich neben ihn.

»Davy!«, schreit er.

Aber Davys Lärm kreist nur um seinen Vater.

In alle Richtungen schickt er Fragezeichen.

Das Entsetzen steht in sein Gesicht geschrieben.

Er fasst nach der Wunde ...

... und hustet wieder ...

... und würgt.

Auch Todd sieht jetzt den Bürgermeister an.

Sein Lärm schäumt.

»*Was habt Ihr getan?*«, schreit er.

[TODD]

»WAS HABT IHR GETAN?«, schreie ich.

»Ich habe ihn aus der Gleichung gestrichen«, entgegnet der
Bürgermeister in aller Ruhe.

»Pa?«, sagt Davy fragend und streckt ihm seine blutver-
schmierte Hand entgegen. Aber sein Vater sieht nur mich an.

»Du bist immer mein wahrer Sohn gewesen, Todd«, fährt der
Bürgermeister fort. »Derjenige, der es zu etwas bringen kann, der
Kraft und Durchsetzungsvermögen hat, derjenige, auf den ich
stolz sein kann, wenn er an meiner Seite ist.«

Pa?, fragt Davys Lärm. Und er muss sich das jetzt alles anhören ...

»Du verdammtes *Ungeheuer!*«, brülle ich laut. »Ich *bring* dich
um ...«

»Du wirst mit mir gehen«, sagt der Bürgermeister. »Und das weißt du auch. Es ist nur eine Frage der Zeit. David war ein Schwächling, er hat nur Schwierigkeiten gemacht.«

»HALT DIE KLAPPE!«, schreie ich.

Todd?

Ich schaue hinunter.

Davy blickt zu mir auf.

Sein Lärm ist wie ein Strudel.

Ein Strudel aus Fragezeichen und Bestürzung und Angst …

Todd?

Todd?

Es tut mir leid.

Es tut mir leid.

»Davy, du darfst nicht …«, will ich sagen.

Aber sein Lärm ist ein einziger Wirbel.

Und ich sehe …

Ich sehe die Wahrheit in ihm.

Wenigstens jetzt …

Wenigstens jetzt lässt er mich die Wahrheit sehen.

Alles, was er mir bis jetzt verschwiegen hat.

Über Ben …

Alles wirbelt in einem wilden Durcheinander vorüber.

Bilder von Ben, wie er auf Davy zurennt.

Bilder von Davys Pferd, das sich aufbäumt.

Bilder von Davy, der im Fallen sein Gewehr abfeuert.

Bilder von der Kugel, die Ben in die Brust trifft.

Bilder von Ben, der auf das Gebüsch zutorkelt.

Davy, der viel zu viel Angst hat, um ihm zu folgen.

Davy, der viel zu viel Angst hat, mir später einfach die Wahrheit zu sagen.

Nachdem ich zum einzigen Freund geworden bin, den er je hatte.

Ich hab das nicht gewollt, sagt sein Lärm.

»Davy ...«, sage ich.

Es tut mir leid, denkt er.

Und das ist die reine Wahrheit.

Es tut ihm wirklich leid.

Alles tut ihm leid.

Prentisstown tut ihm leid.

Viola tut ihm leid.

Ben tut ihm leid.

Jeder Misserfolg, jeder Fehler tut ihm leid.

Dass er seinen Vater enttäuscht hat, tut ihm leid.

Und er blickt zu mir hoch.

Und er bittet mich.

Als wäre ich der Einzige, der ihm vergeben könnte.

Als hätte nur ich die Macht, ihm zu vergeben.

Todd?

Bitte.

Alles, was ich antworten kann, ist: »Davy ...«

Denn die Angst und das Entsetzen, die ich in seinem Lärm lese, sind zu viel für mich.

Es ist zu viel ...

Und dann ist es vorbei.

Davy sackt zusammen, seine Augen sind noch geöffnet, sie starren mich an, seine Augen flehen mich noch immer (ich schwöre es) um Vergebung an.

Und jetzt liegt er regungslos da.

Davy Prentiss ist tot.

(VIOLA)

»Ihr seid wahnsinnig«, sage ich zum Bürgermeister, der hinter mir steht.

»Nein«, sagt er. »Ihr beiden hattet recht. Liebt nie etwas so sehr, dass man es dazu benutzen kann, um Macht über euch zu gewinnen.«

Die Sonne ist inzwischen untergegangen, aber der Himmel schimmert noch rötlich, das BRÜLLEN der Stadt ist immer noch da, und in der Ferne hört man wieder ein *WUMM!*, das anzeigt, dass die *Antwort* näher rückt. Und inzwischen muss auch das Schiff gelandet sein. Sicher gehen gerade die Luken auf. Irgendwer, vielleicht Simone Watkin oder Bradley Tench, auf jeden Fall jemand, den ich kenne, jemand, der mich kennt, schaut gerade heraus und fragt sich, was das wohl für ein Ort sein mag, an dem das Schiff da gelandet ist.

Und Todd kniet gebeugt über dem toten Davy Prentiss.

Und dann sieht er auf.

In seinem Lärm brodelt es und ich höre die Trauer darin und die Scham und die *Wut*.

Und er steht auf.

Und er legt das Gewehr an.

In seinem Lärm sehe ich mich selbst, ich sehe auch den Bürgermeister darin, er steht hinter mir, das Gewehr noch immer im Anschlag, in seinen Augen blitzt der Triumph.

Und ich weiß genau, was Todd jetzt tun wird.

»Tu es«, sage ich.

Ich habe Angst, aber es ist richtig, richtig, richtig …

Und Todd zielt.

»Tu es!«

554

Der Bürgermeister versetzt mir einen harten Stoß. Ein wilder Schmerz schießt durch meine Beine, ich kann nicht anders, ich schreie auf und stürze nach vorn.

Und der Bürgermeister versetzt mir noch einen Schlag.

Er benutzt mich, um Todd seinen Willen aufzuzwingen.

Denn Todd kann sich nicht dagegen wehren.

Er springt vor, um mich aufzufangen.

Mich aufzufangen, damit ich nicht stürze.

Und in dem Moment greift der Bürgermeister an.

[TODD]

Mein Gehirn springt entzwei. Alles, was er darauf abfeuert, brennt und tobt, und es ist weiß Gott nicht nur wie ein Schlag, es ist, als stäche er mit glühendem Metall mitten in mein Ich hinein, und als ich nach vorne springe, um Viola aufzufangen, trifft es mich so heftig, dass mein Kopf nach hinten fliegt, und da ist sie wieder, die Stimme des Bürgermeisters, aber irgendwie ist sie auch meine Stimme, und irgendwie auch ihre, sie hat etwas von allen Stimmen dieser Welt, und sie sagt: DU BIST NICHTS DU BIST NICHTS DU BIST NICHTS DU BIST NICHTS ...

Wir sind noch in Bewegung, ich spüre, wie wir ineinanderstürzen, wie ihr Kopf in meinen Mund kracht, und DU BIST NICHTS DU BIST NICHTS DU BIST NICHTS DU BIST NICHTS sie fällt gegen meine Brust und meine umherrudernden Arme, und gemeinsam fallen wir in den Schutt, eine Sirene sprengt mir das Schädeldach weg DU BIST NICHTS DU BIST NICHTS DU BIST NICHTS DU BIST NICHTS und ich merke, wie ich das Gewehr fallen lasse und wie es wegschlittert, und ich spüre ihr

Gewicht, das sich gegen mich stemmt, und ich höre sie von weit her, von hinter den Monden meinen Namen rufen, und DU BIST NICHTS sie ruft »Todd!« DU BIST NICHTS DU BIST NICHTS sie ruft: »Todd!«, und mir ist, als sähe ich sie von tief unten im Wasser, und ich merke, wie sie sich auf die Hände stützen will, um mich zu schützen, aber der Bürgermeister ist über ihr, hält sein Gewehr am Lauf fest, holt damit aus, schlägt ihr auf den Hinterkopf und sie fällt zur Seite.

Und mein Hirn kocht.

Mein Hirn kocht.

Mein Hirn kocht.

DU BIST NICHTS DU BIST NICHTS DU BIST NICHTS DU BIST NICHTS DU BIST NICHTS …

Und ich sehe, wie sie die Augen schließt …

Ich spüre ihr Gewicht.

Und ich denke: *Viola*.

Ich denke: *VIOLA!*

Ich denke: **VIOLA!**

Und der Bürgermeister weicht vor mir zurück, als hätte ihn etwas gestochen.

»Puh«, sagt er kopfschüttelnd, während ich das Schwirren in meinem Kopf durch Blinzeln zu vertreiben suche und meine Umwelt allmählich wieder klarer vor mir sehe und meine eigenen Gedanken denke. »Ich habe es dir doch gesagt, du hast Kraft, Junge.«

Seine Augen strahlen erwartungsvoll.

Und dann trifft mich wieder sein Lärm.

Ich reiße die Hände hoch, drücke sie gegen meine Ohren (ich habe kein Gewehr mehr, ich habe kein Gewehr mehr), als ob das etwas helfen würde, dabei hört man den Lärm gar nicht mit den Ohren, denn er ist mittendrin, mitten in meinem Kopf, mitten in mir selbst, er dringt in mich ein, als gäbe es mich gar nicht. DU BIST NICHTS DU BIST NICHTS DU BIST NICHTS Mein eigener Lärm schlägt hoch und peitscht auf mich ein, als würde ich mich selbst mit Fäusten schlagen.

DU BIST NICHTS DU BIST NICHTS DU BIST NICHTS DU BIST NICHTS ...

Viola, will ich denken, doch ich gehe unter, falle immer tiefer in den Lärm, mein Widerstand wird schwächer, in meinem Gehirn klirrt es.

Viola ...

(VIOLA)

Viola! Ich höre meinen Namen, es klingt, als käme er vom Grunde einer tiefen Schlucht.

Mein Kopf tut weh von dem Schlag, den mir der Bürgermeister versetzt hat, und ich blute, ich liege mit dem Gesicht im Staub, meine Augen sind einen Spalt weit geöffnet, aber ich kann nicht das Geringste sehen.

Viola!, höre ich wieder.

Ich reiße die Augen auf.

Todd rutscht zwischen den Trümmern umher, er hält sich die Ohren zu, seine Augen sind fest geschlossen.

Der Bürgermeister steht über ihm, und ich höre das Gleiche wie zuvor, das gleiche BRÜLLEN, den Lärm, so grell wie ein Laserstrahl.

Viola!, höre ich wieder.

Und ich mache den Mund auf.

Ich rufe ...

[TODD]

»Todd!«, höre ich irgendwo jemanden rufen.

Sie … Sie ist es.

Sie ist es.

Und sie lebt.

Und sie ruft mich.

Viola …

Viola …

VIOLA …

Ich höre ein Stöhnen. Der Lärm in meinem Kopf verstummt, ich öffne die Augen, und der Bürgermeister taumelt zurück, jetzt hält er sich die Ohren, mit der gleichen Handbewegung, die jeder macht …

Die jeder macht, wenn ihn der Lärm angreift.

VIOLA, denke ich wieder, ich denke es genau in seine Richtung, aber er duckt sich und legt das Gewehr auf mich an. Ich denke es wieder.

VIOLA.

Und wieder.

VIOLA.

Er weicht zurück, stolpert über Davys Leichnam, fällt der Länge nach rückwärts hin.

Und ich richte mich auf.

Und ich laufe zu ihr hin.

(VIOLA)

Er läuft zu mir, streckt mir die Hände entgegen, fasst mich an den Schultern, setzt mich auf und sagt zu mir: »Bist du verletzt, bist du verletzt, bist du verletzt?«

Und ich antworte nur: »Er hat noch das Gewehr …«

Und Todd dreht sich um.

[TODD]

Ich drehe mich um. Der Bürgermeister steht wieder auf und schaut mich an. Sein Lärm stürmt auf mich ein, und ich gehe in Deckung, ich weiche ihm aus, aber ich höre, wie er mir folgt, als ich über die Trümmer dorthin zurückkrieche, wo ich mein Gewehr fallen gelassen habe, und …

Und wieder höre ich einen Schuss.

Direkt vor meinen Händen wird Staub aufgewirbelt.

Vor meinen Händen, die gerade nach der Waffe greifen wollten.

Ich schaue hoch.

Er sieht direkt zu mir herüber.

Ich höre, wie sie wieder meinen Namen ruft.

Ich weiß, sie hat es verstanden.

Sie hat verstanden, dass sie meinen Namen rufen muss.

Und dass ich ihren als Waffe benutzen kann.

»Tu's nicht«, sagt der Bürgermeister und nimmt mich ins Visier.

Ich höre seine Stimme in meinem Kopf.

Diesmal ist es kein Angriff.

Es ist seine Stimme, die auf einmal verführerisch klingt, schlangenhaft, geschmeidig. Die Stimme, die mit meinen Entscheidungen macht, was sie will.

»Du wirst aufhören zu kämpfen«, sagt er.

Er kommt einen Schritt näher.

»Du wirst aufhören zu kämpfen und dann wird alles ein Ende haben.«

Ich wende mich ab.

Aber dann muss ich mich gleich wieder zu ihm umdrehen.

Ich muss ihm in die Augen schauen.

»Hör mir zu, Todd.«

Und seine Stimme zischelt zwischen meinen Ohren.

Es wäre so einfach jetzt …

… einfach …

… einfach nachzugeben.

Nachzugeben und zu machen, was er sagt.

Nein!, will ich schreien.

Aber ich kriege den Mund nicht auf.

Und er ist immer noch da drin.

Er will immer noch, dass ich …

Und ich will … Ich will …

DU BIST NICHTS.

Ich bin nichts.

»So ist es gut«, sagt der Bürgermeister. Er kommt näher, seine Flinte ist auf mich gerichtet. »Du bist nichts.«

Ich bin nichts.

»Aber …«, sagt er.

Seine Stimme ist ein Flüstern, das an etwas rührt.

»Aber …«, sagt er, »ich werde *etwas* aus dir machen.«

Und ich schaue ihm in die Augen.

Sie sind wie ein Abgrund, in dem ich versinke.

Ein Abgrund aus Finsternis.

Und aus meinen Augenwinkeln ...

(VIOLA)

Ich schleudere den Stein mit aller Kraft, die ich noch habe, und in dem Moment, in dem ich ihn loslasse, bete ich, dass ich so gut treffen kann, wie Lee vorhergesagt hat.

Ich bete, bitte: Lieber Gott ...

... wenn es dich gibt ...

Bitte ...

Und *wumms!*

Der Stein trifft den Bürgermeister genau an der Schläfe.

[TODD]

Ich fühle einen *entsetzlichen* Ruck, so als würde man einen Fetzen aus meinem Lärm herausreißen.

Und dann ist der Abgrund verschwunden.

Einfach weg.

Der Bürgermeister torkelt zur Seite, er hält sich die Schläfe, Blut rinnt zwischen seinen Fingern hervor.

»TODD!«, schreit Viola.

Ich blicke zu ihr hinüber.

Sie hält noch den Arm ausgestreckt, mit dem sie den Stein geschleudert hat.

Ich sehe sie.

Meine Viola.

Und ich komme wieder auf die Beine.

(VIOLA)

Er kommt auf die Beine.

Er richtet sich auf.

Ich rufe wieder seinen Namen.

»TODD!«

Denn es bewirkt etwas.

Es bewirkt etwas bei ihm.

Es bewirkt etwas *für* ihn.

Der Bürgermeister hat Unrecht.

Er wird niemals Recht behalten.

Es stimmt nicht, dass man niemals etwas so lieben darf, dass es Macht über einen gewinnt.

Im Gegenteil, man *muss* etwas oder jemanden so sehr lieben, dass *nichts anderes* Macht über einen gewinnen kann.

Das ist keine Schwäche.

Es ist die größte Kraft, die man besitzen kann.

»TODD!«, rufe ich wieder.

Er blickt zu mir.

In seinem Lärm höre ich meinen Namen.

Und ich weiß es.

Tief in meinem Innersten bin ich davon überzeugt.

Gerade jetzt.

Todd Hewitt.

Gemeinsam schaffen wir alles.

Und wir werden *siegen*.

[TODD]

Der Bürgermeister blickt auf, Blut rinnt zwischen seinen Fingern hervor, die er gegen seine Schläfe presst.

Halb gebückt dreht er sich um, sieht mich finster an. Und hier kommt schon sein Lärm.

VIOLA

Ich wehre seinen Lärm ab.

Er zuckt zurück.

Aber er versucht es erneut.

VIOLA

»Ihr könnt nicht gegen uns gewinnen«, sage ich.

»Ich kann«, stößt er zwischen zusammengebissenen Zähnen hervor. »Und ich werde es.«

VIOLA

Er zuckt zusammen.

Er will die Waffe anlegen.

Ich wehre mich mit aller Kraft.

VIOLA

Er lässt sein Gewehr fallen und torkelt.

Ich höre, wie sein Lärm kommt, wie er sich in mich einschleichen will.

Aber sein Kopf tut ihm so weh.

Von meinen Angriffen.

Von dem einen, gut gezielten Stein.

»Was willst du eigentlich damit beweisen?«, stößt er hervor. »Du bist stark, aber du weißt nicht, was du mit deiner Stärke anfangen sollst.«

Viola

»Anscheinend mache ich meine Sache gut«, sage ich.

Er lächelt mit zusammengebissenen Zähnen. »Tatsächlich?«

Ich merke, wie meine Hände zittern.

Ich merke, dass mein Lärm bebt und aufzischt wie ein glühender Gegenstand.

Ich spüre den Boden unter meinen Füßen nicht mehr.

»Es braucht Übung«, sagt der Bürgermeister, »oder dein Verstand wird in Fetzen fliegen.« Er stellt sich ein bisschen aufrechter hin, er versucht mir wieder in die Augen zu schauen. »Ich könnte es dir beibringen.«

Und prompt ruft Viola: »*TODD!*«

Und ich schlage mit aller Macht zurück.

Ich lege alles hinein in diesen Schlag.

Jedes bisschen Wut und Verzweiflung und jede Kleinigkeit.

Jeden Augenblick, in dem ich sie nicht gesehen habe.

Jeden Augenblick, in dem ich Angst um sie hatte.

Einfach alles.

Jede Kleinigkeit, die ich von ihr weiß.

All das schleudere ich mitten in ihn hinein.

VIOLA!

Und er fällt.

Er fällt zurück, zurück, zurück …

Er verdreht die Augen.

Sein Kopf fliegt zur Seite.

Seine Beine knicken ein.

Er fällt und fällt und fällt …

Auf den Boden.

Und bleibt reglos liegen.

(VIOLA)

»Todd?«, frage ich.

Er zittert am ganzen Körper, er kann sich kaum mehr auf den Beinen halten. Ein ungesundes Pfeifen ist in seinem Lärm. Er schwankt, als er einen Schritt auf mich zumacht.

»Todd?« Ich will aufstehen, aber meine Knöchel …

»Oh Mann«, sagt er und lässt sich neben mir fallen. »Ich bin völlig fertig.«

Er atmet schwer, sein Blick geht ins Leere.

»Ist alles in Ordnung mit dir?« Sanft lege ich meine Hand auf seinen Arm.

Er nickt. »Ich glaube schon.«

Wir beide blicken zum Bürgermeister.

»Du hast es geschafft«, sage ich.

»*Wir* haben es geschafft«, verbessert er mich. Sein Lärm wird ein wenig heller und er setzt sich aufrecht hin.

Aber seine Hände zittern immer noch.

»Armer Davy«, sagt er.

»Das Schiff«, sage ich leise. »Sie wird als Erste dort sein.«

»Nicht, wenn ich es verhindern kann«, sagt er. Er steht auf, und einen Moment lang kämpft er um sein Gleichgewicht, aber dann höre ich, wie er in seinem Lärm Acorn ruft.

Menschenfohlen, höre ich deutlich, als sich das Pferd von der Stelle, an der es angebunden ist, losreißt und über das Trümmerfeld trabt, Menschenfohlen, Menschen-fohlen, Menschenfohlen.

Etwas weiter weg höre ich Todd und noch mehr Hufge-klapper, denn Angharrad folgt Acorn und bleibt neben ihm stehen. *Vorwärts*, wiehert sie. Und auch Acorn wiehert *vorwärts*.

»Ja, vorwärts«, sagt Todd zu ihnen.

Er legt mir den Arm um die Schultern, um mich hochzuheben. Acorn/Deadfall liest das in Todds Lärm und kniet sich hin, damit ich leichter aufsteigen kann. Als ich im Sattel sitze, gib Todd ihm einen Klaps auf die Flanke und das Pferd steht wieder auf.

Angharrad kommt zu Todd und will niederknien, aber er sagt: »Nein, Mädchen«, und tätschelt ihre Nase.

»*Wie?*«, frage ich aufgeschreckt. »Was ist mit dir?«

Er nickt mit dem Kopf zum Bürgermeister. »Ich muss auf ihn aufpassen«, antwortet er und weicht meinem Blick aus.

»Was soll das heißen: ›Auf ihn aufpassen‹?«

Er schaut an mir vorbei ins Weite. Die Armee, die in der Ferne wie eine Ameisenkolonne erscheint, marschiert nun in die entgegengesetzte Richtung und breitet sich am Fuße des Hügels aus.

Bald wird sie hier sein.

»Geh«, bittet er mich. »Geh zum Schiff.«

»Todd, du kannst ihn nicht töten.«

Er schaut mich an, sein Lärm ist ein einziges Durcheinander, und er muss sich anstrengen, um aufrecht stehen zu bleiben. »Er hat es verdient.«

»Ja, aber ...«

Todd nickt. »Wir haben die Wahl, was aus uns wird.«

Ja, wir verstehen einander. »Du wärst nicht mehr Todd Hewitt«, sage ich. »Und ich verliere dich nie nicht wieder.«

[TODD]

Ich muss prusten, als sie *nie nicht* sagt.

»Du weißt, ich muss bei ihm bleiben«, sage ich. »Und du musst so schnell wie möglich zum Raumschiff, während ich hier warte, bis die Armee kommt.«

Sie nickt, aber in ihrer Zustimmung liegt auch Trauer. »Und was machst du dann?«

Ich blicke zum Bürgermeister hinüber, der ausgestreckt auf den Trümmern liegt und leise stöhnt.

Ich fühle mich so *schwer*.

»Ich schätze, sie werden gar nicht so unglücklich darüber sein, wenn sie sehen, dass er besiegt ist. Ich schätze, sie werden sich nach einem neuen Anführer umsehen.«

Sie lächelt. »Und der wirst du sein?«

»Und du?«, frage ich lächelnd. »Was wirst du bei der *Antwort* tun?«

Sie streicht sich die Haare, die ihr vor die Augen fallen, aus der Stirn. »Ich schätze, sie werden wohl eine neue Anführerin brauchen.«

Ich lege eine Hand auf Acorns Flanke, dicht neben ihre Hand. Sie sieht mich nicht an, aber sie schiebt ihre Hand näher an meine, bis sich unsere Fingerspitzen berühren.

»Du gehst und ich bleibe hier«, sage ich. »Aber das heißt nicht, dass wir uns trennen.«

»Nein«, sagt sie, und ich weiß, sie versteht mich. »Nein, das heißt es ganz bestimmt nicht.«

»Ich trenne mich nie wieder von dir«, sage ich und starre auf unsere dicht beieinander liegende Fingerspitzen. »Nicht einmal in Gedanken.«

Sie schiebt ihre Hand noch weiter vor und verschränkt ihre Finger mit meinen. Wir betrachten beide unsere Hände.

»Ich muss gehen, Todd«, sagt sie.

»Ich weiß.«

Mit meinem Lärm zeige ich Acorn die Straße, die zum gelandeten Raumschiff führt, und wie schnell, schnell, schnell er laufen muss.

Vorwärts?, wiehert er laut.

»Vorwärts«, antworte ich.

Ich blicke zu Viola hinauf. »Ich bin bereit«, sagt sie.

»Ich auch.«

»Wir werden siegen«, sagt sie.

»Es bleibt uns nichts anderes übrig.«

Ein letzter Blick.

Ein letzter Blick dorthin, wo wir uns blind verstehen.

Mitten in unsere Seelen.

Ich gebe Acorn einen festen Klaps auf die Flanke.

Und weg ist sie, sie galoppiert über die Trümmer hinweg auf die Straße, hin zu den Menschen, die uns (hoffentlich, hoffentlich, hoffentlich) helfen können.

Ich betrachte den Bürgermeister, der immer noch auf dem Boden liegt.

Ich höre die Armee, die den Hügel heruntermarschiert, drei Kilometer ist sie noch weg, höchstens.

Ich suche nach dem Seil.

Ich finde es, aber ehe ich es aufhebe, nehme ich mir einen Moment Zeit und drücke Davys Augen zu.

(VIOLA)

Wir fliegen die Straße entlang, und ich habe genug damit zu tun, mich auf dem Pferderücken zu halten und mir nicht das Genick zu brechen.

»Nimm dich vor den Soldaten in Acht«, sage ich zwischen die angelegten Ohren des Pferdes.

Ich habe keine Vorstellung, wie weit die *Antwort* in die Stadt vorgedrungen ist. Ich weiß nicht, ob mich die Frauen genau genug ansehen werden, um mich wiederzuerkennen, oder ob sie mich einfach abschießen werden.

Ich habe keine Vorstellung davon, wie sie reagieren wird, wenn sie mich sieht.

Falls sie mich sieht.

Wenn ich ihr und all den anderen sage, was ich zu sagen habe.

»Lauf schneller, wenn du kannst!«

Ein Ruck geht durch das Pferd, als ob eine Rakete zündet, und Acorn prescht davon.

Kein Zweifel, sie wird zum Raumschiff gehen. Sie hat sicher gesehen, dass es im Landeanflug ist, und sich gleich aufgemacht. Und wenn sie als Erste dort ist, dann wird sie meinen Leuten sagen, wie leid es ihr tue, dass ich auf so tragische Weise ums Leben gekommen sei, dass ich auf so grausame Weise von der Hand des Tyrannen gestorben sei, den die *Antwort* stürzen wolle. Und sie wird sich erkundigen, ob das Erkundungsschiff über Waffen irgendwelcher Art verfüge, die man aus der Luft einsetzen könne.

Es hat solche Waffen.

Ich ducke mich tief in den Sattel, kämpfe gegen den

Schmerz in meinen Knöcheln an und versuche noch schneller zu reiten.

Wir haben die Kathedrale hinter uns gelassen und reiten an Geschäften mit verbarrikadierten Schaufenstern und an eingestürzten Häusern vorbei. Die Sonne ist jetzt ganz untergegangen, vor dem dunklen Himmel zeichnen sich nur noch Silhouetten ab.

Ich frage mich, was die *Antwort* wohl tun wird, wenn sie herausfindet, dass der Bürgermeister gefallen ist.

Und was die Rebellen denken werden, wenn sie herausfinden, dass es Todd gewesen ist.

Und ich muss an ihn denken.

Ich denke an ihn.

Ich denke an ihn.

Todd, denkt Acorn.

Und wir fliegen die Straße entlang.

Ich falle fast vom Pferd, als ein lautes *WUMM!* in der Ferne zu hören ist.

Acorn bleibt plötzlich stehen und weicht zur Seite aus, damit ich mein Gleichgewicht wiederfinde. Ich drehe mich um.

Weiter hinten an der Straße sehe ich Feuer.

Ich sehe Häuser, die in Flammen stehen.

Und Geschäfte.

Und Getreidelager.

Und ich sehe Menschen, die durch den Rauch laufen, es sind keine Soldaten, es sind einfache Menschen, die in der Dunkelheit an uns vorbeirennen.

Sie laufen so schnell an uns vorbei, dass sie nicht einmal innehalten und uns einen Blick zuwerfen.

Sie sind auf der Flucht vor der *Antwort*.

»Was zum Teufel hat sie vor?«, frage ich mich laut.

Feuer, denkt Acorn und scharrt nervös mit den Hufen.

»Sie brennt alles nieder«, beantworte ich meine eigene Frage. »Sie brennt alles nieder.«

Aber warum?

Warum?

»Acorn«, sage ich, doch plötzlich tönt ein Signalhorn tief und laut durchs ganze Tal.

Acorn wiehert kurz, ich höre nichts in seinem Lärm, nur Angst blitzt darin auf und ein heftiges Entsetzen, das ich auch in den leisen, ungläubigen Aufschreien der Menschen höre, die an uns vorbeilaufen. Manche schreien laut, sie bleiben stehen, blicken zurück, zur Stadt und auf das, was dahinterliegt.

Auch ich drehe mich um, obwohl es schon so dunkel ist, dass ich nicht mehr viel erkennen kann.

Ich sehe Lichter in der Ferne, Lichter, die sich die Straße bei den Wasserfällen herunterschlängeln.

Es ist nicht die Straße, auf der die Armee marschiert.

»Was ist das?«, frage ich niemanden und alle. »Was haben diese Lichter zu bedeuten? Und was ist das für ein *Geräusch?*«

Ein Mann bleibt neben mir stehen, ich höre deutlich seinen Lärm, er wirbelt vor Schrecken, vor Unglauben, vor nackter Angst. »Nein«, flüstert er, »nein, das kann nicht sein.«

»*Was?*«, frage ich ihn. »Was geht hier vor?«

Wieder hallt der lang gezogene, tiefe Signalton durchs Tal.

Es klingt, als verkündete er das Ende der Welt.

DER ANFANG

DER BÜRGERMEISTER KOMMT wieder zu sich, bevor ich ihm die Handfesseln ganz angelegt habe.

Er stöhnt, und Lärm strömt aus ihm hervor, es ist das erste Mal, dass ich seine Gedanken höre, jetzt, da er sich nicht unter Kontrolle hat.

Jetzt, da er geschlagen ist.

»Nicht geschlagen«, murmelt er. »Nur vorübergehend außer Gefecht gesetzt.«

»Schnauze«, sage ich und zurre das Seil fester.

Ich stelle mich vor ihn hin. Sein Blick ist noch verschwommen, aber er zwingt sich zu einem Lächeln.

Ich schlage ihm den Gewehrkolben ins Gesicht.

»Wenn ich auch nur einen Fetzen Lärm höre, der gegen mich gerichtet ist ...«, sage ich drohend und richte den Lauf auf ihn.

»Ich weiß«, antwortet der Bürgermeister und grinst mich mit seinem blutverschmierten Mund an. »Du würdest abdrücken, nicht wahr?«

Ich gebe keine Antwort.

Das ist meine Antwort.

Der Bürgermeister seufzt und streckt den Kopf vor, um seine

Nackenmuskeln zu lockern. Er blickt hinauf zu dem Fenster aus farbigem Glas, das wundersamerweise noch immer intakt ist und von einer einzelnen, freistehenden Wand gehalten wird. Hinter dem Fenster gehen gerade die Monde auf und erhellen ein wenig die in Glas gefassten Bilder.

»Da sind wir also wieder, Todd«, sagt er. »Hier in diesem Raum, in dem wir uns zum ersten Mal richtig unterhalten haben.« Er blickt sich um, aber diesmal ist er an den Stuhl gefesselt und ich bin frei. »Die Dinge ändern sich«, sagt er, »aber im Grunde bleibt alles beim Alten.«

»Ich habe keine Lust, Euch zuzuhören, während wir hier warten.«

»Warten? Worauf?« Er wird jetzt immer wacher.

Und sein Lärm verstummt.

»Das würdest du auch gerne können, nicht wahr?«, fragt er. »Nur einmal an etwas denken, ohne dass andere es wissen.«

»Schnauze, hab ich gesagt.«

»Gerade jetzt denkst du an die Armee.«

»Schluss *jetzt*.«

»Du fragst dich, ob die Soldaten auf dich hören werden. Du fragst dich, ob Violas Leute euch helfen können.«

»Ich schlage gleich noch mal mit diesem verdammten Gewehrkolben zu.«

»Du fragst dich, ob du tatsächlich gewonnen hast.«

»Ich habe tatsächlich gewonnen«, sage ich sofort. »Und das wisst Ihr genau.«

In der Ferne ist ein lautes *WUMM!* zu hören, dann noch eins.

»Sie zerstört einfach alles«, sagt der Bürgermeister und blickt in die Richtung, aus der das Geräusch kam. »Interessant.«

»*Wer zerstört alles?*«, frage ich.

»Du hast Mistress Coyle wohl nie kennengelernt, oder?«
Er streckt eine Schulter vor, um sie zu lockern, dann die andere. »Bemerkenswerte Frau, bemerkenswerte Gegnerin. Sie wäre
tatsächlich in der Lage gewesen, mich zu schlagen. Sie hätte es
wirklich gekonnt.« Er lächelt. »Aber du bist ihr offenbar zuvor-
gekommen.«

»Was wollt Ihr damit sagen: ›Sie zerstört einfach alles.‹?«

»Ich meine wie immer genau das, was ich sage.«

»Warum sollte sie das tun? Warum sollte sie Dinge einfach so
in die Luft sprengen?«

»Aus zwei Gründen«, antwortet er. »Erstens: Sie verbreitet
Chaos. Auf diese Weise kann man sie viel schwerer als einen re-
gulären Feind bekämpfen. Zweitens: Sie raubt denen, die nicht
kämpfen, jegliche Sicherheit, sie erweckt den Eindruck, dass sie
unschlagbar ist, und auf diese Weise kann sie alle umso leichter
beherrschen.« Er zuckt die Schultern. »Für Menschen wie sie ist
alles ein Krieg.«

»Für Menschen wie Euch«, entgegne ich.

»Es tut mir leid, dir das sagen zu müssen, aber du wirst einen
Tyrannen gegen einen anderen eintauschen.«

»Ich werde gar nichts eintauschen. Und ich habe Euch gesagt,
dass Ihr den Mund halten sollt.«

Ich richte mein Gewehr auf ihn und gehe zu Angharrad hinüber, die zwischen Schutt eingezwängt dasteht und uns beobachtet.

Todd, denkt das Pferd. Durst.

»Steht der Wassertrog noch draußen?«, frage ich den Bürgermeister. »Oder ist er auch in die Luft geflogen?«

»Er ist in die Luft geflogen«, sagt der Bürgermeister. »Aber
um die Ecke, hinter der Kathedrale, ist noch einer, dort, wo mein
Pferd angebunden ist.«

Morpeth. Ich denke den Namen seines Pferdes und ein Gefühl steigt in Angharrad auf.

Morpeth, denkt es. **Unterwirf dich.**

»Braves Mädchen«, sage ich und streiche ihr über die Nase. »Da kannst du Gift darauf nehmen, dass Morpeth sich ergeben wird.«

Sie stupst mich ein-, zweimal aus Spaß an, dann trabt sie zur Rückseite der Kathedrale.

WUMM! Wieder ist eine laute Detonation zu hören. Wie ein Blitz durchzuckt mich die Sorge um Viola. Ich frage mich, wie weit sie wohl schon gekommen ist. Sie muss schon in der Nähe der *Antwort* sein, sie muss schon …

Ich höre einen kleinen Fetzen Lärm vom Bürgermeister.

Ich spanne mein Gewehr.

»Ich habe Euch gewarnt, ihr solltet es also besser gar nicht erst versuchen.«

»Weißt du, Todd«, redet er einfach weiter, als führten wir einen netten Plausch beim Essen, »dich mit dem Lärm anzugreifen war einfach. Man muss nur alle seine Sinne anspannen und dann so fest wie möglich zuschlagen. Natürlich muss man sich konzentrieren, sehr konzentrieren, aber wenn man die Methode erst einmal beherrscht, dann kann man sie einsetzen, wann und wie man will.« Er spuckt das Blut aus, das sich in seinem Mund gesammelt hat. »Wie man an dir und *Viola* sehr schön sehen konnte.«

»Nehmt ihren Namen nicht in den Mund.«

»Aber die zweite Sache«, redet er weiter, »ist schon schwieriger. Den Lärm *eines anderen* zu kontrollieren ist eine verzwickte Angelegenheit. Es ist, als müsste man tausend verschiedene Hebel auf einmal bedienen. Bei einigen Menschen, bei *schlichten* Gemütern, mag es etwas leichter sein. Erstaunlich einfach ist es, wenn man eine Menschenmasse vor sich hat, aber es hat mich Jahre der Übung gekostet, bis ich den Lärm als Werkzeug einsetzen konnte, und erst seit Kurzem habe ich Erfolg damit.«

Ich denke einen Augenblick darüber nach. »Bürgermeister Ledger.«

»Nein, nein«, erwidert er amüsiert. »Bürgermeister Ledger hat sich mir geradezu *aufgedrängt*. Traue niemals einem Politiker. Diese Leute habe keine innere Mitte, deshalb darf man ihnen auch nichts glauben. *Er* kam zu *mir*, erzählte mir das, was du geträumt und gesagt hast. Nein, das hat nichts mit Kontrolle zu tun, das war lediglich Schwäche.«

Ich stoße einen Seufzer aus. »Warum könnt Ihr nicht *einfach* den Mund halten?«

»Ich will damit nur sagen«, spricht er unbeirrt weiter, »dass es mir erst heute gelungen ist, dich zu beeinflussen. Erst heute konnte ich *dich* dazu bringen, das zu tun, was ich wollte.« Er sieht mich an, wie um sich zu vergewissern, dass ich seine Worte verstanden habe. »Erst heute.«

WUMM!, dröhnt es in der Ferne. Und wieder hat die *Antwort* ohne vernünftigen Grund etwas zerstört. Es ist schon zu dunkel, um die Soldaten zu erkennen, aber inzwischen marschieren sie sicher schon in die Stadt ein und kommen geradewegs auf uns zu.

»Ich weiß, was Ihr sagen wollt«, sage ich. »Ich weiß, was ich getan habe.«

»Das alles warst du selbst, Todd. Die Spackle. Die Frauen. Das alles hast du selbst getan. Es war gar nicht nötig, dass jemand Zwang auf dich ausübte.«

»Ich weiß, was ich getan habe«, wiederhole ich leise und in meinen Lärm mischt sich ein warnendes Zischen.

»Das Angebot gilt noch«, sagt der Bürgermeister, auch er

spricht leise. »Ich meine es ernst. Du bist stark. Ich könnte dir beibringen, diese Stärke zu nutzen. Wir beide könnten gemeinsam
über dieses Land herrschen.«

**ICH BIN DER KREIS UND DER KREIS IST DAS
ICH,** höre ich ihn sagen. »Das ist der Kern von allem«, sagt er.
»Beherrsche deinen Lärm und du beherrschst dich selbst. Und
wer sich selbst beherrscht«, er schiebt das Kinn vor, »kann die
Welt beherrschen.«

»Ihr habt *Davy* getötet«, sage ich und trete zu ihm, das Gewehr
im Anschlag. »Ihr seid es, der keine innere Mitte hat. Und jetzt,
zum Teufel, haltet *endlich* den Mund.«

Da erschüttert ein lang gezogenes Grollen den Himmel, so als
ob jemand in ein riesiges, tief tönendes Horn stößt.

Es ist ein Ton, den Gott erschallen lässt, wenn er unsere Aufmerksamkeit will.

Ich höre die Pferde hinter der Kathedrale wiehern. Ich spüre, wie
das Entsetzen sich in dem immer noch gedämpften Lärm der
Menschen von New Prentisstown ausbreitet. Ich höre, wie sich
die gleichförmigen Marschtritte der Soldaten plötzlich in ein lär-
mendes Durcheinander auflösen.

Ich höre, wie der Lärm des Bürgermeisters plötzlich anschwillt
und sich sofort wieder klein macht.

»Verflucht, was war das?«, frage ich und sehe mich nach allen
Richtungen um.

»Nein«, seufzt der Bürgermeister.

Und es schwingt wirkliches *Entzücken* in seiner Stimme mit.

»Was ist?«, frage ich und versetze ihm einen Stoß mit dem Gewehr. »Was geht hier vor?«

Er lächelt nur und dreht sich um.

Er späht zu den Wasserfällen, zu der Straße, die sich den Hügel herabwindet.

Ich blicke ebenfalls dorthin.

Auf dem Hügel tauchen Lichter auf.

Lichter, die die Serpentinenstraße herabkommen.

»Oh, Todd«, sagt der Bürgermeister erstaunt, und ja, es ist tatsächlich *Freude*, die aus ihm spricht. »Oh, Todd, mein Junge, was *hast* du gemacht?«

»Was ist das?«, frage ich und blinzle in die Dunkelheit, als könnte ich auf diese Weise besser sehen. »Woher kommt nur dieses ...«

Das Hornsignal ertönt ein zweites Mal, diesmal ist es so laut, als ob der Himmel in der Mitte auseinanderreißen würde.

Ich höre, wie das BRÜLLEN in der Stadt aufwallt, und darin schwirren so viele Fragezeichen, dass man in ihnen ertrinken könnte.

»Sag mir, Todd«, fordert mich der Bürgermeister gut gelaunt auf, »was genau hast du vor zu tun, wenn die Armee kommt?«

»Was?«, frage ich stirnrunzelnd, während ich angestrengt herauszufinden versuche, was sich da die Serpentinenstraße herunterschlängelt. Aber es ist zu weit weg und viel zu dunkel, ich kann nichts erkennen. Ich sehe nur Lichter, ein Meer von Pünktchen auf dem Berg.

»Wolltest du mich benutzen, um Lösegeld von ihnen zu erpressen?«, fragt er heiter. »Wolltest du mich ihnen ausliefern, damit sie mich hinrichten?«

»Woher kamen diese Explosionen?« Ich packe ihn am Hemd und schüttle ihn. »Sind die Siedler jetzt gelandet? Greifen sie an? Was tun sie?«

Er schaut mich nur an, seine Augen funkeln. »Hast du geglaubt, sie würden dich zum Anführer wählen, und du würdest sie mir nichts, dir nichts in ein neues Zeitalter des Friedens führen?«

»Ich werde sie anführen«, fauche ich ihn an. »Ihr werdet schon sehen.«

Ich lasse ihn los und steige auf einen Schutthaufen.

Ich sehe, wie Leute den Kopf aus den Häusern stecken, sie rufen einander etwas zu, ich sehe, wie sie aufgeregt hin und her rennen.

Was immer dieses Geräusch auch bedeutet, es hat die Einwohner von New Prentisstown aus ihren Verstecken gelockt.

Ich spüre, wie ein Lärmstoß meinen Hinterkopf trifft.

Ich wirble herum, richte das Gewehr auf den Bürgermeister und klettere von dem Geröllhaufen. »Ich habe gesagt: *Schluss* damit!«

»Ich wollte lediglich unsere Unterhaltung in Gang halten, Todd«, entgegnet er gespielt unschuldig. »Ich bin sehr neugierig zu erfahren, was du vorhast, wenn du der Anführer der Armee und der Präsident dieses Planeten bist.«

Ich würde ihm am liebsten ins Gesicht schlagen, damit er aufhört zu grinsen.

»Was geht hier vor?«, schreie ich ihn an. »*Was kommt diesen Berg herab?*«

Ein drittes Mal ertönt das Hornsignal, diesmal noch lauter, so laut, dass man die Schwingungen im ganzen Körper spürt.

Und jetzt beginnen die Menschen in der Stadt, vor Angst zu schreien.

»Greif mir mal in die Brusttasche, Todd«, fordert der Bürgermeister mich auf. »Dort findest du etwas, was dir gehört.«

Verblüfft versuche ich, an seiner Miene abzulesen, ob er mir eine Falle stellt, aber ich sehe nur sein blödes Grinsen.

Es scheint, als habe er wieder einmal gewonnen.

Ich setze ihm den Gewehrlauf auf die Brust und greife mit der anderen Hand in seine Hemdentasche, ich fühle etwas Kleines, Metallisches. Ich ziehe es heraus.

Violas Fernglas.

»Ein erstaunliches kleines Ding«, sagt der Bürgermeister. »Ich freue mich schon auf den Moment, in dem die übrigen Siedler landen. Ich bin neugierig, welche Wunderwerke sie diesmal mitbringen.«

Ich sage kein Wort, sondern klettere auf einen Schutthügel und halte das Fernglas mit meiner freien Hand an die Augen. Ungeschickt versuche ich, auf Nachtsicht umzuschalten. Es ist schon so lange her …

Ich finde den richtigen Knopf.

Das Tal taucht vor mir auf als ein Muster aus grünen und weißen Schemen in der Dunkelheit.

Ich richte das Fernglas, folge dem Fluss bis zur Serpentinenstraße, bis zu den Lichtpunkten, die den Berg herunterkommen.

Und …

Und …

Oh mein Gott.

Ich höre, wie der Bürgermeister, der noch immer auf dem Stuhl festgebunden ist, hinter mir lacht. »Oh ja, Todd, das bildest du dir nicht ein.«

Einen Augenblick lang verschlägt es mir die Sprache.

Dafür gibt es keine Worte.

Wie?

Wie ist das nur möglich?

Eine Armee von Spackle marschiert auf die Stadt zu.

Einige von ihnen, die in der vordersten Linie, reiten auf riesigen Viechern, die in einer Art Rüstung stecken und auf deren

Nase ein gebogenes Horn sitzt. Hinter ihnen marschieren Fuß-
soldaten, denn sie kommen nicht in freundlicher Absicht, nein,
mein Lieber, ganz und gar nicht, sie marschieren die Serpentinen
herab vom Hügelkamm, oben, bei den Wasserfällen.

Es sind Truppen, die in die Schlacht marschieren.

Und es sind Tausende von Kämpfern.

»Aber«, stoße ich keuchend hervor, »aber sie wurden doch alle
getötet – im Spackle-Krieg!«

»Glaubst du das wirklich, Todd?«, fragt der Bürgermeister.
»Dass kein einziger Spackle übrig geblieben ist auf diesem gan-
zen Planeten, von dem wir nur einen kleinen Flecken bewohnen?
Kommt dir das nicht auch unwahrscheinlich vor?«

Die Lichter, die ich gesehen habe, sind Fackeln, die berittene
Spackle tragen. Brennende Fackeln, die der Armee den Weg weisen. Brennende Fackeln, die ihren Schein auf die Speere werfen,
die die Soldaten mit sich führen, auf Pfeile und Bogen und Keulen.

Alle sind sie bewaffnet.

»Oh ja, wir haben sie besiegt«, sagt der Bürgermeister. »Wir
haben Tausende von ihnen getötet, gewiss. Sie waren weit in der
Überzahl, aber wir hatten die besseren Waffen und den stärkeren Siegeswillen. Wir haben sie aus diesem Land vertrieben, und
wir waren überzeugt davon, dass sie nie wieder hierher zurückkehren würden. Natürlich haben wir einige von ihnen als Sklaven
gehalten, damit sie nach dem Krieg die Stadt wieder aufbauten.
Das war nur recht und billig.«

Die ganze Stadt ist inzwischen ein einziges BRÜLLEN.
Der Marschtritt der Armee ist verstummt, aber stattdessen höre
ich, wie die Leute hin und her rennen, sich gegenseitig etwas zu-
schreien, Sätze, deren Sinn ich nicht verstehe, Sätze, die Unglauben und Angst ausdrücken.

Ich klettere durch das Trümmerfeld zurück und stoße ihm das Gewehr mit aller Kraft zwischen die Rippen. »Warum sind sie zurückgekommen? Warum gerade *jetzt*?«

Er hört nicht auf zu grinsen. »Ich nehme an, sie hatten inzwischen Zeit genug, um sich zu überlegen, wie sie uns ein für alle Mal loswerden können. Sie haben wohl nur auf einen Grund zum Losschlagen gewartet.«

»Welchen Grund?«, frage ich. »Warum …«

Und dann verstumme ich.

Das Massaker.

Das Massaker, das kein einziger Sklave überlebt hat.

Ihre Körper, die man wie Müll aufgetürmt hat.

»Ganz genau, Todd«, sagt er und nickt, so als hätten wir uns gerade über das Wetter unterhalten. »Ich bin überzeugt, das war der Grund, bist du nicht auch dieser Meinung?«

Ich schaue ihn lange an, es dämmert mir wie üblich viel zu spät.

»Ihr wart das«, sage ich dann. »*Natürlich*, Ihr wart das. Ihr habt die Spackle getötet, und es sollte so aussehen, als wäre es die *Antwort* gewesen.« Ich stoße ihm den Gewehrlauf gegen die Brust. »Ihr habt *gehofft*, dass sie zurückkommen würden.«

Er zuckt die Achseln. »Ich habe gehofft, dass ich sie ein für alle Mal besiegen könnte, in der Tat.« Er spitzt die Lippen. »Aber jetzt muss ich dir dafür danken, dass du die Umsetzung meines Plans so ungemein beschleunigt hast.«

»Ich?«, frage ich.

»Oh ja, niemand anders als du, Todd. Ich habe alles vorbereitet. Aber du hast ihnen einen Boten geschickt.«

»Einen Boten?«

Nein.

Nein.

Ich drehe mich um und klettere auf den Schuttberg, spähe durchs Fernglas, spähe und spähe und spähe.

Es sind viel zu viele und sie sind zu weit weg.

Aber er ist dort, nicht wahr?

Irgendwo in dieser Menge.

1017.

Oh nein.

»Ich würde sagen, *oh nein* trifft den Nagel auf den Kopf«, ruft der Bürgermeister zu mir herauf. »Ich habe ihn am Leben gelassen, damit du ihn findest. Aber obwohl du *eine besondere Beziehung* zu ihm hattest, mochte er dich nicht besonders. Egal wie sehr du dich bemüht hast, ihm zu helfen. Dein Gesicht ist für ihn das Gesicht seiner Peiniger, das Gesicht, das nun alle seine Brüder und Schwestern kennen.« Ich höre, wie er leise lacht. »Ich möchte jetzt wirklich nicht in deiner Haut stecken.«

Ich suche den Horizont nach allen Richtungen ab. Ich drehe mich um die eigene Achse. Eine Armee steht im Süden, eine im Osten, und jetzt kommt noch eine aus dem Westen heranmarschiert.

»Und wir sitzen hier«, sagt der Bürgermeister ganz gelassen. »Zwischen allen Fronten.« Er reibt sich die Nase an der Schulter. »Ich frage mich, was diese armen Menschen in dem Erkundungsschiff wohl denken werden.«

Nein.

Nein.

Ich drehe mich noch einmal um die eigene Achse, so als könnte ich sie sehen, wie sie kommen, kommen, um mich zu holen.

Meine Gedanken überschlagen sich.

Was soll ich tun?

Was soll ich nur tun?

Der Bürgermeister pfeift vor sich hin, als hätte er alle Zeit der Welt.

Und irgendwo dort draußen ist Viola.

Oh Gott, irgendwo dort draußen, mittendrin.

»Die Armee«, sage ich schließlich. »Die Armee muss sich ihnen entgegenstellen.«

»In ihrer Freizeit etwa?«, fragt der Bürgermeister und zieht die Augenbrauen hoch. »Wenn sie in ihrem Kampf gegen die *Antwort* ein paar Minuten Pause machen?«

»Die *Antwort* muss uns zur Seite stehen.«

»Uns?«, fragt der Bürgermeister.

»Sie muss gemeinsam mit der Armee kämpfen. Sie muss.«

»Glaubst du wirklich, dass Mistress Coyle mitmacht?« Er lächelt, aber ich sehe, wie seine Beine zucken, wie Kraft ihn durchströmt. »Sie wird eher davon ausgehen, dass sie und die Spackle einen gemeinsamen Feind haben. Merke dir, was ich sage. Sie wird mit ihnen verhandeln wollen.« Er blickt mir wieder in die Augen. »Und wo bleibst du dabei?«

Ich atme ein, kriege keine Luft und weiß einfach keine Antwort.

»Und irgendwo da draußen ist Viola, ganz auf sich allein gestellt«, erinnert er mich.

Das stimmt.

Sie ist da draußen.

Und sie kann nicht einmal *gehen.*

Oh, Viola, was habe ich dir nur angetan?

»Und so, wie die Dinge liegen, mein lieber Junge, glaubst du wirklich, dass die Armee ausgerechnet dich zum Anführer haben will?« Er lacht, als wäre dies der dämlichste Witz aller Zeiten. »Glaubst du wirklich, die Soldaten werden ausgerechnet dir zutrauen, sie in die Schlacht zu führen?«

Das Fernglas vor den Augen, drehe ich mich um mich selbst. Ganz Prentisstown versinkt schon im Chaos. Im Osten brennen Häuser. Menschen rennen durch die Straßen, sie fliehen vor der *Antwort*, sie fliehen vor der Armee des Bürgermeisters, und jetzt fliehen sie auch noch vor den Spackle. Sie rennen, aber sie haben kein Ziel.

Das Sirenensignal ertönt wieder, so laut, dass das Glas in manchen Fenstern splittert.

Ich schaue durch das Fernglas.

Zwei der gehörnten Riesentiere tragen eine gewaltige, lange Trompete, so groß wie vier Spackle, auf ihrem Rücken, und der größte Spackle, den ich je gesehen habe, stößt hinein.

Sie sind schon am Fuß des Berges angekommen.

»Ich denke, jetzt ist es an der Zeit, dass du mir die Fesseln abnimmst«, sagt der Bürgermeister, und seine Stimme liegt wie ein leises Brummen in der Luft.

Ich drehe mich schnell zu ihm um, lege das Gewehr wieder auf ihn an. »Ihr werdet mir nicht noch einmal Euren Willen aufzwingen«, sage ich. »Nicht noch einmal.«

»Das versuche ich gar nicht«, sagt er. »Aber ich glaube, wir beide wissen, dass es eine gute Idee wäre.«

Ich zögere.

»Siehst du, ich habe die Spackle schon einmal besiegt«, fährt er fort. »Die Stadt weiß das. Die Armee weiß das. Ich glaube nicht, dass die Leute so versessen darauf sein werden, mich zum Teufel zu jagen und sich hinter dir zu scharen, vor allem jetzt, da sie wissen, mit wem wir es zu tun haben.«

Ich sage noch immer nichts.

»Und auch wenn du mich hintergangen hast, Todd«, sagt er und blickt zu mir auf, »ich möchte dich *immer noch* an meiner

Seite wissen. Ich möchte *immer noch*, dass du an meiner Seite kämpfst.« Er macht eine Pause. »Gemeinsam können wir diesen Kampf gewinnen.«

»Ich will diesen Kampf nicht mit Euch gewinnen«, sage ich und ziele auf ihn. »Ich werde Euch *besiegen*.«

Er nickt, aber dann sagt er noch einmal: »Die Dinge ändern sich. Aber im Grunde bleibt alles beim Alten.«

Ich höre Marschtritte. Eine Abteilung der Armee hat sich endlich aufgerafft und ist in die Stadt marschiert. Ich höre, wie sie sich aus einer Seitenstraße dem großen Platz nähert.

Uns bleibt nicht mehr viel Zeit.

»Es macht mir nicht einmal etwas aus, dass du mich gefesselt hast«, sagt der Bürgermeister. »Aber jetzt muss du mich gehen lassen. Ich bin der Einzige, der sie besiegen kann.«

Viola …

Viola, was soll ich tun?

»Ja, Viola«, sagt er, und seine Stimme klingt warm und einschmeichelnd. »Viola ist dort draußen, mittendrin, ganz allein auf sich gestellt.« Er wartet ab, bis ich ihm in die Augen schaue. »Sie werden sie töten, Todd. Ganz bestimmt. Und du weißt, dass ich der Einzige bin, der sie retten kann.«

Wieder ertönt das Horn.

Von Osten her hört man ein lautes *WUMM!*

Die Schritte der Soldaten kommen näher.

Ich sehe ihn an.

»Ich werde Euch besiegen«, sage ich. »Ihr werdet noch an meine Worte denken. Ich werde Euch besiegen, immer und immer wieder.«

»Daran habe ich nicht den geringsten Zweifel«, sagt er.

Aber er lächelt dabei.

VIOLA, schleudere ich ihm entgegen und er zuckt zusammen.

»Ihr rettet sie«, sage ich, »und Ihr bleibt am Leben. Wenn sie stirbt, dann sterbt Ihr auch.«

Er nickt. »Einverstanden.«

»Wenn Ihr versucht mir Euren Willen aufzuzwingen, dann werde ich Euch erschießen. Wenn Ihr versucht mich anzugreifen, werde ich Euch auch erschießen. Kapiert?«

»Kapiert«, antwortet er.

Ich warte noch einen Augenblick, aber es gibt keine Augenblicke mehr.

Es ist keine Zeit mehr, um irgendetwas zu entscheiden.

Welten kommen heranmarschiert, um gerade jetzt, gerade hier aufeinanderzutreffen.

Und sie ist da draußen.

Und ich werde mich nie wieder von ihr trennen, nicht einmal dann, wenn wir nicht beisammen sind.

Verzeih mir, denke ich.

Und ich trete hinter den Bürgermeister und binde ihn los.

Er steht langsam auf, reibt sich die Handgelenke.

Als das Signalhorn ertönt, blickt er auf.

»Endlich müssen wir nicht mehr im Verborgenen kämpfen«, sagt er. »Endlich müssen wir nicht mehr diesen Schemen hinterherlaufen und brauchen all diesen abenteuerlichen Unsinn nicht mehr.« Er schaut mich an und hinter seinem Lächeln sehe ich den Wahnsinn auflodern. »Endlich kommen wir zum Wesentlichen, zu dem, was aus Männern Männer macht, zu unserer *Bestimmung,* Todd.« Er reibt sich die Hände, und seine Augen blitzen, als er es ausspricht.

»*Zum Krieg.*«

Autor

Patrick Ness wuchs in den Vereinigten Staaten und auf Hawaii auf. Für seine Kinder- und Jugendbücher wurde er mehrfach ausgezeichnet, er gewann unter anderem den renommierten *Costa Children's Book Award* und als erster Autor überhaupt gleichzeitig die *Carnegie Medal* und den *Kate Greenaway Award* sowie neben unzähligen anderen Auszeichnungen den *Deutschen Jugendliteraturpreis*.

Von Patrick Ness sind bei cbj erschienen:

Sieben Minuten vor Mitternacht (40191)
Mehr als das (12515)
Das Morgen ist immer schon jetzt (18978)
Und der Ozean war unser Himmel (16570)
Chaos Walking (Band 1: 31308)
Chaos Walking – Die Mission (E-Short 1: 24360)
Chaos Walking – Vor dem Fall (E-Short 2: 24363)

Übersetzerin

Petra Koob-Pawis studierte in Würzburg und Manchester Anglistik und Germanistik, arbeitete anschließend an der Universität und ist seit 1987 als Übersetzerin tätig. Sie wohnt in der Nähe von München, und wenn sie gerade nicht übersetzt, lebt sie wild und gefährlich, indem sie Museen durchstreift, Vögel beobachtet und ihren einäugigen Kater daran zu hindern versucht, sämtliche Möbel zu ruinieren.

Mehr über cbj auf Instagram unter @hey_reader